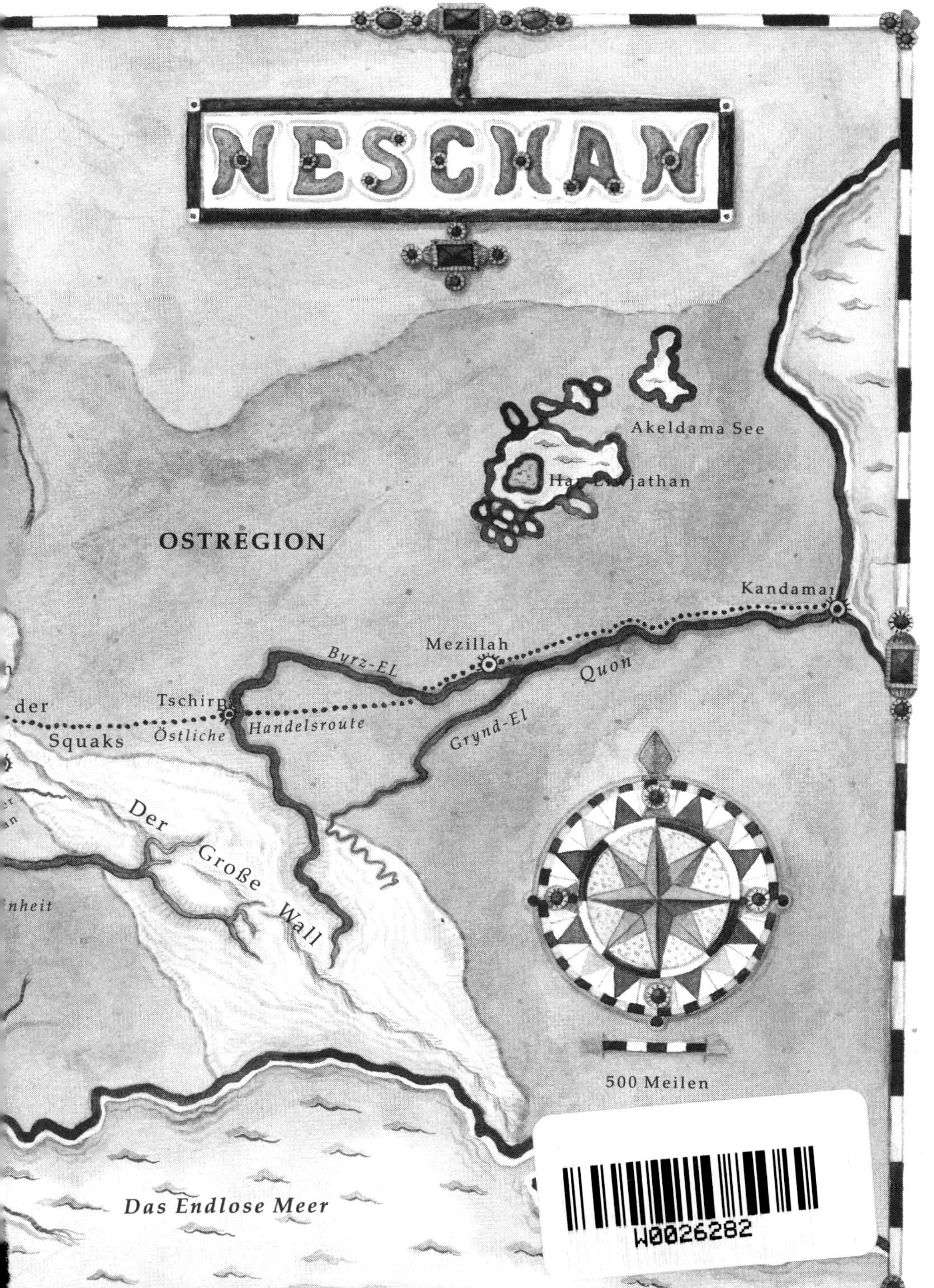

NESCHAN

OSTREGION

Akeldama See

Har-Liwjathan

Kandama

Mezillah

Byrz-EL

Quon

Tschirp

Grynd-El

Östliche Handelsroute

Squaks

der

Der Große Wall

nheit

500 Meilen

Das Endlose Meer

*Das Lied
der Befreiung Neschans*

Ralf Isau

Das Lied der Befreiung Neschans

Ein phantastischer Roman

Mit Illustrationen
von Claudia Seeger

Thienemann

Für Karin

Prolog

Sepher Rasim
(Buch der Geheimnisse, 7. Rolle)

ies ist die Geschichte Geschans, den der Höchste zum siebten Richter erwählte, damit er die Welt Neschan befreie aus der Hand dessen, der sie in Finsternis verbarg. Und dies ist die siebte Rolle im *Sepher Rasim*, das zu versiegeln mir bestimmt wurde, der ich in die Welt Neschan kam, um mit ihr unterzugehen.

Doch die Verheißung sagt: Der Weltentaufe folgt ein neuer Anfang. Das Siegel wird erbrochen und das Buch der Geheimnisse zu einem der Offenbarungen werden. Ein jeder wird dann Einblick haben in die Geschichte, die ihm bis dahin verborgen war. Jeder wird frei sein, nach seinem Willen den eigenen Weg zu bestimmen.

Aber die Bürde, die mir auferlegt wurde, wiegt schwer. Denn wenn ich scheitere, wird diese Welt für immer untergehen, und wenn ich siege, wird sie zu ewigem Frieden gelangen. So lautet die Prophezeiung und dies lehrte mich auch Goel, der sechste Richter und mein Lehrmeister.

Nicht mehr lange und ich führe den letzten Kampf, für Neschan, die Tränenwelt, die mir zur einzigen Heimat geworden ist ... Doch ich will von vorne beginnen.

Wie die sechs Richter, die mir vorausgingen, wurde auch ich auf der Erde geboren. Ich lebte in einer Region, die man Schottland nennt, und trug den Namen Jonathan Jabbok. Nach dem frühen Tod meiner Eltern kümmerte sich mein Großvater, ein schottischer Lord, um mich. Er übergab mich der Obhut einer Schule, in der junge Männer darin ausgebildet wurden, als Helden für ihr Land zu sterben oder als Regierungsbeamte an ihren Schreibtischen zu verstauben.

Von Neschan erfuhr ich zum ersten Mal, als ich acht Jahre alt war. Ich erkrankte damals schwer, und obwohl ich zur Verwunderung vieler überlebte, wollten mich danach meine Beine nicht mehr tragen: Ich war gelähmt. Zu jener Zeit begann ich von Yonathan zu träumen, der als gesunder Junge in dieser anderen Welt heranwuchs. Er führte ein beschauliches Leben, bis er beinahe vierzehn Jahre zählte.

Damals streifte mein Traumbruder Yonathan gerne durch die Wälder und Wiesen im Hinterland von Kitvar, seinem Heimatort hoch im Norden. Auf einem dieser Ausflüge stürzte er in eine tiefe Grube. Bei dem Versuch sich aus ihr zu befreien, fand er einen Stab, der seine Sinne auf wundersame Weise stärkte. Wenig später stieß er auf einen Erdfresser, der es darauf abgesehen hatte, ihn zu verschlingen. In die Enge getrieben bohrte er dem Ungeheuer die Spitze des Stabes in den Leib. Es gab einen gleißenden Blitz und der Körper des Untiers verwandelte sich zu Asche.

Und während die Ereignisse ihren Lauf nahmen, glaubte der irdische Jonathan noch immer zu träumen. Für ihn war sein Gegenstück – und damit die ganze Welt Neschan – nur ein buntes Bild seiner Phantasie.

Doch ich hatte mich getäuscht, das sollte ich bald erfahren. Dieser andere Yonathan erwies sich als sehr lebendig, so wirklich wie ein Zwillingsbruder. Ja mehr noch: Wir waren wie die zwei Seiten eines Goldevens: jeder ein Teil des Ganzen, keiner konnte ohne den anderen bestehen. Durch den Ratschluss Yehwohs wurden unser beider Leben schließlich zu einem verschmolzen. Doch bis dahin hatte mein Traum-Ich noch einige Prüfungen zu bestehen.

Nach der Auseinandersetzung mit dem Erdfresser kehrte ich wohlbehalten nach Hause zurück. Dort erklärte mir mein Pflegevater, Navran Yaschmon, dass ich den heiligen Amtsstab der Richter Neschans gefunden hätte. Über zweihundert Jahre lang hatte er in der Erde geruht, damit er nun dem siebten Richter übergeben werden konnte. Das, so sagte es die alte Prophezeiung, sei der Zeitpunkt für den Beginn der letzten Richterschaft, die zur Weltentaufe führen sollte. Navran Yaschmon machte mir klar, dass es meine Bestimmung sei den Stab zum Garten der Weisheit, nach *Gan Mischpad*, dem fernen Verbannungsort des sechsten Richters, zu tragen.

Noch in derselben Nacht besuchte mich Benel, ein Bote Yehwohs, des Höchsten und himmlischen Vaters allen Lichts. Benel warnte mich vor den herannahenden Häschern Bar-Hazzats, des dunklen Herrschers von Témánah, und bestärkte mich in meinem Auftrag. Bereits am Morgen danach stach ich deshalb mit der *Weltwind* in See, dem Schiff von Kapitän Kaldek. Sein Adoptivsohn Yomi und ich wurden schon bald gute Freunde.

Wenig später begannen die Schwierigkeiten. Vor den Klippen des Ewigen Wehrs entdeckte uns Sethur, der Heeroberste Bar-Hazzats. Es kam zu einer mörderischen Jagd, in deren Verlauf Yomi und ich über Bord gingen, und obwohl ich schon dachte, dass mein Leben verwirkt sei, strandeten wir beide in einer Grotte und waren gerettet.

Auf einem geheimen Weg gelang es uns darauf, in das Verborgene Land vorzudringen, das seit vielen Jahrhunderten kein Mensch mehr betreten hatte. Dort fand uns der uralte Din-Mikkith, ein freundlicher grüner Behmisch, der bereits dem sechsten Richter, Goel, gedient hatte. Din-Mikkith führte uns durch das Verborgene Land bis zum Tor im Süden.

Dort trafen wir erneut auf Sethur. Es kam zu einem gewaltigen Zusammenstoß der Mächte des Lichts und der Finsternis. Sethur unterlag dem *Koach* des Stabes Haschevet – endgültig, wie wir glaubten – und Din-Mikkith entließ uns wieder in die bekannte Welt.

Doch die Freiheit sollte nicht lange währen. Bald schon fielen wir einem Haufen wilder Piraten in die Hände, gewannen aber einen neuen Freund: Gimbar, Sohn von Kaufmannseltern, die vor langen Jahren verschleppt worden waren; er kannte sich bestens im Handwerk der Seeräuber aus. Die Piraten lieferten uns drei an Sethur aus, der sich zu unserem Entsetzen bester Gesundheit erfreute. Dennoch entkamen wir ein zweites Mal.

Wenig später brach ein heftiger nächtlicher Sturm aus und unser kleines Segelschiff, die *Mücke*, drohte zu sinken. Als letzte Rettung erwies sich eine merkwürdige grünlich leuchtende Insel. Es stellte sich heraus, dass das rettende Eiland ein gewaltiges Lebewesen war, von kindlicher Einfalt, aber ausgesprochen hilfsbereit. Die lebendige Insel, die sich selbst Galal nannte, trug uns und das Schiff sicher bis an die Mündung des Cedan. Von hier aus segelten wir direkt bis vor die Tore von Cedanor.

In der Hauptstadt des Cedanischen Kaiserreiches fanden wir dann schnell Baltans Haus, das aufzusuchen mir Navran aufgetragen hatte. Erst später erfuhr ich, dass Baltan – genauso wie Navran übrigens – zu den *Charosim* gehörte, den vierzig Boten des sechsten Richters. Baltan war also nicht nur der erfolgreiche Händler und vermutlich reichste Mann Neschans, als den ihn alle kannten, sondern zugleich auch ein äußerst nützlicher Informant für Goel, da er zum Kreis der kaiserlichen Ratgeber gehörte.

Was kurz darauf geschah, konnte jedoch auch Baltan nicht verhindern. Kaiser Zirgis lud mich in seinen Palast ein. Erst unter Vorwänden, dann unter Zwang hielt er mich auf dem Schlossberg von Cedanor fest. Er hoffte, die Gewalt über den Stab Haschevet brächte ihm die weltliche und die geistige Führerschaft.

Auch diesmal war es ein neuer Freund – Felin, der jüngere Sohn des Kaisers –, der mir half, in die Freiheit zurückzugelangen. Zusammen mit Yomi und Gimbar glückte uns zu viert eine ungewöhnliche Flucht durch die Luft: Zirgis' Hofgenie, Barasadan, hatte anlässlich der Feierlichkeiten zum dreißigjährigen Thronjubiläum seine neueste Erfindung, ein mit heißer Luft fliegendes Schiff, vorführen wollen. Daraus wurde nichts, weil wir in der Nacht zuvor mit dem Himmelssegler entkommen konnten und er bei der Landung ernsten Schaden nahm.

Baltan erwartete uns dann schon an einem geheimen Treffpunkt, östlich von Cedanor. Er versorgte uns mit allem, was wir für unsere weitere Reise benötigten, nicht zuletzt mit einem treuen und erfahrenen Karawanenführer. Yehsir sollte uns sicher durch die von Yehwoh verfluchte Wüste Mara geleiten. Auf dieser Route, so dachten wir, würde uns niemand folgen.

Wir hatten nicht mit der Beharrlichkeit Sethurs gerechnet. Er sandte gedungene Mörder hinter uns her, die eines Morgens unser Lager überfielen. Dieser Tag war zugleich der schlimmste wie auch der glücklichste in meinem ganzen bisherigen Leben; zum einen schrecklich, weil Gimbar sich in einen todbringenden Pfeil warf, der mir gegolten hatte, zum andern wunderbar, weil das, was darauf geschah, mit menschlicher Vernunft nicht erklärt werden kann.

Gimbar starb innerhalb weniger Augenblicke. In meiner Trauer über den Verlust des Freundes flehte ich zu Yehwoh. Ich warf mich über den toten Freund und berührte ihn dabei mit dem Stab Haschevet. Plötzlich begann Gimbar wieder zu atmen. So wurde er der Zweimalgeborene und das Mal des Stabes Haschevet ist bis auf den heutigen Tag auf Gimbars Brust zu sehen.

In der Wüste Mara stellte uns Sethur weiter nach. Sogar Bar-Hazzat erschien mir zweimal und in den Ruinen des Schwarzen Tempels von Abbadon versuchte er mich zu töten. Aber dank des Stabes wurde ich erneut gerettet.

Die letzte Konfrontation mit Sethur ereignete sich unmittelbar vor der wolkenverhangenen Grenze zum Garten der Weisheit. Eine Wand aus Wind, Wolken und Wüstensand trennte meine Gefährten und mich von Sethur und seinen Häschern. Wir konnten sicher in den Grenznebel des Gartens entkommen.

Goel, der sechste Richter, erwartete uns bereits und eröffnete mir, dass ich selbst dazu auserkoren sei, Neschan als siebter Richter zu dienen. Ich hätte die Wahl zwischen zwei Leben: einem irdischen, frei von den Fesseln meiner Lähmung, und einem auf Neschan, mit der Bürde der Weltentaufe auf meinen Schultern. Eine schwere Aufgabe bot er mir an. Und ich habe sie angenommen.

I.
Die Nachricht

ie Kuh schwebte sanft über dem Wasser. Ihre Schwanzspitze nahm ein erfrischendes Morgenbad. Noch ganz im Schlaf versunken schien sie nichts von dem unfreiwilligen »Ausflug« zu bemerken, der sie von ihrem angestammten Platz auf der Weide bis hierher über den See geführt hatte. Der Himmel strahlte in einem makellosen Blau an diesem herrlichen Frühlingsmorgen und die Sonne brach sich in Abertausenden von Reflexen auf dem kleinen Gewässer.

Yonathan saß kaum einen Steinwurf weit entfernt am Ufer und beobachtete die Szene. Auf seinen Oberschenkeln lag ein hölzerner Stab mit einem goldenen Knauf.

Er lächelte zufrieden. Eigentlich hatte er nur ausprobieren wollen, wie gut er bereits die Kraft der *Bewegung* kontrollieren konnte. Diese Fähigkeit war nur eine der zahlreichen Facetten des *Koach,* jener Macht, die vom Stab Haschevet ausging und ständiger Übung bedurfte, damit sie vom Träger des Stabes gezielt und richtig dosiert eingesetzt werden konnte. Yonathan hatte mehr als drei Jahre benötigt, um sich aus den anfangs eher zufälligen Wirkungen des *Koach* einen sechsten Sinn zu schaffen, der einigermaßen seinem Willen gehorchte. Selbst noch nach dieser Zeit erforderte der kontrollierte Einsatz der Macht seine ganze Aufmerksamkeit. Kein Wunder also, dass er die Person hinter sich nicht bemerkt hatte.

»Yonathan! Hast du nur Unsinn im Kopf? Die arme Kuh wird sich zu Tode ängstigen.«

Der Gescholtene zog den Kopf ein und fuhr erschrocken herum. Während in seinem Rücken ein lautes Platschen zu hören war, erkannte er die Besitzerin der energischen Stimme.

Die Stachelwortspuckerin! Seit Yonathan das zierliche Mädchen mit den kohlrabenschwarzen Haaren vor über drei Jahren kennen gelernt hatte, waren sie enge Freunde geworden. Vielleicht sogar mehr als das. Er war sich da nie so ganz sicher. Bithya jedenfalls schien jede Gelegenheit zu nutzen ihn mit ihren spitzen Bemerkungen aus der Fassung zu bringen.

»Sie hat überhaupt nichts mitbekommen, sie schlief ja noch«, versuchte er sich zu verteidigen.

»Jetzt ist sie aber wach und sieht ziemlich verschreckt aus«, erwiderte Bithya. Sie hatte beide Hände in die Seiten gestemmt und sah für ihre Größe ausgesprochen bedrohlich aus.

Yonathans Augen wanderten zurück zum Wasser, dem gerade eine empörte und vor Nässe triefende Kuh entstieg. Mit einem vorwurfsvollen Blick in seine Richtung machte sie sich eilig davon.

Er wendete sich wieder Bithya zu. Selbst wenn sie wütend ist, sieht sie noch schön aus, dachte er. Erst jetzt fiel ihm auf, dass Gurgi auf ihrer Schulter herumturnte. Der eichhörnchenähnliche Masch-Masch, den Yonathan einst aus dem Verborgenen Land mitgebracht hatte, erlag in letzter Zeit immer häufiger den kulinarischen Bestechungsversuchen des Mädchens. Gurgi schien die Unterhaltung der beiden Menschen mit großem Interesse zu verfolgen.

»Wenn du mich nicht erschreckt hättest, wäre gar nichts passiert«, meinte Yonathan.

»Wer weiß, was du mit dem Tier noch vorhattest.« Einen Moment lang funkelten Bithyas Augen wie zwei dunkle Blutsteine in der Sonne. Dann holte sie tief Luft und fuhr fort: »Du benimmst dich manchmal wie ein kleiner Junge, Yonathan. Eigentlich solltest du inzwischen wissen, dass man Yehwohs Macht nicht zum Spaß oder aus Eigennutz gebrauchen darf.«

»Das weiß ich sehr wohl. Du vergisst, dass ich Geschan bin, der siebte Richter.«

»Nur gut, dass die Bewohner von Neschan ihrem neuen Richter noch nicht dabei zusehen können, wie er wehrlose Kühe in Angst und Schrecken versetzt. Es würde Euch einiges an Respekt kosten, ehrwürdiger Geschan.«

Offensichtlich war Bithya an diesem Morgen besonders angriffslustig. Und das verwirrte Yonathan. In letzter Zeit hatte er geglaubt, die Gefühle, die er für sie empfand, würden von ihr, wenn auch zaghaft, erwidert werden. Doch heute …? Vielleicht hatte er sich nur etwas vorgemacht. Und überhaupt schien dies nicht sein Tag zu sein. Bithyas Auftritt war nämlich nicht das erste unangenehme Erlebnis seit Sonnenaufgang. Er beschloss das Wortgefecht zu beenden, indem er auf ein anderes Thema ablenkte.

»Du bist bestimmt nicht zu mir gekommen, um meine Ausbildung zum Richter voranzutreiben, oder?«

Das Manöver zeigte Wirkung. Bithya senkte den Blick und sagte nun erstaunlich leise: »Ich bin gekommen, weil Goel mich darum gebeten hat.«

»Goel? Aber der Unterricht geht heute doch erst nach dem Mittagessen los.«

»Es handelt sich auch nicht darum …« Bithya stockte. Ihre Unterlippe begann zu zittern.

Yonathan spürte auch ohne die einfühlende Kraft des Stabes Haschevet, dass etwas in der Luft lag. Bithya machte sich Sorgen. Aber warum?

In sanftem Ton fragte er: »Was kann denn so dringend sein, dass es nicht bis Mittag Zeit hat?«

»Er will dich fortschicken.«

Yonathan schluckte. »Hat er dir das gesagt?«

»Nein.« Bithyas Unterlippe bebte stärker. Auch ihre Augen begannen feucht zu glänzen.

»Aber woher willst du dann wissen …?«

»Eine Frau spürt so etwas!«, fiel sie ihm trotzig ins Wort. »Aber was erzähle ich dir das? Du bist ja ein Mann. Was bei euch nicht logisch ist, das darf es auch nicht geben.«

Yonathan hätte darauf gerne noch etwas erwidert. Aber Bithya gab ihm keine Gelegenheit dazu. Sie wirbelte auf der Stelle herum und stapfte samt Gurgi nach Hause zurück, hinter ihr eine flatternde Mähne aus schwarz gelocktem Haar.

Yonathan folgte ihr langsam. Er musste nachdenken. Warum war Bithya so aufgewühlt? Selbst wenn ihn Goel wieder einmal nach Ganor schicken würde, um dem Rat der *Charosim* einige Anweisungen zu überbringen, war das doch kein Grund sich derart aufzuführen!

Nein, die Ursache für Bithyas Erregung musste anderer Natur sein. Yonathan ahnte schon seit einigen Stunden, dass etwas nicht stimmte. Bei Sonnenaufgang war er erwacht, völlig durcheinander. Er hatte einen Traum gehabt. Nicht einen jener Träume, die ihn während all der Jahre begleitet hatten, als er noch als gelähmter Knabe auf der Erde lebte. In den Nächten war er damals immer der gesunde und aufgeweckte Junge von Neschan gewesen. Bis er sich hatte entscheiden müssen zwischen den beiden Welten. So hatte er schließlich das Amt des siebten Richters auf Neschan angenommen – und die Erde für immer verlassen.

Seit dieser Zeit erging es ihm wie jedem anderen Menschen auch: Manchmal träumte er Schönes, manchmal Verwirrendes und gelegentlich Unangenehmes. Nur die *Erinnerung*, die von Haschevet verliehene Gabe des vollkommenen Gedächtnisses, sorgte dafür, dass er beim Erwachen stets noch ganz genau wusste, was er geträumt hatte.

Aber an diesem Morgen war alles anders gewesen. Sosehr sich Yonathan auch bemühte, es gelang ihm nicht sich den Inhalt des Traumes ins Bewusstsein zu rufen. Verwirrt hatte er sich aus dem Haus geschlichen und war hinausgegangen zum See der Reinheit; er suchte diesen Ort oft auf, wenn er ungestört sein wollte. Als die Sonne längst weit über dem Horizont stand, hatte er noch immer keine Lösung für sein Problem gefunden. Und dann war er auf die Idee mit der Kuh gekommen.

Auf dem Heimweg ging Yonathan nun entgegen der Strömung an dem kleinen Bach entlang, dessen sprudelndes Wasser am Haus der Richter vorbeifloss, um sich später in den See der Reinheit zu ergießen. Gerade als er eine knorrige alte Trauerweide passierte, überkam ihn ein vertrautes und dennoch beunruhigendes Gefühl. Von einem leichten Schwindel gepackt suchte er Halt am rauhen Stamm des Baumes. Dabei fiel sein Blick auf eine Verdickung der Rinde, die wie ein Männerkopf aussah. Nein, es *war* ein Kopf, genauer gesagt: ein Gesicht, das ihn freundlich anlächelte.

Yonathan war mittlerweile mit diesen Erscheinungen vertraut. Beim ersten Mal, als ihn ein solches Gesicht aus seiner Suppenschale heraus angeschaut hatte, war er aufgesprungen, hatte den Tellerinhalt verschüttet und einen ratlosen Goel zurückgelassen. Später, nachdem er sich wieder beruhigt hatte, erklärte ihm der alte Richter alles. Derartige Visionen seien für den Hüter des Gartens der Weisheit etwas ganz Normales. Da *Gan Mischpad* von einer übernatürlichen Nebelwand umgeben sei, könne nur derjenige eintreten, der das Einverständnis des Richters besitze. Und da Geschan – Goel pflegte Yonathan stets mit seinem offiziellen Namen anzusprechen – nun einmal dieses Amt innehabe, solle er sich beizeiten an solche »Störungen« gewöhnen.

Im Laufe der vergangenen Monate hatten viele Besucher um Einlass gebeten – aus Teebechern, Brunnen und Rosenblüten oder aus angebissenen Äpfeln heraus. Goel pflegte eben einen regen Gedankenaustausch mit seinen vierzig Boten, den *Charosim*. Am häufigsten »schaute« Navran Yaschmon »herein«, wie er sich auszudrücken pflegte. Yonathans Ziehvater hatte sich in Ganor niedergelassen, nachdem sein Schützling zum siebten Richter ernannt worden war, und er bestand darauf, auch die kleinste Neuigkeit persönlich weiterzugeben. Yonathan war immer hocherfreut, wenn er das Gesicht des alten Mannes irgendwo entdeckte. Niemanden ließ er lieber ein. Allerdings hatte seit dem Tag, an dem er sich mit seinen Gefährten vor den Häschern Sethurs in den Garten flüchtete, auch kein Unbefugter mehr versucht in diesen heiligen Ort einzudringen. Zum Glück! Jemanden zurückzuweisen hätte bedeutet ihn hilflos im Grenznebel in die Irre zu schicken – manche behaupteten, für immer.

Die durch den Stab Haschevet wirkende Macht verlieh Yonathan die unbestechliche Gabe des *Gefühls*. Er war in der Lage die

Absichten und Empfindungen anderer Personen klar zu erkennen. Deshalb konnte er auch die Besucher, die um Einlass baten, sehr zuverlässig einschätzen. Alles Weitere war fast schon Routine: Yonathan öffnete mit seiner Willenskraft den Nebel und der Neuankömmling erreichte, ganz gleich, aus welcher Richtung er den Garten betrat, in wenigen Stunden den Wohnsitz der Richter Neschans und konnte sich mit Goel oder ihm besprechen.

Yonathan kannte das Gesicht des jungen Mannes, das ihn aus dem Weidenstamm heraus anlächelte. Er kannte auch das zweite Gesicht, das sich kurz darauf an derselben Stelle zeigte. Felin und Gimbar, seine alten Gefährten, waren in den Grenznebel eingetaucht und baten um Zutritt. Yonathan freute sich die beiden wieder zu sehen. Ihnen gewährte er selbstverständlich Einlass in den Garten der Weisheit.

Und dennoch schien an diesem Morgen nichts so zu sein wie an anderen Tagen.

»Ich muss dich dringend sprechen, Geschan.«

»Das dachte ich mir schon, Meister. Warum sonst hättest du Bithya zu mir geschickt – und das noch *vor* dem Mittagessen?«

Die mandelförmigen Augen Goels verengten sich. »Erstens, mein vorlauter Schüler, musst du mir nicht immer vorhalten, dass ich Speisen und Getränken gewisse Freuden abgewinne, und zweitens: Wo ist Bithya überhaupt? Ich dachte, sie würde mit dir gemeinsam den Heimweg antreten.«

Yonathan durchschaute schnell, dass Goels Sorge um Bithya nur vorgeschoben war, um von seiner offensichtlichen Unruhe abzulenken. Zwar besaß der kleine Mann mit dem langen dünnen Bart von Natur aus ein sehr lebhaftes Temperament, das ihm selbst nach neunhundert Lebensjahren noch aus den Augen blitzte, aber Goels jetzige Anspannung war nicht darauf zurückzuführen. Etwas Ernstes musste geschehen sein.

Yonathan beschloss auf die Taktik seines Lehrmeisters einzugehen und antwortete: »Bithya hat sich schnell rar gemacht, nachdem sie mir deine Botschaft überbracht hatte.« Sein Experiment mit der Kuh verschwieg er lieber.

»Mich deucht, sie ahnt bereits, dass uns größere Veränderungen ins Haus stehen; Frauen sind in solchen Dingen sehr empfindsam. Es wundert mich übrigens, dass *du* noch nicht …« Der Richter hielt inne und blickte Yonathan fragend an.

Aber Yonathan wollte sich nicht darauf einlassen. »Was bewegt dich, Meister?«

»Es geschehen beunruhigende Dinge. Komm mit. Lass uns ein wenig spazieren gehen.«

»Ich habe heute Nacht einen Traum gehabt«, begann Goel, nachdem sie schweigend ein Stück des Weges zurückgelegt hatten. »Es war eine Botschaft von Yehwoh, von großer Tragweite. Eine Botschaft, die mich – das muss ich gestehen – ziemlich aufgewühlt hat.«

»Ach, daher das Rauschen!«

»Wie bitte?« Goel wirkte verwirrt.

Mit einem Mal erhielt alles einen Sinn. Der Traum der letzten Nacht, an den Yonathan sich merkwürdigerweise nicht mehr erinnern konnte, war nicht sein eigener gewesen. Durch die Kraft Haschevets hatte er unbewusst die Erregung Goels wahrgenommen, wie ein fernes Geräusch irgendwo im Hintergrund, das man nicht recht deuten kann. Aber was konnte Goel derart beunruhigt haben?

Yonathan unterdrückte seine Neugier und sagte scheinbar ruhig: »Es ist lange her, dass du einen solchen Traum gehabt hast, nicht wahr, Meister?«

Goel nickte ernst. »Nicht mehr, seit das Richteramt auf dich übertragen wurde.«

»Dann muss es wirklich wichtig sein.«

Sie bogen gerade in das Heckenrondell ein, nicht weit hinter dem Haus der Richter Neschans. Die Rosensträucher wiesen schon junge Triebe und saftig grüne Blätter auf, aber die Blüten warteten noch auf ihre Jahreszeit. Nur ein Strauch erstrahlte wie immer in seiner ganzen Pracht.

»Kannst du dich an die Tränenland-Prophezeiung erinnern, Geschan? Aber natürlich entsinnst du dich. Du besitzt ja den Stab. Ein Teil der besagten Prophezeiung erfüllte sich, als du vor drei Jahren hier im Garten der Weisheit eintrafst. Es geht darin um den siebten Verwalter, den der König des Tränenlandes ausgesandt hatte, damit er dem verwerflichen Treiben des bösen Fürsten Einhalt geböte. Du kennst die Bedeutung dieses Gleichnisses?«

Yonathan nickte. »Der König steht für Yehwoh, der böse Fürst ist Bar-Hazzat und durch den Verwalter wird der siebte Richter dargestellt. Richtig?«

»Richtig. Wenn du so gut Bescheid weißt, dann kannst du mir sicher auch erzählen, was geschah, nachdem der siebte Verwalter ausgeschickt worden war.«

»Er legte den Fürsten in Ketten und brachte ihn zum König. Der saß über seinen Widersacher zu Gericht und ließ ihn in einen tiefen Turm werfen.«

Inzwischen waren Yonathan und Goel bei dem weiß blühenden Rosenstrauch angelangt und der alte Richter setzte sich auf eine Bank aus weißem Marmor.

»Wieder richtig«, bestätigte er. »Du bist ein gelehriger Schüler, Geschan. Nun lass uns diesen Teil der Weissagung ebenfalls deuten: Wann gedenkst du eigentlich, Bar-Hazzat unschädlich zu machen?«

Yonathan schluckte schwer. Er war Bar-Hazzat, oder vielmehr einem Sendbild des dunklen Herrschers, zweimal begegnet. Zuletzt, im Schwarzen Tempel von Abbadon, hätte es ihn beinahe das Leben gekostet. »Ich hatte gehofft, Bar-Hazzat würde Ruhe geben, sobald er feststellte, dass sein Plan, mich und den Stab Haschevet vom Garten der Weisheit fernzuhalten, fehlgeschlagen sei.«

»Was ja auch nicht so falsch ist. Nachdem die *Charosim* der Welt die Nachricht überbrachten, dass der siebte Richter erschienen sei, wurden die schwarzen Priester, die Stellvertreter des dunklen Herrschers, überall aus den Städten und Dörfern verjagt. Die Ratten flüchteten in ihre Schlupflöcher zurück, an den Busen Bar-Hazzats, ihres finsteren Beschützers. Danach kehrte tatsächlich so etwas wie Friede ein.«

»Leider nicht für lange.«

Goel wurde jetzt sehr ernst. Er legte seinem Schüler eine Hand auf die Schulter und sagte: »Geschan, es fällt mir schwer, dir mitzuteilen, was zu sagen meine Pflicht ist.«

»Ich ahne schon, was jetzt kommt.«

»Du weißt, dass unsere vierzig Boten seit anderthalb Jahren immer beunruhigendere Berichte aus ganz Neschan mitbringen. Die schwarzen Priester Témánahs sind wieder aktiv geworden. Bar-Hazzat hat sich unerfreulich schnell von dem Schock deines Erscheinens erholt.«

Yonathan konnte sich noch recht gut an den Tag erinnern, als er von Kitvar aus, mit dem Stab Haschevet auf dem Rücken, seine abenteuerliche Reise zum Garten der Weisheit angetreten hatte. Damals war er in den Straßen der kleinen Hafenstadt versehentlich mit einem jener schwarz gekleideten témánahischen Priester zusammengestoßen und hatte sich zu Tode erschreckt. Später erfuhr er, dass die weißhäutigen, glatzköpfigen Diener Bar-Hazzats auf der Suche nach dem Stab waren. Yonathan konnte nur von Glück sagen, dass sie keinen Gedanken daran verschwendet hatten, das kostbare Zeichen der neschanischen Richterschaft bei einem kaum vierzehnjährigen Knaben zu suchen.

»Hatte dein Traum etwas mit diesen Priestern zu tun?«, fragte er besorgt.

»Mit ihnen und mit noch viel Schlimmerem. Während meines Traums durchstreifte ich alle Regionen Neschans und überall sah ich das gleiche Bild. Grässliche Dinge gehen vor sich! Die schwarzen Priester praktizieren Kulte, die mehr als verabscheuungswürdig sind – selbst vor Kinderopfern schrecken sie nicht zurück.«

»Aber wie können die Menschen so etwas dulden?«

»Es gibt leider viele, die sich mit Hingabe jeder Art von Mystik widmen. Sie hoffen, Ansehen und Einfluss zu erlangen, indem sie geheimen Mächten huldigen. Aber das ist nicht einmal das Schlimmste.«

Yonathan schaute seinen Meister fassungslos an.

»Die weitaus größte Zahl ihrer Anhänger gewinnen die schwarzen Priester mit anderen Mitteln, durch eine schwer erkennbare Manipulation: Sie vergiften mit ihren Lehren den Geist der Menschen.«

»Wie das?«

»Sie predigen ihnen Reichtum, Erfolg, Macht, Ansehen – alles, was die Gier des Menschen zu nähren vermag. Das Gefährliche an ihren Lehren ist, dass die Rücksicht gegenüber den Mitmenschen nichts mehr gilt; alles muss sich der Befriedigung des eigenen Verlangens beugen. Bei denen, die ohnehin schon Macht und Einfluss besitzen, fällt der Same aus Témánah naturgemäß auf besonders fruchtbaren Boden. Das Gerede der Priester schmeichelt ihren Ohren: ›Tu, was du willst. Nur *du* bist wichtig. Der Stärkere siegt immer über den Schwachen. Warum sich nicht auf die Seite der Gewinner stellen?‹ Das sind ihre Glaubenssätze. In meinem Traum sah ich, dass in manchen Gegenden Menschen verfolgt oder zumindest als Feinde der Gemeinschaft beschimpft werden, weil sie die Selbstsucht ihrer Mitmenschen anprangerten und zu mehr Nächstenliebe aufriefen.«

»Ich vermute, dass es als siebter Richter meine Aufgabe ist die Menschen wieder zur Vernunft zu bringen?«

»Ja und nein«, meinte Goel. »Bedenke: Wir Richter haben die Menschen zu allen Zeiten auf Yehwohs gerechte Wege hingewiesen und die Machenschaften der dunklen Seite angeprangert. Einige hörten darauf, andere lachten über uns. Was du zu tun hast, ist weit mehr, als die sechs Richter vor dir unternahmen.«

»Ich dachte mir schon etwas Ähnliches. Du sprichst wahrscheinlich vom zweiten Teil der Tränenland-Prophezeiung.«

Goel nickte bedächtig. »Auch davon. Melech-Arez verlangt das zurück, was ihm – wie er meint – ganz allein zusteht. Jeder, der das *Sepher Schophetim*, das Buch der Richter Neschans, kennt, weiß, dass er der Gott dieser Welt ist. Er hat sie geschaffen als eine jämmerliche Kopie der Erde. Er wollte eine Welt, die ihm zu Füßen liegt, in der ausnahmslos jede Kreatur ihn als Gott und Schöpfer anbetet.«

»Was ihm nur sehr unvollkommen gelungen ist.«

»Natürlich. Hätte Yehwoh die entarteten Geschöpfe Neschans

nicht von ihrer krankhaften Bosheit befreit, würde längst kein vernunftbegabtes Lebewesen mehr auf dieser Welt existieren. Yehwoh hat den vorher willenlosen Geschöpfen Melech-Arez' die Fähigkeit gegeben selbst zu entscheiden, wem sie dienen möchten: ihm oder dem selbst ernannten Gott Neschans. Außerdem sandte er die Richter und die *Träumer* von der Erde, als Kraft des Guten gegen die Mächte des Bösen.«

»Wir beide wissen ganz genau, wohin das alles geführt hat. Die Menschen und mit ihnen alle anderen vernunftbegabten Wesen Neschans finden sich seit Jahrtausenden in zwei Lagern wieder. Aber wie kann sich das jemals ändern?«

»Durch die Weltentaufe.«

Goels prompte Antwort raubte Yonathan für einen Moment den Atem. Seit den Tagen Yenoachs, des ersten Richters, war die Weltentaufe zwar in den heiligen Schriften immer wieder angekündigt worden, aber die Menschen neigen nun einmal dazu, die Unwägbarkeiten der Zukunft einfach zu verdrängen. Dass dieses Ereignis, in dessen Folge Neschan für immer vergehen würde, so kurz bevorstand, damit rechneten wohl nur wenige.

»Ich habe nie so richtig verstanden, wie von einem einzigen Menschen, dem siebten Richter, das Geschick einer ganzen Welt abhängen kann«, sagte Yonathan. »Was nützt den anderen Menschen da schon das Recht, frei über ihr eigenes Handeln zu bestimmen?«

Goel lächelte nachsichtig. »Das wäre der Gegenstand einer späteren Lektion gewesen, Geschan. Lass es mich ganz kurz erklären: Yehwoh ist gerecht, er ist die Liebe in Person. Nie würde er einen Menschen dem Untergang weihen, der ihm treu ergeben ist. Aber diese Welt hier – die Heimat so vieler Lebewesen – wurde vom Bösen hervorgebracht. Sie wurde geschaffen, um einem bösen Zweck zu dienen. Aus diesem Grund kann auch nichts, das von dieser Welt stammt, Neschan retten. ›Finsternis kann niemals Licht gebären‹, heißt es im *Sepher*. Deshalb wurden die Richter immer von der Erde genommen. Und dir, Geschan, ist die Aufgabe anvertraut, als Stellvertreter für die vielen Gerechten ein für allemal die dunklen Helfershelfer Melech-Arez' von dieser Welt zu verbannen. Nur dann wird die Weltentaufe anbrechen und dem Untergang Neschans ein neues Emporheben folgen, eine Welt mit neuem Namen.«

Yonathan schwieg lange Zeit. Obgleich Goels Worte ihm nicht fremd waren, hatte er das Unausweichliche lange weggeschoben. Eine ganze Welt zu retten erschien ihm als eine nicht eben leichte Bürde.

Er musste sich überwinden das Schweigen, das ihm ein trügerisches Gefühl der Geborgenheit gab, zu brechen. »Und wie, glaubst du, kann ich Bar-Hazzat und die anderen Diener des Melech-Arez nachhaltig ausschalten?«

Goel schien nur auf Yonathans Frage gewartet zu haben. »Ganz einfach, du musst die sechs Augen Bar-Hazzats zerstören.«

»Die ... was?«

»Ach«, Goel wirkte zerstreut, »davon habe ich dir, glaube ich, noch nicht erzählt. Ein schweres Versäumnis, das muss ich eingestehen. Melech-Arez und seine entarteten Geister lieben es, sich an materielle Dinge zu binden: Steine, Bilder, Statuen, alles Mögliche. Da sie selbst über keinen Leib verfügen, nutzen sie das Stoffliche, um damit Macht über die Lebewesen Neschans zu gewinnen.«

»Und die sechs Augen Bar-Hazzats sind solche ›stofflichen‹ Dinge?«, fragte Yonathan verwirrt.

Goel nickte. »Es gibt im *Sepher* nur einige vage Andeutungen über sie. An einer Stelle heißt es: ›Und der Fürst des Südreiches sandte seine Boten aus, damit sie ihm dienten als Augen, um allezeit zu wachen über die Tränenwelt ...‹«

Yonathan erinnerte sich an die Textpassage und fuhr fort: »›Vier mit den Weltwinden, einen in das Herz des Himmelsthrons und der sechste mit jedem Schritt an der Seite seines Herrn – ein jeder karminrot gekleidet, um in Blut zu tauchen die Länder des Lichts.‹«

»Ich muss immer wieder über dein Gedächtnis staunen, auch wenn ich weiß, dass Haschevet dich ein wenig unterstützt.«

»Er hilft mir ganz gehörig!«, versicherte Yonathan. Dann fiel ihm etwas ein. »Ich habe dir doch davon erzählt, wie der Stab

Haschevet damals am Südkamm die Eislawine zum Schmelzen brachte, auf der Sethur stand.«

»Der Heeroberste Bar-Hazzats wurde mit dem Schmelzwasser fortgeschwemmt«, erinnerte sich der alte Richter.

»Als Sethur in den Eismassen versank, schleuderte er mir noch einen Fluch nach. Damals waren es rätselhafte Worte für mich. Er rief: ›Ihr habt zwar einen Sieg errungen, aber Ihr habt die Schlacht noch nicht gewonnen, Stabträger. Die Augen liegen in ihren Höhlen und harren der Stunde der Erweckung, um Euch wieder die Macht zu nehmen und sie dem zu geben, dem sie gebührt.‹ Meinst du, er hat von denselben Augen gesprochen wie das *Sepher Schophetim?*«

»Da bin ich mir sogar sicher, Geschan.«

»Ich wüsste nur zu gern mehr über sie. Die Prophezeiung im *Sepher* und auch Sethurs Fluch – all das klingt, als wären die sechs Augen eigenständige Wesen.«

Goel zuckte mit den Schultern. »Es ist wenig bekannt. Aber nach dem, was ich über den Herrscher Temánahs weiß, glaube ich nicht, dass er irgendjemandem wirklich traut – selbst Sethur hat ihn enttäuscht, weil er dich nicht fangen konnte.«

»Wonach muss ich dann suchen, um Bar-Hazzats sechs Augen zu finden?«

»Nehmen wir einmal an, es seien Steine, karminrote Steine, um genau zu sein. Fällt dir dazu irgendetwas ein?«

Yonathans Augen weiteten sich. »Abbadon!«, hauchte er den Namen der verfluchten Stadt. »Als ich in dem Schwarzen Tempel nach Yomi suchte, sah ich einen Raum, in dem ein karminrotes Licht strahlte.«

»Nun, wie es aussieht, wissen wir bereits, wo sich das erste Auge befindet. Wenn es sich um ein lebendes Wesen gehandelt hätte, wäre es dir bestimmt entgegengetreten, um sich zu verteidigen.«

»So aber kam ihm Bar-Hazzat zu Hilfe und hätte mich beinahe zerquetscht wie einen lästigen Wurm. Sollte er immer sofort zur Stelle sein, sobald ich mich einem seiner Augen nähere, dann wird es ziemlich schwierig werden sie zu zerstören.«

Goel wiegte den Kopf hin und her. »Ich glaube nicht, dass er dazu in der Lage ist. Der Schwarze Tempel dürfte in dieser Hinsicht eine Sonderstellung einnehmen. Er war schon immer Bar-Hazzats Refugium. Außerdem darfst du nicht vergessen, dass er dir damals schon längere Zeit auf den Fersen war.«

»Jetzt wird mir einiges klar! Ich erinnere mich noch genau an die Worte des schwarzen Schattens im Tempel von Abbadon. Er sagte: ›Ich kenne dich genauer, als du denkst, Yonathan. Du kriechst bereits viel zu lange Zeit unter meinen Augen dahin.‹ Er meinte nichts anderes als seine sechs karminroten Augen. Je länger ich darüber nachdenke, desto mehr gelange ich zu der Überzeugung, dass ich auf meiner Reise nicht nur *einem* Stein – oder was immer diese Augen darstellen – sehr nahe gekommen bin.«

»Das kann gut sein. Vielleicht waren all die Hindernisse, die auf deinem Weg zum Garten der Weisheit lagen, Teil eines größeren Plans. Du solltest aber trotzdem damit rechnen, dass auch die anderen Augen bewacht werden. Bar-Hazzat versteht es Dummheit, Stolz oder Machtsucht in Hörigkeit zu verwandeln. Wer sich ihm ausliefert, der kann jede Kontrolle über den eigenen Willen verlieren. Geh also lieber davon aus, dass er mächtige Geschöpfe zum Schutz seiner Augen auserwählt hat.«

»Ich werde daran denken«, erwiderte Yonathan geistesabwesend. In seinem Kopf schwirrten die Gedanken wild durcheinander. »Vier Augen wurden mit den Weltwinden ausgesandt«, murmelte er, den Blick zu Boden gesenkt. »Und eines befindet sich im Herzen des Himmelsthrons. Ich glaube, ich weiß, wo sich zumindest einige der Augen befinden.«

»Dann gibt es nichts mehr, was dich noch länger hier im Garten der Weisheit zurückhalten sollte.«

Erschrocken hob Yonathan den Kopf.

»Oder dachtest du, du könntest deine Aufgabe von hier aus lösen?«

»Nein, natürlich nicht«, gab Yonathan verunsichert zu. »Mir kam nur gerade meine Ausbildung in den Sinn.«

»Ich fürchte, wir müssen sie vorzeitig abbrechen. Sieben Jahre wären besser gewesen, aber bei deiner Auffassungsgabe sind drei auch nicht schlecht.«

Yonathan schnappte nach Luft. »Drei statt sieben! Wenn du mir eben Mut machen wolltest, dann ist dir das gründlich misslungen.«

»›Das Leben ist nicht der schlechteste Lehrmeister‹ sagt ein altes Sprichwort.« Über Goels Lippen huschte ein geheimnisvolles Lächeln. Dann sprach er sehr ernst weiter: »Ich möchte dir für deine Reise etwas mitgeben.«

Yonathan sah ihn erwartungsvoll an.

»Es handelt sich um drei Rosen – allerdings keine gewöhnlichen, natürlich; drei Rosen vom Strauch Ascherels, meiner Lehrmeisterin.«

»Beziehungsweise Tarikas, wie meine Urgroßmutter auf der Erde hieß«, setzte Yonathan hinzu. »Du hast mir schon einmal zwei dieser geheimnisvollen Blumen anvertraut.«

Goel nickte. »Sie vergehen nicht, solange ihr rechtmäßiger Besitzer lebt.« Er zog aus einer Falte seines schneeweißen Gewandes eine kleine silberne Klinge hervor, ging zu dem weißen Strauch und schnitt drei langstielige Rosen ab. Wieder zurück bei der Marmorbank reichte er Yonathan die Blumen und sprach dazu die feierliche Formel: »Als Hüter von Ascherels Rosenstock übergebe ich dir diese Blüten. Von nun an sind sie dein, bis du sie aus freiem Willen einem anderen gibst, es sei denn, du stürbest zuvor.« Dann fügte er noch hinzu: »Und jetzt nimm den Stab, und zerstöre sie.«

»Ich soll was …?« Yonathan hatte es die Sprache verschlagen.

»Na, zerschlage sie, mach Pulver aus ihnen, Blütenstaub, Rosenöl – was immer dir einfällt.«

»Aber wie …?«

»Tu, was ich dir sage.«

Yonathan seufzte. Er stellte sich neben Goel, legte die Rosen auf die Marmorbank und drehte sich noch einmal zu seinem Lehrmeister um.

»Beeil dich, das Mittagessen wird kalt.«

Yonathan bezweifelte den Sinn dieser merkwürdigen Übung,

aber er gehorchte. Er konzentrierte seinen Willen auf den Stab, holte weit aus und ließ den goldenen Knauf auf die zarten Rosenblüten niederfahren. Erwartungsgemäß zuckte ein blauer Blitz auf und ein krachender Donner betäubte seine Ohren. Weißer Staub zwang ihn zum Husten.

Nachdem sich die Wolke gesetzt hatte, blickte er fassungslos auf die drei weißen Rosen, die völlig unversehrt in den Trümmern der Gartenbank lagen.

Goel drehte sich um und machte sich auf den Rückweg zum Haus der Richter. Über die Schulter rief er Yonathan zu, der immer noch regungslos die Blumen anstarrte: »Willst du mich nicht zum Mittagessen begleiten? Dann könnte ich dir erklären, was geschehen ist; oder besser: was nicht geschehen ist.«

»Habt ihr versucht, einen Tunnel unter dem Grenznebel hindurchzugraben?«, begrüßte Bithya den ehrwürdigen Richter und seinen Schüler. In ihrer Stimme schwang eine gewisse Schärfe mit. »Ihr seht aus wie zwei Grubenarbeiter. Geht bitte vor die Tür und klopft euch ab. Danach könnt ihr wieder hereinkommen und euch an den Esstisch setzen.«

»Sie ist schon eine energische Person, meine Urenkelin«, flüsterte Goel vergnügt.

»Sie ist eine Stachelwortspuckerin!«, knurrte Yonathan zurück. Er erinnerte sich an Bithyas seltsames Verhalten am See.

»Was hast du gesagt, Yonathan?«

»Nicht der Rede wert, Bithya. Wir sind gleich zurück.«

Am Brunnen vor dem Haus schüttelten Goel und Yonathan den Staub aus ihren Gewändern und wuschen sich gründlich genug, um unter den kritischen Augen Bithyas bestehen zu können. Die beiden Richter hatten sich auf dem Rückweg vom Rosengarten ganz auf ihr Gespräch konzentriert. Der weiße Marmorstaub, der Haare, Gesichter und Kleidung mit einer feinen Schicht bedeckte, war ihnen gar nicht aufgefallen.

Goel hatte Yonathan erklärt, warum Haschevet den weißen Rosen von Ascherels Strauch nichts anhaben konnte. »Beide sind Schöpfungen Yehwohs, Werke des Lichts«, hatte der alte Mann erklärt. »So wie ein Licht ein anderes nur verstärken kann, so kann sich das *Koach* nicht gegen irgendeine andere Äußerung der göttlichen Macht wenden. Außerdem habe ich dir die Rosen feierlich übergeben. Sie sind unzerstörbar, solange du lebst.«

»Und das Gleiche gilt, wenn ich sie jemand anderem anvertraue?«

»So ist es.«

»Aber wie können mir die Rosen dabei helfen, die sechs Augen Bar-Hazzats unschädlich zu machen?«

»Das musst du selbst herausfinden, Geschan.«

»Vielen Dank für die Hilfe.«

»Was ›Hilfe‹ anbelangt, vermute ich doch, dass diese schon auf dem Weg hierher ist.«

»Du weißt von Gimbar und Felin?«

»Sagen wir, ich habe es geahnt.«

Viel mehr war auf dem Heimweg nicht aus dem alten Richter herauszubekommen. Yonathan hatte über alldem völlig Bithyas Sinn für Sauberkeit und Ordnung vergessen, was nicht ohne Folgen geblieben war. Das Mädchen half dem alten Sorgan und seiner Frau Balina bei den täglichen Arbeiten, die in und um das Haus der Richter Neschans anfielen. Sie tat es freiwillig, und manchmal glaubte Yonathan, nur deshalb, um ihn herumdirigieren zu können.

Bald nach dem Mittagessen traf Gimbar ein. Yonathan freute sich jedes Mal sehr seinen alten Gefährten wieder zu sehen, der ihn vor Jahren auf der Reise zum Garten der Weisheit begleitet hatte. Da die Geschichte dieses Abenteuers mittlerweile Gegenstand vieler Lieder und Erzählungen geworden war, kannte auf Neschan inzwischen jedes Kind den kleinen, muskulösen Mann, der seine ersten dreiundzwanzig Lebensjahre unter Piraten verbracht hatte. Zudem war er der einzige Mensch, der sich zweier Leben erfreuen durfte: Ein Pfeil der Häscher Sethurs hatte ihn damals getötet, als er sich schützend vor Yonathan warf. Doch die Kraft Haschevets hatte ihn wieder aus dem Todesschlaf zurückgeholt. Seit dieser Zeit trug Gimbar das Mal Haschevets auf der Brust, ein eingebranntes Adlergesicht.

»Wie geht es Schelima und den Kindern?«, begrüßte Yonathan den jungen dunkelhaarigen Mann mit der auffallenden Hakennase.

»Prächtig!«, antwortete Gimbar und zeigte sein strahlendes Lächeln. »Meine Frau blüht schöner als jede Blume, der kleine Schelibar erprobt zur Zeit die nervliche Belastbarkeit seines Vaters mit nächtlichen Lärmattacken, und meine Große, Aïscha, lernt gerade, wie man in Farbtröge steigt und über Stoffballen wandelt.«

»Das Familienleben ist wirklich ein Segen!«

»Ich wusste, dass du kein Mitleid mit mir haben würdest.«

Etwa zwei Stunden später erreichte auch Felin das Haus der Richter. Er hatte sich kaum verändert: Sein hochgewachsener schlanker Körper bewegte sich noch mit derselben Geschmeidigkeit, die Yonathan schon immer an ihm bewundert hatte; an seinem Sattel hing der alte Langbogen und auf dem Rücken trug er das mächtige Schwert Bar-Schevet, das längst schon genauso zu ihm gehörte wie seine traurigen Augen.

Das Wiedersehen mit dem Sohn des cedanischen Kaisers Zirgis versetzte Yonathan in eine ganz besondere Hochstimmung. Dies bedeutete aber nicht, dass er die Freundschaft Gimbars weniger schätzte. Der Freund wohnte sozusagen in unmittelbarer Nachbarschaft des Gartens, sodass man sich mehrmals im Jahr sehen konnte. Den schweigsamen Prinzen dagegen hatte Yonathan nicht mehr zu Gesicht bekommen, seit Gimbar vor drei Jahren Schelima geheiratet und die Leitung von Baltans Handelskontor in Ganor übernommen hatte.

»So fügt sich denn alles zusammen«, sagte Goel, nachdem Yonathan und Felin sich umarmt und eine Weile einfach nur dagestanden waren, schweigend, als wollten sie sich von der Gegenwart des anderen völlig durchdringen lassen.

Felin blickte Goel fragend an.

»Erinnert ihr euch nicht mehr?« Der sechste Richter lächelte geheimnisvoll. »Damals, als ihr drei zusammen mit Yomi und Yehsir in den Garten der Weisheit kamt, erhielt jeder von euch eine Berufung.«

»Ich kann mich noch sehr gut entsinnen«, warf Gimbar ein. »Als wäre es gestern gewesen. ›Diene Yehwoh und seinem siebten Richter, denn das ist, was dir bestimmt wurde‹, hattet Ihr zu mir gesagt.«

Felin nickte. »Wie könnten wir diesen Tag vergessen, ehrwürdiger Goel? Mich mahntet Ihr damals, das Schwert Bar-Schevet nie zu üblen Zwecken zu gebrauchen. Und meine Bestimmung, wie auch diejenige Geschans, sei es, einst im Thronsaal von Cedanor den Frieden über alle Völker Neschans auszurufen. Was das Schwert betrifft, so glaube ich, mich Eurem Rat würdig erwiesen zu haben, aber der Frieden Neschans scheint mir heute weiter entfernt als je zuvor.«

»Deswegen sind wir heute hier zusammengerufen worden«, sagte Goel.

»Einen Moment!«, warf Yonathan ein. »Was heißt ›zusammengerufen‹? Wie kommt es überhaupt, dass ihr beide gerade heute hier eintrefft?«

»Erinnerst du dich nicht mehr an das, was ich damals zu dir sagte, als wir uns verabschiedeten?«, fragte Felin, und er klang beinahe vorwurfsvoll.

»Doch. An jedes einzelne Wort«, erwiderte Yonathan. »Seit ich den Stab Haschevet mit mir herumtrage, vergesse ich überhaupt nichts mehr. Du sagtest damals: ›Wenn du mich einmal brauchst, dann werde ich da sein, mein Freund. Verlass dich darauf.‹ – Aber das ist keine Antwort, Felin. Woher hast du gewusst, dass es *heute* soweit ist?«

Felin zuckte mit den Achseln. »Warum wissen die Krokusse, dass sie ihre Köpfe aus dem Schnee stecken sollen?«

»Weil es wärmer wird«, antwortete Yonathan unnachgiebig.

»Ja, das ist eine passende Erklärung«, pflichtete Felin seinem ungeduldigen Freund bei. »Sagen wir, es ist warm geworden auf Neschan, sogar heiß. Deshalb bin ich gekommen.«

Hilfesuchend blickte Yonathan zu Gimbar hinüber.

»Frag nicht mich«, entgegnete dieser, als müsse er seine Unschuld beteuern. »Bei mir war die Sache einfacher. Ich gab gestern früh Anweisung einige besonders kostbare Bahnen frisch gesponnener Seide zum Bleichen in die Sonne zu hängen. Wenig später kamen einige Weber zu mir gelaufen und jammerten mir die Ohren voll, das ganze Tuch sei verdorben. Ich wollte mich selbst überzeugen und fand die Seide an ihrem Platz: unversehrt. Und rot.«

»Interessant«, murmelte Goel.

»Sie war *was?*«

»Ja, du hörst richtig, Yonathan. Die weiße Seide hatte ein sattes Rot angenommen. Niemand hätte in so kurzer Zeit eine solche Menge Stoff heimlich abnehmen, färben und wieder an die alte Stelle hängen können. Unsere Seide ist sehr kostbar, und daher passen wir immer gut auf sie auf. Nebenbei bemerkt war die rote Seide völlig trocken! Ich konnte mir keinen Reim auf diesen Vorfall machen oder sonst irgendeine natürliche Erklärung dafür finden. Noch am selben Abend sagte ich dann zu Schelima, dass ich zu dir in den Garten ginge, da ich verpflichtet sei dir zu helfen, und du offenbar dringend meine Hilfe benötigen würdest. Aber wie gesagt: Frag mich nicht, warum.«

Yonathan nickte gedankenverloren und murmelte: »Schade um die schöne Seide.«

»Darum musst du dich nicht sorgen«, sagte Gimbar unbekümmert. »Die Seide ist ja nicht verdorben. Sie leuchtet jetzt nur in einem unvergleichlich kräftigen Karminrot, so gleichmäßig, dass ...«

»Sag das bitte noch einmal!«, platzte Yonathan dazwischen.

»Wie bitte?«

»Die Farbe! Wie hast du eben den Farbton beschrieben?«

»Sie ist karminrot – übrigens eine sehr gute Qualität.«

Yonathan wechselte einen schnellen Blick mit Goel.

»Lasst uns in das Studierzimmer gehen«, beschloss der alte Richter. »Es gibt einige sehr wichtige Dinge, die wir besprechen müssen.«

Zwischen Hunderten von Schriftrollen und kaum weniger ledergebundenen Folianten saßen Yonathan, Goel, Felin und Gimbar und berieten, wie man eine Welt retten konnte.

»Ich glaube, die Fakten sind eindeutig«, fasste Goel zusammen. Er wanderte unruhig im Zimmer umher, Gimbar hatte sich in einen bequemen Sessel geworfen, Yonathan und Felin standen über einige Landkarten gebeugt am Tisch. »Mein Traum der vergangenen Nacht, die alten Weissagungen und der Bericht, den Felin von seiner Reise durch die Länder Neschans mitgebracht hat: Alles beweist, dass nun der Zeitpunkt gekommen ist. In dem Maße, wie die sechs Augen Bar-Hazzats erwachen, gewinnen die schwarzen Priester Témánahs an Macht und Einfluss. Die Augen müssen unverzüglich zerstört werden! Andernfalls wird das dunkle Reich Témánah Neschan verschlucken. Die Weltentaufe kann dann dieser Welt nur noch die Erlösung bringen, die man einem Pferd mit gebrochenem Lauf gibt.«

»Man schneidet ihm die Gurgel durch«, meinte Gimbar nüchtern.

Yonathan sprang auf. »Ich werde diese karminroten Augen finden, und ich werde sie zerstören.«

»Wann brechen wir auf?«, erkundigte sich Felin, die Ruhe in Person.

»Nur Geschan und Gimbar werden diese Suche antreten«, bestimmte Goel. »Deine Aufgabe ist eine andere, mein Urenkel. Du wirst nach Cedanor gehen, denn dorthin wird sich Bar-Hazzat wenden, sobald er spürt, dass wir ihm den Kampf angesagt haben.«

»Wer lässt sich schon gern ins Auge piken?«, scherzte Gimbar. »Selbst wenn er sechs Stück davon hat.«

»Spätestens wenn Geschan das erste Auge zerstört hat, wird Bar-Hazzat unseren Plan durchschauen«, gab Goel dem kleinen Expiraten Recht. »Deshalb ist es so wichtig, dass du und Geschan schnell und unauffällig vorgeht; das betrifft vor allem die Anwendung des *Koach*.«

»Wie meinst du das?«, fragte Yonathan.

»Die schwarzen Priester werden sofort bemerken, wenn du die Macht Haschevets in ihrer Nähe gebrauchst, ebenso wie du ihre Gegenwart spüren wirst.«

»Das macht die Sache nicht eben leichter.«

»Es hat nie jemand behauptet, dass es einfach sein wird, Geschan. Mach dich mit dem Gedanken vertraut, dass ihr unsichtbar bleiben müsst, so lange es nur irgend geht. Darum solltet ihr eure Suche dort beginnen, wo sie am zeitaufwendigsten ist; danach muss dann alles ganz schnell gehen.«

»Leichter gesagt als getan«, wandte Yonathan ein. »Gemäß der Prophezeiung befindet sich ein Auge im Herzen des Himmelsthrones. Wie wir alle wissen, wird der Palastberg in Cedanor so genannt. Wir müssen also erst einmal dorthin gelangen, nachdem wir das erste Auge irgendwo auf Neschan ausfindig gemacht haben. Das kann Wochen oder sogar Monate in Anspruch nehmen!«

»Deshalb ist es so wichtig, dass Felin mit Bar-Schevet nach Cedanor geht«, betonte Goel. »Nur die Macht Haschevets, die in dem Schwert wirksam ist, kann den Einfluss des Auges bannen, bis du die Hauptstadt erreichst.«

Der Prinz nickte. Am liebsten wäre er zwar seinen Gefährten gefolgt, aber er sah ein, dass Goels Argumente schwerer wogen.

»Gut«, fuhr Yonathan fort. »Wenn – um weiter bei den Worten der alten Weissagung zu bleiben – das ›Herz‹ Cedanor ist, dann sind die vier Weltwinde vermutlich die vier Himmelsrichtungen. Wir können also davon ausgehen, dass Bar-Hazzat seine karminroten Wächter in genügendem Abstand um die Stadt herum platziert hat. Von zwei weiteren Augen glaube ich zu wissen, wo sie sich befinden: eines im Nordwesten, das andere im Südosten.«

»Bleiben der Osten und der Westen«, folgerte Gimbar. »Ich bin einmal zur See gefahren und kenne mich in diesen Dingen aus.«

Ein flüchtiges Lächeln huschte über Yonathans Lippen. »Wir werden unsere Suche im Osten beginnen. Und zwar morgen früh.«

Der Vollmond warf sein silbriges Licht über den Rosengarten. Yonathan stand zwischen den Trümmern der Marmorbank und dem Strauch Ascherels. Er war noch einmal hinausgegangen, um in Ruhe nachdenken zu können. Vor drei Jahren hatte sich sein Leben radikal geändert. Auf der Erde war er der Sohn eines

Lords gewesen, auf Neschan der Pflegesohn eines vermeintlichen Fischers. Wie ein Grenzgänger war er hin und her gependelt zwischen den beiden Seiten des Spiegels.

Bis er dann zum siebten Richter wurde. Goel hatte ihn hart herangenommen. Vielleicht hatte er schon immer gewusst, dass die Ausbildung des siebten Richters kürzer sein würde, als es die Bedeutung seines Amtes eigentlich gebot. Und nun würde sich Yonathans Leben erneut wandeln. Morgen sollte er die Geborgenheit des Gartens der Weisheit verlassen und in eine Welt hinausgehen, die ihm alles andere als freundlich gesinnt war. Er sprach ein stilles Gebet, seufzte und ging zum Haus zurück.

Vor dem Eingang traf er auf Bithya.

»Du bist noch wach?«

»Meinst du, ich schlafe an einem solchen Tag?« Bithyas Stimme klang gereizt.

»Warum denn nicht?«

»Du kannst mich nicht für dumm verkaufen, nur weil ich ein Mädchen bin.«

»Ich habe nie auch nur im Geringsten daran gezweifelt, dass du ein ausgesprochen kluges Mädchen bist.«

»Das wird mir helfen, ohne dich zurechtzukommen.«

»Wie kommst du auf so etwas?« Yonathan bemerkte, dass wieder die Unsicherheit von ihm Besitz ergriff, die er häufig in Bithyas Gegenwart verspürte.

»Glaubst du, ich weiß nicht, dass du morgen fortgehen wirst?«

»Nun …«

»Gib dir keine Mühe«, unterbrach das zierliche Mädchen seinen matten Erklärungsversuch. »Seit dem Tod meiner Eltern habe ich mich allein durchgeschlagen. Ich werde es verkraften, auch jetzt wieder auf mich gestellt zu sein.«

»Aber du bist doch nicht allein. Goel kann den Garten nicht verlassen. Außerdem sind Sorgan und Balina …«

»Das ist nicht das Gleiche«, fiel Bithya Yonathan erneut ins Wort. Er sah, dass ihre Unterlippe bebte. »*Du* wirst nicht mehr da sein. Nur das zählt für mich.«

Eine Fieberwelle lief durch Yonathans Körper, die ihn abwechselnd frösteln und brennen ließ. Also hatte er sich doch nicht geirrt, was Bithyas Gefühle ihm gegenüber betraf. Dieses anmutige, wunderschöne Mädchen wirkte mit einem Mal sehr verletzlich. Wo war die andere Bithya geblieben, die kratzbürstige Stachelwortspuckerin, die Komplizin bei so manchem Streich, die gute Freundin? Er erinnerte sich an die Verlegenheit und die feuchten Hände, die ihm bereits am ersten Tag ihrer Bekanntschaft zu schaffen gemacht hatten. Doch erst jetzt begriff er, wie sehr er dieses Mädchen wirklich liebte.

Balina hatte die ganze Nacht hindurch die Verpflegung für die drei Reisenden zubereitet und Sorgan hatte den Rest des Gepäcks zusammengestellt. Bithya war wie vom Erdboden verschluckt.

Yonathan hatte sich abgelenkt, indem er seine persönlichen Habseligkeiten ordnete und das zurechtlegte, was er mitnehmen wollte. Die drei Rosen Ascherels bettete er in einen langen Kasten aus Wurzelholz. Um seinen Hals hängte er sich die alte Flöte, die zu einem Erkennungszeichen des siebten Richters geworden war. Für den Knauf Haschevets hielt er einen Lederbeutel bereit; Goel hatte ihm geraten, den Stab damit zu tarnen, um eine vorzeitige Entdeckung zu vermeiden.

Für den äußersten Notfall überreichte der alte Richter Yonathan ein Pergament. »Gib es demjenigen, der dich aufzuhalten versucht; er wird sich von dem Blatt nie wieder lösen können, es sei denn, jemand anderes befreit ihn davon.« Yonathan wollte einen Blick auf dieses merkwürdige Schriftstück werfen, aber Goel drückte seinen Arm nieder und fügte hinzu: »Versuche es niemals, Geschan! Deine Reise könnte enden, ehe sie begonnen hat.«

Der sechste Richter machte ihm noch zwei andere wundersame Abschiedsgeschenke: den Beutel und den Dolch, die Yonathan schon auf seiner letzten großen Reise so nützliche Dienste geleistet hatten; Ersterer, indem er in Zeiten des Hungers stets auf geheimnisvolle Weise genügend Nahrung gespendet und Letzterer, indem er sogar Stein und eiserne Fesseln zerschnitten hatte. Die Dolchklinge konnte allein durch die Kraft der Gedanken scharf oder stumpf werden.

Die Kleidung, die Yonathan sich aussuchte, war einfach und zweckmäßig: ein alter grüner Umhang, den er einst von dem Behmisch Din-Mikkith geschenkt bekommen hatte, Wams, Hosen und Stiefel aus Hirschleder sowie zwei ungefärbte, weite Leinenhemden.

Die Wahl des Reittieres bedurfte keiner Überlegung. Kumi, das weiße Lemak mit den verschiedenfarbigen Augen, das er von Baltan geschenkt bekommen hatte, war in den vergangenen drei Jahren noch kräftiger geworden. Der aufgeweckte und häufig etwas launische Hengst würde ihn überallhin tragen.

Als schließlich der Augenblick des Abschieds nahte, tauchte plötzlich Bithya wie aus dem Nichts auf. Ihre Augen waren gerötet.

»Ich werde auf dich warten«, sagte sie mit belegter Stimme.

»Es wird nicht vergeblich sein.«

»Aber all die Gefahren! Wenn du nun ...«

»Still«, unterbrach Yonathan das Mädchen sanft, während er ihm seinen Zeigefinger auf die Lippen legte. »Ich werde zurückkommen. Oder zweifelst du an den Prophezeiungen des *Sepher?*«

»Nein«, presste Bithya hervor, und ihre Unterlippe zitterte wieder. »Ich kann mir nur nicht vorstellen, wie ich ohne dich ...« Der Rest des Satzes ging in einigen erstickten Lauten unter.

»Du brauchst jetzt nichts mehr zu sagen«, sprach Yonathan beruhigend auf das Mädchen ein, das er schon so lange liebte – anfangs, ohne es sich selbst einzugestehen, und später, ohne es offen auszusprechen. »Wir werden uns wiedersehen. Ich verspreche es. Schon bald!« Und mit einem schiefen Lächeln fügte er hinzu: »Pass so lange gut auf unsere kleine Masch-Masch-Dame auf. Mir scheint, Gurgi ist in letzter Zeit ein wenig fett geworden. Gib ihr nicht zu viele Nüsse.«

Er küsste Bithya auf die Stirn, und ehe er ihr noch einmal in die Augen blicken konnte, hatte sie schon einen Zipfel ihres Gewandes gegen Mund und Nase gepresst und ihr Heil in der Flucht gesucht.

»Du musst noch so viel lernen, Geschan.«

Yonathan drehte sich erschrocken um. Goel stand hinter ihm und lächelte geheimnisvoll. Hatte er alles mit angehört?

»Ich verstehe nicht ...«

»Nein, wirklich nicht. Nun wurde dir schon die Gabe des *Gefühls* zuteil, aber du hast dich einfach geweigert das Offensichtliche anzuerkennen. Bithya liebt dich. Und das schon eine ganze Weile. Wenn ihr beide nicht noch so jung wärt, hätte sie dir schon längst einen Heiratsantrag gemacht.«

»Bithya? Mir?«

»Du solltest lernen aufmerksamer zu sein, Geschan – und unvoreingenommener.«

»Ja, Meister. Dein Rat wird mir fehlen. Ich wünschte, du könntest mitkommen.«

»*Du* bist jetzt der Richter. Du musst für dich allein entscheiden, für dich und für Neschan. Ich wollte dir das zum Abschied noch einmal sagen.«

Yonathan nickte. Er fühlte sich seinem Amt überhaupt nicht gewachsen. Eher unwürdig, wie damals, als Yehwohs Bote Benel ihm die Aufgabe übertragen hatte, den Stab Haschevet zum Garten der Weisheit zu tragen. »Ich bin froh einen Lehrer wie dich zu haben, Goel. Lauf mir nicht weg, bis ich wieder zurück bin.«

Wieder lächelte Goel geheimnisvoll. »Da musst du dich nicht sorgen, mein Sohn. Wenn du wiederkehrst, werde ich längst im Herzen der Erde ruhen.«

Yonathan traf diese so ruhig geäußerte Ankündigung wie ein Faustschlag. »Aber ...?«

Nun wirkte Goel doch ein wenig verwundert. »Ja, hast du dich denn nicht genügend mit der Zeitrechnung beschäftigt? Wusstest du nicht, dass ich in wenigen Wochen sterben werde?«

II.
Der Jäger im Turm

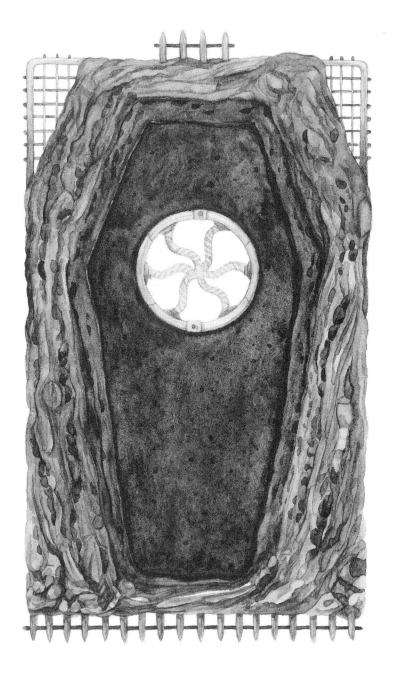

er Schwarze Turm zu Gedor war der dunkelste Ort auf ganz Neschan. Daran gab es keinen Zweifel. Die Finsternis wuchs hier in eine neue Dimension. Sie umfasste mehr als nur die Abwesenheit von Licht. Hier bedeutete sie die Abwesenheit von Hoffnung. Jedenfalls jener Art von Hoffnung, wie sie die Bewohner der Länder des Lichts suchten. Schwäche war alles, was er früher mit diesem Bedürfnis nach Trost, Liebe und Wärme verbunden hatte.

Bis zu diesem Tage, als der Junge ihn an der Schwerthand berührt hatte. Es war eine liebevolle, eine beinahe zärtliche Berührung gewesen. Sie hatte ihn zutiefst erschüttert. Schließlich war er der Jäger – ganz Neschan fürchtete seinen Namen –, der andere aber nur ein Knabe.

Diese Berührung hatte alles verändert. Noch nie zuvor hatte er Liebe gespürt. Eine gewisse Fürsorge von Seiten Bar-Hazzats, ja, eine, wie man sie auch seinem besten Bluthund angedeihen lässt. Doch echte Zuneigung ...? Der Junge hatte ihn mit einer Waffe besiegt, die stärker war als jeder témánahische Stahl, gewaltiger noch als Hass, selbst mächtiger als der Tod. Der Knabe verfügte über die Gabe der vollkommenen Liebe.

Kein Wunder, dass alles so gekommen war: die jähe Konfrontation mit diesen mächtigen Gefühlen, Verwirrung – ein kurzes Zögern nur – und der Junge war ihm entkommen. Natürlich hatte er, der Jäger Bar-Hazzats, ihn verfolgt, hatte lieber sterben wollen, als diese Niederlage zu erleiden. Aber das war ihm nicht vergönnt gewesen.

Er war damals im Nebel umhergeirrt, wie lange, das wusste er bis heute nicht. Und schließlich kehrte er nach Gedor zurück. Allein – *Gan Mischpads* Grenznebel hatte alle seine Männer verschlungen – überquerte er den geheimen Pass nach Témánah. Und allein trat er vor seinen Gebieter; die Schmach der Niederlage war zwar groß, doch wenigstens diese letzte Pflicht wollte er erfüllen. Er wusste, dass es für sein Versagen nur einen Lohn geben konnte: den Tod. Aber selbst diese Gnade blieb ihm versagt. Bar-Hazzat kannte das Wort Gnade nicht.

Seit diesem Tage hatte der Schwarze Turm ihn nicht mehr freigegeben. Er saß in den Eingeweiden dieses Riesen fest und dachte über die wahre Bedeutung des Wortes Finsternis nach. Es gab wohl – in welcher Sprache auch immer – keinen Begriff, der diese Schwärze auch nur annähernd beschreiben konnte.

Da das Licht seine Gesellschaft mied, blieben ihm nur die eigenen Gedanken. Und die Ratten. Sie liebten den Schwarzen Turm, waren gesund und wohlgenährt – von den Gefangenen, die hier unten vergessen worden waren, so sagte man. Ab und zu verirrte sich auch eine in sein Kerkerloch. Aber hier war er der Jäger. Seine Reflexe waren noch intakt und er hatte sich der Finsternis angepasst. Kaum einmal entkam ihm eine Beute. Das Fleisch der Tiere half ihm zu überleben, wenn es auch in der letzten Zeit knapper geworden war. Es hatte sich wohl unter den Ratten herumgesprochen, dass es in diesem Loch für sie nichts zu gewinnen gab.

Die Ratten vergaßen ihn allmählich, ebenso wie Bar-Hazzat ihn vergessen hatte, der auf der Spitze des Schwarzen Turmes thronte. Nur Fim dachte an ihn. Fim vergaß nie etwas.

Fim, das war der Kerkermeister dieses Verlieses, ein Wesen, von dem sich nicht mit Bestimmtheit sagen ließ, ob es je menschliche Ahnen besessen hatte. Vernunft, Mitgefühl und Humor schienen ihm fremd zu sein. Sein Gehorsam gegenüber Bar-Hazzat gründete sich eher auf Gewohnheiten denn auf Pflichtgefühl oder Furcht. Natürlich flößte der dunkle Herrscher jedem Wesen Angst und Schrecken ein. Aber Fim besaß zu wenig Verstand, um sich ernsthaft einschüchtern zu lassen. Er war ein Fleischberg, bleich, unbehaart, schmutzig. Ein einziges Auge stand ihm mitten auf der Stirn, doch das taugte nicht viel. Wenn ein neuer Gefangener in seiner lichtlosen Zelle wahnsinnig wurde, wenn er schrie und brüllte und am Ende dann nur noch leise wimmerte, störte das Fim nicht; er bemerkte es kaum. Bei alldem war Fim durchaus zuverlässig. Sobald ein Befehl Eingang in seinen massigen Kopf gefunden hatte, führte er ihn mit ruhiger Beharrlichkeit aus.

Diesem Umstand verdankte der Jäger sein Überleben. Fim vergaß nie, die kargen Rationen durch die Klappe in der Kerkertür zu schieben. Gelegentlich revanchierte sich der Gefangene dafür mit einer halb verzehrten Ratte.

Schon oft in den vergangenen drei Jahren hatte er sich gefragt, ob dieses langsam verlöschende Leben im lichtlosen Raum nur eine andere, eine besonders grausame Form der Todesstrafe war. Anfangs erschien es ihm so, zumal er das Urteil verdient hatte. Aber dann warfen seine fiebrigen Gedanken Fragen auf, die er nicht beantworten konnte. Warum war gerade er nicht getötet worden, als er den Knaben im Grenznebel verfolgte? Warum hatte er die weite Strecke zurück nach Gedor schadlos überstanden? Und weshalb hatte ihn Bar-Hazzat nicht sogleich vernichtet? Rücksichtnahme gehörte nicht gerade zu seinen Tugenden.

Er, der einst so gefürchtete Jäger, hatte alles verloren, selbst seinen Namen. Doch sogar in dieser ausweglosen Situation war ihm sein Leben als Pfand geblieben. Es musste eine Erklärung dafür geben. Vielleicht existierte ein größerer Plan, in dem auch er eine Bestimmung hatte?

Diese Hoffnung verschaffte ihm neuen Mut, neue Kraft; sie ließ ihn in der Gruft überleben, deren Siegel der Schwarze Turm war. Die Leute sagten, dass von diesem Ort die Schatten ausgingen, welche die Bewohner Neschans bedrückten. Aber auch er würde eines Tages von hier entkommen – jedoch nicht als Schatten. Und dann, das spürte er mit jeder Faser seines Körpers, sollte er seine wahre Bestimmung erfüllen.

III.
Ein neugieriger Haufen

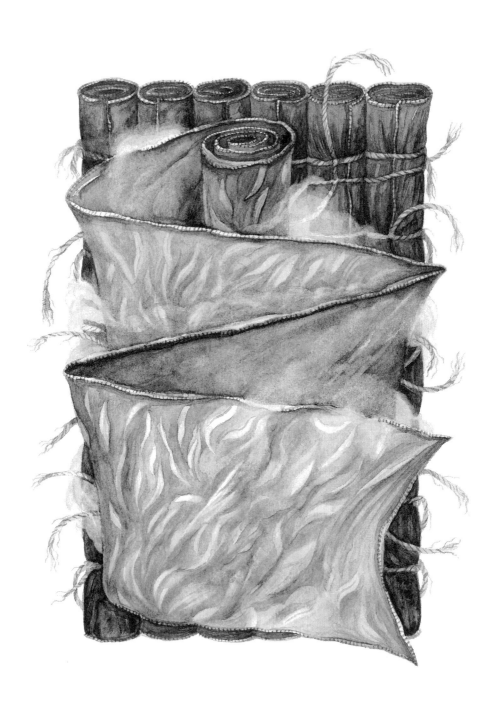

er Himmel lag grau über der Steppe. Mit dem Verlassen des Grenznebels schien auch der Winter zurückgekehrt zu sein. Einmal mehr hatte sich Yonathan gefragt, ob *Gan Mischpad*, der Garten der Weisheit, überhaupt in dieser Welt lag. Doch schnell hatten sich seine Gedanken wieder dem Naheliegenden zugewandt und er war in quälendes Grübeln versunken.

»Mein Pferd ist gesprächiger als du!«, beklagte sich Gimbar, nicht zum ersten Mal. »Hätte ich gewusst, dass ich mit einer Holzpuppe durch die Steppe reiten muss, dann hätte ich mir ein paar Bücher aus dem Kontor mitgenommen. Da gibt es noch einiges aufzuarbeiten!«

Ein kurzer Seufzer kam aus Yonathans Kehle. »Ich bin sehr froh, dass du mich begleitest, Gimbar.«

»Danke nicht mir, sondern Schelima«, erwiderte der Händler, der jetzt den Eingeschnappten mimte. »Ich hoffe nur, Felin bringt ihr schonend bei, dass sie ihren Mann nicht wiedersieht, bevor diese Welt nicht untergegangen und wieder auferstanden ist.«

»Sie hat sicher Verständnis dafür.«

»Ich wusste, dass du kein Mitleid mit mir haben würdest!«

»Wann, glaubst du, werden wir die Östliche Handelsroute erreichen?«, fragte Yonathan nachdenklich.

»Zuerst müssen wir die Hauptstadt des Königreichs der Squaks hinter uns haben und bis dahin sind es noch mindestens zwei Monate.«

»Ich habe einmal einige dieser seltsamen Vogelwesen gesehen.

Erinnerst du dich? Es war bei den Feiern zum dreißigjährigen Jubiläum der Thronbesteigung von Kaiser Zirgis.«

»Und ob ich mich erinnere! Die Gewänder dieser Biester waren schreiend bunt, unmöglich sie zu vergessen!«

»Auch sie sind vernunftbegabte Geschöpfe. Vielleicht solltest du ein wenig respektvoller von ihnen sprechen?«

»Pah!«, schnaubte Gimbar. »Wenn es sich nur um Äußerlichkeiten drehen würde – die stören mich wenig. Mir sind Menschen genauso recht wie geflügelte Schildkröten; Hauptsache, sie benehmen sich anständig. Aber du vergisst, dass ich Tuchhändler bin.«

»Ich vergesse nichts.«

»Dann hast du es eben im Moment nicht bedacht ... Jedenfalls versorgen sich die Squaks in Baltans Kontoren mit Stoffen, unter denen sie dann die Unzulänglichkeiten ihres Körperbaus verstecken. Hast du schon einmal mit einem Squak verhandelt? – Nicht? Du Glücklicher! Sie sind Banditen! Wahre Aasgeier!«

Yonathan schmunzelte. »Ich dachte, alle Kaufleute wären das.«

»Von einem Mann des Geistes hätte ich eine andere Antwort erwartet.«

»Ich von einem ehemaligen Piraten auch. Baltan wird schon wissen, warum er dir die Leitung seines Kontors in der Gartenstadt übertragen hat.«

Gimbar schwieg einen Augenblick, leicht verstimmt. Dann sagte er mit einem schelmischen Seitenblick auf Yonathan: »Na, wenigstens bist du wieder lebendig geworden.«

Yonathan atmete tief durch, bevor er antwortete. »Es hat mich ziemlich mitgenommen, dass Goel bald sterben wird.«

»Nicht nur dich, Yonathan. Wir alle waren wie vor den Kopf gestoßen.«

»Der Verlust eines geliebten Menschen ist wie ein Abschied auf unbestimmte Zeit.« Yonathan musste an seinen Großvater und den alten Diener Samuel auf der Erde denken. Aber das war ein anderes Leben, ein ferner Traum. »Doch nach der Weltentaufe werden die Toten aus ihrem Schlaf erwachen. Irgendwann sehen wir Goel wieder, daran glaube ich fest.«

»So gefällst du mir schon besser. Du wirst sehen, das *Lied der Befreiung Neschans*, unsere Geschichte, wird an allen Herdfeuern der Welt gesungen werden – vorausgesetzt, wir können unseren Auftrag erfolgreich abwickeln.«

»Wir sind doch nicht ausgezogen, um Stoffballen zu verkaufen, Gimbar!«

»Zumindest könnte man das denken, wenn man uns mit unseren acht Packtieren und ihrer kostbaren Last sieht.«

»Ich muss zugeben, das ist eine gute Tarnung. Du hast wirklich an alles gedacht. Befinden sich in den Paketen tatsächlich Tuche?«

»Seide. Karminrote Seide, um genau zu sein.«

»Doch nicht …?«

»Genau.« Gimbar grinste spitzbübisch. »Ich dachte mir, dieser Stoff kann uns bestimmt irgendwann einmal nützlich werden.«

Yonathan nickte nachdenklich.

Der Weg der beiden vermeintlichen Tuchhändler führte durch die karge Steppenlandschaft, die im Norden und im Osten an den Garten der Weisheit grenzte. Auf Hunderten von Meilen gab es keine befestigten Ortschaften, nur hin und wieder einige Lager von Nomaden. Die Reitervölker, die hier lebten, folgten mit ihren Herden den unsichtbaren Linien, welche die Zeit über das Land gezogen hatte. Schon ihre Vorväter waren auf diesen Routen gewandert und deren Ahnen davor.

Die nächste größere Straße war die Westliche Handelsroute, etwa siebenhundert Meilen weiter nördlich. Auf ihr bewegten sich die großen Karawanen zwischen Cedanor und dem fernen Kandamar. Die gut ausgebaute Handelsstraße wurde von Patrouillen kaiserlicher Soldaten überwacht, denen es hin und wieder gelang einigen Straßenräubern das Handwerk zu legen. Aber südlich der Karawanenroute endete die Macht des Kaisers. Hier herrschten die Reitervölker.

»Meinst du, wir werden Schwierigkeiten bekommen?«, fragte

Yonathan, nachdem sie eine Weile schweigend dahingeritten waren. »Goel hat mir erzählt, dass die Nomaden unberechenbar sind. Manche sollen ziemlich wild sein.«

»Wirklich gefährlich wird es erst, wenn wir das Königreich der Squaks hinter uns haben und in das Gebiet der Ostleute vorstoßen. Die Stämme diesseits vom Großen Wall sind vergleichsweise harmlos – wenn man von ihrer sprichwörtlichen Neugierde absieht.«

»Neugierde?«

Gimbar nickte, ein Grinsen umspielte seine Lippen. »Es kommt selten vor, dass sich ein Händler in diese öde Gegend verläuft. Aber wenn die Nomaden doch mal einen finden, lassen sie ihn so schnell nicht wieder ziehen. Man erzählt sich, sie würden dann alles, was der Bedauernswerte bei sich trägt, äußerst gründlich untersuchen und ihm anschließend recht kuriose Angebote machen.«

»Ich fürchte, ich verstehe nicht ganz.«

Gimbar lachte. »So mancher Kaufmann ist hier draußen sehr schnell zu einer Frau gekommen. Oder auch zu zweien oder dreien ...«

»Das sind ja äußerst zweifelhafte Geschäftsmethoden!«

»Erzähl das nur keinem der Nomaden. Sie mögen es gar nicht, wenn man ihre kostbarsten Handelsgüter madig macht.«

»Nun aber ernsthaft: Ich finde es unmoralisch, Menschen zu verschachern, als wären sie Vieh.«

Gimbar zuckte die Achseln. »Töchter zählen bei den Reitervölkern nicht viel. Es kommt nicht selten vor, dass ein neugeborenes Mädchen einfach in der Steppe ausgesetzt wird, und die Sippen ziehen weiter. Da ist es allemal moralischer, sie zu verkaufen.«

Die Logik dieser Argumentation wollte sich Yonathan nicht recht erschließen. Mit leiser Stimme sagte er: »Hoffentlich bleiben wir von der Bekanntschaft solcher Barbaren verschont!«

Schließlich blieben sie dann ganze fünf Tage unbehelligt. In dieser Zeit waren die beiden stetig nach Nordosten geritten, immer auf den Großen Wall zu, einen fünftausend Meilen langen Gebirgszug, der im Nordwesten an das Drachengebirge und im Südosten an das Endlose Meer grenzte. Wie ein Riegel legte er sich quer über die Landmassen Neschans. Bei Quirith, der Hauptstadt des Königreichs der Squaks, verlief die Westliche Handelsroute durch ein Tal, das den Großen Wall in zwei Hälften zerschnitt. Am jenseitigen Gebirgsrand begann die Ostregion. Irgendwo dort, so vermutete Yonathan, würde das erste der sechs Augen Bar-Hazzats verborgen sein. Die endlosen Weiten der Ostregion gaben wegen ihrer Unerschlossenheit ein ideales Versteck ab, während das Steppenland westlich des Großen Walls fast schon kultiviert, vielleicht wie ein ungepflegter Vorgarten Cedanors, wirkte.

Wie schon an den Tagen zuvor hatten Yonathan und Gimbar ihr kleines Zelt früh abgebrochen und saßen bei Sonnenaufgang bereits im Sattel. Als sie die kleine Schar von Reitern bemerkten, die sich von Westen her näherte, war es zu spät, um ihnen auszuweichen.

»Sind das ...?« Yonathan stockte.

»Nomaden«, knirschte Gimbar. Offenbar schloss er die Möglichkeit einer Flucht von vornherein aus, denn er richtete sich nur würdevoll im Sattel auf und blickte den heranstürmenden Reitern gelassen entgegen. Dicke schwarze Zöpfe flatterten im Wind und breite Rundsäbel blitzten im Sonnenlicht. Gimbar zischte Yonathan zu: »Rühr dich nicht von der Stelle und zeig keine Furcht, egal, was geschieht. Und lass mich sprechen. Ich weiß, wie man mit schwierigen Verhandlungspartnern umgeht.«

Dann hatten die etwa zwei Dutzend Reiter sie auch schon erreicht und brachten ihre struppigen kleinen Pferde auf spektakuläre Weise zum Stehen: In vollem Galopp rissen sie die Zügel zurück, und die Hufe der Tiere stemmten sich in den Steppenboden. Unmittelbar vor Yonathan und Gimbar verharrte die Schar.

Yonathan hatte den Stab Haschevet quer vor sich auf den Sattel gelegt – der Knauf war von einem ledernen Überzug verhüllt – und verfolgte das bedrohlich wirkende Schauspiel mit unbewegter Miene. Vom hohen Rücken seines Lemaks aus hielt er dem forschenden Blick des Mannes stand, der offenbar der Anführer des Trupps war – ein wild aussehender, bärtiger Bursche mit langem schwarzem Haar, das am Hinterkopf wie ein Pferdeschweif zusammengebunden war. Im Gegensatz zu den anderen Reitern wurde seine Fülle durch keinen Turban gebändigt.

Einige Zeit standen sich die beiden Gruppen schweigend gegenüber. Schließlich verwandelten sich die starren Gesichtszüge des Reiterführers in ein breites Grinsen. »Was für ein glücklicher Zufall!«, rief er mit einer nicht unangenehmen jungen Stimme. »Es verirrt sich selten eine Handelskarawane in diese Gegend. Aller Friede Neschans sei mit Euch, Kaufleute. Ihr seid doch Händler, nicht wahr?«

Nun kam auch Leben in Gimbars regungslose Gestalt. Er verbeugte sich, so weit es ihm möglich war, ohne aus dem Sattel zu fallen, und erwiderte mit einer Stimme, aus der sowohl Ergebenheit wie Selbstbewusstsein sprach: »Auch mit Euch und Euren Männern sei der Friede Neschans. Ihr habt scharf beobachtet, edler Sohn der Steppe. Wir sind tatsächlich reisende Händler. Allerdings nur Tuchhändler«, fügte er bedauernd hinzu.

»Das macht gar nichts!«, beeilte sich der andere zu versichern. Mit einer umfassenden Handbewegung wies er auf seine Männer, die wie er selbst ganz in Schwarz gekleidet waren, und stellte fest: »Wir alle *lieben* Tuche. Und unsere Frauen noch viel mehr!«

»Zu meinem großen Bedauern habe ich nur rote Stoffballen dabei, ich fürchte, nicht ganz das Richtige für Euren Geschmack.«

Yonathans Hoffnung, dieser Einwand könnte das Interesse der Reiter zügeln, zerschlug sich augenblicklich.

»Rot!«, rief der Anführer begeistert. Sich seinen Gefährten zuwendend wiederholte er: »Er hat *rote* Stoffe dabei!«

Die Männer würdigten diese Nachricht mit anerkennendem Gemurmel.

Gimbar zeigte nun die ersten Anzeichen von Verwirrung. »Aber ihr tragt doch alle nur schwarze Gewänder.«

Der Reiterführer lachte laut auf. »Wenn Ihr wüsstet, was wir so alles in unseren Zelten anhaben!« Die fröhliche Zustimmung der anderen ließ vermuten, dass es da offenbar wirklich noch unentdeckte Geheimnisse gab. Ernster fuhr er dann fort: »Ihr dürft die Gastfreundschaft unseres Lagers in Anspruch nehmen. Kommt mit und macht Euch selbst ein Bild davon, welche Bedürfnisse und Wünsche der Steppenwind in unsere Herzen getragen hat; wir verschaffen uns in der Zwischenzeit einen Überblick über Euren Warenbestand.«

»Das hatte ich befürchtet«, zischte Gimbar, unhörbar für den Sprecher der Steppenleute, dem er gleich darauf ein strahlendes Lächeln schenkte und freundlich versicherte, dass man dieser ehrenvollen Einladung entsprechen und den Reitern selbstverständlich ins Lager folgen werde.

Eine andere Möglichkeit blieb ohnehin nicht. Im Nu hatten die quirligen kleinen Pferde der Stammesmänner Yonathan und Gimbar samt den acht Packtieren umschlossen und drängten sie mit sanfter Bestimmtheit gen Westen.

Der Ritt dauerte nicht länger als eine Stunde. Auf den letzten Meilen passierten die beiden Gefährten mit ihrer Eskorte mehrere große Herden – Rinder, Ziegen und immer wieder kleinwüchsige, struppige Pferde. Dann entdeckte Yonathan die Zelte. Rund, breit und behäbig standen sie im Steppengras und waren in ihrer gelbbraunen Färbung vom winterblassen Boden kaum zu unterscheiden.

»Das Lager«, sagte der Anführer; es waren seine ersten Worte, seit sie aufgebrochen waren.

»Ich wäre Euch sehr dankbar, wenn Ihr uns mit dem Oberhaupt der Sippen bekannt machen könntet«, erwiderte Gimbar.

»Leider wird das nicht möglich sein. Mein Onkel befindet sich auf einem mehrtägigen Erkundungsritt. Aber Ihr könnt meinen Vater sprechen. Yehsir vertritt das Sippenoberhaupt in der Zwischenzeit.«

Yonathan horchte auf. »Habt Ihr soeben gesagt, Euer Vater sei Yehsir?«, meldete er sich zum ersten Mal zu Wort.

»Das ist sein Name.«

»Doch nicht etwa *der* Yehsir, der erfahrene und berühmte Karawanenführer Baltans?«

Die dunklen Augen des Anführers begannen zu leuchten. »Ihr habt von meinem Vater gehört?«

»Und ob wir das haben!«, platzte Gimbar heraus. »Euer Vater und ich dienen beide dem gleichen Herrn – wenn man einmal davon absieht, dass Baltan nebenbei auch noch mein Schwiegervater ist!«

»Euer Schwiegervater? Aber dann müsst Ihr ja Gimbar sein!«, rief Yehsirs Sohn erfreut. »Zu dumm, dass wir über der Beschäftigung mit Euren Waren vergessen haben uns einander vorzustellen, wie es die Höflichkeit gebietet. Entschuldigt bitte. Euer unbedeutender Diener heißt übrigens Sirbar. Darf ich auch nach dem Namen Eures jungen Begleiters fragen?«

Sirbar wandte sich in Yonathans Richtung. Dabei fiel sein Blick unwillkürlich auf das gewundene, rötliche Holz, den Stab, den Yonathan noch immer vor sich auf dem Sattel hielt. Plötzlich weiteten sich Sirbars Augen.

»Ihr seid doch nicht etwa …?«

»Gimbar lobte bereits Eure scharfe Beobachtungsgabe«, bemerkte Yonathan freundlich. Und da er überzeugt war, auf Freunde gestoßen zu sein, sagte er: »Ich bin Geschan, der siebte Richter, und das hier ist Haschevet, das Symbol meines Amtes.« Er streifte die Hülle vom Knauf des Stabes, damit alle die vier Gesichter in ihrem goldenen Glanz sehen konnten.

Die Reaktion der eben noch so bedrohlich wirkenden Reiter kam für Yonathan ziemlich überraschend. Sie sprangen von ihren Pferden, einige warfen sich auf den Bauch ins Steppengras, andere, so auch Sirbar, beugten ergeben das Knie und neigten das Haupt vor dem siebten Richter.

Yonathan war das Ganze mehr als unangenehm. »Steht bitte auf!«, rief er. »Ich bin auch nur ein Diener Yehwohs, genauso wie ihr.«

Aber die Steppenmänner wagten sich nicht zu bewegen. Der siebte Richter! Mitten unter ihnen!

Schließlich wurde es Yonathan zu viel. Er schnalzte mit der Zunge und trieb Kumi, sein Lemak, einfach aus dem Kreis der erstarrten Männer heraus, direkt auf die Mitte des Lagers zu.

Nicht ganz zu Unrecht vermutete er hier das Zelt des Oberhauptes der Sippen.

»Ist da jemand?« Er hatte Kumi vor einem besonders großen Zelt zum Stehen gebracht. Im Dunkel des Zelteinganges glaubte er eine Bewegung wahrzunehmen, dann sogar das Leuchten eines scheuen Augenpaares. Aber sonst geschah nichts. Das Zentrum des Lagers war wie ausgestorben.

Nun kam auch Gimbar mit den Packtieren heran.

»Ist das die Art, wie Ihr Eure Gäste empfangt?«, rief Yonathan noch einmal.

»Yonathan!«, erscholl plötzlich eine Stimme aus dem Hintergrund.

Sein Kopf flog herum. »Yehsir! Du bist es wirklich!«

Er wartete nicht erst, bis Kumi sich überreden ließ, in die Knie zu gehen. Behände sprang er von seinem Reittier und lief auf eine schmale Gestalt zu, die scheinbar nur aus einem weiten, faltenreichen Gewand zu bestehen schien. Der Karawanenführer hatte sich in den vergangenen drei Jahren überhaupt nicht verändert, selbst seine weiße Kleidung schien noch immer dieselbe zu sein – auch wenn sie hier, inmitten der schwarz gekleideten Nomaden, fremd wirkte.

Yehsir entgegnete auf seine gewohnt knappe Art: »Natürlich bin ich es.«

»Es ist schön dich zu sehen, Yehsir.«

»Du bist gewachsen.«

Yonathan lachte. »Du hast dich nicht im Geringsten verändert, mein Freund. Allerdings könntest du deinen Sohn bei Gelegenheit einmal darauf hinweisen, dass man fahrende Händler nicht so erschrecken sollte.«

»War es wirklich so schlimm?«

»Nicht schlimmer, als man es von euch Steppenreitern gewohnt ist«, warf Gimbar ein.

»Gimbar! Es ist wohltuend nach so langer Zeit wieder deine spitze Zunge zu vernehmen.«

»Und es ist schön, endlich einmal wieder deinen Tadel zu hören, *Schützender Schatten*.«

Die Begrüßung nahm dann nach der Sitte der Steppenreiter noch einige Zeit in Anspruch. Auch fanden sich immer mehr Lagerbewohner vor dem Zelt des Sippenoberhauptes ein; die Nachricht von dem hohen Besuch hatte sich schnell herumgesprochen.

Schließlich beendete Yehsir das allgemeine Vorstellen, Händeschütteln und Allen-Frieden-Wünschen mit einer an Yonathan und Gimbar ausgesprochenen Einladung: »Besucht mich bitte in meinem Zelt. Ich möchte euch Stutenmilch und Fladenbrot anbieten.«

Mit dieser traditionellen Formel der Gastfreundschaft hatte Yehsir es geschafft, auf einen Schlag dem geräuschvollen Getümmel ein Ende zu bereiten. Die schaulustigen Steppenbewohner zerstreuten sich und gaben den Gästen den Weg zu Yehsirs Zelt frei.

»Ich hatte dich nicht so früh erwartet, Yonathan.«

»Du hast ihn erwartet?«, rief Gimbar überrascht dazwischen.

»Ich muss zugeben«, gestand Yonathan, »dass ich mich vorhin über deine Ruhe gewundert habe, als wir uns wiedertrafen, Yehsir. Aber je länger ich darüber nachdenke, desto logischer erscheint mir jetzt alles.«

Gimbar fühlte sich etwas ausgeschlossen von den Gedankengängen seiner Freunde. Es klang fast gekränkt, als er sagte: »Es gibt auch noch Menschen, deren Genie nicht ganz so weit reicht, um sofort auf alles zu kommen. Vielleicht weiht mich jemand ein?«

»Es ist ganz einfach«, antwortete Yehsir. »Baltan hat mich hierher gesandt, um Yonathan abzupassen. Ich soll dafür sorgen, dass er so schnell wie möglich die Steppen durchquert und dass ihm dabei nichts zustößt. Dann soll ich Baltan umgehend Bericht erstatten.«

»Aber woher wusste Baltan von uns? Und wie konnte er ernsthaft glauben, dass du uns in dieser unendlichen Landschaft finden würdest?«

»Sie ist nur für denjenigen gleichförmig und ohne Orientierungspunkte, der nicht in ihr geboren wurde. So wie Wasser auf ganz bestimmten Bahnen fließt, so gibt es in der Wildnis auch unsichtbare Spuren, denen Mensch und Tier folgen. Wir haben diese Wege, die auf der kürzesten Verbindung zwischen *Gan Mischpad* und Quirith verlaufen, ständig im Auge.«

»Dann weiß also der ganze Sippenverband von uns?«, erkundigte sich Yonathan besorgt. Er dachte an die Geheimhaltung seiner Mission.

»Nicht wirklich. Sie suchen nach einem jungen, dunkelhaarigen Mann auf einem schneeweißen Lemak.«

»Davon gibt es wahrscheinlich wirklich nicht viele. Aber was hättest du getan, wenn ich Kumi nicht mitgenommen hätte?«

»Wir Steppenbewohner wissen ein gutes Reittier zu schätzen, und während wir vor Jahren die Wüste Mara durchquerten, spürte ich, dass auch zwischen dir und deinem widerspenstigen Lemak ein solch enges Verhältnis entstanden war. Offensichtlich habe ich dich nicht falsch eingeschätzt.«

Die Unterredung der drei Gefährten dauerte noch lange an. Sirma, Yehsirs Tochter, trug bald einige Speisen auf, deren raffinierte Zubereitung, duftendes Aroma und vortrefflicher Geschmack nur schwer zum einfachen Leben der Steppenbewohner in dieser eintönigen Landschaft passen wollte. Im Laufe der Besprechung wurde nun auch Gimbar das ganze Ausmaß von Baltans Plan klar.

Sein Schwiegervater hatte von Goel schon vor einem Jahr die Nachricht erhalten, dass Geschan bald zu einer großen Suche aufbrechen werde, deren erstes Ziel vermutlich tief in der Ostregion läge. Da Goel selbst den Garten der Weisheit nicht verlassen konnte, beauftragte er seine vierzig Boten den siebten Richter zu unterstützen, wo immer sich die Gelegenheit dazu böte. Geschans Aufgabe sei von größter Wichtigkeit, hatte Goel betont. Und sehr gefährlich! Man müsse damit rechnen, dass Bar-Hazzats schwarze Priester vermehrt ausschwärmen würden, um Geschans Pläne zu durchkreuzen.

»Ich verstehe nur nicht, warum du uns in Quirith schon wieder verlassen musst«, wollte Gimbar wissen.

Yehsirs Gesicht war ernst, als er antwortete. »Baltan gab Goels

Anweisungen folgendermaßen wieder: ›Sobald Geschan sein erstes Ziel erreicht haben wird, haben wir mit einem letzten großen Angriff Témánahs auf Cedanor zu rechnen, der schwerer sein wird als alles, was es in den Jahrtausenden davor gegeben hat. Daher müssen wir rechtzeitig erfahren, wann die Zeit gekommen ist, uns zu wappnen.‹«

Yonathan und Gimbar tauschten einen schnellen Blick.

»Wir können gleich morgen früh aufbrechen«, ergänzte Yehsir, dem die besorgten Gesichter seiner Gäste nicht entgangen waren.

Yonathan nickte. Gimbar stopfte sich eine getrocknete Feige in den Mund und begann grimmig darauf herumzukauen.

In diesem Moment drang von draußen der Lärm zahlreicher Stimmen ins Zelt. Yonathan fühlte sich auf den Großen Markttag von Kitvar versetzt – Prügeleien hatten dort immer mit einem ähnlichen Lärm begonnen. »Was ist da draußen los?«, fragte er besorgt.

Da kam Sirbar ins Zelt gestürzt. »Komm schnell heraus, Vater!«, rief er aufgeregt. »Ich habe versucht es zu verhindern, aber sie sind wie im Rausch. Sie hören gar nicht auf mich ...«

»Beruhige dich!«, forderte Yehsir seinen Sohn streng auf. »*Was* hast du versucht zu verhindern?«

Sirbar bekam sich wieder in die Gewalt und drängte: »Wir müssen schnell etwas unternehmen! Einige aus der Sippe haben sich über Gimbars Gepäck hergemacht; bald werden von seinen Tuchen nur noch ein paar kleine Fetzen übrig sein.«

Yehsir hatte sich von der überraschenden Nachricht als Erster erholt und stürmte wütend aus dem Zelt. Sirbar folgte ihm dichtauf.

»Habe ich nicht gesagt, dass diese Steppenbewohner die neugierigsten Lebewesen auf ganz Neschan sind?«, jammerte Gimbar und rannte den beiden hinterher.

»Wären *das* deine Worte gewesen, dann hätte ich wenigstens gewusst, was mich erwartet«, erwiderte Yonathan und verließ als Letzter das Zelt.

Draußen bot sich ihm eine sehr unübersichtliche Situation. Eine schreiende und kreischende Menschenmenge war derart ineinander verkeilt, dass zwischen fliegenden Armen und Beinen gerade noch ab und zu ein Kopf herausragte. Andere Nomaden rollten raufend über den Boden. Yehsir, der sich durch sein weißes Gewand abhob, näherte sich zielstrebig dem Zentrum der Auseinandersetzung.

Yonathan und Gimbar verfolgten die ungewöhnliche Vorstellung ebenso fasziniert wie bestürzt. Alsbald bemerkten einige der Streitenden den siebten Richter und wichen schuldbewusst vor ihm zurück; Yonathan konnte zu Yehsir in die Keimzelle des Tumults vordringen. Unvermittelt fühlte er sich ins irdische Schottland zurückversetzt, in dem ähnliche Wettkämpfe seit Jahrhunderten zum allgemeinen Volksvergnügen gehörten.

Zwei Gruppen ließen sich nun ausmachen – gut gemischt aus Männlein und Weiblein, alt und jung, dick und dünn – und jede zerrte an einem Ende einer langen Bahn karminroten Tuchs, als gelte es einen Wettbewerb im Tauziehen zu gewinnen. Beide Seiten überhäuften sich dabei mit wüsten Beschimpfungen.

»Ich glaube, ich habe den guten Leuten mit meiner Seide eine Menge Freude bereitet«, bemerkte Gimbar neben Yonathan.

»Als hätten sie nie etwas von dem Gesetz der Gastfreundschaft gehört!«, schimpfte Yehsir. »Das muss ein Ende haben. Du erlaubst, Gimbar?« Er hielt plötzlich einen bedrohlich aussehenden Krummdolch in der Hand.

»Nur zu«, willigte Gimbar resigniert ein. »Sie muss ohnehin noch verarbeitet werden.«

»Was hat Yehsir vor?«, rief Yonathan. »Er wird ihnen doch nichts antun?«

Gimbar verzog belustigt einen Mundwinkel. »Das wird er bestimmt nicht – glaube ich zumindest.«

In diesem Moment glänzte Yehsirs Dolch in der Sonne – und fuhr auf die Seide nieder. Die scharfe Klinge traf das rote Tuch genau in der Mitte zwischen den ziehenden Parteien. Ein jäher Sturz aller Beteiligten schien unabwendbar. Aber nichts geschah.

Yehsirs Schneide hatte zwar den Stoff berührt, war aber daran abgeglitten. Der Karawanenführer schaute Yonathan ratlos an.

Die beiden um den Stoff kämpfenden Parteien waren von der ganzen Aktion sichtlich unbeeindruckt. Sie zogen und zerrten noch immer, riefen sich unfeine Kosenamen zu und trampelten in den Resten von Yonathans und Gimbars Reisegepäck herum.

»Lass es mich versuchen!«, schrie Yonathan, damit Yehsir ihn verstehen konnte. Der stellvertretende Sippenführer trat einen Schritt zurück.

Yonathan umfasste den Stab Haschevet mit beiden Händen, schloss die Augen und konzentrierte sich. Noch nie hatte er etwas Ähnliches versucht. Er rief sich ein Bild in den Sinn: Flammen, glühenden Stahl, unerträgliche Hitze. Dann ließ er es los.

Als er die Augen wieder öffnete, hatte die *Projektion* bereits ihre Kraft entfaltet: Die rasenden Nomaden begannen wie unter Schmerzen zu schreien und starrten entsetzt auf die karminrote Seide, von der sie hastig ihre Hände rissen, als würde sie lichterloh brennen. Selbst als das Tuch schon lange im Staub lag, hüpften die Plünderer noch jammernd umher, pusteten sich in die Hände oder wedelten mit den Armen in der Luft.

»Ich finde, du übertreibst ein wenig«, kritisierte Gimbar.

»Es war das erste Mal, dass ich die *Projektion* auf so viele Personen gleichzeitig angewandt habe. Deshalb war ich mir nicht sicher, wie ich sie dosieren muss«, entschuldigte sich Yonathan mit einem schiefen Lächeln, wurde aber sogleich wieder ernst. »Allerdings glaube ich, dass sie eine solche Lektion verdient haben. Bei allem Verständnis für ihre Neugier, aber das ging wirklich zu weit!«

»Er hat Recht«, stimmte Yehsir zu. »Es ist eine Schande für die ganze Sippengemeinschaft. Nie hat es bei uns eine derartige Missachtung des Gesetzes der Gastfreundschaft gegeben!«

Yonathan war nicht entgangen, dass Yehsir sich für das Geschehen verantwortlich fühlte, auch wenn ihn selbst keine Schuld traf. Deshalb beeilte er sich ihm zu versichern: »Ich trage euch nichts nach, deiner Gemeinschaft nicht und dir, Yehsir, schon gar nicht. Aber das Gesetz der Gastfreundschaft sollte überall ernst genommen werden. Auch Neschans Richter haben ihre Wichtigkeit immer wieder betont, zusammen mit der Bescheidenheit und

Friedfertigkeit. Diese Eigenschaften lassen sich mit Habsucht, Neid und Streit kaum vereinbaren. Man könnte fast glauben, Bar-Hazzat hätte …« Yonathan hielt kurz inne. »Du sagtest vorhin, es hätte nie einen solchen Vorfall in eurer Mitte gegeben, Yehsir?«

Der Nomade nickte langsam; er schien zu ahnen, worauf Yonathan hinauswollte.

»Sagen dir die sechs Augen Bar-Hazzats etwas?«

Yehsir nickte abermals. »Ich habe schon davon gehört. Im *Sepher Schophetim* gibt es einige Andeutungen über sie.«

»Glaubst du, Bar-Hazzats Einfluss hat etwas mit dem Benehmen dieser Leute zu tun?«, erriet Gimbar Yonathans Gedanken.

»Die Glaubensgrundsätze der schwarzen Priester Témánahs sind nach Goels Beschreibung sehr einfach: ›Tu, was du willst. Nur du bist wichtig. Der Stärkere siegt immer über den Schwachen. Warum sich nicht auf die Seite der Gewinner stellen?‹ Meint ihr nicht, das, was wir hier eben erlebt haben, entspricht genau diesem Geist?«

Yehsir und Gimbar blickten sich schweigend an.

»Hat es in eurem Lager in der letzten Zeit Besuche témánahischer Priester gegeben?«, hakte Yonathan nach.

Yehsir schüttelte den Kopf. »Nein. Zu uns verirrt sich so gut wie nie ein Fremder. Aber ich habe während meiner Reise hierher einiges über die bleichhäutigen Abgesandten des Südreiches gehört. Sie scheinen in letzter Zeit immer umtriebiger zu werden.«

Yonathan stützte sich nachdenklich auf Haschevet. Seine Vermutung schien sich zu bestätigen. Die sechs Augen Bar-Hazzats begannen zu erwachen und wie es aussah, ging von ihnen ein viel gefährlicherer Einfluss aus als von den Priestern Témánahs. Die Schwarzgewandeten bereiteten mit ihren Lehren zwar den Boden, aber die Augen Bar-Hazzats schickten den eigentlichen Samen des Verderbens aus, ein schleichendes Gift, das der Unachtsame erst bemerkte, wenn es seine tödliche Wirkung bereits entfaltet hatte. Nur stete Wachsamkeit und unbedingtes Festhalten am Guten konnten das Vordringen der Bosheit verhindern. Es musste dringend etwas geschehen!

»Gib bitte alle Anweisungen, damit wir morgen sehr früh aufbrechen können«, bat Yonathan den Karawanenführer.

Yehsir nickte. Er hatte die tiefe Besorgnis gespürt, die den Worten des jungen Richters zugrunde lag. Er wandte sich um und verschwand zwischen den Zelten.

»Lass uns doch einmal sehen, was von unserem Gepäck übrig geblieben ist«, schlug Yonathan Gimbar vor.

Während sich beide nach der roten Seide bückten, fragte Gimbar: »Was hast du eigentlich mit den Männern und Frauen angestellt, dass sie so plötzlich von dem Tuch gelassen haben?«

»Ich habe ihnen den Eindruck vermittelt, die Seide wäre glühend heiß und würde ihnen die Hände verbrennen.«

»*Das* kannst du?« Gimbar erblasste.

Yonathan zuckte mit den Schultern. »Eigentlich war es das *Koach*, die von Yehwoh verliehene Macht, die diese Dinge bewirkte. Ich habe sie nur gelenkt.«

Gimbar wandte sich wieder der Seide zu. »Wie es aussieht, ist dieses rote Tuch unzerstörbar. Weder das Zerren Dutzender von Menschen noch Yehsirs Dolch konnten ihm etwas anhaben.«

»Was sagtest du doch kürzlich über den Stoff? ›Vielleicht hat er ja noch eine andere Bestimmung.‹ Ich glaube, du hast genau ins Schwarze getroffen.«

»Du meinst, ins Rote!«

Yonathan musste unweigerlich lachen. Anscheinend gab es nichts, was seinem Freund anhaltend die gute Laune verderben konnte. Dann fiel sein Blick auf den länglichen Holzkasten, der einige Ellen weiter im niedergetretenen Steppengras lag. Der Deckel war aufgesprungen, von den drei Rosen Ascherels konnte er nur die weißen Stiele erkennen. Sein Herz verkrampfte sich bei dem Anblick.

Schnell lief er zu der Stelle hin, bückte sich und zog die Stängel aus dem Schmutz. Alle drei Rosen waren unversehrt!

»Wie kann das sein?«, fragte Gimbar verwundert. »Die Blüten müssen doch von mindestens hundert Füßen zertrampelt worden sein, aber sie sind nur ein wenig staubig, sonst nichts.«

Yonathan blies den Staub von den zarten Blumen und lächelte

geheimnisvoll. »Eben erst hast du gesehen, wie deine Seide den schlimmsten Torturen standgehalten hat, und trotzdem fragst du mich, wie das sein kann. Die Werkzeuge des Lichts mögen in ihrer Schönheit zwar zerbrechlich wirken, aber sie besitzen offenbar mehr Macht als aller témánahische Stahl.« Und dann fügte er verschwörerisch hinzu: »Aber das mit den Rosen bleibt vorerst unter uns.«

IV.
Das Königreich der Vögel

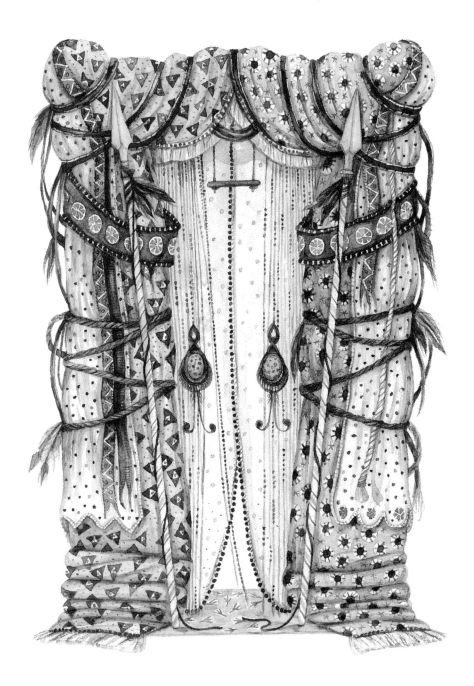

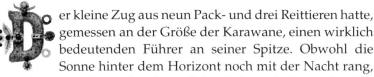er kleine Zug aus neun Pack- und drei Reittieren hatte, gemessen an der Größe der Karawane, einen wirklich bedeutenden Führer an seiner Spitze. Obwohl die Sonne hinter dem Horizont noch mit der Nacht rang, war das ganze Lager bereits auf den Beinen. Jeder wollte Geschan, dem siebten Richter, Gimbar, dem Zweimalgeborenen, und Yehsir, den man auch Bezél, den *Schützenden Schatten*, nannte, zum Abschied noch einmal zuwinken, manche mit einem schlechten Gewissen.

Sirbar begleitete die drei Gefährten noch ein Stück, dann aber blieb er zurück; er trug nun vorübergehend die Verantwortung für die Gemeinschaft.

»Mein Bruder wird nicht gerade begeistert sein, wenn er ins Lager zurückkommt und erfährt, was sich in der Zwischenzeit zugetragen hat«, bemerkte Yehsir schmunzelnd, während er seinem Rappen den Hals tätschelte.

Gimbar lachte auf. »Bis dahin sind wir weit weg!«

»Werden wir auf gerader Strecke nach Quirith reisen?«, fragte Yonathan den Karawanenführer.

»Nicht direkt. Wir halten uns zunächst ein wenig weiter nach Osten. Am Fuß des Großen Walls gibt es mehr Deckung. Dort werden wir einen Zufluss des Cedan entlang nach Norden reiten, bis wir den Eingang zum Sternental erreichen, an dessen Ende Quirith liegt.«

Die nächsten zwei Wochen verliefen ohne nennenswerte Zwischenfälle. Gemäß Yehsirs Plan hielt die kleine Gemeinschaft stetig auf den fernen Gebirgszug zu, den Yonathan nur aus Erzählungen und der umfangreichen Bibliothek Goels kannte. Das Squak-Reich lag eingebettet in den Bergen des Großen Walls, nur wenige Ausläufer von ihm reichten bis in die Niederungen hinab; östlich von Quirith gab es aber einen etwas mehr als tausend Meilen langen, doch nur vierhundert Meilen breiten Streifen fruchtbaren Ackerlandes, der die Kornkammer des Vogelreiches darstellte.

Der Frühling hielt mittlerweile auch in der Steppe Einzug. Am Tag spendete die Sonne angenehme Wärme und selbst die kalten Nächte wurden allmählich erträglicher. Zum Braun des Wintergrases gesellten sich andere, frische Farben: Grün, gemischt mit Gelb, Violett und dem Blau Tausender kleiner Blüten, die ihre Gesichter den umherflatternden Schmetterlingen und geschäftig summenden Bienen entgegenreckten.

»Ich hätte nie gedacht, dass die Steppe so schön sein kann«, schwärmte Yonathan. Die Sonne näherte sich gerade ihrem Zenit.

Yehsir lächelte voll stiller Zufriedenheit. »Wenn es nach der Weltentaufe noch eine Steppe gibt, dann solltest du einige Zeit hier verbringen, Yonathan. Du würdest staunen, wie vielfältig und lebendig dieses Land ist!«

»Nach meinem Geschmack manchmal ein wenig *zu* lebendig«, schränkte Gimbar ein. »Ich fürchte, wir bekommen Besuch, aus südlicher Richtung, um genau zu sein.«

Yonathan und Yehsir folgten dem ausgestreckten Arm ihres Gefährten. Gimbar hatte Recht. Noch waren die Pünktchen klein, aber sie näherten sich schnell.

»Das können nur Garebs Männer sein«, sagte Yehsir, noch ehe aus den Punkten Reiter und Pferde geworden waren.

»Wer ist dieser Gareb?«, erkundigte sich Yonathan. »Müssen wir mit Schwierigkeiten rechnen?«

»Wahrscheinlich werden sie uns nicht die Hälse durchschneiden ...«

»Wie beruhigend!«, fiel Gimbar ein.

»… aber sie könnten uns aufhalten. Gareb ist nicht sehr gut auf meinen Bruder zu sprechen, weil er selbst gern das Oberhaupt aller Sippen wäre. Er brächte es fertig uns in sein Lager einzuladen, um diese Frage endgültig zu klären.«

»Du meinst, er könnte uns als Geiseln nehmen, um deinen Bruder zu erpressen?«

»Das Wort ›Geisel‹ gibt es in unserem Sprachgebrauch nicht, Gimbar.«

»Die Gastfreundschaft der Steppenbewohner ist wirklich eine interessante Einrichtung!«

»Hast du eine Idee, wie wir einer ›Einladung‹ dieses Gareb entgehen können?«, fragte Yonathan besorgt.

Yehsir lächelte. »Ich glaube, es gibt eine Möglichkeit. Lass es mich versuchen.«

»Gut«, entschied Yonathan. »Sollte es dir nicht gelingen, werde ich den Stab Haschevet einsetzen. Es wäre allerdings besser, wenn ich unser Geheimnis nicht vorschnell preisgeben müsste.«

Die Reiterschar hatte die Karawane fast erreicht. Ungefähr vier Dutzend Reiter zügelten ihre Pferde direkt vor Yehsirs Rappen in der bekannten Manier. Einzelne Brocken der Grasnarbe wirbelten hoch durch die Luft. Yehsir zeigte nicht die geringste Regung.

Yonathan hielt sich mit Gimbar im Hintergrund, beobachtete, wartete ab. Die Steppenkrieger wirkten entschlossen und ihre Rundsäbel hingen in Griffweite vor dem Sattel. Das eine oder andere der Pferde tänzelte nervös auf seinem Platz.

»Yehsir! Welche Überraschung den berühmten Sohn der Steppe, den Bruder unseres geliebten Sippenführers und der Rose des Graslandes, hier zu treffen. Aller Friede Neschans sei mit dir«, eröffnete ein kleiner, rundlicher Mann die Begrüßung. Der üppige Zopf des Steppenreiters, der unter einem schwarzen Turban hervorquoll, war von silbernen Strähnen durchwirkt. Seine nackten Oberarme wiesen den Umfang gesunder Flussbirken auf.

»Die Überraschung ist ganz auf meiner Seite, Gareb! Auch dir aller Friede Neschans. Seid ihr auf der Jagd?«

Garebs Augen blitzten vergnügt auf. »Kein schlechtes Wort für das, was wir tun. Und wie mir scheint, wird uns dieser Tag eine reiche Beute bringen.«

Also hatte Yehsir Recht gehabt! schoss es Yonathan durch den Kopf. Seine Rechte schloss sich fester um Haschevets Schaft. Er musste sich etwas einfallen lassen: Feuer? Nein, nicht noch einmal. Wasser? In der Steppe zu unglaubwürdig. Drachen? Das könnte funktionieren.

»… mich mit dir unter vier Augen besprechen«, hörte er gerade noch Yehsir sagen. Was hatte er vor?

Gareb und Yehsir lenkten ihre Pferde einen halben Steinwurf weit zur Seite und Yonathan konnte sehen, wie Yehsir ruhig auf den Anführer der Reiter einredete. Schon bald veränderte sich Garebs bis dahin stoische Miene: Zunächst wich alle Farbe aus seinem Gesicht und bildete damit einen idealen Hintergrund für vereinzelte rote Zornesflecken. Doch bald schon machte sich etwas wie Entsetzen auf ihm breit, gefolgt von einem Ausdruck nicht zu leugnender Enttäuschung. Schließlich nickte der beleibte Zopfträger ruckartig und riss barsch am Zügel seines stämmigen Pferdes.

Nachdem er mit Yehsir zu den anderen zurückgekehrt war, erklärte Gareb mit mühsam unterdrücktem Ärger: »Zu meinem großen Bedauern musste ich von meinem Bruder erfahren, dass er sehr in Eile ist. Deshalb werden wir ihn und seine Gefährten mit unseren besten Wünschen ziehen lassen.«

»Ich schätze deine Rücksichtnahme«, bedankte sich Yehsir. »So lebt denn wohl. Möge Yehwoh eure Sippen segnen.«

Ohne ein weiteres Wort setzte Yehsir seinen Rappen in Bewegung. Yonathan und Gimbar beeilten sich, mit den Packtieren zu folgen.

»Meine Einladung bleibt natürlich bestehen!«, rief Gareb ihnen noch nach. »Sobald wir uns wiedertreffen, wird mein Zelt das deine sein, Yehsir. Für sehr lange Zeit, verlass dich drauf!«

»Wie kommt es nur, dass eure Einladungen immer wie Drohungen klingen?«, wollte Gimbar wissen, nachdem sicher war, dass sich Garebs Trupp in die andere Richtung entfernt hatte.

Yehsir lächelte grimmig. »Vielleicht, weil sie gelegentlich auch so gemeint sind.«

»Was hast du ihm eigentlich gesagt, dass er uns so bereitwillig ziehen ließ?«, fragte Yonathan.

Das Lächeln auf Yehsirs Lippen wurde breiter. »Du erinnerst dich sicher daran, dass Gareb mich den Bruder der Rose des Graslandes genannt hat. Er meinte damit seine Frau; Gareb ist mein Schwager. Deshalb ist mir auch einiges bekannt, über das der hochgeachtete Gareb lieber den Mantel des Schweigens decken würde. Ich habe ihn davon überzeugt, dass er uns ziehen lässt. Ansonsten hätte ich seinen Männern erzählt, dass sein Zopf falsch ist.«

»Falsch?«

»Der Zopf ist der ganze Stolz eines Reiterführers. Keiner, der unter den Steppenreitern nach Amt und Würde trachtet, könnte dies ohne Zopf, geschweige denn mit einer Glatze tun. Garebs wehender Haarschopf ist nichts weiter als ein kunstvolles Geflecht aus schwarzen und weißen Pferdeschweifen.«

Yonathan musste laut auflachen. »Kein Wunder, dass er so blass geworden ist. Ich zweifle nicht im Geringsten daran, dass auch ihr Steppenleute die Weisheit eines Mannes richtig einzuschätzen wisst. Aber wenn einer glaubt, dass sein langer Zopf mehr wert ist als Klugheit und Güte, dann geschieht es ihm ganz recht, wenn ihm etwas Demut beigebracht wird.«

»Du hast keinen Zopf unter deinem Turban und deine Kleidung ist weiß und nicht schwarz«, wandte sich Gimbar fragend an den Karawanenführer. »Wie kommt es, dass du so anders bist als deine Sippenbrüder?«

Yehsir wurde ernst. Er richtete seine Augen für eine kleine Weile auf den Horizont, bevor er antwortete: »Als ich jung war, sah ich genauso aus wie alle anderen Männer der Steppe. Ich besaß damals mehr Temperament als Verstand und glaubte der geborene Sippenführer zu sein. Mein Vater entschied sich dafür, das Amt an meinen Bruder zu geben – völlig zu Recht, denn er ist der Erstgeborene von uns beiden. Aber damals fiel es mir schwer, das zu akzeptieren. Ich schnitt zornig meinen Zopf ab, tauschte die schwarzen Gewänder gegen weiße und kehrte dem Sippenverband den Rücken. Es zog mich in die Ferne. Eine Weile trieb ich mich in den Städten entlang der Karawanenrouten herum – immer hungrig, nicht immer ehrlich. Eines Tages erwischte mich Baltan, gerade als ich versuchte, einem seiner Packtiere das Tragen der schweren Proviantpakete zu erleichtern.«

»Ich nehme an, nicht zu seinem, sondern zu deinem Nutzen. Du wolltest meinen Schwiegervater bestehlen!«

»Gimbar! Ein Steppenbewohner *stiehlt* nicht. Er verteilt die Güter dieser Welt um.«

Gimbar nickte. »Das leuchtet mir ein.«

Yonathan warf seinem Freund einen kurzen Blick zu, um gleich darauf Yehsir zu fragen: »Und was hat Baltan dann mit dir angestellt?«

»So unwahrscheinlich es klingen mag: Baltan hat mich in seine Dienste aufgenommen. Er gab mir die Möglichkeit, auf ehrliche Weise meinen Lebensunterhalt zu verdienen und trotzdem weiter durch die Welt zu ziehen. Aber er hat noch mehr getan: Im Laufe der Zeit machte er mir klar, wie töricht ich gehandelt hatte. Heute bin ich froh, dass ich mich mit meinem Vater noch aussöhnen konnte, bevor er starb. Auch mein Bruder trägt mir nichts mehr nach.«

»Aber dein gar nicht steppenländisches Äußeres hast du trotzdem beibehalten«, setzte Gimbar nach.

»Ich bin unter Baltans Obhut ein anderer Mensch geworden. Meine jetzige Kleidung und Haartracht passen, so glaube ich, besser zu dieser anderen Persönlichkeit.«

»So sehe ich das auch«, sagte Yonathan.

Die folgenden zwei Tage verliefen ohne nennenswerte Vorkommnisse. Allmählich veränderte sich die Landschaft. Die bisher flache Steppe wurde wellig, am Horizont begannen sich weit gestreckte Hügel abzuzeichnen. Bald kreuzten kleinere Bäche den Weg der Reisenden, gruben Falten in das glatte Gesicht der Landschaft, und immer häufiger wucherten Büsche und kleinere Wäldchen aus dem Boden hervor. Süße Düfte mischten sich in den herbwürzigen Geruch des Graslandes. Schließlich schob sich eine feine, dunkle Linie zwischen Himmel und Erde und wurde kräftiger, bis an den Rändern Details auszumachen waren.

»Der Große Wall«, Yehsir deutete mit einer knappen Geste zum Horizont. »Morgen werden wir einen Fluss überqueren und an dessen Ostufer weiter nach Norden reiten.«

Die Voraussage traf zu. Kurz nach dem Frühstück erreichte die kleine Karawane eine Furt, die das sichere Überqueren des Flüsschens erlaubte, dem sie nun folgen sollten. Das Wasser war eisig kalt und Yonathan musste eine Menge Überzeugungsarbeit leisten, um sein eigensinniges Lemak dazu zu bewegen, seine Fußballen in das Flussbett zu setzen.

Das schnell fließende Gewässer zur Linken und rechts das gewaltige Bergmassiv des Großen Walls ritten die Gefährten eine Weile schweigend dahin. Bald tauchte ein Weg auf, dessen ausgetretene Bahn augenscheinlich nicht nur von wilden Tieren benutzt wurde.

»Werden wir bald auf Squaks stoßen?«, erkundigte sich Yonathan mit gemischten Gefühlen.

»Früher oder später bestimmt«, erwiderte Yehsir. »Dieser Fluss hier bildet die Grenze des Squak-Königreiches. Spätestens in zwei oder drei Tagen erreichen wir Singat, eine kleine Siedlung. Sie wird zwar überwiegend von sesshaft gewordenen Nomaden bewohnt, aber dort werden wir ohne Frage auch Squaks zu sehen bekommen.«

»Vielleicht sollten wir die Gelegenheit nutzen und uns nach dem Treiben der témánahischen Priester erkundigen«, meinte Gimbar. »Es kann nie schaden über die Schritte des Gegners im Voraus informiert zu sein.«

»Gute Idee«, stimmte Yonathan zu.

Yehsir schlug vor in dem Gasthaus des Ortes abzusteigen. Er kenne den Wirt. Außerdem könne man dort am ehesten wichtige Neuigkeiten erfahren.

Die Vorfreude auf ein richtiges Bett ließ Yonathan alle Mühsal der vergangenen Wochen vergessen. Wie Yehsir geschätzt hatte, dauerte es dann aber noch volle zwei Tage, bis die Grenzsiedlung

Singat in Sicht kam. Kurz vor Sonnenuntergang tauchten Befestigungsanlagen aus zugespitzten Baumpfählen hinter einer Flussbiegung auf.

Der Ort war zu klein, um sich eine Steinmauer leisten zu können. Allerdings fiel die erstaunliche Anzahl massiver runder Türme auf, die aus der Siedlung ragten wie zu groß geratene Brunneneinfriedungen. Der größte Turm schien mitten aus den Spitzpfählen zu wachsen – eine Hälfte befand sich noch innerhalb der Stadt, die andere dagegen stand im Fluss. Alle anderen Türme drängten sich um diesen wahrscheinlich ältesten Bau des Ortes, beinahe wie Küken um die Mutter.

»Das sind die Wohntürme der Squaks«, erklärte Yehsir, während sie auf das Stadttor zuritten.»Der große, den ihr links seht, wird von der kleinen Garnison benutzt, die König Kirrikch zum Schutze der Grenzsiedlung abbeordert hat.«

Die seltsamen Türme fesselten Yonathans Blick. Jedes der runden Gebäude besaß eine andere grelle Farbe und überall klafften Löcher, die wie zufällige Treffer von Steinkatapulten aussahen, wahllos über die schlank emporstrebenden Behausungen verteilt. Aus vielen der Öffnungen ragten Stege aus Stein oder Holz nach allen Seiten in die Luft. Hier und da konnte man sogar gemauerte Absätze an der Außenseite eines Turms entdecken, wie Pfade, die zwei oder drei der Löcher verbanden. Vereinzelt gab es sogar Brücken, welche die kurze Distanz zu einem Nachbargebäude überspannten. Keiner der zungenförmigen Balkone und schmalen Mauerwege besaß irgendeine Art von Absicherung, selbst nicht in Schwindel erregender Höhe.

Viele Squaks, vereinzelt oder in kleinen Gruppen, bevölkerten die Außenmauern ihrer ungewöhnlichen, aber eher einförmigen Häuser. Zum Teil deutlich größer als ihre menschlichen Mitbürger, glichen sie einer unglücklichen Kreuzung aus Straußen und Geiern: Aus einem nackten, kugelförmigen Kopf stachen bernsteinfarbene Augen mit linsenförmigen Pupillen hervor. Darunter bog sich ein spitzer Schnabel, wie von einem Adler, aber im Verhältnis wesentlich breiter und kürzer. Der biegsame Hals war mit spärlichem Federflaum bedeckt, genauso wie der massige

Körper, der sich auf lange, gelbrote Beine stützte. An den Stellen ihrer Anatomie, wo man Vogelflügel erwartete, befanden sich befiederte Arme mit je zwei Paar Händen, wobei das zusätzliche Paar ungefähr auf der Höhe der menschlichen Ellenbogen saß. Die Ellenbogenhände verfügten über vier, die anderen nur über zwei Finger. Bekleidet waren die Squaks ausnahmslos mit schreiend bunten Gewändern, die – für ihre eher rundlichen Körperformen – einen erstaunlich eleganten Schnitt aufwiesen.

»Die Wohntürme der Squaks entsprechen den Nist- und Schlafbäumen anderer Vögel«, erklärte Gimbar, dem Yonathans Faszination für diese seltsamen Wesen nicht entgangen war. »Außerdem sind die Squaks absolut schwindelfrei. Sie lieben es, sich draußen ins Freie zu setzen und ihre Umgebung zu beobachten.«

Gimbar schüttelte sich ein wenig und Yonathan musste an die Höhenangst denken, die seinen Freund geplagt hatte, als sie vor drei Jahren mit einem Heißluftballon aus dem Kaiserpalast von Cedanor geflohen waren.

»Ich bin sicher, die Herberge, die Yehsir für uns ausgesucht hat, besitzt nicht mehr als zwei Stockwerke – höchstens drei«, redete er tröstend auf den Freund ein.

Gimbar verzog das Gesicht zu einer säuerlichen Miene. »Ich wusste, dass du kein Mitleid mit mir haben würdest!«

Der *Paradiesvogel* war, sah man von den Wohntürmen der Squaks ab, eines der höchsten Gebäude von Singat; es besaß vier Stockwerke. Mehrere Nebengebäude bildeten zusammen mit dem mächtigen Haupthaus einen großen Innenhof, in den man durch ein geräumiges Tor gelangte. Über dem Eingang hing eine Steintafel mit der Einladung: »Tritt ein! In diesem Haus gibt es keine Fremden, sondern nur Freunde, die wir noch nicht kennen.«

Der gesamte Gebäudekomplex bestand aus runden Fluss-Steinen und wirkte mit seinen natürlichen Grau- und Brauntönen ausgesprochen wohl tuend auf die menschlichen Gäste – nach der eher aufdringlichen Farbenfreude der Squak-Türme.

Etwas seltsam mutete allerdings der glatzköpfige Hüne an, der den Eingang zum Schankraum versperrte.

»Was ist Euer Begehr?«, fragte er Yehsir, der das Gebäude mit einem freundlichen Gruß betreten wollte. Die Frage des schrankförmigen Türstehers klang zwar auf eine gewisse Weise respektvoll, aber nichts an seiner Haltung ließ erkennen, dass er den Weg ins Innere der Schankstube freigeben würde.

»Was glaubst du, was wir in einem Gasthaus wollen?«, gab der Karawanenführer mit kühler Stimme zurück.

Yonathan staunte einmal mehr über Yehsirs natürliche Autorität, die keiner lauten Worte bedurfte.

Offenbar war auch der Türwächter davon beeindruckt. Leicht verunsichert entgegnete er: »Essen und trinken wollt Ihr wohl, vielleicht auch schlafen.« Eine Schlussfolgerung, die selbst ihm jetzt etwas banal vorkam, denn er fügte noch hinzu: »Aber ich kenne Euch nicht.«

Yehsir blieb immer noch bewundernswert ruhig: »In Gasthäusern kommt es gelegentlich vor, dass Fremde einkehren.«

»Hier nicht. Es sei denn, Ihr seid angemeldet«, erwiderte der Türsteher beharrlich.

»Der könnte sich sowieso keine zwei Namen merken«, flüsterte Gimbar Yonathan zu.

In diesem Moment öffnete sich die Tür hinter dem Hünen und aus der Schankstube drang eine energische Stimme: »Was gibt's, Leas? Macht wieder jemand Scherereien?«

»Wo ist deine Gastfreundschaft geblieben, Kehmar?«, rief Yehsir, bevor dem Riesen eine Antwort einfallen konnte. »Habe ich dir nicht immer gesagt, dass Nomaden, die sesshaft werden, bald jeden Sinn für die guten Sitten verlieren?«

»Yehsir?«, fragte die Stimme hinter dem Muskelberg. »Yehsir! Du alter Tagedieb, du Schrecken aller Karawanen.«

»Kehmar und ich kennen uns schon sehr lange«, wandte sich Yehsir an seine beiden Gefährten. »Außerdem übertreibt er meist ein wenig.«

Inzwischen war es dem Wirt des *Paradiesvogels* gelungen, Leas, den Türwächter, zur Seite zu schieben. Kehmar selbst erwies sich als ein eher kleiner Mann mit rundlichen Formen, dünnem Haupthaar und rosigen Wangen.

Yehsir stellte Yonathan und Gimbar als zwei gute Freunde vor. Dann ließ er eine unzweideutige Bemerkung fallen, die sich auf die Tafel über dem Eingang bezog.

»Die Zeiten sind schwieriger geworden«, entschuldigte sich der Wirt, während er seine Gäste in den leeren Schankraum führte. »Setzt Euch, am besten dort hinten in die Ecke. Da seid Ihr ungestört, wenn später die Abendkundschaft kommt.«

Yonathan erkundigte sich, wie die Bemerkung des Wirts gemeint sei, und Kehmar erzählte, dass in letzter Zeit immer mehr Gäste ihre Zeche nicht zahlen wollten. Einige von ihnen hätten sich sogar vorher noch sinnlos betrunken und dann viel Mühe darauf verwendet, die Einrichtung in ihre Einzelteile zu zerlegen. Nachdem er schon zweimal die zertrümmerten Tische und Stühle durch neue hatte ersetzen müssen, habe er Leas an die Tür gestellt, worauf sowohl die Eile wie auch die überschäumende Vitalität der zahlungsunwilligen Gäste deutlich nachließ. Aber man müsse dennoch weiterhin auf der Hut sein.

»Habt Ihr in letzter Zeit Besuch von témánahischen Priestern gehabt?«, fragte Yonathan, den die Schilderung Kehmars in keiner Weise überraschte.

»Natürlich habe ich das, diese schwarzen Teufel! Besser, Ihr erwähnt sie nicht einmal. Das bringt nur Unglück«, eiferte sich der Wirt. Dann kniff er ein Auge zu, fasste sich an sein rundes Kinn und sagte verblüfft: »Jetzt, wo Ihr es sagt, wird es mir erst richtig klar. Ich glaube, all die Schwierigkeiten mit meinen Gästen haben erst so richtig angefangen, seit diese käsegesichtigen Südländer hier auftauchten. Das war vor einem knappen Jahr, als König Kirrikch den kaiserlichen Erlass aus Cedanor vollzog und diesen ›heiligen‹ Mönchen im ganzen Squak-Reich freie Hand ließ.«

»Das heißt, sie dürfen herumschnüffeln, wo sie wollen?«

»Schlimmer noch! Wo man ihnen den Zutritt verwehrt, dürfen sie sogar die königlichen Soldaten um Hilfe anrufen, und sie nutzen diese Möglichkeit, wann immer es ihnen gefällt.«

Yonathan wechselte einen vielsagenden Blick mit seinen Gefährten. Dann wandte er sich wieder an den Wirt: »Wir haben ein gewisses Interesse daran, während unseres Aufenthaltes möglichst unbehelligt zu sein. Meint Ihr, Ihr könntet unsere Tiere irgendwo unterstellen, wo sie nicht gleich jeder zu sehen bekommt?«

Der Wirt zwinkerte Yehsir verschwörerisch zu. »Heckst wieder was aus, oder?«

Yehsir verdrehte die Augen.

»Schon gut, schon gut«, meinte Kehmar. »Dann halte ich es mit dem alten Nomadensprichwort: ›Wer nicht fragt, kann nicht gefragt werden.‹ Ich werde dafür sorgen, dass eure Tiere im Stall meines Bruders unterkommen, zwei Straßen weiter. Außerdem habe ich eine geräumige Kammer, ganz oben unter dem Dach. Ihr könnt dort euer Mahl einnehmen, wenn ihr nicht gestört werden wollt, und gleichzeitig habt ihr noch einen grandiosen Ausblick auf unsere Stadt.«

Gimbar stöhnte.

»Was ist mit deinem Freund, Yehsir? Geht es ihm nicht gut?«

»Doch, doch, Kehmar. Hab Dank für alles. Wir nehmen dein Angebot gerne an. Allerdings werden wir unser Abendessen hier in der Schankstube einnehmen. Wir möchten uns noch ein wenig umhören, was es so an Neuigkeiten gibt.«

»Bei Kehmar gibt's die besten Lammkeulen, das beste Bier und die besten Nachrichten – das ist stadtbekannt«, versicherte der korpulente Wirt. »Ich muss mich jetzt noch um einige Dinge kümmern. Ihr könnt ja schon mal eure Habseligkeiten nach oben schaffen: direkt dort drüben durch die Tür, immer die Treppe rauf, bis es nicht mehr weitergeht.«

Zwei Stunden später war es draußen dunkel geworden. Der geräumige Gastraum des *Paradiesvogels* hatte sich bis zum letzten Platz gefüllt. Wenige von der Decke hängende Öllampen sorgten für ein diffuses Licht und mit ihrem Rauch für eine stickige Luft. Yonathan, Gimbar und Yehsir hatten sich rechtzeitig den Tisch in der hinteren Ecke gesichert. Nach einem vorzüglichen Lammbraten mit Speckbohnen und einem kohlartigen Gemüse, das Yonathan nicht kannte, hielten sich die drei an ihre Bierkrüge und verfolgten das lebhafte Geschehen, das sich um sie herum entfaltete. Handwerker, Händler und Steppenleute saßen sich an den Tischen gegenüber, unterhielten sich und sprachen ausgiebig den Speisen und Getränken zu. Die Geräuschkulisse war ohrenbetäubend, ein Gemisch aus kaum verständlichen Gesprächs- und Liedfetzen, Gelächter, Flüchen, dem Poltern herabfallender Gegenstände, Stühlerücken und genussvollen Rülpsern.

Einer Unterhaltung für längere Zeit zu folgen erschien aussichtslos. Yonathan war versucht die Hilfe Haschevets in Anspruch zu nehmen. Aber Kehmar hatte erwähnt, dass sich témánahische Priester in der Stadt befänden, und so wollte er nicht riskieren sich durch den Einsatz des *Koach* zu verraten. Einmal hatte er Teile des Gesprächs zwischen einem Fallensteller und einem Edelsteinsucher verfolgen können, die sich gegenseitig bescheinigten, dass man selbst in den kaum bewohnten, engen Tälern des Großen Walls nicht mehr sicher sei vor den témánahischen Krähen. Aber das war auch schon alles gewesen.

Gerade als sich die drei Gefährten auf ihr Zimmer begeben wollten, kehrte plötzlich Ruhe im Schankraum ein. Alle Blicke waren auf die Wirtshaustür gerichtet. Am Eingang zum Schankraum ragten zwei Squak-Soldaten auf. Im Vergleich zu den Vogelwesen, die sie bei ihrer Ankunft in Singat auf den Stegen und Brücken der Wohntürme gesehen hatten, waren die uniformierten Squaks geradezu dezent gekleidet: Körper, Oberarme und Beine bis hinab zu den Knien hatten sie in knallrotes Tuch gehüllt, das an verschiedenen, scheinbar zufällig gewählten Stellen mit gelben Riemen und Kordeln abgesetzt war. Zwischen diesen beiden roten Farbtupfen fiel zunächst die kleinere menschliche Gestalt in ihrer Schlichtheit kaum auf: ein témánahischer Priester, unverwechselbar durch seine schwarze Kutte und den bleichen, haarlosen Kopf.

»Das hat uns gerade noch gefehlt!«, flüsterte Gimbar und griff in die Falten seines Ärmels.

»Lass deine Dolche stecken!«, raunte Yonathan ihm zu.

»Keine Angst, ich weiß, dass du in diesen Dingen sehr empfindsam bist. Es ist nur für den Notfall. Schließlich sind dir die

Hände gebunden. Der Schwarze würde es sofort spüren, wenn du den Stab gegen ihn oder seine Bewacher einsetzen willst.«

»Bleibt einfach ruhig sitzen«, flüsterte Yehsir, fast unhörbar. »Vielleicht wollen sie sich nur nach etwas erkundigen und gehen dann wieder.«

In der Zwischenzeit war der Wirt auf den Priester und seine Begleiter zugegangen und erkundigte sich nach dem Zweck ihres Besuches.

»Kein Grund zur Beunruhigung«, versicherte der Schwarzgekleidete mit zerbrechlicher Stimme. »Wir suchen nur nach einem …«, er zögerte, »… Freund. Er ist unterwegs zu einem …«, er zögerte abermals, »… Treffen, nur weiß er nicht so recht, wo und wann diese Begegnung stattfinden soll. Wir möchten ihm helfen, seine Suche … abzukürzen.«

»Das ist Euer Problem«, erwiderte Kehmar unfreundlich. »Hier kommen so viele Fremde durch. Ich kann mir nicht jede Visage merken, die sich in meiner Schankstube einen Krug Bier bestellt.«

Der témánahische Geistliche lächelte, dass einem das Blut in den Adern gefror, und sagte freundlich: »Es handelt sich um einen jungen Mann: zwischen achtzehn und zwanzig Jahre alt, dunkelhaarig, auch die Augen sind dunkel, vermutlich schlank und gut sechs Fuß groß. Er reitet auf einem weißen Lemak, gewiss ein auffälliges Tier, findet Ihr nicht?«

Kehmar zögerte. Ohne Frage wusste er, wen der schwarze Priester suchte. Aber dann antwortete er barsch: »Ihr könnt Euch in meinem Stall umsehen. Ich bezweifle, dass einer meiner Gäste ein solches Reittier besitzt.«

»Das haben wir bereits getan, Kehmar. In Eurem ganzen Anwesen befindet sich kein einziges Lemak.«

»Dann könnt Ihr ja wieder gehen. Ihr vergrault mir die Gäste.«

Wieder verzog der bleichhäutige Témánaher das Gesicht zu einem eisigen Lächeln. Es schien, als müsse er nachdenken. Yonathan hoffte schon, er würde mit seinen beiden Wachvögeln wieder abziehen, aber dann sagte der Priester fast beiläufig: »Ich werde mich kurz in Eurem Schankraum umsehen. Es interessiert mich, was das für Menschen sind, die sich von einem Mann des Friedens die gute Laune verderben lassen.«

Ehe der Wirt noch etwas einwenden konnte, sah er sich schon den beiden Squak-Soldaten gegenüber: jeder von ihnen mehr als sieben Fuß groß und mit einer langen lanzenartigen Waffe ausgestattet, deren Ende eine sichelförmige Klinge zierte.

Der schwarze Priester ging langsam die Tischreihen ab. Seine Schritte waren kaum wahrzunehmen, beinahe, als schwebte er über den mit Binsen bestreuten Boden. Einmal schenkte er hier einem Gast seine eisig lähmende Aufmerksamkeit, ein andermal ließ er dort seine weißen Fingerspitzen spielerisch über eine Tischplatte gleiten. Und immer näher kam er dem letzten Tisch.

Gimbars Hand fuhr tiefer in den Ärmel. »Ich glaube, jetzt bleibt uns keine andere Wahl mehr.«

Yonathan drückte den Arm seines Freundes nieder. Mit der anderen Hand umklammerte er Haschevet, den er wie immer bei sich hatte. »Nicht!«, zischte er.

Er suchte fieberhaft nach einem Ausweg. Schweißperlen traten auf seine Stirn und glitzerten im Lampenlicht. Was konnte er tun, um sich und seine Freunde vor der Entdeckung zu schützen? Das *Koach* war mächtig, aber Goel hatte ihm auch gesagt, die schwarzen Männer könnten ständig und zu jeder Zeit mit ihrem Herrn und Gebieter in Verbindung treten – ihn warnen.

Yonathan durchforschte seine Gedanken weiter nach einer Möglichkeit, sandte Stoßgebete aus. Es *musste* einen Ausweg geben!

Der Priester näherte sich.

Gimbar, Yehsir und sich selbst unsichtbar machen? Der Schwarze würde es bemerken.

Er war nur noch einen Tisch entfernt.

Die Gesichter verändern? Bar-Hazzats Sklave würde sofort Alarm schlagen.

Es sei denn ...

Die schwarze Gestalt hatte den letzten Tisch erreicht. Ihre kalten Augen streiften flüchtig über Gimbar und Yehsir – und blieben auf Yonathan haften!

Für einen winzigen Augenblick spiegelte sich Triumph in der bleichen Miene des Priesters wider, vielleicht sogar etwas wie Stolz und Vorfreude. Dieses kurze Verharren war Yonathans Rettung. Alle Regungen, die bisher noch das Gesicht des kahlköpfigen Mannes beherrscht hatten, verschwanden, waren auf einmal wie weggewischt.

Mit ausdruckslosen, leeren Augen schritt der schwarze Priester weiter und lief gegen die Rückwand des Gastraums. Dem Krachen des Aufpralls folgte das dumpfe Hinschlagen des Bewusstlosen auf dem Lehmboden.

Als wäre dies ein verabredetes Zeichen, das alle schon lange erwartet hatten, setzte sogleich der ursprüngliche Lärm im Schankraum wieder ein. Laute Stimmen, unverhohlen schadenfroh, kommentierten das Geschehene mit deftigen Bemerkungen. Alle Gäste des *Paradiesvogels* waren auf die Beine gesprungen. Jeder wollte die leblos daliegende Gestalt des schwarzen Priesters sehen.

Nur unter großer Mühe und mit kräftigen Knuffen ihrer Lanzen gelang es den beiden Squak-Soldaten sich bis zu ihrem Schutzbefohlenen vorzuarbeiten. Mit offenkundiger Ratlosigkeit untersuchten sie den Priester. Doch sie fanden keine Verletzung von der Klinge eines Dolches oder einer anderen Waffe, kein Blut, sie fanden nichts, nur leere Augen.

»Armer Vogel«, sagte einer der Soldaten mit seiner seltsam krächzenden Stimme. »Er atmet noch, aber sein Geist scheint ausgeflogen zu sein. Möchte wissen, wie das passieren konnte.«

»Nicht gerade eine flaumweiche Landung«, grunzte der andere und schüttelte seinen großen Kopf. An die Gäste gewandt, schnarrte er: »Hat irgendjemand gesehen, was geschehen ist?«

Er erntete nur lautes Johlen.

Der erste der Squaks übertönte das Geschrei mit einem hohen, unverständlichen Ausruf im Squak-Dialekt. Dann fassten die beiden den bewusstlosen Priester unter den Achseln und an den Beinen, um ihn aus dem Schankraum zu tragen.

Yonathan fühlte sich vollkommen ausgelaugt. Er starrte auf die Tischplatte vor sich und sein Atem ging schwer.

»Was hast du getan?«, fragte Gimbar entgeistert.

»Ich wusste keinen anderen Ausweg.«

»Keinen Ausweg als *was?*«

Kalter Schweiß stand auf Yonathans Stirn. Ein Zittern durchlief seinen Körper. Ohne aufzublicken antwortete er: »Ich habe seinen Geist ausgelöscht – in einem Augenblick.« Yonathans verzweifelte Augen begegneten dem besorgten Blick Gimbars. »Ich konnte ihm nichts vorgaukeln, uns weder unsichtbar machen noch unsere Erscheinung verändern; er hätte alles gemerkt. Also habe ich mir eine große, schwarze Leere vorgestellt und sie in seinen Kopf projiziert.«

Gimbar schluckte. Ihm wurde kalt und er begann sich die Oberarme zu massieren.

»Komm«, redete Yehsir beruhigend auf Yonathan ein. »Es ist besser, wenn du dich so schnell wie möglich hinlegst. Du brauchst jetzt Ruhe.«

Yonathan nickte.

Die drei verschwanden unauffällig durch eine Nebentür aus dem Schankraum und begaben sich in das Dachgemach.

Yehsir half dem völlig erschöpften Yonathan sich auszuziehen. Dann setzte er sich auf die Bettkante, sah ihn lange an und sagte eindringlich: »Ich muss dich noch etwas fragen. Es ist sehr wichtig!«

Yonathans Augen wurden klarer.

»Hast du den Geist des Priesters gänzlich zerstört oder nur für eine gewisse Zeit ausgelöscht? Wenn Letzteres zutrifft – wann wird er wieder zu sich kommen? Du verstehst, warum ich dich das frage?«

Yonathan nahm seine Kraft zusammen und antwortete: »Sobald er ganz erwacht ist, wird er Bar-Hazzat warnen. Ich weiß. Deshalb habe ich mich auch bemüht die Leere in seinem Geist so groß wie möglich zu machen.«

»*Wie lange* wird er also ohne Verstand sein?«

»Er kommt sicher bald zu sich, wird essen und trinken, aber nur leer vor sich hinstarren. Wann er wieder klar denken kann ...?« Yonathan zuckte mit den Achseln. »Vielleicht in zwei oder drei Monaten, vielleicht aber auch schon in zwei Wochen. Ich habe so etwas Schreckliches noch nie getan ...«

»Du hast keine andere Wahl gehabt«, sagte Yehsir. »Schlafe jetzt. Morgen früh wird es dir besser gehen.«

Als die Erschöpfung Yonathan übermannte, hörte er noch Gimbar fragen: »Wird die Zeit reichen?«

Yehsirs Antwort lautete: »Es bleibt genug Zeit, um fürs Erste unsere Spuren zu verwischen. Aber ob es reichen wird das erste Auge Bar-Hazzats zu finden und zu zerstören ...«

Yonathan hatte schon lange keinen Hahn mehr krähen hören. Deshalb fuhr er erschrocken hoch.

»Es ist nichts, Yonathan«, beruhigte ihn Gimbar sogleich. »Nur das aufgeblasene Federvieh, das seinen Hennen imponieren möchte.«

Unwillkürlich musste Yonathan an die beiden Squak-Soldaten vom vergangenen Abend denken. Noch nie zuvor war er diesen vogelähnlichen Wesen so nahe gewesen. Er musste sie einfach anstarren, während sie sich um den am Boden liegenden schwarzen Priester kümmerten, dessen Geist nun durch ihn ausgelöscht war. Das *Koach* der vollkommenen *Erinnerung* Haschevets sorgte dafür, dass er die Szene in allen Einzelheiten vor sich sah. Keine seiner Sinneswahrnehmungen hatte der Schlaf überdeckt, nichts war vergessen – sosehr er sich das an diesem Morgen auch gewünscht hätte.

»Haben sich die Squaks noch einmal sehen lassen?«, fragte er unvermittelt.

»Nicht, dass ich wüsste«, entgegnete Gimbar. »Auch kein Schwarzrock mehr. Allerdings kam der Wirt gestern noch einmal herauf. Er bat uns, möglichst bald aufzubrechen.«

Yehsir trat neben Yonathans Bett, lächelte – zufrieden darüber, dass sein Gefährte wieder ansprechbar war – und fügte hinzu: »Kehmar meinte, es sei zwar unwahrscheinlich, dass noch weitere témánahische Priester hier aufkreuzen, aber die königlichen Grenztruppen seien in letzter Zeit sehr misstrauisch geworden und steckten ihre Schnäbel in Angelegenheiten, die sie nichts angingen. Es war ihm sichtlich unangenehm, aber er wünschte, dass wir so schnell wie möglich abreisen.«

»Schon gut«, sagte Yonathan und fasste sich an den Kopf.

»Glaubst du, du kannst reiten?«

»Es wird schon gehen. In meinem Schädel arbeitet zwar ein Hammerwerk, aber ich werde versuchen es einfach zu ignorieren.«

Das Frühstück wurde auf dem Zimmer eingenommen – frisch gebackenes Brot, kalter Truthahn, Käse und klares Quellwasser –, dann geleitete Kehmar seine Gäste in eine Nebenstraße, wo sich der Stall seines Bruders befand.

Kurz bevor sie ihr Ziel erreichten, wandte sich Yehsir eigenartig schuldbewusst an Yonathan: »Ich muss dir jetzt noch etwas sagen.«

Yonathan runzelte die Stirn. Yehsirs Verhalten war mehr als ungewöhnlich.

»Für einen Steppenreiter habe ich eigentlich eine Todsünde begangen.«

Yonathans Schritte kamen ins Stocken. »Jetzt sag schon, was los ist.«

Yehsir blickte wortlos zu Boden, bis Gimbar schließlich das Schweigen brach.

»Warum erzählst du ihm nicht, dass du sein störrisches Wüstenschiff angepinselt hast?«

»Was …?«

Yehsir hob hilflos die Arme. »Eigentlich war ich es gar nicht selbst …«

»›Wie beginne ich eine Ausrede? – Lektion eins‹«, spöttelte Gimbar. »Aber er hat Recht. Kumi hat zwei von Kehmars Knechten gebissen und einem ins Auge gespuckt, und erst als dieser Fleischklops ihm eins auf die Rübe gegeben hat, ließ er sich zu der Tarnaktion überreden. Aber mach dir wegen Kumi keine Sorgen; der ist in Ordnung.«

Langsam dämmerte es Yonathan. »Ihr habt Kumi eingefärbt, weil der schwarze Priester nach einem weißen Lemak suchte?«

Yehsir nickte schuldbewusst.

»Werden sie darauf reinfallen?«

»Kehmar hat Squak-Farbe aufgetrieben«, wusste Gimbar zu berichten. »Sie soll wasserfest sein, für mehrere Wochen.«

Yonathan zeigte ein erstes Lächeln. »Diese bunten Vögel scheinen etwas von Farben zu verstehen.«

»Wem sagst du das?«, klagte Gimbar theatralisch. »Für einen Tuchhändler geradezu geschäftsschädigend!«

»Dann muss ich mich wohl damit abfinden, ein ganz normales Lemak zu reiten – obwohl ich Leas' brutale Methoden nicht billige.«

Inzwischen hatte sich Kehmar, der ein paar Schritte voraus war, zu den Freunden umgewandt. »Wenn hier jemand brutal war, dann dein verrücktes Lemak. Einer meiner Männer wird mindestens eine Woche lang seine Hand nicht mehr gebrauchen können.« Etwas versöhnlicher fügte er hinzu: »Im Übrigen geht es deinem Kumi wirklich gut; er blickt zwar etwas benommen aus seinen verschiedenfarbigen Augen, aber sonst sieht er jetzt aus wie jedes andere Lemak.«

So war es tatsächlich. Kumi wirkte noch ein wenig eingeschüchtert und Yonathan musste den grünen Keim Din-Mikkiths zu Hilfe nehmen, um dem verfärbten Hengst in der »Sprache« der Lebenden Dinge Mut zuzusprechen.

Kehmar, der Wirt, hatte mittlerweile die starke Abnutzung seines Personals vergessen und zeigte sich sogar besorgt, dass er seine Gäste so eilig zur Weiterreise drängen musste.

»Ich habe schon immer gewusst, dass Nomaden ihre Tugenden verlieren, wenn sie sesshaft werden«, scherzte Yehsir. »Aber wir haben es sowieso sehr eilig. Du brauchst dir also keine Sorgen zu machen.«

»Ich danke dir, Bezél. Wenn du das nächste Mal kommst, dann wird alles anders sein, das verspreche ich dir.«

»Da hast du Recht, Kehmar.« Yehsir warf dem siebten Richter einen kurzen Blick zu. »Wenn ich das nächste Mal hier bin, dann wird wirklich *alles* ganz anders sein.«

Während der zwei folgenden Wochen kamen die drei Gefährten mit ihren neun Packtieren schwerer voran als vorher in der Steppe. Das lag nicht etwa daran, dass sie sich ständig vor schwarzen Priestern oder königlichen Truppen hätten verstecken müssen – erstaunlicherweise begegneten sie nur wenigen Soldaten und keinem einzigen »Schwarzrock«, wie Gimbar sie zu nennen pflegte. Dafür trafen sie aber immer wieder auf lästige Hindernisse: Manchmal hatte das Frühjahrshochwasser einen Teil der Straße weggeschwemmt, ein andermal musste eine Steinlawine umgangen werden; dann wieder galt es Schluchten zu durchqueren, die so zwischen zum Teil überhängenden Felswänden eingezwängt waren, dass ein Weiterkommen nur zu Fuß möglich war.

Yonathan hatte sich schnell wieder von der unseligen Begegnung mit dem témánahischen Priester erholt – zumindest äußerlich. Geistig fühlte er sich noch lange erschöpft. Erst nachdem er seinen Freunden erklärt hatte, warum dieser Vorfall ihm so zu schaffen machte, besserte sich seine Stimmungslage: Der Stab Haschevet hatte in Yonathans Händen schon früher erstaunliche Dinge vollbracht, durch ihn waren sogar Menschen getötet worden. Aber dies alles hatte sich damals völlig Yonathans Kontrolle entzogen: Seine Feinde hatten ihn angegriffen und es schien mehr eine unbewusste Schutzreaktion als ein bewusster Willensakt gewesen zu sein, die diese Männer das Leben gekostet hatte. Doch vor zwei Wochen war es anders gewesen: Yonathan hatte einen Weg gesucht den Priester auszuschalten, er hatte eine Lösung gefunden und sie folgerichtig bis zum schrecklichen Ende in die Tat umgesetzt. Er wünschte und hoffte das *Koach* nie mehr in dieser Weise gebrauchen zu müssen.

Der Frühling war schon bis in die mittleren Höhenlagen des Großen Walls vorgedrungen. Überall duftete, summte und brummte es. Wilde Kirschbäume überzogen die Berghänge mit weißen Tupfen, der Geruch von frischem Gras entströmte den Wiesen.

»Hinter dieser Biegung dort vorn müssten wir in das Sternental hinabblicken können«, verkündete Yehsir, etwa eine Stunde nachdem das Lager abgebrochen worden war.

»Und wann stoßen wir auf die Westliche Handelsroute?«, fragte Yonathan.

»Etwa gegen Mittag, ja. Morgen Abend können wir schon in Quirith sein.«

»Schon?«, fragte Gimbar. »Ich sitze seit vierzig Tagen im Sattel und du nimmst das Wort ›schon‹ in den Mund?«

»Ein Steppenreiter sitzt sein Leben lang im Sattel, Gimbar. Was sind da schon vierzig Tage?«, meinte Yonathan.

»Seht, dort!«, rief Yehsir, ohne noch auf Gimbar zu achten. Die Gruppe hatte die Wegbiegung erreicht und der Karawanenführer zeigte mit ausgestrecktem Arm auf eine atemberaubende Landschaft.

Das Sternental lag etwa eine halbe Meile unterhalb des Aussichtspunktes der drei Männer und es glitzerte und funkelte wie der Sternenhimmel in einer klaren Winternacht. Die Handelsroute, weit unten, war wie ein gelbbrauner Faden, der sich durch einen Teppich grüner Felder zog. Winzige bunte Punkte leuchteten überall: Squak-Bauern, welche die besondere, grüne Getreideart ernteten, die nur hier wuchs. Das Korn wurde bereits im Herbst gesät, sodass man schon im Frühjahr die Ähren von den Halmen ziehen konnte. Beim Abstreifen der Körner platzten die hauchdünnen Schutzhüllen an den Ähren auf und wurden vom Wind in die Luft emporgetragen. Millionen solcher feiner Häutchen schillerten dann wie Sternenstaub in der schräg stehenden Morgensonne, glitzerten in allen Regenbogenfarben. So hatte das Sternental seinen Namen erhalten.

»Am liebsten möchte man für ewig hier stehen bleiben und diesen Anblick genießen«, sagte Yonathan, ohne den Blick von dem Tal zu wenden.

Yehsir seufzte. »Diese Ewigkeit dauert höchstens zwei Stunden. In der senkrechten Mittagssonne verwandeln sich die Sternchen in einen milchigen Dunst. Lasst uns lieber weiterreiten. Dann bleibt euch die Enttäuschung erspart und dieser märchenhafte Anblick wird euch für immer in Erinnerung bleiben.«

Yonathan nickte und schnalzte mit der Zunge. Kumi gehorchte ausnahmsweise sofort.

Sobald sie die Westliche Handelsroute erreicht hatten, kamen sie wesentlich schneller voran. Hier, etwa eine Tagesreise vor der Hauptstadt des Squak-Königreiches, war die Straße mit flachen Steinen gepflastert – ein Zurschaustellen des Reichtums der Region.

Die Squak-Bauern auf den Feldern schenkten ihnen kaum Beachtung; einige Küken, die ihren Eltern bei der Ernte zur Hand gingen, winkten mit allen vier Händen herüber. Obwohl diese Vogelwesen sicher zur einfacheren Bevölkerung gehörten, waren sie doch alle sehr bunt gekleidet. Manche von ihnen arbeiteten mit freiem Oberkörper; das spärliche graubraune Federkleid wirkte etwas unansehnlich, vielleicht eine Erklärung für den Hang dieser Wesen zu gewagten Farbkombinationen.

Gegen Abend holten die drei eine Karawane ein, die aus mindestens sechzig Packtieren und etwa zwei Dutzend Menschen bestand. Weder Yonathan noch Gimbar wunderten sich, dass der Karawanenführer Yehsir sogleich erkannte und ihn wie einen alten Freund begrüßte. Er bot den drei Gefährten an, im Schutze seiner Karawane nach Quirith zu reisen.

Nach einem üppigen Abendmahl als Gäste des Karawanenführers hatte man ihnen großzügig ein Zelt für die Nacht überlassen. Hier saßen sie nun beisammen und konnten ungestört reden.

»Was hältst du von dem Vorschlag die Karawane zu begleiten?«, fragte Yonathan Yehsir.

»Das ist sicher vernünftig«, meinte der. »Jetzt, so kurz vor Quirith, müssen wir damit rechnen wieder den témánahischen Priestern zu begegnen. Im Schutze der Karawane werden wir weniger auffallen.« Yehsir blieb trotzdem nachdenklich.

»Beunruhigt dich etwas?«, fragte Yonathan.

Der weiße Turban nickte. »Der Anführer erzählte, dass sie mehrmals ganzen Rudeln dieser schwarzen Gesellen begegnet sind.«

»Mir scheint, das ist nicht alles, was dir der Karawanenführer erzählt hat.«

»Nein.« Yehsir zögerte. »Sie suchen noch immer nach dem jungen Mann auf dem Lemak.«

»Aber Kumi sieht jetzt doch aus wie alle seine Artgenossen?«

»Nicht ganz, Yonathan. Lemaks haben normalerweise zwei braune Augen und nicht ein grünes und ein blaues.«

Yonathan schluckte. »Haben sie auch danach gefragt?«

Yehsir nickte.

»Ich kann mir schon denken, was dir durch den Kopf geht.«

»Es schmerzt mich dir den Vorschlag machen zu müssen, Yonathan – erst habe ich dein prächtiges Reittier umfärben lassen und jetzt ... jetzt muss ich dich sogar bitten dich von ihm zu trennen.«

Yehsirs Worte klangen für Yonathan durchaus vernünftig. Eigentlich hatte er seit dem Vorfall in der Grenzsiedlung Singat mit etwas Ähnlichem gerechnet. »Ich möchte Kumi nicht irgendjemandem überlassen«, sagte er leise.

»Das brauchst du auch nicht. Ich habe mir alles genau überlegt. Ob ich euch beide bis Quirith begleite oder euch schon einen Tag früher verlasse, das bleibt sich gleich. Im Gegenteil, sollte man nach deinem Eingreifen in Singat nach uns suchen, so wird man nach drei Männern auf zwei Pferden und einem Lemak suchen. Ich habe dem Karawanenführer einen temperamentvollen grauen Hengst für dich abgeschwatzt. So wirst du, zusammen mit Gimbar, wesentlich sicherer reisen.«

Yonathan stimmte schließlich zu, wenn auch schweren Herzens.

Am nächsten Morgen benutzte er noch einmal Din-Mikkiths Keim, um Kumi gründlich einzuschärfen, sich gegenüber Yehsir anständig zu benehmen. Dann musste er von zwei treuen Freunden Abschied nehmen.

Noch ehe alle Zelte abgebrochen waren und die Karawane sich in Bewegung setzen konnte, verschwanden die Punkte Yehsirs und Kumis am westlichen Horizont.

Als die Sonne am Abend vom Himmel sank, überzog sie den ganzen Horizont mit roten Flammen; sogar im Osten hob ein tief orangefarbener Schein die Turmsilhouette der Squak-Hauptstadt hervor. Es war bereits zu spät, um die Stadttore zu erreichen, bevor sie wie jeden Abend geschlossen wurden.

Das winzige Grenzörtchen Singat war nur ein schwacher Abglanz dieser Stadt gewesen. Quirith schien nur aus Türmen zu bestehen, aus zahllosen schlanken, breiten, hohen und niedrigen Felsnadeln, die sich dem heraufziehenden Sternenhimmel entgegenreckten. Auch hier fanden sich Balkone und Brücken, beleuchtete Fenster und Erker, die vor dem flammenden Abendhimmel wie bizarre Schattenspiele wirkten.

»Ich fürchte, wir werden noch eine Nacht außerhalb der Stadtmauern verbringen müssen.« Gimbars nüchterne Worte rissen Yonathan aus seinen Betrachtungen.

Verwirrt blinzelte Yonathan Gimbar an. »Wie bitte?«

»Na, die Sonne ist weg und die Stadttore sind geschlossen!«

»Natürlich, das sehe ich auch.«

Seinen Gefährten schien der Anblick des abendlichen Quirith nicht übermäßig beeindruckt zu haben.

Yonathan unterdrückte eine leichte Gereiztheit und fragte: »Meinst du, wir sind hier vor den Priestern sicher?«

Gimbar dachte einen Moment nach. »Ich glaube nicht, dass sie in der Nacht hier aufkreuzen werden. Sieh dir doch den Vorplatz vom Stadttor an – ein richtiges Gewühl aus Menschen, Squaks und Tieren. Da ist es schon bei Tage schwierig den Überblick zu behalten.«

Gimbars Worte überzeugten Yonathan und er schlug vor, sie sollten am nächsten Morgen unter den Ersten sein, die in die Stadt gingen. Er wollte Quirith so schnell wie möglich durchqueren. An neuen Bekanntschaften lag ihm wenig.

Am nächsten Tag verabschiedeten sich Yonathan und Gimbar noch vor Sonnenaufgang vom Karawanenführer und bedankten sich für die ihnen erwiesene Gastfreundschaft. Tatsächlich gehörten sie dann zu den Ersten, die vor dem Stadttor Stellung bezogen.

Yonathan grübelte vor sich hin. Die erste Etappe war geschafft. Nach Quirith begannen die unermesslichen Weiten der Ostregion ... und dann standen sie vor dem eigentlichen Problem, nämlich, das erste Auge Bar-Hazzats zu finden.

»Wusstest du, dass ich gleich ein armer Mann sein werde?«, verkündete Gimbar mit bitterer Miene.
»Nein.« Die Sorge um die bevorstehenden Ereignisse ließen Yonathan wortkarg werden.
»Hast du schlecht geschlafen?«
»Es geht.«
»Siehst du die steilen Abhänge links und rechts von den Stadtmauern? Quirith ist der einzige Pass durch den Großen Wall, den Karawanen nehmen können. König Kirrikch nutzt diesen Vorteil schamlos aus, indem er allen nicht ansässigen Händlern saftige Durchgangszölle abverlangt.«
»Das ist ja wirklich tragisch!«
Gimbar versank in gekränktes Schweigen.
Langsam erwachte die Sonne. Als sie bereits über den östlichen Horizont lugte, gab es auf der Stadtmauer erste Anzeichen von Leben: Rote Uniformen waren zwischen den Zinnen zu erkennen, Waffen klapperten, vereinzelte Krächzlaute schallten auf den Vorplatz. Die mittlerweile stark angewachsene Zahl der Wartenden vor dem Tor wurde unruhig. Gleich würden die hölzernen Flügel aufschwingen, das Maul in der Mauer würde sich öffnen, damit die Squak-Hauptstadt ihre zahlreichen Besucher verschlingen konnte – nicht ohne sie vorher um ein saftiges Passiergeld zu erleichtern.

Während Yonathan wie gebannt auf die noch verschlossenen Torflügel starrte, spürte er plötzlich ein unangenehmes Kribbeln im Nacken, ein bekanntes Gefühl.

Noch ehe er sich umdrehen konnte, hörte er Gimbar sagen: »Ich glaube, wir bekommen Schwierigkeiten.«

Zwischen zwanzig und dreißig schwarze témánahische Priester hatten sich unter die Reisenden gemischt, untersuchten alle größeren Gepäckstücke und stellten Fragen. Offensichtlich hatte man auch daran gedacht, dass diese zusätzliche Verzögerung nicht den Beifall der Wartenden finden würde, deswegen war der ganze Vorplatz von Squak-Soldaten umstellt worden. Auch innerhalb der Menge trieben einige Squaks wie Enten in bewegtem Wellengang.

»Einer der Priester hat Kontakt mit Bar-Hazzat«, flüsterte Yonathan. »Ich spüre es ganz deutlich.«

Gimbar blickte ratlos auf die näher kommenden schwarzen Gestalten. »Das sind einfach zu viele«, murmelte er. »Und ich habe nicht genug Dolche dabei.«

»Das ist nicht der rechte Augenblick, um Scherze zu machen, Gimbar.«

»Ich mache keine Scherze.«

Yonathan schaute erschrocken in Gimbars entschlossenes Gesicht. »Wir müssen uns etwas einfallen lassen. Und zwar schnell!«

»Könntest du nicht …?« Gimbar deutete auf Haschevet.

»Vergiss es. Es war schon bei dem einen Priester nicht leicht, aber bei so vielen und gerade jetzt, wo einer von ihnen mit Bar-Hazzat spricht – unmöglich!«

Einer der témánahischen Missionare befand sich bereits ganz in der Nähe. Yonathan hörte ihn einen Squak fragen: »Hast du einen jungen Mann auf einem weißen Lemak gesehen, das ein grünes und ein blaues Auge hat?«

»Ich wünschte, ich hätte es«, antwortete das Vogelwesen mit kratziger Stimme.

Der Priester ließ ihn stehen und kam näher.

Ihm voran schritten zwei Squak-Soldaten durch die Menge und sprachen halb beruhigend, halb befehlend auf die Leute ein: »Nur eine kurze Befragung.« – »Wir suchen jemanden.« – »Bleibt ruhig.« – »Gleich könnt ihr die Stadt betreten« und dergleichen.

Die Menge wurde immer ungeduldiger, doch plötzlich schwang das Stadttor auf. Beinahe geräuschlos öffneten sich die Flügel und augenblicklich besetzten den Durchgangsbereich weitere Squak-Soldaten, die mit ihren Lanzen die losstürmenden Reisenden in geordnete Bahnen lenkten.

»Heh!«, schallte es an Yonathans Seite. Er wandte sich erschrocken dem Rufer zu.

»Heh, Ihr da!« Diesmal rief Gimbar schon fordernder.

Einer der gefiederten Soldaten, offenbar ein Hauptmann, wurde auf Yonathans Begleiter aufmerksam. »Wartet, bis Ihr dran seid«, schrie er zurück.

»Das werde ich nicht«, konterte Gimbar lautstark.

»Euch wird nichts anderes übrig bleiben.«

»Ich bin gespannt, wie Kirrikch reagieren wird, wenn ich ihm davon berichte«, lachte Gimbar schadenfroh.

Sowohl Yonathan wie auch der Squak-Hauptmann schauten ihn verblüfft an.

»Wie ist Euer Name, Soldat?«

Der Squak warf empört den Kopf zurück, doch in seinen Augen spiegelte sich eine erste Unsicherheit. »Leutnant Tschilp«, antwortete er, mit unüberhörbarer Betonung des militärischen Rangs.

»Eigentlich sollte der König noch vor dem Frühstück die Lieferung erhalten«, begann Gimbar im Plauderton zu erzählen. »Aber was macht das schon? Jetzt wird er eben ein wenig warten müssen, vielleicht ungeduldig, aber er wird das Ganze sicher mit majestätischer Gelassenheit hinnehmen – mit der gleichen Gelassenheit, mit der er seinen neuen Latrinenwart Tschilp ernennen wird.«

Die Pupillen des Squaks verengten sich zu schmalen Schlitzen – andere Möglichkeiten Misstrauen und Schrecken auszudrücken gab es für die Squak-Mimik nicht. »Ihr sagtet, Ihr hättet eine Lieferung direkt für den König?«

Gimbar blickte hochmütig zur Seite und schwieg, sodass Yonathan seinen Teil zum Spiel beitragen konnte: »Mein Herr wiederholt sich nicht gern.«

Der schwarze Priester war gerade im Begriff sich von der benachbarten Reisegruppe zu lösen, als Tschilp nachgab: »Also gut. Tirrip, Pschiep und Kukch«, rief er hinter sich, »kommt her und geleitet diese beiden Menschen in den Palast. Behandelt sie gut, denn sie sind persönliche Gäste des Königs, wie sie sagen.«

»Woher hast du gewusst, dass der König schon bei Sonnenaufgang sein Frühstück einnimmt?«, flüsterte Yonathan Gimbar zu, während sie unter dem Begleitschutz ihrer Vogelsoldaten durch die Gassen Quiriths eilten.

»Im Geschäftsleben entscheidet Wissen und Nichtwissen über Gewinn und Verlust – ich ziehe es vor zu den Gewinnern zu gehören.«

»Du klingst schon fast wie einer dieser schwarzen Priester.«

»Tarnung!« Gimbar zwinkerte Yonathan zu. »Alles nur Tarnung.«

»Und was tust du, wenn dich der König wirklich empfängt?«

»Na, was schon? Ihm unsere Waren anbieten.«

»Das karminrote Tuch!«

»Die Squaks fliegen auf Rot. Hatte ich dir nicht gesagt, dass uns die Seide noch von Nutzen sein würde?«

Obwohl die Straßen schon erstaunlich belebt waren, kamen sie gut voran. Genau genommen gab es in Quirith gar keine Straßen und Plätze im herkömmlichen Sinne, schon eher konnte man von Schneisen und Lichtungen sprechen wie in einem großen Wald. An vielen Stellen standen die leuchtend bunten Wohntürme dicht beieinander; Balkone, Brücken und Erker ließen kaum einen Sonnenstrahl auf den Boden hinabdringen. Je näher man dem Palast kam, umso häufiger wurden die mit viel Grün bepflanzten Lichtungen und umso prächtiger die angrenzenden Wohntürme. Schließlich, auf der letzten halben Meile, bildeten die skurrilen Wohnbauten tatsächlich so etwas wie eine breite Straße, die in gerader Linie auf den Königspalast zuführte.

»Sieht aus wie Spalierobst«, bemerkte Gimbar beim Betrachten der in Reih und Glied stehenden Türme.

Yonathan brummte: »Das Ganze gefällt mir nicht. Sieh zu, dass du uns so schnell wie möglich wieder hier rausbringst.«

»Keine Angst, du wirst jetzt deine erste Lektion in Zeit sparender Verhandlungsführung bekommen. Hör einfach gut zu.«

Sie warteten gute drei Stunden vor der Tür des königlichen Audienzsaals. Das gab Yonathan ausreichend Gelegenheit die Eindrücke zu verarbeiten, die er beim Durchqueren der Palastanlagen gewonnen hatte. Die königliche Residenz war so ungewöhnlich wie die sie umgebende Stadt; einzig die Palastmauern boten einen sicheren Anhaltspunkt, um im verwirrenden Durcheinander von Türmen und Türmchen nicht den Überblick zu verlieren.

Nachdem die Geduld Yonathans und Gimbars genügend auf die Probe gestellt worden war, schwangen die beiden Flügel der großen, mit Intarsien reich verzierten Tür auf und sie konnten die Empfangshalle betreten, in welcher der König mit Bittstellern, Gesandten aus fernen Ländern, Klägern und Beklagten und anderen sprach, die seiner Aufmerksamkeit bedurften.

Der Saal war in einem großen Rundbau untergebracht und, wie auch die übrigen anschließenden Gebäude, innen ganz mit kostbaren Hölzern ausgekleidet. Kleine bunte Vögelchen schwirrten durch die Luft oder saßen auf Stangen, die überall aus der runden Wand ragten. Farbstrotzende breite Bänder zogen sich zudem über Decke und Wand, was dem Innenraum das squaktypische Ambiente verlieh.

König Kirrikch war noch in ein Gespräch mit einem erschreckend bunten Vogel vertieft – offenbar ein höherer Hofbeamter.

Gimbar wippte nervös auf den Zehenspitzen. Unter seinem Arm klemmte ein kleiner Ballen roter Seide, eine Warenprobe, wie er Yonathan erklärt hatte. Dann winkte sie der prächtig schillernde Squak mit der rechten Ellenbogenhand herbei, eine schnelle, abgehackte Geste, die Ungeduld verriet.

Vor dem Thron angekommen verneigte sich Gimbar auffallend tief. Yonathan folgte seinem Beispiel, eher zögerlich, denn es fiel ihm schwer, den Blick vom König abzuwenden.

Kirrikch war ein Monarch von erstaunlicher Körperfülle. Er hatte ein voluminöses purpurrotes Gewand angelegt; goldene Tressen, gelbe, grüne, blaue und violette Bänder, schimmernde Knöpfe und geflochtene Riemen drängten die eigentliche Stoff-Farbe aber nahezu in den Hintergrund.

Der Schnabel des Königs war fast bis zum Wurzelansatz schwarz. Yonathan hatte inzwischen erfahren, dass junge Squaks nach dem Schlüpfen einen vollkommen gelben Schnabel aufweisen. Mit zunehmendem Alter wurde er dann von der Spitze ausgehend immer dunkler und konnte sich nach vielen Lebensjahren sogar völlig schwarz färben. Die strahlenförmige Musterung der gelben Schnabelwurzel war bei jedem der Vogelwesen verschieden und wurde von den Squaks als ein wichtiges Schönheitskriterium angesehen. König Kirrikch besaß zwar nur noch einen sehr schmalen, dafür aber besonders leuchtenden und ausdrucksvollen Strahlenkranz.

Wider Erwarten eröffnete der Monarch selbst die Audienz, mit einer heiseren, krächzenden, einem Raben nicht unähnlichen Stimme: »Mit Erstaunen höre ich von der Ankunft eines Vertreters unseres angesehenen Tuchlieferanten Baltan.« Kirrikch wandte sich an Gimbar. »Und mit noch viel größerer Freude vernehme ich, dass es sich dabei um niemand Geringeren als den Zweimalgeborenen handelt. Normalerweise lassen mir die Regierungsgeschäfte keine Zeit, um mich persönlich mit meinen Lieferanten zu befassen, aber in diesem Fall ist es mir eine große Freude Euch in meiner Residenz willkommen zu heißen. Ich wünsche Euch allen Frieden Neschans.«

Das Kratzen der königlichen Begrüßungsrede war verstummt, und der anwesende Hofbeamte deutete durch ein leichtes Heben seines Schnabels an, dass es Gimbar nun gestattet sei zu antworten.

»Auch Euch allen Frieden, Majestät«, antwortete Yonathans Begleiter unbefangen. »Ich bitte Euch nicht allzu viel Aufhebens zu machen um meine Person und die meines ...« Er hatte auf Yonathan verwiesen und suchte offenbar nach einer passenden Rolle für seinen Freund.

»... Dieners«, half dieser ihm aus.

Gimbar runzelte scheinbar unwillig die Stirn. »Meines Dieners, ja.« Zum Entsetzen des Hofbeamten beugte er sich dann verschwörerisch zu dem Herrscher vor und flüsterte: »Wir sind eigentlich in geheimer Mission bei Euch.«

»So geheim, dass nicht einmal ich von Eurer angeblichen Verabredung mit mir wusste.«

Gimbar zog den Oberkörper abrupt zurück und mit gekränkter Miene erwiderte er etwas brüsk: »Ich bin nicht für die Eintragungen in Eurem Terminplan verantwortlich.« Sein Blick streifte kurz den jetzt finster aussehenden Höfling, dem wahrscheinlich diese Aufgabe oblag, bevor er sich wieder vertraulich an den König wandte. »Wäre es möglich, Euch ungestört zu sprechen, Majestät?«

Der runde Kopf des Königs schnellte ruckartig in Richtung seines persönlichen Sekretärs, verharrte für einen Augenblick dort und schwang dann wieder zurück – alles, ohne dass sich sein übriger Körper auch nur um eine Federkielbreite bewegt hätte. »Wahrscheinlich haben es wieder die Schmierfinken in den Schreibstuben vermasselt«, meinte er. »Zwitsch trifft bestimmt keine Schuld, er ist wachsam wie eine Eule. Aber was Eure Frage betrifft: Ich finde es nun doch ein wenig unangemessen gleich um eine Privataudienz zu bitten, nur um mir Eure neueste Kollektion zu zeigen.« Der König musterte mit schief gelegtem Kopf den Stoffballen in Gimbars Arm. »Das ist es doch wohl, was Ihr wollt, oder?«

Gimbar lächelte nachsichtig und flüsterte, leiser noch als zuvor: »Es ist kein normaler Stoff, den ich hier habe. Es ist sozusagen eine ... *Geheimwaffe!*«

»Eine Ge...«

»Schsch!«, machte Gimbar und blickte sich nervös um. »Nicht hier!«

»Also gut«, sagte Kirrikch, jetzt doch recht neugierig geworden. »Ich habe da einen sehr schönen Freiluftbalkon, ganz oben an diesem Turm.«

Gimbar verzog schmerzlich das Gesicht. »Mir wäre eine Unterredung in Euren Gemächern lieber.«

»Wie Ihr wollt. Obwohl Euch damit eine atemberaubende Aussicht auf Quirith entgeht.«

»Atemberaubend! Dessen bin ich mir sicher, Majestät. Ohne Frage.«

Der Ballen karminroter Seide entrollte sich schwungvoll auf dem langen Tisch in der Bibliothek des Königs.

»Ein wunderschöner Stoff«, gab Kirrikch zu. »Aber was ist so außergewöhnlich an ihm?«

Gimbar blickte sich noch einmal suchend um, als vermute er

selbst hier Spione. Dann raunte er: »Der Stoff macht unverwundbar, Euer Majestät.«

Kirrikch ließ den Schnabel aufklappen und bekam runde Pupillen. »Ihr treibt Scherz mit mir, Zweimalgeborener.«

»Nie würde ich Derartiges wagen, Majestät! Hier, seht selbst.« Wie aus dem Nichts gegriffen, hielt der athletische Tuchhändler plötzlich einen blitzenden Dolch in der Hand, was dem König für einen Augenblick den Atem stocken ließ. Aber Gimbar stieß die Klinge nur auf den ausgebreiteten Stoff nieder, stach mehrmals darauf ein und vollzog schneidende Bewegungen – alles, ohne die Seide auch nur im Geringsten zu verletzen. Schließlich bot er dem König den Dolch auf offener Handfläche dar und lud ihn ein: »Versucht es selbst, Majestät.«

Kirrikchs Pupillen wurden jäh zu senkrechten Schlitzen. Er griff unter einen seiner vielen Riemen und zog eine eigene Klinge hervor. »Versteht mich nicht falsch …«

»Wo denkt Ihr hin, Majestät! Ein gesundes Misstrauen ist jedem Handel förderlich.«

Kirrikch prüfte die Seide auf seine Art: Er stach und schnitt, zerrte und setzte schließlich sogar seinen gebogenen Schnabel ein. Aber der rote Stoff zeigte sich unbeschädigt, er hielt allen Attacken stand.

»Verblüffend!«, gestand Kirrikch schließlich. Ein seltsames Glimmen trat in die Augen des Königs.

»*Übernatürlich* wäre wohl das passendere Wort.«

Kirrikch schaute Gimbar für einen Moment überrascht und nachdenklich an. Dann schnellte sein Kopf wieder zur roten Seide zurück. »Ich muss dieses Tuch haben! Koste es, was es wolle.« Sein Ton schwankte zwischen selbstbewusstem Anspruch und kaum gezügeltem Verlangen.

Gimbar blieb die Ruhe in Person. »Ich habe fünfzehn Ballen davon. Genug, um Euch und Eure Leibgarde unverletzlich zu machen.«

»Fürwahr!«, triumphierte der König mit kratzender Stimme. »Was wollt Ihr für die Seide haben, Gimbar? Sagt!«

»Für Euch ist sie sozusagen umsonst, Majestät.«

»Umsonst?«, wiederholte Kirrikch ungläubig.
»Umsonst?«, echote Yonathan.
»Ja, wie ich schon sagte«, bestätigte Gimbar. »Das heißt, nicht ganz.«
»Aha«, seufzte der König.
Yonathan atmete erleichtert auf.
»Kein Geld, kein Gold«, beeilte sich Gimbar zu versichern. »Nur einen Handelsstützpunkt für Baltan in Eurer Hauptstadt.«
Der König kniff ein Auge zusammen. »Damit kämt Ihr in den Genuss des Status eines ansässigen Handelsunternehmens und zudem wärt Ihr von allen Durchgangszöllen befreit.«
»Wir beliefern Eurer Majestät Hof seit vielen Jahren mit erstklassiger Ware und haben bisher immer Eure gewiss nicht niedrigen Zölle bezahlt.«
»Wollt Ihr damit andeuten, ich sei eine diebische Elster?«, ereiferte sich der König. Der bisher recht zugängliche Monarch begann zornig zu werden.
»Aber nein, Majestät.«
»Oder gar ein schräger Vogel? Ein Aasgeier?«
»Nie würde ich das wagen, Majestät! Aber bedenkt den Gegenwert, den Ihr erhaltet: Unverwundbarkeit!«
Kirrikch bekam sich schnell wieder in die Gewalt; sein starkes Verlangen war jetzt für Yonathan deutlich spürbar. »Also gut. Solange dieser Stoff unverletzt bleibt, so lange soll auch der Pakt zwischen Baltans und meinem Haus gelten: Ihr bekommt Euer Kontor in Quirith. Ich werde sofort alles Nötige veranlassen. Ihr seid bis dahin selbstverständlich meine Gäste.«
»Da wäre noch etwas, Majestät …«
»Noch etwas?«
»Nur ein kleiner Gefallen, um den ich Euch bitten möchte. Die témánahischen Priester erschweren das Reisen zur Zeit sehr. Mein Diener und ich müssen dringend nach Tschirp. Wenn Ihr uns eine kleine Eskorte zur Verfügung stellen könntet, dann wäre es für uns sicher erheblich einfacher unbehelligt an die Ostgrenze Eures Reiches zu gelangen.«
Kirrikch überlegte nicht lange, er dachte nur an die Seide.

»Leider kann ich diesen schwarzen Vogelscheuchen nicht verbieten überall in meinem Reich herumzuschnüffeln. Ich bin selbst der Ansicht, dass Kaiser Zirgis' Weltoffenheit in diesem Punkt ein wenig zu weit geht, aber mir sind die Flügel gestutzt. Mein Haus hat einst dem cedanischen Kaiserthron die Treue geschworen und auch ich unterliege dieser Bindung. Aber Euren Wunsch kann ich trotzdem erfüllen. Der Kaiser darf sich nämlich nicht in die inneren Angelegenheiten meines Hofes einmischen und wenn ich Euch ein paar Vögel aus meiner eigenen Leibgarde mitgebe, dann fällt dies in den Bereich meiner Souveränität. Ihr müsst mir allerdings versprechen, dass Ihr Euer wundersames Tuch nicht an die Ostleute verkaufen werdet.«

»Das geht in Ordnung. Ihr erhaltet den gesamten Vorrat, Majestät.«

»Gut.« Der König wedelte mit seinen Armen, als wolle er jeden Moment vom Boden abheben – ein Zeichen seiner Freude.

»Wenn auch ich eine Bitte an Euch richten dürfte, Majestät.«

Kirrikch und Gimbar blickten gleichermaßen erstaunt auf Yonathan, den Diener, der es gewagt hatte dem Dialog der Herren einen eigenen Wunsch hinzuzufügen.

»Euer Diener scheint mir ein sehr vorlauter junger Mensch zu sein«, sagte der König zu Gimbar.

»Wir beide kennen uns schon ziemlich lange. Da nimmt er sich manchmal gewisse Freiheiten heraus«, entschuldigte sich dieser. »Aber er würde sicher nicht gesprochen haben, wenn sein Anliegen nicht wichtig wäre.«

Kirrikchs Blick wanderte zu dem Bittsteller zurück. »Nun gut, junger Mensch. Mir scheint, dass ich heute schon so viele Regeln gebrochen habe, warum da nicht auch noch einem geschwätzigen Diener zuhören? Was also ist dein Begehr?«

»Vielen Dank, Majestät«, begann Yonathan. »Es ist allgemein bekannt, dass niemand so bewandert im Studium der Farben ist wie Eure Gelehrten.«

»Gut gezwitschert, Junge. Das ist wohl wahr.«

»Außerdem hörte ich, dass Eure Bibliothek hier«, Yonathan

breitete die Arme aus, »mehr Bücher über Farben enthält als jede andere auf der Welt.«

»Wenn Euer vorlauter Diener auch ein komischer Kauz ist, so scheint er doch ziemlich belesen zu sein, Zweimalgeborener.«

»Wem sagt Ihr das, Majestät!«

Yonathan räusperte sich. »Eure Majestät, würdet Ihr mir gütigerweise die Erlaubnis erteilen mich heute Abend ein wenig in Eurer Bibliothek umzusehen?«

»Mit Freuden will ich dir diesen Wunsch erfüllen, junger Mensch. Ich schätze es immer sehr, wenn euresgleichen sich für die squakschen Wissenschaften begeistert. Suchst du etwas Bestimmtes?«

Yonathan zögerte. »Ich interessiere mich für Landmarken – Seen, Flüsse, Berge – mit einer ungewöhnlichen Farbe.«

»Welche meinst du?«

»Rot. Vorzugsweise Karminrot.«

»Etwa so wie diese Seide hier?«

Yonathan lächelte. »Ja, ziemlich genau dieser Farbton, Majestät.«

»Hm.« Der König kratzte sich nachdenklich an der Schnabelwurzel. »Vielleicht …« Sehr behende für seine ausladenden Körperformen eilte Kirrikch zu einem Regal und begann hektisch zu suchen, jetzt ganz in seinem Element. »Ja, hier!«, rief er herüber. »*Trällers kleine Enzyklopädie der natürlichen Farbgestaltung* – du glaubst gar nicht, welche außergewöhnlichen Farbkombinationen die Natur uns als Beispiel liefern kann, Diener Gimbars. – Aber da müsste auch noch …« Kirrikch durchforstete eine weitere Regalreihe. »Ah ja, das hier: die *Illustrierte Anthologie der chromatischen Differenzierungsmethoden in der Geologie* – ein bisschen trocken, enthält aber viele interessante Hinweise. Und dann das da, gleich daneben, vielleicht auch noch: *Über die freye Entfalthung im Farbenraum* – ein wenig antiquiert, aber immer noch von großem Gewicht. Dieses kaum tausend Seiten starke Werk hat ganze Generationen von Squaks beeinflusst.«

»Seit ich den ersten Squak gesehen habe, war ich voller Fragen, Majestät. Ich sehne mich danach, Antworten zu finden.«

Der König blickte einen Moment lang forschend auf Yonathan, nicht sicher, ob die letzte Bemerkung wirklich ernst gemeint war. Aber er sah nur einen wissbegierigen jungen Mann mit leuchtenden Augen.

»Fein«, sagte er. »Das sollte fürs Erste genügen. Wenn dir noch etwas fehlt: Die ganze Bibliothek steht dir offen.«

»Vielen Dank, Majestät. Ich freue mich schon auf eine schlaflose Nacht.«

Gimbar war um Mitternacht in einem bequemen Lehnstuhl der Bibliothek eingeschlafen. Yonathan las immer noch. Fieberhaft überflog er die Bücher. Es gab so viele Seiten und so wenige nächtliche Stunden. Er glaubte zu wissen, wie er das erste der roten Augen Bar-Hazzats finden konnte. Das *Koach* des Stabes Haschevet hatte ihn zu all jenen Erinnerungen geführt, die sich durch eine besondere Gemeinsamkeit auszeichneten: Ein überaus kräftiges Rot, ein *Karminrot*, stand jeweils in irgendeiner Beziehung zu Aktivitäten Bar-Hazzats. Also, so hoffte er, musste auch der See, Fluss oder Berg, nach dem er suchte, an dieser Farbe zu erkennen sein.

Als die Morgendämmerung bereits einsetzte und Yonathan, ohne richtig fündig geworden zu sein, mit brennenden Augen und schmerzendem Kopf aufgeben wollte, stieß er durch Zufall auf eine interessante Textpassage. Eigentlich hatte er in *Trällers kleiner Enzyklopädie der natürlichen Farbgestaltung* noch einmal den Eintrag über den roten Hain *Hansoi* lesen wollen – das Wäldchen befand sich immerhin in den nördlichen Territorien der Ostregion, aber andererseits: Waren rote Blätter ungewöhnlich genug, um das Wirken einer übernatürlichen Macht anzuzeigen? –, da fiel sein Blick auf den nachfolgenden Eintrag.

Es ging um *Har-Liwjathan*. Ein Wort aus der Sprache der Schöpfung, wie er sogleich erkannte. Dieser Name bedeutete so viel wie »Drachenberg«, Drachen spucken Feuer, Flammen, rote Flammen …

Tatsächlich stand da etwas über ein rotes Leuchten, das sich des Nachts auf dem Wasser des Sees, aus dem *Har-Liwjathan* aufragte, spiegeln sollte. Einigen unbestätigten Legenden der Ostleute zufolge gab es sogar einen leibhaftigen Drachen, der auf dem Berg hauste, aber Träller, der Verfasser der Enzyklopädie, zweifelte dies an. Yonathan erinnerte sich, was Din-Mikkith am Tage des Abschieds vom Verborgenen Land gesagt hatte: »Heute gibt es keine Drachen mehr.« Aber vielleicht irrten sich Träller und sein Behmisch-Freund ...

»Ein rotes Leuchten und ein Drache als Hüter des Auges: das könnte passen«, dachte Yonathan laut.

Gimbar begann sich in seinem Stuhl zu räkeln und erwachte schließlich. Er sah das morgendliche Licht in den Fenstern und die heruntergebrannten Kerzenstummel und während er sich streckte, fragte er gähnend: »Ha'u e'wa die gan'e Nach' gelesen?«

»Besser eine Nacht auf Schlaf verzichten als ein Jahr in den Steppen der Ostregion herumirren.«

»Höre ich da einen Anflug von Verstimmtheit?«

»Nimm es, wie du willst. Du konntest dich ja schließlich ausruhen.«

»Von wegen ›ausruhen‹! Ich fühle mich, als hätte ich auf Kirrikchs Vogelstange genächtigt. Hast du eigentlich etwas gefunden?«

Yonathan zeigte Gimbar die Stelle über den Drachenberg und erzählte ihm, was er davon hielt. »Wie denkst du darüber?«, fragte er schließlich.

»Klingt interessant«, antwortete Gimbar anerkennend. »Ich glaube, wir haben jetzt eine echte Spur, der wir nachgehen können. Nur schade, dass das Buch so wenig über die genaue Position des Drachenberges verrät. Er liegt in einem See, na gut. Seen gibt's Tausende in der Ostregion. Wie sollen wir da den richtigen finden?«

»Es ist immerhin ein Anhaltspunkt. Jetzt wissen wir, wonach wir die Leute fragen müssen.«

Gimbar nickte zustimmend. Dann lächelte er. »Hat sich also doch gelohnt, dass ich diese Nacht auf ein richtiges Bett verzichtet habe.«

Es dauerte einen ganzen Tag, bis die Formalitäten zur Einrichtung des von Gimbar erbetenen Handelsstützpunktes abgewickelt waren. Auch die vom König zugestandene Eskorte musste zusammengestellt sowie mit Proviant und mit den nötigen Papieren für die verschiedenen Kontrollpunkte ausgestattet werden.

Yonathan schlief am Vormittag einige Stunden und nutzte anschließend mit Gimbar den Rest des Tages, um sich den Palast und die Stadt Quirith ein wenig näher anzusehen.

Am anderen Morgen brachen die zwölf Squaks und ihre zwei Schutzbefohlenen schon sehr früh auf. Sie passierten das östliche Stadttor und Yonathan blickte noch einmal auf den Wald der Türme zurück. Die Sonne schob sich gerade über den Horizont und ließ den dunklen Vordergrund der weitläufigen Stadtlandschaft für kurze Zeit wie einen fremdartigen Scherenschnitt erscheinen. Doch schnell gewannen die kräftigen Farben der Wohntürme an Kraft; Formen und Einzelheiten durchbrachen das flache Bild.

»Wann wird Kirrikch wohl herausfinden, dass er den Stoff für seine neuen Gewänder mit keiner Schere der Welt zuschneiden kann?«

»Ich hoffe, nicht zu bald. Wenigstens so lange nicht, bis es sinnlos ist uns nachzujagen.«

»Sprich leiser! Die Squaks könnten uns hören«, raunte der Expirat und wandte sich darauf dem Anführer der Squak-Eskorte zu, um ihn mit einer unverfänglichen Frage abzulenken. »Wie lange werden wir bis Tschirp benötigen, Leutnant Nock-Nock?«

»Etwa einen Monat, edler Herr«, antwortete der Soldat, ein stattlicher Vogel mit breitem gelbem Schnabelkranz und rot-gelber Uniform.

»Eine halbe Ewigkeit.«

»In kürzerer Zeit können wir diese Strecke nicht bewältigen. Der König hat uns mit allen Vollmachten für sämtliche Überwachungsposten ausgestattet. Außerdem wird man uns überall Quartier geben ... Im Übrigen, es geht mich zwar nichts an, aber ich würde gerne wissen, wie Ihr es angestellt habt solche Papiere zu bekommen.«

Gimbars Antwort kam prompt: »Wie Ihr schon sagtet, Leutnant Nock-Nock, das ist nicht Eure Angelegenheit.«

Die folgenden viereinhalb Wochen gönnte Yonathan sich und seinen Begleitern nur die nötigsten Pausen. Während er noch immer den grauen Hengst ritt, den Yehsir dem Karawanenführer als Ersatz für Kumi abgekauft hatte, und Gimbar weiter von seinem Fuchs getragen wurde, mussten die Squaks ohne Reittiere auskommen. Sie taten es klaglos, und während sie tagein, tagaus auf ihren langen Beinen neben den Tieren der Menschen herliefen, wuchs Yonathans Respekt für diese seltsamen Wesen. Die Squaks bewiesen große Ausdauer und Zähigkeit und während der regelmäßigen Unterhaltungen offenbarten sie sowohl skurrilen Humor wie auch Vergnügen an tiefgründigen Gedankengängen. Selbst Gimbar, der Fremden gegenüber gern ein wenig misstrauisch war, schien im Laufe der Zeit so etwas wie freundschaftliche Gefühle für seine ungewöhnlichen Begleiter zu entwickeln.

Auf der Östlichen Handelsroute kamen sie gut voran. Die Squak-Soldaten erzählten, dass es hier nicht ganz so viele Karawanen, nicht ganz so komfortable Herbergen und nicht ganz so häufige Kontrollen durch die kaiserlichen Schutzpatrouillen wie im westlichen Teil des langen Handelsweges gebe, aber dafür seien auch seltener témánahische Priester unterwegs. Die beiden Gefährten wussten das sehr zu schätzen. Gimbar hatte mit Nock-Nock vereinbart, dass er und Yonathan vor anderen Reisenden und deren Fragen abgeschirmt werden sollten, und der Squak-Hauptmann bewies großes Geschick darin, diesen Auftrag zu erfüllen.

Als Yonathans Troß nach zweiunddreißig Tagen die Grenzstadt Tschirp erreicht hatte und die Trennung von der Squak-Truppe bevorstand, fiel allen der Abschied schwer. Ein Soldat schenkte Gimbar sogar einen breiten Krummdolch, was dem ehemaligen Piraten sichtlich ans Herz ging.

»Ich werde diese komischen Käuze und ihre Namen, die alle irgendwie nach Vogelgezwitscher klingen, vermissen«, gestand er, nachdem Nock-Nock mit seinen Hähnen in Richtung der örtlichen Kaserne abgezogen war.

»Nicht nur du«, sagte Yonathan. »Es hat mir einmal mehr gezeigt, dass man Fremde nicht nach ihrem Äußeren beurteilen darf oder nach ihren bisweilen sonderbaren Gewohnheiten.«

»Du hast Recht.« Gimbar schwieg einen Moment; die Abschiedsszene bestimmte noch seine Gedanken. Dann hellte sich sein Blick auf und er fragte: »Was fangen wir jetzt an? Ich hätte Lust auf eine Stadtbesichtigung und einige Tage in einem weichen Bett.«

Yonathan schüttelte den Kopf. »Daraus wird nichts. Keine Zeit. Wir müssen weiter.«

»Findest du nicht, dass du übertreibst? Dieser Drachenberg wird uns schon nicht weglaufen.«

»Bar-Hazzat ist auf der Jagd nach uns und ich habe den Eindruck, dass er eher das Tempo beschleunigen wird, als uns Zeit zur Muße zu geben. Hast du schon all die schwarzen Priester vergessen, denen wir begegnet sind, oder die Selbstsucht und Gefühllosigkeit, die wir überall beobachten konnten? Der Wirt des *Paradiesvogels* musste sich mit einem Riesen davor schützen und König Kirrikch war mit einem Mal bereit dir die bisher verwehrte Handelsvollmacht zu geben, um etwas zu bekommen, das er unbedingt und ausschließlich für sich haben wollte.« Yonathan war sehr ernst geworden.

»Vielleicht nur, um sich vor jenen zu schützen, die sich für das Sitzkissen seines Thrones interessieren.«

»Wäre das nicht ein weiterer Anhaltspunkt für den schlimmen Einfluss Bar-Hazzats auf Neschan?«

»Natürlich«, gab Gimbar widerstrebend zu. »Dass du auch immer so furchtbar vernünftig sein musst. Wie also stellt sich der ehrenwerte siebte Richter unsere Weiterreise vor?«

»Ich habe an eine kleine Bootsfahrt gedacht. Dir als ehemaligem Seefahrer müsste das doch eigentlich gefallen. Wir suchen uns im Hafen von Tschirp ein Schiff, das uns den Byrz-El hinab bis nach Mezillah bringt. Auf dem Fluss kann man unserer Spur schwer folgen und wir kommen zügig voran. Und«, Yonathan machte eine kleine rhetorische Pause, »wenn du Glück hast, dann bekommst du eine Koje mit einem schönen weichen Bett.«

Gimbar hatte Glück. Am Nachmittag fanden die beiden Gefährten einen Flussfahrer, die *Prinzessin des Quon,* der sie und ihre drei Pferde an Bord nahm. Die restlichen Packtiere hatte Gimbar zu einem, wie seinen Klagen zu entnehmen war, miserablen Preis an den Aufseher der königlichen Stallungen in Tschirp verschachern müssen.

Die beiden Gefährten richteten sich sogleich in ihrer gemeinsamen Kabine gemütlich ein, sie waren viel zu müde für eine ausführliche Stadtbesichtigung.

»Soweit ich das beurteilen kann, ist Tschirp nur eine größere Ausgabe von Singat«, hatte sich Gimbar getröstet. »Überall, wo man hinsieht, ein Mischmasch aus Squak-Türmen und Menschenhäusern.«

»Du hast vergessen die vielen Zelte der Ostleute zu erwähnen«, hatte Yonathan gähnend angemerkt.

»Viele Zelte? Na, dann warte einmal ab, bis wir nach Mezillah kommen!«

V.
Der Bohnenwirbler

er Byrz-El entsprang im Großen Wall, vereinigte sich hinter Mezillah mit dem Grynd-El und wurde dadurch zum Quon, der es nur wegen dieser häufigen Namenswechsel nicht mit dem großen Strom des Westens, dem Cedan, an Länge aufnehmen konnte.

Die *Prinzessin des Quon* befuhr die Nebenflüsse und den Hauptlauf gleichermaßen, soweit es der Tiefgang der zweimastigen Dhau zuließ. Die beiden überlangen Rahen der *Prinzessin*, wie sie Kapitän Furgon liebevoll nannte, stachen schräg in den Himmel, als wollten sie die Wolken aufschlitzen, die großen dreieckigen Segel, häufig geflickt, blähten sich willig schon beim kleinsten Lufthauch. Yonathan genoss die Fahrt auf dem von Tag zu Tag breiter werdenden Strom. Die Wochen im Sattel waren zermürbend gewesen, das Dahingleiten auf den Planken des Flussfahrers dagegen versprach erholsam zu werden. Da die *Prinzessin des Quon* jede Stunde Licht nutzte, kam man gut voran, mehr als hundert Meilen pro Tag.

Von der großen Steppe, welche die zentralen Gebiete der Ostregion ausfüllte, sah man auf dem Fluss wenig; eine dicht bewachsene Uferböschung und ein Saum von hohen Bäumen verwehrten fast überall den Blick auf das Umland. Die letzten frühlingshaften Tage verdunsteten in der Hitze des jungen Sommers und nahmen das zarte Grün der Vegetation mit sich, an seine Stelle traten schwerere, satte Farben. Das Sonnenlicht der Tage drängte die Dunkelheit der Nächte mehr und mehr zurück.

Die *Prinzessin* verrichtete geduldig ihr Tagewerk im steten

Rhythmus der Gestirne. Manchmal knallten die Segel übermütig in einer frischen Morgenbrise, aber oft ließ sie sich – ihrem Alter eher angemessen – auch nur träge von der Strömung des Flusses tragen. Jeder Tag verlief wie der vorhergehende. Die ruhige, abwechslungslose Fahrt versetzte die Passagiere in eine angenehme Apathie. Allmählich verlor die Zeit jede Bedeutung. Der Gedanke schlich sich ein, es könne doch einfach alles so weitergehen, ein ewiges Sichtreibenlassen, inmitten der grünen Natur, mit Gedanken, die gerade weit genug reichten, um den Tag beginnen und wieder beenden zu können.

Spät wurde sich Yonathan der verhängnisvollen Wirkung dieses Einflusses bewusst.

»Wir müssen etwas tun!«, überfiel er seinen faul im Schatten liegenden Gefährten nach etlichen ereignislosen Tagen.

Gimbar schreckte hoch. »Was ist denn, geht's dir nicht gut?«

»Wenn ich das wüsste ... Merkst du nicht, was hier los ist?«

»Ich kann dir nicht ganz folgen. Aber vielleicht liegt es ja daran, dass du mich gerade aufgeweckt hast.«

»Diese Lethargie – das kann nicht so weitergehen!«

»Ich verstehe gar nicht, was du willst. Möchtest du etwa aussteigen und Furgons *Prinzessin* bis nach Mezillah schieben? Da mache ich nicht mit ...«

»Schon gut, schon gut.« Yonathan holte tief Luft. »Beantworte mir bitte eine Frage, ohne lange nachzudenken.«

»Nur zu. Ich höre.«

»Was würdest du jetzt am liebsten tun?«

»Nichts«, antwortete Gimbar auffallend schnell. Als er Yonathans ernsten Gesichtsausdruck bemerkte, fügte er verträumt hinzu: »Ich möchte mich einfach immer so weitertreiben lassen, bis nach Mezillah und von da nach Kandamar und dann in das große Meer des Ostens hinein ...«

»Das habe ich mir gedacht«, trumpfte Yonathan auf.

»Ich verstehe immer noch nicht, was du willst«, beschwerte sich Gimbar. Auf dem Fluss schnappte ein Krokodil nach einem fetten Fisch. »Wir haben uns auf dieser Reise schließlich schon genug geplagt. Gönn dir ein wenig Ruhe, Yonathan. Du hast es dir verdient.«

»Noch eine Frage, Gimbar«, bohrte Yonathan nach. »Hast du früher jemals den Wunsch verspürt einfach *nichts* zu tun, dich nur treiben zu lassen?«

Gimbar zwang sich zum Nachdenken. »Nein«, gab er schließlich widerwillig zu. »Als Pirat war das Leben nicht leicht, man hatte immer eine Aufgabe. Später, als ich mit dir auf dem Weg nach *Gan Mischpad* war, wurde es eher noch schlimmer. Und danach? Erst kam die Heirat mit Schelima, die Arbeit im Kontor Baltans, und dann sind da noch die Kinder. Wann hätte ich mich da dem Müßiggang hingeben sollen?«

»Und jetzt?« Yonathans Stimme klang eigentümlich scharf. »Gibt es Baltan nicht mehr? Keine Schelima, keine Kinder? Was ist mit mir, mit *unserem Auftrag?*«

Die letzten beiden Worte ließen Gimbar aufschrecken. Der wohlige Dunst, der sich um seinen Geist gelegt hatte, der ihn das äußere Geschehen nur noch gedämpft hatte wahrnehmen lassen, war wie durch einen plötzlichen Windstoss vertrieben. Entsetzt blickte er in Yonathans Gesicht. »Meinst du etwa …?«

Yonathan nickte langsam. »Die Augen Bar-Hazzats. Keiner ist vor ihrem unheilvollen Einfluss sicher. Ich habe das alles schon einmal durchgemacht, damals, als ich mich im Baumhaus Din-Mikkiths von den Folgen des Grünen Nebels erholte.«

»Du meinst, bei dem Behmisch, im Verborgenen Land?«

»Ja. Mir ging es beinahe so wie dir jetzt, Gimbar. Ich hatte meinen Auftrag fast vergessen, als …« Yonathan biss sich fast auf die Zunge. Er konnte natürlich schlecht erzählen, dass sein irdischer Traumbruder ihn besucht und aus seiner Lethargie befreit hatte. Auch sollte er wohl besser seine Vermutung noch nicht preisgeben, dass er schon damals einem der roten Augen Bar-Hazzats gefährlich nahe gekommen war. So nahe, dass …

»Jedenfalls wurde mir bewusst«, fuhr er unverfänglich fort, »in welcher Gefahr ich schwebte. Und genauso ist es heute: Bar-Hazzat möchte sich in unseren Geist einschleichen, uns betäuben. Erinnerst du dich an deine Worte? ›Gönn dir ein wenig

Ruhe. Du hast es verdient. Ich möchte mich einfach immer so treiben lassen ...‹«

»Du hast Recht.« Gimbar fasste sich an die Stirn und starrte vor sich hin. »Es passt genau zu den anderen Beobachtungen: Ich hätte beinahe wegen meiner Bequemlichkeit alle vergessen, die mir lieb und teuer sind. Und was fast noch schlimmer ist, ich habe überhaupt nicht mehr daran gedacht, warum wir überhaupt zu dieser Reise aufgebrochen sind.«

»Einsicht ist der erste Schritt zur Besserung. Es gibt keine wohltuende Leere des Geistes. Wenn du ein solches Vakuum nicht mit gutem Denken füllst, dann wird sich dort unweigerlich Schlechtigkeit und Bosheit einnisten. Von nun an müssen wir unsere Gedanken schützen, Gimbar.«

»Und wie sollen wir das tun?«

»Ganz einfach.« Yonathan grinste breit. »Arbeiten!«

Die *Prinzessin des Quon* erreichte die Ebene von Mezillah nach sechzehn Tagen. Als der Ausguck den Namen der Stadt wie einen lang gezogenen Schlachtruf erschallen ließ, war Yonathan gerade mit dem Spleißen von Tauwerk beschäftigt. Er beendete seine Arbeit mit wenigen geschickten Handgriffen. Es war einige Überzeugungskraft nötig gewesen, um Furgon dazu zu bringen, seinen Passagieren Aufgaben der Besatzung zu übertragen. Aber nachdem Gimbar zum Fahrpreis noch etwas dazugelegt hatte, ließ sich dieser schließlich doch erweichen. Von da an sorgten die Arbeit und die häufigen Gespräche, die Yonathan und Gimbar miteinander führten, dafür, dass Bar-Hazzats schleichendes Gift ihren Geist nicht mehr erreichen konnte.

Die *Prinzessin* legte die letzten Meilen nach Mezillah zurück und am Ufer bot sich ein seltsamer Anblick.

»Die Stadt besteht ja beinahe völlig aus Zelten!«, rief Yonathan verblüfft.

»Wusstet Ihr das etwa nicht?«, entgegnete Kapitän Furgon, der bei seinen beiden Passagieren stehen geblieben war.

»Schon. Aber *so* habe ich mir das nicht vorgestellt.«

Furgon lachte rauh. »Was habt Ihr Euch denn vorgestellt? Wir sind hier mitten in der Ostregion, im Land der nomadisierenden Stämme. Da gibt es keine befestigten Orte, wie Ihr sie kennt. Mezillah hat zwar einige Stein-, Lehm- oder Holzhäuser – Handelsstützpunkte, Spelunken, Herbergen und natürlich den Sitz der kaiserlichen Garnison –, aber im Großteil der Stadt herrscht ein ständiges Auf- und Abbauen von Zelten. Jedes Mal, wenn meine *Prinzessin* hier vor Anker geht, hat Mezillah eine andere Größe und Form, und wenn wir ablegen, sieht die Stadt wieder anders aus.«

Das Packpferd und die beiden Reittiere, die Yonathan und Gimbar noch verblieben waren, wurden schnell an Land gebracht und die Verabschiedung von Kapitän Furgon und seiner Besatzung war kurz, aber herzlich.

»Ihr könnt jederzeit wieder mit mir reisen«, hatte der kompakt gebaute Schiffseigner versichert.

»Das hätte ich an Eurer Stelle auch gesagt«, war Gimbars Antwort gewesen. »Wann findet man schon zwei Passagiere, die für die Plackerei, die sie für Euch leisten müssen, auch noch gut bezahlen.«

Furgons Lachen blieb ihm im Halse stecken; er schien unsicher zu sein, wie viel Ernst er Gimbars hingeworfener Bemerkung beimessen sollte.

»Was nun?«, fragte Gimbar, nachdem die *Prinzessin des Quon* hinter Zelten, Lemaks, Pferden und Menschen verschwunden war.

»Wir müssen uns umhören«, erwiderte Yonathan. »Die Legenden von *Har-Liwjathan* haben hier, bei den Ostleuten, ihren Ursprung. Wenn uns also jemand verraten kann, wo wir den roten Drachenberg finden, dann hier.«

Gimbar nickte und trieb sein Pferd weiter in die Zeltstadt hinein.

Mezillah war ein Gewimmel aus Körpern – menschlichen und weniger menschlichen –, Transportvehikeln sowie Waren aller Art. Das allgemeine Geschubse und Gedränge spielte sich in einem ohrenbetäubenden Lärm ab und unterschiedlichste Gerüche umschmeichelten oder belästigten die Nasen der Passanten.

»Da vorne scheint ein Markt zu sein«, brüllte Gimbar.

In dem chaotischen Lärm erahnte Yonathan Gimbars Hinweis mehr, als dass er ihn hörte. Er trieb sein Pferd näher an den Fuchs seines Gefährten heran. »Ich dachte, die ganze Stadt sei ein einziger Markt.«

»Warte einmal ab, bis wir ganz da sind.«

Gimbars Vorwarnung schien sich zu bestätigen. Die schwitzenden und schiebenden Körper nahmen immer mehr zu, je näher die beiden dem vermeintlichen Marktplatz kamen, die Menge wurde dichter, der Strom der Menschen zähflüssiger, bis er vollständig zum Stillstand kam.

»Wir stecken fest«, übertönte Gimbar den Lärm um sie herum. Von hinten drängten weitere Massen nach.

Yonathan überlegte sich gerade, ob es nicht sinnvoller wäre den Markt zu umreiten, als plötzlich eine merkwürdige Veränderung in der Menge vor sich ging. Das Rufen und Schreien flaute etwas ab, gewann eine andere Färbung, eine nervöse Spannung bemächtigte sich der Menschen. Bis er begriff, weshalb, dauerte es eine Weile.

Eine Gruppe von etwa drei Dutzend weißköpfigen Südländern, schwarzen Priestern, kam in Zweierreihen vom Marktplatz herauf. Er spürte kein Kribbeln im Hinterkopf; offenbar hatte gerade keiner der Témánaher geistigen Kontakt zu seinem Herrn.

Vor dem Zug teilte sich die Menge, weniger aus Respekt denn aus Zwang. Yonathan fühlte die Angst fast hautnah, die von den Menschen Besitz ergriffen hatte. Proteste, manchmal sogar Beschimpfungen – alle aus der sicheren Anonymität der Masse heraus – begleiteten das Vordringen der schwarzen Kolonne.

»Sie kommen direkt auf uns zu!«, rief Gimbar herüber.

Yonathan nickte nur, um seine Stimme zu schonen. Er glaubte zwar nicht, dass diese Témánaher im Augenblick auf der Suche nach ihm waren – sonst hätten sie sicher die Leute befragt –, aber er hatte trotzdem keine Lust, die Wachsamkeit der bleichhäutigen Männer auf die Probe zu stellen.

Doch was sollte er tun? Hinter ihm befand sich eine undurchdringliche Mauer aus Menschen und Tieren, Körben und Säcken, Käfigen und Karren. Er blickte sich hastig um. Da sah er ein Haus zu seiner Rechten; es war ihm bisher nicht aufgefallen. Er signalisierte seinem Freund mit einer Kopfbewegung, wohin er auszuweichen gedachte. Gimbar hatte verstanden und drängte sich mit dem Fuchs, das Packpferd im Schlepptau, in dieselbe Richtung.

Die Ostleute machten nur unter derben Verwünschungen Platz. Yonathan und Gimbar achteten nicht darauf. Während der Zug der schwarzen Priester schweigend näher rückte, drifteten sie langsam nach rechts ab.

Endlich erreichten sie das Geviert aus braunen Lehmmauern, banden ihre Pferde an Eisenringen fest und traten ein. Wie schon das Äußere des Gebäudes hatte vermuten lassen, handelte es sich um ein Gasthaus. Als sich nun Yonathans und Gimbars Augen an das Halbdunkel gewöhnten, drehte sich ihnen fast der Magen um: Sie waren in eine Spelunke übelster Art geraten.

In dem Schankraum herrschte ein beinahe ebenso großes Gedränge wie auf der Straße. Eine alles einhüllende Geruchwolke aus schalem Bier, Schweiß, Erbrochenem und nicht mehr ganz frischen Speisen raubte ihnen fast die Sinne. Wo die vielen Füße für einen Moment den Blick auf den Boden freigaben, sah man vergammelte Speisereste, aus denen einige schwarzbraune, halbverfaulte Binsen aufragten.

»Ein wirklich nettes Örtchen!«, rief Gimbar Yonathan zu.

»Müsste dir doch eigentlich gefallen«, schrie dieser zurück. »Erinnerst du dich nicht mehr an das Loch, in das du Yomi und mich in Meresin geführt hast?«

Gimbar lächelte säuerlich. »Das war vor einer Ewigkeit. Ich bin jetzt ein gesetzter Ehemann und Familienvater.«

»Also gut, aber lass uns wieder verschwinden, sobald die Priester draußen vorbei sind.«

»Ich besorg uns inzwischen einen Schluck, nur, damit wir nicht auffallen.« Gimbar verschwand zwischen den Ostleuten.

Yonathan schaute sich um. Er erinnerte sich an sein Leben auf der Erde und daran, wie ihn sein Großvater einmal in Edinburgh in einen belebten Pub geschmuggelt hatte. Er kannte auch den

Trubel des Großen Markttages von Kitvar. Aber all das war nichts gegen den grölenden Haufen aus Nomaden, Händlern und Tagedieben in diesem Schankraum.

Aus einer Ecke des Raumes drangen Stimmen, die sich sogar gegenüber der herrschenden Geräuschkulisse noch durchsetzen konnten. Gelegentlich schwappten Wogen aus Freuden- und Enttäuschungsrufen herüber.

Yonathan näherte sich vorsichtig und spähte durch eine Lücke zwischen zwei Nomadenrücken. Er sah einen Ostmann an einem Tisch sitzen: auffallend groß, behaart, bärtig und ungepflegt; auf seiner Wange prangte ein blutverkrusteter Striemen. Ihm zur Rechten befand sich ein Mädchen, kaum zwanzig Jahre alt, mit schwarzem, struppigem Haar und dem nervösen Blick einer in die Enge getriebenen Raubkatze.

»Wenn du mir deine Sklavin nicht verkaufen möchtest, dann könntest du sie mir wenigstens leihen«, meinte gerade ein anderer Ostmann, der dem behaarten Hünen gegenüber Platz genommen hatte und Yonathan den Rücken zuwandte. Zur Belustigung der Umstehenden fügte er noch hinzu: »Ich wüsste schon, was ich mit ihr anfangen würde.«

»Da habe ich keine Zweifel, Seng«, brüllte der erste, schüttete den Inhalt eines großen Tonkruges in sich hinein, rülpste laut und sagte: »Ich habe Yamina beim Spiel gewonnen, und wenn ich sie einmal hergebe, dann dem, der mich im Bohnenspiel besiegen kann.«

»Mach doch, was du willst!« Der andere spuckte aus, erhob sich schwerfällig vom Tisch und wankte an Yonathan vorbei in den Schankraum.

»Noch jemand, der etwas gewinnen möchte?«, rief der Grobschlächtige in die Menge. Vor ihm auf der Tischplatte standen drei umgestülpte Lederbecher in einer Reihe.

Es dauerte nicht lange, und ein schmächtiger Ostmann, dem die aus Pferdeleder gefertigte Tunika deutlich eine Nummer zu groß war, setzte sich an den Tisch des Spielers.

»Willst wohl auch um meine Yamina spielen, was?«

»Mir genügt ein Beutel voller Goldmünzen«, sagte der Kleine.

»Was suchst *du* denn hier?« Die Worte wurden unmittelbar in Yonathans Ohr gesprochen, der Gimbars Kommen gar nicht bemerkt hatte.

»Dieser schmierige Kerl benutzt das Mädchen als Köder für seine Kundschaft. Es ist seine Sklavin!« Yonathans Stimme war voller Empörung.

»Warum überrascht dich das? Ich habe dir doch schon einmal gesagt, was die Nomaden mit ihren Mädchen anstellen. Erinnerst du dich nicht mehr?«

»Natürlich erinnere ich mich. Ich mag mir gar nicht vorstellen, was der Sieger mit seinem ›Preis‹ anfangen würde.«

»Da kann ich dich beruhigen, mein Freund. Bei diesem Spiel gibt es keinen Gewinner, außer dem, der die Becher schiebt.«

»Wie meinst du das …?«

»Du kannst einem ehemaligen Piraten ruhig glauben. Schau selbst hin: Der Große hat drei umgedrehte Lederbecher. Unter einem befindet sich eine Bohne. Er schiebt die Becher eine Weile hin und her und lässt seinen Mitspieler dann raten, wo sich das Böhnchen befindet. Eine Zeitlang wird der andere gewinnen und so zu immer höheren Einsätzen angestachelt. Aber zum Schluss, wenn es um alles geht, wird er verlieren. Dann hat er nichts mehr, und der Bohnenbesitzer ist wieder ein bisschen reicher geworden. So läuft das Spiel.«

»Du willst damit sagen, er betrügt?«

Gimbar schmunzelte nachsichtig. »Eine schlimme Anschuldigung. Man würde den Spieler auf der Stelle zerreißen, wenn man ihm irgendeinen Betrug nachweisen könnte. Aber das ist praktisch unmöglich.«

»Und warum lässt sich immer wieder jemand auf dieses aussichtslose Spiel ein?«

Gimbar zuckte die Achseln. »Vielleicht, um schnell reich zu werden.«

Yonathan nickte. »Würde mich nicht wundern, wenn dieser Bursche in der letzten Zeit größeren Zulauf gehabt hätte als früher.« Er überlegte einen Moment, dann lächelte er.

»Schlag dir das aus dem Kopf«, sagte Gimbar, dem dieser Stimmungsumschwung nicht entgangen war.
»Wovon sprichst du?«
»Tu nicht so, Yonathan. Ich weiß genau, woran du gerade denkst.«
In diesem Moment unterbrach ein vielstimmiger Ausruf der Enttäuschung ihren Dialog. Der schmächtige Ostmann hatte nach einer vorübergehenden Glückssträhne alles verloren, was er besaß; sogar seine glattgewetzte Lederkappe.
Der Spieler mit der Schramme im Gesicht grinste dagegen schadenfroh. »Tut mir leid, mein Kleiner«, donnerte er. »Vielleicht klappt's ja beim nächsten Mal.« Während der Verlierer das Feld räumte, stülpte der massige Becherschieber seiner Sklavin die soeben gewonnene Lederkappe über den Kopf, machte dazu eine spöttische Bemerkung und wandte sich wieder an die Schaulustigen.
»Wer will nochmal, wer hat noch nicht?«, dröhnte seine Stimme, und als sich nicht sofort jemand meldete, fuhr er fort: »Na? Keine Glücksritter mehr hier? Und ich glaubte doch tatsächlich, Mezillah sei voll von mutigen Männern. Hab mich wohl getäuscht!«
»Wer mutig ist, muss sein Geld noch lange nicht auf die Straße werfen«, rief einer aus der Menge um den Tisch.
»Wer hat das gesagt?«, schrie der Hüne zornig. »Bei mir hat jeder seine Chance!«
Noch ehe er aber den Verantwortlichen für diesen respektlosen Einwurf ausmachen konnte, erhob sich eine andere Stimme.
»Lass es mich versuchen, Ostmann.«
Gimbar starrte Yonathan an. »Du kannst doch nicht wirklich ...«
Der lächelte, ein Bild strahlender Unschuld. »Pass gut auf, was der Stabträger alles kann.«
Bevor Gimbar etwas einwenden konnte, hatte sich Yonathan schon dem Ostmann gegenübergesetzt. Er zog einen Beutel mit Goldmünzen hervor, ließ ihn demonstrativ auf die Tischplatte

fallen und meinte: »Worauf warten wir noch? Lass uns endlich anfangen.«

In den Augen des Spielers blitzte die Vorfreude; die Börse des anderen sah vielversprechend aus. »Endlich ein Mutiger«, rief er in die Runde, »wenn auch kein Ostmann. Na, mir soll's gleich sein.« An Yonathan gewandt sagte er: »Wir fangen mit einem Einsatz von einem Goldeven an, einverstanden?«

Yonathan nickte. Zwischen seinen Beinen stand der Stab Haschevet, das obere Ende lässig gegen seine linke Schulter gelehnt; das auffällige goldene Kopfstück war, wie auf der ganzen Reise schon, durch eine lederne Hülle getarnt. Der Stabträger legte eine Goldmünze auf die Tischplatte und richtete seinen Blick auf die drei kleinen Lederbecher.

»Die Bohne liegt hier.« Der linke Becher wurde kurz angehoben, die Hülsenfrucht sichtbar. Dann schob der Ostmann die Behältnisse umeinander, zeigte noch zwei- oder dreimal, wohin inzwischen die Bohne gewandert war und reimte, nachdem er die Becher noch ein paarmal hatte kreisen lassen: »Sag mir, wo die Bohne liegt, dann bist du jener, der jetzt siegt.«

Yonathan lächelte. Der Bärtige hatte es ihm leicht gemacht. »Hier«, sagte er und zeigte auf den mittleren Becher. Der lederne Spielbehälter wurde hochgehoben und richtig, die Bohne war darunter.

»Gewonnen!«, posaunte der gewichtige Ostmann. »Du hast ein Goldstück dazugewonnen. Jetzt willst du bestimmt weitermachen?«

»Hör auf!«, raunte Gimbar seinem plötzlich so spielwütigen Gefährten ins Ohr.

Yonathan überhörte ihn. Bevor er sich wieder dem Spiel zuwandte, erhaschte er auch noch einen schnellen, neugierigen Blick des Mädchens.

»Der Einsatz bleibt stehen«, sagte er.

»Das nenne ich Mut zum Risiko«, freute sich der Spieler. »Wenn du gewinnst, hast du vier Münzen. Pass gut auf!«

Das tat Yonathan. Er wartete geduldig, bis die Becher wieder zum Stillstand gekommen waren, und setzte dann die Kraft der

Bewegung ein, jene Gabe des *Koach*, durch die er Gegenstände erfühlen und in ihrer Lage verändern konnte ohne sie mit der Hand oder den Fingern zu berühren. In der Vergangenheit hatte er sich dieser Fähigkeit schon oft bedient, um durch sie Formen und Strukturen zu ertasten, die seinem Auge vor allem in der Dunkelheit verborgen waren. Mit Yomi, seinem Freund von der *Weltwind*, war er vor dreieinhalb Jahren sogar durch das völlig lichtlose Höhlensystem des Ewigen Wehrs gewandert, nur mit der Kraft der *Bewegung* als Orientierungshilfe.

Die Bohne war schnell gefunden. »Rechts«, sagte er gelassen.

»Bei allen Herden der Ostlande!«, lachte der Becherschieber. »Schon wieder gewonnen. Weiter?«

Yonathan spielte den vom Spielrausch gepackten Tölpel. Er ignorierte Gimbars Warnungen – auch das fast unmerkliche Kopfschütteln des schwarzhaarigen Mädchens, das seine Pelzkappe in die Menge geworfen hatte – und drängte: »Natürlich. Nun mach schon!«

Das Schieben und vorgebliche Raten ging eine ganze Weile weiter. Yonathans untrüglicher Sinn offenbarte ihm sehr schnell, wie das Spiel wirklich funktionierte: Mal schob der Ostmann die Becher sehr schnell und benutzte seine schaufelartigen Hände, um seine Finten geschickt zu verbergen; ein andermal bewegte er die Lederbehälter auf so übersichtlichen Bahnen, dass selbst ein Blinder am Geräusch hätte hören können, wo das Böhnchen abgeblieben war.

Allmählich mehrte sich der Münzenstapel auf Yonathans Tischseite und die Bewegungen des Spielers wurden schneller. Aber Yonathan gewann weiter.

»Brich endlich das Spiel ab«, zischte ihm Gimbar zum wiederholten Mal ins Ohr. Auch schienen ihn Yaminas Augen zu warnen. Trotzdem verlangte er eine weitere Partie.

Yonathan räumte erneut ab und der Ostmann kam ins Schwitzen. Schließlich donnerte er: »Mir scheint, du bist kein Anfänger in diesem Spiel, Junge. Ich gebe auf. Du hast gewonnen.« Er packte seine Sklavin grob am Arm und wollte aufstehen, aber harte Hände drückten ihn sofort auf den Stuhl zurück.

»Weitermachen!«, riefen einige, andere äußerten sich deutlicher: »Feigling, Drückeberger, Blutsauger, Hasenfuß, Betrüger ...«

»Wer hat da eben ›Betrüger‹ gesagt?«, brauste der Haarige auf, das Gesicht puterrot.

»Beweise uns, dass du keiner bist«, sagte Yonathan. Alle schauten nun auf den Bedrängten; eine unausgesprochene Drohung lag in der Luft.

»Spielen wir um alles«, schlug darauf Yonathan seelenruhig vor. »Ein allerletztes Spiel. Wenn du gewinnst, erhältst du das Gold, das hier auf dem Tisch liegt, und meine Börse bekommst du noch dazu.«

»Und wenn ich verliere? Ich kann deinen Einsatz nicht mehr verdoppeln. Du hast mir alles abgenommen.«

»Wenn ich gewinne«, sagte Yonathan mit einem Lächeln, »dann bekomme ich deine Sklavin.«

»Yamina? Nie und nimmer!«, brüllte der Ostmann.

Während die Menge der Zuschauer – darunter auch viele um ihren Besitz geprellte Männer – den Spieler mit handfesten Argumenten umzustimmen versuchte, drang Gimbar auf Yonathan ein: »Hast du jetzt völlig den Verstand verloren? Was sollen wir mit einer Sklavin anfangen? Nimm das Geld und lass uns verschwinden.«

»Aus dir spricht der alte Pirat.«

»Jetzt bist du unfair, Yonathan! Immerhin habe ich nie Sklaven gehalten.«

»Du bist aber als Kind Unfreier geboren worden. Du solltest wissen, was ich mit dem Mädchen vorhabe, Gimbar.«

Inzwischen hatte sich der Spieler eines anderen besonnen – wenn auch nicht ganz freiwillig. »Also gut«, zischte er zwischen den Zähnen hervor. »Lass uns um das Mädchen spielen.«

Yonathan nickte und zeigte durch eine Geste an, dass die letzte Runde beginnen könne.

Mit grimmigem Gesicht verdeckte der Ostmann die Bohne und ließ die Becher so schnell wie nie zuvor auf dem Tisch kreisen. Yonathan rechnete mit irgendeinem Trick und verfolgte den

Lauf der Bohne mit seinem geschärften Sinn. Und tatsächlich! Bei einem schnellen Austausch zweier Becher ließ der Spieler die Hülsenfrucht in der rechten Handfläche verschwinden. Kurz darauf kamen die Becher zum Stehen und der Ostmann grinste Yonathan triumphierend an.

Einen Moment lang war Yonathan starr vor Schreck. Was sollte er tun? Egal welchen Becher er wählen würde, es war in jedem Fall ein leerer. Alle drei hochheben? Der Große hatte schon vorher über seine Spielutensilien gewacht wie eine Löwin über ihre Jungen. Da hatte er einen Einfall.

Er schaute sich um. Für einige musste es wirken, als suche er nach einem Rat. Sie riefen ihm hilfreiche Tips zu: den linken, den rechten Becher, den in der Mitte. Aber Yonathan wollte sich nur vergewissern, wie viele Menschen ihm zusahen. Sehr viele, stellte er bange fest. Es würde nicht leicht werden.

Noch einmal konzentrierte er sich, achtete nicht auf die besorgten Blicke Gimbars und des Mädchens, umklammerte nur den Stab Haschevet und sagte dann: »Den mittleren.«

»Und du bist dir ganz sicher?«

Yonathan hielt wortlos seinen Blick auf den Becher in der Mitte gerichtet. Schweißtropfen sammelten sich auf seiner Stirn.

»Also gut«, verkündete der Ostmann gönnerhaft. Er schaute noch einmal um Aufmerksamkeit heischend in die Runde, hob dann langsam den Becher in die Höhe – und starrte voller Entsetzen auf die Bohne.

»Gewonnen«, bemerkte Yonathan trocken.

Der Hüne lief dunkelrot an, dann brach es aus ihm hervor: »Das kann gar nicht sein! Hier ist die Bohne.« Er öffnete die Hand und zeigte mit irrem Blick die Hülsenfrucht herum. »Ich habe sie verschwinden lassen. Das da auf dem Tisch ist eine andere Bohne. Eine Fälschung! Nicht meine.«

»Dann bist du also doch ein Betrüger«, stellte Yonathan vorwurfsvoll fest. »Wie gut für dich, dass wir jetzt nicht da sind, wo ich herkomme. Dort reagieren die Leute ziemlich unfreundlich, wenn sie mitbekommen, dass jemand sie um ihr Geld gebracht hat.«

Diese Anregung wurde sogleich aufgegriffen: Augenblicklich brach ein heftiger Tumult aus, in dessen Mittelpunkt sich der unglückliche Spieler befand. Yonathan griff schnell nach dem Handgelenk des Mädchens und zog es in Richtung Ausgang, Gimbar wischte die Münzen vom Tisch in eine weite Falte seines Gewandes und eilte hinterher.

Zurück blieben einige sehr beschäftigte Ostmänner – und eine langsam unsichtbar werdende Bohne.

»Hoffentlich lassen sie ihn am Leben«, rief Gimbar den anderen beiden draußen auf der Straße zu. Die schwarzen Priester waren nicht mehr zu sehen und das gewohnte Gedränge bestimmte wieder das Bild.

»Er hat es nicht besser verdient«, sagte das Mädchen ungerührt und fügte fast bedauernd hinzu: »Aber Fling ist wie eine Katze: Er hat sieben Leben.«

»Was einem Geschöpf an Strafe zukommt, das bestimmen nicht wir. Nur Yehwoh kennt sein Herz und kann über sein Leben richten.«

»Ja, aber bis dahin gibt es Neschans Richter und der würde dieses Scheusal bestimmt nicht schonen.«

»Wer kann schon sagen, wie der Richter entscheiden würde«, antwortete Yonathan ausweichend. »Jedenfalls bin ich froh, dass du diesen üblen Gesellen los bist. Mir wird jetzt noch ganz schlecht, wenn ich mir vorstelle, was solche Kerle mit Mädchen wie dir anstellen.«

Yamina warf den Kopf in den Nacken und lachte. »Ihr solltet Eure Phantasie nicht allzu sehr bemühen, junger Herr. Ich weiß meine Unschuld zu verteidigen. Ist Euch nicht die Schramme in Flings Gesicht aufgefallen?«

Yonathan runzelte die Stirn. »Stammt die etwa von dir?«

»Der Klotz wollte mir zu nahe kommen, da habe ich meinen Dolch gezückt« – plötzlich hielt sie ebendiesen in der Hand – »und ihm sein Vorhaben ausgeredet.«

»Langsam wird mir das Mädchen sympathisch«, warf Gimbar ein.

Yonathan konnte sich ein Schmunzeln nicht verkneifen. »Na, wie auch immer, jedenfalls sollten wir uns jetzt schleunigst überlegen, wo wir die Nacht verbringen. Nach der Begegnung mit den témánahischen Mönchen will ich lieber nichts riskieren. Eine Herberge wie das Gasthaus von eben wäre wahrscheinlich kein besonders sicherer Ort.«

»Zumal Fling versuchen wird Euch den Gewinn wieder abzujagen – falls er überlebt hat.«

Yonathan blickte in das schmutzige Gesicht des Mädchens. »Daran hatte ich nicht gedacht.«

»Ich habe gleich bemerkt, dass Ihr Euch in den hiesigen Sitten nicht auskennt«, erwiderte Yamina. »Aber mir ist auch aufgefallen, dass Ihr anders seid als Fling. Anständiger. Bei Euch werde ich es bestimmt besser haben.«

»Du kannst gehen, wohin du willst, Yamina. Ich habe mit diesem Halunken nur gespielt, damit du von ihm freikommst. Und im Übrigen brauchst du uns beide nicht so förmlich anzusprechen. Mein Name ist Yonathan und das da ist Gimbar, der Sohn Gims.«

»Bleibt nur noch eines: Wo finden wir ein Nachtquartier?«, fragte der Vorgestellte, er hatte seinen Rücken Yamina zugewandt und schien damit zu rechnen, dass das Mädchen nun seinen eigenen Weg einschlagen würde.

»Mein Vetter hat in Mezillah eine Seidenspinnerei«, erklärte Yamina. »Wenn wir bei ihm unterschlüpfen, wird uns niemand so schnell finden.«

»Eine Seidenspinnerei? Wie interessant ...« Gimbars Nasenspitze begann zu zucken, wie immer, wenn sein Gehirn schwer arbeitete.

»Vergiss es!«, wiegelte Yonathan ab. »Wir haben keine Zeit Geschäfte zu machen. Befass dich lieber mit der Frage, wie wir in einer Stadt, in der uns niemand sehen darf, etwas über den Drachenberg erfahren können.«

»*Har-Liwjathan?*« Masong, der Seidenspinner und Vetter Yaminas, überlegte nicht lange. »Mein Volk kennt eine Legende von einem Drachenberg, ja. Im Tausend-Seen-Land soll er sich befinden. Allerdings wird die Gegend seit Generationen von den Stämmen gemieden.«

»Weil es dort Drachen gibt?«, erkundigte sich Yonathan.

»Meine Mutter hat mir erzählt, ein besonders alter und gefräßiger Drache treibe dort sein Unwesen«, erinnerte sich Yamina. »Menschenfleisch soll er besonders gern haben. Aber ich glaube nicht an solche Geschichten.«

Yonathan zog die Stirne kraus. »Du sprichst, als wüsstest du gut über den Drachen Bescheid.«

Yamina zuckte die Achseln und erwiderte leichthin: »Ich hab ihn mal gesehen, als er über uns hinwegflog. Aber getan hat er uns nichts.«

»Du warst so hoch im Norden?«, wunderte sich Masong.

»Es war vor vier Jahren in dem strengen Winter. Der Stamm war hungrig und deshalb hatten wir uns auf der Suche nach Nahrung weit in die Wälder vorgewagt; bis etwa dreißig Meilen südlich vom Akeldama-See.«

»Volltreffer!«, sagte Gimbar. »Wer hätte gedacht, dass es so einfach ist.«

»Wir haben den Ort noch immer nicht gefunden«, merkte Yonathan an und fragte Yamina: »Kannst du dich noch an den Weg zu diesem See erinnern?«

»Ich kann euch hinführen.«

»Auf keinen Fall«, fiel Gimbar sofort ein.

»Du kannst uns den Weg schließlich auch beschreiben«, schlug Yonathan Yamina vor.

»Damit mich mein Vetter meinem Vater zurückgibt? Der würde mich bei der erstbesten Gelegenheit wieder verschachern oder an die Altäre ausliefern.« Yamina lachte bitter auf. »Vielen Dank! Du hast mich gewonnen, Yonathan. Also bleibe ich bei dir.«

»Da hast du uns was Schönes eingebrockt!«

Gimbars Bemerkung schien Yamina nicht zu beeindrucken. Mit über der Brust verschränkten Armen saß sie aufrecht neben den anderen im Zelt Masongs. Ein ausgiebiges heißes Bad hatte eine junge, schöne Frau zum Vorschein gebracht. Ihre Haare waren entwirrt, sorgsam gekämmt und gebürstet; sie hatte saubere Gewänder angezogen.

Masong brachte natürlich Einwände gegen Yaminas Plan vor. Er hatte tatsächlich vorgehabt sie ihrem Vater zurückzugeben. Aber schließlich sah auch er ein, dass er Yaminas Einverständnis nicht erzwingen konnte, jetzt, da sie einen neuen Eigentümer hatte, und er willigte ein.

Als dann sogar Gimbar sich erweichen ließ, überraschte Yamina die Männer mit einer Bedingung. »Ich verrate euch nur den Weg zum Drachenberg, wenn Yonathan den Trick mit der Bohne preisgibt.«

Yonathan hatte mit dieser Frage schon früher gerechnet. Doch immer war etwas dazwischengekommen – zuerst das Gedränge und der Lärm in den Straßen Mezillahs, dann die überschwängliche Begrüßung durch ihren Vetter und gleich darauf das Abendessen, das frisch zubereitet auf dem Tisch stand. Der neunköpfigen Familie Masongs mussten die beiden Fremden aus dem fernen Westen zwar ausführlich Rede und Antwort über ihr Herkommen stehen, aber niemals war *diese* Frage gestellt worden. Später wurden Masongs Frau und Kinder hinausgeschickt, auf den weichen Teppichen im Hauptzelt sitzend blieben der Seidenspinner und seine drei Gäste zurück.

Aber jetzt war es soweit. Die Frage war gefallen. Yonathan blickte etwas unentschlossen in die gespannten Gesichter. Was sollte er tun? Sein Geheimnis preisgeben? Er entschied sich für ein Teilgeständnis.

»Ich habe mir die Bohne einfach gedacht und da ist sie erschienen.«

Yamina rutschte auf dem Teppich zurück und lächelte. »Ich bin kein kleines Mädchen mehr, dem man erzählen kann, dass sich alles erfüllt, wenn man es sich nur stark genug wünscht.«

»Du hast es nur noch nicht versucht, Yamina.«

»Unsinn.«

»Probier es doch einfach aus. Jetzt und hier!« Yonathan zeigte Yamina das Innere dreier leerer Zinnbecher, die noch vom

Abendessen stehen geblieben waren, dann stülpte er die Trinkgefäße um und sagte: »Jetzt stell dir die Bohne unter einem der Becher vor.«

Yamina sah Yonathan unsicher an.

»Versuch es ruhig«, ermunterte er sie noch einmal.

Die mandelförmigen Augen Yaminas wanderten zu den drei Bechern und Yonathan erkannte mit Haschevets Gabe des *Gefühls*, einer weiteren Facette des *Koach*, dass sich allmählich ein Bild in ihrem Geist formte. Er musste lächeln. »Nun heb den gewählten Becher hoch«, forderte er sie nach einer Weile auf.

Yaminas Hand tastete langsam zu dem linken der drei Becher, schloss sich zögernd um dessen Rundung und hob ihn an.

»Was ist das?«, entfuhr es Masong überrascht.

»Ich würde es als eine wunderschöne rote Rubinbohne bezeichnen«, schlug Gimbar vor.

»Wie kann das sein?«, rief Yamina verwundert aus. »Genau so habe ich sie mir vorgestellt.«

»Siehst du«, sagte Yonathan, »es war doch gar nicht so schwer.«

»Aber das ist unmöglich ...!«

Eine Geste Yonathans sollte Yamina warnen. Aber zu spät: Die Bohne war schon verschwunden.

»Das hättest du nicht sagen dürfen«, erklärte er dem enttäuschten Mädchen. »Wer glaubt, der kann alles erlangen, aber wer zweifelt, der wird selbst das verlieren, was er schon sicher zu besitzen meinte.«

Am nächsten Morgen bahnten Yonathan, Gimbar und Yamina sich ihren Weg zur nördlichen Stadtgrenze von Mezillah. Die Straßen waren bereits voll, obwohl die Sonne noch kaum über dem Horizont stand. Yamina saß schweigend auf dem Rücken ihres gedrungenen grauschwarzen Steppenpferdes, ritt voraus und grübelte.

Yonathan hatte ihr verraten, dass er ein Bote des Lichts war, kein Zauberer, wie sie ihm anfangs unterstellte. Seine Worte hatte er sehr vorsichtig gewählt: Er könne ihr nicht mehr verraten, weil die Sache geheim und für ganz Neschan von größter Wichtigkeit sei, aber er müsse unbedingt den Drachenberg finden, um dort eine Aufgabe zu erfüllen.

Diese Erklärung hatte Yaminas brennende Neugierde nicht befriedigt.

Erst dachte Yonathan, das sei der Grund, weshalb sie nun so schweigsam vor sich hin starrte. Sie zogen an den letzten verstreuten Zelten am Stadtrand vorüber. Im Westen bohrte sich eine dunkle Rauchsäule in den Himmel.

Um sie von ihren Grübeleien abzulenken, fragte er die junge Frau: »Was ist das für ein Feuer am Horizont?«

Yamina wandte sich nicht um und ihre Stimme klang brüchig, als sie antwortete: »Schau am besten nicht hin.«

Er spürte ihre Furcht. »Was ist damit – einmal abgesehen davon, dass es jetzt, im Sommer, ziemlich unangebracht ist?«

»Sie verbrennen dort ihre Opfer.«

»*Sie?*«

»Die schwarzen Priester.«

»Was sind das für Opfer?«, fragte Yonathan voll böser Vorahnung.

Endlich drehte sich Yamina zu ihm um und blickte ihm ins Gesicht. »Menschenopfer!«

Yonathan fühlte, wie sein Herz einen Augenblick aussetzte. »Jetzt verstehe ich, was du gestern Abend damit gemeint hast, als du sagtest, du wolltest nicht an die Altäre ausgeliefert werden.«

Gimbar schüttelte sich bei der Vorstellung daran, was wohl gerade an dem unheiligen Platz geschah, von dem in der Ferne beständig Rauchwolken in die Höhe stiegen.

Yonathans Verstand weigerte sich diese Ungeheuerlichkeit zu akzeptieren. Er hatte sein Pferd gezügelt und brütete vor sich hin.

»Vergiss es«, durchdrang Gimbars Stimme seine düsteren Gedankengänge. »Ich weiß genau, was du jetzt vorhast. Du willst zu den Schwarzröcken hinüberreiten und ihr hässliches Feuer mit deinem Stab auslöschen.«

»Und warum sollte ich das nicht tun?«

»Weil wir dann binnen kürzester Zeit halb Temánah auf unseren Fersen hätten.«

Yonathan biss die Zähne zusammen. Natürlich hatte Gimbar recht. Er trieb sein Pferd wieder an und ritt mit grimmiger Miene weiter. Yamina hätte nur allzu gern gewusst, was Gimbar mit seiner Bemerkung über den Stab hatte sagen wollen, jenen, den Yonathan nie aus den Händen gab. Aber das zornige Gesicht ihres Besitzers ließ sie vorerst schweigen. Sie würde eine andere Gelegenheit finden dieses Rätsel zu ergründen.

Allmählich wurde der grauschwarze Rauchfinger am südwestlichen Horizont kleiner. Von Mezillah war schon längst nichts mehr zu sehen, als Yonathan sich erneut an Yamina wandte. »Warum lassen die Menschen sich das gefallen, Yamina? Die Opfer müssen doch Familien besitzen, Freunde …«

»Meistens sind es Mädchen; die will sowieso keiner haben. Manchmal verbrennen sie auch Verbrecher.«

»Ich verstehe es trotzdem nicht.«

»Sie versprechen sich dadurch die Gunst mächtiger Geister und Reichtum und Macht.«

»Immer dasselbe«, murmelte Yonathan. »Nur die Methoden sind unterschiedlich.«

»Wie bitte?«

»Nichts, Yamina. Ich zweifle nicht daran, dass Bar-Hazzat – und noch viel mehr Melech-Arez, sein Herr – an diesen Opfern Wohlgefallen findet.«

»Ich muss zugeben, dass sich viele, hier bei uns, an diese Riten gewöhnt haben; jeder hofft einfach, selbst verschont zu bleiben.«

»Und wie denkst du darüber?«

Yamina lächelte bitter. »Ich bin eine Frau. Außerdem diene ich Yehwoh, nicht Bar-Hazzat.«

»Das freut mich.«

»Dass ich eine Frau bin?« Die Stimme klang spöttisch, aber in ihren schwarzen Augen spiegelte sich noch etwas anderes.

Während Gimbar auflachte, wurde Yonathan rot und stammelte etwas von zwei Wegen, zwischen denen man sich entscheiden müsse. Dann zog er sich wieder hinter seinen grimmigen Gesichtsausdruck zurück.

VI.
Die blaue Braut

ie Steppe war so weit wie das Meer. Auch am elften Tag, nachdem sie Mezillah verlassen hatten, hob und senkte sich das Land wie die Dünung nach einem Unwetter auf See.

Yamina erwies sich als eine wertvolle Reisegefährtin und Yonathan fragte sich schon bald, wie sie überhaupt ohne das Nomadenmädchen hatten auskommen können. Sie kannte das Land und seine Bewohner. Dort, wo Yonathan und Gimbar nur noch die Sonne als letzte Orientierungshilfe blieb, entdeckte Yamina andere Zeichen, Wegmarken, die sie in ihrem Kurs bestätigten. Und wenn man auf eine Reisegesellschaft stieß – dies war vor allem in den ersten Tagen häufiger der Fall gewesen –, dann flüsterte das Mädchen ihren Begleitern die passenden Fragen oder Antworten unauffällig zu.

Die Ostleute waren Meister darin, mit vielen Worten wenig zu sagen; allein die Begrüßungszeremonie nahm manchmal eine halbe Stunde in Anspruch. Wer sich allerdings nicht auf ihre Sitten verstand, der konnte sie durch eine unbedachte Äußerung auch schnell verärgern. Und da die Steppenmänner mit ihren Dolchen ebenso flink waren wie mit ihren Zungen, konnte aus einer als Stichelei empfundenen Bemerkung jederzeit eine ungewollte Stecherei entstehen.

Derartiges blieb Yonathan und Gimbar zum Glück erspart – dank Yamina. Obwohl sie sich bei Begegnungen mit anderen Reisenden stets im Hintergrund hielt, halfen ihre »Einflüsterungen« doch wertvolle Informationen über die Gegend südlich des Tausend-Seen-Landes in Erfahrung zu bringen. Gimbar entwickelte sich bei diesen Gesprächen zum Wortführer. Sein Verhandlungsgeschick und Yaminas Kenntnis der ortsüblichen Bräuche machten aus den beiden ein unschlagbares Gespann.

Das letzte Zusammentreffen mit einer kleineren Sippe lag schon vier Tage zurück. Seitdem hatten die drei Reiter auf der endlosen Steppe geraden Kurs nach Norden gehalten. Der Wind strich über das weite Grasland, zerrte an ihren Gewändern und den Lederschnüren der Satteltaschen. In der Ferne zogen am Himmel Wolkenberge vorbei. Ein friedliches, ruhiges Bild.

Yonathan hatte nicht sehr gut geschlafen; ein düsterer Traum, an den er sich nicht mehr recht erinnern konnte, weckte in ihm ungute Vorahnungen. Da waren Schreie gewesen, Schmerzen, blinder Zorn und – Todesangst! Doch alles blieb wie im Nebel verborgen, unklar und unerklärlich.

Sein grauer Hengst tänzelte nervös. Das Tier schien die Unruhe seines Herrn zu spüren.

Schließlich brach Gimbar das Schweigen, das schon seit einiger Zeit die kleine Gruppe beherrscht hatte. »Vor uns steigt Rauch auf. Seht ihr?«

Yonathan schreckte aus seinen Gedanken auf. »Doch nicht schon wieder ...?«

»Nein«, sagte Yamina, aber ohne Entwarnung in ihrer Stimme. »Nicht hier. Hier gibt es keine Stadt und die schwarzen Priester errichten ihre Altäre nur dort, wo sie auch genügend Opfer finden.«

»Könnte es ein Steppenbrand sein?«

Yamina schüttelte den Kopf. »Es ist noch zu früh. Der Morgentau ist noch nicht einmal ganz verdunstet.«

»Dann lasst uns nachschauen!« Und er drückte seinem Grauen die Fersen in die Weichen.

Ohne den Rauch hätten sie das Lager wahrscheinlich übersehen. Es lag in einer weiten Senke und bot ein Bild unglaublicher Verwüstung. Kein einziges der großen Nomadenzelte stand noch aufrecht an seinem Platz. Die meisten waren abgebrannt, die restlichen niedergerissen. Überall lagen Tote.

Nie zuvor in seinem Leben hatte Yonathan so viele Leichen gesehen! Messer, Pfeile und Lanzen ragten aus leblosen Körpern. Entsetzliche Verstümmelungen machten ihn schwindlig. Ein furchtbarer Kampf musste hier stattgefunden haben. Halb betäubt ließ sich Yonathan vom Pferd gleiten, tappte fassungslos zwischen den Überresten der Zelte umher und kämpfte gegen die Übelkeit an, die ihn zu übermannen drohte. Selbst Frauen und Kinder hatten die Meuchler nicht verschont.

Allmählich gewann der Zorn in ihm die Oberhand, verdrängte das Bedürfnis sich zu übergeben. Wie Hohn hallten in seinem Geist die in einer anderen Welt gesprochenen Worte seines sterbenden Vaters: »Achte stets alles Leben und vergiss vor allem nicht die Liebe zu deinem Schöpfer.« Wer das hier getan hatte, kannte keines dieser beiden Gebote. »Wer kann nur so etwas anrichten?«, murmelte er erschüttert.

»Das waren sie selbst«, antwortete eine rauchige Stimme ganz in seiner Nähe. Er drehte sich um. Yamina stand neben ihm. Das Nomadenmädchen weinte nicht, sein Gesicht war aschgrau geworden und wirkte versteinert.

»Wie meinst du das?«

Yamina ließ die Augen über Trümmer und Leichen schweifen, bevor sie weitersprach. »Was du hier siehst, gehörte zu zwei Lagern, zwei verschiedenen Sippen. Sie haben sich gegenseitig umgebracht.«

»Aber warum?«, entfuhr es Yonathan. Hilflos ballte er die Fäuste.

»Ich weiß es nicht«, flüsterte Yamina. »Sie haben ihre Zelte nebeneinander aufgeschlagen – ganz friedlich. Was dann geschah, ist so ungeheuerlich ... Noch nie hat es so etwas unter Ostleuten gegeben.«

»Ich glaube, ich höre etwas!« Gimbars Stimme kam aus dem Hintergrund.

Die beiden eilten zu ihm. »Wo?«, riefen sie wie aus einem Munde.

»Pst! Nicht so laut.«

Jetzt lauschten alle drei. Eine Weile lang vernahmen sie nur das Geräusch des Steppenwindes. Yonathan bemühte Haschevet, um seine Sinne zu schärfen. Und tatsächlich! Plötzlich hörte er das leise Wimmern.

»Es kommt von dort drüben«, stieß er hastig hervor und verschwand zwischen zwei Zelten. Yamina und Gimbar eilten ihm nach.

Sie fanden das Mädchen am Eingang eines besonders großen, nur halb zerstörten Zeltes.

»Eine Braut!« Yamina war mindestens ebenso überrascht wie ihre Begleiter. Doch sie hatte sich schnell wieder gefangen. Neben der jungen Braut kniete sie nieder, um zu sehen, wie sie ihr helfen konnte. Das Mädchen trug viel goldenen Schmuck und war mit einem ultramarinblauen Gewand bekleidet, das kostbare, bunte Stickereien zierten. Es schien die drei gar nicht zu bemerken, sondern starrte nur leer vor sich hin.

Abgesehen von dem prächtigen Hochzeitsgewand bot das Mädchen einen bemitleidenswerten Anblick. Es saß auf seinen untergeschlagenen Beinen und schaukelte mit dem Oberkörper unablässig vor und zurück. Die Arme hatte es, als wäre ihm kalt, um den Leib geschlungen und aus seinem Mund drangen seltsame Laute: ein leises Wimmern, ab und an auch ein Singsang, der wie ein Kinderlied klang. Es schien, als habe sich sein Geist verdunkelt.

»Die Ärmste hat alles mit angesehen«, sagte Yamina und streichelte dem Mädchen zärtlich über das mit bunten Bändern geschmückte Haar.

»Sie hat offenbar den Verstand verloren«, meinte Gimbar ernst.

»Wir können sie nicht hier lassen, wir ...«

»Yamina!«, unterbrach Gimbar das Nomadenmädchen streng. »Sprich erst gar nicht aus, was du denkst. Es ist unmöglich sie mitzunehmen. Unsere Aufgabe ist auch so schon schwer genug ...«

»Ihr und eure Aufgabe!« Yamina funkelte ihre Begleiter an.

»Ich habe diese Geheimnistuerei allmählich satt! Sie ist krank und wird sterben, wenn wir sie hier lassen. Was kann wichtiger sein als das Leben eines Menschen?«

»Vielleicht das Leben einer ganzen Welt«, erwiderte Gimbar.

Yamina schnappte nach Luft. Und ehe sie noch etwas vorbringen konnte, schaltete sich Yonathan ein.

»Das Mädchen ist nicht krank«, sagte er sanft.

Die beiden blickten ihn entgeistert an.

»Gib mir ihre Hand, Yamina«, bat Yonathan und streckte die Rechte aus.

Yamina löste vorsichtig den rechten Arm der Braut aus der Umklammerung und legte die willenlose Hand in seine.

Yonathan konzentrierte sich auf den Geist des Mädchens, das jetzt in tiefes Schweigen verfallen war.

Zuerst konnte er gar nichts erkennen. Er sah nur einen Strudel dunkler Bilder, von denen keines lange genug verharrte, um seinen Inhalt preiszugeben. Er strengte sich noch mehr an, bemühte sich, das *Koach* in das Bewusstsein des Mädchens fließen zu lassen, um damit eine Art von Gegenstrom zu erzeugen. Allmählich verlangsamte sich der Wirbel. Yonathan begann einzelne Szenen wahrzunehmen; zuerst wenige, dann immer mehr. Aus ihnen sprachen Hass, Gewalt und Schmerz. Vor allem der Schmerz, die Qual des Verlustes und des völligen Nichtverstehens dessen, was geschehen war, hatten ihr schließlich den Verstand geraubt.

Yonathan wusste, dass der Geist des Mädchens wieder im Wahnsinn versinken würde, wenn er ihn jetzt losließ. Also entschied er sich für den schwersten Weg: Er nahm ihren Schmerz auf sich.

Der Stab in seiner Hand schien zu brennen. Ja, Yonathan wusste, *dass* er brannte. Er fühlte sich fast an wie ein glühendes Eisen, das man auf die Wunde eines Schlangenbisses drückt, damit sie sich nicht entzünden kann. Wie von fern drangen die Worte seines Ziehvaters zu ihm: »Unterschätze die Erinnerung nicht, Yonathan. Sie ist wie ein zweischneidiges Schwert.« Aber nur dadurch, dass er diesem Mädchen seine schrecklichen Erinnerungen nahm, sie für immer tief in seinem Gedächtnis verwahrte, konnte er ihr helfen.

»Sie kommt zu sich!« Yonathan vernahm undeutlich Yaminas Stimme.

Er hob die Lider, die er unter der großen Anstrengung zusammengekniffen hatte, und schaute in das Gesicht der Braut. Sie sah verunsichert aus, aber tatsächlich: Ihre Augen schienen jetzt klar zu sein.

»Wo bin ich?«, waren die ersten Worte, die das Mädchen hervorbrachte.

Yamina blickte Yonathan verdutzt und fragend an.

»Sie hat vergessen, was geschehen ist«, sagte Yonathan, noch bevor Yamina genauer nachhaken konnte, wie das alles vor sich gegangen war. »Kommt, lasst uns endlich diesem unseligen Ort den Rücken kehren.«

»Ich will endlich wissen, wer du bist!« Yamina hatte die Fäuste in die Seiten gestemmt und erinnerte Yonathan in dieser Haltung sehr an Bithya, wenn sie einen ihrer Ausbrüche hatte.

»Aber ich habe dir doch gesagt, dass ich ...«

»› ... ein Bote des Lichts bin‹«, äffte Yamina Yonathans frühere Antwort nach. »Das glaube ich dir, Yonathan.« Sie klang nun etwas milder. »Wer so wunderbare Dinge vollbringt wie du, der kann kein Diener der Finsternis sein. Aber es ist trotzdem nicht recht, dass du mich behandelst wie ein unwissendes Kind.«

Yonathan warf Gimbar einen hilflosen Blick zu. Doch der grinste nur und zuckte mit den Schultern. »Du brauchst mich gar nicht so anzusehen, Yonathan. *Die* Suppe hast du dir selbst eingebrockt.«

»Vielen Dank. Du bist mir wirklich eine große Hilfe.«

»Keine Ursache. Dazu sind Freunde doch da.«

»Du bist auch nicht besser als er«, fuhr Yamina dazwischen. Gimbar zog erschrocken den Kopf ein. »Ihr beide seid zwei ausgefuchste Halunken, zwei liebe zwar, aber eben doch nur Halunken.«

»Yamina«, begann Yonathan noch einmal eindringlich. »Es ist

zu deinem eigenen Besten. Ich verspreche dir, dass du alles erfahren wirst. Aber nicht jetzt.«

»Wann dann?«

Yonathan holte tief Luft. »Sagen wir in einem Monat. Heute haben wir den ersten Tag des Ab.«

»Ich soll noch bis zum ersten Elul mit euch reiten und nicht wissen, was ihr beide im Schilde führt?«

»Ich möchte nicht, dass es dir so ergeht wie dem Mädchen.«

Yamina schluckte. Ihre Augen sprangen zwischen dem Mädchen, das wieder eingeschlafen war, und Yonathan hin und her.

»Bar-Hazzat wird mit allen Mitteln versuchen unsere Pläne zu durchkreuzen«, fuhr Yonathan schnell fort. »Jeder, der sie kennt und billigt, hat ihn zum Feind. Möchtest du Bar-Hazzat als Feind haben, Yamina?«

Der Widerspruchsgeist der jungen Frau ließ allmählich nach. »Du glaubst wirklich, dass Bar-Hazzat etwas mit dem Gemetzel dort drüben zu tun hat?«

Yonathan nickte. »Ich bin fest davon überzeugt.«

Das war er tatsächlich, auch wenn er glaubte, dass der dunkle Herrscher die beiden Nomadenstämme nicht persönlich gegeneinander aufgehetzt hatte. Es musste mit dem Auge zu tun haben, dem sie täglich näher kamen. Von ihm ging das Unheil aus.

Er konnte sich noch sehr gut erinnern, wie die Angehörigen von Yehsirs Stamm übereinander hergefallen waren, zwar nicht mit Messern und Knüppeln, aber wer konnte schon wissen, wie das Ganze geendet hätte, wenn er damals nicht mit Hilfe des Stabes Haschevet dazwischengegangen wäre.

Hier war er leider zu spät gekommen. Die düsteren Träume der vergangenen Nacht hatten ihn zwar gewarnt, ihm ein Bild des Leids übermittelt, geschaffen aus den Gefühlen Dutzender sterbender Menschen, das wusste er jetzt, aber da war die Tragödie schon geschehen. Als er dem Geist des Mädchens die schmerzlichen Erinnerungen nahm, hatte ihm Haschevet das meiste von dem offenbart, was zwischen den beiden Nomadenparteien vorgefallen war; den Rest hatte er von Yamina und von Lilith, der einsamen Braut, selbst erfahren.

Das Mädchen war achtzehn Jahre alt und gehörte einer Sippe an, die ihre Abstammung von dem Stammesvater Targisch herleitete. Die Targischiter, so wusste Yamina zu berichten, unterschieden sich in einem besonderen Punkt von allen anderen Ostleuten: Sie achteten ihre Frauen. Bei den Nachkommen Targischs wurde nie ein Mädchen gegen seinen Willen verheiratet. Es durfte den Bräutigam selbst wählen oder ihn davonjagen. Letzteres hatte Lilith getan.

Unglücklicherweise hatte ihr Verlobter nicht den Targischitern angehört. Alles war schon lange Zeit vorbereitet gewesen. Am Tag zuvor nun hatten sich die beiden Sippen getroffen, damit zwei Tage später das große Hochzeitsfest beginnen konnte. Als Lilith aber ihren Bräutigam wiedersah, hatte der sich verändert.

Die Bilder aus Liliths Erinnerungen waren zu undeutlich, als dass Yonathan klar hätte erkennen können, was sich zugetragen hatte. Offenbar war der Bräutigam Lilith mit einem Mal hart und überheblich erschienen. Möglicherweise hatte er nun, da ihm die Braut vermeintlich sicher war, sein wahres Ich offenbart. Jedenfalls befürchtete Lilith wohl, dass sie von einem Mann, der selbst kein Targischiter war, wie eine Sklavin behandelt werden würde. Und deshalb hatte sie die Hochzeit abgesagt.

Unter normalen Umständen hätte ein solcher Vorfall zwar zu erheblichen Verstimmungen geführt – die beiden Sippen wären noch am gleichen Tag in zwei unterschiedliche Himmelsrichtungen aufgebrochen, um sich für die nächsten Jahre aus dem Weg zu gehen –, aber man hätte die Entscheidung der Braut respektiert. Selbst die Nicht-Targischiter achteten die Tradition ihrer Brüder, obwohl sie oft genug Witze darüber machten. Aber das, was an diesem Ort vorgefallen war, hätte man bisher als undenkbar angesehen!

Yonathan verstand Yaminas Empörung. Für das Nomadenmädchen zerbrach eine Welt und irgendwie, so glaubte Yonathan, war auch das alte Neschan dabei zu zerfallen. Und alles dank Melech-Arez und seinem Knecht Bar-Hazzat!

Die Nacht hatte sich längst über den Ort des Schreckens

gesenkt. Yonathan stand auf einer Anhöhe, die zwischen den zerstörten Lagern und dem Feuer seiner Gefährten lag. Unten wachte Gimbar. Yamina hatte sich beruhigt und war endlich eingeschlafen. Lilith schlief schon lange – mit sanfter Nachhilfe Yonathans. Er hatte dem Mädchen sagen müssen, dass es seine Sippe vor der Weltentaufe nicht mehr wiedersehen würde, doch er hatte dies sehr schonend getan und das *Koach* wie ein Beruhigungsmittel in ihren Geist geträufelt.

Jetzt war er endlich mit sich allein und starrte auf die Stätte hinab, über der das Schweigen des Todes lag. Selbst im Licht der Sterne glaubte er noch, das Grauen zu sehen. Er fühlte sich persönlich herausgefordert durch dieses Blutbad. Bar-Hazzat wusste, dass der Tag der Entscheidung näher rückte, dass eine Jagd begonnen hatte, welche die Zerstörung seiner Augen, der karminroten Steine des Unheils, zum Ziel hatte. Sie waren der Same, der vor langer Zeit in die Länder des Lichts gepflanzt worden war, um den Geist der Menschen zu vergiften. Und jetzt begannen sie ihren Einfluss auszuüben.

In Yonathans Magengrube braute sich ein Sturm zusammen. Er hatte gelernt, dass seine vollkommene Liebe auch hassen durfte. Und er hasste! Vor den Toten dieses unglückseligen Ortes verfluchte er den Hohepriester des Melech-Arez, all sein Planen und Wirken.

»Du wirst dir hier kein Mahnmal setzen!«, schrie er auf dem Höhepunkt seines Zorns hinaus. »Ich habe dich erkannt, Bar-Hazzat. Du meinst, die Gebeine dieser Toten werden dir die Lebenden gefügig machen. Aber du irrst. Du säst Furcht in die Herzen der Menschen und wirst Auflehnung ernten.«

Dann erhob der siebte Richter den rechten Arm – seine Hand hielt dabei den Stab Haschevet umklammert – und rief: »Ich verfluche dich im Namen Yehwohs. Dieser Ort sei mein Zeuge dafür.«

Nur Yonathans Augen sahen, was dann geschah. Auf dem Schlachtfeld unter ihm loderten zahlreiche Flämmchen empor, kleine blaue Feuerzungen. Schnell nahmen diese übernatürlichen Flammen an Größe zu, flossen zusammen, verbanden sich, und schon wenige Augenblicke später erhob sich eine gewaltige

Feuersäule aus den beiden Lagern. Da, wo eben noch die Dunkelheit geherrscht hatte, schoss eine gleißend blaue Lohe in den Himmel. Sie fraß die Zelte, die Toten, Dolche und Lanzen und schließlich sogar das Erdreich und den blanken Fels.

Noch im Umkreis von mehreren Tagereisen hörten in dieser Nacht vereinzelte Nomadengruppen ein unheimliches Geräusch. Es klang wie das Fauchen einer Furcht erregenden, wilden Bestie, die man niemals hätte aus ihrem Schlaf reißen dürfen.

»So etwas habe ich noch nie gesehen!«, rief Lilith erstaunt. »Es wirkt wie blaues Glas oder ein ultramarinfarbener Edelstein.«

»Nur dass Schmuckstücke dieser Art für gewöhnlich nicht so groß sind wie ein ganzes Nomadenlager«, schränkte Gimbar ein.

»Oder wie zwei kleinere«, entgegnete Yamina, während sie Yonathan fest anblickte.

Der zuckte nur mit den Schultern und meinte: »Die Welt ist voll von unerklärlichen Phänomenen. Dieser Ort würde den Squaks gefallen – sie lieben farbige Naturspektakel!«

»Seltsam«, murmelte Lilith. Obwohl sie sehr leise sprach, wandten sich alle ihr zu. »Die Farbe erinnert mich an mein Hochzeitsgewand. Ich kann mir nicht erklären, warum, aber ich finde Trost, wenn ich auf diese blaue Fläche hinabschaue.«

Yonathan gab Yamina immer neue Rätsel auf. Erst am frühen Morgen hatte er sie überrascht. Niemand außer Lilith hatte in dieser Nacht gut geschlafen, und so waren alle schon in der ersten Dämmerung aufgestanden. Yonathan packte schweigend seine Sachen. Doch plötzlich verkündete er mit ernster Miene: »Lilith soll nicht auf die Almosen anderer angewiesen sein, wenn sie von hier fortgeht. Wer weiß, wie es in diesen Zeiten um das Mitgefühl ihrer Stammesangehörigen bestellt ist. Sag, Yamina, welche Art von Besitz schätzen die Ostleute am meisten?«

»Ihre Herden. Je mehr Pferde jemand hat, umso bedeutender ist er.«

»Das dachte ich mir.« Yonathan nickte. Damit schien das Thema für ihn erledigt zu sein.

Yamina hatte noch gesehen, wie er das Lager verließ und einen seltsam geformten, grün funkelnden Stein in seinen Gürtelbeutel steckte. Doch sie hatte dieser Beobachtung keine besondere Bedeutung beigemessen.

Bald darauf trabte ein Steppenpferd in das Lager und blieb dicht bei Lilith stehen. Wenig später gesellten sich weitere hinzu; erst kamen sie vereinzelt, dann in Gruppen. Es dauerte nicht lange und die Targischiterin war von einer großen Herde struppiger Tiere umgeben. Manche stupften sie wie zur Begrüßung mit ihren weichen Schnauzen, andere blickten sie nur aus großen braunen Augen erwartungsvoll an.

»Es sind die Pferde, die vom Kampfeslärm vertrieben wurden«, sagte Yonathan nach seiner Rückkehr, als sei damit alles erklärt. »Findet ihr nicht, dass sie jetzt Lilith gehören sollten? Sie ist doch sozusagen die Erbin ihrer Sippe, oder?«

Yamina hatte nicht gewusst, was sie davon halten sollte. Genauso ging es ihr jetzt, als sie hörte, wie Lilith Trost aus der Farbe dieses seltsamen gläsernen Steines zog, der den Boden überall dort bedeckte, wo es gestern noch nur Verwüstung gegeben hatte. Irgendetwas hatte Yonathan mit all diesen Vorfällen zu tun, das wusste Yamina. Ein bestimmter Verdacht drängte sich ihr auf. Aber es war sicher noch zu früh ihren geheimnisvollen Begleiter mit dieser Vermutung zu konfrontieren. Ein wenig musste sie noch warten. So beschloss sie, sich zunächst um andere Dinge zu kümmern.

»Und du glaubst wirklich, du wirst den weiten Weg bis zu deinen Verwandten allein schaffen, Lilith?«

Das Mädchen, das sein Brautkleid inzwischen gegen bequeme Reisekleidung eingetauscht hatte, ließ den Blick nachdenklich über die zahlreichen Pferderücken schweifen, bevor es zuversichtlich antwortete: »Ich werde es schaffen, Yamina.« Lilith lächelte sogar. »Es ist seltsam, mir kommt es beinahe vor, als wäre ich die Leitstute dieser Herde, und was noch merkwürdiger ist: Die Pferde scheinen mich auch dafür zu halten.«

Liliths Gedanken waren gar nicht so abwegig. Yonathan hatte den grünen Keim Din-Mikkiths eingesetzt, um die Pferde herbeizurufen und sie ihrer neuen »Führerin« anzubefehlen.

Den Moment des Abschieds umgab eine tiefe Stille. Yamina umarmte Lilith lang und innig; Yonathan und Gimbar beschränkten sich auf Segenswünsche. Alle stiegen zur gleichen Zeit in den Sattel, aber während die Herde sich mit einem mutigen Mädchen an der Spitze in Bewegung setzte, verweilten die zwei jungen Männer und ihre Begleiterin noch. Erst als der letzte Pferdeschweif hinter der nächsten Hügelkette im Osten verschwunden war, brachen sie in Richtung Norden auf. Zurück blieben ein durchscheinender, blau schimmernder Felsen und eine weitere Strophe im Lied der Befreiung Neschans.

VII.
Haschevets Mal

ie Steppe bestimmte vier weitere Wochen den Lebensrhythmus der drei Reiter. Die weit schwingenden Wellen des gräsernen Meers gingen allmählich in topfebenes braunes Grasland über. Die Sommersonnenwende war längst vorüber; es war die Zeit der großen Hitze.

Yaminas eingehende Kenntnis des Landes zahlte sich für die kleine Gemeinschaft aus. Im gleichförmigen Einerlei der verbrannten Steppe entdeckte sie Wasserstellen – manchmal nur Pfützen, dann wieder regelrechte Oasen mit Palmen- und Pinienhainen –, sie kannte den Lauf von Flüssen, die nie das Meer erreichten, und sie wusste, wo sich die Schlupflöcher der Springmäuse und Sandvipern befanden, Delikatessen, an die sich Yonathan nur schwer gewöhnen konnte.

Am Ende der vierten Woche begann das Land leicht anzusteigen. Zuerst sah es so aus, als wollten die welligen Geländeformen das flache Terrain wieder ablösen, doch dann hob sich ein dunkler Streifen aus dem Gras am nördlichen Horizont. Er reichte von West nach Ost, so weit das Auge schauen konnte.

»Der Große Wald«, sagte Yamina ehrfürchtig.

Die drei Reiter zügelten ihre Pferde und es dauerte lange, bis Yonathan sich von dem Anblick losreißen konnte.

»Stimmt es, dass er bis zum ewigen Eis im hohen Norden reicht?«

»Bei uns Ostleuten gibt es nur Legenden darüber. Niemand hat diesen Wald jemals durchquert – jedenfalls keiner, der zurückkam und davon berichten konnte.«

»Ich hoffe, wir müssen nicht weit hinein«, knurrte Gimbar. Yonathan wusste, was seinen Freund beschäftigte. Zu den wenigen Dingen, die Gimbar in Angst und Schrecken versetzten, gehörten der Aufenthalt in großen Höhen und das Gefühl des Eingeschlossenseins. Die Vorstellung, in einem riesigen dunklen Wald herumirren zu müssen, reizte ihn daher wenig.

»Nach der Textpassage in *Trällers Enzyklopädie*«, lenkte ihn Yonathan deshalb schnell ab, »dürfte das Tausend-Seen-Land gleich hinter dem Waldrand liegen.«

»Ich hoffe, unsere Squaks sind ebenso gute Geographen wie Farbenkenner.«

»Yonathan hat Recht«, beruhigte Yamina den Expiraten. »Wenn wir morgen den Großen Wald erreichen, dann sind wir auch schon im Land des Drachen.«

»Wie weit müssen wir in den Wald vordringen, um an den Akeldama-See zu gelangen?«, erkundigte sich Yonathan.

»Das kann ich nicht genau sagen. Den Erzählungen meiner Mutter zufolge könnten wir *Har-Liwjathan* vielleicht in drei oder vier Tagen erreichen.«

»So bald schon?«, entfuhr es Gimbar.

»Wir sind seit dreieinhalb Monaten unterwegs«, meinte Yonathan. »Ich finde, das reicht.«

»Es ist immer zu früh, wenn man von einem Drachen gefressen wird.«

»Gut, dass du das Thema Zeit anschneidest, Yonathan.« Yaminas Lippen umspielte ein Lächeln. »Heute ist der erste Tag des Elul. Erinnerst du dich?«

»Ich besitze ein besseres Gedächtnis, als du vielleicht denkst.«

»Du hast mir vor einem Monat versprochen heute dein Geheimnis preiszugeben.«

Yonathan atmete tief durch. »Du kannst dich auf mein Wort verlassen. Ich habe nur eine Bitte: Lass uns damit warten, bis wir heute Abend unser Lager aufgeschlagen haben. Vielleicht fällt die Erklärung umfangreicher aus.«

Yamina hielt Yonathans ernstem Blick lange stand. »Na gut«, gab sie schließlich nach. »Heute Abend.«

Als die Sonne gerade am westlichen Horizont versank, erreichten die Gefährten ein kleines Wäldchen, ein erster Vorbote des Großen Waldes. Schnell hatte man eine geschützte Lichtung ausfindig gemacht, die sich hervorragend als Nachtlager eignen würde.

Yamina bewies ihre Ortskenntnis einmal mehr: »Hier gibt es einen herrlichen Teich mit smaragdgrünem Wasser. Ihr kümmert euch um das Lager und ich werde baden gehen. Soweit ich mich erinnere, ist Gimbar heute mit Kochen dran. Bis bald, meine tapferen Besitzer.«

»Fürchterlich. Sie hat fast so ein gutes Gedächtnis wie du«, brummte Gimbar, nachdem Yamina hinter einer grünen Wand aus Bäumen und Büschen verschwunden war.

»Dein Jammern wird dir nichts nützen«, erwiderte Yonathan schmunzelnd. »Am besten, du schiebst deine Pflichten gar nicht erst auf – du weißt ja, wie ungehalten Yamina werden kann, wenn man ihre Ratschläge missachtet.«

Gimbar warf die Hände in die Luft. »Ich wusste, dass du kein Mitleid mit mir haben würdest!«

Während Gimbar trockenes Holz sammelte und ein Feuer in Gang brachte, versorgte Yonathan die Pferde. Um die Hände frei zu haben, steckte er den Stab Haschevet einfach in den weichen Waldboden. Als er ihn nach getaner Arbeit wieder herauszog, war es bereits zu spät.

»Keine Bewegung! Rührt euch nicht von der Stelle!«, befahl eine Stimme, deren Besitzer in dem Grün der Sträucher des Wäldchens nicht zu entdecken war.

Gimbar war viel zu erschrocken, um die Warnung zu beachten. Erst ließ er das Kochgeschirr fallen und dann suchten seine Augen das dichte Grün der umliegenden Büsche ab. Er wirkte wie eine zum Sprung bereite Raubkatze. Schon wollte er eine seiner »Krallen« zum Vorschein bringen, da meldete sich die Stimme aus den Sträuchern wieder.

»Wenn dir etwas an deinem Leben liegt, dann lass deinen Dolch schön stecken, wo er ist, Fremder. Glaub mir, das ist gesünder für dich.«

Das *Koach* verriet Yonathan, wo sich der unsichtbare Sprecher verbarg. Er wandte sich um, blickte direkt auf einen bestimmten Busch im nahen Dickicht und rief laut: »Ihr könnt ruhig herauskommen. Von Angesicht zu Angesicht spricht es sich leichter, findet Ihr nicht auch?«

Nach kurzem Zögern antwortete es aus dem Strauchwerk: »Scheinst außergewöhnlich gute Ohren zu haben, Jüngling.« Äste bewegten sich und wenig später schob sich ein gut genährter Ostmann zwischen den Blättern hervor. Er war mindestens sechseinhalb Fuß groß. Von zwei breiten Lederriemen abgesehen, die seine Bizepse umspannten, war sein Oberkörper unbekleidet. Aus seinem sonst kahl geschorenen Schädel wuchsen an scheinbar zufälligen Stellen zwei Pferdeschwänze heraus. Jeder der beiden geflochtenen Haarstränge maß mehr als eine Elle.

Yonathan spürte, dass der Nomade, der einen langen Krummdolch in der Hand hielt, ausgesprochen nervös war. Deshalb verzichtete er auf die bei den Stämmen übliche Art der Begrüßung und wählte stattdessen die allgemeingültige Form.

»Aller Friede Neschans sei mit Euch. Mein Name ist Yonathan, und wer seid Ihr?«

»Brauchst gar nicht so stinkfreundlich zu tun, Junge. Ich seh doch, dass dir die Angst in den Knochen sitzt.«

Yonathan lächelte. »Vielleicht würde ja Eure Wortwahl ein wenig anders ausfallen, wenn Ihr nicht noch sechs Gefährten bei Euch hättet, denen gleich die Beine einschlafen werden, wenn sie noch länger mit ihren gespannten Bogen im Gebüsch knien müssen. Es sind doch sechs? Ihr dürft mich gerne korrigieren ... Wie sagtet Ihr noch, ist Euer Name?«

Der Ostmann schien zunächst verunsichert zu sein. Doch Yonathans Offenheit erzielte bei ihm nicht die gewünschte Wirkung. Mit misstrauisch zusammengekniffenen Augen erwiderte er: »Hast ungewöhnlich scharfe Sinne für jemanden aus der Zentralregion, aber damit beeindruckst du mich nicht.« Und in Richtung der Büsche fügte er die Aufforderung hinzu: »Ihr könnt rauskommen. Er hat euch sowieso schon gesehen.«

Yonathan hatte richtig gezählt. Ihm und Gimbar standen

schließlich sieben Ostleute gegenüber, von denen sechs mit Kurzbögen bewaffnet waren. Abgesehen von Körpergröße und -umfang, waren alle ziemlich ähnlich hergerichtet: bezopftes Haupt, freier Oberkörper, breite Krummdolche im Gürtel.

»Wenn ich die nach Hause zum Essen mitbrächte, würde mir Schelima aber ordentlich die Meinung sagen«, flüsterte Gimbar Yonathan zu.

»Ich hoffe, Yamina bemerkt sie rechtzeitig und hält sich versteckt«, entgegnete Yonathan leise.

»Wenn ihr etwas zu sagen habt, dann tut es laut«, blaffte der Wortführer der wild aussehenden Truppe Yonathan an. Schon war er bei dem Stabträger und fuchtelte mit dem Dolch vor dessen Nase herum.

Die Gabe des *Gefühls* alarmierte Yonathan. Dieser Ostmann mimte zwar nach außen den Überlegenen, aber seine innere Unsicherheit machte ihn gefährlich.

»Ihr solltet ein wenig vorsichtiger mit Eurem Messer umgehen«, sprach Yonathan beruhigend auf den Hünen ein. Instinktiv suchte nun auch seine linke Hand den Stab Haschevet.

»Ich sagte dir doch, rühr dich nicht!«, fauchte der Dolchschwinger. »Sonst muss ich dir die Kehle durchschneiden, noch ehe du mir verraten kannst, was euch beide hierher führt.«

Jedes Wort war ernst gemeint. Das fühlte Yonathan. Auch wenn ihm dieses Verhalten keineswegs angemessen schien. Die kampferprobten Ostmänner waren für ihre Unerschrockenheit bekannt. Es stand sieben gegen zwei. Warum hatten sie nur solche panische Angst?

Yonathans Geist nahm beunruhigende Signale wahr: Der Riese stand im Begriff durchzudrehen. Gerade gelangte er zu der Einsicht, dass es wohl das Beste sei, die beiden unberechenbaren Fremden in zwei berechenbare Leichen zu verwandeln.

Einen Herzschlag lang kämpfte Yonathan mit sich selbst. Warum mussten sie gerade jetzt diesen Wirrköpfen in die Arme laufen? So dicht vor dem Ziel! Von einem Augenblick auf den anderen konnte alles zunichte sein, ihr Leben ausgelöscht und die Lösung der großen Aufgabe auf ewig verhindert. Eine unbändige Wut brandete in ihm auf. Wie einfach wäre es doch das Feuer Haschevets auf diese Tölpel herabzurufen und sie in sieben graue Häuflein Asche zu verwandeln!

Aber dann formten sich Worte in seinem Geist: »Achte stets alles Leben.« Sein Vater hatte ihn das gelehrt. »Bekämpfe nie das Böse mit dem Bösen, sondern besiege es mit dem Guten«, hatte ihn einst Benel im heimatlichen Kitvar ermahnt. Und: »Bar-Hazzat versteht es, Dummheit, Stolz oder Machtgier in Hörigkeit zu verwandeln. Wer sich ihm ausliefert, der kann jede Kontrolle über den eigenen Willen verlieren.« Goels letzte Lektion.

Die Erinnerung an diese eindringlichen Warnungen wirkte reinigend. Yonathan schüttelte den dunklen Bann aus falschem Zorn und Überheblichkeit ab, der ihn zu umfangen drohte. So schnell würde er sich nicht vor Bar-Hazzats Auge geschlagen geben.

Doch Yonathan musste handeln. Der Ostmann ihm gegenüber war nun soweit, seinen wirren Entschluss in die Tat umzusetzen. Etwas in ihm verlangte nach Blut. Einen Herzschlag lang verharrte er aufs höchste angespannt. Dann entlud sich seine unheilvolle Energie: Eine dolchbewehrte Hand schnellte in die Höhe und – blieb abrupt in der Luft hängen.

Yonathan hatte keine Zeit gehabt sich eine schonendere Methode auszudenken. Der Nomade starrte ihn aus weit aufgerissenen Augen an. Blankes Entsetzen hatte ihn gelähmt. Was er sah – zu sehen glaubte –, war die Verwandlung eines harmlosen Jünglings in eine alptraumhafte Bestie, ein zwanzig Fuß langes Wesen, eine grässliche Mischung aus Tiger, Fisch und Krokodil. Ein gewaltiges Maul, in dem zwei Reihen spitzer Zähne prangten, öffnete sich vor dem verängstigten Mann.

Der Steppenkrieger vergaß sein Vorhaben, ließ den Dolch fallen und taumelte benommen rückwärts. Seine Gefährten waren ebenfalls zurückgewichen; auch sie hatten das Untier gesehen, das sich nun wieder in einen dunkelhaarigen, freundlich lächelnden jungen Mann verwandelte.

»Wer seid Ihr?«, stammelte der Anführer.

»Du warst schon immer ein dummer Tropf, San-Yahib«, antwortete eine Frauenstimme, noch ehe Yonathan zum Zuge kommen konnte. »Siehst du nicht den Stab in seiner Hand? Er ist Geschan, der siebte Richter von Neschan.«

Neun Köpfe flogen herum. Ein bildhübsches Mädchen mit mandelförmigen Augen und nassen Haaren stand am Rande der Szene und wirkte ein wenig verärgert.

»Yamina!«, krächzte Yonathan verblüfft. Er musste sich räuspern, um seine Sprache wiederzufinden. »Seit wann weißt du ...?«

»Sagen wir, seit Ihr vor einem Monat das Lager der Tirgischiter in einen Ultramarinfelsen verwandelt habt.«

»Er hat was ...?«, keuchte einer der Ostleute und sackte kraftlos zu Boden.

»Na ja«, fügte Yamina hinzu, »wenn ich ehrlich bin, war es zunächst nur ein Verdacht. Aber Eure Reaktion zeigt mir, dass ich wohl Recht habe. Nicht wahr, ehrwürdiger Richter?«

Yonathan hatte den Eindruck, Yaminas elegant ausgeführte Verbeugung sei mehr spöttisch als ehrerbietig gemeint. »Du kannst dir diese förmliche Anrede sparen«, brummte er.

»Wie du willst, mein Besitzer.«

Yonathan ignorierte sie und wandte sich missgelaunt wieder den Ostleuten zu. »Wie geht's jetzt weiter? Wollt ihr uns immer noch umbringen?«

»Das habe ich nie gesagt«, verteidigte sich der Hüne.

»Nein, nur vom Kehledurchschneiden war die Rede. Aber lassen wir solche Haarspaltereien. Ihr sieben seid doch sicher nicht allein. Wo ist eure Sippe?«

»Nicht weit. Wir sind die Vorhut«, erwiderte der Ostmann knapp.

»Wenn sie sich nicht bald melden, dann sind die anderen gewarnt«, fügte Yamina hinzu. Sie hatte sich vor dem Großen aufgebaut und reckte ihm herausfordernd ihr Kinn entgegen.

»Das solltest du lieber lassen, Yamina«, knurrte der.

»Und warum?«

»Weil du deine eigene Familie verrätst.«

»Dein Gehirn scheint noch weiter geschrumpft zu sein, seit wir uns das letzte Mal gesehen haben, San-Yahib. Man kann seine Familie nur an Feinde verraten, aber nicht an Freunde.«

»Wer ist der Grünschnabel überhaupt?«

»Das habe ich dir bereits gesagt.«

»Geschan?«

»Du kannst dich also daran erinnern. Alle Achtung!«

»Er ist noch ein Junge.«

»Das ist es, was man sich vom siebten Richter erzählt.«

»Warum bist du nicht bei Fling?«

»Er hat mich verloren.«

»Mädchen verliert man nicht so einfach.«

»Sag das mal deinem Onkel.«

»Red nicht so respektlos von deinem Vater.«

»Er hat mich an Fling verschachert. Das vergesse ich nicht.«

»Und wie kommst du wieder hierher?«

»Der ›Grünschnabel‹, wie du ihn nennst, hat mich gewonnen.«

»Jetzt hast du dich selbst verraten. Der Richter von Neschan würde niemals um Mädchen spielen.«

»Du hast nichts als getrocknetes Steppengras im Kopf, San. Er wollte mich befreien. Nur deshalb hat er sich mit Fling eingelassen. Das ist edel. Die neschanischen Richter sind so. Aber das kannst du ja nicht wissen.«

»Na, ihr habt euch ja sehr gern!«, warf Gimbar ein. Er und Yonathan hatten fasziniert dem Dialog der beiden gelauscht.

»Du scheinst diese Leute gut zu kennen«, bemerkte Yonathan.

Yamina lachte kurz auf – ohne dabei den Hünen aus den Augen zu lassen. »San-Yahib ist mein Vetter.«

Gimbar stöhnte. »Bist du eigentlich mit allen Leuten auf dieser großen Wiese verwandt?«

»Mit fast allen. Wieso?«

»Schon gut. War nur so eine Frage.«

Yonathan wurde allmählich ungeduldig. »Wir können ja hier auf die Ankunft der Sippe warten, aber die Kundschafter sollten jetzt aufbrechen. Ich möchte nicht, dass man falsche Schlüsse zieht und die Lichtung mit Pfeilen eindeckt, bevor sich jemand hertraut.«

Er bemerkte ein seltsames Aufblitzen in San-Yahibs Augen, aber ehe der gewichtige Ostmann zustimmen konnte, mischte sich Yamina ein.

»Unter uns Ostleuten ist es Sitte Besucher ein Stück Weges zu begleiten. Da wir zuerst hier waren, sollten wir unseren Pflichten nachkommen, Geschan.«

Etwas in Yaminas Stimme ließ Yonathan aufhorchen. Als er in ihre Augen sah, reagierte er sofort.

»Also gut. Wir wollen Eurer Auffassung von Gastfreundschaft natürlich die gebührende Ehre erweisen, guter San-Yahib. Deshalb werden wir Euch noch eine Weile Gesellschaft leisten.«

»Was hat die armen Kerle eigentlich so erschreckt? Hast du wieder ihre Dolche und Bogen in Brand gesetzt?«

Yonathan blickte Gimbar geistesabwesend an.

»Warum haben die Zopfträger sich so überstürzt entschieden uns doch nicht aufzuschlitzen?«

Die von Gimbar erwähnten Ostleute ritten hundert Fuß voraus. Sie waren schlecht gelaunt und flüsterten miteinander.

In Yonathans Kopf hatte sich eine Idee eingenistet. Seit sie aufgebrochen waren, hatte sie ihn ganz mit Beschlag belegt. Deshalb antwortete er knapp, fast unwillig: »Ich habe ihnen ein Tier gezeigt, ein Wasserwesen, das uns einmal im Verborgenen Land begegnete, als Din-Mikkith ein paar Fische fing, weil Yomi kein Grünzeug mehr essen wollte.«

»Du meinst, es gibt wirklich Geschöpfe, die solche wilden Burschen derart erschrecken können?«

»Es gibt noch viel schlimmere Wesen, Gimbar. Ich schätze, wir sind gerade auf dem Wege zu einem.« Yonathan wendete den Oberkörper Yamina zu. »Warum war es dir überhaupt so wichtig, dass wir deinen Bekannten da vorn Gesellschaft leisten? Hätten wir die Sippe nicht ebenso gut auf der Lichtung erwarten können?«

Yamina lächelte. »Du musst noch viel lernen, Geschan – vor allem über unsere Gesetze der Gastfreundschaft.«

»Ich glaube, das musst du mir genauer erklären.«

»Wenn wir im Wäldchen auf die Sippe meines Onkels gewartet hätten, müssten sie sich uns gegenüber nicht verpflichtet fühlen. Möglicherweise hätten sie uns sogar als Feinde betrachtet und angegriffen.«

»Und wenn wir mitten in ihre Reisegesellschaft platzen, ist das nicht der Fall?«

»Dann sind wir ihre Gäste. Sie müssen uns für mindestens eine Nacht aufnehmen, uns Nahrung und eine Schlafstatt anbieten. So verlangt es das Gesetz.«

»Ich muss zugeben, diese Einrichtung hat durchaus praktische Vorteile«, warf Gimbar ein.

Yonathan zupfte sich nachdenklich am Ohrläppchen. Nach einer Weile lächelte er zufrieden. »Erzähl mir mehr über die Gesetze eurer Gastfreundschaft, Yamina.«

Die große Feuerstätte im Zentrum des Nomadenlagers warf bizarre Schatten an die umstehenden Zelte. Außerhalb des Lichtkreises hatte die mondlose Nacht alles in tiefe Dunkelheit getaucht. Es war beinahe Mitternacht, aber niemand schlief.

Dem Feuer am nächsten saßen die Ältesten. Es folgte ein Kreis mit den männlichen Sippenmitgliedern und ein weiterer mit den Frauen und Kindern. Yonathan, Gimbar und Yamina waren in den ersten Ring geladen worden – die beiden Gefährten als stille Zuhörer, das Mädchen als Zeugin.

Der Rat tagte bereits seit zwei Stunden über den einen Punkt: Was sollte mit Yamina und den beiden Fremden geschehen?

Wie von ihr vorausgesagt, wollte man Gimbar und Yonathan die Gastfreundschaft der Sippe gewähren – für eine Nacht. Sandai Yublesch-Khansib persönlich hatte das Gesetz bestätigt. Der Zusatz »Khansib« nach dem Hauptnamen stellte eigentlich einen Titel dar und bedeutete so viel wie »Ehrenwerter Khan«. Der Onkel Yaminas war eine imponierende Erscheinung: Von der Statur her wie sein Drittgeborener, San-Yahib, verfügte er als Einziger seiner Sippe über drei ansehnliche Zöpfe, graue Pferdeschwänze, die den Schweifen seiner stolzen Steppenhengste an Länge und Fülle kaum nachstanden. Er war ungefähr fünfzig

Jahre alt, dynamisch veranlagt und besaß ein gehöriges Maß an Klugheit, um nicht zu sagen Listigkeit.

Als der Ehrenwerte Khan sich nun erhob, sah er sehr ernst und würdevoll aus.

»Yonathan«, begann er umständlich, »der Ihr Euch Geschan, siebter Richter von Neschan, nennen lasst, hört nun unser Urteil.«

Yonathan kannte es natürlich schon, er hatte ja der bisherigen Debatte zugehört.

»Wir, der Rat der Ältesten, haben beschlossen, Euch und Eurem Gefährten, der sich Gimbar, Sohn Gims, nennt, bis morgen früh unsere Gastfreundschaft zu gewähren. Danach können wir Euch unseren Schutz nicht mehr garantieren. Ihr wisst, in welcher Lage sich unsere Sippe befindet: Wir leben am Rande des Drachenlandes, weil wir das geringere von zwei Übeln gewählt haben. Es ist viel Blut unter den Sippen geflossen; Yaminas Aussage belegt unsere eigenen Erfahrungen nur. Wir glauben, dass wir in diesen unheilvollen Zeiten hier, nahe am Drachenberg, noch am ehesten überleben können. Die meisten Ostleute fürchten das Ungetüm und meiden daher diese Gegend – wir sind hier also vor den Angriffen unserer feindseligen Brüder sicher. Zwar ist auch der Drache nicht ungefährlich, aber als wir vor vier Wintern schon einmal durch das Grenzgebiet des Großen Waldes zogen, stellten wir fest, dass diese Gefahr berechenbar ist, solange man sich vom Akeldama-See fernhält. Damals im Frühjahr sandte ich einen unserer Kundschafter zum *Har-Liwjathan*, dem Drachenberg, um festzustellen, ob der Drache dort noch sein Unwesen treibt. Als er zurückkam, schien er den Verstand verloren zu haben. Es dauerte sechs Wochen, bis wir aus ihm herausbrachten, was er dort gesehen hatte. Am Drachenberg geht Unheimliches vor sich. Der Wald ringsum ist tot, es gibt keine Tiere mehr und des Nachts leuchtet der Himmel über dem Berg in einem roten Licht. Ich persönlich glaube, dass der Wahnsinn, der jeden in der Ostregion zu übermannen scheint, mit diesem Berg zusammenhängt. Aber mir fehlen die Beweise dafür. Wir selbst spüren die Veränderungen natürlich ebenfalls. Die Menschen in unserer Gemeinschaft sind gereizt, ruhelos, es gibt häufig Streit. Aber niemand trachtet dem anderen nach dem Leben. Vermutlich hängt es mit der Geschichte unserer Sippe zusammen, dass sie dem Fluch des Berges widersteht – fast jedenfalls.«

Yonathan hätte gerne gefragt, von welcher Geschichte Sandai Yublesch-Khansib sprach, aber die Höflichkeit dem Sippenführer gegenüber verbot es, ihn zu unterbrechen. Außerdem kam der Khan nun endlich zur Sache.

»Ihr werdet also verstehen, dass wir niemandem trauen können, der nicht aus unserer Sippe stammt – ausgenommen Yamina natürlich, die auch das Zeichen trägt. Der Umstand, dass Ihr einen Stab bei Euch habt, der dem des Richters erstaunlich ähnlich ist, und dass Ihr übernatürliche Gaben besitzt, sprechen nicht wirklich für Euch. Der Stab könnte eine Fälschung und Eure Macht die des dunklen Herrschers sein, gerade hier, so nahe beim Berg. Es tut mir Leid. Wir können das Risiko nicht eingehen. Ihr müsst uns morgen verlassen.«

Sandai Yublesch-Khansib winkte einer Gruppe bewaffneter Krieger zu, die den »Gästen« helfen sollten ihr Nachtlager zu finden. Er wollte sich gerade wieder setzen, als Yonathans Stimme ihn davon abhielt.

»Einen Moment noch, Khansib.«

»Das Urteil ist gesprochen. Es gibt nichts mehr zu sagen.«

»Ich glaube doch.«

»Hüte dich davor, unser Gastrecht zu entehren …«

»Entschuldigt, wenn ich Euch unterbreche, Ehrenwerter Khan. Aber gibt es bei Euch nicht ein Gesetz, das jedem unbegrenztes Gastrecht gewährt, der Euren stärksten Mann in einem Wettstreit mit den Prachtdolchen besiegt?« Yonathan verharrte kurz und setzte dann um einiges förmlicher hinzu: »Wenn dem so ist, will ich diese Gunst für meinen Begleiter und mich erstreiten und wen immer Ihr erwählt zum Kampfe fordern.«

Der Khan zögerte. Er warf dem Sippenältesten – seinem eigenen Vater, der vor einiger Zeit die Führung an seinen Sohn abgetreten hatte – einen fragenden Blick zu.

Der Greis ergriff selbst das Wort. »Ihr kennt Euch in unseren

Sitten und Gebräuchen erstaunlich gut aus, junger Mann.« Der Alte hatte kaum noch Zähne im Mund und war sehr schwer zu verstehen. »Die Prachtdolche sind das Symbol unserer Ehre. Wer den Dolchkampf verliert, büßt auch seine Ehre ein, und er kann sie nur zurückgewinnen, indem er dem Bezwinger unbegrenzte Gastfreundschaft gewährt. Das Sippengesetz verlangt, dass bei dem Zweikampf kein Blut vergossen wird. Wer es dennoch tut, hat verloren. Nur die Geschicktesten werden sich überhaupt auf einen solchen Wettstreit einlassen.«

Der alte Mann fand offenbar Gefallen an dem Thema, denn nun begann er sämtliche Regeln und Ausnahmen aufzuzählen, durch die einer der beiden Kämpfer entweder disqualifiziert oder zum Sieger werden konnte.

»Sind das ähnliche Spielchen wie die, bei denen man eine Tischplatte demoliert, indem man eine Messerspitze zwischen die gespreizten Finger hackt?«, erkundigte sich Gimbar leise bei Yonathan.

»Du scheinst dich ja in diesen Dingen gut auszukennen.«

Gimbar zuckte die Schultern. »Die Winternächte in Kartan waren oft sehr eintönig.«

Yonathan musste unwillkürlich an ein Erlebnis aus seiner Kindheit auf der Erde denken. Als kleiner Junge hatte er einmal im Zirkus einen bärtigen Mann bestaunt, der eine ganze Batterie von Messern auf eine hübsche Dame warf und dem es, wie er sich damals wunderte, trotz seiner offensichtlichen Geschicklichkeit kein einziges Mal gelang, sie zu treffen. Die Dame schien darüber nicht unglücklich gewesen zu sein.

In diesem Moment war der Stammesälteste bei einer Regel angekommen, die Yonathan bereits erwartet hatte: »... darf der Herausforderer entweder seinen Gegner oder die Art des Wettstreits bestimmen ...«

»Wenn Ihr erlaubt, Ehrwürdiger«, unterbrach er den Monolog des Alten, »möchte ich festlegen, wie und mit welcher Waffe die Partie ausgetragen werden soll.«

»Nun denn, so sei es!« Khan Yublesch hatte sich das Wort zurückerobert und erntete dafür einen wütenden Blick seines Vaters. Eine offizielle Herausforderung konnte er gemäß den Stammesgesetzen nicht ablehnen, auch wenn er sich von Yonathan überrumpelt fühlte.»Morgen früh zur zweiten Stunde soll entschieden werden, wer geschickter mit dem Dolch umgehen kann. Bis dahin werden wir unsere Gäste in ihrem Zelt beschützen.« Der Sippenführer blickte Yonathan direkt ins Gesicht, als er in leise drohendem Ton hinzufügte:»Und solltet Ihr gewinnen, dann werdet Ihr diesen Schutz weiterhin genießen, bis Ihr seiner überdrüssig werdet und freiwillig weiterzieht.«

»Was hat er damit gemeint, er will uns ›beschützen‹, solange wir bei ihnen sind?«

»Das ist doch nun wirklich nicht schwer zu verstehen, Gimbar.« Yaminas Tadel klang beinahe echt.»Wenn Geschan gewinnt, dürft ihr zwar bei der Sippe bleiben, aber seid trotzdem nicht frei. Sie trauen euch beiden nicht. Deshalb werden sie euch auf Schritt und Tritt begleiten.«

»Na, das sind ja rosige Aussichten!«

»Es wäre schön, wenn du mich nicht immer Geschan nennen würdest, Yamina.« Yonathan hatte die Inspektion des geräumigen Zeltes abgeschlossen und sich nun wieder seinen Freunden zugewandt.

»Aber du bist doch Geschan.«

»Das stimmt schon, doch gibt es zu viele Ohren, die mit diesem Wissen nur Unheil anrichten würden – nicht hier natürlich, aber anderswo. Bleib also lieber bei Yonathan.«

»Wie du willst, mein Besitzer.«

»Und diese seltsame Unterwürfigkeit lässt du besser auch. Ich habe dich freigegeben. Du kannst gehen, wohin du willst.«

»Das kann ich nicht. Zumindest nicht hier. Ich muss bei dir im Zelt schlafen, weil ich dir gehöre. Andernfalls würde man denken, du hättest mich fortgeworfen wie einen alten Steigbügel. Man würde mich ins Frauenzelt stecken und bei nächster Gelegenheit meinem Vater überstellen. Du kannst dir ja denken, wie es dann mit mir weiterginge.«

»Heißt das, sie wird mit uns in einem Zelt schlafen?«, entrüstete sich Gimbar.

»Wenn ich dich daran erinnern darf: Ich schlafe seit sechs Wochen bei euch.«

»Ja, aber das war unter freiem Himmel. Was wird Schelima von mir denken, wenn sie erfährt, dass …«

»Gimbar«, fiel Yonathan dem Freund ins Wort. »Lass es gut sein. Niemand wird deine Ehre in Frage stellen. Außerdem schlafen wir sowieso alle in unserer verstaubten Reisekleidung. In der wirkt selbst Yamina so betörend wie eine Pferdedecke.«

»Vielen Dank, du verstehst es wirklich einer Frau Komplimente zu machen«, schnaubte Yamina. Ihre Hände waren zu Fäusten geballt und Yonathan konnte nicht mit Bestimmtheit sagen, ob sie nicht im nächsten Augenblick auf ihn losgehen würde. Sie öffnete noch einmal den Mund, um etwas zu sagen, heraus kam aber nur ein Zischen. Dann fuhr sie herum und stürmte aus dem Zelt.

Yonathans Finger seiner rechten Hand suchten nervös einen Halt, bis sie sein Ohrläppchen fanden. »Ich glaube, ich muss mich bei ihr entschuldigen. Der heutige Abend war ein bisschen aufreibend. Irgendwie habe ich nicht den richtigen Ton getroffen.«

»Frauen haben ein sehr gutes Gehör – aber das lernst du noch.«

»Hoffentlich. Ich weiß noch, wie Bithya am Abend, bevor wir aus *Gan Mischpad* abreisten …« Yonathan stockte. »Glaubst du, Yamina macht sich irgendwelche Hoffnungen? Ich meine …«

Ein breites Grinsen lag auf Gimbars Gesicht. »Wenn du mich so fragst: Sie scheint dich wirklich etwas mehr zu mögen als mich.«

»Aber wie …?«

»Sie hat dich schlechter behandelt als mich.«

»Ach so.« Yonathan sah ein wenig ratlos aus.

»Vielleicht solltest du dir für Bithya schon mal eine passende Erklärung ausdenken.«

»Red nicht solchen Unsinn, Gimbar! Ich liebe Bithya. Und ich habe nichts getan, was Yamina veranlassen könnte sich irgendwelche Hoffnungen zu machen.«

»Wenn du meinst.«

Yonathan kratzte sich am Kopf. »Frauen sind wirklich schwierige Geschöpfe.«

»Geheimnisvolle, Yonathan. Sag lieber, geheimnisvolle.«

Irgendwann – es waren einige Stunden vergangen – schlich Yamina ins Zelt und rollte sich in ihre Decken. Yonathan spürte, dass sie nicht einschlafen konnte. Aber er brachte es nicht fertig sie anzusprechen. In seinem Kopf schwirrten zu viele Gedanken herum. Er wusste ganz genau, dass er keinen zusammenhängenden Satz herausbringen würde, wenn er jetzt ein klärendes Gespräch anfing.

Als dann der Morgen graute, hatte er kaum eine Stunde geschlafen. Er fühlte sich zerschlagen, nicht gerade in idealer Verfassung für einen wichtigen Tag. Wenigstens seinen Kopf aber musste er frei haben.

Etwas ungeschickt kroch er zu Yamina, die sich ins äußerste Ende des Zeltes verzogen hatte. Ihr Gesicht war der Zeltplane zugewandt. Er legte ihr eine Hand auf die Schulter und schüttelte sie vorsichtig.

Sie rührte sich nicht. Also war sie wach.

»Yamina.«

»Lass mich schlafen.«

»Ich muss dir etwas sagen.«

Sie blieb ruhig liegen.

»Ich möchte mich bei dir entschuldigen«, gestand er ihrem Rücken.

»Gut. Das hast du ja jetzt getan.«

»Ich muss dir aber noch etwas sagen.«

Endlich drehte sie sich um. In ihren schwarzen Augen funkelte es.

»Ich mag dich, Yamina. Ich möchte, dass du meine Freundin bist, aber nicht mehr.«

Abrupt drehte sie sich wieder zur Zeltwand hin. Yonathan hörte ein Schluchzen.

»Es gibt da ein Mädchen, das ich sehr liebe.«

»Dann werde glücklich mit ihr, Geschan.«

»Wenn ich dich zuerst getroffen hätte, wäre vielleicht alles ganz anders gekommen. Ich mag dich wirklich, Yamina.« Yonathan biss sich auf die Zunge. Warum war es nur so schwer sich mit einem Mädchen zu unterhalten?

Yaminas ganze Aufmerksamkeit galt der Zeltplane. Sie schwieg.

Mit seltsam schweren Gliedern schlich sich Yonathan aus dem Zelt. Er fühlte sich erleichtert, auch wenn das Gespräch anders als erwartet ausgefallen war.

Draußen traf er auf Gimbar. In etwas größerem Abstand vom Zelt saßen einige Wachen am Boden, die sehr übernächtigt aussahen.

»Was hat sie gesagt?«

»Woher willst du wissen, dass ich mit ihr gesprochen habe?«

»Yonathan. Wir kennen uns nicht erst seit gestern. Hast du vergessen, dass ich die Narbe, das Adlergesicht, auf der Brust trage? Du hast mir das Mal Haschevets aufgedrückt, als du mich vom Tode auferwecktest.«

»Ich vergesse gar nichts ...« Yonathan seufzte. »Entschuldige. Ich bin nervös und gereizt. Vielleicht ist es Bar-Hazzats Auge.«

»Mag sein. Aber ich glaube eher, dass du etwas mehr Schlaf brauchst. Und nervös bist du wahrscheinlich, weil du gleich gegen den uns schon bekannten Riesen antreten wirst.«

»San-Yahib? Woher weißt du ...?«

Gimbars Nasenspitze zuckte. »Ich konnte auch nicht besonders gut schlafen. Deshalb habe ich mich etwas umgehört. Du weißt doch, dass man mir nachsagt, ich sei sehr geschickt im Auskundschaften.«

»Ja, allerdings.« Jetzt, nachdem er mit Yamina gesprochen hatte, konnte Yonathans Verstand wieder ungehindert arbeiten.

»Warum bist du eigentlich so wild darauf, diesen Wettstreit auszufechten?«, fragte Gimbar. »Erst konntest du nicht früh genug diesen Drachenberg finden und jetzt, so scheint es, willst du dich bei diesen Ostleuten häuslich einrichten.«

»Dafür gibt es einen einfachen Grund: Die Angehörigen dieser Sippe kennen die Gegend rund um den Akeldama-See so gut wie niemand sonst.«

»Vom Drachen einmal abgesehen.«

»Stimmt. Wir müssen uns wohl mit dem Gedanken anfreunden, dass dieser Wächter des Auges nicht bloß eine Gestalt aus den Legenden ist. Wenn es uns gelingt, das Vertrauen dieser Leute zu gewinnen, dann werden wir sicher auch einige Führer finden, die uns zum Drachenberg bringen. Ich gehe davon aus, dass wir mit dieser Hilfe den Zeitverlust leicht wieder aufholen werden.«

»Vorausgesetzt, du gewinnst deinen Zweikampf. Ich weiß zwar, dass du ein fürchterlich gutes Gedächtnis hast, Yonathan, aber darf ich dich trotzdem darauf aufmerksam machen, dass die Ostleute berühmt sind für ihr Geschick im Umgang mit Dolchen?«

»Du verstehst es wirklich, einem Mut zu machen, Gimbar. Vielen Dank.«

»Keine Ursache. Dazu sind Freunde doch da.«

Die ganze Sippe hatte sich eingefunden. In der Mitte des Lagers war von der Menge ein kreisrunder Platz ausgespart worden, ringsum standen die Ostleute in der gewohnten Ordnung: Zuerst kamen die Ältesten, dann die jüngeren Männer und schließlich, ganz außen, die Frauen und Kinder.

Allgemeines Gesprächsthema waren die beiden Kontrahenten und ihre Gewinnchancen. Im freien Kreis befand sich Yonathan San-Yahib gegenüber, der ihn keinen Moment aus den Augen ließ. Der dritte Sohn des Khans vertrieb sich die Zeit, indem er seine Brust- und Armmuskeln spielen ließ.

Sandai Yublesch-Khansib hob die Arme und sofort erstarb das allgemeine Gemurmel.

»Wir haben uns hier versammelt, weil dieser Jüngling, der sich selbst Geschan, siebter Richter von Neschan, nennen lässt, unsere Gastfreundschaft angerufen hat. Er, von dem wir nicht wissen, wessen Diener er wirklich ist, hat sich ausbedungen die Waffen und die Kampfesart im Wettstreit der Prachtdolche zu wählen.

Wir stellen dafür unseren besten Dolchkämpfer: San-Yahib, dritter Sohn des Sandai Yublesch-Khansib.«

Yonathan fürchtete schon, die Ansprache des Khans würde den ganzen Vormittag in Anspruch nehmen, aber dann kam der Sippenführer doch recht schnell zum entscheidenden Satz.

»So wähle denn die Art des Waffengangs, du, der du das Gastrecht beanspruchst.«

»Ich werde Eurem Sohn, Ehrenwerter Khan, den Lederriemen vom Arm schneiden, ohne dabei seine Haut zu verletzen – mit einem einzigen Streich!«

Das Gemurmel schwoll wieder an, lauter als zuvor. Offensichtlich war dies eine Disziplin, in der es den Ostleuten an der nötigen Erfahrung mangelte. Nachdem der Ehrenwerte Khan seine Sippe zur Ruhe aufgerufen hatte, konnte Yonathan fortfahren.

»Wenn San-Yahib dieses Kunststück wiederholen kann, dann gebe ich mich geschlagen und werde mit meinem Gefährten und meinem Besitz noch vor der Mittagsstunde diesen Ort verlassen haben. Sollte San-Yahib aber den Riemen an meinem Körper nicht lösen können oder – was mir bei einem Krieger wie ihm als undenkbar erscheint – mein Blut vergießen, so wird Eure Sippe drei Esser mehr zu versorgen haben.«

Yublesch-Khansib hob wiederum die Arme, um einem erneuten Aufbrausen der Menge zuvorzukommen. »Unser Gesetz zwingt mich deine Forderung anzunehmen, du, der du dich Geschan, der ...«

»Verzeiht«, unterbrach Yonathan so höflich, wie es ihm möglich war, »aber ich habe noch nicht die Waffen bestimmt.«

Der Khan schloss den Mund und nickte kurz.

»Dieser *eine* Dolch soll uns beiden als Waffe dienen.«

Yonathan hatte in einer einzigen Bewegung Goels Klinge aus der Scheide gezogen und hielt sie ins Licht der Morgensonne.

Ein Raunen ging durch die Sippe.

»Ich hatte ihn bisher gar nicht bemerkt«, entfuhr es dem Khan. »Es ist ein prächtiges Stück, wenn auch etwas klein.«

»Der ursprüngliche Eigentümer dieser Waffe ist auch nicht sehr groß«, erläuterte Yonathan. »Sie passt daher sehr gut zu ihm.«

Dann warf er einen der Lederriemen, die Gimbar den Wächtern abgeschwatzt hatte, in die Höhe und hielt die Schneide des Dolches vor sich, genau dorthin, wo der Gurt niedergehen musste. Als das Leder auf die Klinge traf, zerfiel es sogleich in zwei Teile.

Diese Demonstration der Schärfe des Wettkampfdolches wurde von den Zuschauern mit lauten, erstaunten Ausrufen kommentiert. Während der Khan um Ruhe kämpfte, warf Yonathan seinem Kontrahenten einen Seitenblick zu. Der Hüne sah etwas blass aus.

»So erkläre ich den Wettstreit für eröffnet«, verkündete der Sippenoberste nach einer Weile. Nun lag es an den beiden Kämpfern Sieg oder Niederlage zu erringen.

Yonathan hatte den Dolch in der Hand behalten und schritt langsam auf seinen Gegner zu. San-Yahib blickte er dabei fest in die Augen. Der große Ostmann fühlte sich sichtlich unwohl in seiner Haut. Zwar lag es nicht in Yonathans Absicht den Riesen unnötig zu quälen, aber er erhoffte sich einen gewissen Vorteil davon, das eigene schauspielerische Talent einzusetzen.

Langsam bewegte er seine Arme vor San-Yahib auf und ab, vor und zurück, ließ sie einmal kreisen, dann wieder Schlangenlinien durch die Luft schneiden – alles etwa einen Fingerbreit vor dem massiven Leib des Ostmanns.

San-Yahib verfolgte die Vorstellung in eher steifer Haltung, die eigenen Arme hielt er dicht an den Körper gezogen; er wollte wohl lebenswichtige Organe vor der gefährlich blitzenden Klinge schützen.

Plötzlich vollführte Yonathan zwei pfeilschnelle Bewegungen und trat einen Schritt zurück. Wie ein Bildhauer seine Skulptur nach dem letzten Meißelschlag begutachtete er den erstarrten Ostmann. Dann nickte er zufrieden und meinte: »Fertig.«

Diesmal blieb das Gemurmel aus. Man war offenbar ratlos. Langsam zeigte sich ein siegesgewisses Grinsen auf den Lippen von San-Yahib. Sein Kopf drehte sich nach links – fand den einen Riemen unversehrt, nach rechts – und fand auch den anderen intakt. Schließlich ließ er die baumstarken Arme erleichtert nach unten sinken.

Das reichte aus, um die von Yonathans Dolch durchtrennten Lederbänder zu Boden gleiten zu lassen. Die Haut des Dolchkämpfers zeigte nicht den kleinsten Ritzer. Begeisterter Applaus zerriss die Stille. Die Ostleute waren ein faires Publikum.

Nur San-Yahib sah nicht glücklich aus.

Yonathan band sich nun einen Lederriemen quer über die Brust. Seine Muskeln traten zwar nicht so gewaltig hervor wie die von San-Yahib, aber auch er war ein gut gebauter junger Mann.

»Und nun bist du an der Reihe, mein Bruder«, sagte er freundlich zu San-Yahib und reichte ihm den Dolch.

»Das ist nicht anständig!«, beklagte sich der Hüne zu seinem Vater hin. »Niemand hat gesagt, dass er sich den Riemen um die Brust binden darf. Was ist, wenn ich ihn ernstlich verletze?«

»Dann hast du mehr als nur verloren«, sagte Sandai Yublesch-Khansib ernst. »Du wirst aus der Sippe ausgestoßen. Beim Dolchkampf das Blut des Gegners zu vergießen ist eine Sache, ihm bleibenden Schaden zuzufügen eine ganz andere.«

Die Zöpfe des jungen Ostmannes flogen durch die Luft, als er sich wieder Yonathan zuwandte. Zögernd nahm er den für ihn ungewohnt zierlichen Dolch aus der Hand seines Gegners. Er wog die Klinge, sah Yonathan an, blickte wieder auf das Messer.

»Am besten, du fängst bald an«, ermunterte Yonathan ihn. »Sonst laufen uns die Zuschauer weg.«

San-Yahib knurrte etwas Unverständliches. Yonathan wünschte sich in diesem Augenblick die Macht des Stabes, um die Absichten des Hünen erforschen zu können. Er fühlte sich nämlich gar nicht so sicher, wie es nach außen schien. Normalerweise müsste die wundersame Klinge Goels stumpf wie ein Fischschwanz sein, dachte er. Allein die Vorstellungskraft des Dolchträgers verlieh ihr ja Schärfe, eine Schärfe allerdings, mit der – immer nach dem Willen dessen, der die Klinge führte – sogar Eisen und Stein geschnitten werden konnten. Der Sohn des Khans durfte ihm keine Verletzung zufügen, wollte er nicht den Kampf oder sogar seine Ehre verlieren. Deshalb sollte der Dolch ungefährlich sein. Aber gesetzt den Fall, San-Yahib war zu allem entschlossen und ging davon aus, eine scharfe Waffe zu besitzen? Er selbst hatte ihm ja die Schneidefähigkeit des Dolches vorgeführt. Oder wenn er einfach nur – selbst mit der stumpfen Klinge – auf seinen Gegner einhieb? Dieser Koloss konnte einen Mann durch seine schiere Kraft mit einer Zeltstange erschlagen ...

Yonathan hielt die Luft an, versuchte seine Brustmuskeln zu stählen, dann sauste San-Yahibs Hand nieder.

Nichts war passiert. Nicht das Geringste. Nur ein dünner, heller Strich war erkennbar, der sich direkt über Yonathans Herz mit dem Brustband kreuzte.

San-Yahib blickte ihn verblüfft an. Die Ostleute atmeten befreit auf.

»Aber ich habe dich getroffen«, beteuerte der Riese. »Warum ist nichts passiert?«

»Vielleicht musst du etwas fester schneiden«, ermunterte Yonathan ihn. »Versuch es noch einmal.«

»Du sagtest, ein einziger Streich für jeden.« Der Khan machte seine Rolle als Schiedsrichter geltend; ein wenig väterliche Fürsorge mochte auch mitspielen. »Mein Sohn hat verloren.«

»Ganz so war das nicht gemeint. Denn auch ich habe San-Yahib zweimal getroffen«, erwiderte Yonathan. »Er soll ruhig noch eine Chance bekommen.« Damit wandte er sich wieder dem Sohn des Khans zu, fasste dessen Hand, in der jener den Dolch hielt, und sagte: »Schau. Du musst die Klinge senkrecht durch die Luft führen. Dann schneidet sie am besten.«

Als er wieder von dem verunsicherten Krieger zurücktrat, hoffte er inständig, das rechte Maß seines eigenen Willens in den Dolch gelegt zu haben.

San-Yahib fixierte seinen Gegner erneut. Da Goels Waffe eine gerade Klinge besaß, schien sie als Hiebwaffe nicht so geeignet zu sein, wie es die Krummdolche der Ostleute waren. Der beste Dolchkämpfer seiner Sippe hielt die Waffe deshalb ein wenig verkrampft. Die fließenden Bewegungen, mit denen Yonathan seine kurze Attacke eingeleitet hatte, ahmte er dafür recht gekonnt nach. Schließlich stieß er einen Schrei aus und ließ die Klinge niedersausen.

Kurz darauf schrie Yonathan und blickte entsetzt auf den blutenden Strich auf seiner Brust. Alle Ostleute schrien auf.

Yonathan taumelte zu Boden, während er die Hände auf die Wunde an seiner Brust presste. Gimbar kam herbeigestürzt, um ihn zu stützen.

»Ist die Wunde tief?«, fragte er besorgt.

»Gerade tief genug«, raunte Yonathan ihm zu. Ein flüchtiges Lächeln huschte über seine Lippen.

Gimbar riss die Augen auf. »Du bist ja schlimmer als ich, Yonathan! Und so jemand will ein Vorbild sein.« Er war offenkundig erleichtert.

»Im *Sepher* heißt es: ›Seid listig wie die Schlangen.‹ Nichts anderes habe ich getan.« Yonathans Augen huschten über Gimbars Schulter. »Still jetzt! Der Khan kommt.«

Sandai Yublesch-Khansib war untröstlich. Händeringend stand er vor dem blutenden Gast.

»Dies ist ein schwarzer Tag in der Geschichte unserer Sippe und ein noch schwärzerer in derjenigen meiner Familie.« Entsetzen und Enttäuschung sprachen aus seiner Miene.

Yonathan rieb noch zusätzlich Salz in die Wunde des Khans. »Und ich hatte tatsächlich geglaubt, die berühmtesten Dolchkämpfer Neschans seien geschickter im Umgang mit ihren Waffen.«

Das Gesicht des Sippenführers verzog sich, als hätte *er* eine blutende Wunde empfangen. »Mein Herz ist schwer angesichts dieser Schmach. Aber Ihr hättet diesen Zweikampf trotzdem niemals einfordern dürfen. Ich werde jedoch mein Wort halten: Bleibt, so lange Ihr wollt. Wir werden Euch ein Zelt und Nahrung geben.« Er schluckte. »Und meinen Sohn werde ich noch heute davonjagen.«

Gimbar warf Yonathan einen ernsten Blick zu. Es war Zeit das grausame Spiel zu beenden. Sie wollten Freunde gewinnen und keine unwillig gewährte Gunst.

»Was Eure Gastfreundschaft anbetrifft, Ehrenwerter Khan«, Yonathan passte sich der leicht pathetischen Sprache des Sippenführers an, »so will ich sie dankend annehmen. Aber Euren Sohn behaltet getrost bei Euch. Meine Wunde ist nicht so schwer, wie sie scheinen mag. Bald werde ich wieder so munter sein wie Eure struppigen Steppenhengste.«

Zum ersten Mal seit der Ankunft der Gefährten zeigte sich ein leichtes Lächeln auf dem Gesicht des Khans. »Ihr seid gnädig, der Ihr Euch Geschan, siebter Richter ...«

»Yublesch-Khansib, Ehrenwerter!« Yonathan hatte die Augen geschlossen und seufzte kurz auf. »Ich *bin* Geschan, der siebte Richter. Ich hoffte, Ihr würdet dies erkennen, wenn ich Euren besten Dolchkämpfer besiegte.«

Der Khan blickte seinen Gast lange an. Schließlich presste er hervor: »Wenn ich Euch nur glauben könnte! Es hängt so viel für meine Sippe davon ab ...«

Yonathan seufzte erneut. Er hatte fast mit einer solchen Reaktion gerechnet. »Gimbar?« Der hakennasige Mann reichte ihm den langen Holzbehälter, den er schon den ganzen Morgen unter dem Arm getragen hatte. Yonathan öffnete den Kasten und drei schneeweiße Rosen wurden sichtbar.

Der Khan verfolgte jede Bewegung Yonathans mit großen Augen. Nun hörte er den Jüngling auch noch seltsame Worte sprechen.

»Als Hüter von Ascherels Rosenstock übergebe ich dir, Sandai Yublesch, Ehrenwerter Khan, diese Blüte. Von nun an ist sie dein, bis dass du sie aus freiem Willen einem anderen gibst, es sei denn, du stürbest zuvor.«

Yonathan reichte dem verblüfften Khan eine der drei langstieligen Rosen. Yublesch-Khansib nahm sie unsicher entgegen.

»Wir wollen Eure Wunden verbinden und dann werden wir weitersehen«, sagte er unerwartet sanft. Der Khan machte einen sehr nachdenklichen Eindruck, als er sich aufrichtete, einigen Männern einen Wink gab und mit der Blume in der Hand wegging.

»Es ist nur ein Kratzer.«

»Halt den Mund, Yonathan! Es blutet. Und es muss versorgt werden.«

»Ja, Yamina.«

Die dunklen, mandelförmigen Augen des Mädchens blickten Yonathan streng an, aber es gelang ihnen trotzdem nicht die Sorge ganz zu verbergen. Der Verband war fast fertig.

»Wahrscheinlich will mir der Richter auch noch weismachen, dass er das alles geplant hat, oder?«

»Woher weißt du …?«

»Männer!«, schnaubte Yamina, klopfte unnötigerweise den Verband auf Yonathans Brust fest und verließ umgehend das Zelt.

»Sie macht sich Sorgen um dich«, meinte Gimbar schmunzelnd.

»Sie hat eine liebenswerte Art das zu zeigen.«

»Du hast es so verdient, Yonathan.«

»Ich wusste, dass du kein Mitleid mit mir haben würdest!«

Beide lachten.

Obwohl sich Yonathan zerschlagen fühlte und die Wunde an seiner Brust brannte, empfand er zum ersten Mal seit vier Wochen wieder so etwas wie Zuversicht. Natürlich hatte er die ganze Zeit auf Yehwoh vertraut, aber ein Zeichen seines Beistands hätte er sich trotzdem gewünscht. Es war schwer auf sich gestellt zu sein, wenn die zu lösende Aufgabe dermaßen gewaltig war.

»Du hast dem Ehrenwerten Khan zu denken gegeben«, sagte Gimbar nach einer Weile.

»Das hoffe ich. Wenn er meine Richterschaft anerkennt, wird er uns auch die Führer überlassen, die wir brauchen.«

Yonathan erholte sich schnell, denn die Wunde war nicht schwer, nur gerade tief genug, um den Wettkampf klar zu entscheiden. Auch ein stumpfer Dolch in der Hand von San-Yahib hätte ihm den Sieg gebracht, aber wie hieß es doch im heiligen Buch, dem *Sepher Schophetim*: »Mit Worten kauft man sich Freunde für eine Stunde, aber mit Blut besiegelt man einen Bund, der ein Leben lang währt.«

Noch am Tage des Zweikampfs war San-Yahib zu ihm ins Zelt gekommen und hatte sich entschuldigt. Der große Mann wirkte zwar unbeholfen, aber er schien eine treue Seele zu sein. Yonathan konnte sich nicht erklären, warum, doch entfernt erinnerte der Hüne ihn jetzt an seinen Freund Yomi.

Er sprach den von Selbstvorwürfen Gepeinigten von jeder Schuld frei. Dazu bedurfte es einiger Überredungskunst, aber schließlich zog San-Yahib erleichtert davon und Yonathan glaubte einen neuen Verbündeten gefunden zu haben.

Als später sogar der Khan persönlich an sein Krankenbett trat, bat Yonathan ihn kein unüberlegtes Urteil über seinen Sohn zu fällen und fügte dann hinzu. »Stelle deine Rose in die sengende Hitze der Steppensonne. Wenn sie in drei Tagen nicht verwelkt, dann weißt du, dass es wirklich die Rose Ascherels, der fünften Richterin von Neschan ist.«

Der Khan hatte genickt, aber weder ja noch nein gesagt.

Der dritte Tag nach dem Kampf war angebrochen. Yonathan spazierte längst wieder durch das Lager, in respektvollem Abstand hinter ihm seine »Leibwächter«. Er kannte bereits alle Sippenangehörigen mit Namen – die *Erinnerung*, Haschevets Gabe des vollkommenen Gedächtnisses, leistete ihm dabei wertvolle Dienste. Obwohl er laut Anweisung des Khans weiterhin ein Fremder war, dem Misstrauen entgegengebracht werden sollte, genoss er doch inzwischen die Zuneigung der meisten Ostleute.

Um die Mittagszeit hatte sich die Sippe in der gewohnten Manier versammelt. Diesmal fand die Zusammenkunft außerhalb des Wäldchens statt, dort, wo die Steppensonne unbarmherzig niederbrannte. Im Zentrum des Rings der Ältesten steckte die weiße Rose Ascherels. Sie war frisch und unberührt, wie gerade gepflückt.

Sandai Yublesch-Khansib hatte seine ausführliche Einleitung bereits absolviert und kam gerade auf den Punkt.

»Deshalb können wir nicht mit Sicherheit sagen, ob Ihr, Yonathan, der sich Geschan ... Na, Ihr wisst schon. Dass Ihr jedenfalls nicht doch ein Diener Bar-Hazzats seid. Auch er besitzt übernatürliche Kräfte. Auch er könnte Wunder vollbringen. Wir dürfen kein noch so geringes Risiko eingehen.«

Die Worte trafen Yonathan wie ein Faustschlag. »Aber Khan!«, entfuhr es ihm, ohne dass er die üblichen Höflichkeitsformen beachtete. »Öffne doch deine Augen! Ein Diener des dunklen Herrschers mag zwar über große Macht verfügen, aber er macht sicher keine Blumengeschenke. Wäre ich ein Verbündeter Bar-Hazzats, hätte ich deinen Sohn schon bei unserer ersten Begegnung zu Asche verwandelt. Ihr alle wärt längst nicht mehr am Leben. Warum leuchtet euch das nicht ein?«

Yublesch-Khansib schlug verlegen die Augen nieder. Die Ratsältesten suchten nach Zugvögeln am Himmel oder überprüften den Sitz ihrer Kleidung.

Nun fürchtete Yonathan ernsthaft, die Unterstützung dieser wertvollen Verbündeten zu verlieren. Hilfesuchend blickte er zu Gimbar, der neben ihm stand.

Der ehemalige Pirat war schon immer sehr impulsiv gewesen. Und er beherrschte die Kunst sich in fremde Sitten und Gebräuche einzufühlen. Vielleicht konnte er mit einer Geste der Verzweiflung und Niedergeschlagenheit das Mitgefühl dieser Menschen wecken – viele Ostleute pflegten bei solchen Gelegenheiten mit großem Pathos ihr Obergewand zu zerreißen.

Gimbar schien die Not Yonathans verstanden zu haben. Er griff sich wirklich an den Kragen und rief: »Lass es, Geschan. Wenn man dereinst das Lied der Befreiung Neschans singt, dann wird es keine Strophe geben, die den Mut und die Entschlossenheit dieser Menschen rühmt. Kehren wir ihnen den Rücken, auf dass wir allein unser schweres Los tragen.« Nach einer kunstvoll bemessenen Pause riss er sich in einer heftigen Bewegung das Hemd vom Leib.

Mit der Reaktion, die nun folgte, hatte Gimbar nicht gerechnet. Gefühle zwischen Scham und Reue hatte er erwartet, aber nicht diesen Ausbruch. Nachdem, wie es schien, den meisten kurzzeitig die Luft weggeblieben war, begann sich zunächst ein aufgeregtes Flüstern bemerkbar zu machen, aus dem vereinzelte Jubelrufe erklangen, bis die einsetzende allgemeine Begeisterung sich schließlich zu einem ohrenbetäubenden Crescendo steigerte.

»Dass ich so gut bin, hätte ich nun wirklich nicht gedacht«, bemerkte er zu Yonathan.

Der lächelte geheimnisvoll und erwiderte: »Langsam wird mir klar, warum Goel darauf bestand, dass gerade *du* mich begleitest. Der alte Fuchs kennt die Ostleute wie kein Zweiter. Ich glaube, mein Freund, hier ist eben etwas geschehen, auf das diese Menschen schon ziemlich lange gewartet haben.«

Yublesch-Khansib versagte inzwischen gründlich bei dem Versuch für Ordnung zu sorgen. Er erreichte eher das Gegenteil: Von hinten schoben sich die wehrtüchtigen Männer nach vorn und selbst diese mussten sich den zahlenmäßig überlegenen Frauen und Kindern geschlagen geben. Die Sippenältesten hatten alle Mühe nicht überrannt zu werden. Jahrhundertealte Traditionen gerieten ins Wanken. Es herrschte ein heilloses Durcheinander. Und in der Mitte von allem stand Gimbar. Hände klopften ihm auf die Schulter, Finger tasteten vorsichtig nach seiner Brust, jeder wollte ihn berühren. Gimbar hielt tapfer stand, wie ein Fels in der Brandung.

So verstrich ein beträchtlicher Teil des Mittags – jedenfalls hatte Yonathan das Gefühl –, ehe sich die Menge endlich teilte und ein respektvolles Schweigen eintrat. Der Sippenälteste, der Vater des Ehrwürdigen Khans Sandai Yublesch-Khansib, schritt durch die Reihen seiner Sippe. Sein Rücken war gebeugt, sein Schritt nicht mehr ganz sicher. Vor Gimbar blieb er stehen und setzte zu einer Rede an, die, wie es seine Gewohnheit war, lang und inhaltsreich werden sollte.

»Vor vielen Generationen, als Yehpas der vierte Richter Neschans war, führte Lan-Khansib die Sippe unserer Vorväter. Eines Tages durchstreifte Yehpas die Ostregion und kam auch in unser Lager. Zunächst verriet er nicht seine wahre Identität, aber dann befiel eine todbringende Krankheit den Lieblingssklaven des Ehrwürdigen Khans. Der Sklave hatte einen blutigen Auswurf und es ging mit ihm zu Ende. Eines Morgens lag er tot in seinem Zelt und Lan-Khansib trauerte sehr. ›Jeden würde ich zum Fürsten machen neben mir, der mir diesen treuen Menschen wiederbrächte‹, klagte er. Seine Trauer rührte Yehpas, den Richter, so sehr, dass er den Toten besuchte. Er beugte sich über ihn, als wolle er einen Schlafenden sanft wecken. Niemand weiß, ob es

Absicht war, aber der Knauf des Stabes Haschevet berührte die Brust des verstorbenen Sklaven. Gleich darauf kam neues Leben in ihn, er öffnete die Augen, stand auf und diente seinem Herrn, als sei nichts geschehen. Das *Sepher Schophetim* erzählt wenig über diese Geschichte, aber in unserer Sippe ist sie fest verankert, weil noch immer einige das Mal des Stabes auf ihrer Brust tragen: das Gesicht eines Adlers.«

Der Alte öffnete mit zittrigen Fingern die Bänder seines Obergewandes und zog den Halsausschnitt so weit auseinander, dass es alle sehen konnten: Ein blaues Mal, das Profil eines Adlers, prangte auf seiner Brust. Obwohl jeder im Stamm dieses Zeichen kannte, drehte er sich doch einmal im Kreis, um es allen in Erinnerung zu bringen.

Yonathan und sein Freund waren vollkommen überrascht. Das Mal glich demjenigen, das Haschevet einst in Gimbars Haut gebrannt und das dieser bei seiner dramatischen Schauspieleinlage ahnungslos offen gelegt hatte, wie ein Zwilling dem anderen.

Der Vater des Khans beendete seine Runde und fuhr fort: »Auch mein Erstgeborener, Yublesch, trägt das Adlermal. Und sogar Yamina, eine Frau. Jeder von euch kennt die Worte der alten Verheißung, die Yehpas einst an unsere Vorväter richtete: ›Höret nun!‹, verkündete er. ›Haschevet hat heute in eurer Sippe ein Zeichen gesetzt. Lan-Khansib versprach jedem, der ihm seinen Sklaven zurückgibt, einen Ehrenplatz an seiner Seite. Doch ich will diese Stellung nicht für mich beanspruchen. Der, dessen Treue euren Khan derart rührte, soll den Segen selbst empfangen, und der Erstgeborene dieses Sklaven soll unter euch ein Fürst sein. Ebenso jeder Spätere, der zuerst einen Mutterschoß öffnet. Das Mal Haschevets sei euch eine Erinnerung daran. Eurer Sippe ist es von diesem Tage an aufgegeben den Richtern Neschans in der Not zu dienen. Und siehe, die Stunde kommt, da wird ein Fremder in eure Mitte treten. Auch er wird das Mal Haschevets tragen. Behandelt ihn wie euren eigenen Bruder, denn wisst, dass dies ein Tag der Bewährung ist. Er wird eine wichtige Aufgabe in eure Herzen pflanzen. Wenn ihr diesen jungen Spross verdorren lasst, wird die Welt Neschan in eurer eigenen Schmach ersticken.

Wenn ihr ihn jedoch hegt und pflegt und ihn stützt, dann wird euer Name für immer in das Gedenkbuch Yehwohs eingeschrieben sein.‹«

Tosender Beifall brandete auf. Yonathan und Gimbar blickten sich ergriffen an. Etliche riefen: »Hört, hört!« Freudenpfiffe schrillten durch die Luft. Endlich gelang es dem Sippenältesten die Arme so hoch zu recken, dass man wieder auf ihn aufmerksam wurde. Der Lärm ebbte ab.

»Jetzt wissen wir wirklich, dass dein junger Begleiter Geschan, der siebte Richter, ist. Werdet Ihr uns verzeihen, Richter?«

»Ich habe es bereits getan«, versicherte Yonathan. Seine Stimme klang weniger würdevoll als beabsichtigt – eher brüchig und verlegen.

Der Greis atmete auf und mit ihm die ganze Sippe. »Wir danken Euch. Und jetzt zu Euch, Gimbar, Sohn Gims, den man den Zweimalgeborenen nennt. Auch Euch haben wir verleugnet. Werdet auch Ihr uns Vergebung gewähren?«

Gimbar lächelte schief und nickte. »Schon vergessen, Ehrwürdiger.«

Der Greis schien gerührt von so viel Großmut. Er musste sich erst sammeln, bevor er die feierliche Formel sprechen konnte, die seit Generationen vom Vater an den Sohn überliefert worden war. »So pflanzt denn die Aufgabe in unser Herz, Träger des Mals.«

Gimbar schaute Yonathan unsicher an und flüsterte: »Was soll ich pflanzen?«

Yonathan unterdrückte ein Grinsen. »Du musst ihnen jetzt beibringen, dass wir morgen auf Drachenjagd gehen.«

VIII.
Der Drachenberg

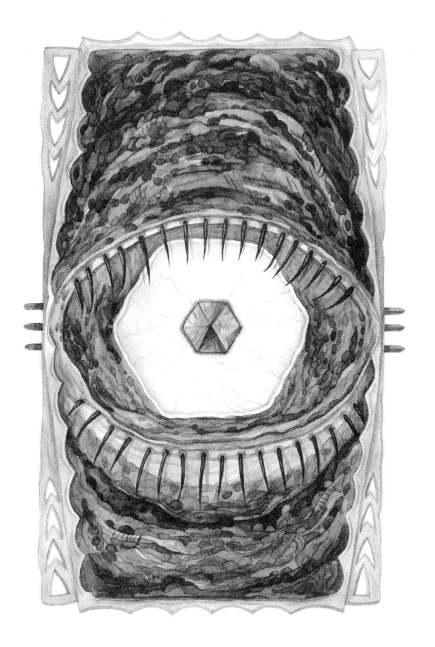

us dem »Morgen« wurde nichts, das sah Yonathan trotz seiner Ungeduld ein. Die geplante Expedition zum Drachenberg erforderte umfangreiche Vorbereitungen.

Noch ehe der Abend anbrach, wurde der Rat einberufen. Gleich zu Beginn der Sitzung beschloss man einstimmig, Gimbar die Ehrensippenschaft anzutragen. Er nahm gerührt an. Fortan durfte er sich »Gimbar-Khansib« nennen. Damit war er rein rechtlich Yublesch-Khansib gleichgestellt, aber es rechnete niemand damit, dass der kleine Mann, der die Adlernase nicht nur auf der Brust, sondern auch im Gesicht trug, diesen Anspruch jemals geltend machen würde.

So trat ein langes Schweigen ein, als Gimbar die Stellung einer kleinen Schar von Männern forderte, die ihm und Geschan als Führer und Mitstreiter dienen sollten.

Einmal mehr war es das *Koach*, das den Fortgang der Ereignisse beschleunigte. Yonathan bat, den tapferen Kundschafter zu rufen, der sich im vergangenen Frühjahr in die Nähe des Drachenbergs gewagt hatte. Man brachte den Mann herbei, der auf den Namen Leschem hörte. Es war unschwer zu erkennen, dass der Geist des Ärmsten gelitten hatte. Den kleinen, sehnigen Ostmann zuckte es im Gesicht und an den Gliedern, er wagte nicht Yonathan offen anzusehen und konnte sich nur stotternd mitteilen.

Yonathan behandelte den Mann mit großer Sanftheit. Beruhigend sprach er auf ihn ein und erkämpfte sich Stück für Stück dessen Vertrauen. Erst danach legte er ihm die Hand auf die Schläfe und schwieg eine geraume Zeit.

Der Stabträger sah das Bild eines großen Sees und einer Insel darin, die fast ausschließlich aus einem kegelförmigen, hohen Berg bestand: *Har-Liwjathan*. Dann huschte der Kopf eines Drachen vorbei, starre rote Augen blitzten auf. Der Kundschafter hatte die Begegnung mit dem Drachen überlebt – das Ungeheuer hatte sich offensichtlich damit begnügt, dem Menschen nur den Verstand zu rauben.

Der Ostmann war ein ungleich schwierigerer Fall als die junge Braut Lilith. Die Erlebnisse des Mannes hatten sich wie Säure in seinen Geist gefressen und einen Teil davon zerstört.

»Yehwohs Macht bringt Verlorenes zurück«, begann Yonathan zu sprechen – leise, aber für alle gut verständlich. Niemand wagte ein Wort zu sagen.

»Haschevet hat in eurer Mitte Leben gefunden, das unwiederbringlich zerronnen schien. So kann er auch dem Erinnerungen, Kraft und Mut zurückgeben, der sein Herz im Dienste des Lichts schlagen lässt. Dir, Leschem, gibt Yehwoh all dies zurück, damit du uns als Auge dienst. Denn niemand kennt den Weg zum Drachen besser als du.«

Jeder konnte erkennen, wie der Blick Leschems klarer wurde. Der drahtige kleine Mann reckte die Schultern und blickte erstaunt und neugierig, als sei er gerade aus tiefem Schlaf erwacht, in die Runde der Ältesten.

»Mir scheint, hier werden wichtige Sachen besprochen«, meinte er schließlich aufgeräumt.

»Der Mann gefällt mir«, sagte Gimbar und Yonathan fragte sich insgeheim, ob das wohl daran lag, dass Leschem noch kleiner war als der Zweimalgeborene.

Jedenfalls gab es von diesem Augenblick keine Zweifel mehr, ob man das Unternehmen wagen konnte, es wurde nur noch darum gerungen, wer daran teilnehmen durfte.

Yonathan bestand auf drei mal sieben Männern. Eine dreifache Bekräftigung einer von Yehwoh gesegneten Schar, erklärte er knapp – weniger hätten es auch getan, aber er wollte die Ostleute nicht enttäuschen. Es sollten sowohl Krieger wie auch fähige Handwerker darunter sein, man konnte nie wissen, welche Probleme es zu bewältigen gab. Leschem, der beste Fährtensucher der Sippe, würde ihnen den Weg zeigen. Sandai Yublesch-Khansib bestand darauf mitzukommen; Yonathan stimmte zu. Darauf forderte der alte Vater des Khans ebenfalls sein Recht ein. Vor über zweihundert Jahren habe sein Ururgroßvater Goel begleitet, um den dunklen Herrscher Grantor zur Strecke zu bringen. Jetzt, wo die Sippe wieder vom Richter Neschans zur Pflicht gerufen werde, sei sein Platz an dessen Seite und nirgendwo sonst. Yonathan redete dem Alten ins Gewissen. Während der Abwesenheit des Sohnes könne nur er die Sippe führen. Schließlich willigte der Greis widerstrebend ein.

Als der Rat seine Sitzung beendet hatte, begann das Fest. Im Feiern waren die Ostleute mindestens ebenso geübt wie im Redenhalten. Rund um das Wäldchen gab es viel Wild, das ihnen nun, auf vorzügliche Art zubereitet, vorgesetzt wurde: eine große Antilopenart, deren Fleisch hervorragend schmeckte, und zartes Geflügel. Außerdem wurde das obligatorische Pferdefleisch gereicht, dem Yonathan und Gimbar eher zurückhaltend zusprachen.

Bei einem seltsamen Getränk aus vergorener Stutenmilch hätte sich der siebte Richter fast übernommen. Nur beherztes Umschwenken auf Wasser und verdünnten Dattelsaft rettete ihn vor einem Erwachen am anderen Tag mit dem berüchtigten »Stutentritt« im Kopf.

Zwei Tage nach dem Dolchkampf brach ein kleiner Trupp von vierundzwanzig Reitern unter den anfeuernden Rufen der Sippe auf. Das Ziel war ein dunkler Streif am nördlichen Horizont. Obwohl alle wussten, was sich dahinter verbarg, bemühte sich doch jeder seine Gedanken auf andere, erfreulichere Dinge zu lenken.

Yamina war die einzige Frau im Kreis der »Drachenjäger« – natürlich hatte Gimbar diesen Namen für sie erdacht. Zwar wollte Yublesch-Khansib anfangs nichts davon wissen »ein Weib mitzuschleppen«, wie er es ausdrückte, aber Yonathan verwies auf sein Recht selbst entscheiden zu können, was er mit seinem »Besitz« anfangen wolle. Dem hatte der Khan dann nichts mehr entgegenzusetzen.

In Wahrheit wusste der siebte Richter selbst nicht so recht, warum er sie nicht bei der Sippe zurückgelassen hatte. Es wäre so bequem gewesen. Vielleicht lag es daran, dass Yamina ihn schon oft überrascht hatte – das Adlermal, das sie trug, war nur eines von vielen Beispielen hierfür. Jedenfalls hatte irgendein unbestimmtes Gefühl ihn veranlasst Yamina mitzunehmen.

Sandai – der Khan bestand darauf, dass Yonathan ihn so nannte – erzählte seinen Gästen während des langen Ritts, wie es sich zugetragen hatte, dass sowohl er wie auch sein Bruder, Sinjan – Yaminas Vater –, das Mal trugen.

Die beiden waren Zwillinge. Sinjan streckte bei der Geburt die Hand zuerst aus dem Mutterschoß und die Hebamme band ein Lederriemchen um das Handgelenk des Stammhalters, damit es später keine Verwechslungen gäbe. Dann aber zog der Winzling seine Hand zurück und ließ seinem Bruder, Sandai, den Vortritt. Bevor dieser aber ganz hervorgekommen war, packte der andere ihn an der Ferse und folgte direkt hinterher. Keiner der beiden konnte also allein für sich in Anspruch nehmen derjenige zu sein, »der zuerst einen Mutterschoß öffnet«, wie es in der Prophezeiung des Yehpas' geheißen hatte. Somit erhielten beide auf wundersame Weise das Mal des Stabes.

Jeder der einundzwanzig Ostleute betrachtete es als ein großes Vorrecht zu den Auserwählten zu gehören, die den Richter und den Zweimalgeborenen begleiten durften. Der genesene Leschem führte mit Sandai den Trupp an. San-Yahib und zwei weitere Ostleute bildeten die Nachhut. Yonathan hatte darauf gedrungen, dass der dritte Sohn des Khans an der Expedition teilnehmen durfte, und San-Yahib war dadurch zum glühendsten Verehrer des jungen Richters geworden. Der bullige Ostmann erwies er sich als ein Gewinn für die verschworene Gemeinschaft, man konnte sich ohne Einschränkung auf ihn verlassen.

Am Ende des ersten Tages wurde das Lager in Bogenschussweite zum Großen Wald aufgeschlagen. Die flachen gelbbraunen Zelte duckten sich unauffällig ins Steppengras. Aus der Luft mussten sie so gut wie unsichtbar sein.

»Wäre nicht gut, wenn der Drache uns früher als nötig bemerkt«, meinte San-Yahib dazu.

Gimbar blickte finster auf die hoch aufragenden Bäume. »Ich bin für jede Nacht dankbar, die ich nicht in diesem Wald verbringen muss. Er ist mir nicht geheuer.«

»Der Wald macht mir die geringsten Sorgen«, sagte Yonathan. »Viel unwohler ist mir bei dem Gedanken an den Akeldama-See. Ich habe keine Ahnung, was uns dort erwartet.«

»Ich denke, du hast dich mit der Gabe des *Gefühls* im Geist Leschems umgeschaut.«

»Leschem muss eine Grauen erregende Begegnung mit dem Drachen gehabt haben. Doch durch das *Gefühl* ist manchmal nicht alles zu erkennen. Ich kann nicht genau sagen, was er wirklich erlebt hat. Der Wächter des Auges wird für mich dadurch nicht berechenbarer. Aber warum hat eigentlich der Drache Leschem nicht getötet?«

Seit langer Zeit meldete sich zum ersten Mal wieder Yamina zu Wort. »Vielleicht ist er nicht wirklich böse. Meine Mutter erzählte mir, dass er ein sehr altes Geschöpf sei. Alte Menschen sind ja auch manchmal verschroben. Sie tun Dinge, die man nicht erwarten würde. Aber deswegen sind sie noch lange nicht gefährlich.«

»Immerhin sitzt er direkt auf dem Auge Bar-Hazzats. Du hast ja gesehen, was der Einfluss dieses Steins selbst bei Menschen anrichten konnte, die weit entfernt waren. Der Drache ist ständig seinem unmittelbaren Einfluss ausgesetzt. Er ist der Wächter des Auges. Wir sollten also nicht allzu viel Entgegenkommen von ihm erwarten.«

Am nächsten Morgen ging Yonathan noch vor Sonnenaufgang allein zum Waldrand. Von den Bäumen ging eine sonderbare Ruhe aus. Das Dunkel aus Ästen, Blättern und Nadeln war im fahlen Licht der frühen Stunde so gut wie undurchdringlich. Yonathan sprach ein stilles Gebet. In der letzten Woche hatte er daraus viel Kraft geschöpft. Der Wettstreit mit San-Yahib, das Misstrauen der Ostleute, der Einfluss des Auges – all das zehrte an seinen Reserven. Und nun wagte er sich mit dreiundzwanzig Begleitern sogar in die unmittelbare Nähe des Auges, in den Bannkreis des dunklen Herrschers.

Als er sich wieder dem Lager zuwandte, war das Netz gewoben. Yonathan hatte das *Koach* benutzt, um einen Schirm über sich und seine Gefährten zu spannen, ein Tarnnetz. Aber dieses Netz war von übernatürlicher Beschaffenheit, geknüpft aus den Gaben des *Gefühls*, der *Projektion* und der *Heilung*, schützte es den Geist seiner Gefährten vor dem lähmenden Einfluss des Auges. Gleichzeitig, so hoffte Yonathan, bewahrte es die Gemeinschaft auch vor frühzeitiger Entdeckung. Die Reiter und Pferde waren nicht wirklich unsichtbar, aber so, wie sich Yonathans Dolch jedem forschenden Blick entzog, würden auch die Menschen und ihre Tiere nahezu völlig mit dem Großen Wald verschmelzen.

Das Problem mit diesem »Tarnnetz« war nur, dass es von Yonathans Geist ständig aufrechterhalten werden musste. Das erforderte Kraft. Er besaß inzwischen genug Erfahrung im Lenken des *Koach*, um den Schutz selbst im Schlaf gewährleisten zu können. Aber hatte er auch genügend Ausdauer, um es über mehrere Tage hinweg zu tun?

Nach dem Frühstück bahnten sich die Hufe der Pferde ihren Weg in das dichte Unterholz. Die schwüle Luft erschwerte das Atmen. Gimbar warf besorgte Blicke in die dichten Schatten unter den Baumriesen. Den Waldboden bedeckte ein Schleier zarten Nebels, den die Pferde mit jedem Tritt aufwirbelten. Dennoch schien er die Geräusche ihrer Hufe fast völlig zu verschlucken. Der Große Wald war ein stiller Ort.

Selbst auf die Tiere übertrug sich die sonderbare Stimmung. Kaum einmal, dass ein Pferd schnaubte. Die sonst so quirligen Steppenhengste behielten von sich aus eine vorsichtige und ruhige Gangart bei, genauso wie Yonathans Grauer und Gimbars Fuchs. Von den Bewohnern dieser endlosen grünen Säulenhalle war nichts zu hören, geschweige denn zu sehen. Aber sie existierten. Spuren verrieten, dass es sie gab.

Nach etwa einer Stunde kehrte Leschem von einem Erkundungsgang zurück und führte die Gruppe auf einen Wildwechsel, der ein besseres Vorwärtskommen ermöglichte. Bald traten auch die Bäume weiter auseinander, die Sonne schleuderte gleißende Lichtspeere durch das Blätterdach und plötzlich war der Nebel verschwunden.

Vereinzelt machten sich jetzt sogar Tiere bemerkbar: Mehrmals hallten Vogelstimmen wie irres Gelächter durch den Wald, Insekten – gierige Blutsauger – unternahmen gezielte Angriffe gegen die schwitzenden Eindringlinge und einmal trottete ein Bär nur einen Speerwurf weit vor Leschem über den Weg.

Die allgemeine Stimmung hob sich ein wenig, ohne gleich in Übermut umzuschlagen. In der Karawane der Drachenjäger konzentrierte sich jeder auf den Weg oder beobachtete die nähere Umgebung. Yonathans unsichtbarer Schild wirkte. Als zuverlässiger Gradmesser dafür erwies sich Gimbars Gesicht, in dem die anfängliche Verzagtheit inzwischen einer grimmigen Entschlossenheit gewichen war.

Gegen Abend wurde das Lager in der Nähe eines Sees aufgeschlagen. Während einige Ostleute sich um die Pferde kümmerten, suchten andere am Seeufer nach Weiden. Sie hatten den Auftrag geeignete Ruten zu schneiden. Später gäbe es keine Gelegenheit mehr dazu, betonte Leschem.

»Hier beginnt das Tausend-Seen-Land«, erklärte der Fährtensucher.

»Wie weit ist es noch bis zum Akeldama-See?«, wollte Yonathan wissen.

Leschem überlegte kurz. »Allein könnte man es vielleicht in einem Tag schaffen. Aber wir müssen vorsichtig sein. Ich schätze, zwei Tage werden wir schon benötigen.«

Yonathan nickte. »Du bist ein guter Führer, Leschem. Wir sollten wirklich mit aller Vorsicht vorgehen. Bestimme du das Tempo.«

»Euer Vertrauen ehrt mich, Richter.«

»Du bist dieser Ehre würdig, Leschem. Und übrigens, nenn mich nicht immer Richter. Sag Yonathan oder: wenn du willst, Geschan.«

»Wie Ihr wollt, Richter Geschan.«

Yonathan seufzte und Leschem widmete sich wieder dem Aufbau des Lagers.

Der zweite Tag im Großen Wald führte die Reiter an mehreren Seen vorbei. Manche waren nur bessere Tümpel, andere maßen dagegen mindestens zwei oder drei Meilen im Durchmesser. Das Gelände war hier offener und die Luft nicht ganz so drückend. Abgesehen von einigen kurzen Pausen, die den Pferden Gelegenheit zum Saufen und den Reitern zum Beratschlagen gaben, kam man zügig voran.

Als die Sonne sich dem Horizont näherte, trat eine unheimliche Veränderung ein: Es sah aus, als würde der Wald sterben. Zuerst waren es nur vereinzelte Stämme, die grau und blattlos zwischen ihren grünen Brüdern standen. Dann aber nahm die Zahl der grauen Riesen immer mehr zu und bald bestimmten nur noch kahle Stämme das Bild.

»Was ist hier geschehen?«, flüsterte Gimbar. »Ein Waldbrand?«

»Das könnte man denken«, gab Sandai zurück. »Leschem erzählte einmal, der Drache habe die Bäume getötet.«

»Kann er Feuer spucken?«

»Darüber hat sich Leschem ausgeschwiegen. Vielleicht vernichtete auch der Kot des Untiers alles Leben.«

»Ich schätze, dass eine Absicht hinter diesem Baumsterben steckt«, merkte Yonathan an. Er hatte in den vergangenen Tagen nicht viel gesagt – das »Tarnnetz« hielt ihn beschäftigt.

»Meinst du, der Drache findet Gefallen daran, Bäume umzubringen?« Gimbar klang wenig überzeugt.

»Nein. Aber dieser Wald bietet kaum Deckung. Vielleicht ist das beabsichtigt. So lässt sich die Gegend rund um seinen Horst besser überwachen.«

Gerade kam Leschem von der Spitze des Zuges zurück und berichtete: »Die nächsten Meilen gibt es kein sicheres Versteck mehr. Der ganze Wald ist dort tot. Kein Laut ist zu hören, nicht einmal das Summen einer Mücke.«

»Was schlägst du vor?«, fragte Yonathan.

»Wir sollten hier unser Lager aufschlagen und warten, bis es dunkel wird. Der lichte Baumbestand hat auch einen Vorteil: Wir können bei Nacht weiterziehen. Bald haben wir Vollmond und der Himmel ist klar. Die Sicht wird also ausreichend sein.«

»Können wir denn die Strecke bis zum Akeldama-See in einer Nacht bewältigen?«

»Ich glaube, wir könnten es schaffen, ja.«

»Und was machen wir dann?«, erkundigte sich Gimbar. »Ich meine, direkt unter dem Horst des Drachen werden wir eine weithin sichtbare Beute sein, wenn erst die Sonne aufgegangen ist.«

»Beim See gibt es einige Felsen. Mit den Zeltplanen müsste es uns gelingen dem Blick des Drachen zu entgehen. Unter den Planen verborgen können wir dann ein Boot zusammensetzen, um auf die Insel zu gelangen.«

»Dann machen wir es so«, entschied Yonathan. »Allerdings schlage ich vor, dass zwölf Männer als Nachhut hier bleiben und sich im dichten Wald verstecken. Wenn es mir gelingt den Drachen zu bezwingen und das Auge Bar-Hazzats zu zerstören, dann können sie zum See nachkommen.«

»Und woher sollen sie wissen, dass du es geschafft hast?«, wollte Sandai Yublesch-Khansib wissen.

Yonathan blickte ihm fest ins Gesicht. »Sie werden es wissen, Sandai. Glaube mir. Sie werden es wissen.«

Als der Mond aufgegangen war, brachen die neun verbliebenen Ostmänner, Yonathan, Gimbar und Yamina auf. Sie hatten nur wenig geruht und der Ritt durch den abgestorbenen Wald zerrte schon bald an ihren Nerven. Die kahlen Stämme ragten wie die bleichen Gebeine eines riesigen Tieres aus dem Waldboden auf, das silberne Licht des Mondes verstärkte noch diesen Eindruck. Die Drachenjäger bewegten sich wie im Traum durch die unwirkliche Landschaft und hofften inständig, der Drache möge nicht ausgerechnet in dieser Nacht über seinem südlichen Vorgarten spazieren fliegen.

Niemand sprach ein Wort. Immer wieder blickten die Reiter nach oben, aber es zeigte sich kein geflügeltes Wesen. Die Stille war beängstigend, unheimlicher sogar als beim Betreten des Großen Waldes vor zwei Tagen. In jedem Wald gab es Geräusche, waren Tierstimmen zu hören, knackten Äste oder der Wind fuhr raschelnd durch die Baumkronen. Doch hier fehlte dies alles.

Endlich – im Osten zeigte sich bereits das erste matte Licht des neuen Tages – wurde ein heller Schimmer zwischen den grauen Stämmen sichtbar.

»Der Akeldama-See«, flüsterte Leschem. »Wir müssen uns jetzt etwas mehr links halten.«

Leschem bedeutete den Reitern von ihren Pferden abzusteigen. Jeder wusste, was zu tun war. Schnell wurden aus dem Gepäck alte Lumpen hervorgezogen und um die Hufe der Tiere gebunden. Dann setzte der Zug lautlos seinen Weg fort.

Bald erblickte Yonathan die Felsen. Sie lagen nahe am Seeufer. Dahinter ragte ein nackter Kegel aus dem schwarzen Wasser des Sees auf: *Har-Liwjathan*. Die Männer zügelten ihre Pferde und starrten wie gebannt auf den unheimlichen Berg. Beinahe unnatürlich steil ragte er aus dem Wasser, glatt wie ein Kiesel. Oben war der Drachenberg abgeflacht. Am beklemmendsten jedoch wirkte das karminrote Licht, das von der Spitze des Berges ausging. Yonathan spürte ein Kribbeln im Hinterkopf, ein altbekanntes Gefühl.

»Kommt!«, drängte Leschem seine Gefährten. »Wir sollten hier keine Wurzeln schlagen. Der Drache kann uns jeden Moment entdecken.«

Der Fährtensucher fand schnell am Westufer des Sees eine geeignete Gruppe riesiger Felsbrocken, zwischen denen die Reiter und ihre Pferde genügend Deckung hatten. Die vorbereiteten Ledertücher wurden ausgebreitet. In ihrer Färbung unterschieden sie sich kaum vom Untergrund. Leschem hatte an alles gedacht.

»Jetzt kommt das Schwierigste«, flüsterte Yonathan, nachdem

jeder seinen Platz unter den ausgespannten Lederbahnen gefunden hatte.

»Was meinst du?«, fragte Gimbar.

»Du musst jetzt schlafen.«

»Schlafen? Hier? Ich kann doch nicht ...«

Gimbars Worte gingen in einem mächtigen Rauschen unter.

»Still! Der Drache!«, hauchte Yonathan. Er konnte durch einen Spalt in der Plane über sich gerade noch einen gewaltigen Schatten vorüberziehen sehen.

»Ob er was bemerkt hat?«, raunte Gimbar.

»Vermutlich nicht, sonst könntest du mir wohl nicht diese Frage stellen.«

Yonathan versuchte zu schlafen. Der zurückliegende Ritt hatte an seinen Kräften gezehrt. Nicht nur, dass er Augen und Ohren hatte offen halten müssen, um im Mondlicht nicht von irgendeinem spitzen Ast aufgespießt zu werden, und dass ihn die ständige Sorge plagte vom Drachen entdeckt zu werden – das alles hatten auch die anderen ertragen. Aber er allein musste sich darum kümmern, dass die Maschen des unsichtbaren Tarnnetzes, das er über sich und seine Gefährten geworfen hatte, nicht zu groß wurden.

Schließlich nickte er doch für kurze Zeit ein. Als er wieder erwachte, bekam er ein schlechtes Gewissen. Die Ostleute hatten sich offenbar keine Ruhe gegönnt. Nur so war zu erklären, dass sie das Boot in so kurzer Zeit hatten zusammenfügen können.

Sandai erklärte Yonathan, dass der Bau von leichten Kanus für die Ostleute nichts Ungewöhnliches war. In der Steppe gab es immer wieder Flüsse, die es zu überqueren galt, in denen man fischen konnte oder die Boten als schnelle Wasserwege nutzten.

Das Bootsgerippe bestand aus den Weidenruten, die zwei Abende zuvor geschnitten worden waren. Vorn und hinten lief es spitz zu. Als Außenhaut diente Pferdeleder. Als man Yonathans argwöhnischen Blick bemerkte, wurde ihm versichert, dass diese leichte und nachgiebige Bespannung das Wasser sehr zuverlässig aussperrte, da sie nach dem Gerben mit einer fettreichen Substanz behandelt worden war.

»Eine richtige Piraten-Schebecke wäre mir lieber«, meldete sich Gimbar zu Wort.

Yonathan schaute ihn verwundert an.

»Glaubst du etwa, ich lasse dich da allein zu dem Drachen rüber?«

»Es genügt völlig, wenn ich mich der Gefahr aussetze, Gimbar.«

»Hast du etwa schon vergessen, was Goel zu mir sagte? ›Diene Yehwoh und seinem siebten Richter, denn das ist, was dir bestimmt ...‹«

»Ich habe es nicht vergessen.«

»Siehst du.«

»Aber er hat nichts davon gesagt, dass du auf Drachenjagd gehen sollst.«

»Er hat auch nicht gesagt, dass ich es *nicht* tun soll.«

»Ich will doch nur, dass dir nichts passiert.«

»Yonathan.« Gimbars Stimme klang nun sehr bestimmend. »Solltest du den Drachen nicht bezwingen, dann spielt es ohnehin keine Rolle, wo ich bin. Bar-Hazzat wird nicht so nett sein und gerade das Stückchen Neschan übrig lassen, auf dem ich stehe.«

Yonathan seufzte. Gimbar konnte recht hartnäckig sein. »Also gut. Aber wenn ich drüben ein sicheres Versteck für dich gefunden habe, dann wirst du da schön bleiben, bis ich zurückkomme und dich hole.«

»So sei es, Geschan, siebter Richter.«

Geschützt unter den Planen ließen sie den Tag vorüberziehen. Als die Nacht vom toten Wald Besitz ergriffen hatte, verabschiedeten sich Yonathan und Gimbar von ihren Gefährten. Sie wünschten ihnen Glück oder gaben ihnen gute Ratschläge mit auf den Weg.

Als die Reihe an Leschem war, empfahl dieser: »Schaut dem Drachen nicht direkt in die Augen.«

»Warum nicht?«, wollte Yonathan wissen.

»Vielleicht war es das, was mich beinahe den Verstand kostete. Ich kann mich nicht genau erinnern, aber meidet lieber seinen Blick.«

»Ich werde daran denken«, versprach Yonathan.

Als Nächster trat Sandai Yublesch-Khansib heran. »Möge Yehwoh dich segnen«, sagte er würdevoll.

»Ich habe ihn noch nie so eindringlich darum gebeten wie in letzter Zeit«, gab Yonathan zurück. Er umarmte den großen Khan, wie er es schon bei Leschem, San-Yahib und den übrigen Ostleuten getan hatte.

Zuletzt stand Yonathan vor Yamina.

»Du musst mir versprechen, dass du gut auf dich aufpasst, Yonathan.« Ihre rauchige Stimme klang ernst.

»Versprochen.« Er lächelte.

»Kannst du mich nicht wenigstens einmal ernst nehmen?«

»Ich schätze dich sehr, Yamina. Du warst mir bisher immer eine treue Freundin. Wenn ich zurückkomme, mit dem Kopf des Drachen unter dem Arm, dann wirst du sehen, dass ich dich wirklich ernst genommen habe.«

»Vielleicht gelingt es dir ja seine Neugier zu wecken.«

»Wie meinst du das?«

»Meine Mutter erzählte mir einmal, dass Drachen sehr wissbegierig sind. Das hängt damit zusammen, dass die meisten von ihnen sehr alt werden. Sie sehen und hören in ihrem langen Leben so viel, dass sie irgendwann das wenige, das sie noch nicht wissen, unbedingt auch noch erfahren wollen. Manchmal ist ihnen dann eine neue Geschichte oder ein unbekanntes Rätsel wichtiger als viele der Schätze, die sie so eifersüchtig bewachen.«

Yonathan nickte nachdenklich. »Das könnte noch sehr wichtig für mich werden. Doch warte. Ich brauche noch etwas.« Unter den kritischen Blicken Yaminas kniete er sich zum Gepäck hinab und zog einen langen, rechteckigen Behälter hervor.

»Ist das nicht der Kasten, aus dem du Sandais Rose geholt hast?«

»Es sind noch zwei weitere darin.«

»Willst du sie etwa mitnehmen?«

»Genau das werde ich tun. Du hast mich auf eine Idee gebracht, Yamina. Wenn unser Vorhaben heute Nacht gelingt, dann haben wir das zum großen Teil dir zu verdanken.«

»Und wenn nicht?«

»Dann bitte ich dich, Bithya zu finden, das Mädchen, dem mein Herz gehört, und ihr zu sagen, dass ich alles versucht habe – und dass ich sie liebe.«

Yamina zeigte erstaunlicherweise keine Eifersucht, sondern schien Yonathans Gefühle in diesem Augenblick gut verstehen zu können. Zur Bestätigung nickte sie ernst.

Bald überspannte ein schwarzes Tuch aus Samt den ganzen Himmel. Einzelne Wolken schoben sich immer vor den Mond und schirmten sein Licht ab. Ein sanfter Wind kräuselte die Oberfläche des Akeldama-Sees. Sein dunkles Wasser glänzte wie schwarze Tinte.

Über allem thronte *Har-Liwjathan*. Das rote Glühen über dem Berg sah in dieser Nacht besonders bedrohlich aus. Selbst der Mond hatte den karminroten Schimmer angenommen. Je länger Yonathan den Himmelskörper betrachtete, desto mehr schien er ihm wie in Blut getaucht.

Als wieder einmal eine dunkle Wolke den Mond bedeckte, ließ San-Yahib das Boot zu Wasser, leicht wie ein Papierschiffchen. Yonathan und Gimbar kletterten schweigend ins Kanu. Sie wollten die Stille des Sees nicht stören. Jedes Geräusch, das sie verursachten, empfanden sie als unerträglichen Lärm.

Vorsichtig tauchten sie die kurzen Paddel in das dunkle Wasser, zogen lang und kraftvoll durch, um sie anschließend wieder behutsam anzuheben. Das Platschen jedes Tropfens, der in den See zurückfiel, schmerzte in ihren Ohren.

Hier, vom Westufer des Sees aus, betrug die Entfernung zur Insel nur etwa eine Meile. Allerdings die längste Meile, fand Yonathan, die er jemals gepaddelt war. Während er schweigend sein Paddel durch das Wasser zog, suchte er mit den Augen unentwegt den nackten Kegel nach irgendwelchen Anzeichen von Leben ab. Er wusste, dass Gimbar, der hinter ihm saß, das Gleiche tat.

Der Drachenberg wirkte verwaist. Sein Bewohner schien ausgeflogen zu sein, wie schon in der Nacht zuvor. Das jedenfalls hofften die beiden Paddler. Beim Näherkommen bemerkte Yonathan, dass der Felskegel gar nicht so glatt war, wie er von weitem ausgesehen hatte. Also würde man ihn auch erklimmen können. Yonathan wünschte sich, Yomi dabeizuhaben. Der lange, blonde Seemann war ein begnadeter Kletterer. Er hätte den Berg wahrscheinlich im Sturm genommen und dabei auch noch Yonathan hinter sich hergeschleppt.

Das Kanu stieß mit einem lauten Knirschen auf den Uferkies. So schnell wie möglich zogen Yonathan und Gimbar das Boot an Land und versteckten es zwischen mannshohen Steinbrocken. Davon gab es viele hier: Die ganze Insel bestand nur aus Fels.

Kaum war das Kanu verstaut, brach auch schon der Mond durch die Wolken. Die Freunde warfen erschrocken die Köpfe in den Nacken. Über ihnen ragte dunkel und bedrohlich der Drachenberg in den Himmel, an seiner Spitze das rote Glimmen, das dem Mondlicht die Unschuld geraubt hatte.

»Ich glaube, ich habe dort drüben, ein Stückchen weiter rechts, eine Stelle gesehen, die uns den Aufstieg ermöglichen könnte«, hauchte Gimbar in Yonathans Ohr.

Der nickte stumm und kontrollierte noch einmal seine Ausrüstung: den Stab Haschevet und den Wurzelholzkasten mit Ascherels Rosen. Eine Schlaufe, dicht unter dem goldenen Knauf des Stabes angebracht, sollte verhindern, dass ihm das kostbare Stück beim Klettern aus der Hand glitt. Einen zweiten, längeren Riemen hatte er an dem Rosenbehälter befestigt. Mit ihm konnte er den Kasten bequem auf dem Rücken tragen.

»Willst du wirklich mit dieser sperrigen Kiste auf den Berg klettern?«, fragte Gimbar skeptisch.

Yonathan nickte noch einmal und wandte sich zum Gehen.

Gimbar hatte Recht. Aus den dunklen Schatten hob sich undeutlich ein steiler, schmaler Pfad, der aber breit genug war, um ihn zu beschreiten.

»Hoffentlich hört er nicht irgendwo auf halber Höhe auf«, flüsterte der ehemalige Pirat.

»Das glaube ich nicht«, antwortete Yonathan leise. »Es sieht ganz so aus, als hätte ihn jemand hier in den Fels geschlagen.«

Sie begannen den Aufstieg. Der Pfad musste schon sehr alt sein. Wind und Regen hatten im Laufe von Jahrhunderten an ihm genagt wie ein Hund an einem Knochen. Risse und Spalten, loses Geröll, vorspringende Ecken und Kanten – es gab viele Gelegenheiten, ins Straucheln zu geraten.

Yonathan benutzte einen alten Trick. Er band Gimbar ein Seil um den Leib, schlang sich selbst das andere Ende um die Brust und benutzte die Kraft der *Bewegung* und den *Wandernden Sinn* zur Unterstützung seiner Augen. Schon früher hatte er Yomi auf diese Weise sicher durch die lichtlosen Höhlen des Ewigen Wehrs gelotst.

Je höher die beiden Freunde stiegen, umso mehr verstärkte sich der Druck auf Yonathans Hinterkopf. Es war ein dumpfes, beklemmendes Gefühl. Auch das kannte er aus dem Verborgenen Land. Er, Yomi und Din-Mikkith waren damals am Glühenden Berg vorbeigewandert und der Vulkan hätte sie beinahe getötet. Vielleicht lag es an dieser bedrückenden Erinnerung, dass er für einen Augenblick unaufmerksam war. Sein Fuß rutschte auf einigen losen Steinen aus, und schon hing Yonathan über einem dreihundert Fuß tiefen Abgrund.

Gimbar stöhnte vor Anstrengung. Er hatte den Sturz abgefangen und die Leine geistesgegenwärtig um einen Felsvorsprung geschlungen. Vom anderen Ende des Seils war kein Lebenszeichen wahrzunehmen, nur das sanfte Pendeln eines schlaffen Körpers. Gimbar befürchtete schon das Schlimmste, als sich Yonathan endlich bewegte. Der Schreck saß ihm noch in den Gliedern, aber bis auf ein paar Schrammen fehlte ihm nichts.

»Ich finde, dies ist nicht der rechte Ort zum Schaukeln«, beklagte sich Gimbar, so leise es ging.

Das half Yonathan den Schock zu überwinden. Er zog sich über die Kante, die ihm beinahe zum Verhängnis geworden wäre, und blieb erschöpft sitzen. Wie gut, dass er die Schlaufe am Stab befestigt hatte, sonst wäre Haschevet mit Sicherheit in die Tiefe gestürzt. Nach einiger Zeit gab er ein unverständliches Gemurmel von sich.

»Was hast du gemeint?«, fragte Gimbar.

»Ich sagte, dass ich froh bin dich dabeizuhaben. Danke!«

Gimbar grinste in die Dunkelheit. »Goel ist ein wirklich weiser Mann.«

»Ich schlage vor, wir sind jetzt wieder still. Du weißt schon, warum.«

Etwa zweihundert Fuß unter dem Gipfel entdeckten die beiden eine tiefschwarze Spalte, kaum erkennbar im dunklen Gestein des Felsens.

»Ein idealer Platz«, flüsterte Yonathan.

»Keine Ahnung, wovon du sprichst.«

»Du wirst dich hier verstecken.«

»Und du?«

»Ich hole dich auf dem Rückweg wieder ab.«

»Kommt nicht in Frage!«

»Keine Widerrede, Gimbar. So war es abgemacht und du hast mir dein Wort gegeben. Erinnerst du dich?«

»Mein Gedächtnis ist nicht so gut wie deins.«

»Das ist doch nur eine Ausrede.«

»Ja.«

»Dann siehst du es also ein?«

»Nein.« Yonathan wollte gerade noch einmal an Gimbars Vernunft appellieren – diesmal mit größerem Nachdruck –, als dieser fortfuhr: »Doch ich stehe zu meinem Wort. Aber wehe, dir passiert was. Dann bin ich die längste Zeit dein Freund gewesen.«

»Stimmt genau«, antwortete Yonathan. Sein ernster Gesichtsausdruck wurde durch ein Lächeln aufgehellt und er fügte hinzu: »Dies ist nur das erste Auge. Wir müssen noch fünf weitere finden. Mach dir also keine Sorgen. Ich komme zurück.«

Sie nahmen sich zum Abschied in die Arme. Gimbar nickte Yonathan entschlossen zu, weil er wusste, dass es sein Freund selbst in der Dunkelheit am Berg »sehen« würde, mit welcher Art Augen auch immer. Dann setzte Yonathan allein seinen Weg fort.

Das letzte Stück erwies sich als besonders steil. Yonathan war aufs Äußerste angespannt. Langsam, doch stetig erklomm er den Gipfel des Drachenberges, setzte Fuß vor Fuß und streckte seine

Gedankenfühler nach dem aus, was vor ihm lag. Er spürte, dass es da etwas gab.

Vom Drachen fehlte jede Spur, offenbar war er »ausgeflogen« – der Lärm, den sie beim Aufstieg gemacht hatten, hätte ihn ansonsten längst herbeigelockt. Auch die Anwesenheit irgendeines Bewusstseins fühlte Yonathan nicht. Er sah keine Bilder, spürte keine Empfindungen, wie es bisher immer der Fall gewesen war, wenn er sich einem anderen Geist genähert hatte.

Und trotzdem war dieser Berg nicht verlassen. Eine bedrohliche Gegenwart hing über *Har-Liwjathan* wie die dunkle Wolkenbank eines dräuenden Gewitters.

Vorsichtig hob Yonathan den Kopf über die Kante des letzten Absatzes. Vor ihm lag ein geräumiges Plateau, an dessen einem Ende der Fels weiter zur Bergspitze anstieg. Ein riesiges Tor war dort in das Gestein getrieben, hochragende Wandpfeiler säumten die Öffnung zu einer Höhle, aus der karminrotes Licht drang.

Vermutlich diente die Ebene dem Drachen als Start- und Landeplatz. Dann musste sich hinter dem Durchlass seine Behausung befinden.

Yonathan atmete tief durch, versuchte sich zu beruhigen. Tausend Gedanken schossen ihm durch den Kopf. Als Junge hatte er einmal in London die *Westminster Abbey* besucht und anschließend *Saint Paul's Cathedral* besichtigt. Aber die Pforte vor ihm ließ auf einen solch gewaltigen Innenraum schließen, dass wohl selbst die Kirchenschiffe jener mächtigen Bauwerke mit ihm nicht konkurrieren konnten.

Fast hätte sich Yonathan gewünscht dem Drachen hier, im Freien, zu begegnen. Der Gedanke, in der Höhle gefangen zu sein, wenn der Wächter des Auges den Fluchtweg versperrte, behagte ihm überhaupt nicht.

Auf leisen Sohlen huschte er über das Felsplateau. Am Eingang zur Drachenhöhle blieb er stehen und lauschte. Kein Laut war zu hören. Sein Blick wanderte in die Höhe, dorthin, wo die steinernen Pfeiler des gigantischen Tores in einen Bogen übergingen. Ein Schauer überlief seinen Rücken. Er kam sich vor wie eine Maus, die beabsichtigte allein eine Burg zu erobern. Dann schaute er ins Innere der Höhle.

Zunächst blendete ihn das grelle rote Licht. Seine Hand schloss sich enger um den Stab. Vorsichtig betrat er den Horst des Drachen. Allmählich gewöhnten sich seine Augen an die rot glühende Helligkeit. Der Innenraum übertraf alle seine Erwartungen – eine hohe und überaus geräumige Halle aus gewachsenem Fels rückte die Dimensionen des Eingangstores ins rechte Verhältnis. Jeder Schritt kostete Yonathan große Überwindung. Es war, als müsse er sich durch eine zähe Flüssigkeit kämpfen. Je weiter er sich dem Strahlen im Zentrum näherte, umso schleppender kam er voran. Gleichzeitig wurde das Licht immer heller.

Hatte Bar-Hazzats Auge ihn erkannt? Wusste es, dass er hier war, um es zu zerstören?

Yonathan konnte schemenhaft erkennen, dass sich in der Mitte der Halle ein Felsblock, ein Sockel oder etwas Ähnliches, befand, auf dem das Auge lag. Genaueres war in dem grellen Licht nicht auszumachen.

Ringsum gab es nur Stein, keine glatten Wände, sondern schroffe Felsen, aus deren Vorsprüngen sich bizarre Fratzen reckten – sofern man der eigenen Phantasie nachgab. Von dem Drachen war weiterhin nichts zu sehen. Yonathan konnte auch keine Nischen oder Nebenhöhlen entdecken, in denen sich ein solches Wesen von gewiss beträchtlicher Größe hätte verkriechen können.

Als er nur noch wenige Schritte von dem Quell des mächtigen Glühens entfernt war, in dem er das Auge Bar-Hazzats vermutete, wurde der Widerstand fast übermächtig. Yonathans Glieder sträubten sich ihm zu gehorchen. Sein Atem ging schwer. Er fühlte Übelkeit in sich aufsteigen und spürte den Wunsch einfach umzukehren, loszurennen und sich über das Plateau des Berges in die Tiefe zu stürzen.

Er packte Haschevet nun auch mit der anderen Hand und sammelte seine ganze Geisteskraft. Sofort begann der Stab zu glühen. Ein blaues Licht floss über Yonathans Hände, Arme und umhüllte bald seinen ganzen Körper. Der Angriff des Auges kam ins Wanken. Der Druck ließ nach und für einen kurzen Augenblick konnte Yonathan dessen Form klar erkennen. Es war ein Kristall – genau wie Goel vermutet hatte. Groß wie ein Apfel, ganz aus sechseckigen Facetten zusammengesetzt und gefährlich rot funkelnd.

Das Auge selbst ist völlig wehrlos! schoss es durch Yonathans Geist. Bar-Hazzat benutzt es nur, um dadurch seine Macht fließen zu lassen. Fast hätte er laut losgelacht, aber dann machte er sich klar, dass auch die meisten Fürsten wehrlos wären, gäbe es da nicht die Wachen, die sie beschützten. Er schüttelte das bedrückende Gefühl ab, beobachtet zu werden, und sammelte erneut seine Kraft. Dies war der gefährlichste Augenblick. Wenn es irgendwo im nahen Umkreis einen Diener Bar-Hazzats gab, dann würde er das Aufwallen des *Koach* bemerken. Ein Tarnnetz, wie draußen im Wald, genügte hier nicht. Yonathan konzentrierte die ganze Macht des Stabes auf den nun folgenden Moment. Unbewusst hob er die Arme und holte tief Luft.

»Unterlass dein Vorhaben, Menschlein.«

Yonathan fuhr herum. Woher kam diese bedrohlich ruhige Stimme?

»So ist's schon besser. Brächte mich wahrlich zur Weißglut, wenn meinem Schatz was zustieße.«

Yonathans Blick blieb auf einem riesigen, unförmigen Felsen hängen, der nicht allzu weit hinter ihm aus dem Boden der Halle wuchs. Hatte er sich nicht eben bewegt?

Sein Herz setzte für einen Moment aus. War es nur eine Sinnestäuschung gewesen oder verwandelte sich die breit hingestreckte Gesteinsmasse tatsächlich in einen lebendigen Drachen?

Gleichzeitig mit der unheimlichen Metamorphose empfing Yonathan erste Eindrücke eines fremden Bewusstseins. Offenbar hatte sich der Drache in einer Art Starre befunden, einem tiefen Schlaf. Deswegen hatte der Stabträger den Hüter des Auges nicht schon vorher bemerkt.

Aus dem vermeintlichen Felsen hob sich nun ein Reptilienkopf mit bedrohlich geblähten Nüstern. Das Drachenhaupt saß auf einem langen, geschmeidigen Hals, der einem massigen, kraftvoll wirkenden Körper entwuchs. Die graue Haut des

Ungetüms schien sich aufzuhellen, an manchen Stellen sogar einen rosigen Ton anzunehmen. Die Verwandlung war perfekt, als sich der Drache auf die Vorderbeine erhob und mit den sechs scharfen Krallen seiner Pranke spielerisch über den Boden scharrte. Er schaute interessiert auf seinen Besucher herab; Yonathan vermied es den Blick zu erwidern. Trotzdem spürte er die glühenden Augen, die auf ihm lasteten und jedem anderen Menschen den Verstand aus dem Hirn gebrannt hätten. Der Drache entrollte einen langen, zackenbewehrten Schwanz und öffnete auf seinem Rücken ein Paar gewaltiger lederner Flügel, die er selbst in dieser großen Höhle nicht ganz entfalten konnte.

»Dein Trachten gilt meinem Auge«, sagte das Ungeheuer, nachdem es das »Menschlein« gründlich inspiziert hatte.

Erst jetzt bemerkte Yonathan, dass der Drache sich in einer klaren, aber etwas altertümlichen Sprache ausdrückte. Er musste nicht die Sprache der Geistesbilder bemühen, um sich verständlich zu machen, wie bei so manchem anderen nichtmenschlichen Wesen, das er kennen gelernt hatte.

»Man hat mir erzählt, Drachen seien sehr weise Geschöpfe«, sagte Yonathan, während er seinem Gesprächspartner gegenübertrat.

»Bewege dich mit Bedacht! Ein ungestümes Ausatmen von mir und du brennst wie eine lebendige Fackel.«

»Seid Ihr Euch da so sicher, Drache?«

»Ja, dessen bin ich mir gewiss. Im Übrigen: Nenne mich Garmok.«

»Vielleicht gibt es ein Feuer, das auch dir gefährlich werden könnte, Garmok.« Auch Yonathan ging jetzt zu einem vertraulicheren Ton über. Trotzdem hielt er weiterhin den Stab mit beiden Händen schützend vor die Brust. Seinen ganzen Körper umstrahlte eine Aura aus blauem Licht.

»Selbst ich kann Haschevet nicht widerstehen«, erwiderte der Drache ausdruckslos. »Aber vielleicht willst du mich auf die Probe stellen, ob ich nicht doch genügend Zeit fände auf dein Feuer zu antworten? Beendet wäre deine Mission allemal, stürzte ich mich im Tode auf dich.«

Das gewaltige Wesen sprach die Wahrheit. Es war wirklich ein Risiko das Feuer Haschevets auf Garmok zu lenken. Außerdem wollte Yonathan die Macht des Stabes nicht vorschnell einsetzen – selbst gegen einen Hüter von Bar-Hazzats Auge nicht. Nach außen hin zeigte er sich unbeeindruckt.

»Du weißt also, dass dies der Stab der Richter Neschans ist ...«

»... und dass du Geschan, der siebte Richter, bist«, fiel ihm Garmok ins Wort.

»Wie es scheint, weißt du alles.«

Der Drachenkopf, von der Größe eines ausgewachsenen Ochsen, senkte sich bedrohlich tief zu Yonathan herab. »Es *scheint* nicht nur so. Drachen sind die klügsten Wesen Neschans. Sie wissen tatsächlich alles.«

Yonathan wich den Augen des Drachen aus. »Niemand weiß alles«, widersprach er.

Garmok schnaubte. »Das Gerede eines Menschleins! Selbst dem Leben von euch Richtern fehlt die Dauer für das Lernen dessen, was mich meine Mutter lehrte, bevor ich flügge wurde. Heute bin ich steinalt.«

»Das glaube ich auf Anhieb.«

»Dein Geplapper ist mir Langeweile, Geschan. Was fangen wir beide nun miteinander an? Wenn es sein muss, kann ich die nächsten tausend Jahre hier sitzen und beobachten, was du tust. So viel Zeit bleibt *dir* nicht.«

Yonathan spürte, dass Garmok log, in irgendeiner Hinsicht. »Lass mich das Auge zerstören, dann hast du deinen Frieden«, schlug er vor.

Der Drache lachte – ein erschreckend heftiges Geräusch, in dessen Folge der Staub aus den Ritzen und Spalten der Höhlenwände rieselte. »Meinen Schatz?«, fragte er – jetzt bedrohlich ernst – mit einer Stimme wie fernes Donnergrollen. »Die Liebe der Drachen gehört den kostbaren Steinen. Aber keiner ist wie dieser. Du wirst ihn niemals dein Eigen nennen.«

»Du irrst. Es gibt noch fünf weitere. Und ich werde sie alle bekommen.«

»Das Irren ist auf *deiner* Seite, Menschlein. Die sechs Augen erfüllen zwar die gleiche Aufgabe, aber jeder ist auf seine Weise einzigartig, so wie auch deren Hüter einzigartig sind. Siehst du jetzt ein, dass ich mir meinen Schatz von niemandem rauben lasse?«

So kommen wir nicht weiter, dachte Yonathan. »Vielleicht würdest du ihn ja für etwas anderes hergeben«, warf er beiläufig ein.

Garmoks Kopf rückte näher. »Gibt es Wertvolleres als das Auge?«

»Ich denke, du weißt alles?«

Der Kopf fuhr wieder zurück. »Solches Wissen ist müßig. In euren Köpfen entstehen wirre Gedanken zu Fragen, über die nur Yehwoh Kenntnis besitzt. Aber alle wirklichen Dinge kenne ich wohl.«

»Und wenn ich ein Rätsel wüsste, dessen Lösung dir unbekannt ist?«

Zum ersten Mal wirkte Garmok unsicher. Er überlegte – in seiner Bewegungslosigkeit wieder einem Stein ähnlicher als einem lebendigen Wesen. »Du sprichst über ein Rätsel von etwas Wirklichem?«, hakte er nach.

»Es ist so real, dass du es berühren kannst.«

Garmok verfiel erneut in eine nachdenkliche Starre und Yonathan spürte, dass sich in dem Drachen die Wissbegier regte. »Ich, der siebte Richter Neschans, gebe dir mein Wort, dass du es sogar besitzen wirst«, schürte Yonathan das Feuer der Neugierde. »Aber solltest du das Rätsel nicht lösen können, musst du mir das Auge Bar-Hazzats überlassen.«

»Im anderen Falle gehören beide Schätze mir?«

»So ist es.«

Das Verlangen ließ Garmoks Schwanzspitze zittern, seine Krallen schabten nervös über den Felsboden. Yonathan hätte ihm gern in die Augen geblickt, um das Spiegelbild dieses Hungers zu sehen. Anscheinend wurde jedes Begehren in der Nähe des roten Auges zu einer unwiderstehlichen Versuchung. Doch er zwang sich, nicht selbst diesem gefährlichen Wunsch nachzugeben.

»Und wenn Betrug deine Absicht ist?« Garmok blieb argwöhnisch. »Ich gebe dir meinen Schatz und du bietest mir Wertloses dafür?«

»Kann etwas ohne Wert sein, das sich bis jetzt dem Forschen der Drachen entzogen hat?«

»Es sei«, sagte Garmok. Seine tiefe Stimme klang gehetzt. »Ich will es haben. Nenne mir dein Rätsel.«

»Und unsere Abmachung gilt?«

»Mein Wort steht dafür ein. Wie lautet das Rätsel?« Das Kratzen der Krallen wurde heftiger.

»Später gibt es kein Zurück mehr.«

»Weck nicht das Feuer in mir und stell endlich die Frage!«

Darauf wollte es Yonathan dann doch nicht ankommen lassen, zumal er spürte, dass die Nerven des riesigen Wesens wirklich zum Zerreißen gespannt waren.

»Höre nun das Rätsel«, begann er so ruhig, wie es ihm möglich war. »Was ist schöner als eine Eisblume, weißer als Schnee und kann dennoch dem Atem eines Drachen standhalten?«

»Ha!«, rief Garmok. »Nur ein anderer Drache. Das war eine Einfachheit. Dein Schatz gehört mir.«

»Leider ist es nicht die richtige Antwort«, bedauerte Yonathan.

»Es gibt nichts, das dem Feuer eines Drachen standhielte«, ereiferte sich Garmok. »Und schon gar nichts, das wie Schnee und Eis ist.«

»Es gibt etwas«, widersprach Yonathan.

Die Hitze in Garmok stieg an. Gedankenbilder des Drachen überschwemmten Yonathan. Szenen aus vielen Jahrhunderten streiften seinen Geist. Dann wurde die Flut der Erinnerungen schwächer, bis sie schließlich ganz versiegte. Garmok sprach leise, fast flehend. »Bitte, verrate es mir! Nimm den roten Stein, wenn es sein muss, aber sage mir, was dieses weiße Etwas ist.«

»Du gibst dich also geschlagen?«

»Ja doch!«, fauchte Garmok und einige kleinere Flammen entwichen seinen Nasenlöchern.

Es war höchste Zeit den Drachen von seiner Anspannung zu erlösen. Yonathan nahm den langen Holzkasten von der Schulter und legte ihn auf den felsigen Höhlenboden. Dabei achtete er peinlich darauf, weder den Stab aus der Hand zu legen noch den Hausherren aus den Augen zu lassen.

Langsam öffnete er die Wurzelholzkassette, holte eine der beiden verbliebenen Rosen heraus und schloss das Behältnis sofort wieder. Erst als der Kasten wieder über Yonathans Schulter hing, hob er die weiße Rose in die Höhe und verkündete feierlich: »Als Hüter von Ascherels Rosenstock übergebe ich dir diese Blüte. Von nun an ist sie dein, bis dass du sie aus freiem Willen einem anderen gibst, es sei denn, du stürbest zuvor.«

Garmok starrte eine geraume Weile sprachlos auf die Rose in Yonathans Hand. Die Blüte war so rein, dass selbst das karminrote Glühen des Steines auf ihr keinen Widerschein fand. In den Augen des Drachen brannte ein gefährliches Feuer.

»Das ist eine Rose«, sagte er schließlich sehr langsam. In seiner Stimme lag Überraschung, aber auch Bewunderung.

»Du kennst dich also auch in der Pflanzenwelt aus.«

»Ich habe zwar wirklich noch nie eine Rose gesehen, die vom Stiel, über die Dornen und Blätter bis hin zur Blüte so makellos wie frisch gefallener Schnee ist, aber du willst mir doch wohl nicht weismachen, sie *allein* sei schon des Rätsels Lösung?«

Yonathan verzichtete auf eine Erwiderung und suchte sich, indem er vorsichtig rückwärts ging ohne dabei den Drachen aus dem Blick zu verlieren, einen passenden Riss im Höhlenboden und steckte den Stiel der Rose hinein. Dann entfernte er sich von der Blüte und rief Garmok zu: »Prüfe selbst, ob das Rätsel wahr ist und die weiße Rose deinem Atem standhalten kann.«

Der Drache schien unschlüssig zu sein. Mehrmals wechselten die glühenden Augen zwischen dem jungen Richter und der weißen Rose hin und her. Lohnte es überhaupt seinen Atem an dieses winzige vergängliche Ding zu verschwenden?

»Was ist?«, rief Yonathan noch einmal. »Hast du Angst deinen Teil der Abmachung zu erfüllen?«

Die Antwort des Drachen kam unverzüglich und fiel heftig aus. »Garmok fürchtet sich niemals, Menschlein!«

Ohne weiter auf Yonathan zu achten richtete sich das gigantische Schuppentier zu seiner vollen Größe auf und holte tief Luft. Yonathan trat instinktiv noch ein paar Schritte zurück. Dann schossen zwei blauweiße Feuerstöße aus den Nasenlöchern des Drachen hervor und tauchten Ascherels Rose in ein gleißendes Licht.

Erstaunt beobachtete Yonathan, dass die Umrisse der zarten Blume inmitten der sengenden Glut weiterhin sichtbar blieben. Der Drache spuckte Feuer, was das Zeug hielt. Sein Atem war erstaunlich lang, aber schließlich wurden die Feuerzungen doch schwächer und kürzer, das Weiß und Blau der Flammen ging in Gelb über, schließlich versiegten sie ganz. Dann herrschte tiefe Stille.

Yonathan gab sich alle Mühe nicht vor Freude laut loszuschreien. Ascherels Rose stand völlig unversehrt da, wo er sie hingesteckt hatte. Mit wenigen schnellen Schritten kehrte er an seinen alten Platz zurück: dicht vor dem Drachen und nah bei dem flammenden Auge Bar-Hazzats.

Die schützende Aura, mit der Yonathan sich umgeben hatte, strahlte nun intensiver. Es war die Herausforderung des Stabes an das Auge und dieses schien zu schreien – wenn auch kein menschliches Ohr diesen Klageruf hören konnte –, sein Glühen wurde immer heller.

»Nun nimm die Rose«, sagte Yonathan ruhig. »So war es abgemacht. Und lass mir den Stein.«

Der Drache bewegte sich nicht. Er schien wieder zu einem Felsbrocken geworden zu sein. In seinem Kopf formte sich ein Gedanke, wuchs wie ein böses Geschwür und begann auch den letzten freien Willen zu ersticken, den Bar-Hazzat ihm noch gelassen hatte.

Die Gabe des *Gefühls* ließ Yonathan an dieser gefährlichen Entwicklung teilhaben. Er hätte es wissen müssen. Durch den Handel mit der Rose hatte er Zeit gewonnen, wichtige Zeit, aber nicht mehr. Da die eigentliche Gefahr von dem Wächter und nicht von dem Auge ausging, konzentrierte er sich nun ganz auf den Drachen. Der glaubte seinen Schatz behalten und einen neuen dazugewinnen zu können. Sogar sein Leben würde er nun aufs Spiel setzen, um dieses Vorhaben zu verwirklichen.

Garmok richtete sich auf und holte Luft. Yonathan wusste, dass er sofort handeln musste. Er sammelte alle seine Kraft, sandte ein Stoßgebet zu Yehwoh.

Einen Herzschlag später dachte Garmok, seine Augen versagten ihm den Dienst. Das winzige Menschlein vor seinen Nüstern begann zu wachsen, wurde immer größer und verwandelte sich schließlich in einen Drachen, gewaltiger und furchteinflößender noch als er, Garmok, selbst. Er zögerte.

Dieser Moment des Zauderns genügte Yonathan. Er wirbelte herum und schleuderte alle Kraft gegen Bar-Hazzats Auge. Ein gleißender Blitz schoss aus dem Knauf des Stabes. Rote und blaue Lichtstrahlen vermischten sich, schienen einander zu umschlingen, während sie der Höhlendecke entgegenstrebten. Die Luft zischte wie Wasser auf einer heißen Herdplatte und ein Sturm tobte durch den Felsendom.

Yonathan konnte sich nur mit Mühe auf den Beinen halten. Seine Knie drohten nachzugeben. Vielleicht hatte er den karminroten Bannstein unterschätzt. Jedenfalls gab es da noch etwas anderes in dem Kristall und dieses Etwas wehrte sich mit erschreckender Macht. Es war ein Kampf übernatürlicher Gewalten. Auch wenn Yonathan nur das *Koach* lenkte, kostete diese Auseinandersetzung doch all seine Kraft. Seine Reserven waren nicht unerschöpflich. Er spürte, wie er schwächer wurde. Doch das Auge wehrte sich immer noch.

Als die beiden flammenden Tentakel die Höhlendecke erreichten, fielen Steine zu Boden. Yonathan musste sofort reagieren, um nicht von den herabfallenden Brocken erschlagen zu werden. Er setzte die Gabe der Bewegung ein und erschuf einen unsichtbaren Schutzpanzer; aber der entzog ihm nur noch schneller die Energie. Er rang nach Atem, keuchte. Schweiß rann in Strömen über seinen Körper. Er war kurz vor dem Zusammenbrechen.

»O Yehwoh! Hilf mir!« In einem Schrei, der nicht menschlich war, riss er den Stab in die Höhe, stürzte nach vorn und schmetterte den Knauf Haschevets gegen das Auge. Für einen winzigen

Augenblick sah er die wahre Gestalt des Steins, die sich aus der Hülle des Kristalls befreite, ein schreckliches Bild, das ihm den Verstand geraubt hätte, wenn nicht der schützende Schirm des *Koachs* da gewesen wäre.

Dann erfolgte eine ungeheure Explosion. Eine karminrote Flammensäule schoss in die Höhe. Sie zerriss das Gewölbe der Höhle und bahnte sich ihren Weg in den Nachthimmel. Menschen, Tiere und andere Geschöpfe im weiten Umkreis glaubten für kurze Zeit, eine blutrote Hand zu sehen, die nach dem Mond griff, um ihn vom Himmel zu holen. Doch dann verblasste die grauenhafte Kralle und verging in einer glühenden Wolke, die der Wind langsam zerfaserte, bis es sie nicht mehr gab.

IX.
Der Jäger vom Turm

latschend fiel Tropfen für Tropfen auf den nassen Stein. Ein nur zu bekanntes Geräusch in dieser dunklen Gruft, die ihn nun schon so lange lebendig begraben hielt. Er hatte nicht viel geschlafen. Er ruhte nie viel hier unten. Meist verharrte er nur in einem Zustand des tiefen In-sich-versunken-Seins, einer Art geistiger Balance zwischen Erinnerung und Zukunftsvision. Nein, das Tröpfeln hatte dieses teilnahmslose Gleichgewicht nicht gestört. Weder das Wasser, das von den Wänden rann, noch Fim waren dazu in der Lage. Höchstens vielleicht die Ratten – aber auch nur, wenn er Hunger verspürte.

Warum aber fühlte er dann diese seltsame Unruhe? Die feuchte Luft schien geladen, wie vor einem Sommergewitter. Ohne ersichtlichen Grund waren seine Nerven angespannt. Sämtliche Haare seines Körpers standen ihm zu Berge. Etwas Wichtiges geschah in diesem Augenblick.

Dann hörte er den Schrei. Der Schwarze Turm von Gedor erzitterte unter einem schrecklichen Kreischen. Unbeschreiblicher Schmerz lag darin. Der Jäger kannte die Stimme und er wusste, was dies bedeutete – Menschen schrien so, wenn man sie mit einem glühenden Eisen blendete.

Die schlurfenden Schritte kamen zu früh. Erst in einigen Stunden war die nächste Mahlzeit fällig. Ohren, die im Laufe der Jahre gelernt hatten nutzlose Augen zu ersetzen, registrierten weitere Schritte: zwei Soldaten; der Klang der Stiefel war unverkennbar.

Fim schob den Schlüssel in das Schloss. Knarrend und quietschend öffnete sich die Kerkertür. Der helle Schein zweier Fackeln blendete den Gefangenen.

»Er hat befohlen Euch zu ihm zu bringen«, erklärte einer der beiden Soldaten.

»Sirkath?«

»Ihr kennt mich noch, Herr?«

»Du hast mich vor Jahren in den Turm geworfen.«

»Es war Bar-Hazzats Urteil Euch und Euren Namen aus Témánah zu tilgen. Ich habe nur einen Befehl ausgeführt.«

»Natürlich. Er befiehlt – wir gehorchen.«

»So kommt denn. Wir haben ein Bad vorbereitet, eine Mahlzeit und frische Kleidung. Bar-Hazzat hat angeordnet Euch in würdigem Zustand vor ihn zu bringen.«

Fast zu spät, dachte der Jäger. Aber er nickte nur und folgte den beiden Soldaten.

Der Schwarze Turm von Gedor besaß viele Treppen. Er ragte sechshundertsechsundsechzig Ellen in den Himmel und in seinem Innern hätte man alle Gebäude des Palastberges von Cedanor unterbringen können. Kein Bauwerk Neschans konnte sich mit ihm messen.

Irgendwo im unteren Drittel des Turms widmeten sich Sklaven einer schwierigen Aufgabe: Sie versuchten den Jäger in einen Menschen zu verwandeln, und das innerhalb kürzester Zeit. Seine Haut wurde in heißem Wasser aufgeweicht, mit Schwämmen und Ästen des Karkamistrauches geschrubbt, geknetet und massiert, getrocknet und mit Öl eingerieben. Sein Haar wurde geschnitten und gekämmt. Sein hager gewordener Körper wurde mit kostbaren Gewändern umhängt. Seinem Magen führte man warme Speisen zu.

Der Jäger ließ alles schweigend über sich ergehen. Es war beinahe ein Wunder, dass seine Arme und Beine noch so hervorragend funktionierten. Sicher, über all die Monate hinweg hatte er in der Finsternis seine Übungen fortgesetzt, hatte sich nie aufgegeben. Er wollte stark sein für den Tag, an den er beinahe nicht mehr geglaubt hatte, stark für die eine letzte Aufgabe, die er übernehmen würde.

Und doch musste es mehr gewesen sein als nur sein eiserner Wille, was ihn über diese lange Zeit hinweg nicht nur am Leben, sondern auch bei körperlicher und geistiger Gesundheit erhalten hatte. Nicht als Todgeweihter, als stinkender, zerlumpter Kerkerinsasse, sondern als stolzer Krieger stieg er die Stufen hinauf. Dieses Privileg konnte er schnell wieder verlieren und er mahnte sich zur Vorsicht für das, was vor ihm lag.

Bar-Hazzat würde ihn ganz oben erwarten, dort, wo nur wenige Zutritt erlangten. Der dunkle Herrscher verließ den großen, sechseckigen Raum nie, der die Spitze des Turmes krönte. Manche sagten, er könne es nicht, andere wiederum behaupteten, er müsse es nicht – Bar-Hazzats Geist sei in der Lage jeden Ort Neschans aufzusuchen, seine Diener trügen ihm jede gewünschte Information zu oder führten seine Anweisungen aus, wo immer er es befahl. Und er hatte die karminroten Augen, seine mächtigsten Verbündeten, die nun aus ihrer langen Ruhe erwachten.

Endlich stand der Jäger vor der Tür, einer in die Wand eingelassenen sechseckigen Platte aus poliertem schwarzem Lavagestein. Die Soldaten mussten längst zurückbleiben, da nur Auserwählte den Weg bis hierher gehen durften.

Ein unmerkliches Rucken ging durch die schwere Tür. Lautlos schwang sie in ihren Angeln, ohne dass die Hand eines Wächters sie berührt hätte.

»Komm herein. Ich habe dich schon erwartet.« Die Stimme hatte sich nicht verändert: immer kalt, meist leise, nie gewogen.

Der Jäger folgte der Aufforderung. Er trat in den weiten Raum, von dem aus man ganz Neschan überblicken konnte. Das Turmgemach war in derselben Farbe gehalten wie schon die Eingangstür und völlig schmucklos – menschliche Maßstäbe von Geborgenheit verloren hier ihre Gültigkeit. Da Bar-Hazzat nie ruhte oder gar schlief, gab es auch keine Möbel – mit Ausnahme eines sechseckigen Tisches in der Mitte des Raumes, einem massiven schwarzen Steinblock mit polierter Platte, der ein Zugeständnis an die menschlichen Diener des dunklen Herrschers darstellte, damit sie dort ihre Karten ausbreiten und ihre Schlachtpläne erläutern konnten.

Der Jäger hasste diesen Tisch. Schon viele Generäle hatten dort ihre letzte Lagebeurteilung abgegeben. Anschließend waren sie im Fußboden verschwunden. Niemand wusste, ob es in der Nähe des Tisches eine Falltür gab oder ob Bar-Hazzat einfach an jeder beliebigen Stelle des Raums den Boden öffnen konnte. Die in Ungnade Gefallenen gelangten durch die Klappe jedenfalls in einen scharfkantigen Schacht, durch den sie senkrecht bis in die Grundfesten des Turmes fielen. Wenn sie dort ankamen, war von ihnen nicht mehr viel übrig. Und trotzdem schien ihr Schicksal vielleicht besser zu sein als das derjenigen, die, wie es Sethur ergangen war, als lebende Tote im Kerker des Turms schmachteten.

An diesem berüchtigten Tisch blieb der Jäger stehen und verneigte sich tief in die Richtung der dahinter stehenden schwarzen Gestalt. Er vermied es, den Blick auf die drei rot glühenden Punkte unter der Kapuze des weiten Gewandes zu richten.

»Es ist gut, dass ich dich so lange am Leben erhielt«, sprach die dunkle Gestalt.

Also lag es doch nicht allein an den Übungen und den fetten Ratten, dachte der Jäger.

»Eure Gnade ist groß, mein Gebieter.«

»Ich kenne keine Gnade«, erklang Bar-Hazzats Stimme so ruhig, so ausdruckslos, dass es dem Jäger einen kalten Schauer über den Rücken trieb. Er spürte das karminrote Glimmen der Augen auf seinem gesenkten Haupt. »Erhebe dich«, forderte die gefühllose Stimme nach unendlich langer Zeit.

Der Jäger gehorchte.

»Du weißt, warum ich dich rufen ließ?«

»Geschan.«

»Du hast meinen Klageruf gehört.«

»Wie hätte ich nicht, Gebieter?«

»Du vermutest richtig. Der Wurm ist aus seinem Loch gekrochen und wagt es, sich gegen mich zu erheben.«

»Er hat eines Eurer Augen gefunden.«

»Nicht nur das. Er rief das Feuer Haschevets darauf herab. Nun verbleiben mir noch fünf der karminroten Steine.«

»Ich nehme an, Ihr habt bereits einen Plan ihn zu vernichten.«

Bar-Hazzat schwieg einen Augenblick. Als er wieder sprach, klang seine Stimme so ausdruckslos wie zuvor. »Geschan ist ein schwacher Mensch. Ich weiß nicht, warum Yehwoh gerade ihn erwählte. Der lang ersehnte siebte Richter hat bereits seinen ersten Fehler begangen.«

»So?« Der Jäger glaubte einen Ton der Geringschätzung in Bar-Hazzats Worten wahrzunehmen.

»Vor nicht ganz sechs Wochen hat Geschan sich verraten. In der Ostregion, nördlich von Mezillah, benutzte er das *Koach*. Ich habe ihn gereizt und er hat in einem Anfall von Rührseligkeit die Macht des Stabes gebraucht.«

Der Jäger erinnerte sich an das, was Bar-Hazzat Rührseligkeit nannte. Diese Eigenschaft des Knaben hatte ihn einst zur Strecke gebracht.

»Was gedenkt Ihr zu tun, Gebieter?«

»Ich habe bereits etwas getan. Gemäß der Prophezeiung sind die Tage Goels gezählt und so wusste ich, dass bald etwas geschehen *musste*. Seit Wochen schon warteten meine Heere am Fuße des Grenzgebirges, meine Flotte war bereit zum Auslaufen. Zwar gelang es meinen Priestern nicht, Geschan auf seinem Weg nach Osten aufzuhalten, aber sobald ich seine Macht spürte, gab ich Befehl zum Aufbruch der Heere. Die letzten Meldungen sind gut. In drei Tagen wird der Sturm auf die Stadt des Lichts beginnen, während der siebte Richter noch viertausend Meilen weit entfernt durch die Steppe hetzt. Wenn er Cedanor erreicht, wird er nichts als Trümmer vorfinden.«

Nun glaubte der Jäger sogar Vorfreude in Bar-Hazzats Stimme zu entdecken. Noch nie hatte er ihn derart aufgekratzt erlebt. Er hielt den Zeitpunkt für gekommen, die eine Frage zu stellen.

»Warum habt Ihr mich aus dem Kerker rufen lassen, mein Gebieter?«

»Weil ich diesen Richter endgültig vernichten will«, kam die Antwort unvermutet heftig. »Um Cedanors Gegenwehr mache ich mir keine Gedanken – Kaiser Zirgis ist praktisch schon in meiner Hand. Aber erst, wenn ich Geschan getötet habe, wird mir niemand mehr die Herrschaft über Neschan streitig machen. Die Weltentaufe wird dann die Ordnung besiegeln, die seit Ewigkeiten vorgegeben ist.«

»Ihr meint, wie Melech-Arez sie sich gewünscht hat.«

»Haben die Ratten an deinem Verstand genagt, dass du es wagst das Wirken unseres Gottes anzuzweifeln?«

»Ich würde nie die Bestimmung des Melech-Arez' in Frage stellen«, beeilte sich der Jäger zu versichern und schlug ergeben die Augen nieder. »Ebenso wenig wie die Eure, der Ihr sein erster Fürst seid. Doch bedenkt, dass es Yehwohs Richter ist, gegen den Ihr Pläne schmiedet.«

»Yehwoh hat nie bestritten, dass Melech-Arez der Gott dieser Welt ist.«

»Ich nehme an, Ihr habt mich nicht rufen lassen, um mit mir über die Eigentumsansprüche der Götter zu disputieren.«

»Für einen Todgeweihten sprichst du reichlich kühn.« Es trat eine unangenehme Pause ein. »Ich will es überhören, angesichts der Entbehrungen, die du erlitten hast. Zumal deine Warnung vor Geschan begründet ist. Um eine Stadt einzunehmen, genügt ein starkes Heer, aber um den Träger Haschevets zur Strecke zu bringen, braucht es einen listigen Jäger.«

»Meine Fähigkeiten sind nur begrenzt, mein Gebieter.«

»Spar dir dieses Gefasel. Wer eine Welt regieren will, braucht keine Schönrederei. Ich weiß, dass du in der Vergangenheit versagt hast. Aber ich weiß auch, dass du nicht allein die Schuld daran trägst. Wir wollten Geschan für uns gewinnen, dachten er sei zu jung, zu unerfahren, um unseren Angeboten zu widerstehen.«

Der Jäger zeigte sich verwundert. Nachsicht oder sogar das Eingeständnis einer Mitschuld waren bisher von Bar-Hazzat nicht zu erwarten gewesen.

»Wenn wir in dieser Stunde versagen, dann geht es uns beiden schlecht. Es hat also keinen Sinn Fehler zu vertuschen. Wir müssen aus ihnen lernen.«

»Und wie lautet diese Lehre?«

»Dass du Geschan *töten* musst, sobald du ihn gefunden hast. Nutze jede Gelegenheit, die sich dir dafür bietet. Wenn möglich, strecke ihn nieder, bevor er dich entdeckt. Habe ich mich klar ausgedrückt?«

»Ich habe jedes Wort verstanden.«

»Gut. Dann sieh her.« Aus dem Überwurf Bar-Hazzats löste sich eine knöcherne Hand und kreiste kurz über der spiegelnden Oberfläche des Tisches. Sofort erschienen dünne, rot leuchtende Linien auf dem schwarzen Stein – eine Landkarte.

»Du weißt, wo sich meine übrigen Augen befinden«, sagte die dunkle Gestalt. Sie deutete auf die betreffenden Punkte und stellte einige Vermutungen über Geschans weiteres Vorgehen an. Der Jäger lauschte aufmerksam den Plänen für mögliche Hinterhalte, stellte weitere Fragen und wagte sogar, selbst einige Vorschläge zu machen. Schließlich schloss Bar-Hazzat: »Wenn es Geschan wider Erwarten gelingen sollte diese vier Augen zu vernichten, musst du ihn hier erwarten.« Ein roter Fleck leuchtete mitten im Meer auf. »Dort wirst du ihm auflauern und ihn töten, denn wenn es ihm gelingt dieses Auge zu vernichten, dann steht er bereits mit einem Fuß in Témánah.«

Bar-Hazzats Diener nickte bedeutungsvoll. »So höre denn meinen Schwur: Bevor mein Name aus der Welt getilgt wurde, hat man mich als einen großen Jäger gekannt. Doch die Zukunft wird zeigen, dass nie eine Beute größer sein wird als die, die ich auf dieser Jagd erlege.«

Für einen Moment glommen die roten Punkte unter der Kapuze heller auf. Der Jäger glaubte klamme Finger auf seinem Herzen zu spüren und erschauerte. Dann ertönte wieder die kalte, gefühllose Stimme. »Deine Entschlossenheit gefällt mir. Deswegen habe ich gerade dich für diese Aufgabe erwählt. Du sollst nicht ohne Ehre hinausziehen. Ich gebe dir ein Schiff, dessen Name dir neue Kraft geben soll. Es heißt *Bath-Narga*, Tochter der *Narga*. Und auch deinen Namen gebe ich dir heute zurück, auf dass die Welt wisse, wer den siebten Richter besiegt hat. Von nun an bist du wieder *Sethur*, der im Verborgenen Wirkende, der Jäger vom Turm.«

X.
Der Botschafter des Todes

Es war von Anfang an alles schief gelaufen, musste sich Felin eingestehen.

Schon in Ganor hatte es angefangen. Nachdem er sich im Garten der Weisheit von Yonathan und Gimbar getrennt hatte, suchte er zuerst nach einer Gelegenheit, um sich nach Cedanor einzuschiffen. Die Pilgersaison setzte gerade erst ein und so fand er schnell ein Schiff, auf dem noch einige Plätze frei waren. Da der Segler erst am nächsten Morgen ablegen sollte, hatte er noch genügend Zeit das Gimbar gegebene Versprechen einzulösen.

Mit seinem großen Schwert auf dem Rücken bahnte er sich den Weg durch die Pilger und Kaufleute zu Baltans Kontor. Es lag dicht beim Hafen, so dass er Gimbars Haus, das sich unmittelbar an die Handelsniederlassung anschloss, bald erreicht hatte. Doch von nun an schien ihn das Glück verlassen zu haben.

Schon Schelima war nicht begeistert, als sie erfuhr, dass ihr Mann mit Yonathan zum anderen Ende der Welt aufgebrochen war. Natürlich habe sie damit gerechnet, ihren Gatten für einige Wochen nicht zu sehen, so wichtig wie Gimbar getan habe, nachdem er ihr die rot gewordene Seide gezeigt hätte. Aber Felins Bericht übertraf alle ihre Befürchtungen.

»Ich begleite dich nach Cedanor«, beschloss sie kurzerhand. Und was hätte Felin noch ins Feld führen können, um sie davon abzubringen? Ihre Erklärung war von weiblicher Logik geprägt, also unwiderlegbar. »Wenn eines dieser scheußlichen Dinger, die er und Yonathan suchen, tatsächlich irgendwo in Cedanor versteckt ist, dann wird er geradewegs dorthin reisen. Du bist ein Freund, Felin, und sicher möchtest du mich nicht daran hindern meinen Mann noch ein letztes Mal zu sehen, bevor diese Welt untergeht. Ich werde dir nicht zur Last fallen. In Cedanor kann ich bei meinem Vater wohnen. Er wird sich freuen mich und die Enkelkinder wiederzusehen.«

»Die Kinder?« Felin war entsetzt.

»Ja, meinst du etwa, ich steige mit dir auf dieses Schiff und lasse Aïscha und Schelibar allein hier? Konntest du etwa schon mit zwei Jahren deinen einjährigen Bruder versorgen?«

»Bomas ist acht Jahre älter als ich«, brummte Felin. »Außerdem hatten wir eine Amme.«

»Na also, dann ist ja alles klar.«

Am nächsten Morgen stand Felin an Deck der *Raffina* und schaute gedankenverloren auf die vorbeiziehenden Häuser Ganors. Neben ihm saß die kleine Aïscha auf ihrem dick gewindelten Po, den Kopf weit im Nacken, und starrte ihn mit offenem Mund an. Er musste auf Gimbars Töchterchen aufpassen, während Schelima dem kleinen Schelibar die Brust gab.

Für die nächsten fünfzig Tage änderte sich wenig an dieser Aufgabenteilung. Wenn Felin einmal nicht an das dachte, was ihn in der Hauptstadt des Cedanischen Reiches erwartete, spielte er mit den Kindern oder unterhielt sich mit Schelima. Gimbars Familie sorgte dafür, dass er sogar gelegentlich lachen konnte, und einmal – er trug gerade den brüllenden Schelibar vor sich her wie einen jungen, um sich schnappenden Alligator – ertappte er sich bei dem Gedanken, wie es wohl wäre, selbst eine Hand voll solcher Schreihälse zu besitzen.

Als die *Raffina* in den inneren Hafen von Cedanor einlief, bemerkte Felin sogleich, dass etwas nicht stimmte. Von weitem hatte die Stadt – die Perle Baschans – wie eh und je ausgesehen: weiße, in der Sonne blitzende Häuser, die sich nach Süden hin bis zu den großen Klippen hinaufzogen, in der Mitte der gewaltige Palastberg. Aber jetzt, aus der Nähe ...

Die Gesichter der Menschen waren grau. Obwohl das Treiben im Hafenviertel nach wie vor hektisch war, hörte man selten ein befreites Lachen. Die Leute wirkten mürrisch und bedrückt. Was konnte eine ganze Stadt derart verändert haben?

Den einzigen Lichtblick in dieser tristen Umgebung stellte die *Weltwind* dar. Der dickbäuchige Dreimaster von Kapitän Kaldek lag ein Stück voraus an Baltans Privatpier. Mit großer Wahrscheinlichkeit war also auch Yomi, Kaldeks Adoptivsohn, in der Stadt. Felin freute sich schon, den alten Weggefährten wiederzusehen.

Beim Schiff trafen sie auf einen Seemann, der ihnen verriet, dass Kaldek und sein Sohn sich bei ihrem Auftraggeber, Baltan, befänden. Die übrige Mannschaft sei auf Landgang. Es habe wenig Zweck auf die Rückkehr des Kapitäns zu warten, da er voraussichtlich über Nacht wegbleiben werde.

»Ein Grund mehr keine Zeit zu verlieren«, freute sich Schelima. »Lass uns ein paar Pferde besorgen und zum Haus meines Vaters hinaufreiten.«

Als Tochter Baltans fiel es Schelima nicht schwer für sich und ihre Kinder ein geeignetes Transportmittel zu finden. In den Hafenkontoren ihres Vaters standen genug Pferde und ihr unerwarteter Besuch zauberte ein Lächeln auf die Gesichter der dort arbeitenden Kaufleute.

Felin ritt auf seinem eigenen Rappen voran, der sich ganz ungestüm aufführte, weil er nach der langen Schiffsreise endlich wieder festen Boden unter den Hufen spürte. Es schien dem Tier großen Spaß zu bereiten die Leute von der Straße zu verscheuchen, um den beiden nachfolgenden Pferden einen Weg zu bahnen. Wenn Felin gerade nicht damit beschäftigt war, sein Pferd im Zaum zu halten, machte er ein grimmiges Gesicht; selbst im Viertel der Tagelöhner wagte niemand sich diesem Ehrfurcht gebietenden Krieger in den Weg zu stellen. Obwohl er sich äußerlich nur wenig verändert hatte und die schneeweiße Locke in seinem aschblonden Haar ein nur allzu verräterischer Anhaltspunkt war, erkannte in ihm kaum jemand den seit drei Jahren verschollenen Prinzen. Warum auch? Sein Vater hatte ihn ächten lassen. Er war eine Unperson. Prinz Felin existierte nicht mehr.

Baltans Anwesen auf den Klippen der Stadt empfing die kleine Reisegruppe mit offenen Toren. Doch die Wiedersehensfreude des weißhaarigen Kaufmannes, der ihnen im Garten hinter der hohen Pforte entgegeneilte, war nicht ungetrübt.

»Die Zeiten sind unsicher geworden, Schelima. Du hättest in der Gartenstadt bleiben sollen. Sie liegt an der Grenze zu *Gan Mischpad*, dem einzig sicheren Ort auf ganz Neschan.«

»Ich bin hier, weil Gimbar kommen wird«, entgegnete Schelima fest. »Das weiß ich genau. Er ist mein Mann und ich möchte bei ihm sein.«

»Es gibt Dinge, die kann man nicht mit ihr diskutieren«, bemerkte Felin.

»Du hättest sie trotzdem nicht mitbringen sollen«, brummte Baltan. »Doch kommt mit ins Haus. Dort können wir alles besprechen.«

Wie erwartet, waren auch Kaldek und sein Adoptivsohn zu Gast in Baltans großzügigem Domizil. Yomi freute sich sehr den Prinzen wiederzutreffen. Felin wusste, dass Yonathan den schlaksigen, strohblonden Seemann besonders mochte, und auch er selbst hatte sich der unkomplizierten Art Yomis nie entziehen können.

Beim Abendessen erzählte Baltan, was sich in den vergangenen Monaten in Cedanor zugetragen hatte. Er selbst sei erst wieder seit zwei Jahren in der Stadt. Nachdem er damals Yonathan und seinen Gefährten zur Flucht aus dem Palast verholfen hatte, hielt er es für klüger dem »Thron des Himmels« eine Weile fernzubleiben. Er wollte nicht mit dem damaligen Komplott gegen den Kaiser in Verbindung gebracht werden, deshalb täuschte er eine längere Geschäftsreise vor.

Nach der Rückkehr schien alles den gewohnten Lauf zu nehmen. Ja, besser noch: Die Nachricht vom Erscheinen des siebten Richters brachte Licht in das Leben der Menschen. Jeder blickte hoffnungsvoll in die Zukunft und selbst Kaiser Zirgis respektierte die Stimmung im Volk und hielt sich mit Kritik am neuen Richter zurück. Baltan nahm seinen Platz als Ratgeber am Tisch des Kaisers wieder ein und die schwarzen Priester Témánahs mussten sich mit einer – leider nur zeitweiligen – Einschränkung ihrer unheilvollen Tätigkeit abfinden. Nach ein, zwei Jahren ließ die Begeisterung der Menschen nach, der Alltag kehrte zurück, und mit ihm auch die dunklen Gestalten auf den Straßen und Märkten des Reiches.

Am Hofe in Cedanor war eine Abordnung des Südlandes sogar die ganze Zeit geduldet worden. Er wolle Témánah nicht verärgern, hatte Kaiser Zirgis erklärt, aber Baltan fürchtete Schlimmeres. Nach dem Abendessen zog sich der Kaufmann mit Felin, Yomi und Kaldek in sein Arbeitszimmer zurück und offenbarte ihnen die ganze Wahrheit.

»Der Kaiser ist nicht mehr er selbst. Ich habe jeden Einfluss auf ihn verloren. Zirgis hat sich noch nie mit dem zufrieden gegeben, was er an Macht und Einfluss besaß. Er wollte immer noch mehr; das war ja auch der Grund, weswegen er vor drei Jahren Yonathan und den Stab Haschevet an den Kaiserpalast binden wollte. Aber jetzt ist sein Ehrgeiz zur Besessenheit geworden. Und dafür, so glaube ich, gibt es vor allem einen Grund.«

Die drei Gäste schauten ihn erwartungsvoll an.

»Ffarthor.«

»Ist das nicht der Botschafter, den Témánah damals, anlässlich des Thronjubiläums, an den Hof entsandte?«, erkundigte sich Felin.

»Richtig. Ffarthor gibt sich äußerlich als Mann des Ausgleichs. Er wolle den langen Zwist zwischen dem Südreich und den Ländern des Lichts beilegen helfen. Die beiden Reiche sollen voneinander profitieren, sodass künftige Generationen ohne Misstrauen in friedlichem Miteinander leben können. Das und noch einiges mehr soll er bei seinem Amtsantritt versprochen haben. Irgendwie ist es ihm gelungen das Vertrauen des Kaisers zu gewinnen.«

»Ich verstehe das trotzdem nicht. Man kann meinem Vater viel vorwerfen, aber nicht, dass er ein Dummkopf ist. Er muss doch erkennen, wessen Interessen Ffarthor wirklich verfolgt.«

»Wenn er noch einen eigenen Willen hätte, dann würde er es sicher.«

»Du willst doch nicht etwa andeuten, dass ...?« Felin stockte.
»Genau das.« Baltan blickte grimmig in die Runde. »Ihre Eminenz Ffarthor von Gedor, wie er sich selbst nennt, ist inzwischen zum ersten Ratgeber des Kaisers aufgestiegen. Es hat alles damit angefangen, dass er eine angebliche Verschwörung gegen den Kaiser aufdeckte. Ausgerechnet Fürst Phequddath soll der Rädelsführer gewesen sein.«
»Phequddath? Der alte Zeremonienmeister? Das glaube ich einfach nicht. Er war meinem Vater treu ergeben.«
»Niemand glaubte daran – außer Zirgis. Dein Vater hat Phequddath dem Scharfrichter übergeben, wenn auch nach einigem Zögern. Ursprünglich sollte der betagte Hofmarschall eigentlich nur verbannt werden, aber dann machte Ffarthor seinen Einfluss geltend. Es müsse endlich einmal ein Exempel statuiert werden, um die Stellung des Kaisers in Zukunft zu sichern. Seit dieser Zeit sind viele Soldaten und Bedienstete wegen Nichtigkeiten unter das Schwert des Henkers gekommen.«
Felin schüttelte ungläubig den Kopf. »Mein Vater war zwar in der Wahl seiner Mittel nie zimperlich, aber was du da erzählst, klingt alarmierend. Es scheint, als hätte Ffarthor aus ihm einen anderen Menschen gemacht.«
»Damit liegst du gar nicht so falsch. Ich jedenfalls bin überzeugt, dass er den Kaiser manipuliert. Ich weiß aber nicht, wie. Vielleicht durch Drogen, möglicherweise sogar durch übernatürliche Kräfte. Oder durch dieses Auge, von dem, wie du sagst, Yonathan glaubt, dass es sich hier in der Stadt befindet.«
Felin nickte langsam. »Goel hat so etwas angedeutet. Er sagte, Bar-Hazzats Augen würden die niedrigsten Instinkte der Menschen anstacheln: Selbstsucht, Habgier, Streben nach Macht.«
Baltan erhob sich und begann nachdenklich im Raum auf und ab zu gehen.
»Ich fand den bleichen Kahlkopf schon von Anfang an ziemlich unheimlich«, gestand Yomi.
»Wie lange wird es dauern, bis Yonathan in der Stadt eintrifft?«, erkundigte sich Kaldek.
Felin zuckte die Schultern. »Das ist schwer zu sagen. Es kön-

nen noch Monate vergehen. Er wollte seine Suche in der Ostregion beginnen, weil er fürchtete, dort am meisten Zeit zu verlieren.«

»Wenn es wirklich so schlimm um den Kaiser steht, wie Baltan sagt, dann kann in der Zwischenzeit alles Mögliche passieren. Vielleicht regiert Ffarthor schon das Reich, ohne dass wir es wissen. Vielleicht plant er den Kaiser zu vergiften. Vielleicht will er Cedanor den Heeren Témánahs ausliefern ...«

»Lasst es gut sein, Kapitän«, unterbrach Baltan Kaldeks Redefluss. »Ich glaube, wir haben verstanden, dass unverzüglich gehandelt werden muss.«

»Fragt sich nur, was wir tun können.«

»Ich sehe nur eine Möglichkeit.« Felins Stimme hob sich auffällig klar aus der bedrückenden Stimmung. Sechs Augen wandten sich ihm zu.

»*Ich* werde morgen früh zum Palast reiten. Dazu bin ich ja zurückgekommen. Vielleicht gelingt es mir meinen Vater umzustimmen und die témánahische Brut davonzujagen.«

»Ich glaube, du machst dir keine Vorstellung von dem, was auf dem Palastberg vor sich geht«, gab Baltan zu bedenken.

Felin blieb fest. »Ich erinnere mich noch genau, was Yonathan damals am Palastbrunnen prophezeit hat, als Haschevet mein Schwert zu Bar-Schevet, dem ›Sohn des Stabes‹, werden ließ. Er sagte, dass meine Hand dem Schwert, diesem Werkzeug der Rechtsprechung, das richtige Gewicht verleihen werde. Ich glaube, nun ist die Zeit gekommen die Verheißung zu erfüllen.«

Felin ritt allein den gewundenen Pfad zum Palastberg hinauf. Es hatte einiger Überredungskunst bedurft, um Baltan und Yomi davon abzuhalten mitzukommen. Er wollte seine Freunde nicht in Gefahr bringen.

Sowohl am äußeren wie auch am inneren Tor gab es keine Schwierigkeiten. Die Wachen hielten sich respektvoll zurück, man hatte ihn also erkannt. Es war die Zeit der Audienz. Jedenfalls vor drei Jahren hatte sein Vater während dieser Stunden den Botschaftern, Fürsten und gelegentlich auch dem einfachen Volk Zutritt zu ihm gewährt. Er liebte es sich im Saal der Rechtsprechung vor das bunte, in der Morgensonne gleißende Fenster zu setzen und seine Rolle als »Geliebter Vater der Weisheit« zu spielen.

Mit weiten Schritten durchmaß Felin die breite Vorhalle des Großen Kubus, des größten Bauwerks Cedanors, das ganz aus leuchtend blauem Sedin-Gestein bestand. Zahlreiche Menschen standen hier und warteten darauf, zum Kaiser vorgelassen zu werden. Einige erkannten ihn. Ein aufgeregtes Gemurmel erhob sich und verbreitete sich im ganzen Raum. Er achtete nicht darauf, sondern hielt direkt auf die zweiflüglige Tür zu, hinter der sich der Saal der kaiserlichen Rechtsprechung befand. An der Tür stieß er auf zwei bekannte Gesichter.

»Aller Friede Neschans sei mit Euch, Galkh«, rief er dem ersten Türwächter zu, ohne seinen Schritt zu verlangsamen. »Und auch mit Euch, Tarboth«, begrüßte er den zweiten.

Die beiden Männer wechselten einen unsicheren Blick und kreuzten dann eilig die Hellebarden, um den Zugang zu versperren.

»Seid Ihr es wirklich, Prinz Felin?«

»Euer Gedächtnis trügt Euch nicht, Galkh. Gebt den Weg frei zu meinem Vater. Er ist doch im Saal, oder?«

»Wir ... wir dürfen Euch nicht einlassen. Ihr wisst doch ...«

»Ich muss schon sagen, auf Euch beide ist wirklich Verlass«, unterbrach Felin den Soldaten. »Der Kaiser kann wahrhaft stolz sein.«

»Dann habt Ihr also Verständnis?« In Galkhs Augen leuchtete ein Hoffnungsschimmer.

»Nein.«

Der Türwächter zögerte. »Dann lasst mich Euch wenigstens dem Kaiser melden.«

»Das wird nicht nötig sein. Er kennt mich gut. Ich bin sein Sohn.«

»Aber ... wir können Euch nicht einfach einlassen, Hoheit. Es hat sich einiges geändert, seit Ihr den ›Thron des Himmels‹ verlassen habt ...«

Galkh hielt mitten im Satz inne, denn der Prinz war nun einen

Schritt zurückgetreten. Sein versteinerter Gesichtsausdruck verhieß nichts Gutes. Mit der Rechten griff Felin über die Schulter, fand dort den Schwertknauf und riss kurz, aber heftig an ihm. Bar-Schevet wirbelte aus seiner Scheide in die Luft und der Schwertgriff fiel genau in die Hand des Prinzen. Noch ehe die beiden Soldaten etwas unternehmen konnten, hatte der mächtige Zweihänder bereits die Schäfte der beiden Hellebarden durchtrennt, sodass die breiten Klingen klirrend auf den Boden des Audienzsaals fielen. Niemand wollte Felin nun noch ernsthaft aufhalten. Der grimmige junge Mann schritt entschlossen an den beiden Türwächtern vorbei und machte erst vor dem Thron des Kaisers Halt. Er hob das mächtige Schwert zum Gruß und rief: »Aller Friede Neschans sei mit Euch, Vater.«

Als Felins laute Stimme verhallt war, herrschte absolute Stille im Saal. Das Sonnenlicht in dem bunten Rundfenster ließ Bar-Schevets Klinge in übernatürlichem Glanz erstrahlen.

Die seltsame Reflexion nahm dem Kaiser etwas von dem Vorteil, den er so schätzte, wenn ein Besucher vor seinem Richterstuhl stand und von dem sonnendurchfluteten Fenster dahinter geblendet wurde. Niemand wagte das Schweigen zu brechen. Allmählich stellten sich Felins Augen auf die gleißende Helligkeit um den Thron herum ein und er konnte zwei Personen unterscheiden. Doch ehe er Gelegenheit fand die Gestalt, die neben seinem stark gealterten Vater stand, eingehender zu studieren, ergriff der Kaiser das Wort.

»Es ist sehr mutig von dir einfach hierher zu kommen, als wäre nichts geschehen.«

Felin erschrak und ließ Bar-Schevet aus der Grußhaltung sinken. Die Stimme seines Vaters klang sonderbar fremd: tonlos, hohl, als fehle ihr jedes Gefühl. Er versuchte seine Bestürzung zu verbergen, als er erwiderte: »Der siebte Richter hat mir einst die Verantwortung übertragen mit diesem Schwert dem Recht zum Durchbruch zu verhelfen. Deshalb bin ich gekommen, Vater.«

»Willst du mir drohen?«

»Drohen?« Felin lachte nervös. »Was ist mit Euch geschehen, Vater, dass Ihr mir so etwas zutraut? Ich bin Euer Sohn.«

Der Kaiser schwieg. Vielleicht hatten ihn die Worte seines jüngsten Sohnes beschämt. Felin hoffte es jedenfalls, denn irgendwie musste er den eisigen Panzer aufbrechen, der die Gefühle seines Vaters umschloss.

Plötzlich bewegte sich der Schatten zur Rechten des Kaisers und beugte sich zu dessen Ohr herab. Felin verstand nicht viel, nur einzelne Satz- und Wortfetzen wie »Verrat«, »streng, aber gerecht«, »auch bei der eigenen Familie nicht Halt machen ...« Endlich zog sich der Schemen zurück und Zirgis richtete wieder das Wort an Felin.

»Am Hof gibt es viele Neider. Man hat versucht, mich von meinem Thron zu stürzen, und ich musste hart durchgreifen ...«

»Ich bin gekommen, um Euch zu helfen Eure wahren Feinde zu bekämpfen«, unterbrach Felin seinen Vater.

»Vor drei Jahren hast du dich *gegen* mich gestellt, indem du dem Stabträger zur Flucht verhalfst«, erwiderte Zirgis ungewöhnlich scharf.

»Kann es im legitimen Interesse des cedanischen Throns liegen den Richter von Neschan gefangen zu halten?«

Zirgis' Kiefer mahlten aufeinander. Er besaß genug klaren Verstand, um nicht offen gegen Yehwohs ersten Diener zu hetzen. In erschreckend kaltem Ton entgegnete er: »Die Frage ist nicht, ob *ich* einen Knaben davon abhalten wollte, den wertvollsten Gegenstand unserer Welt allein nach *Gan Mischpad* zu tragen. Es geht hier um *deinen* Ungehorsam, Felin. Im Allgemeinen nennt man jemanden wie dich einen Hochverräter. Andere Männer haben in letzter Zeit schon wegen viel geringerer Vergehen ihren Kopf verloren.«

»Ist es das, was Ihr wollt, den Kopf Eures eigenen Sohnes?« Felin hatte sein Schwert mit beiden Händen gefasst und zornig vor sich auf den Boden gesetzt. Hektische Bewegungen in seiner Umgebung ließen ihn nun darauf aufmerksam werden, dass etliche Pfeilspitzen und Lanzen sich auf ihn richteten; Galkh und Tarboth hatten die Leibwache des Kaisers herbeigerufen.

»Halt!« Zirgis riss die Hand hoch, um den Bogenschützen Einhalt zu gebieten, die auf den Prinzen zielten. Dann verfiel er in tiefes Schweigen. Neue Zuversicht keimte in Felin. Hatte er es vielleicht doch geschafft bis zum Herzen seines Vaters vorzudringen? Als der Kaiser dann aber weitersprach, zerstoben Felins Hoffnungen.

»Auch wenn Ihre Eminenz Ffarthor von Gedor«, Zirgis deutete auf den Schatten rechts von sich, »einwenden mag, dass die Untertanen einen Herrscher nur dann als wahrhaftig und gerecht betrachten, wenn er im Falle eines Unrechts selbst sein eigen Fleisch und Blut nicht schont, will ich doch nicht vorschnell urteilen. Ich kann dich nicht frei herumlaufen lassen, das würde jeden, der aufwieglerische Gedanken hegt, nur ermuntern. Aber ich will in Ruhe über deine Argumente nachdenken, auch wenn du mir mit gezücktem Schwert gegenübergetreten bist. Du selbst hast in der Zwischenzeit die Wahl: Wenn du das Schwert in die Scheide zurücksteckst und dich von meinen Wachen in dein Zimmer geleiten lässt, wird dir alle Ehre zuteil werden, die einem Kaisersohn gebührt. Wenn du dich aber weiter gegen mich auflehnst, so ist das Beste, was dir widerfahren kann, der tiefste Kerker unter diesem Palast. So lautet mein vorläufiges Urteil. Es sei beschlossen und verkündet.«

Felin hatte sich für den »ehrenvollen« Arrest entschieden. Doch bald begann er seinen Beschluss zu bereuen. Er hätte dem Schemen an seines Vaters Seite gleich bei der Audienz den Stahl Bar-Schevets zu kosten geben sollen. Inzwischen waren drei Monate vergangen und der Kaiser zeigte sich noch immer unschlüssig, was er mit seinem Sohn anfangen wollte.

Immerhin gelang es Baltan den Kontakt mit Felin aufrechtzuerhalten. Der einflussreiche Kaufmann spielte ihm über einen Hauptmann der kaiserlichen Leibwache regelmäßig Nachrichten zu. Diese Informationen waren allerdings alles andere als erfreulich. Jeden Tag traf der Kaiser neue unverständliche Entscheidungen, die das Volk mit zusätzlichen Lasten bedrückten oder vermeintliche Verschwörer auf das Schafott brachten. Es grenzte schon an ein Wunder, dass Felin selbst noch den Kopf an der dafür vorgesehenen Stelle trug.

Noch schlimmer waren aber die Gerüchte, die in letzter Zeit am Hof kursierten. Es hieß, Témánah habe ein riesiges Heer ausgesandt, das sich in Richtung Cedanor wälze. Ffarthor spielte die Nachrichten als lächerlichen Klatsch herunter und obwohl es Felin gelang seinem Vater einige Depeschen zu schicken, konnte er ihn nicht einmal dazu bewegen Kundschafter in den Süden zu schicken. Er wolle den témánahischen Botschafter nicht durch diesen Vertrauensbruch brüskieren, lautete die Antwort des Kaisers.

Felins Mutter besuchte ihren Sohn regelmäßig am Ort seiner Inhaftierung, hoch oben in den Zimmerfluchten des Großen Kubus. Zwar hatte auch sie anscheinend jeden Einfluss auf ihren Gemahl verloren, doch gelang es ihr, Felin die Erlaubnis zu verschaffen sich wenigstens einmal am Tag im Palastgarten die Füße zu vertreten – unter strenger Bewachung, versteht sich. So fiel es dem Prinzen leichter die sich dahinschleppenden Tage zu ertragen, während er auf das endgültige Urteil seines Vaters wartete.

Der Sommer hatte seinen Zenit bereits überschritten, als Felin eines Nachts von einem beunruhigenden Traum erwachte. Er hatte ein riesiges Tier mit einem schrecklichen Schädel gesehen, über und über mit Schuppen und hornigen Zacken bewehrt. Es war auf ledernen Schwingen vom Mond emporgestiegen und über die Welt Neschan hergefallen. Der Drache hatte in einem karminroten Licht gestrahlt und triumphierend gebrüllt, sodass die Meere über die Ufer getreten waren; aus seinen Nüstern schossen währenddessen blauweiße Flammen. Dann hatte der Drache den Kopf zurückgeworfen, um zum letzten großen Feuerstoß anzusetzen, der alle Bewohner Neschans dahinraffen sollte – und Felin war aufgeschreckt.

Verwirrt blickte er sich in seinem Zimmer um. Zwei Lichtquellen konnte er erkennen. Die eine war der Mond, der beinahe voll – und rötlich – am Himmel schimmerte, die zweite stellte Bar-Schevet dar, dessen Scheide am Bett lehnte. Das Schwert war von einer blau leuchtenden Aura umgeben. Felin schloss die Augen und schüttelte den Kopf wie ein Hund, der sich von

Regenwasser befreit. Als er die Augen wieder öffnete, war das Glimmen des Schwertes verschwunden, und der Mond strahlte silbrig wie eh und je.

Am nächsten Morgen hatte Felin den Traum noch immer nicht vergessen. Das nächtliche Erlebnis erschien ihm wie eine Unheil verkündende Botschaft. Zur Mittagszeit sollte sich zeigen, dass seine Vorahnung ihn nicht trog.

Er hatte gerade seine Mahlzeit eingenommen und befand sich auf dem Weg in den Palastgarten. Es war jeden Tag die gleiche Runde: Von seinem Zimmer aus ging es nach links, einen langen Flur entlang, darauf nach rechts, wo die Rampenpferde warteten, und auf dem Rücken der stämmigen Tiere hinunter in die Vorhalle des Großen Kubus. Nachdem er aus dem Sattel gesprungen war – alles immer unter guter Bewachung –, hielt er auf den Ausgang zu, durch den man auf den großen Exerzierplatz gelangte. Durch die offen stehende Tür drangen aber heute aufgeregte Stimmen in die hohe Vorhalle. Es klang wie Jubel, ein so seltener Laut in diesen Tagen, dass Felin seinen Schritt beschleunigte.

Zahlreiche Menschen liefen auf dem Platz zusammen, die meisten von ihnen waren Soldaten. Felin sah auch Uniformen, die nicht zum Alltagsbild im Palast gehörten. Durch das Haupttor – genau auf der gegenüberliegenden Seite des Platzes – strömten in großer Zahl Angehörige der kaiserlichen Grenztruppen herein. Mit ihnen trat ein Mann ein, dessen Schritt zielsicher und dessen Haltung entschlossen wirkte. Ohne Frage war er der Anführer. Felin kannte ihn sehr gut.

Bomas, der älteste Sohn von Kaiser Zirgis, besaß eine Ausstrahlung, der sich nur wenige entziehen konnten. Bei den Frauen galt er als der begehrteste Junggeselle im ganzen Cedanischen Reich. Die männliche Bevölkerung war gespaltener Meinung: Einige lehnten ihn rigoros ab, andere verehrten ihn dafür umso glühender. Zu den Letzteren zählten fast alle Soldaten der kaiserlichen Armee. Bomas war einer der Ihren.

Er hatte seine militärische Laufbahn schon mit sechzehn Jahren begonnen. Damals war er ungestüm und draufgängerisch gewesen. Bei mehreren abenteuerlichen Einsätzen tat er sich nicht nur als ein meisterhafter Schwertkämpfer hervor, sondern erwarb sich auch den Ruf eines Anführers, der so gegensätzliche Eigenschaften wie Unerschrockenheit, Umsicht und taktisches Geschick in sich vereinte. Jetzt, mit gerade dreißig Jahren, wagte einzig der Kaiser ihm Befehle zu erteilen. Nur böse Zungen behaupteten, Zirgis hätte Bomas zum Oberbefehlshaber der südlichen Grenztruppen ernannt, weil er den ehrgeizigen jungen Mann nicht gern in der Nähe seines Thrones wusste. Die weitaus meisten vertraten eine andere Ansicht: Mit der Brandschatzung von Darom-Maos vor vierzehn Jahren hatte eine Reihe von brutalen Überfällen aus dem benachbarten Témánah eingesetzt. Am Hof von Cedanor herrschte damals Ratlosigkeit. Niemand schien den grausamen Kämpfern des Südreiches gewachsen zu sein. Dann entschied sich Zirgis, Bomas an die Grenze zu entsenden, und was viele der alten Generäle für unmöglich erachtet hatten, gelang dem damals noch sehr jungen Truppenführer: Die témánahischen Horden erlitten empfindliche Niederlagen und zogen sich schließlich auf die andere Seite des Grenzgebirges zurück, das die Länder des Lichts von dem dunklen Reich des Südens trennte.

Niemand zweifelte seit jenen Tagen daran, dass Bomas der nächste Kaiser auf dem »Thron des Himmels« sein würde. Er hatte die besten Aussichten: Er war Zirgis' erstgeborener Sohn, ein Held, und das Volk liebte ihn.

Felin und Bomas fielen sich in die Arme.

»Ich habe dich seit vier Jahren nicht mehr gesehen«, begrüßte Felin den Bruder. »Was treibt dich gerade jetzt in die Stadt, wo man so beunruhigende Nachrichten aus dem Süden hört?«

Bomas schob Felin von sich und musterte ihn für einen Moment aus dunklen, mandelförmigen Augen – er schlug mehr nach dem Vater als sein jüngerer Bruder. Aus der folgenden Antwort sprach die Sorge eines verantwortungsbewussten Generals.

»Es steht wirklich nicht zum Besten, Felin.« Spuren von Erschöpfung waren an dem Älteren auszumachen. »Es gibt keine Grenze mehr, die wir noch verteidigen könnten. Témánah spuckte vor einem Monat eine gewaltige Armee aus, die uns seitdem vor sich her treibt. Von vierundzwanzigtausend Mann sind mir gerade noch sechstausend geblieben und wir konnten den Vormarsch der témánahischen Heere trotzdem kaum behindern.«

»Nur sechstausend?«, wiederholte Felin fassungslos, während er gleichzeitig an den Traum der vergangenen Nacht denken musste. Der Drache, der sich anschickte Neschan zu verbrennen – war das die Armee der Finsternis, von der sein Bruder gerade berichtete?

»Wir dürfen keine Zeit verlieren«, verkündete Bomas geschäftsmäßig. »Es gibt viel zu besprechen.«

»Ich muss dich vorher noch über etwas aufklären. Ich glaube, unser Vater wird es nicht begrüßen, wenn du wichtige Staatsangelegenheiten ausgerechnet mit mir erörterst. Er hat mich nämlich ...«

»Du brauchst mir nichts zu erklären«, unterbrach Bomas seinen Bruder mit hintergründigem Lächeln. »Ich weiß genau Bescheid, was am Hofe vor sich geht. General Targith würde staunen, wenn er wüsste, dass sein halber Geheimdienst für mich arbeitet.«

Felin schüttelte verblüfft den Kopf. »Du hast dich kein bisschen verändert, Bomas, ziehst immer noch an jedem Faden, den du zu fassen bekommst.«

»Nur so kann man die Puppen richtig tanzen lassen, mein lieber Bruder. Doch jetzt lass uns in den Park gehen und ungestört miteinander reden. Vielleicht hast du ja einige nützliche Neuigkeiten für mich, die meinem Nachrichtendienst entgangen sind. Für das, was uns in den nächsten Tagen erwartet, kommt uns jede hilfreiche Information zustatten.«

Nach Bomas' Schilderung war die Lage katastrophal. Er beschrieb das témánahische Heer als einen riesigen schwarzgrauen Schwarm, bestehend aus Lebewesen unterschiedlichster Art und Herkunft, eine gewaltige Masse von Leibern, die über alles hinwegströmte und jeden erstickte, der sich ihr in den Weg stellte. Ein nur geringer Teil dieser Armee bestand aus menschlichen Kriegern, die weitaus größere Zahl von Kämpfern waren stumpfsinnige Geschöpfe, die anscheinend ohne Rücksicht auf die eigene Unversehrtheit vorwärts stürmten; auch dann noch, wenn man ihnen einen Arm oder andere Glieder abgehackt hatte.

Die cedanischen Grenztruppen hätten heldenhaft gekämpft, aber nie wirklich eine Chance gehabt, urteilte Bomas nüchtern. Zuletzt ging es nur noch um das nackte Überleben. Während das feindliche Haupttheer sich mit unverminderter Geschwindigkeit vorwärts wälzte, waren seine Männer vollauf damit beschäftigt gewesen die Bewohner der nördlich gelegenen Provinzen zu warnen und die témánahische Vorhut in Hinterhalte zu locken, ohne dabei selbst aufgerieben zu werden. Schließlich habe man einen kleinen Vorsprung herausarbeiten können, gerade genug, um Cedanors Verteidigung zu mobilisieren.

»Was denkst du, wie viel Zeit uns noch bleibt, bis Témánahs Heere vor den Toren der Stadt stehen?«, fragte Felin besorgt.

Bomas dachte nicht lange nach. »Drei Tage. Höchstens. Sie folgen der Südlichen Handelsroute und waren dicht hinter uns.«

»Wenn sie von Südwesten her anrücken, heißt das aber, dass sie die Stadt nicht sofort umzingeln können. Im Süden stehen ihnen die Berge von Zurim-Kapporeth im Weg, und um Cedanor von Norden her zu umgehen, müssen sie erst den Cedan überqueren. Ich nehme an, dass sie keine Boote mitführen. Solange wir das jenseitige Ufer verteidigen, wird es ihnen schwer fallen einfach überzusetzen.«

»Wenn du diese Armee gesehen hättest, würdest du dir darüber nicht den Kopf zerbrechen, Felin. Sie benötigen keine Schiffe, um den Strom zu überqueren. Wenn es sein muss, bauen sie einen Damm aus den Leichen ihrer eigenen Kameraden.«

Felin hatte tatsächlich Schwierigkeiten sich das volle Ausmaß der Bedrohung vorzustellen. »Können wir die Bevölkerung vorher noch aus der Stadt schaffen?«

Bomas schüttelte den Kopf. »Unmöglich. Zu viele Menschen. Sie würden in Panik geraten und sich gegenseitig zu Tode trampeln. Wir müssen die Stadt mit allem verteidigen, was wir haben.«

»Cedanor besitzt einige Quellen und gefüllte Speicher. Wir könnten problemlos eine Belagerung überstehen, bis Geschan uns zu Hilfe kommt.«

Abermals schüttelte Bomas den Kopf. »Auch wenn die Macht, die Haschevet dem siebten Richter verleiht, noch so groß ist, wird uns das nichts nützen. Die Zeit, die der Stadt noch bleibt, kann nicht in Wochen oder gar Monaten gemessen werden.« Bomas blieb stehen und wandte sich Felin zu. Mit erstaunlich ruhiger Stimme sprach er das Unfassbare aus. »Die Stadt des Lichts wird in wenigen Tagen sterben, mein Bruder. Es sei denn, Yehwoh erbarmt sich ihrer, und es geschieht ein Wunder.«

Felins Wächter protestierten nur einmal, und auch das nur zaghaft. Zwar durfte er seinen Vater nicht ohne dessen ausdrückliche Erlaubnis aufsuchen, aber Bomas machte den Soldaten in knappen Worten klar, wie hinderlich sich jeder weitere Widerspruch auf ihre berufliche Laufbahn auswirken würde.

Ein Leibgardist hatte die beiden Prinzen im Park aufgesucht und Bomas eine Botschaft des Kaisers überbracht: Zirgis habe von der Ankunft des Thronfolgers gehört, er sei sehr erfreut und wünsche seinen Sohn umgehend im Saal der Rechtsprechung zu sehen.

Mit vier eingeschüchterten Wachsoldaten im Schlepptau und dem Leibgardisten als Vorhut eilten die beiden Brüder durch den Park, überquerten den Exerzierplatz und betraten das blau glänzende kubische Palastgebäude. Überall herrschte dichtes Gedränge. Die Nachricht vom Anrücken der Armee Témánahs hatte sich wie ein Lauffeuer verbreitet. Staubbedeckte, erschöpfte und nicht selten verwundete Grenzsoldaten verteilten sich über das ganze Palastgelände und zogen Trauben von Menschen an, die sich nicht satt hören konnten an den haarsträubenden Schilderungen über das herannahende Riesenheer.

Als Bomas und Felin Seite an Seite in den Vorraum der großen Thronhalle schritten, der dem Kaiser als Audienz- und Gerichtssaal diente, stand die Sonne fast im Zenit. Deshalb fehlte der strahlende Glanz vom großen Fenster her, der Zirgis während der Vormittagsaudienzen seine Ehrfurcht gebietende Ausstrahlung verlieh. Zur Rechten des Richterthrones stand unbeweglich die dunkle Gestalt Ffarthors.

»Seid gegrüßt, Vater!«, donnerte Bomas, nachdem er entschlossenen Schritts vor den Kaiserstuhl getreten war. Der Kaiser liebte derartige Auftritte und Bomas wusste das.

»Mein Sohn«, entgegnete Zirgis mit brüchiger Stimme.

Felin blickte bestürzt auf das Zerrbild eines ehemals agilen und wohlbeleibten Mannes: Zirgis' Gesicht war aschfahl, seine Bewegungen wirkten schleppend; tiefe, dunkle Augenringe zeugten von einer Erschöpfung, die mit einigen Nächten Schlaf nicht zu kurieren war. Und doch glaubte Felin eine Spur von Wärme in der knappen Erwiderung des Kaisers zu spüren. Was ihm während der vielen zurückliegenden Wochen nicht gelungen war, schaffte Bomas mit einer einzigen pompösen Begrüßung. Ihn selbst, den Zweitgeborenen, ignorierte der Kaiser völlig.

Für einen Moment spürte Felin wieder den alten Schmerz: Immer hatte ihn sein Vater mit Bomas verglichen, ihn nie um seiner selbst willen geliebt, sondern ihn stets nur als eine ungenügende Kopie seines älteren Bruders gesehen. Felin hatte deshalb allmählich verlernt Bomas unvoreingenommen zu betrachten. Erst heute, so wurde sich Felin bewusst, hatte er das wahre Gesicht seines Bruders erkannt. Bomas war ein Mann, der sich bei allem Ehrgeiz bezüglich der Thronfolge doch einen klaren Sinn für Gerechtigkeit bewahrt hatte, der Verantwortungsgefühl besaß, der Yehwoh und seinen Richter achtete sowie – und das wunderte Felin am meisten – seinen Bruder tatsächlich liebte.

Bomas war währenddessen vor dem Kaiser auf ein Knie gefallen und hatte dessen Segen empfangen.

»Ich habe ernste Nachrichten für Euch, mein Vater.«

»Das stand zu befürchten. Was gibt es so Wichtiges, dass du deinen Posten an der Grenze Témánahs verlassen musstest?«

Bomas warf dem Botschafter des Südreiches einen Blick zu, aus dem offene Feindseligkeit sprach. »Ich würde das gerne ohne Euren Schatten mit Euch besprechen, Vater.«

Zirgis zuckte zusammen, als hätte sein Sohn ihn persönlich angegriffen. Mit einem Mal zornig schrie er: »Halt deine Zunge im Zaum, Sohn! Ffarthor ist mein engster Ratgeber. Der Thron hat ihm viel zu verdanken und ich dulde es nicht, dass du ihn beleidigst.«

Der témánahische Botschafter stand so unbeweglich da wie eine Basaltstatue: die Arme über der Brust verschränkt, die Hände in den weiten Ärmeln seines schwarzen Gewandes vergraben, das bleiche Gesicht völlig ausdruckslos.

Bomas' Miene sprach dafür umso deutlicher. Angewidert wandte er sich von Ffarthor ab und sagte zum Kaiser freiheraus: »Viel zu verdanken? Fürwahr, Vater. Drei Tagesreisen von hier steht das mächtigste Heer, das Neschan je gesehen hat. Achtzehntausend Männer Eurer Grenzarmee sind gefallen, als sie versuchten es nach Témánah zurückzutreiben. Bar-Hazzat schickt sich an die Länder des Lichts zu verschlingen und Cedanor hat er sich als Hauptgang ausgesucht. *Das* ist es, was Ihr Eurem ersten Ratgeber zu verdanken habt. Wahrscheinlich hat er vergessen Euch diese Kleinigkeit zu berichten. Ist es nicht so, Ffarthor?«

Der Kopf des Kaisers ruckte nach rechts. »Was habt Ihr zu diesen Anschuldigungen zu sagen, Eminenz?« Zirgis' Stimme klang jetzt fordernd.

»Eine infame Verleumdung!«, zischte der témánahische Gesandte, doch seine Augen blickten unstet, als suchten sie nach Hilfe.

»Ihr bezichtigt also meinen Sohn, den Erben des Thrones von Cedanor, der Lüge?«

»Er hat seine Pflicht verletzt. Seinen Posten verlassen. Vielleicht haben ihm ein paar Banditenbanden einen solchen Schrecken eingejagt, dass ihm nichts Besseres einfiel, als zu seinem Vater nach Hause zu laufen und Ausreden zu erfinden.«

Bomas' Hand zuckte zum Schwertgriff, doch Zirgis hielt ihn mit einer beschwichtigenden Geste zurück. Felin schöpfte neue Hoffnung. Bomas' Auftritt hatte den Panzer gesprengt, der das Herz seines Vaters schon so lange gefangen hielt. Endlich schien

Zirgis wieder wahrzunehmen, was wirklich um ihn herum geschah.

»Ihr habt einen schweren Fehler begangen, Fürst Ffarthor«, richtete der Kaiser erneut das Wort an den kahlköpfigen Priester. »Wenn Ihr mir erzählt hättet, Ihr selbst wäret von Euren eigenen Leuten getäuscht worden, ich hätte Euch geglaubt. Dass Ihr aber behauptet, mein Sohn sei ein feiger Lügner, hat Euren Verrat offen gelegt.« Zirgis wandte sich den Wachen zu. »Nehmt Ihre Eminenz Ffarthor von Gedor einstweilen in Gewahrsam. Ich werde mich später um ihn kümmern, wenn ich den ganzen Bericht meines Sohnes gehört habe.«

Die Soldaten rückten mit gesenkten Hellebarden gegen Ffarthor vor. Der Botschafter von Gedor war klug genug zu erkennen, dass sich seine Amtszeit dem Ende zuneigte. Mit gehetztem Blick wog er seine Chancen ab: An den Wachen gab es kein Vorbeikommen und jetzt ließ auch der jüngere der beiden Prinzen sein mächtiges Schwert aus der Scheide fliegen.

Ffarthor beschloss Bar-Hazzats letzten Befehl in die Tat umzusetzen.

Das Schwert Bar-Schevet wirbelte noch durch die Luft, als das Verhängnis bereits seinen Lauf nahm; mehreres geschah nun gleichzeitig: Ffarthors Rechte schnellte aus dem Ärmel seines Gewandes, ein gläserner Dolch blitzte auf; Bomas schrie eine Warnung und der Kaiser riss entsetzt die Arme in die Höhe. Felins Hand bekam den Griff Bar-Schevets zu fassen, Ffarthor stieß zu. Die Wachen stürzten vorwärts, ebenso Bomas; zugleich begann Felins Zweihänder seinen Flug – die lange Klinge steuerte direkt auf Ffarthors Brust zu. Doch ehe sie diese erreichen konnte, fand das rötlich schimmernde Stilett des Priesters Zirgis' Unterarm. Ein Schrei, Ffarthor blickte betroffen an sich hinab und entdeckte ein blutiges Loch in seiner Brust; dann sackte er leblos in sich zusammen. Bar-Schevet blieb in der Wand unterhalb des Rundfensters stecken.

Nur ein einziger Augenblick und doch hatte sich so viel verändert. Der Botschafter des Südreiches lag in seinem eigenen Blut, umzingelt von einem Dutzend Wachen, die nicht zu glauben schienen, dass der Verhasste wirklich tot war. Die beiden Prinzen untersuchten ihren Vater.

»Hat er Euch getroffen?«, fragte Felin besorgt.

»Ja, am Arm, aber es ist nur eine Schramme«, erwiderte Zirgis.

»Wann kommt denn endlich der Arzt?«, brüllte Bomas zum Tor hin.

»Krempelt bitte den Ärmel hoch«, bat Felin seinen Vater. »Ich möchte mir die Verletzung ansehen.«

Zirgis gab widerstrebend nach. Die Wunde war wirklich nicht groß – nur ein daumenlanger Kratzer –, aber an seinem oberen Ende steckte die abgebrochene Spitze von Ffarthors Stilett.

»Das gefällt mir nicht«, brummte Felin. »Ganz und gar nicht.«

»Mir genauso wenig«, stimmte Bomas zu und ließ die Augen wieder zum Eingang wandern; der Arzt war noch immer nicht aufgetaucht.

»Beruhigt euch doch endlich«, sagte Zirgis; in seiner Stimme schwang ein schriller Unterton mit, auf seiner Stirn perlte kalter Schweiß.

Felin ahnte, was das zu bedeuten hatte, aber er weigerte sich es zu akzeptieren. »Was ist mit Euch, Vater?«

Zirgis wischte sich mit dem Ärmel den Schweiß ab. »Ich ... ich weiß nicht. Mir ist schwindlig.«

»Der Dolch war vergiftet!«, entfuhr es Bomas.

Der Kaiser stöhnte. Zirgis' Körper wurde von jähen Krämpfen geschüttelt. Seine Söhne ließen ihn auf den Boden gleiten, hielten ihn mit sanfter Beharrlichkeit fest. Endlich legte sich der Anfall. Doch Zirgis fiel das Atmen immer schwerer.

»Es geht mit mir zu Ende«, flüsterte der Herrscher. Felin und Bomas wechselten einen ernsten Blick. »Ich habe eine Schlange an meinem Busen genährt und zu spät bemerkt, dass sie ihr Gift nur für mich sammelte.«

»Sprich nicht so viel, Vater. Der Arzt muss gleich kommen.«

»Felin ...« Die Augen des Kaisers glänzten im Fieber. »Kannst du mir verzeihen?«

Felin senkte den Blick. Er kämpfte gegen die Tränen an.

»Ich habe dich immer mit deinem Bruder verglichen ...« Der

Kaiser bäumte sich unter einem plötzlichen Hustenanfall auf. Weißer Schaum stand vor seinen Lippen, aber er sprach trotzdem weiter. »Ich wollte nur dein Bestes, Felin. Aber heute weiß ich, dass ich falsch an dir handelte ... Du bist ein Sohn, auf den jeder Vater stolz sein kann. Vergib mir. Bitte!«

»Ja, Vater. Ja! Ich vergebe dir.« Felin hielt die Hände seines Vaters, während er Hilfe suchend zu Bomas aufsah. Doch der war nicht weniger ratlos als sein Bruder.

»Bomas!« Zirgis hustete roten Schleim. Er schien seine Umgebung nicht mehr richtig wahrzunehmen.

»Hier bin ich, Vater.«

»Du wirst ab heute Kaiser sein ... Wenn die Nachrichten der Wahrheit entsprechen ... wird dein Amt mit einer schweren Bürde beginnen. Ich gebe dir meinen Segen.« Zirgis' Hand suchte nach dem schwarzen Haarschopf seines Erstgeborenen. Bomas nahm die zitternden Finger seines Vaters und legte sie sich auf den Kopf. »Sei stark wie ich, aber sei gerechter. Ich habe zu sehr nach Macht gestrebt ... Du siehst, wohin das führt ... Felin hat die richtige Wahl getroffen, als er sich auf die Seite Yehwohs und seines Richters stellte. Er ...«

Neue Krämpfe schüttelten den Kaiser. Er schrie auf, rang nach Luft und blieb schließlich regungslos liegen. Felin und Bomas dachten schon, sein Leiden sei vorbei, aber dann hob ihr Vater noch ein letztes Mal die Lider. Ein kalter Schauer lief ihnen über den Rücken: Zirgis' Augen wirkten plötzlich wieder klar und in seinem Gesicht lag ein sanfter, beinahe glücklicher Ausdruck.

»Ich bin froh, dass ihr beide heute zueinander gefunden habt«, flüsterte er so leise, dass nur seine Söhne es verstehen konnten. »Ich möchte, dass es immer so bleibt. Achtet einander und steht euch bei. Nur das ist es, was ich mir noch wünsche, alles andere ...«

Zirgis' Kopf sackte zur Seite. Sein Herz hatte aufgehört zu schlagen.

Nie zuvor hatten Felin und Bomas den mächtigen Kaiser von Cedanor so schwach und klein erlebt wie im Augenblick seines Todes. Ihre Blicke suchten sich über den Leichnam des Vaters hinweg. Beide fanden Tränen in den Augen des anderen. In dieser Stunde waren sie wieder zu einer Familie geworden.

Kurz nachdem Zirgis sein Leben ausgehaucht hatte, erreichte der Arzt in Begleitung der Kaiserin den Saal der Rechtsprechung. Der Medikus konnte nur noch bedauernd den Kopf schütteln. Die Witwe des Kaisers brach zusammen und der Arzt musste sich nun um sie kümmern.

Die Trauer war groß, aber Bomas gab ihr wenig Raum. »Wir haben keine Zeit uns dem Kummer hinzugeben«, verkündete er entschieden, und obwohl diese Äußerung vielen zunächst gefühllos erschien, sollte sich bald herausstellen, dass sie dem Ernst der Lage Rechnung trug.

XI.
Sturm über Cedanor

omas hatte schon vor seiner Ankunft auf dem Palastberg Boten in alle Himmelsrichtungen ausgesandt, einerseits, um die Bevölkerung in der Umgebung zu warnen, andererseits aber auch, weil er Nahrungsmittelvorräte und Baumaterialien benötigte, Werkzeuge und Waffen, Tiere und Männer, Holz, Pech, Öl – eben alles, was der Verteidigung Cedanors nur dienen konnte. Seinen Bruder forderte er ebenfalls dazu auf, sich jeder denkbaren Unterstützung zu versichern.

Felin besaß nicht viele Freunde in Cedanor, denen er uneingeschränkt vertraute, aber die wenigen, die es gab, rief er zu sich: Sahavel, sein Lehrmeister und einer der *Charosim;* Baltan, gleichfalls ein Mitglied der Vierzig – Felin bestand darauf, dass er mitsamt seiner Familie auf den Festungsberg zog –; ferner Yehsir, Baltans erfahrener Karawanenführer, und natürlich Yomi mit seinem Adoptivvater Kaldek; Qorbán, sein alter Schwertmeister, beschloss den Kreis jener, deren Urteil er schätzte.

Einzig Yonathan fehlte, der jüngste in der Runde seiner Gefährten, ausgerechnet jener, den er am meisten vermisste. Felin erinnerte sich an die liebevolle Art, mit der Yonathan einst Belvin, den alten Kerkermeister, getröstet hatte. Wie wichtig wäre ihm jetzt solch ein Freund, in einem Moment, da die Trauer um den ermordeten Vater seine Gedanken lähmte!

Bomas verbarg seine Gefühle, so gut es ging. Aber Felin bemerkte trotzdem die kleinen Anzeichen, die verrieten, dass auch sein Bruder unter dem Verlust des Vaters litt. Der trotz seiner Jugend von allen geachtete Feldherr überdeckte den Schmerz mit Arbeit.

Zunächst ergänzte Bomas Felins Auswahl von Getreuen um Barasadan, den Künstler und Hofingenieur des früheren Kaisers, der auch ein Erfinder von raffiniertem Kriegsgerät war, dazu kamen der Herzog von Doldoban, Fürst Melin-Barodesch und General Targith, dem der kaiserliche Geheimdienst unterstand. Außerdem zog er vier seiner eigenen Generäle hinzu, die in den schweren Jahren an der Südgrenze Loyalität und Umsicht bewiesen hatten. Alles in allem aber war die Zahl derer klein, die ihren Treueschwur leisteten zur Unterstützung des neuen Kaisers.

Diesen Titel nämlich durfte Bomas nun rechtmäßig tragen. In einer kurzen und – nach dem Urteil der trauernden Kaiserin – völlig glanzlosen Feier war er am Morgen nach Zirgis' Tod zum neuen Oberhaupt des Cedanischen Reiches gekrönt worden. Herolde riefen die Nachricht anschließend in der Stadt aus und gaben den Menschen dadurch ein wenig von dem Mut zurück, den sie infolge der beunruhigenden Nachrichten fast völlig verloren hatten.

Die von Bomas befürchtete Panik blieb aus – obgleich die bedrohliche Situation, in der sich die Stadt befand, offensichtlich war. Jetzt, da die Menschen wussten, dass ihr größter Feldherr sie anführte und sein jüngerer Bruder ihm mit dem legendären Schwert Bar-Schevet zur Seite stand, dachten nur wenige an Flucht. Genau diese neue Zuversicht, im Verein mit der bannenden Kraft von Felins Schwert, war es, die den Einfluss des Auges Bar-Hazzats, tief unten im Herzen des Palastberges, schwächte.

Schon am Todestag des alten Kaisers hatten die umfangreichen Arbeiten zur Verstärkung der Befestigungsanlagen begonnen und sie setzten sich über die folgenden zwei Tage fort. Bomas ließ eine große Zahl von Holzpfählen zuspitzen und vor den Stadtmauern schräg in die Erde rammen, Reihe um Reihe, ein rund eine halbe Meile breiter Gürtel todbringender Spieße, der schließlich dem Feind entgegenstarrte. Außerdem rückten ganze Heerscharen von Helfern an, die den Bereich vor der Stadtmauer mit Gräben durchzogen, die ebenfalls mit Pflöcken gespickt waren und zur Tarnung mit Stoffplanen oder Palmwedeln sowie mit einer dünnen Erdschicht abgedeckt wurden.

Auf Anraten Kaldeks wurden alle Schiffe, die sich in dem Vorhafen außerhalb der Mauern befanden, in die Stadt geholt. Anschließend schloss man die drei übereinander liegenden Flügelpaare der Wassertore, durch die der künstliche Nebenarm des Cedan die Kanäle der Unterstadt speiste. Zum ersten Mal seit zweihundert Jahren ließ man auch wieder die schweren Steinquader herab, die den Innenhafen so gründlich abschotteten, dass weder Wasser noch feindliche Taucher eindringen konnten.

Am Abend nach Bomas' Krönung fand eine schlichte Trauerfeier statt; Zirgis wurde zur letzten Ruhe gebettet. Der neue Kaiser und sein Bruder verfolgten die Zeremonie mit versteinerten Mienen, sie trugen ihren Gram im Herzen. Die Kaiserin dagegen war in Tränen aufgelöst, wobei ihre Klage nicht nur dem schmerzlichen Verlust, sondern ebenso dem bescheidenen Rahmen der Totenfeier galt. Wie das Volk von Cedanor hatte sie in den letzten Jahren unter ihrem charakterlich gewandelten Gatten sehr gelitten.

Nach dem Staatsbegräbnis setzte der Kriegsrat um den jungen Kaiser seine Beratungen fort. Viele Einzelheiten mussten noch besprochen werden, eigentlich zu viele für die wenige Zeit, die noch verblieb. Fähige Bürger der Stadt und Offiziere im Ruhestand wurden mit wichtigen Nachschubaufgaben betraut – etwa dem Bestücken der Stadtmauern mit Pechwannen und Geschossen für die Wurfgeräte, der Einrichtung von Lazaretten, der Beschaffung von Löschgerät sowie der Einteilung der dazugehörenden Mannschaften und etlichem mehr.

Jeder gab sein Bestes. Selbst Barasadan, das kaiserliche Hofgenie, wollte da nicht zurückstehen. In seiner gewohnt umständlichen Art erläuterte er Bomas, was er zur Verteidigung der Hauptstadt beizutragen gedachte. »Euer Vater insistierte schon vor Dekaden, dass ich mich vehementer um die Konstruktion strategischer Defensivmaßnahmen kümmern sollte. Ich habe deshalb eine Anzahl wirklich interessanter Pretiosen entwickelt, die unseren témánahischen Okkupatoren einige todverheißende

Spektakel bereiten könnten. Wenn Ihr erlaubt, würde ich mich gerne noch ein wenig um die Präparation dieser Überraschungsattraktionen kümmern.«

Bomas seufzte. »Seit ich das letzte Mal im Palast gewesen bin, habt Ihr Euch kein bisschen verändert, werter Barasadan. Geht nur. Leitet alles in die Wege und kommt so bald wie möglich zurück.«

Barasadan verbeugte sich und zog mit zufriedener Miene davon – Bomas' Bemerkung hatte er offenbar als Kompliment aufgefasst.

Der Rat wandte sich nun den drängenden Fragen zu: Wie konnte Cedanor gehalten werden? Machte es überhaupt Sinn mit gezielten Einzelaktionen auch außerhalb der Stadt zuzuschlagen, oder sollte man allein von den Zinnen der Stadtmauer aus operieren? Welche Strategie empfahl sich, um dem Feind möglichst lange Widerstand leisten zu können? Über einen Punkt nämlich waren sich alle einig, nachdem Bomas noch einmal ausführlich die témánahische Armee beschrieben hatte: Keine Macht Neschans konnte dieses Heer besiegen. Doch sie wussten, dass es eine Hoffnung gab, wenn sie nur lange genug aushielten: Haschevet war der Hüter des *Koach* und Geschan der Hüter Haschevets. Wenn der siebte Richter rechtzeitig in Cedanor eintraf, dann wehe dem Feind! Geschan würde gewiss die Macht Yehwohs entfesseln und von dieser hieß es im *Sepher Schophetim*, sie sei ein »alles verzehrendes Feuer«.

Am Morgen des dritten Tages nach Bomas' Ankunft umgab die Stadt Cedanor eine trügerische Ruhe. Nur am Osttor wurde noch fieberhaft an den Verteidigungsanlagen gearbeitet. Auf der Zinne der Westmauer stand Felin und schaute in die Ferne. Morgendunst lag wie ein zarter Schleier über dem Land. Irgendwo dahinter verlief die Südliche Handelsroute, von dort musste das témánahische Heer heranrücken.

Neben Felin standen Yomi und der alte Schwertmeister Qorbán. Auch sie blickten gespannt nach Südwesten. Als dann wirklich in der Ferne etwas zu erkennen war, glaubten viele zunächst an eine Täuschung. Ein dünner grauer Schleimfluss zog sich durch die Ebene, die zur Rechten durch den behäbig dahinströmenden Cedan und auf der anderen Seite durch die steil ansteigenden Berge von Zurim-Kapporeth begrenzt wurde. Doch dann quoll die Masse schnell auf und wälzte sich auf die engste Stelle des Tals zu: die Mauern von Cedanor.

Und mit ihr kam das Geräusch. Zuerst war es nur ein unangenehmes Summen, ein disharmonisches Vibrieren der Luft. Auf der Stadtmauer wechselte man unbehagliche Blicke. Der Laut jagte den Verteidigern eine Gänsehaut über den Rücken.

»Sie kommen«, bemerkte Yomi überflüssigerweise.

Felin riss am Griff Bar-Schevets, sodass das mächtige Schwert aus der am Rücken angebrachten Scheide flog. Die Klinge blitzte kurz in der Morgensonne. Felin fing den Beidhänder in der Luft auf und reckte ihn noch einmal in die Höhe; das vereinbarte Zeichen.

An mehreren Stellen der Stadtmauer ertönten gleichzeitig die Kriegshörner. Weiter im Nordosten gab in diesem Augenblick ein Soldat Lichtzeichen an das gegenüberliegende Cedanufer. Dort nämlich befand sich Bomas mit viertausend berittenen Kämpfern. Nach langem Hin und Her war der Rat letztlich doch zu dem Schluss gekommen, dass man ein Übersetzen des témanahischen Heeres auf das Nordufer des Cedans so lange wie möglich hinauszögern musste. Wäre er erst einmal dort angelangt, sei es nur noch eine Frage von Stunden, bis der Feind die Stadt auch von Osten her angreifen könne, was einer vollständigen Belagerung Cedanors gleichkäme.

Der Lärm, den die heranrückende Armee verursachte, schwoll zu einem ohrenbetäubenden Missklang an, der schon für sich allein ausgereicht hätte einen zart besaiteten Gegner in die Flucht zu schlagen.

Der Feind war inzwischen nahe genug heran, sodass die Verteidiger einzelne der grausamen Krieger des Südlandes deutlich ausmachen konnten. Wie Bomas berichtet hatte, bestand die Mehrzahl der Angreifer nicht aus menschlichen Soldaten, wie sie einst Yonathan im Verborgenen Land kennen gelernt hatte. Vielmehr stürmten alle möglichen Kreaturen unter grässlichem Geschrei auf die Stadt zu. Einige sahen aus wie riesige zottige Hunde mit monströsem Gebiss. Andere erinnerten entfernt an Warzenschweine, nur dass sie die Größe von Ochsen besaßen und ihre gebogenen Hauer einem témánahischen Krummsäbel in nichts nachstanden. Insektenartige Kämpfer verfügten über scharfe Zangen, deren Wirksamkeit sie hin und wieder an ihren eigenen Kampfgefährten demonstrierten, wenn das Gedränge allzu groß wurde. Den Angriff des Heeres behinderten aber solche internen Auseinandersetzungen in keiner Weise. Tatsächlich gewannen die besorgten Verteidiger sogar den Eindruck, als fände ein Wettlauf statt, dessen Sieger ein kostbarer Preis erwartete – Cedanor.

Schon hatten die ersten Kämpfer die äußerste Pfahlreihe erreicht und sich aufgespießt. Die Angriffswelle kam kurzzeitig ins Stocken, nicht weil die nachströmenden Kämpfer durch den Tod ihrer Kameraden abgeschreckt wurden, sondern weil die durchbohrten Körper ihnen schlicht im Wege waren.

Mit Entsetzen beobachtete man auf den Zinnen, wie eine Anzahl Bestien von der Größe ausgewachsener Kriegselefanten heranrückte, die in dem Pfostenwald zu wüten begann. Die gelb behaarten Tiere stampften die spitzen Pfähle einfach nieder. Zwar zogen sie sich dabei zum Teil auch schwere Verletzungen zu, doch wenn eines von ihnen zusammenbrach, wurde es von den Nachrückenden einfach in den Staub getreten. Dieses rücksichtslose Vorgehen führte zu weiteren schlimmen Szenen: Die am Boden Liegenden zerrissen mit ihren Raubtierfängen einige ihrer Mitstreiter – der Angriff verlor dadurch aber kaum an Schwung.

Yomi schüttelte neben Felin den Kopf und schrie: »Die wüten wie die Wahnsinnigen – sogar untereinander. So ein unheimliches Durcheinander habe ich noch nie gesehen.«

Auch Felin musste die Stimme erheben, um den Lärm zu übertönen.

»Das spielt für sie keine große Rolle. Sie sind so viele, dass es auf ein paar Tausend mehr oder weniger nicht ankommt.«

»Zum Glück ist die Stadtmauer hoch und dick.«
»Ob das ein Glück für uns ist, wird sich erst zeigen.«
Ein Schatten legte sich auf Yomis Gesicht. Er schaute wieder auf die Angreifer hinab.

Am Horizont ließ sich noch immer kein Ende absehen; Témánahs Heer war eine einzige schwarzgraue Masse, genauso, wie Bomas sie beschrieben hatte. Mittlerweile brandete ein kleinerer Teil von ihr gegen die Ufer des Cedan. Einige Floße wurden zu Wasser gelassen. Die überwiegende Zahl der Kämpfer stürzte sich jedoch mitsamt den Waffen ins Wasser. Manche gingen sofort unter, andere kamen bis zur Mitte des Flusses. Doch es gab auch gute Schwimmer – viel zu viele. Auf Bomas wartete ein schweres Stück Arbeit.

Vor der Mauer waren die Angreifer bereits bis auf Schussweite herangerückt. Zum ersten Mal griffen die cedanischen Verteidiger aktiv in das Kampfgeschehen ein. Bogenschützen deckten die feindliche Flut mit einem Hagel von Pfeilen ein. Hunderte fielen, Tausende strömten nach. Wenig später fiel endgültig der Wall aus Schutzpfählen. Auch die versteckten Gräben waren bald mit Gefallenen gefüllt. Die ständig nachströmenden Kämpfer stürmten einfach über sie hinweg.

Die ersten Sturmleitern wurden gegen die Stadtmauer geworfen, um gleich darauf unter herabfallenden Felsbrocken zu zerbersten. An besonders stark umkämpften Stellen der Befestigung ergoss sich heißes Pech oder siedendes Öl über die Angreifer. Für Augenblicke brachte das eine gewisse Entlastung, denn die verbrühten Kämpfer, die sich schreiend am Boden wanden, mussten erst aus dem Weg geräumt werden, damit neue Krieger ihren Platz einnehmen konnten.

Ein schwieriges Problem stellte eine besondere »Geheimwaffe« Témánahs dar. Kleine, hässliche Wesen begannen die Mauer zu erklimmen. Sie benötigten keine Leitern dazu, sondern schienen wie Fliegen die Steinwand emporzulaufen. Einige erreichten schnell die Zinnen der Mauer und stürzten sich mit bloßen Krallen auf die Verteidiger. Es gab die ersten Opfer unter der Streitmacht Cedanors. Jede auch noch so kleine Verletzung war tödlich, denn die Krallen der Kletterwesen sonderten eine giftige Substanz ab.

Bomas hatte auch mit dieser Gefahr gerechnet und so mischte man in den Siedewannen schnell ein schmieriges Gebräu, dessen Zusammensetzung aus Barasadans Erfinderwerkstatt stammte. Die heiße Flüssigkeit wurde mit speziellen Pumpen und Schläuchen (ebenfalls eine Entwicklung des Hofgenies) von außen gegen die Stadtmauer gesprüht, mit verblüffender Wirkung: Die zwergenhaften Kletterer fanden plötzlich keinen Halt mehr, rutschten auf dem schlüpfrigen Grund ab und wurden, herabfallend, für ihre Kameraden am Boden zu lebendigen Giftbomben.

Hölzerne Belagerungstürme waren inzwischen an die vordere Kampflinie gebracht worden. Die mehr als hundert Fuß hohen Kampfplattformen sollten an die Mauer gerollt werden. Aber dieser Versuch schlug fehl. Das Blut der eigenen Gefallenen und das, was von ihren geschundenen Körpern noch übrig war, machte den Grund vor der Stadtmauer derart schlüpfrig und uneben, dass die meisten der hohen Türme einfach umkippten. Die wenigen, die ihrem Ziel nahe genug kamen, deckten die Cedaner mit speziellen Brandpfeilen ein, deren heiße Flammen selbst nasses Holz entzünden konnten – auch diese Geschosse waren ein Produkt aus Barasadans Labor.

Zur vierten Stunde nach Ausbruch der Kämpfe wagte Qorbán eine erste Beurteilung der Lage: »Im Moment halten wir uns noch ganz gut. Was meint Ihr, Hoheit?«

Felin drehte sich zu seinem Schwertmeister um, sodass Qorbán in die blauen, immer traurigen Augen sehen konnte. »Was den Augenblick betrifft, mögt Ihr Recht haben. Aber wie lange werden wir die Kraft besitzen einen solchen Ansturm abzuwehren? Ich wünschte, ich könnte mehr tun. Mit Bar-Schevet in der Hand ...«

»Vergesst das lieber«, fiel Qorbán dem Prinzen ins Wort. »Ihr würdet keinen Speerwurf weit kommen, wenn Ihr Euch in dieses Getümmel dort hinauswagtet.«

»Ich weiß.« Felin nickte, doch er sah wenig überzeugt aus. »Es fällt mir schwer zu akzeptieren, dass ...«

Weiter kam er nicht. Ein schrilles Kreischen unterhalb der Mauerkrone hatte ihm das Wort abgeschnitten. Es war nicht das gleichförmig misstönende Kampfgebrüll, an das sich die Verteidiger schon fast gewöhnt hatten, sondern ein Aufheulen wie unter fürchterlichsten Schmerzen. Tatsächlich pressten sich viele der Südländer die Hände auf die Ohren – soweit sie dazu in der Lage waren. Andere rollten sich am Boden, als peinigten sie schlimmste Qualen, oder sie zuckten, wie von heftigen Krämpfen geschüttelt. Dann kam Bewegung in das dunkle Heer – es zog sich zurück.

»Ich kann es kaum glauben!«, entfuhr es Qorbán.

»Irgendwas muss sie unheimlich gestört haben«, meinte Yomi.

»Ja, nur was?« Felin hätte es gern gewusst.

So unerklärlich das plötzliche Zurückweichen des témánahischen Heeres auch war, den Verteidigern kam es sehr gelegen. Niemand glaubte an einen dauerhaften Rückzug des Gegners. Aber wenigstens konnte man nun neue Kraft sammeln, sich um die Verwundeten kümmern und die Gefallenen beiseite schaffen.

Der Morgendunst hatte sich längst verzogen, die Sonne würde ihren Zenit aber erst in etwa zwei Stunden erreichen. Das nördliche Cedanufer hatte Bomas erfolgreich verteidigen können, keiner der Feinde war lebend dem Wasser entstiegen. Kleinere Kriegsschiffe der cedanischen Flotte waren ihm dabei zu Hilfe gekommen. Die Schwimmenden wurden entweder von Bord aus mit Pfeilen beschossen oder von dem Bug der Boote unter Wasser gedrückt.

Felin sammelte Berichte, Verlust- und Schadensmeldungen. Er erteilte Befehle, gab Ratschläge oder sprach den erschöpften Männern einfach nur Mut zu. Der Herzog von Doldoban, der das Kommando an der Ostmauer hatte, kam persönlich zum Rapport. Die Verteidigungsanlagen dort seien nun fertig gestellt – die Einschätzung, wie lange sie bestenfalls halten würden, verriet ihm der Prinz nicht.

Beunruhigende Nachrichten kamen aus der Oberstadt. Einige der témánahischen Kletterzwerge hatten die Klippen erklommen und waren in die Gärten der dortigen Villen eingedrungen. Man hoffte alle Störenfriede unschädlich gemacht zu haben. Felin erteilte trotzdem Order die Schutzmannschaften im Süden der Stadt zu verdoppeln.

Nach etwa anderthalb Stunden schwappte die zweite Angriffswelle heran. Die grauenhaften Kämpfer schienen nun noch wahnsinniger als zuvor. Unter markerschütterndem Gebrüll stürmten sie ohne Rücksicht auf die eigene Person zur Stadtmauer vor, versuchten Leitern anzulegen und starben klaglos unter den Geschossen der Wurfmaschinen oder den brodelnden Sturzbächen der Siedewannen.

Und doch glaubte Felin eine Veränderung wahrgenommen zu haben. Dieser Ansturm fiel lange nicht so kraftvoll aus wie der erste. Es sah fast aus, als hätte die Führung der Gegenseite nur Hilfstruppen vorgeschickt, um die Verteidiger zu beschäftigen. Bald schon meinte er den Grund für diese Taktik zu kennen.

Im Nordwesten ergoss sich eine riesige Schar von Kämpfern in den Cedan. Felin erschrak. Keine Frage, ein Ablenkungsmanöver war das sicher nicht. Er dachte an die Geschichte von den Lemmingen, die sich zu bestimmten Zeiten scharenweise in den nassen Tod stürzten. Doch was hier vor sich ging, stellte alles in den Schatten. Sicher hatte es nichts mit Todessehnsucht zu tun, auch wenn ein Gutteil der schwimmenden Armee kaum das zwei Meilen entfernte Gegenufer erreichen würde. In größerer Zahl wurden auch wieder Flöße ins Wasser geschoben; offenbar hatte man inzwischen das nötige Holz aus den nahen Sümpfen herbeigeschafft.

Felin verfolgte die dunkle Masse, die langsam durch das Wasser glitt, mit wachsender Unruhe. »Jetzt braut sich ein echter Sturm über Cedanor zusammen«, murmelte er vor sich hin.

»Bomas kann diesem Heer nicht lange widerstehen«, rief er dem Fürsten Melin-Barodesch zu, der kurz zuvor erschienen war, um von der Lage an der nördlichen Flussseite zu berichten.

»Er wird klug genug sein sich rechtzeitig zurückzuziehen.«

»Hoffentlich.« Felins Stimme war nur ein Flüstern.

Auf der anderen Seite des Cedan focht der junge Kaiser einen für ihn ungewohnten Kampf. Er hatte am Fuße des Grenzgebirges zu Témánah Jahre damit zugebracht, marodierende Banden zu jagen und die Ausgänge der Pässe zu bewachen. Hier aber mussten seine Männer ein Landemanöver verhindern – auch wenn die Invasoren nur über völlig unzureichende Hilfsmittel für das feuchte Element verfügten.

Die viertausend Soldaten, die ihm zur Seite standen, setzten sich jeweils zur Hälfte aus seiner eigenen Grenzarmee und den Truppen der kaiserlichen Garde zusammen, die in Cedanor stationiert war. Gemeinsam gelang es ihnen die herbeischwimmenden Feinde immer wieder zurückzutreiben. Sie setzten Pfeile ein, leichte Wurfmaschinen sowie ein spezielles, pechschwarzes Öl – aus Barasadans Labor, wie sich denken lässt –, das, einmal entflammt, den Fluss mit riesigen brennenden Lachen überzog. Damit man diese Waffe einsetzen konnte, hatten sich die Boote der cedanischen Flotte auf die Stadt zurückziehen müssen.

Die Verteidigungslinien am Flussufer schienen fest gefügt, doch plötzlich trat die Wende ein. Von Westen her, aus dem grünen Reich der Sümpfe, tauchten fremde Segel auf. Bomas zweifelte keinen Moment, wem die Verstärkung galt, die da herannahte. Es gab nur ein Land auf Neschan, das seine Flotte mit nachtschwarzem Segeltuch ausstattete: Témánah.

Auch die Angreifer bemerkten die herbeifliegenden Schiffe. Ihr Triumphgeheul und ihre Begeisterung ließen das Wasser aufschäumen; einige vergaßen darüber sogar zu schwimmen und gingen unter. Die übrigen aber drängten nun mit neuem Elan gegen Bomas' Heerschar.

Der Kaiser erkannte, dass jetzt der Augenblick des Rückzugs gekommen war, zumal Barasadans Öl aufgebraucht und ausgebrannt war. Er musste mit seinen Männern fünf Meilen flussaufwärts galoppieren und dort übersetzen, um in den Schutz der Stadtmauern zurückkehren zu können. Bomas gab Befehl zum sofortigen Aufbruch. Während die Mehrzahl seiner Männer sich nach Osten in Bewegung setzte, hielt er mit fünfhundert ergebenen Streitern noch eine Weile die Stellung. Er wollte dem Großteil seiner Streitmacht einen mehr oder weniger sicheren Rückzug ermöglichen, und dazu musste er Zeit gewinnen.

Schließlich konnte er dem Druck kaum noch etwas entgegensetzen. Zwölf große Dreimaster und eine Armada von über hundert ein- und zweimastigen Seglern waren bereits so weit herangekommen, dass sie ihre im Wasser schwimmenden Kämpfer aufnehmen konnten. Als die meisten Schiffe ihren Kurs parallel zum Ufer fortsetzten, wusste Bomas, dass er in einer Falle saß. Sofort gab er den Rückzugsbefehl für die letzten seiner Männer. Mit wehenden Mähnen stürmten ihre Rösser das Nordufer des Cedan entlang, hinauf zu den eigenen Schiffen, die bereit waren, ihre Taue zu kappen und die Nachhut überzusetzen.

Fast gleichzeitig erreichten die ersten Wesen der feindlichen Armee das Ufer, große hundeähnliche Kreaturen mit dolchähnlichen Zähnen. Sie nahmen die Verfolgung auf. Einige von Bomas' Männern blieben todesmutig zurück, um sich den Ungeheuern zu stellen.

Der Kaiser bestand darauf, als letzter das Nordufer zu verlassen. Als sein Schiff ablegte, war der témánahische Flottenverband schon bedrohlich nah. Die cedanische Schiffsbesatzung legte sich in die Riemen und ruderte um ihr Leben.

Auf der Mauerkrone der Stadt hatte man die feindliche Flotte schon früh bemerkt. Felin wusste sofort, was dieser Winkelzug Témánahs bedeutete: Die Woge der Angreifer würde in Kürze auch gegen das Osttor schwappen, und wenn Bomas den Schiffen nicht rechtzeitig auswich, würde er von der Stadt abgeschnitten und in einen aussichtslosen Kampf verwickelt werden.

Nichts konnte ihn jetzt noch an der Westmauer der Stadt halten. Er musste seinem Bruder zu Hilfe kommen, und zwar sofort. Eilig erteilte er dem Fürsten Melin-Barodesch den Befehl, die Stellung zu halten. Qorbán beorderte er an den nördlichen Mauerabschnitt – bestimmt würde die Stadt nun auch vom Fluss her angegriffen werden. Dann sprang er auf das nächstbeste Pferd und jagte nach Osten.

Straßen, Gassen und Plätze flogen an ihm vorbei. Erschreckte

Menschen spritzten auseinander. Noch nie hatte er so bewusst wahrgenommen, wie viele Brücken es in der Unterstadt gab, wie viele Winkel und Ecken man nehmen musste, um einen eigentlich doch geraden Weg weiterzuverfolgen. Endlich erreichte er das Osttor.

Der Herzog von Doldoban hatte in der Zwischenzeit Soldaten zum Flussufer entsandt, um die übersetzenden Kameraden zu unterstützen. Alle Schiffe hatten ihre kampfesmüde Ladung gelöscht und trieben bereits brennend dem témánahischen Verband entgegen – man wollte sie auf keinen Fall dem Feind überlassen. Nur Bomas' Galeere fehlte noch.

Der Kaiser stand weit vorn im Bug des Schiffes, sein Gesicht einmal dem Feind, einmal dem rettenden Ufer zugewandt. Felin winkte mit der Klinge seines großen Schwertes und Bomas erwiderte den Gruß. Erste Pfeile sirrten durch die Luft.

»Es wird knapp«, knurrte Felin.

»Sie werden es schaffen«, erwiderte Doldoban, aber es klang wenig überzeugt.

Das Kampfgeschehen auf dem Fluss nahm chaotische Züge an. Die in Brand gesetzten Schiffe trieben in die Bahn der sich schnell nähernden Segler Témánahs. Dicker Rauch versperrte die Sicht. Bomas' Schiff hatte das Ufer fast erreicht.

In diesem Moment tauchte ein großer Dreimaster aus den schwarzen Schwaden auf, er war durch die Linien der Verteidiger geschlüpft. Eine schreiende Kriegerhorde sprang direkt von Bord ins seichte Wasser oder seilte sich an Tauen ab.

Felins Kopf flog zu seinem Bruder herum, der gerade Befehle schrie – einige galten der Schiffsbesatzung, andere den Männern am nahen Ufer. Er zog das Schwert und deutete mit blanker Klinge zum Feind hinüber. Sein eiserner Brustpanzer blitzte in der Nachmittagssonne.

Kaum jemand sah den flirrenden Pfeil, der in diesem Augenblick die Luft zerschnitt und sich in die vom Harnisch nicht geschützte Achselhöhle des Kaisers bohrte. Felin schrie. Die Angreifer heulten triumphierend auf, sie wussten, wen das verirrte Geschoss getroffen hatte.

Ihre Freude währte nicht lang. Felin stürzte auf die témánahischen Kämpfer zu, die das Flussufer bereits erklommen hatten. Mit Schrecken erblickten sie das versteinerte Gesicht des jungen Recken, der wie ein Racheengel über sie kam – niemand bemerkte die Tränen in seinen Augen. Felins Schwert bewegte sich wie ein Falke in einem Schwarm von Tauben: anmutig, geschmeidig und absolut tödlich. Nichts konnte ihm Widerstand leisten, weder beschlagene Lanzenschäfte, eiserne Schilde noch témánahischer Schwertstahl. Tausendfach eingeübte Ausfallschritte und Finten verbanden sich zu einem Kampfstil, dem nicht beizukommen war. Der Prinz wich jedem Schlag aus, der gegen ihn geführt, jedem Speer, der gegen ihn geschleudert wurde. Selbst Pfeile, die man auf ihn abschoss, verfehlten ihr Ziel oder zerschellten an der Klinge des langen Zweihänders, der Felin umgab wie ein durchsichtiger, flimmernder Panzer. Nicht umsonst trug das Schwert den Namen Bar-Schevet, »Sohn des Stabes«: Wie ein lebendiges, zorniges Wesen brachte es das *Koach* über diejenigen, die es gewagt hatten seine Macht herauszufordern.

Dann brach der Angriff der Témánaher zusammen, sie zogen sich auf ihre Schiffe und in die Mitte des Flusses zurück – mit einem derart mächtigen Gegner hatten sie offensichtlich nicht gerechnet.

Felin stand schwer atmend am Ufer und blickte ihnen nach. Dann erst wurde ihm bewusst, was ihn zu dieser wahnwitzigen Attacke getrieben hatte. Sein Bruder war von einem Pfeil getroffen worden. Er wirbelte herum und eilte zur Anlegestelle.

Bomas lag auf dem Boden, umringt von seinen Kämpfern. Herzog Doldoban kniete bei ihm. Felin bahnte sich einen Weg durch die fassungslosen Soldaten und ließ sich gleichfalls auf die Knie sinken.

»Bomas! Hat es dich schlimm erwischt?«

»Sehr schwer, fürchte ich.«

Felin sah den Schaft des Pfeiles noch immer unter dem rechten Arm seines Bruders hervorragen. Blut sickerte aus der Wunde. »Der Arzt wird das schon wieder hinbekommen«, versuchte er dem Verletzten Mut zu machen.

»Gib dir keine Mühe«, stöhnte Bomas. »Ich weiß, dass es mit mir zu Ende geht.«

»Aber du bist der Kaiser, wir brauchen dich!«

Ein mattes Lächeln huschte über Bomas' Lippen. »Im Lied der Befreiung Neschans wird man mich den Dreitagekaiser nennen. Das ist schon eine Strophe wert – findest du nicht?«

»Mir ist nicht nach Scherzen zumute.« Felin wandte sich an den Herzog. »Kann man ihn nicht in die Stadt bringen?«

Doldoban schüttelte den Kopf. »Es ist zu gefährlich. Er darf sich nicht bewegen. Aber der Arzt muss gleich kommen.«

»Unsere Heiler haben wenig Glück in den letzten Tagen«, sagte Bomas leise. »Verlieren einen Kaiser nach dem anderen.«

»Sei jetzt still und schone deine Kräfte«, ermahnte ihn Felin.

»Das hat keinen Zweck mehr, mein kleiner Bruder. Du musst jetzt an meiner Stelle als Kaiser herrschen. Meinst du, ich kenne nicht die ›Prophezeiung vom Brunnen‹? Geschans Weissagung bewahrheitet sich; daran konnten weder unser Vater noch ich etwas ändern.«

»Er hat nicht vorhergesagt, dass ich auf diese Weise Kaiser werden soll.«

»Du belügst dich selbst, Felin.« Bomas verzog das Gesicht schmerzerfüllt. Ein dünner Blutfaden rann aus seinem Mundwinkel. Dann hatte er sich wieder in der Gewalt. »Ich gehe jetzt«, sagte er leise, doch mit großer Würde. »Sorge dafür, dass mein Tod nicht umsonst war. Halte die Stadt, bis der siebte Richter kommt.« Bomas hustete, mehr Blut quoll aus seinem Mund. »Und ... und verachte mich nicht, mein Bruder. Vergiss nie, dass ich dich immer geliebt habe.«

Mit einem langen Seufzer hauchte Bomas sein Leben aus. Im Tod glich er seinem Vater: ein Kaiser, gewaltsam getötet und doch mit friedlichem Ausdruck im Gesicht.

Felin stolperte benommen hinter den Soldaten der Grenzarmee her, die ihren Kommandanten auf einer Bahre aus Lanzen und Schilden durch die Stadt trugen. Das Ziel war der Sedin-Palast. Felin hatte angeordnet, dass sein Bruder im Saal der Rechtsprechung aufgebahrt werden sollte. Danach hatte er nichts mehr gesagt, sich ganz der Trauer hingegeben.

Bomas hätte nicht so gehandelt, das wusste er. Sein Bruder hatte immer einen klaren Kopf behalten, sich durch nichts aus der Fassung bringen lassen. Aber Bomas war tot! Ebenso wie sein Vater – beide dahingerafft von der Hand témánahischer Mörder!

Felin achtete weder auf die vorbeiziehenden Straßen noch auf den immer länger werdenden Zug von Menschen, der sich ihnen anschloss. In seinen Augen standen Tränen, aber ein letzter Rest von höfischer Zucht sagte ihm, er müsse sie zurückhalten, habe den Menschen Mut zu geben, indem er sich nicht gehen ließ, sondern eine würdige Haltung bewahrte.

Nachdem der tote Kaiser in der Vorhalle des Thronsaals aufgebahrt worden war, fand Felin endlich die ersehnte Stille. Es hatte ihn große Kraft gekostet, noch einmal die Stimme zu erheben, um sich im Weiteren jegliche Störung zu verbitten. Jetzt war er ganz allein mit seinem toten Bruder. Die Ruhe des großen Raumes wirkte auf ihn wie früher die Umarmung seiner Mutter – sie hatte immer einen Trost gefunden für den dünnen, kleinen Prinzen, wenn er mit seinen großen Sorgen zu ihr gekommen war.

Unterdessen braute sich ein verheerendes Unwetter über Cedanor zusammen. Der Tod des Kaisers mobilisierte bei dem Feind neue Kräfte. Hatte zu Beginn die Angriffsstrategie eigentlich nur im rücksichtslosen Verschleiß der eigenen Kämpfer bestanden, waren jetzt Anzeichen einer durchtriebenen Taktik erkennbar. Riesige Flugwesen, größer als jeder Vogel und von der Gestalt her schwarzen Rochen ähnlich, kreisten über der Stadt und ließen Felsbrocken fallen. Wo die Steinlasten niedergingen, blieb eine Spur der Zerstörung zurück: verwüstete Häuser oder erschlagene Menschen. Im Südwesten und Süden verstärkte sich der Druck durch die kleinen Kletterer, die in immer größeren Scharen die Klippen emporstürmten; sie banden Kräfte, die an anderen Stellen der Stadt dringend benötigt wurden. So etwa im Osten. Unmittelbar nachdem der Leichnam des Kaisers in die Stadt getragen worden war – gefolgt von dem aschblonden Krieger mit dem gewaltigen Schwert –, kehrten die témánahischen Schiffe zurück. Sie warfen Hunderte und bald Tausende von Kämpfern an den Strand, die den Belagerungsring um Cedanor schlossen.

Während die schwarze Flotte weitere Einheiten an die Ostseite der Stadt verlegte, begannen andere Belagerer Brandpfeile über die Mauern zu schießen. Die Sonne stand schon tief am Horizont, und während die Schatten im Gassenlabyrinth Einzug hielten, flammten an immer neuen Stellen Feuer auf. Die Löschmannschaften hatten alle Hände voll zu tun die Brände unter Kontrolle zu halten und dabei nicht von den Steinbrocken der fliegenden Ungeheuer getroffen zu werden.

Dann geschah, was auf jeden Fall hätte verhindert werden müssen: Einer ganzen Schar von Kletterwesen gelang an der südwestlichen Mauer der Einfall in die Stadt. Mindestens fünf Dutzend der kleinen, nur in Lumpen gekleideten Geschöpfe nutzten eine Bresche, die ein Hagel von Felsbomben in die Linie der Verteidiger geschlagen hatte. Mit ihren giftigen, scharfen Krallen töteten sie einige kaiserliche Leibgardisten, bevor sie in den engen Gassen der Stadt untertauchten.

Ein leises Räuspern riss Felin aus seiner tiefen Versunkenheit. »Hatte ich nicht befohlen mich nicht zu stören?«, fuhr er den Eindringling an. Sein Gesicht war grau. Er wirkte unendlich müde. Dann erst bemerkte er, dass Baltan neben ihm stand. »Entschuldige. Ich wusste nicht, dass du es bist. Aber ich möchte trotzdem gern mit meinem Bruder allein ...«

»Du wirst gebraucht, Felin!«

»Meinst du, das weiß ich nicht!«, brauste Felin auf. Er bedauerte seinen Ausbruch allerdings sogleich wieder und schlug beschämt die Augen nieder.

»Glaub mir«, erwiderte Baltan mit sanfter Stimme, er hatte neben dem Prinzen Platz genommen, »ich kann deinen Schmerz verstehen.« Als *Träumer* hatte er in seinem mehr als zweihundertjährigen Leben schon zwei Ehefrauen und viele Kinder begraben. Wie alle aus der Gruppe der »Unsrigen«, wie sich die *Träumer* selbst nannten, stammte auch er ursprünglich von der Erde, hatte aber jede Erinnerung an sein früheres Dasein verloren. Durch die Macht Yehwohs war ihm und seinen Schicksalsgenossen eine sehr lange Lebensspanne auf Neschan zuteil geworden. »Ich bin ein wenig älter als du«, untertrieb er daher jetzt, »und hatte mehr Anlass zum Trauern, als für einen Menschen gut ist.«

Felin blickte wieder auf. »Und wie bist du darüber hinweggekommen?«

»Ich habe mit anderen über die schönen Erinnerungen gesprochen, die ich mit den Verstorbenen verband. Ich habe versucht mich nicht fallen zu lassen, sondern stattdessen Gutes zu tun, anderen Menschen zu helfen.«

Die Gesichter der beiden Männer wandten sich dem Ausgang zu, von dem her plötzlich ein lautes Rauschen zu ihnen drang, wie von einer auffrischenden Brise. Doch das seltsame Spiel des Windes – oder was immer es war – legte sich schnell wieder, sodass Felin an Baltans letzte Äußerung anknüpfte.

»Was willst du mir eigentlich sagen, Baltan, etwa, dass auch ich jetzt etwas Sinnvolleres tun müsste, als nur einfach hier zu sitzen und um meinen Bruder zu trauern?«

Baltan nickte und schenkte ihm ein aufmunterndes Lächeln. »Du wirst der neue Kaiser sein. Die Stadt braucht dich jetzt – dringender denn je. Es wird bereits in den Straßen gekämpft. Es sieht ernst aus. Nicht wegen der eingedrungenen Kletterkünstler: Bisher konnten nur wenige von Bar-Hazzats Zwergen in die Stadt gelangen und Bomas' Grenzpatrouillen wissen, wie sie mit ihnen umzugehen haben. Aber ansonsten steht es schlecht. Die Unterstadt brennt. Auf den Mauerzinnen sterben die Männer wie Fliegen. Fürst Melin-Barodesch lebt nicht mehr …«

»Der Fürst!«

»Ja, Felin. Der Sturm, der über der Stadt tobt, droht alles zunichte zu machen, was in Jahrhunderten aufgebaut wurde.«

»Aber die Schlacht hat doch heute erst begonnen! Und Cedanor ist uneinnehmbar.«

»Keine Festung ist das, Felin. Schon gar nicht, wenn sie ohne den Segen Yehwohs errichtet wurde. Du weißt, dass dein Vater einen unheiligen Pakt mit Témánah geschlossen hatte. Und heute stehen Bar-Hazzats Eintreiber vor der Tür und fordern Zirgis' Schulden ein.« Baltan hatte viel Nachdruck in seine Worte gelegt. Jetzt holte er tief Luft und fügte hinzu: »Ich bin nicht gekommen, um dir die Trauer zu nehmen – sie steht dir zu. Aber lass mich ihren Schleier wenigstens so weit von deinem Geist heben, dass du den Blick auf die Wirklichkeit wiedergewinnst: Du musst dich *jetzt* deinen Kämpfern zeigen. Die Nachricht von Bomas' Tod hat alle niedergeschmettert. Wenn sie dich und das Schwert sehen, finden sie vielleicht neuen Mut und können die Stadt noch etwas länger halten.«

»Um wie viel länger?« Felins Augen blitzten den Kaufmann an, sie hatten die Farbe von Bar-Schevets Stahl.

Baltan hielt dem Blick stand. Er überlegte, ob Felin die volle Wahrheit ertragen konnte. Endlich antwortete er: »Ein paar Stunden vielleicht. Wenn alles gut geht, die kommende Nacht.«

Während Felin sich noch vom Schock dieser Worte erholte, eilte ein Soldat in die Halle. Er trug einen verbeulten Harnisch, schwitzte, war schmutzig und blutete. Ohne sich groß um bestimmte Höflichkeitsformen zu kümmern sprudelte er seine Meldung atemlos hervor.

»Hoheit, etwas Sonderbares ist geschehen!«

»Du hast heute das Heer Témánahs kämpfen sehen, Soldat. Was kann es da noch geben, das dich staunen lässt?«

»Ein Untier, Hoheit, ein gewaltiges und Furcht einflößendes Wesen! Zuerst zog es seine Kreise über der Stadt und versengte alle Flugwesen, die uns mit ihren Wurfgeschossen zugesetzt hatten. Dann verbrannte es das témánahische Heer vor der Stadtmauer und soeben ist es im Park neben dem Großen Kubus gelandet.«

»Ein Untier? Seit wann stehen solche Geschöpfe auf unserer Seite?«

»Ich sage die Wahrheit, Hoheit. Wirklich!«, beteuerte der aufgeregte Soldat. »Es ist ein Drache. Ein riesengroßer Drache!«

XII.
Abbadon

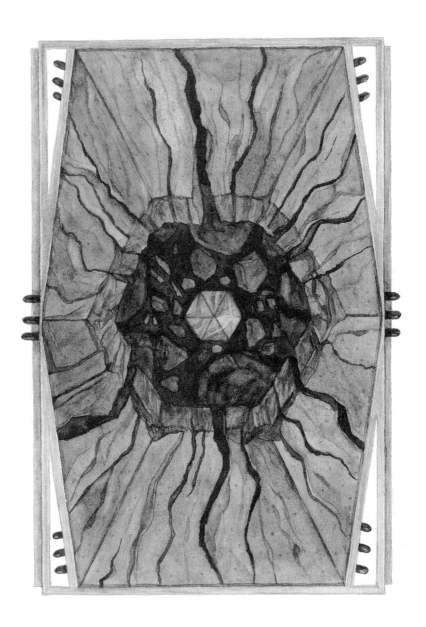

Er erwachte aus einem verrückten Traum. Oder war es doch mehr gewesen? Schließlich verdankte er seine Existenz auf Neschan einer Kette von Traumerlebnissen, die ihm zunächst ebenfalls unwirklich erschienen waren, aber den irdischen Jonathan erst zu Yonathan, dem Stabträger, hatten werden lassen. Als er nun die Augen aufschlug, erkannte er, dass die Phantasie ihm keinen Streich gespielt hatte.

Auf dem Rücken liegend konnte er weit oben Wolken sehen, die in einem schwach blauen Himmel schwammen – bei der Zerstörung des Auges musste die Decke des Felsendoms eingestürzt sein. Das Licht des beginnenden Tages strahlte in die Höhle.

Eine dunkle Ahnung machte sich in seinem schmerzenden Kopf breit, die Angst vor einer Erkenntnis, die man gerne unterdrücken möchte, obwohl sie sich mit Macht in das Bewusstsein drängt. Doch was hatte diese bedrückende Empfindung mit dem Ort zu tun, an dem er sich gerade befand?

Yonathan versuchte das Gefühl zu ignorieren. Er wälzte sich herum, schaffte es schließlich sich aufzusetzen. Der Kampf mit Bar-Hazzats rotem Stein hatte ihn bis zur Bewusstlosigkeit erschöpft. Jetzt noch fühlte er sich ausgepumpt wie nach einem stundenlangen scharfen Ritt. Um ihn herum herrschte eine unheimliche Stille. Nur ab und zu rieselte etwas Staub aus Ritzen und Spalten – letzte Zeichen der zerstörerischen Auseinandersetzung in der Drachenhöhle.

Der Drache! Erst jetzt wurde Yonathan richtig bewusst, wo er sich befand, was – vor wie vielen Stunden eigentlich? – geschehen war. Wackelige Beine wollten den Körper nur widerwillig hochstemmen. Um sich besser abstützen zu können, griff er nach Haschevet, der, während Yonathan besinnungslos gewesen war, unter ihm gelegen hatte. Er schaute sich um. Schutt. Geröll. Trümmer. Vom Drachen keine Spur. Doch dann, links von sich, entdeckte er einen großen Haufen Steine; eine riesenhafte Klaue ragte daraus hervor. Zu schwach, das *Koach* des Stabes zu bemühen, versuchte Yonathan das Dämmerlicht mit seinen Augen zu durchdringen. Bald gab es keinen Zweifel mehr: Er stand vor den Trümmern seines mächtigen Feindes.

So jedenfalls sah der leblose Körper Garmoks aus: wie ein einziger Haufen grauer Steine. Deshalb hatte er den Drachen nicht sofort bemerkt. Yonathan wagte sich näher heran. Unter einem Berg von Geröll konnte er einen Teil der zackenbewehrten Schnauze erkennen. Vermutlich war das Feuer speiende Ungeheuer von einem Teil der einstürzenden Decke erschlagen worden. So Furcht einflößend und hinterlistig es sich auch verhalten hatte, es tat Yonathan Leid. Er hatte einen aberwitzigen Plan an diesen Ort heraufgetragen, sich Hoffnungen gemacht, Garmoks Bosheit könne vielleicht nur ein Widerschein von Bar-Hazzats Auge sein. Wenn der Einfluss des Steines erst gebannt wäre, dann würde auch ...

Yonathans Gedankenfluss erstarrte. Das Geröll vor seinen Augen hatte sich bewegt. Nur ein Zusammenrutschen der losen Steine, versuchte er sich einzureden, aber da klickte und knirschte es erneut. Unwillkürlich wich er einige Schritte zurück. Ein verirrter Sonnenstrahl fiel auf eine Stelle im Schutt, wo sich blinzelnd ein rotes Auge auftat.

Erschreckt schnappte Yonathan nach Atem. Hatte das Auge ihn gesehen? Die Antwort auf seine stumme Frage ließ nicht lange auf sich warten. Kies und Felsbrocken rutschten und rollten zur Seite, als der Kopf des Drachen sich hob. Auch dessen anderes Auge war nun aufgeklappt. Vor Schreck vergaß Yonathan dem Blick Garmoks auszuweichen. Doch kein Druck oder Zwang war zu spüren. Echsenaugen blinzelten ihn an, deren Pupillenschlitze auf einem samtroten Untergrund ruhten. Aus den Tiefen des Drachenschlundes kam eine rauhe Stimme.

»Wie ist das Wetter draußen?«

Yonathan war zu keiner Äußerung fähig. Mit allem hatte er gerechnet – mit wüsten Beschimpfungen, Feuerattacken oder dem schnellen Zuschnappen der großen Schnauze –, aber nicht damit, dass Garmok ihm eine derart banale Frage stellen würde. »Hat dir ein Fels die Sprache aus dem Kopf geschlagen? Warum sagst du nichts?«

»Es passiert schließlich nicht jeden Tag, dass sich ein halb unter Trümmern verschütteter Drache nach der Witterung erkundigt.«

Mit einem kräftigen Schütteln warf Garmok den Rest der auf ihm lastenden Steine ab, streckte sich wie nach einem langen Schlaf und kauerte sich bequem auf den Höhlenboden. »Nun denn. Ich habe dich gefragt, weil ich mir eine neue Höhle werde suchen müssen, wenn erst der Regen einsetzt. Du hast von meiner ja nicht viel übrig gelassen.«

»Oh.« Yonathan schaute sich verwundert um, als sähe er die Spuren der Zerstörung zum ersten Mal. »Das tut mir Leid. Es lag nicht in meiner Absicht, dein Dach zu beschädigen.«

»Schon gut«, erwiderte der Drache. »Ich habe es nicht besser verdient. Und wenn man es genau nimmt, ist das Auge Bar-Hazzats an allem Schuld.«

»Deine Einsicht erstaunt mich.« Yonathan fand die Kraft einen zaghaften Vorstoß in Garmoks Gefühle zu unternehmen, konnte jedoch keine Arglist entdecken. War es möglich, dass er seinen ursprünglichen Plan doch noch verwirklichen konnte? »Warum hast du dich dann vorhin so heftig dagegen gewehrt, mir den Bannstein zu überlassen?«

Die großen Augen des Drachen blinzelten. »Vorhin? Ach!« Er schien sich zu erinnern. »Ich war vielleicht etwas – wie würdet ihr Menschen es wohl ausdrücken? – benebelt.«

»Diesen Eindruck hatte ich allerdings auch.«

Garmoks Kopf rückte näher. »Willst du dich über mich lustig machen?«

»Wie konntest du dich nur darauf einlassen, Bar-Hazzats Auge unter deine Fittiche zu nehmen, wenn du dafür deinen freien Willen aufgeben musstest?«

»Dessen war ich mir nicht bewusst.«

»Ich denke, Drachen wissen alles.«

Garmok überhörte diesmal die Spitze. »Bar-Hazzat ist nicht von dieser Welt. Gegen seine Schliche bin selbst ich machtlos. Du kennst sicher unsere besondere Vorliebe für Juwelen und anderes wertvolles Glitzerzeug.«

Yonathan nickte. »Wie etwas zu groß geratene Elstern.«

Es war Garmok anzusehen, dass er nicht ganz einverstanden war mit dem Vergleich. So sprach er erst weiter, nachdem er sich den Staub aus den Nüstern gepustet hatte: »Bar-Hazzat bot mir hier einen idealen Drachenhorst und dazu einen unvergleichlichen Schatz. Er verschwieg allerdings, dass ich zu seinem Sklaven würde, sobald ich mich dem Einfluss des Auges aussetzte; ich war nicht mehr Herr meiner eigenen Gedanken. Es klang alles so verlockend: Ich müsse nur dafür sorgen, dass niemand den karminroten Juwel anrühre oder forttrage. Dieses Versprechen zu geben fiel mir nicht schwer – Drachen sind sehr penibel mit ihrem Besitz.«

Yonathan nickte verständnisvoll. »Was für ein Ort ist das hier?« Er machte eine umfassende Geste.

»Früher war es ein Tempel zu Ehren Melech-Arez'. Aber das ist schon lange her. Es gab ein großes Verlassen, etwa zu der Zeit, als Yehwohs Fluch die Stadt Abbadon traf.«

»Es fügt sich alles wunderbar zusammen.«

»Dein Reden ist voller Rätsel.«

»Schon gut. Ich musste nur gerade an etwas denken, das ich einmal im Schwarzen Tempel von Abbadon gesehen habe.«

»Du bist dort gewesen?«

»Wusstest du das etwa nicht? Ich denke, Drachen ...«

»Unbarmherzigkeit ist das Wesen von euch Menschen. Weißt du das, Richter Geschan?«

»Das kommt dir nur so vor.« Yonathan musste schmunzeln. Das riesige Schuppenwesen wurde ihm allmählich sympathisch. »Du kannst es schon daran erkennen, dass du mein Geschenk behalten darfst.«

Garmok blickte zu der Stelle hinüber, an der die schneeweiße

Rose im Felsenboden steckte. Einzelne Gesteinsbrocken waren beim Einsturz der Höhlendecke auf sie heruntergefallen, hatten aber der so zart anmutenden Blüte nichts anhaben können. Als der Drache wieder seine Stimme erhob, klang sie fast sanft.

»Die Rose ist wunderschön. Woher stammt diese Blume?«

Yonathan dachte an die Geschichte Tarikas – so hatte der Name Ascherels, seiner Vorfahrin, auf der Erde gelautet – und an das Pergament mit dem Zeichen der weißen Rose, das er einst in der Bibliothek seines Großvaters in Schottland gefunden hatte.

»Aus einer Welt, die der unsrigen sehr gleicht«, antwortete er schließlich ausweichend.

»Gibt es dort auch Drachen?«

Als kleiner Junge hatte Jonathan oft unter den Schikanen des Internatsdirektors, Sir Malmek, und den Höllen-Erzählungen von Pastor Garson gelitten. »Ja, dort gibt es auch Drachen.«

»Sind sie so Furcht erregend wie ich?«

»Schlimmer noch, Garmok. Viel schlimmer!«

»Der Drache!«, unterbrach eine neue Stimme die Unterhaltung der beiden.

Yonathan blickte erschrocken um und atmete dann erleichtert auf. »Du hast eine schnelle Auffassungsgabe, Gimbar.«

Der athletische Körper des Expiraten wirkte neben dem gigantischen Höhlentor noch kleiner als von Natur aus schon. »Und warum erschlägst du ihn nicht?«

»Komm doch her und versuch es selbst.«

Garmok hob den Kopf ein Stück an, als müsse er Gimbar ins Visier nehmen.

»Du hast gesagt, ich soll mich aus deinen Angelegenheiten raushalten. Jetzt sieh zu, wie du ohne mich klarkommst.«

»Drückeberger.«

»Hör mal!« Gimbar stapfte entschlossenen Schritts in die Höhle, blieb dann aber in sicherem Abstand zum Drachen stehen. »Ich bin in der Spalte, in die du mich gesteckt hast, beinahe verschüttet worden, habe mich mühsam wieder herausgegraben, nur um dir so schnell wie möglich zu Hilfe zu eilen, und du sagst Drückeberger zu mir?«

»Dürfte ich eure Unterhaltung für einen kleinen Augenblick unterbrechen?«, mischte sich Garmok vorsichtig in den Wortwechsel ein.

»Nur sehr ungern«, antwortete Gimbar unwillig. »Worum geht's?«

»Wer bist du, Menschlein?« Die Schwanzspitze Garmoks zuckte.

Gimbar fixierte den Drachen längere Zeit. Er schien zu überlegen, ob sich eine Antwort überhaupt lohnte. »Ich bin sein bester Freund«, sagte er schließlich.

»So, so.« Garmok musterte Gimbar aus seinen roten Augen, schaute dann zu Yonathan und schließlich wieder auf den Neuankömmling. »Dann streitet ruhig erst fertig. Eine Zeit des Wartens bereitet mir kein Unbehagen.«

Jetzt war es an Yonathan und Gimbar sich zu wundern. Die beiden hatten mit ihrer vermeintlichen Auseinandersetzung nur der Anspannung der letzten Stunden etwas Luft gemacht.

»Eigentlich wollte ich dich gerade um etwas bitten, als Gimbar hereinkam«, wandte sich Yonathan an den Drachen.

Garmoks breites Maul verzog sich und Yonathan überlegte, ob Drachen auch grinsen können. »Ich kann mir schon denken, was dein Begehren ist«, antwortete das turmhohe Wesen.

»Von einem Drachen sollte man das erwarten.«

»Du brauchst meine Hilfe zum Finden der anderen Augen Bar-Hazzats. Ist es nicht so?«

»An so etwas Ähnliches hatte ich gedacht, ja. Wobei es weniger um das Finden geht. Ich glaube die meisten Verstecke der Augen zu kennen. Was mir durch den Kopf ging, dürfte wesentlich einfacher für dich sein.«

Gimbar hatte sich lange und leidenschaftlich gewehrt – und war dann doch auf den Rücken des Drachen gestiegen.

»Du weißt, Yonathan, dass ich es hasse durch die Luft zu fliegen«, begründete er seinen anfänglichen Widerstand. »Spätestens seit damals, als wir in dieser schwebenden Blase aus dem Sedin-Palast geflohen sind, sollte dir das bekannt sein.«

»Es war ein Heißluftballon«, korrigierte Yonathan seinen Freund. »Und im Übrigen bist du ja schließlich doch mitgekommen. Sonst hättest du mir später nicht das Leben retten können, wofür ich dir sehr dankbar bin.«
»Du bist unfair, Yonathan.«
»Heißt das, dass du mitfliegst?«
Gimbar nickte schnell. Sein Gesicht jedoch wurde blass.
»Ich wusste, dass ich auf dich zählen kann.«
»Und ich wusste, dass du kein Mitleid mit mir haben würdest.«
Als der fliegende Berg im seichten Wasser am Westufer des Akeldama-Sees landete, bereitete er einer Schar von tapferen Ostleuten ein unvergessliches Erlebnis. Nur wenige von ihnen gerieten wirklich in Panik, aber alle bekamen einen gehörigen Schrecken. Wer nicht bereits durch die Brandungswelle, die der Drache bei seiner Landung verursacht hatte, aus seinem Versteck gespült worden war, stürzte hervor, brüllte und zielte mit seiner Waffe auf den übermächtigen Feind, in der Gewissheit dem sicheren Tod ins Auge zu sehen.
Doch dann geschah das Unerwartete. Dicht hinter dem Haupt des Drachen wurden plötzlich zwei menschliche Köpfe sichtbar, die auf verblüffende Weise denjenigen ihrer verloren geglaubten Freunde ähnelten.
»Halt!«, schrie der siebte Richter. »Schießt nicht. Der Drache ist unser Freund.«
Die Ostleute hielten inne, blieben aber misstrauisch.
»Jetzt senkt endlich eure Speere«, wiederholte er. »Garmok wird sonst noch unruhig.«
»Ja«, pflichtete ihm Gimbar bei, der es eilig hatte vom Drachen zu kommen. »Lasst uns wenigstens erst absteigen, bevor ihr ihn aufspießt.«
Yublesch-Khansib gebot seinen Männern zu warten. Während der Sippenführer noch überlegte, was er von alldem halten sollte, kippte Gimbar nach vorn, rutschte vom Hals des Drachen und stürzte platschend in den See.
Vielstimmiger Jubel erschallte.

»Sie sind es wirklich!«, jauchzte Yamina. »Sie haben den Drachen gebändigt.«

»Hatte ich dir nicht versprochen, dass ich mit dem Kopf des Drachen unter mir zurückkehren würde?«, rief Yonathan hinunter.

Diese Bemerkung war Garmok nicht entgangen: Der Drache schüttelte sich ein-, zweimal, Yonathan ruderte verzweifelt mit den Armen und im nächsten Moment landete der stolze Drachenreiter geräuschvoll im Wasser.

Yonathans Faust tauchte zuerst auf. Dann sein Kopf. »Kannst du nicht besser aufpassen!«, schimpfte er zum Drachen empor.

»Mich juckte da gerade etwas.«

Yonathan ersparte sich eine Antwort und schwamm stattdessen zum felsigen Ufer.

Während die Kleider der beiden in der Sonne trockneten, mussten sie ihre Geschichte erzählen – Yonathan glaubte, mindestens siebenmal. Die Expedition war ein voller Erfolg. Vor fünf Tagen hatten zwei Dutzend Todgeweihte das Lager am Rande des Großen Waldes verlassen und nun würden sie als Helden zurückkehren. Die bevorstehende Siegesfeier musste aber ohne die Hauptpersonen stattfinden: Yonathan hatte erklärt, dass er leider nicht dabei sein könne. Als er dem Khan eröffnete, er werde zusammen mit Gimbar auf dem Rücken des Drachen gen Westen fliegen, hatte man das zunächst für einen Scherz gehalten. Nur Yamina kannte ihre Gefährten inzwischen gut genug, um zu wissen, dass das Vorhaben ernst gemeint war. Mehr noch. Zu Yonathan sagte sie in einem Ton, der keinen Widerspruch zuließ: »Ich komme mit euch.«

»Das geht nicht!«, protestierte Gimbar; sein Gesicht hatte nach dem Flug gerade wieder an Farbe gewonnen.

»Nenn mir einen Grund, warum nicht«, konterte das Ostmädchen angriffslustig.

»Hier haben wir ein Auge Bar-Hazzats besiegt«, versuchte Yonathan zu schlichten. »Aber wo wir hinfliegen, stehen uns diese Gefahren noch bevor.«

»Du hast leicht reden, weil du nicht durchmachen musstest, was ich erlebt habe. Meinst du wirklich, hier wird es mir gut gehen? Wir haben das alles schon einmal durchgekaut, Yonathan. Ich bin ein Mädchen. Man wird mit mir verfahren, wie man mit allen Mädchen verfährt.«

»Ich könnte mit Yublesch sprechen.«

»Du hast doch erlebt, wie ernst sie ihre Sippengesetze nehmen. Du bist mir etwas schuldig, Yonathan. Du hast einmal gesagt, wenn du je den Drachen besiegtest, dann hättest du das vor allem mir zu verdanken. Nun fordere ich dein Wort ein. Du bist der siebte Richter. Überlege dir gut, wie du jetzt antwortest.«

Yonathan warf Gimbar einen hilflosen Blick zu, seufzte und gab schließlich nach. »Also gut. Ich hoffe nur, du wirst mich nicht eines Tages verfluchen, weil ich dich nicht gezwungen habe hier zu bleiben.«

Yamina funkelte ihren Besitzer noch eine Weile aus dunklen Mandelaugen an, als sei sie sich nicht sicher, ob das schon das Ende der Auseinandersetzung war. Dann stahl sich ein siegesbewusstes Lächeln auf ihre Lippen.

Die nächsten Stunden waren mit den notwendigen Vorbereitungsarbeiten für die Reise ausgefüllt. Die Sattler zum Beispiel waren vollauf damit beschäftigt, aus ledernen Zeltplanen eine Art Drachenreitgeschirr anzufertigen. Genau genommen handelte es sich dabei um geräumige, stabile, mit Decken ausgefütterte Säcke, die Garmok am Halsansatz auf den Rücken gestreift und dort zwischen den Flügeln festgezurrt werden sollten. Die drei »Passagiere« würden in diesen zu groß geratenen Satteltaschen nicht nur ausreichend Platz, sondern auch Schutz vor dem kalten Flugwind finden. Es war sogar noch genügend Stauraum für einige Gepäckstücke vorhanden. Die Pferde mussten allerdings zurückbleiben.

»Mir ist gar nicht wohl bei dem Gedanken meinen treuen Fuchs bei unseren Freunden zurückzulassen«, klagte Gimbar.

»Wieso?«, fragte Yonathan. »Niemand kann so gut mit Pferden umgehen wie die Ostleute.«

»Erinnerst du dich nicht an den Pferdebraten bei unserem Abschiedsfest? Mein guter Hengst soll nicht als Suppeneinlage enden.«

Yonathan musste lachen. »Das wird er bestimmt nicht. Schließlich ist er das Pferd des Trägers des Mals. Vermutlich wird er noch Vater vieler munterer Fohlen werden, bis seine Gebeine zu Staub zerfallen und ewig im Wind über die Steppe jagen. Was kann sich ein Pferd Schöneres wünschen?«

»Du hättest Händler werden sollen, Yonathan, oder Dichter. Wenn man dir zuhört, glaubt man am Ende noch, das schwerste Opfer sei ein großer Gewinn.«

»Jeder von uns muss Verluste hinnehmen, Gimbar. Ich habe mich von Kumi trennen müssen. Sogar Garmok begibt sich in Gefahr, um unsere Sache zu unterstützen.«

»Garmok?« Yamina hatte die Unterhaltung ihrer beiden Gefährten bis zu diesem Punkt schweigend verfolgt.

Yonathan nickte. »Der Drache erzählte mir, dass Bar-Hazzat ihn hereingelegt habe, als er ihm das Auge zur Bewachung gab. Damit Garmok sich nicht zu weit von seinem Schutzobjekt entfernt, ›behandelte‹ Bar-Hazzat das Wasser des Akeldama-Sees. Wenn Garmok nicht mindestens einmal in der Woche aus dem See trinkt, dann muss er sterben.«

»Und trotzdem trägt er uns nach Westen?«

»Genau drei Tage lang, so lautet unsere Abmachung. Dann wird er umkehren.«

»Drei Tage«, wiederholte Yamina nachdenklich. »Wie weit kann ein Drache wohl in dieser Zeitspanne fliegen?«

Garmoks Starttechnik war für seine menschlichen Fluggäste ungewohnt. Nicht dass der erste kurze Flug, den Yonathan und Gimbar ohne jedes »Reitgeschirr« bewältigt hatten, wesentlich angenehmer gewesen wäre. Im Gegenteil. Garmok war mit einem Riesensatz über die Kante des Drachenberges gesprungen, unerträglich lange gen Boden gestürzt und hatte erst im letzten Moment seine weiten Lederschwingen ausgebreitet, um aus dem Fall in eine horizontale Flugbahn umzulenken. Bei dieser Aktion hatten Yonathan und Gimbar so lange den Atem angehalten, bis der Drache wieder zur Landung ansetzte.

Hier, im seichten Wasser des Sees, verlangten die Umstände eine andere Vorgehensweise: Garmok begann – zunächst unbeholfen watschelnd, dann mit zunehmender Geschwindigkeit immer eleganter – am Ufer entlangzurennen, den Hals weit vor –, den gezackten Schwanz lang ausgestreckt, er ruderte dabei mit den Flügeln, die sich immer weiter entfalteten, und hob endlich, nach etwa einer Viertelmeile, vom Wasser ab, sackte sogleich wieder zurück, erhob sich ein weiteres Mal, streifte wieder den See und schwang sich endlich beim dritten Versuch erfolgreich in die Lüfte.

Unter mächtigen Schlägen seiner Schwingen schraubte sich Garmok in die Höhe. Gimbar hatte sich tief in seinem Transportsack vergraben, doch Yonathan und Yamina mussten einfach, trotz aller Angst, über den Rand ihrer Taschen blinzeln. Sie sahen unter sich die dunkel glitzernden Fluten des Akeldama-Sees, ein letztes Mal den kahlen Kegel *Har-Liwjathans* sowie am Ufer – winzig klein – die johlenden und winkenden Ostleute. Von hier oben konnte man schon die Sonne rot am Horizont auftauchen sehen, unten am Boden herrschte noch frühmorgendliches Dämmerlicht.

Sie waren bereits sehr früh aufgestanden, die Sterne funkelten noch am Himmel. Yonathan hatte ohnehin nicht sehr viel geschlafen; die letzten Tage hatten seinen Körper ziemlich durcheinander gebracht.

Als die stolzen Sattler am Abend zuvor ihr Drachenzaumzeug vorgestellt hatten, waren Yonathan und Gimbar gerade erst erwacht. Völlig erschöpft hatten sie den Nachmittag durchgeschlafen. Inzwischen trafen auch die übrigen Gefährten ein, die vor dem toten Wald zurückgeblieben waren. Bis um Mitternacht feierte man dann den Abschied, nach Sitte der Ostleute wortreich und ausgelassen.

Als der Drache lange vor Sonnenaufgang seinen Horst verließ, um seine Passagiere abzuholen, war die Zeit für ein letztes Lebewohl gekommen. Sandai Yublesch-Khansib und sein Sohn, San-

Yahib, versuchten noch einmal, Yonathan und Gimbar mit ihren Umarmungen zu erdrücken, und der kleine Fährtensucher, Leschem, warnte abermals vor der Verschlagenheit von Drachen im Allgemeinen und der Tücke Garmoks im Besonderen. Gimbar hätte den Abschied sicher noch eine Weile in die Länge gezogen – nicht nur, weil er die Ehrerbietung genoss, die ihm diese Menschen entgegenbrachten, sondern auch, weil ihm der bevorstehende Flug ganz und gar nicht geheuer war –, aber Yonathan drängte zum Aufbruch. Er hatte noch einmal mit Garmok gesprochen und der Drache hatte ihm versichert, dass sie den Garten der Weisheit noch am Abend erreichen könnten, wenn man nur früh genug aufbräche.

Der satte grüne Saum des Großen Waldes rückte bald in den Hintergrund und machte der sommergelben Steppe Platz. Die Landschaft zog schnell unter dem riesigen Schuppenwesen dahin und immer wieder blickten Menschen erstaunt zum Himmel auf, rieben sich die Augen. Später erzählten sie ihren Angehörigen und Freunden, sie hätten an diesem Tag ein Geschöpf gesehen, das eigentlich nur noch in Legenden existieren dürfte.

Yonathan genoss den Flug, obwohl es nicht sein erster war. Bei seiner Flucht vom Palastberg in Cedanor hatten er, Yomi, Gimbar und Felin einen Heißluftballon gekapert – und waren einige Zeit später ziemlich hart gelandet. Er hoffte, dass Garmok sie sanfter absetzen würde.

Während des Fluges war eine normale Unterhaltung mit dem Drachen unmöglich. Sobald Yonathan den Kopf aus dem Transportsack steckte, blies der Wind so stark, dass jedes andere Geräusch erstickt wurde. Einmal mehr bediente er sich der Sprache der Gedankenbilder, um sich mit Garmok zu verständigen. Auf diese Weise erfuhr er, wann sie das blau glitzernde Band des Byrz-Els überflogen, der Große Wall mit seinen schneebedeckten Gipfeln unter ihnen hinwegglitt und sie sich schließlich der Grenze von *Gan Mischpad* näherten.

Yonathan reckte den Kopf aus seiner Reiseunterkunft, mittlerweile war es ziemlich unbequem darin geworden. Obgleich der Fahrtwind seine Augen tränen ließ, musste er einfach nach vorne blicken. Garmok flog direkt auf den Grenznebel zu, der aus dieser Perspektive wie eine gigantische Wolkensäule wirkte. Je näher der Drache dem hellen Gebilde kam, umso mehr verstärkte sich der Eindruck einer massiven milchig weißen Wand.

»Wenn du nicht gleich etwas unternimmst, lande ich hier in der Steppe und ihr könnt den Rest des Weges laufen«, beklagte sich Garmok in der Gedankensprache.

»Keine Angst«, signalisierte Yonathan zurück. »Flieg einfach in die Wolken hinein. Ich sorge dafür, dass wir auf der anderen Seite wieder heil herauskommen.«

»Noch in diesem Jahrtausend?«

»Ganz bestimmt.«

Schon tauchte die riesige fliegende Gestalt in den Nebel ein. Die Wolken umflossen den Drachen und seine lebendige Fracht; sie waren weder feucht noch kalt. Nur einen Augenblick später – ganz wie der Hüter des Gartens es versprochen hatte – öffnete sich der graue Vorhang und gab den Blick auf ein Paradies frei.

»Dein Domizil gefällt mir«, meldeten Garmoks Gedankenbilder.

»Danke«, antwortete Yonathan. »Aber ich habe es nicht selbst eingerichtet. Es ist sozusagen nur gemietet.«

»So wie *Har-Liwjathan* von mir. Ich kann dich gut verstehen, Geschan.«

Die Landung des Drachen verlief beinahe ohne Komplikationen. Garmok schwebte elegant über den See der Reinheit ein, vorbei an der alten Trauerweide, deren knorrige Rinde Yonathan vor vier Monaten die Ankunft seiner Freunde verraten hatte, den lebendig sprudelnden Bach hinauf, direkt auf das Haus der Richter Neschans zu. Als das Flugwesen aufsetzte, musste es seine relativ kurzen Füße zu Hilfe nehmen, um den Schub der großen Schwingen abzubremsen. Garmok trippelte und rutschte, grub zwei tiefe Furchen in den Gemüsegarten, drohte ein-, zweimal zu stolpern, fing sich wieder und brachte seinen massigen Leib schließlich glücklich – wenn auch sehr dicht – vor dem Heim des Richters zum Stehen.

Der alte Sorgan und seine Frau, Balina, hatten gerade vor dem

Haus gesessen und starrten jetzt leichenblass zu dem gewaltigen graugrünen Schuppentier empor. Erst als Yonathan aus dem Transportsack schlüpfte, eine Begrüßung schrie und dabei wild mit den Armen in der Luft herumfuchtelte, konnten sie sich von dem erschreckenden Anblick der roten Drachenaugen lösen.

Dann bewegte sich ein anderer Beutel auf den Drachenschultern und Gimbars Kopf schob sich ins Freie – sein Gesicht war mindestens ebenso weiß wie dasjenige Sorgans oder Balinas.

Ehe sich noch eine Unterhaltung entwickeln konnte, war Bithya aus der Tür getreten, Gurgi, den kleinen Masch-Masch aus dem Verborgenen Land, auf ihrer Schulter. Das pelzige Wesen schrie erschrocken auf, als es den Drachen sah, und sauste fluchtartig in das Haus zurück. Bithyas Reaktion dagegen versetzte Yonathan in Erstaunen: Ihre Augen verrieten nur für einen winzigen Augenblick so etwas wie Überraschung, dann knüllte sie das Geschirrtuch zusammen, das sie in den Händen gehalten hatte, warf es demonstrativ auf den Boden und stemmte die Fäuste in die Hüften. Ihre Stimme klang alles andere als erfreut.

»Wann wirst du eigentlich erwachsen, Yonathan? Ich habe dir schon hundertmal gesagt, dass du mit anderen Geschöpfen pfleglicher umgehen sollst. Wahrscheinlich hast du den armen Drachen so lange gehetzt, bis er hier im Gemüsebeet zusammengebrochen ist. Und der ganze Kohl ist auch verdorben.«

Yonathan hätte schwören können, dass Garmok schuldbewusst aussah. Ehe er etwas erwidern konnte, trat Yamina hinter dem Drachen hervor; ihr Transportsack hatte auf der dem Haus abgewandten Seite gehangen und so war es nicht weiter aufgefallen, als das Ostmädchen sich an einem Seil zu Boden ließ.

»Wer ist das?«, fragte Yamina und deutete mit dem Kopf in Bithyas Richtung.

»Einige nennen sie die Stachelwortspuckerin«, antwortete Gimbar an Yonathans Statt.

Yamina schaute zu dem zierlichen schwarz gelockten Mädchen zurück, sagte aber nichts. Dieses wiederum erwiderte den Blick. Man musterte sich gegenseitig.

»Und wer ist *das*?«, verlangte jetzt Bithya Auskunft. In ihrer

Stimme schwang unüberhörbar ein bedrohlicher Unterton mit.

Yonathan, der schon seit einiger Zeit das Bedürfnis hatte ein paar klärende Worte zu sprechen, antwortete: »Sie ist eine Freundin ...« Und da er ahnte, dass diese Bezeichnung Anlass zu Missverständnissen geben konnte, fügte er schnell hinzu: »... von Gimbar und von mir. Sie hat uns bei unserer Aufgabe sehr geholfen.«

»Eine Freundin?« Bithyas Miene schien wie vereist, aber ihre Unterlippe begann zu zittern. »Du bringst also deine Freundin mit, um sie mir vorzustellen? Das ist doch ...«

»Bithya!«, fiel ihr Yonathan ins Wort. »Was ist mir dir? Ich habe Tausende von Meilen zurückgelegt, mit Drachen und Schlimmerem gerungen und war froh wieder lebendig zu dir zurückzukommen und du bist eifersüchtig auf eine gute Kameradin?«

»Er hat Recht«, schaltete sich Yamina ein. »Genauso wie sich Gimbar für mich während der zurückliegenden Wochen als ein aufrichtiger Reisegefährte erwies, war es auch Yonathan. Außerdem hat er sowieso immer nur von dir gesprochen.«

Bithya blickte verwirrt von Yamina zu Yonathan und wieder zurück. Ihre Augen wurden feucht. Schließlich fuhr sie herum und flüchtete in das Haus. Balina eilte hinterher.

»So habe ich sie noch nie erlebt«, entschuldigte Yonathan diese seltsame Begrüßung. Er erinnerte sich an die Stunden vor seiner Abreise. »Jedenfalls fast noch nie.«

Währenddessen war Sorgan, der alte Hausdiener, zu ihm getreten. »Ich muss Euch etwas berichten«, meinte er traurig.

Yonathan wusste sogleich, dass etwas Schlimmes geschehen war. »Es ist Goel, nicht wahr?«

Sorgan schlug die Augen nieder und nickte. »Er lebt nicht mehr.«

»Es ist erst gestern Nacht passiert, stimmt's?« Yonathan legte dem treuen Diener die Hand auf die Schulter.

Erstaunt hob Sorgan den Kopf. »Woher wisst Ihr das?«

Für einen Moment dachte Yonathan an die dunkle Vorahnung, die ihn beschlichen hatte, als er tags zuvor im Drachenhorst erwacht war. Es hatte also doch nichts genutzt die Befürchtung zu verdrängen.

»Goel und mich verbindet die Macht des Stabes«, erklärte er, als würde der sechste Richter noch leben. »Ich würde ihn gern noch einmal sehen.«

Sorgans Augen flackerten. »Das geht leider nicht, Geschan.«

»Wieso nicht?«

»Wir haben Goel gestern für das Begräbnis fertig gemacht und ihn dann wieder in sein Bett gelegt. Heute früh wollten wir ihn der Erde übergeben. Aber als wir in sein Zimmer kamen, war er verschwunden.«

»Ihr meint, wie wenn er aufgestanden und fortgegangen wäre?«

»Ich ... ich weiß nicht. Aber es sah fast so aus.«

Yonathan musste an die dramatischen Ereignisse jener Zeit zurückdenken, als er mit seinen Gefährten die Wüste Mara durchquert hatte und in einen fürchterlichen Sandsturm geraten war.

Bar-Hazzats Sendbild erschien ihm und wollte ihn mit verlockenden Angeboten zur Aufgabe überreden. Als er der Versuchung widerstand, nahm der Sturm ein bedrohliches Ausmaß an. Plötzlich war er auf die *Bochim* gestoßen. In dieser Grabstätte der Richter Neschans fand er Schutz – und entdeckte die sechs Sarkophage, in denen die verstorbenen Richter auf den Tag der Weltentaufe warteten. Einer der aus edlen Steinen geschnittenen Särge war damals noch leer. Wie alle anderen trug auch er zwei Namen: Goel und Meng Tse, einen neschanischen und einen irdischen. Seit heute erfüllte auch dieser letzte Sarkophag seine Funktion.

»Yonathan, was ist mit dir?«

Er schreckte auf und sah in Gimbars Gesicht. »Nichts. Ich musste nur an etwas denken, das schon lange zurückliegt.« Er wandte sich noch einmal Sorgan zu und sagte: »In gewisser Hinsicht ist Goel wirklich fortgegangen. Aber Ihr müsst Euch nicht sorgen. Er hat sich nur zur Ruhe gelegt – für eine mehr oder weniger lange Zeit.«

Der Schmerz über den Verlust seines Lehrmeisters und väterlichen Freundes war größer, als Yonathan zugeben wollte. Er wünschte, wenigstens Navran Yaschmon wäre jetzt hier. Als Junge hatte er mit ihm immer über all das sprechen können, was ihn bewegte, und die ruhige und bedächtige Art seines Ziehvaters hatte geholfen so manchen Kummer zu lindern. Allein die Hoffnung, Goel eines fernen Tages wiederzusehen, gab Yonathan die Kraft den Schmerz zu ertragen. Vielleicht war dieser Tag auch gar nicht mehr *so* fern, sagte er sich. Es hing ganz allein von ihm ab. Eines jedenfalls wusste er: Gestern Nacht war ihm die ganze Last und Verantwortung der Richterschaft übertragen worden.

Bithya hatte sich in die Dunkelheit zurückgezogen. Und in den Schutz ihrer Tränen. Es war ein schweres Stück Arbeit gewesen ihren Kummer zu durchdringen. Aber Yonathan hatte es schließlich doch geschafft.

»Ich habe mich dumm benommen«, sagte sie, nachdem Yonathan den Fensterladen hatte öffnen dürfen und Licht in die Kammer geströmt war. In ihrem Schoß saß Gurgi und ließ sich kraulen.

Yonathan setzte sich wieder zu Bithya und ergriff die Hand, die das Pelztier streichelte. »Du hast den alten Mann sehr geliebt, genauso wie ich. Du warst traurig. Das kann ich gut verstehen.«

Bithya schlug die Augen auf und Yonathan fand, dass die Tränen darin funkelten wie Diamanten in einem Bett aus schwarzem Samt.

»Du bist mir also nicht mehr böse?«, schluchzte sie.

»Bestimmt nicht.«

»Und Yamina?«

»Wirklich nur ein Freund, wie Gimbar.«

»Ich hab dich so vermisst, Yonathan!«

»Mir ging es genauso.«

»Ich möchte dich nie mehr verlassen. Nie mehr!«

Yonathan blickte lange in das schöne Gesicht, bevor er wagte anzumerken: »Meine Aufgabe ist sehr gefährlich. Und ich stehe noch am Anfang. Es ist besser, wenn du mit Sorgan und Balina nach Ganor gehst und dort wartest, bis sich alles entschieden hat.«

Bithyas Körper straffte sich. »Bis zur Weltentaufe? Das kann ich nicht.«

»Du kannst mich schließlich nicht bis nach Gedor begleiten.«

»Gedor?« Bithyas Stimme war nur ein Hauch.

»Ich muss nach Temánah, Liebes. Nur dort wird es zur letzten Begegnung kommen.«

»Mit Bar-Hazzat?«

»Er ist der Geist, der den sechs Augen Leben gibt. Er ist böse. Er achtet niemanden außer Melech-Arez. Versteh bitte, dass ich dich so weit wie möglich von ihm entfernt wissen will!«

»Dann lass mich wenigstens bis nach Cedanor mitkommen. In der Stadt bin ich sicher. Dort sind Felin, Baltan und unsere anderen Freunde.«

Yonathan kämpfte mit sich. Konnte dieses verletzliche Wesen, das er so liebte, in Cedanor wirklich sicher sein? Auch dort war der Einfluss Bar-Hazzats zu spüren. Andererseits: Wie konnte er Bithya schon wieder verlassen, jetzt, da er sie gerade erst wiedergefunden hatte?

»Also gut. Ich nehme dich mit.«

Der Abschied von dem alten Dienerpaar am nächsten Morgen war kurz, aber herzlich. Yonathan öffnete für sie den Grenznebel; ganz gleich, wo die beiden nun in ihn eintauchten, sie würden *Gan Mischpad* genau bei Ganor verlassen. Vielleicht war dies das letzte Mal, dass ein neschanischer Richter den Torhüter des Gartens spielte.

Bithya schlüpfte mit Gurgi in den Transportsack Yaminas. Jetzt, da die Fronten geklärt waren, schienen sich die beiden jungen Frauen schnell anzufreunden. Das kleine Pelztier trug seinen Teil dazu bei.

Yonathan füllte seinen Reisebeutel mit einigen zusätzlichen Gepäckstücken aus dem Haus der Richter Neschans, mit ein paar persönlichen Andenken und vor allem Schriftrollen, darunter jene, die das *Sepher Rasim*, das Buch der Geheimnisse, bargen, in dem die neschanischen Richter von ihrer irdischen Existenz berichteten.

Der Start des Drachen verlief gewohnt dramatisch. Als seine Schwingen dann aber die aufsteigenden Luftmassen über dem Garten erreicht hatten, glitt er so majestätisch dahin wie ein Sturmvogel.

Noch einmal passierte das fliegende Schuppenwesen den Nebel zwischen der Welt *Gan Mischpads* und derjenigen Neschans. Sobald sich die letzten Dunstschwaden verzogen hatten, konnte man tief unten den gemächlich dahinfließenden Cedan erkennen – auch ein Beispiel für die vielen unerklärlichen Phänomene, die sich im und um den Garten der Weisheit abspielten: Der riesige Fluss durchschnitt diese Insel ewigen Sommers, ohne dass er in ihrem Innern zu sehen war.

Während Felin viertausend Meilen weiter westlich auf der Stadtmauer Cedanors stand und nach ersten Anzeichen des Südlandheeres Ausschau hielt, glitt Garmok über die leblose Landschaft der Mara.

Das Ziel stand fest. Seit den Tagen Elirs, des dritten Richters, hatte die Ruinenstadt in der Wüste jedes Anrecht auf einen Namen verloren. »Ort der Verwüstung«, Abbadon, nannten ihn die Bewohner Neschans in der alten Sprache – wenn es denn unbedingt nötig war die verfluchte Stadt zu erwähnen.

Seit Goel von Bar-Hazzats Augen erzählt hatte, glaubte Yonathan zu wissen, dass hier einer dieser unheilvollen Bannsteine verborgen war. Er kannte auch den genauen Ort innerhalb der Stadt, wo er sich befand. Sein Leben hätte dort einmal fast ein jähes Ende gefunden, im Schwarzen Tempel von Abbadon.

Kurz vor Anbruch der vierten Stunde signalisierten Garmoks Gedanken, dass die Ruinen in Sicht kamen.

»Mitten darin muss ein schwarzes, sechseckiges Gebäude stehen. Siehst du es?«, erkundigte sich Yonathan.

»Natürlich, den Schwarzen Tempel meinst du.«

»Kannst du dort landen?«

»Wenn ich auf euch keine Rücksicht nehmen müsste, wäre das kein Problem. Der Platz vor dem Tempel ist groß genug. Aber zum Starten müsste ich erst die halbe Stadt niedertrampeln, bevor ich genügend Anlauf fände.«

»Dann geh am besten beim alten Hafen runter, zwischen dem Fluss und der zerbrochenen Stadtmauer. Ich kenne den Weg von dort bis zum Tempel.«

Garmok folgte der Anweisung Yonathans und zog seine Landefurchen in den Wüstensand östlich der Stadt.

»Ich mag diesen Ort ganz und gar nicht«, brummte Gimbar, noch etwas mitgenommen vom Flug.

»Ich genauso wenig«, erwiderte Yonathan. Sein Kopf lag im Nacken und er blickte zu der unheilschwangeren dunklen Wolke hinauf, die seit Menschengedenken über der Stadt hing. »Ihr bleibt hier bei Garmok, bis ich wiederkehre.«

»Kommt gar nicht in Frage. Ich gehe mit.«

»Gimbar!« Yonathan versuchte streng zu klingen. »Du erinnerst dich doch noch, was geschah, als ich das letzte Auge zerstörte. Willst du wieder unter Schutt begraben werden?«

»Ich finde schon ein Plätzchen, wo ich mich verkriechen kann.«

»Und wer passt in der Zwischenzeit auf Bithya und Yamina auf? Willst du sie etwa dem Drachen überlassen?«

»Das ist nicht fair.«

»Wie darf ich das verstehen, Geschan?«, mischte sich nun auch Garmok ein. Es klang gekränkt.

»Wir haben keine Zeit, länger über die ganze Angelegenheit zu diskutieren. Wenn euch ungewöhnliche Geräusche oder Lichterscheinungen aus der Stadt auffallen, wartet noch etwa eine Stunde. Sollte ich dann nicht zurückgekommen sein, fliegt ohne mich ab.«

»War er immer so während eurer Reise?«, fragte Bithya Yamina.

»Wenn du seinen Dickkopf meinst: ja.«

Nachdem es Yonathan gelungen war sich aus den Armen Bithyas zu lösen, tauchte er in das Straßenlabyrinth Abbadons ein. Wie schon beim ersten Mal lief ihm auch jetzt ein kalter Schauer über den Rücken, als er zwischen den versteinerten Bewohnern der Stadt hindurchging. Überall standen sie, wie das Lebenswerk eines wahnsinnigen Bildhauers – manche von Wind und Wüstensand glattgeschliffen, andere, an geschützteren Stellen, so gut erhalten, als steckte unter einer dünnen Schicht aus Stein noch Leben.

Vorsichtig bahnte er sich seinen Weg durch Gassen und Straßen, überquerte Plätze, wo einst der Handel geblüht hatte, und ging an Ruinen von Gebäuden vorbei, die immer noch etwas von ihrem ehemaligen Glanz ausstrahlten. Yonathan hatte für all das kein Auge. Er bewegte sich vorsichtig, als könne hinter jeder Ecke ein Feind lauern oder aus leeren Fenstern auf ihn herunterspringen. Doch nichts rührte sich. Es war ruhig – wie in einem Grab.

Als er das erste Mal diesen Weg zurücklegte, hatte er geglaubt eine Stimme zu hören, Rufe zu vernehmen, die ihn in eine bestimmte Richtung lockten. Aber heute war es anders. Und doch wusste er, dass das Auge auf ihn wartete. Er konnte es spüren. Wie auf *Har-Liwjathan* schien es sich zu wappnen. Es sandte Signale des Hasses aus, erweckte Abscheu, den Wunsch sich umzudrehen und davonzulaufen. Doch Yonathan widerstand dem Drängen. Diese Gefühle kamen nicht aus ihm selbst, sondern waren ein vielleicht verzweifelter Versuch der Verteidigung.

Dann betrat er den Platz im Zentrum, der zugleich auch der höchste Punkt der Stadt war. Vor ihm lag wie ein gewaltiger Monolith der Schwarze Tempel. Nur die zum Teil eingestürzte Ostmauer unterbrach die kalte, glatte Geschlossenheit des sechseckigen Gebäudes.

Yonathans Schritte wurden noch vorsichtiger. Er schlich über den Platz, den Stab Haschevet fest in den Händen, vorbei an den Trümmern der Mauer, bis zu dem wabenförmigen Eingang. Er fühlte eine kalte Drohung von dem Gebäude ausgehen. Der Drang einfach wegzulaufen, wurde stärker. Noch einmal sammelte Yonathan seine Kräfte, dann baute er die blaue Aura des Stabes um sich herum auf. Sofort schwanden die Einflüsterungen des Auges. Er sprach ein stilles Stoßgebet und betrat den Schwarzen Tempel.

Diesmal war er nicht überrascht wie bei seinem letzten Besuch, als er das Innere des Gebäudes völlig intakt vorgefunden hatte, ohne die geringsten Anzeichen von Beschädigung. Er wusste, dass dieses Spiel mit seinen Sinnen zu Bar-Hazzats Strategie gehörte und zwang sich zur Ruhe. Dennoch glaubte er das Hämmern seines eigenen Herzens zu hören und das Tosen seines Atems. Vorsichtig schritt er voran.

Im Tempel hatte sich nichts verändert: Nach rechts hin erstreckte sich das flache Bassin, das sich fast über die ganze Breite der schmalen und hohen Halle hinzog. Das Wasser darin wirkte so ruhig wie die Oberfläche eines polierten Blutsteines. Yonathan umrundete das Südende des Beckens und ging langsam auf das gegenüberliegende Ende der langen Vorhalle zu. Dort befand sich der Durchgang zum Hauptraum des Tempels, um vieles weiter entfernt, als es die Außenmaße des Gebäudes zulassen dürften. Auch diese Öffnung hatte die Form einer Bienenwabe; sie glühte in karminfarbenem Licht, gespeist durch das Auge. Damals, vor gut dreieinhalb Jahren, hatte sich Yonathan dieses blendende Leuchten nicht erklären können, hatte versucht herauszufinden, was dahinter steckte, war dann aber, abgelenkt, in einen Nebenraum getreten.

Die Wegstrecke schmolz während des Gehens auf geheimnisvolle Weise zusammen und so befand er sich schnell auf der Höhe jener besagten Kammer, fast am Ende des Wasserbeckens. Heute würde er nicht den Fehler begehen und in den Raum treten, der ihn damals gefangen hatte und dann immer enger und schmäler geworden war, um ihn zu zerquetschen. Yonathan blieb am Eingang stehen und spähte vorsichtig hinein. In der Decke befand sich noch das Loch, durch das er entkommen war. Aber auf dem Boden – ein Schauer überlief seinen Rücken – lag seltsamerweise kein Schutt mehr, nur ... die Flasche! Goels wundersames Fläschchen aus Schildpatt, das in Notzeiten nie versiegte, war auf dem sauberen Boden wie auf einem Präsentierteller platziert. Von oben strömte Tageslicht herein, ein heller Kegel, der das schmerzlich vermisste Stück deutlich hervorhob – ein kostbares Ausstellungsstück.

Eine Falle! dachte Yonathan. Er würde den Raum kein zweites Mal betreten. Aber das Fläschchen ...? Es gehörte nicht hierher, nicht an diesen verfluchten Ort. Der Stabträger konzentrierte die Kraft der *Bewegung* auf seinen rechten Arm und wie von unsichtbaren Fäden gezogen, ruckte der Behälter kurz, rutschte ein Stück über den Boden und flog dann pfeilschnell in Yonathans Hand. Während er die Flasche an seinem Gürtel befestigte, genoss er das Gefühl einen ersten kleinen Sieg errungen zu haben. Doch als er sich umwandte, um seinen Weg fortzusetzen, stand er einer Wand gegenüber.

Am liebsten hätte sich Yonathan selbst verflucht. Er war schon wieder hereingelegt worden. Wie es aussah, steckte er in einer Sackgasse fest – drei Ellen im Quadrat und so hoch wie die Tempelvorhalle – und es blieben ihm nur zwei Möglichkeiten, um aus ihr herauszukommen: entweder der Schrumpfraum oder ein schmaler Gang, der nach Süden führte. Die Kammer mit der eingestürzten Decke wollte er auf jeden Fall meiden, das hatte er sich vorgenommen. Also blieb nur noch der enge Korridor, der ihn von Bar-Hazzats Auge wegführte.

Schon nach wenigen Schritten stieß er erneut auf eine Wand. Er musste sich nach links wenden und sah nicht, wie vermutet, das Wasserbecken, sondern wieder nur schwarzen Stein. Daraufhin ging es im rechten Winkel einmal nach links, dann wieder nach rechts, manchmal taten sich vor ihm auch zwei Wege auf und er musste sich für eine der gleichwertig scheinenden Abzweigungen entscheiden. Schließlich blieb er jäh stehen, nicht weil er meinte sich in diesem Irrgarten matt schimmernder Gänge verlaufen zu haben, er hatte vielmehr erkannt, dass er sich den Spielregeln seines Gegners zu unterwerfen begann. Yonathan ahnte, dass dieses Labyrinth kein festes Bauwerk war, in dem man nur lange genug suchen musste, um schließlich den richtigen Weg zu finden. Das Gebilde hier schien zu leben, ihn mit seinen Gängen zu umgarnen. Je mehr er versuchte herauszukommen, desto mehr würde er sich verirren.

Yonathan beschloss, seine Lage genau zu analysieren. Zunächst galt es festzustellen, ob die schwarzen Gänge nicht nur eine Sinnestäuschung waren, wie so vieles in diesem Gebäude. Er nahm Haschevet in die linke Hand und klopfte mit den Fingerknöcheln der rechten vorsichtig an ein Wandstück; es fühlte sich kalt, glatt und sehr massiv an. Eine gründlichere Prüfung war anscheinend nötig. So weit es ging, trat er daher zurück, ballte die Macht des Stabes zu einer flammenden Kugel und schleuderte sie gegen die Mauer. Für einen Augenblick glühte das dunkle Material in blauem Licht, dann gab es einen ohrenbetäubenden Knall.

Als der Staub sich legte, konnte Yonathan ein Loch in der Wand erkennen, so groß wie der Tempeleingang. Die Mauer war mindestens drei Handbreit stark. Auf der anderen Seite der Bresche befand sich ein weiterer Gang. Aber das entmutigte Yonathan nicht. Er hatte ja nicht vor, sich den Weg zu Bar-Hazzats Auge freizusprengen. Seine Kraft war nur begrenzt und er musste sie sich aufsparen für die entscheidende Begegnung.

Die Situation, in der er sich befand, war nicht unbedingt neu für ihn, stellte Yonathan fest. Schon als er damals den Stab Haschevet im Reich des Erdfressers gefunden hatte, war er durch ein verwirrendes Gangsystem gekommen. Zu diesem Zeitpunkt hatte er das *Koach* noch eher unbewusst genutzt, bei späteren Gelegenheiten – etwa bei der Durchquerung der Höhlen unter dem Ewigen Wehr – schon sehr gezielt. Mittlerweile beherrschte er die verschiedenen Ausdrucksformen des *Koach*, er konnte sie fast nach Belieben einsetzen oder miteinander kombinieren.

Yonathan beschloss, nicht mehr nur auf sich selbst zu vertrauen, sondern sich der Macht des Stabes zu bedienen. Der *Wandernde Sinn* ermöglichte ihm, sich im Geist an andere Orte zu begeben, und die Kraft der *Bewegung* erlaubte es, Gegenstände zu bewegen und zu erfühlen, ohne sie zu berühren. Es könnte klappen, machte er sich selbst Mut. Er schloss die Augen und konzentrierte sich auf seine Umgebung.

Allmählich begannen seine unsichtbaren Fühler von ihm auszuströmen wie Wasser aus einem Quell. Sein Geist floss in die Gänge, stieß gegen Wände, nahm alle Abzweige gleichzeitig – und fand schließlich das Ziel.

Zunächst hatte er befürchtet, es gäbe gar keinen *richtigen* Weg, aber, aus welchem Grund auch immer, der Tempel hatte tatsächlich einen Gang zum Auge hin freigelassen. Auch ein Weg aus dem Tempel heraus war vorhanden. Yonathan setzte sich vorsichtig in Bewegung. Eine Weile schien es tatsächlich, als könne er einem unsichtbaren Faden bis zu dem Auge folgen, aber dann nahm er eine Veränderung wahr. Das Bild der Gänge wandelte sich. Er folgte dem Weg, der ihm noch offen stand, und fand sich bald an seinem Ausgangspunkt wieder.

Nach ein paar weiteren Versuchen hatte er das Prinzip durchschaut: Er konnte sich wenden, wohin er wollte, die Gänge ließen ihm nur einen geringen Bewegungsspielraum; im Grunde genommen trat er auf der Stelle. Den Ausgang würde er auf diese Weise nie erreichen: In Wirklichkeit standen die Wände des Tempels fest, aber seinen Sinnen wurde vorgegaukelt, dass sich der Raum verschob und ein Labyrinth bildete. Ähnlich wie ein Blinder, der sich außen an einem großen runden Gebäude entlangtastet und glaubt eine unendlich lange Mauer vor sich zu haben, klebte er an der Wand des Schwarzen Tempels, nur eben innen.

Bei diesem Bild fiel Yonathan plötzlich die Lösung ein. Der Blinde musste sich nur umwenden und konnte gehen, wohin er wollte. Auch für ihn, für Yonathan, gab es noch eine andere Dimension, die er bisher nicht in Betracht gezogen hatte. Nach unten in die Erde graben konnte er sich zwar nicht, aber wie stand es mit der Decke? Schon einmal war er nach oben aus dem Tempel entkommen.

Yonathan zögerte nicht lange. Er vergewisserte sich, in welchem Bereich des Gebäudes er stand und wo das Auge zu finden war. Dann zog er einen zweiten blauen Kugelblitz zusammen und schickte ihn schräg nach oben. Ein kurzes gleißendes Aufflammen, ein Krachen und schon rieselte Gestein in den Gang hinab. Tageslicht drang herein. Die Frage war nun, wie er zu der Öffnung hinaufgelangen konnte?

Auch dafür fand sich eine Lösung. Zudem konnte er endlich etwas ausprobieren, das ihn schon immer gereizt hatte: Er stellte sich direkt unter das Loch in der Decke und lenkte die Kraft der *Bewegung* auf seine Füße. Die Macht hob ihn sanft an. Vorsichtig verstärkte er die Energie des Feldes. Wie auf einem unsichtbaren

Polster stehend, stieg er langsam in die Höhe, schwankend zwar – einmal wäre er fast hinuntergefallen –, aber schließlich schwebte er durch die Decke und sprang mit einem beherzten Satz auf das Dach.

Jetzt durfte er keine Zeit mehr verlieren. Er musste über dem Auge sein, bevor es seine Taktik durchschaute. Mit langen Sätzen lief er zur Nordseite des Tempels hin, konzentrierte die Kraft des Stabes auf einen einzigen Punkt und ließ den Flammenball zerstieben. Ein großes Stück der Decke brach ein. Alle seine Sinne waren aufs Äußerste angespannt, wilde Entschlossenheit stand in seinem Gesicht. Das Licht des Auges züngelte giftig über den gezackten Rand der Öffnung. Er sammelte seine ganze Kraft und ließ sie in den Stab fahren. Fast im selben Moment schoss ein blauer Blitz aus der Spitze Haschevets hinab in den rot erleuchteten Tempelraum und umschloss das Auge. Der schwarze Sockel, auf dem der karminrote Stein ruhte, begann zu vibrieren. Ein unangenehmes Summen drang bis zu Yonathan herauf, schwoll zu einem beängstigenden Dröhnen an und endete abrupt in einer gewaltigen Explosion.

Das rote Leuchten war verschwunden. Sollte Yonathans Sieg so einfach gewesen sein? Er formte ein Schwebekissen aus der Kraft der *Bewegung* und ließ sich in das Loch sinken. Als er mit den Füßen den Boden des Tempelraumes berührte, wusste er, dass der Kampf nur in eine neue Phase getreten war. Unter dem Staub und dem Schutt des zerstörten Sockels pulsierte das Auge wie ein riesiges Herz.

Yonathan ging sofort zum Angriff über. In geduckter Haltung sprang er auf den Karminstein zu. Doch noch bevor er nur in dessen Nähe kommen konnte, formte sich direkt vor ihm eine massive, glatte Steinwand aus dem Nichts. Er reagierte augenblicklich und ließ das Hindernis in Millionen feiner Staubpartikel zerbersten. Obwohl er gedacht hatte auf alles vorbereitet zu sein, fuhr er doch zusammen, als er plötzlich vor Bar-Hazzat stand.

Die dunkle Gestalt war ihm nicht unbekannt. Wie bei seinem ersten Besuch in diesem verfluchten Tempel ragte der Schemen seines Widersachers hoch vor ihm auf. Die grauenvolle Erscheinung verströmte nackte Feindseligkeit, obwohl sie nur ein Trugbild war. Ungefähr da, wo sich bei einem Menschen das Gesicht befunden hätte, glommen drei karminrote Punkte, die ein glühendes Dreieck bildeten. Einer davon war ebenfalls ein Auge des dunklen Herrschers und gehörte zu den sechs, die Yonathan zu vernichten suchte. Und doch wusste er, dass er nicht jetzt, nicht hier den letzten Kampf ausfechten konnte. Der ganze Auftritt des Schattens war nur ein verzweifeltes Ablenkungsmanöver.

Dazu gehörte auch die schreckliche Fratze, die überraschend über dem Licht der roten Augen Form annahm. Ein bestialisches Maul öffnete sich vor Yonathan. Zwischen Reihen spitzer Zähne und drei sich windenden Zungen brach aus dem Schlund ein grässliches Fauchen hervor. Jeder andere hätte vor diesem unmenschlichen Laut kapituliert. Erst recht vor der Aufforderung, die sich nun anschloss.

»Weiche zurück, Geschan, oder du wirst augenblicklich sterben!«

»Du hättest mich längst getötet, wenn du es nur könntest«, schrie Yonathan, seine Stimme überschlug sich dabei. Mit einem einzigen Schlag des Stabes wischte er die Grimasse fort und stürzte weiter voran.

Endlich stand er dem Auge direkt gegenüber. Eben hatte es noch wie Glut unter der Asche gestrahlt, doch jetzt quoll es auf, verwandelte sich mit bestürzender Geschwindigkeit zu einer klauenbewehrten Alptraumgestalt, fast doppelt so groß wie der Stabträger selbst. Heiße, wabernde Luft schien sich zu einem Körper verdichtet zu haben – keine greifbaren Formen, nur Schwindel erregendes karminrotes Pulsieren. Schlagartig begriff Yonathan, dass ihm das Auge sein wahres Wesen offenbarte.

Mit Mühe duckte er sich unter dem ersten Hieb des Ungeheuers weg, er spürte einen heftigen Schlag. Die Klauen waren also real! Nur die schützende Aura Haschevets hatte ihn vor Schlimmerem bewahrt. Aber auf einen zweiten Treffer durfte er es nicht ankommen lassen; seine Kräfte schwanden. Die vom *Koach* beflügelten Sinne warnten ihn erneut. Geistesgegenwärtig rollte er zur Seite. Ein dröhnender Prankenhieb riss den Boden genau da auf, wo Yonathan eben noch gekauert hatte. Doch diesmal ging er sofort zum Gegenangriff über.

Der Stabträger schleuderte einen Blitz direkt an die Stelle, wo der Diener des dunklen Fürsten stand. Dieser schrie auf, nicht vor Schmerz, sondern im Triumph. Die blauen Flammen Haschevets schienen ihn nicht einmal angesengt zu haben. Doch das hatte Yonathan auch nicht beabsichtigt. Schon im nächsten Augenblick löste sich der Boden unter dem Schreckenswesen auf, das daraufhin bis zur Brust einsank. Ehe es noch reagieren konnte, war Yonathan auch schon bei ihm. Im Laufen riss er den Stab in die Höhe und ließ ihn mit fürchterlicher Gewalt auf das Haupt des Gegners niedersausen.

Zum Glück hatte Yonathan den blau flirrenden Schutzschild aufrechterhalten können, denn als Haschevets Knauf sich in den Hüter des Auges fraß, zerriss der Schwarze Tempel. Eine gewaltige Explosion schleuderte das Dach des Gebäudes eine viertel Meile hoch in die Luft. Tausende schwarzer Bruchstücke regneten kurz darauf über der ganzen Stadt herab. Auch die meisten Wände des unheiligen Bauwerkes barsten unter dem enormen Druck. Eine karminrote Feuersäule raste von der Erde in den Himmel empor. Ausläufer des Flammensturms krochen über den Tempelboden, leckten das Wasser des Bassins auf, steckten selbst die steinernen Mauerreste in Brand und versuchten Yonathan zu verzehren.

Die Bosheit des Auges war so groß gewesen, dass es selbst im Vergehen eine übermächtige Energie entfalten konnte. Im fernen Gedor stieß Bar-Hazzat einen langen, unmenschlichen Klagelaut in die Welt. Dies war der Moment, da das témánahische Heer in Cedanor die Flucht ergriff. Auch Abbadon wurde von dem unheimlichen Laut gepackt; Gimbar, Bithya, Yamina und Garmok erzitterten unter ihm.

Yonathan lag inzwischen wie tot auf dem von Rissen durchzogenen Boden des Tempels. Noch immer umgab ihn der Schirm des Stabes, aber er war kaum bei Besinnung. Die letzte Kraft, die ihm verblieb, floss in diesen schützenden Panzer. Dann fiel die Feuersäule des sterbenden Auges in sich zusammen; gerade rechtzeitig, denn auch Yonathans blau leuchtender Mantel begann zu flimmern, wurde schwächer und verschwand schließlich ganz. Wo eben ein Schlachtfeld übernatürlicher Gewalten gewesen war, herrschte nun unheimliche Stille.

Der siebte Richter hatte gesiegt. Dies allein genügte ihm und er nahm nicht mehr wahr, dass rote Flammen die Wände um ihn herum in Brand steckten. Während er sich zufrieden der Ohnmacht ergab, begann die Ruine des Schwarzen Tempels ihn mit Feuer zu umhüllen.

Nach einer Stunde hatte es Gimbar nicht mehr ausgehalten.

»Ich gehe ihm nach.«

»Aber Yonathan hat gesagt, dass du hier warten und auf uns aufpassen sollst«, versuchte Bithya ihn eher zaghaft zurückzuhalten. Wie die anderen machte auch sie sich große Sorgen um Yonathan.

»Wir brauchen keinen Aufpasser«, bemerkte Yamina. »Außerdem haben wir ja noch den Drachen.«

Alle blickten zu Garmok hinüber, der sich die heiße Wüstensonne auf die Schuppen brennen ließ und unüberhörbar schnarchte.

»Yamina hat eigentlich Recht«, sagte Bithya. »Geh nur, Gimbar. Aber sei vorsichtig! Wir passen inzwischen auf Garmok auf.«

Gimbars Nasenspitze zuckte. Er grinste und mit einem über die Schulter geworfenen »Bis bald!« verschwand er zwischen den Ruinen des alten Hafenviertels.

Der ehemalige Pirat hatte den Schwarzen Tempel erst ein einziges Mal gesehen und das auch nur aus der Ferne. Damals war er zusammen mit Yonathan, Yomi, Felin und Yehsir von den westlichen Höhen her auf die Stadt zugeritten. Doch dieser Blick hatte ihm genügt. Während seiner Ausbildung als Dieb hatte er gelernt sich im unübersichtlichen Gassenlabyrinth fremder Städte zurechtzufinden, denn in schlechten Zeiten mussten die Piraten nächtliche Streifzüge in die Küstensiedlungen des Golfs von Cedan unternehmen, um ihr Einkommen aufzubessern.

Zielsicher suchte er sich seinen Weg zwischen den versteinerten Bewohnern Abbadons hindurch. Der Tempel lag auf einer kleinen Anhöhe, er musste also nur der Steigung der Straßen folgen. Er war schon ein gutes Stück vorangekommen, als er plötzlich eine seltsame Unruhe verspürte. Gimbar blieb stehen. Die heiße Luft schien zu knistern, sich zu spannen wie ein Segel im Wind. Sein Herz schlug schneller. Er fühlte Angst, obwohl er wusste, dass dieses Gefühl nicht aus ihm selbst stammte. Natürlich! Das Auge war in der Nähe. Er musste seinen Geist wappnen, wie Yonathan es ihm vor Wochen gesagt hatte.

Noch ehe er seinen Weg fortsetzen konnte, wurde er plötzlich von einer ungeheuren Explosion überrascht. Ihr folgte ein Grauen erregender Klagelaut. Er schaute unwillkürlich zum Himmel hinauf – und sah, wie die Trümmer des Tempeldachs in die Luft flogen, gefolgt von rotblauen Blitzen.

Gimbar flüchtete in eine Ruine, und ehe er ganz begriff, wie ihm geschah, stürzte er schon eine Steintreppe in die Dunkelheit hinab. Der uralte Weinkeller, in den er gestolpert war, bewahrte seinen Besucher vor dem niedergehenden Hagel aus schwarzen Gesteinsbrocken. Gimbar wartete atemlos, bis das Prasseln draußen versiegte – und noch ein bisschen länger. Dann wurde ihm plötzlich bewusst, was das gewaltige Donnern bedeutete. Yonathan war in Gefahr! Er musste zu ihm. So schnell wie möglich!

Wieder auf der Straße, begann Gimbar zu laufen. Die überall verstreuten Trümmer beanspruchten seine ganze Aufmerksamkeit. Viele der steinernen Statuen hatten ihren Kopf verloren, einige lagen umgestürzt im Weg. Nach einer Weile glaubte er Brandgeruch wahrzunehmen. Er lief noch schneller.

Endlich erreichte er den Schwarzen Tempel, oder vielmehr das, was von ihm übrig geblieben war. Schwelende Brocken und Schutt von den zerborstenen Wänden bedeckten den Vorplatz. Aus den Ruinen in der Mitte stieg Rauch auf. Von Yonathan fehlte jede Spur.

Gimbar sprang über einige größere Mauerstücke und drang in den Tempel ein. Er musste husten. Obwohl die Wände wie blanker Stein aussahen, brannten sie. Er bemerkte eine große rechteckige Vertiefung voller Staub und Schutt, vielleicht früher einmal ein Wasserbecken.

»Yonathan!«, rief er.

Keine Antwort.

Zu seiner Rechten bemerkte er die Überreste einer Trennwand. Vielleicht hatte das Becken einst Priestern zur zeremoniellen Reinigung gedient, dann musste der andere Raum das eigentliche Heiligtum sein. Er stürzte darauf zu.

»Yonathan! Wo bist du?«, schrie er, zunehmend von Panik erfüllt. Er erreichte das Ende des ausgetrockneten Bassins und erblickte das Zentrum der Verwüstung. Überall loderten Feuer. Im Fußboden klaffte ein gewaltiges Loch, das in grundlose Tiefen hinabzureichen schien. Die Flanken des schwarzen Schlundes bestanden aus geschmolzenem Gestein, sie glühten noch.

»Yonathan!« Tränen der Verzweiflung traten ihm in die Augen.

Die wenigen noch verbliebenen Steinplatten am Boden waren von Rissen durchzogen. Große Bruchstücke lagen überall herum. Gimbar umrundete vorsichtig das Loch, während er weiter Ausschau hielt. Ein plötzliches Bersten, ein katzenhafter Sprung, und da, wo er eben noch gestanden hatte, klaffte ein großer Spalt.

Als ob sich der Tempel selbst im Todeskampf noch wehrte, dachte Gimbar. Er suchte weiter, wich den knisternden Flammen aus. Das Atmen fiel ihm schwer. Jeden Moment konnte hier alles zusammenstürzen. Da bemerkte er hinter Trümmern plötzlich zwei Stiefel. Er stürzte zu der Stelle und stellte mit unendlicher Erleichterung fest, dass in den Schuhen noch ein Mensch steckte. Yonathan hatte hinter einem großen Mauerstück gelegen und war ihm dadurch zunächst entgangen.

Doch in die Freude mischte sich schnell neue Sorge: Der Freund rührte sich nicht, war leichenblass.

Gimbar hob den schlaffen Körper vorsichtig auf die Schulter und suchte die nächstgelegene Bresche in der Tempelmauer. Mit einem riesigen Satz durch die Flammen brachte er sich und Yonathan in Sicherheit. Wieder draußen hielt er auf die erstbeste Straßeneinmündung zu. Noch während er über den Platz hastete, hörte er ein lautes Krachen. Er drehte sich nicht um, denn er wusste, dass die letzten Reste des Schwarzen Tempels in sich zusammengestürzt waren.

Dann geschah etwas Wunderbares: Die dunkle Wolkendecke, die die jahrtausendealte Schmach Abbadons bedeckt hatte, riss auf und goldenes Sonnenlicht ergoss sich über die Stadt. Dies musste ein Zeichen sein, dachte Gimbar. Durch Yonathans Sieg über das Auge Bar-Hazzats hatte der Fluch Yehwohs seine Wirkung verloren. Bald würde die Mara wieder ein blühender Garten sein, genauso wie das Land Baschan auf der anderen Seite des Cedan.

Einige Straßen weiter betrat Gimbar den kühlen Schatten einer Ruine und ließ seine leblose Last vorsichtig zu Boden sinken. Er versetzte Yonathan leichte Schläge auf die Wangen und rief immer wieder seinen Namen.

»Yonathan. Komm zu dir. Ich habe dich nicht aus diesem brennenden Alptraum gezogen, damit du mir hier stirbst.«

Yonathans Wimpern begannen zu flimmern. Ein tiefer Atemzug und er schlug die Augen auf.

»Gimbar?«

»Wenn's genehm ist.«

»Du solltest doch nicht ...«

»Ich bin eben unverbesserlich.«

»Das stimmt. Ich danke dir dafür.«

Gimbar grinste breit. »Endlich mal einer, der auch meine Schwächen zu würdigen weiß. Komm, ich bringe dich jetzt in die Obhut von ein paar äußerst entzückenden Pflegerinnen. Ich wette, Bithya wird dir ganz schnell wieder auf die Beine helfen.«

Jetzt musste auch Yonathan lächeln. »Ich wusste ja, dass du kein Mitleid mit mir haben würdest.«

Yonathan wollte es nicht darauf ankommen lassen, Bithyas Qualitäten im Heilen zu erproben. Er konnte sich recht lebhaft den Klang ihrer vorwurfsvollen Stimme ausmalen. Von Gimbar gestützt, betrat er auf eigenen Füßen das Lager der Wartenden.

Der Empfang fiel dann aber eher herzlich als tadelnd aus. Bithya war überglücklich die beiden müden Krieger so gut wie unbeschadet zurückzuerhalten. Gurgi erklomm aufgeregt fiepend ihren großen Freund und Yamina brachte ihre Freude durch einen gellenden Nomadenschrei zum Ausdruck. Selbst Garmok setzte seine Anteilnahme am Glück der Menschen in würdige Worte und gratulierte dem siebten Richter zu dem gelungenen Streich gegen Bar-Hazzats einstiges Machtzentrum.

»Das war erst Nummer zwei«, erklärte Yonathan müde. »Vier weitere Bannsteine sind noch zu vernichten. Lasst uns nach Cedanor aufbrechen. Dann können wir heute noch das dritte Auge ausschalten.«

Seine Gefährten erklärten ihn einstimmig für verrückt und nach einigem Hin und Her gelang es Bithya und Yamina ihn wenigstens zu einer kurzen Rast zu überreden. Die beiden Mädchen hatten sich mittlerweile ausgezeichnet aufeinander eingestellt – vor allem, wenn es darum ging, die Argumentation ihrer Begleiter mit weiblicher Logik auszuhebeln.

Während weit im Westen die Heere Témánahs ihre zweite Angriffswelle gegen Cedanor vortrugen, schlief Yonathan erschöpft im Schatten des Drachen ein.

XIII.
An den Wurzeln des Sedin-Palastes

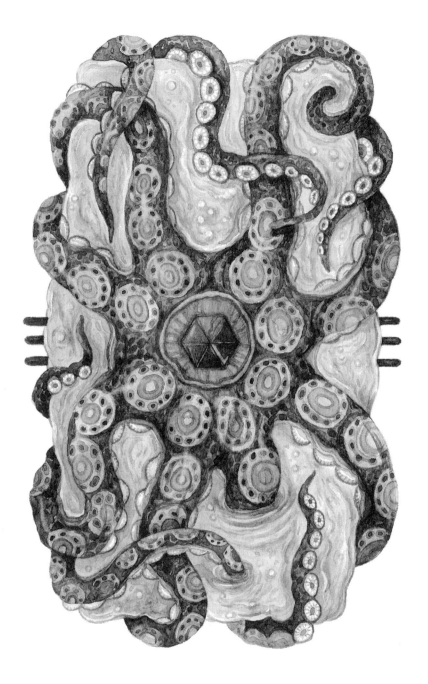

Wenn Bithyas Essen nicht so gut gerochen hätte, wäre die Stadt Cedanor wohl endgültig verloren gewesen.

Yonathan erwachte von einem glockenhellen Gelächter und ein herrlicher Duft stieg ihm in die Nase. Das Lachen stammte von Bithya und der wunderbare Geruch nach gebratenem Lamm und gedünstetem Gemüse entströmte zwei großen Kochtöpfen, in denen sie geschäftig rührte.

»Ich bin hungrig wie ein Bär«, meldete sich Yonathan zu Wort.

»Du bist ja wach!«, freute sich Bithya. »Komm und setz dich zu uns. Es gibt etwas zu essen.«

»Wie lange habe ich geschlafen?«

Gimbar schaute zum Himmel. »Nur kurz, die Sonne hat vor etwa einer Stunde den Zenit überschritten.«

»Lange genug«, brummte Yonathan. »Lasst uns essen und dann den Flug fortsetzen. Ich habe das ungute Gefühl, dass man uns in Cedanor braucht. Heute noch.«

Das Mahl und das darauf folgende Zusammenpacken der Kochutensilien nahmen etwa eine Stunde in Anspruch. Yonathan hatte ungeduldig zum Aufbruch gedrängt und so rannte Garmok bald mit mächtigen Flügelschlägen über den Wüstensand und erhob sich in den wolkenlosen Himmel.

Auf dem Weg von *Gan Mischpad* nach Abbadon hatte der Drache den Cedan dreimal überflogen, da der Strom beständig seinen Lauf änderte. Die jetzige Flugroute führte über endlose Meilen glühend heißen Wüstensandes. Hier gab es nicht das geringste

Leben; zu Recht trug das einst von Yehwoh verfluchte Land den Namen Mara, was in der Sprache der Schöpfung »bitter« bedeutet.

Gegen Abend, als die Schatten länger wurden, drangen die Gedanken Garmoks zu Yonathan: »Cedanor liegt vor uns.«

Aber irgendetwas beunruhigte den Drachen. »Ich spüre, dass du noch etwas anderes siehst, Garmok. Was ist es?«

»Ein Brand überzieht die Stadt.«

»Feuer?«

»An mehreren Stellen.«

Yonathan wühlte sich zum Rand seines Transportsacks hoch und hielt den Kopf in den Gegenwind. Sofort erkannte er, was Garmok meinte. In den Außenbezirken der Stadt, von Nordwesten bis nach Südosten hin, standen viele Häuser in Flammen. Zudem bombardierten unzählige Flugwesen, die überdimensionalen schwarzen Rochen glichen, die Menschen in den Straßen mit Felsbrocken. Auf dem Cedan schwammen Schiffe mit schwarzen Segeln wie hässliche Wasserkäfer und vor den Mauern der Stadt tobte ein erbitterter Kampf. Selbst aus großer Höhe war nicht zu übersehen, welchen grauenvollen Preis diese Schlacht schon gefordert hatte.

»Wir müssen etwas unternehmen, Garmok!«, schrie Yonathan gegen die brausende Luft an. »Wie steht es mit deinem unüberwindlichen Drachenfeuer? Kannst du etwas für die Stadt tun?«

Da Garmok sein Tempo gedrosselt hatte und nun hoch über der Stadt kreiste, verstand er die Frage gut. Er lachte, dass man glauben konnte, er müsse Geröll hervorwürgen. Ungestüm warf er den Kopf zurück und dröhnte: »Ich werde ihnen gehörig einheizen! Ein ganz besonderer Tag wird dies werden. Wart's nur ab.«

Zuerst säuberte Garmok den Himmel über der Stadt. Durch seinen Körperumfang war er zwar nicht so manövrierfähig wie die fliegenden Ungeheuer Témánahs, aber dafür reichte das Drachenfeuer sehr weit. Der lange, bewegliche Hals Garmoks richtete sich immer wieder auf neue Luftkämpfer und sein feuriger Atem verwandelte die Widersacher in zu Boden stürzende

Fackeln. Dabei ließ es sich nicht vermeiden, dass weitere Brände in der Stadt entstanden, aber die Bevölkerung jubelte trotzdem, als sie der unerwarteten Hilfe gewahr wurde.

Témánahs Luftstreitkräfte existierten bald nicht mehr. Nur wenige der üblen Wesen hatten entkommen können. Garmok suchte sich deshalb unter dem Fußvolk des Südreiches ein neues Betätigungsfeld. Er ging zum Tiefflug über.

Selbst Gimbar hatte inzwischen bemerkt, dass die ungewöhnlichen Manöver des Drachen kein normaler Landeanflug sein konnten. Wie auch die anderen Gefährten reckte er den Kopf aus dem Reisesack und verfolgte das unglaubliche Geschehen. Garmok fegte die Heerscharen mit seinen Flammen hinweg, eine Feuerwalze donnerte über den Boden. Im Kreise fliegend nahm er immer dieselbe Route: Beim Osttor, wo kurz zuvor Bomas gestorben war, versengte er einige der wild kreischenden Südländer, flussabwärts schwebend steckte er ein paar Schiffe in Brand, um beim Westtor die nächste Gruppe von Feinden einzuäschern. Dann fing er seine Runde wieder von vorne an.

Allmählich lichteten sich die Reihen Témánahs. Die Südländer zogen sich zurück, oder besser: Sie flüchteten in Panik. Viele Kämpfer wurden von Garmok direkt in die Sümpfe getrieben – sie sollten nie mehr daraus auftauchen. Im Osten Cedanors gab es bald keine Gegner mehr, und von den Zinnen der Westmauer aus konnte man mitverfolgen, wie ein Teil des Angriffsheeres nach Südwesten strebte, um sich zu sammeln. Der Ring der Belagerer war dank der Hilfe des Drachen stark ausgedünnt.

»Ich glaube, das reicht vorerst«, bremste Yonathan Garmoks Eifer, indem er sich wieder der Gedankensprache bediente.

»Ist es Unzufriedenheit, die dich mir Einhalt gebieten lässt?«, erkundigte sich der Drache besorgt.

»Nein, Garmok. Du hast getan, was getan werden musste. Témánahs Generäle wissen jetzt – und das sollte sie eine Weile beschäftigen –, dass sie gegen ein allesverzehrendes Drachenfeuer kämpfen müssen.«

»Nein, nicht alles vermag es zu zerstören: Du hast die Rose Ascherels vergessen.«

Yonathan lächelte. »Das ist richtig, Garmok. Aber wir müssen wohl nicht befürchten, dass uns das Südlandheer mit Blumen bewerfen wird. Bring uns nun rasch zum Palastberg.«

Als Garmok über dem Sedin-Palast kreiste, meldeten sich seine Gedanken erneut.

»Gutes Festhalten wird vonnöten sein!«

»Willst du damit andeuten, dass wir gehörig durchgeschüttelt werden können?«, erkundigte sich Yonathan vorsichtig.

»Mit solcher Bequemlichkeit wie beim letzten Mal kann die Landung jedenfalls nicht erfolgen. Der Park auf dem Palastberg ist von geringer Größe. Das erfordert eine andere Landetechnik.«

»Ich ahne Schlimmes. Gebrauche bitte deine Stimme, um die anderen zu warnen.«

Garmok rief, wie gewünscht, seinen übrigen Passagieren einige Sicherheitshinweise zu. Dann setzte er zur Landung an. In einer weiten Schleife näherte er sich dem Palastberg und schoss mit beängstigender Geschwindigkeit auf den Großen Kubus zu. Beim Absacken hinter der Palastmauer entwurzelte er zwei ehrwürdige Kastanien. Erschreckte Menschen rannten davon oder warfen sich bäuchlings zu Boden. Dicht vor dem würfelförmigen Hauptgebäude stemmte sich der Drache mit weit ausgebreiteten Schwingen in den Wind. Den langen Hals hochgereckt, die Klauen zum Aufsetzen bereit, begannen seine riesigen Flügel im schnellen Rhythmus zu schlagen – Helme, eiserne Schilde und anderes Kriegsgerät wirbelten wie Herbstlaub durch den Park. Die von dem heftigen Abbremsmanöver schon arg gebeutelten Drachenreiter wurden nun unbarmherzig durchgeschüttelt. Endlich bohrten sich Garmoks Füße in das kaiserliche Rosenbeet, eine beachtliche Punktlandung.

»Ich fliege nie wieder Drachen«, ertönte von irgendwoher Gimbars gequälte Stimme.

Yonathans Kopf war zuerst im Freien. Links sah er einen Soldaten über den Exerzierplatz flüchten. Sonst herrschte eine geradezu unheimliche Stille. Es dauerte eine Weile, bis er ganz in der Nähe vier Krieger zwischen den Blumen liegen sah; sie waren wohl bei Garmoks Landung dort zu Boden gestürzt.

Erst befürchtete er, sie könnten verletzt sein, aber als er die eigenartige Haltung der Dahingestreckten bemerkte – alle hatten ihre Gesichter der Erde zugewendet und die Arme schützend über den Kopf genommen –, rief er aufmunternd: »He, ihr da. Ihr könnt aufstehen. Es ist alles in Ordnung.«

Die Angesprochenen rührten sich nicht.

Yonathan kletterte aus dem Transportsack, an Garmoks Schulter herab und sprang das letzte Stück zu Boden; auch seine anderen Gefährten, alle noch recht blass, wagten sich nun ans Tageslicht. Als er die Gruppe der wie tot daliegenden Soldaten erreicht hatte, wiederholte Yonathan seine Aufforderung.

»Die Gefahr ist vorüber, Männer. Steht bitte auf. Ich möchte euch etwas fragen.«

»Und was ist mit dem Drachen?«, fragte eine Stimme dumpf und kaum verständlich von der Erde her.

»Was soll mit ihm sein?«, erwiderte Yonathan etwas ungeduldig, weil die eingeschüchterten Palastwächter sich immer noch nicht rührten.

»Ist er noch da?«

»Natürlich ist er noch da.«

»Dann warten wir lieber, bis er wieder weg ist.«

»Das könnte eine unbequeme Nacht werden.«

»Nicht so schlimm. Als Soldat ist man einiges gewohnt.«

»Die Stadt des Lichts wird von einem wahrhaft unerschrockenen Heer verteidigt!«, meinte Yonathan leicht gereizt. Aber dann musste er doch schmunzeln. Vielleicht hätte er genauso reagiert, wenn er nur mit knapper Not einem vom Himmel fallenden Drachen entkommen wäre. In einem versöhnlichen Ton fuhr er fort: »Wo kann ich Zirgis finden? Ich muss euren Befehlshaber dringend sprechen.«

Einer der Soldaten wagte den Kopf aus der Umklammerung zu nehmen und Yonathan das Gesicht zuzuwenden. Aus seiner Stimme sprach Verwunderung.

»Der Kaiser? Zirgis ist seit drei Tagen tot.«

»Tot?«, hauchte Yonathan fassungslos.

»Ermordet, von Ffarthor, dem Gesandten Témánahs.«

Yonathan hatte geahnt, dass die Lage in Cedanor ernst sein könnte, aber jetzt wurde er unruhig. Wo war Felin? Ging es ihm gut? »Dann sag mir bitte, wie ich den Prinzen finden kann«, drängte er den Palastwächter.

Ein Schatten legte sich auf das Gesicht des Mannes und er schlug die Augen nieder. »Zirgis' Sohn ist heute gestorben, unten beim Osttor. Er liegt aufgebahrt im Saal der Rechtsprechung.«

»Was sagst du da?«, schrie Yonathan. Der erschrockene Soldat versteckte sofort wieder den Kopf unter seinen Armen. Yonathan sprang über ihn hinweg und verschwand in Richtung Exerzierplatz. Es durfte nicht sein, sagte er sich immer wieder. Nicht Felin! Er stürzte in die Eingangshalle des Palastes und eilte auf die gegenüberliegende Tür zu. Goel hatte den Prinzen nach Cedanor geschickt und er selbst, Yonathan, hatte dem Plan zugestimmt, weil er wusste, dass nur durch Felins Schwert dem Auge Bar-Hazzats Einhalt geboten werden konnte. Sollte er unbewusst das Todesurteil über seinen Freund gesprochen haben?

Vor der zweiflügligen Tür zum Saal der Rechtsprechung verlangsamte er seinen Schritt. Er hatte Angst seinen Fuß in den Raum zu setzen, sich der grausamen Wahrheit zu stellen. Vorsichtig, fast schleichend, betrat er die lange Vorhalle des Thronsaals. Sein Herz krampfte sich zusammen, als er den leblosen Körper auf einem Eichentisch entdeckte. Daneben stand ein Soldat – war es nicht derjenige, den er eben vor dem Drachen hatte davonlaufen sehen? Und dann bemerkte er die beiden Männer, die auf der anderen Seite des Tisches saßen: Baltan und ... Felin!

»Felin!«, schrie er erleichtert.

»Yonathan!«, tönte es zurück. Auch der Prinz war sichtlich überrascht. Er sprang auf, um seinem Freund entgegenzueilen. Etwa auf der Hälfte der Strecke fielen sich beide in die Arme.

»Ich bin so froh! Ich dachte schon ... *du* wärst tot«, sprudelte es aus Yonathan hervor. Dann erst begriff er. Seine kurze Hochstimmung verwandelte sich in Betroffenheit. Er befreite sich aus Felins Umarmung und betrachtete den Toten genauer.

»Ist das … Bomas?« Seine Augen suchten eine Reaktion im Gesicht des Freundes. »Er hat so große Ähnlichkeit mit deinem Vater.«

Baltan war inzwischen hinzugetreten und nahm Felin die Antwort ab. »Ja, Yonathan, es ist Felins Bruder. Er herrschte als Kaiser nicht einmal drei Tage. Doch jetzt lass dich erst einmal drücken.« Baltan schloss den viel jüngeren Richter wie einen nach langer Zeit wiedergefundenen Sohn in die Arme.

»Es tut mir so unendlich Leid!«, wandte sich Yonathan darauf an Felin. »Glaube mir, ich kann empfinden, wie es um dein Herz steht.«

Felin nickte mit zusammengepressten Lippen. Er wusste, dass Yonathan seine Gefühle lesen konnte, doch er schämte sich seiner Trauer nicht. »Ich wünschte, du könntest … so wie damals bei Gimbar.«

Yonathan schüttelte traurig den Kopf. »Nein, Felin. Ich fürchte, ich kann Bomas nicht von den Toten zurückholen, ohne dadurch unser größeres Ziel zu gefährden. Ich darf den Stab auch nicht entgegen der Prophezeiung einsetzen. Ich weiß nicht einmal, ob ich noch stark genug bin, das Auge Bar-Hazzats hier in Cedanor auszulöschen. Denn einen karminroten Stein habe ich heute schon zerstört und das hat mich sehr geschwächt.«

Noch einmal nickte Felin. »Du hast Recht. Wie damals, draußen am Brunnen, als du prophezeitest, dass ich einmal Kaiser werden würde. Wir beide wissen seit langem, dass die Erfüllung dieser Voraussage Schmerzen und großes Leid mit sich bringen musste. Mir ist auch bewusst, dass ich mich meiner Aufgabe zu stellen habe. Baltan hat mir vorhin klar gemacht, dass es im Augenblick wichtigere Dinge gibt, als sich dem Kummer hinzugeben.«

»Wir haben dein Kommen sehnlichst erwartet, auch wenn wir nicht zu hoffen wagten, dich *so* schnell wiederzusehen«, bekräftigte der weißhaarige Alte.

»Baltan hat Recht«, fügte Felin hinzu. »Ich hatte kürzlich einen Traum. Ich sah ein Untier auf die Welt Neschan zufliegen und glaubte, es wolle uns mit seinem Feuer vernichten. Und jetzt stellt sich heraus, dass es unser Verbündeter ist. Nicht nur das: Es bringt sogar noch *dich* mit.«

»Nach allem, was ich gesehen habe, sind wir keinen Tag zu früh gekommen«, sagte Yonathan.

Felins Augen leuchteten auf. »Ich hoffe, du meinst Gimbar, wenn du von ›wir‹ sprichst. Wie geht es ihm?«

»Mir geht es scheußlich!«, erscholl die Antwort von der Tür her.

Felin schaute an Yonathan vorbei und die Augen des Prinzen begannen zu leuchten. Der Stabträger drehte sich um und sah Gimbar von Bithya und Yamina gestützt hereinwanken. Ehe er sich noch recht darüber klar werden konnte, wem der Glanz, der aus Felins Blick sprach, nun letztlich galt, dem Expiraten oder den Frauen, war der Prinz auch schon zu dem blassen Freund getreten, um ihn an sich zu pressen. Aber nur kurz, dem angehenden Kaiser kam offenbar wieder seine Kinderstube in den Sinn.

»Wie unhöflich von mir. Du erscheinst mit zwei so bezaubernden Damen und ich beachte sie kaum. Folgt mir bitte in die Vorhalle, damit ich euch gebührend willkommen heißen kann. Dies hier ist nicht der richtige Ort dafür.« Während er seine Gäste in den benachbarten Raum führte, erzählte er mit knappen Worten die Geschichte der beinahe verlorenen Schlacht.

Danach konnte Baltan, sichtlich gerührt, endlich seinen Schwiegersohn begrüßen. Gimbars erste Frage betraf natürlich Schelima und die Kinder. Baltan versicherte, dass es ihnen gut gehe und die ganze Familie vor Beginn der Schlacht in den Palast umgezogen sei. Die Unterhaltung der beiden gab Felin Gelegenheit sich seinen weiblichen Gästen zu widmen.

»Bithya. Auch wenn der jetzige Moment nicht dafür geeignet scheint, wünsche ich dir allen Frieden Neschans. Ich freue mich, dass du hier bist.«

»Yonathan hat sich schon sehr um dich gesorgt, mein Vetter«, erwiderte Bithya und ließ sich umarmen. Gurgi, die auf ihrer Schulter saß, versuchte währenddessen, ein wenig eifersüchtig, den Prinzen in die Nase zu zwicken. »Umso schöner dich wohlbehalten zu sehen. Was deinen Vater und Bomas betrifft – wir haben draußen schon gehört, was passiert ist –, fühle ich mit dir. Es tut mir unendlich Leid.«

Felin löste sich von seiner Großcousine und ihrem Masch-Masch, um sich Yamina zuzuwenden. Seine Miene hellte sich auf. »Auch Euch heiße ich willkommen, meine Dame. Über Krieg und Trauer glaubte ich die Schönheit aus diesem Palast verschwunden, nun aber erweist es sich, dass Ihr sie zurückgebracht habt. Darf ich Euren Namen erfahren?«

Yamina schlug verschämt die Augen nieder.

Gimbar fühlte sich inzwischen kräftig genug, um die Vorstellung des Mädchens zu übernehmen.

»Yamina ist die Nichte von Sandai Yublesch-Khansib, der uns sehr geholfen hat«, hob er hervor. »Ihr Vater ist auch ein Khan der Ostleute. Wenn du so willst, ist sie also eine Prinzessin – eine noch ziemlich unverheiratete, nebenbei bemerkt.«

»Lass das, Gimbar!«, wies ihn Yamina streng zurecht. »Ich weiß, wo ich herkomme und wo ich hingehöre. Ich mag es nicht, wenn du so übertreibst. Außerdem habe ich einen Besitzer.«

»So?«, entfuhr es Felin.

»Sie zieht mich immer damit auf«, wiegelte Yonathan ab. »Ich habe sie als Sklavin aus den Händen eines Halunken befreit und seitdem nennt sie mich scherzhaft ihren ›Herren‹. Aber sie kann tun und lassen, was sie will – sogar heiraten.« Yonathan lächelte unschuldig.

»Entschuldigt die ungehobelte Art meiner Begleiter, Hoheit«, entgegnete Yamina. »Ihr müsst dies als große Taktlosigkeit empfinden, nach all dem, was ihr erlebt habt.«

Felin lächelte, als er Yaminas Blick erwiderte. »Meine Gefährten hier und ich haben schon so viel gemeinsam durchgemacht, dass ich ihre Worte richtig einzuschätzen weiß. Im Übrigen sind alle Freunde des Richters die meinen. Darf ich nun auch auf Vertrauen von Eurer Seite rechnen, Yamina?«

Das Ostmädchen zeigte sich beeindruckt von der ruhigen Würde des Prinzen. Ihre Augen suchten Yonathan, als müsse sie ihren »Besitzer« tatsächlich um Erlaubnis bitten, das Ansinnen des Prinzen zu bejahen.

Yonathan nickte ihr unmerklich zu. Dank Haschevet wusste er längst, dass hier zwei Menschen aufeinander getroffen waren, die mehr verbinden würde als nur Freundschaft.

Doch es blieb noch etwas zu tun. Yonathan hatte – das verriet ihm seine innere Unruhe – an diesem Tag noch eine Aufgabe zu erfüllen. Das Auge rührte sich. Es schien zu rufen. Nicht ihn, den Richter, den verhassten Feind, sondern die todbringende Streitmacht Témánahs. Das also war die eigentliche Ursache für die geradezu wahnsinnige Angriffswut des Südlandheeres gewesen, von der Felin erzählt hatte: Bar-Hazzats Auge zog alle diese Kreaturen in seinen Bann und sie folgten seinem Lockruf wie die Prachtbienen des Verborgenen Landes: ohne Rücksicht auf ihr eigenes Leben.

Er musste handeln.

Der Abstieg an die Wurzeln des Sedin-Palastes erschien ihm so vertraut wie früher der Weg zum Ess-Saal im Knabeninternat von Loanhead. Seltsam, dass ihn seine Erinnerungen an das irdische Leben immer dann einholten, wenn er sich für eine schwere Aufgabe wappnete. Yonathan nahm die letzten Stufen auf Zehenspitzen.

Zweimal war er bereits an diesem Ort gewesen und jedes Mal hatte er sich dabei unwohl gefühlt. Nicht wegen der Kälte, die den Atem im Fackellicht dampfen ließ – kleine Wölkchen verloren sich in der Dunkelheit. Schon als Felin mit ihm vor über drei Jahren in den Tiefen des Sedin-Palastes gewesen war, hatte diese andere, unangenehmere Kälte existiert. Yonathan hatte sie sich damals nicht recht erklären können. Heute wusste er, dass die Nähe des Auges dieses Empfinden verursachte.

Er steckte die Pechfackel in einen verrosteten Halter; auf seinem weiteren Weg würde sie ihm nicht viel nützen. Millionen von Salzkristallen reflektierten von den Wänden dieser großen Höhle das Licht der Flammen, ein unterirdisches Sternenmeer.

Yonathan hätte sich gewünscht nicht allein die Wendeltreppe in dem großen runden Schacht hinuntersteigen zu müssen ... Unsinn! ermahnte er sich. Er hatte ja selbst darauf bestanden, dass Felin, Gimbar und Yomi (der inzwischen von der Westmauer herübergekommen war) oben, in den Kerkergewölben, blieben und warteten.

Sie wollten natürlich nicht auf ihn hören. Er führte ins Feld, dass ihr guter Wille allein im Kampf gegen das Auge nicht genüge, es besäße übernatürliche Kräfte, denen einzig Haschevet gewachsen sei. Das Leben seiner Gefährten sei ihm mehr wert als ein kurzzeitiges Gefühl kameradschaftlicher Verbundenheit, argumentierte er. Eigentlich, so befand Yonathan, war seine Beweisführung ziemlich eindrucksvoll, sozusagen hieb- und stichfest. Aber dann hatte Gimbar ja unbedingt erzählen müssen, wie er den unbesiegbaren Stabträger aus dem brennenden Tempel in Abbadon geschleppt hatte. Schließlich war es zu einem Kompromiss gekommen: Yonathan gestand seinen Freunden zu, dass sie in einer der Kerkerzellen auf ihn warteten; von dort konnten sie ihm schnell zu Hilfe eilen, sollte er im Kampf gegen das Auge versagen.

Schon der Gedanke, dass seine Gefährten nicht allzu weit weg waren, stärkte seine Entschlossenheit. Mittlerweile war er durch die Höhle der Salzkristalle geschritten und bei dem vergessenen unterirdischen Fluss angelangt, dessen Ursprung irgendwo, viele hundert Meilen entfernt, im Drachengebirge lag. Er spähte nach rechts. Das Wasser strömte in die große, aus gewachsenem Fels bestehende Halle durch eine Art Tunnel im Fels. Ganz hinten konnte er ein rotes Glühen ausmachen. Das Auge strahlte heller als vor drei Jahren. Es erwartete ihn.

Yonathan umgab sich mit der blau leuchtenden Aura des Stabes. Sofort spürte er die Anstrengung, die ihm allein diese Schutzmaßnahme abverlangte. Er hatte sich von den Strapazen des Vormittags noch lange nicht erholt. Mit unguten Ahnungen setzte er den Fuß in das Wasser des Flusses. Der Mantel aus Licht hielt zwar die eisige Kälte ab, aber Yonathan wusste auch, dass er sich mit Hilfe des *Koach* nicht in einen Fisch verwandeln konnte, um gegen die starke Strömung anzuschwimmen. Wenn also der Fluss schmaler und damit reißender werden würde, drohten ihm ernsthafte Schwierigkeiten.

Zunächst jedoch sah es so aus, als ginge alles glatt. Nachdem er von der Salzkristallhöhle aus in die Felsröhre gewatet war, die der Fluss aus dem Gestein gewaschen hatte – das Wasser ging ihm hier ungefähr bis zur Hüfte –, entdeckte er rechter Hand an der Gewölbewand einen etwa vier Fuß breiten Steg, der ihm das Weiterkommen erleichtern würde. Diesen Weg mussten vor gut zweihundert Jahren bei einer anderen Schlacht gegen Témánah die Verteidiger Cedanors genommen haben, um in den Rücken der Belagerer zu gelangen.

Wenig später erreichte Yonathan eine Stelle, an der das Flussbett einen leichten Linksknick machte. Als er der Biegung folgte, schwollen die Geräusche des Wassers mit einem Mal heftig an. Auch das karminrote Licht strahlte heller und das ihm bereits vertraute Verlangen einfach umzukehren und davonzulaufen, wurde stärker – wenn Haschevets Aura es auch dämpfte. Das Auge hatte den Kampf aufgenommen.

Bei der nächsten Biegung geriet Yonathans Fuß ins Stocken, sein Puls beschleunigte sich. Im rötlichen Licht erkannte er, dass der Steg nur wenige Ellen voraus von Wasser überspült wurde. Es war aber nicht die Aussicht auf ein neuerliches Fußbad, die ihn beunruhigte, sondern ein seltsames Phänomen: Der Fluss schien zu steigen. Er wagte sich etwas weiter vor. Tatsächlich! Mit jedem Schritt in Richtung des roten Glühens stieg der Pegel. Der Pfad neigte sich nicht einfach in den Fluss, sondern das Wasser selbst kletterte, sobald er weiterging. Er konnte es ganz deutlich sehen, wenn er sich umdrehte. Da, wo der Fluss eben noch kaum die Tunnelwände benetzt hatte, war er jetzt genauso hoch wie an der Stelle, wo Yonathan gerade stand. Er ging ein Stück zurück und fand sich in seiner Vermutung bestätigt: Das Wasser sank wieder.

»Ich habe dich gut verstanden«, murmelte Yonathan. »Es ist eine Warnung: ›Gehst du weiter, steht dir das Wasser bald bis zum Hals, drehst du aber um, dann wird dir nichts passieren.‹«
Er kehrte um.

Yonathan wusste, dass weder Bar-Hazzat noch seine übernatürlichen Diener in der Lage waren die Gedanken eines Menschen zu lesen. Sein Handeln musste daher wie ein Rückzug wirken. Sollten sie es nur glauben. Er brauchte einen Moment der Ruhe, um nachdenken zu können. Hinter der ersten Biegung blieb er stehen. Der Steg war hier ebenfalls nass – ein sicheres Zeichen dafür, dass der Fluss tatsächlich im ganzen Tunnel angestiegen war. Er atmete tief durch. Ein Stoßgebet. Dann überlegte er, was er tun konnte.

Die Aura des Stabes würde, sollte er untertauchen, einen Luftvorrat für höchstens drei oder vier Atemzüge gewährleisten können. Doch wo befand sich das Auge eigentlich? Wie schon im Schwarzen Tempel, einige Stunden zuvor, schickte er seinen Geist auf Erkundung aus. Nach kurzer Zeit hatte er festgestellt, dass es bis zum Auge gar nicht so weit war. Er schätzte die Entfernung auf etwa einen Bogenschuss. Der *Wandernde Sinn* verriet ihm, dass sich einige Biegungen weiter eine andere Höhle öffnete. Mitten aus dem Wasser ragte dort ein Felssockel auf, in dem oben eine Mulde eingegraben war. Und in dieser Vertiefung ruhte der unheilvolle Bannstein.

Jeder Schritt auf das Auge zu würde den Wasserspiegel ansteigen lassen. Er überlegte, ob er die Höhlendecke über dem Karminstein einfach einstürzen lassen könnte, verwarf diesen Gedanken aber. Es war zu unsicher. Vielleicht würde der rot leuchtende Stein überleben. Nein, er musste das Auge eigenhändig zerstören.

Schließlich entschied sich Yonathan für einen Plan, der ihm gewiss die einhelligen Proteste seiner Freunde eingetragen hätte. Aber die waren oben, warteten in einer vergleichsweise trockenen Kerkerzelle. Hier unten musste er allein klarkommen. Er drehte um und marschierte wieder auf das Auge zu.

Nach der zweiten Biegung begann der Pfad erneut zu versinken. Das Wasser kroch an Yonathans Beinen empor, gemächlich und sachte, wie eine Schlange auf dem Weg zu ihrer Beute. Bald hatte es seine Taille erreicht und stieg unaufhörlich weiter. Auch die Strömung schien zuzunehmen, stemmte sich immer stärker gegen ihn. Trotzdem war die Gegenwehr des Auges bis zu diesem Zeitpunkt noch eher halbherzig ausgefallen und in keiner

Weise überraschend gewesen. Als der Fluss ihm bis zur Brust reichte, erfolgte der eigentliche Angriff.

Plötzlich formte sich vor Yonathans Augen eine Hand aus dem Wasser. Durchsichtig wie Glas, nur von einigen sprudelnden Luftbläschen durchsetzt, griff die Klaue nach ihm. Geistesgegenwärtig warf er sich zur Seite und schlug mit dem Stab nach der Erscheinung.

Im Moment des Untertauchens sah er eine unheimliche Gestalt, einen flüchtigen Schemen. Durch das aufgewirbelte Flusswasser hatte er jedoch nur einen vagen Eindruck von dem durchscheinenden Körper gewinnen können. Im bläulichen Leuchten seines Schutzschirms glaubte er dicke Tentakel wie von einem riesigen Kraken zu erkennen. Darüber schien sich ein beinahe menschlicher Oberkörper mit Armen zu befinden. Irritierend war nur das Fehlen des Kopfes. Während Yonathan wieder an die Wasseroberfläche strebte, um nach Luft zu schnappen, bemerkte er noch, wie das durchsichtige Wesen in Tausende feiner Bläschen zerstob. Der Stab hatte es zerstört. Doch nur, wie er zu seinem Entsetzen feststellen musste, um zwei weitere hervorzubringen.

Schon wieder tauchten langfingrige, sprudelnde Hände auf, die nach ihm tasteten – diesmal vier an der Zahl. Abermals schlug er mit dem Stab nach den beiden Angreifern, erneut lösten sie sich in einen Schwarm feiner Blasen auf. Jetzt stieg auch wieder der Wasserpegel, obwohl sich Yonathan keinen Fuß vorwärtsbewegt hatte.

Wie Quallen waberten nun vier Gestalten im Wasser, acht Krallenhände suchten nach ihm. Die Situation war nur noch schwer zu überschauen. Wild hieb er mit dem Stab um sich. Wieder vergingen die Angreifer als glitzernde Kügelchen, die der immer reißender werdende Strom fortzerrte, nur um acht andere Wasserwesen entstehen zu lassen.

Yonathan wusste, dass er diesen Kampf nicht mehr lange durchhalten konnte. Mit jedem besiegten Gegner standen zwei neue auf und jede der von Haschevet zerteilten Kreaturen ließ die Wassermenge anwachsen und verstärkte die Strömung. Es gab nur einen Weg dem Auge näher zu kommen.

Haschevets Aura strahlte plötzlich intensiver. Es war ein gefährliches Spiel mit den Kraftreserven, die ihm noch verblieben, aber Yonathan ahnte, dass er dem Ansturm des Auges nicht durch unbeugsamen Widerstand begegnen konnte. Er musste die Wasserwesen an sich heranlassen, während er weiter voranschritt, musste sich biegen wie ein Schilfrohr im Sturm, ohne dabei den Halt zu verlieren.

Als die erste Quallengestalt Yonathans Lichtschild berührte, flammte dieser auf. Ein Netz weißblauer Adern zerrte an der Aura. Sie hielt dem Angriff stand, aber Yonathan erschrak, als sich ein riesiges, zähnefletschendes Unwesen vor ihm materialisierte. Es riss einen zahngespickten Rachen auf, um ihn zu verschlingen, verschwand aber ebenso plötzlich, wie es erschienen war.

Yonathan keuchte vor Erleichterung und vor Anstrengung; die Abwehr der Erscheinung hatte Kraft gekostet. Er kämpfte sich weiter durch die Strömung voran.

Die nächsten Zusammenstöße mit den vergänglichen Kontrahenten verliefen kaum weniger dramatisch. Jeder von ihnen rief neue Visionen hervor, nicht nur grauenhafte Kreaturen, sondern alles, was einen Menschen in Entsetzen stürzen kann: Mal glaubte Yonathan von einem Schwarm Hornissen angegriffen zu werden, dann wieder drängte sich ihm der Eindruck auf, sein Körper würde an Ort und Stelle verwesen – ein Auge rollte ihm aus der Höhle und fiel ins Wasser, auch eine Hand machte sich selbständig. Er ließ seinen Willen fortgesetzt in den Stab strömen und jedes Mal schüttelte er die Trugbilder wieder ab. Jeder normale Mensch wäre schon beim ersten Kontakt mit den durchscheinenden Hütern des Auges geflohen, jeder Held wäre dem Wahnsinn verfallen. Yonathan wusste, dass in diesem Kampf nicht er selbst zählte. Weder sein Wissen noch seine Kraft konnten ihm helfen. Einzig das Vertrauen in die Macht Yehwohs und der beharrliche Wille sich nicht von dem *Koach* trennen zu lassen halfen ihm in diesem Chaos zu bestehen.

Dann erreichte das Wasser sein Kinn, die Strömung drohte ihn von den Füßen zu reißen. Ein letzter Blick verriet ihm, dass es höchstens noch fünfzig Fuß bis zu dem Auge in der nächsten Höhle waren. Er konnte den Felssockel aus der Gischt aufragen sehen, oben das karminrote Strahlen. Näher würde er nicht herankommen können, nicht auf seinen eigenen Füßen.

Yonathan drehte sich um, schätzte noch einmal die Entfernung und jagte einen blauen Kugelblitz den Tunnel hinab. Etwa dreißig Fuß weiter explodierte die Höhlendecke, gerade weit genug, genau zum richtigen Zeitpunkt.

Wie in einem gewaltigen Aufbäumen presste der Fluss die letzte Luft aus dem Tunnel, schleuderte das Wasser gegen den Stabträger. Aber hinter Yonathan hatte sich unvermittelt ein Hindernis aufgetürmt – die eingestürzte Decke verstopfte das Flussbett. So konnte der Strom seinen Weg nicht fortsetzen und machte unverrichteter Dinge kehrt.

Die zurückschlagende Welle packte Yonathan und trug ihn genau auf das Auge zu. Er wirbelte herum, wusste nicht, wo oben und unten war. Nur die Aura des Stabes verhinderte, dass sein Körper an Klippen und Felsen zerschunden wurde. Die Luft ging ihm aus. Er entzog dem gleißenden Mantel den ersten Atemzug.

Das nachschießende Wasser füllte schnell den gesamten Höhlenraum sowohl in der Breite als auch in der Höhe aus, die Strömung riss ab. Yonathan schwebte unter Wasser inmitten eines Sees, der von einem gespenstischen roten Licht erleuchtet wurde.

Grimmige Befriedigung erfüllte ihn, sein Plan war aufgegangen. Er hatte das Auge in die Enge getrieben und jetzt zeigte es ihm wie ein Leuchtturm sogar noch die Richtung an. Er füllte seine Lungen wieder mit Sauerstoff.

Mit ausgreifenden Bewegungen bahnte er sich seinen Weg durch Wasser und wabernde Verteidiger. Die Visionen der Quallenwesen hatten an Schrecklichkeit verloren und ihre Zahl nahm immer weiter ab. Yonathan ahnte, dass er es hier in Wirklichkeit mit einem einzigen Hüter zu tun hatte, der sich nun vielleicht für den alles entscheidenden Angriff »sammelte«. Auch er, Yonathan, mobilisierte die letzten Kräfte, schnappte noch einmal nach Luft.

Endlich erreichte er den Sockel des Auges. In seinen Ohren hämmerte der eigene Herzschlag, rauschte das eigene Blut. Er fühlte sich schwindlig, sog das letzte Quantum kostbarer Atemluft aus seinem flirrenden Schutz. Mit großer Anstrengung holte er aus; der Knauf des Stabes schwang gegen den Widerstand des Wassers über seinen Rücken langsam nach hinten. Da begann vor seinen Augen der Bannstein zu verschwimmen. Er kniff die Lider zusammen, schüttelte den Kopf und fixierte das Ziel erneut. Zu seiner Beunruhigung sah Yonathan jetzt *zwei* glühende Steine. Verzweifelt ließ er das Kopfstück des Stabes nach vorne gleiten – und traf nur das Trugbild.

Der Schwung des Hiebes hätte ihn beinahe kopfunter gewirbelt. Seine Glieder waren schwer wie Blei. Er fühlte sich unendlich müde. Noch einmal überwand er die Kraftlosigkeit, ignorierte das Schmerzen seines Körpers. Rudernd brachte er sich erneut in eine aufrechte Position. Doch welches der vier oder fünf Augen, die er inzwischen sah, sollte er angreifen? Wieder schloss er die Lider. Goel hatte ihn einst gelehrt, sich nicht vom Äußeren täuschen zu lassen: »Auge und Ohr sind sehr leichtgläubig, Geschan.«

Yonathan verwandte einen Teil seiner kostbaren Energie für die Kraft der *Bewegung*. »Schau in dich hinein. Folge deinem Gefühl – erinnere dich an das, was du von mir gelernt hast.« Goel war ein guter Lehrer. In einem Halbkreis tasteten Yonathans unsichtbare Fühler das Terrain vor ihm ab. Dann stießen sie gegen das Hindernis.

Längst war der Stab wieder zurückgeschwungen. Yonathan wusste, dass er nur noch diesen einen Versuch hatte. Die Luft war verbraucht. Wenn er sein Ziel verfehlte, würde ihm keine Kraft für einen weiteren Hieb bleiben.

Der goldene Knauf rauschte durchs Wasser. Als er das Auge traf, wurden die Grundfesten des Palastberges erschüttert. In ein kompliziertes System aus Gängen und Wasseradern, ein verwirrendes Geflecht aus Spalten und Schächten, das sich verborgen unter der Stadt des Lichts hinzog, wurde mit Urgewalt eine sprudelnde, dampfende Flut gepresst. Überall in der Stadt schossen karminrote Fontänen aus dem Boden. Wie klaffende Wunden spien Brunnen das Wasser zum Himmel empor. Die Menschen vergaßen die Schlacht, die vor den Toren tobte, und blickten entsetzt auf die blutende Erde. Innerhalb und außerhalb der Stadtmauern erhob sich ein vielstimmiges Geschrei – drinnen zunächst hervorgerufen durch den Schrecken, der aber bald vom Jubel abgelöst wurde; draußen herrschte blankes Entsetzen, weil der lockende Ruf aus dem Innern der Stadt plötzlich verstummt und dem Todesschmerz gewichen war.

Yonathan wusste von alldem nichts. Zum zweiten Mal an diesem Tag hatte er jede Kontrolle über seinen Körper verloren. Die Wucht der Explosion sprengte die Felsmassen, mit denen er den Tunnel verstopft hatte, wie einen Korken heraus und das Wasser riss alles mit sich: Geröll, Felsbrocken und einen Menschen ...

Nur das letzte Glimmen der Aura hatte verhindern können, dass Yonathans Leib zerschmettert wurde. Seine Freunde fanden ihn am Rande des Salzsees, in den der vergessene Fluss mündete. Yonathan war bei Besinnung – trotz seiner völligen Erschöpfung.

»Langsam lerne ich mit den Augen umzugehen«, lallte Yonathan, als Gimbar ihn vorsichtig aufrichtete.

»Noch ein paar solcher Versuche und du schaffst es wirklich dich umzubringen.«

»Aber ich bin bei Bewusstsein!«

»Darunter verstehe ich etwas anderes.«

»Aber schau mich doch an ...!«

»Lieber nicht. Ich könnte einen Weinkrampf bekommen.«

»Sehe ich wirklich so schlimm aus?«

»Schlimmer, Yonathan«, mischte sich Yomis besorgte Stimme ein. »Unheimlich viel schlimmer!«

Yonathan drehte den Kopf seinem strohblonden Freund zu und seufzte. »Na gut. Wenn ihr alle dieser Meinung seid, dann werde ich mir etwas mehr Ruhe gönnen, bis ich – wie nannte das Gimbar doch eben? – den nächsten Versuch unternehme.«

XIV.
Stumme Wächter

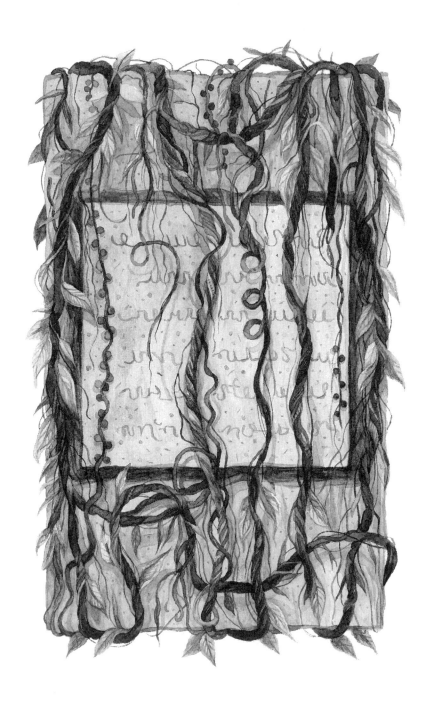

wei Stunden vor Mittag erwachte er. Jemand hatte seine Hand ergriffen und es war unmöglich gewesen sie dem festen Griff zu entwinden. Als er die Augen öffnete, sah er Bithya neben dem Bett sitzen. Sie wirkte sehr müde. Aber sie lächelte.

»Ich wollte nur schauen, ob du noch lebst«, sagte eine Stimme, die nicht ihr gehörte.

Yonathan drehte den Kopf zur anderen Seite und blickte in Gimbars Grinsen. »Natürlich lebe ich noch.« Er verzog das Gesicht zu einer schmerzerfüllten Grimasse und fasste sich an die Schläfe.

»Als selbstverständlich würde ich das allerdings nicht bezeichnen.«

Yomis zerzauster Haarschopf schob sich in Yonathans Gesichtsfeld. »Wir kommen, um dich zur Krönung des neuen Kaisers abzuholen.«

»Felin?«

»Woher wusstest du das?«

»Hört schon auf, mich wie einen bettlägerigen alten Mann zu behandeln. Wie lange habe ich geschlafen?«

»Mindestens zwölf Stunden«, antwortete Yomi. »Heute früh, bei Sonnenaufgang, wurde Bomas in der kaiserlichen Familiengruft beigesetzt, aber Felin bestand darauf, dich ruhen zu lassen.«

»Was ist mit Garmok?«

»Er hat gestern die Ostseite des kaiserlichen Rosengartens abgegrast. Jetzt ist er gerade mit der Westseite beschäftigt.«

»Gut. Ich weiß von Garmok, dass er spätestens morgen früh nach *Har-Liwjathan* zurückfliegen will; er muss vor Ablauf einer Woche das Wasser des Akeldama-Sees trinken, sonst stirbt er. Das heißt, wir haben nur den heutigen Tag – genau genommen sogar nur die Hälfte davon –, um uns von ihm nach Norden tragen zu lassen.«

»Siehst du«, sagte Gimbar zu Yomi. »Ich hatte dir doch gesagt, dass er noch nicht bei Verstand sein würde.«

»Es ist mein Ernst«, entgegnete Yonathan.

»Du musst dich ausruhen, Yonathan. Sonst fällst du mit einem Mal tot um, ehe du es bemerkst. Ich werde auf keinen Fall zulassen, dass du schon wieder auf Augenjagd gehst, bevor du dich nicht ausgeruht hast.«

Yonathan überlegte, ob Gimbar dazu fähig sein könnte sich auf ihn zu stürzen und ihn ans Bett zu fesseln; verbissen und grimmig genug sah er auf jeden Fall aus. »Also gut«, lenkte er ein. »Schließen wir einen Handel.«

»Für ein gutes Geschäft bin ich immer zu haben«, antwortete Gimbar. Sein Gesicht war nun ausdruckslos – einmal abgesehen von der zuckenden Nasenspitze.

Yonathan richtete sich im Bett auf, atmete tief durch und erklärte: »Es wäre wirklich dumm die Möglichkeit auszuschlagen, die sich uns durch Garmok bietet. Mit Schiff und Pferd würden wir Wochen für eine Entfernung vergeuden, die er in einem halben Tag zurücklegen kann. Unser Auftrag ist zu wichtig. Ich schlage daher vor, dass wir gleich nach Felins Krönung abfliegen. Heute Abend dann errichten wir ein Lager, in dem ich mich so lange ausruhe, bis ich den zukünftigen Strapazen gewachsen bin. Was haltet ihr davon?«

Gimbar blickte Yomi an und tuschelte hinter vorgehaltener Hand, aber so, dass ihn Yonathan noch verstehen konnte: »Was meinst du? Will er uns reinlegen?«

Yomi zuckte die Achseln und ließ Yonathan nicht aus den Augen. »Könnte natürlich sein. Er ist ziemlich gerissen.«

»Könntet ihr vielleicht ein einziges Mal ernst sein?«, fuhr Yonathan verärgert dazwischen.

»Und du wirst das Lager wirklich nicht eher verlassen, als bis du dich erholt hast?«, setzte Gimbar nach.
»Ich wiederhole mich nicht gern.«
»Unter einer Bedingung.«
Yonathan verdrehte die Augen zur Decke und seufzte. »Und die wäre?«
»Nach der Krönung wird erst etwas gegessen.«

Die Kaiserin erlitt den zweiten Zusammenbruch an diesem Tag. Die Beisetzung ihres Erstgeborenen war so schmucklos wie diejenige ihres Gatten gewesen, aber die schlichte Krönung Felins gab ihr dann den Rest.
Wie schon sein Bruder hatte auch Felin darauf verzichtet, im großen Thronsaal des Sedin-Palastes zum Kaiser ausgerufen zu werden. Jede größere Krönungsfeier wäre eine unannehmbare Respektlosigkeit, so Felin. Der Tod seines Vaters, des Bruders und all der tapferen Kämpfer auf den Mauern der Stadt seien ein schlechter Anlass für Freudenfeiern. Er bestand auf einer bescheidenen Zeremonie, bei der Yonathan seinen Segen sprechen und ein Gebet an Yehwoh richten sollte. Die engsten Berater des letzten Kaisers – soweit sie noch lebten – scharten sich um den Thron im Saal der Rechtsprechung. Hinzu kamen Felins Mutter, einige Freunde wie Scheli, Schelima und ihre Kinder, der alte Glasmachermeister Belvin sowie Yamina.
Yamina hatte einen Ehrenplatz, gleich neben der schluchzenden Kaisermutter. Ihr langes, ultramarinfarbenes Kleid passte hervorragend zu dem glatten, schwarzen Haar und ihre Schönheit zog während der Krönungszeremonie immer wieder den Blick Felins auf sich.
Yonathan konnte beobachten, dass seine ehemalige Reisegefährtin den Augen des jungen Herrschers mindestens ebenso viel Interesse entgegenbrachte.
Felin schien sich innerlich gefangen zu haben. Jahrelang hatte er unter der Benachteiligung durch seinen Vater gelitten und war schließlich zu einem ernsten jungen Mann mit stets traurigen Augen geworden. Der plötzliche Verlust von Vater und Bru-

der hatten ihm eine große Verantwortung aufgebürdet. Felin hatte dringend Trost gebraucht. Und anscheinend hatte Yonathan ihm genau diesen auf Drachenschwingen herbeigeschafft – wie gut, dass Yamina so beharrlich gewesen war. Sollte sich zwischen dem jungen Kaiser und der Prinzessin der Ostleute tatsächlich eine engere Beziehung entwickeln, war dies sicherlich das schönste Geschenk, das seinen beiden Gefährten zuteil werden konnte.

Das Essen nach der Krönung glich einer erweiterten Ratssitzung. Es wurden die Ereignisse der vergangenen Tage besprochen und Pläne für die nächste Zukunft geschmiedet. Die Stimmung war zwar nicht ausgelassen – der Tod geliebter oder zumindest geachteter Menschen beschäftigte die Anwesenden noch viel zu sehr –, doch auf Felins ausdrücklichen Wunsch hin konzentrierte man sich auf die erfreulichen Dinge, zumal die Belagerung durch das témánahische Heer nach der Vernichtung des Auges zusammengebrochen war.

Gurgi hatte gespürt, dass sich die Gefühlslage der Menschen gebessert hatte, und dies zum Anlass genommen, um an der langen Tafel ein ums andere Mal auf Beutezug zu gehen. Wenn sich eine Delikatesse nicht erbetteln ließ, wurde sie listenreich erobert – ganz zum Vergnügen der kleinen Aïscha und ihres Bruders Schelibar. Gimbar genoss die Zeit mit seiner Familie wie einen seltenen Wein. Yonathan hatte ihm angeboten in Cedanor bei Frau und Kindern zu bleiben, aber er war nicht davon abzubringen gewesen, ihn so lange zu begleiten, »bis das letzte Auge Bar-Hazzats ausgelöscht ist«.

Yamina verzichtete mit ungewohnter Bereitwilligkeit auf eine Weiterreise. Bithya dagegen erwies sich als schwierigerer Fall. Sie hätte Yonathan am liebsten ans Krankenbett gekettet. Als sich das aber als undurchführbar herausstellte, erklärte sie sich in einem längeren Gespräch unter vier Augen – widerstrebend und unter Tränen – bereit Yonathan ziehen zu lassen. Er musste ihr aber versprechen, nach seiner Rückkehr ernsthaft die Möglichkeit einer Heirat in Erwägung zu ziehen. Sein Argument, dass sie beide für derartige »Ernsthaftigkeiten« wohl noch etwas zu jung seien, wischte Bithya mit der Bemerkung beiseite: »Du bist der siebte Richter von Neschan. Wenn du der Hirte für eine ganze Welt sein willst, dann wirst du doch wohl auch eine einzige schwache Frau schützen können, oder?«

»Auf das Wort ›schwach‹ würde ich verzichten«, murrte Yonathan, brachte sonst aber keinen weiteren Einwand vor.

Beim Krönungsmahl strahlte Bithya würdige Gelassenheit aus, ganz die reife, erfahrene Frau – eine Rolle, die zu ihrem zarten, jugendlichen Erscheinungsbild schwer passen wollte. Wenn Gurgi ihr ein Beutestück zutrug, empfing sie das Masch-Masch-Weibchen mit nachsichtigem Lächeln, und wenn Aïscha einmal nicht Felin anstarrte oder dem kleinen Pelztier hinterherjagte, übte Bithya an ihr mütterliche Fürsorglichkeit. Sie wusste das Pfand sicher, ihr schweres Herz war eine andere Sache.

Durch den Verzicht der beiden Frauen stand ein Transportsack zur freien Verfügung und Yomi war derjenige, der auf eigenes Drängen hin als Passagier nachrückte. Noch an Yonathans Bett hatte er die ganze Angelegenheit in wenigen Worten auf den Punkt gebracht.

»Du willst ins Verborgene Land und außer dir kenne nur ich mich dort aus. Du brauchst mich also unheimlich dringend.«

Eigentlich freute sich Yonathan ja über den Eifer seines alten Freundes, trotz aller Gefahren, die mit dieser Reise verbunden waren. Nach außen hin zeigte er sich aber bestenfalls verhandlungsbereit.

»Ich nehme dich nur mit, wenn du mir eine Bitte erfüllst.«

»Es gibt ziemlich wenig, was ich von mir aus tun kann. An was hattest du denn gedacht?«

»Überrede deinen Vater, dass er so bald wie möglich mit der *Weltwind* zur Westküste des Verborgenen Landes aufbricht.«

Yomi runzelte die Stirn. »Und wozu soll das gut sein?«

»Ich möchte, dass er uns dort an Bord nimmt.«

»Findest du nicht, dass es unheimlich ungenau ist, ihn einfach nur an die *Westküste* zu bestellen?«

»Wenn du ihn fragst, kannst du gleich eine Seekarte besorgen. Ich zeige dir dann, wo er ankern soll.«

Skepsis stand im Gesicht des fünfundzwanzigjährigen Seemanns. »Es dürfte ziemlich schwierig sein, das Verborgene Land an der Stelle zu verlassen, wo *wir* es beabsichtigen. Ich muss dich nicht an die sieben Wächter erinnern.«

»Du hast Recht. Ich glaube, ich kenne eine Möglichkeit, wie wir die *Weltwind* finden können – oder besser, wie sie uns finden wird. Aber darüber lass uns später sprechen, wenn Kaldek dabei ist.«

Yomis Adoptivvater hatte die Vorschläge Yonathans als »reichlich haarsträubend« befunden, da sie aber vom siebten Richter unterbreitet worden waren, willigte er schließlich ein.

Das Essen zu Ehren des jungen Kaisers endete mit einigen »Planungen zur weiteren Verfahrensweise im Hinblick auf das témánahische Heer«. Der Herzog von Doldoban hatte schon entsprechende Vorschläge ausgearbeitet und berichtete vom aktuellen Stand der Kämpfe.

»Nachdem Geschan das Auge Bar-Hazzats ausgeschaltet hatte, brachen die Streitkräfte des Südreiches auseinander wie eine durchgerostete Rüstung. Die Angreifer schrien zunächst und wälzten sich auf dem Boden, dann flüchteten sie in alle Himmelsrichtungen. Diejenigen, die nicht im Cedan ertrunken oder in den Sümpfen versunken sind, haben jetzt unsere Truppen im Nacken. Es ist erstaunlich, wie viel Energie Bomas' Männer noch aufbringen können, um die Verfolger der letzten Wochen jetzt selbst durchs Land zu hetzen.«

»Setzt ihnen weiter nach«, wies Felin den Herzog an. »Wir dürfen ihnen keine Ruhe gönnen. Zu oft schon hat sich das Heer Témánahs von einer Niederlage erholt, die wir ihm zufügten, nur um nachher mit umso größerer Macht wieder gegen uns anzurennen. Ich sage es nicht gern, aber wir müssen ein für allemal verhindern, dass so etwas wieder geschehen kann. Wie denkt der Richter darüber? Bin ich zu hart?« Felin blickte zu Yonathan hinüber.

Der schüttelte ernst den Kopf. Es fiel ihm schwer die Wahrheit auszusprechen. »Manche Geschwüre muss man restlos herausschneiden, weil sie sonst den ganzen Organismus vergiften.

Témánahs Saat ist von Grund auf böse, das haben wir alle schmerzlich erfahren müssen. Ich habe den Rauch der Menschenopfer gesehen und ihr alle habt die blinde Mordlust des Heers erlebt. Ich muss dir Recht geben, Felin. Allerdings kann die Gefahr nur dadurch für immer gebannt werden, dass der dunkle Herrscher selbst ausgeschaltet wird. Aber das soll nicht dein Problem sein.«

Felin nickte ernst. Auch er hätte Yonathan gerne begleitet, aber er wusste, dass der Kaiser im Augenblick dringender in der Stadt des Lichts benötigt wurde.

»Ich selbst werde ab morgen die Berge von Zurim-Kapporeth durchkämmen. Es ist mein altes Jagdgebiet; niemand kennt sich dort so gut aus wie ich. Wenn wir alles von der témánahischen Brut gereinigt haben, wird es einiges für mich zu tun geben. Das Land hat schwer gelitten. Es wird nicht leicht sein ihm den Frieden zurückzugeben.«

Die Verabschiedung der drei Drachenreiter nahm einige Zeit in Anspruch. Schultern wurden geklopft, Hände geschüttelt, es flossen Tränen – die Kaiserinmutter war in ihrem Element.

Garmoks Start übertraf alle Erwartungen. Gimbar erinnerte sich an seine Absicht, nie wieder mit dem Drachen zu fliegen, und schalt sich einen unverbesserlichen Narren. Yonathan konnte über diese »Unbequemlichkeit«, wie er sie nannte, hinwegsehen, tröstete ihn doch die Aussicht auf einige Stunden Schlaf. Yomi hingegen genoss die Tortur.

Da der Palastpark nicht genügend Anlauf für den Drachen ermöglichte, verlegte sich dieser auf die vom heimischen *Har-Liwjathan* her bewährte Methode des Sturzstarts. Mit einem gewaltigen Satz sprang er über die Palastmauer und ließ sich in die Tiefe fallen. Da der »Thron des Himmels« nicht die Höhe des Drachenberges aufwies, geriet das Unternehmen zu einem waghalsigen Abenteuer. Dicht über den Dächern der Stadt erst konnte Garmok den Sturz abfangen und seine Fluglage stabilisieren. Dieses Manöver hatte allerdings einigen Beamtenheimen ihre Dachziegel gekostet.

Das gigantische Flugwesen gewann schnell an Höhe. Unter mächtigen Flügelschlägen und den Beifallsbekundungen der Bevölkerung schraubte sich der Drache in die Wolken empor. Als die letzten Freudenrufe verklangen, schlief Yonathan bereits tief und fest.

Die Luft hatte plötzlich Schlaglöcher bekommen. Jedenfalls empfand es Yonathan so, als heftige Turbulenzen ihn jäh aus dem Schlaf rissen. Wie sich schnell herausstellte, hatte der Drache sein Flugverhalten absichtlich verschlechtert, um Yonathan zu wecken.

»Bist du erwacht?«

»Das ließ sich nicht vermeiden, so wie du durch die Luft holperst.«

Garmok hatte Schwierigkeiten Yonathans undeutliche Gedankenbilder zu verstehen. »Wer stolpert durch die Luft?«

»Lass nur. Warum hast du mich geweckt?«

»Das Hereinbrechen der Nacht ist in vollem Gange.«

Von einem Augenblick zum nächsten war Yonathan hellwach. Er musste mindestens sechs Stunden geschlafen haben. »Sind wir schon über dem Verborgenen Land?«

»Gerade deshalb war mein Stören vonnöten: ja. Aber eine Landung ist hier nirgendwo möglich.«

»Wie meinst du das?«

»Hinter den Grenzbergen beginnt sofort der Regenwald. Die Bäume sind selbst für mich zu groß, um sie beim Herabschweben umknicken zu können.«

Einerseits beruhigte Yonathan die Nachricht, dass ihm eine Bruchlandung erspart blieb, andererseits erschreckte ihn, was daraus folgte: Das Verborgene Land war kein Park, den jeder nach Belieben betreten oder verlassen konnte. Ein Fluch lastete auf der großen Halbinsel, die ringsum von hohen Bergen eingeschlossen wurde. Sieben Wächter hüteten die Zugänge, und nachdem Yonathan bereits einige von ihnen kennen gelernt hatte, verspürte er wenig Neigung zu neuen Bekanntschaften dieser Art.

»Kannst du nicht noch ein wenig weiterfliegen?«, erkundigte er sich.

»Nein«, kam die prompte Antwort. »Es wäre eine Gefahr, nicht nur für mich, sondern auch für euch. Diese Gegend ist mir fremd und es gibt kein Leuchten wie auf meinem Drachenberg, das mir den Weg weisen könnte.«

»Hast du wenigstens in der Nähe eine Stelle gesehen, wo du niedergehen kannst?«

»Ja. Es gibt ein tiefes, langes Tal. Kurz vor den Bäumen wird es für mich zu schmal, aber eine Wenigkeit weiter östlich ist die Landung nicht schwer. Bestimmt ist ein Betreten des Verborgenen Landes von dort aus in wenigen Stunden möglich.«

Irgendetwas an Garmoks letztem Gedanken ließ Yonathan stutzig werden. »Warum bist du dir da so sicher?«

»Sieh selbst«, forderte der Drache seinen Reiter auf.

Yonathan kämpfte sich zur Öffnung des Transportsacks hinauf. Als er über den Rand spähte, konnte er in der Dämmerung erkennen, was Garmok meinte.

Gerade überflog der Drache die letzten Baumriesen und hielt auf einen engen Taleinschnitt zu, an dessen beiden Seiten Felswände wie die Mauern eines gigantischen Wehrgangs aufragten. Unmittelbar am Ausgang des Tals kauerten zwei trutzige Türme wie versteinerte Wächter. Der Weg zwischen ihnen hindurch war mit kleinen Felsnadeln gespickt.

Yonathan hielt den Atem an. Ihm fiel die Strophe des alten Gedichts über die sieben Wächter des Verborgenen Landes ein:

Zwei Ohren, die lauschen in verlass'nem Gemäuer,
Verwandeln zu Stein, wessen Drängen sie stört.

Schon waren die Türme unter dem Drachen zurückgeblieben und Yonathan konnte nicht mehr feststellen, ob sie irgendeine Ähnlichkeit mit »Ohren« besaßen.

Die Schlucht wurde im weiteren Verlauf breiter, sodass Garmok genügend Raum zum Manövrieren fand. Zur Erleichterung aller Passagiere wählte er diesmal die sanftere Furchenlandung:

Seine robusten Klauen gruben sich in eine einsame Bergwiese und nach einigem Schlittern und Hüpfen kam er sicher zum Stehen.

Yomi war der Erste, der sich aus seinem Transportbehältnis befreite. Er wählte nicht den kürzesten Weg zum Boden, sondern hangelte erst noch ein wenig auf dem Drachen herum. Yonathan wunderte sich nicht zum ersten Mal über die Geschicklichkeit, die der hagere, lange Seemann beim Klettern an den Tag legte, wo er doch ansonsten eher unbeholfen wirkte.

»Da wird einem ja schon vom Zusehen übel«, kommentierte Gimbar die Tollkühnheit seines Freundes.

»Lass ihn«, erwiderte Yonathan schmunzelnd. »Du weißt doch, dass alle Jungen gerne klettern. Und Yomi ist eben ein großer Junge geblieben.«

»Ein *unheimlich* großer, um seine Worte zu benutzen.«

In ihr Lachen mischte sich Garmoks Stimme. »Noch eine Kleinigkeit weiter hinten.«

»Hier?«, rief Yomi zum Drachenkopf hin.

»Ja. So ist es gut. Und jetzt heftig scharren – mit dem Fuß.«

»Was machen die da?«, fragte Gimbar verdutzt.

»Ich glaube, Yo kratzt ihm den Rücken«, erwiderte Yonathan und schüttelte lächelnd den Kopf.

Am nächsten Morgen mussten sich die Freunde von Garmok verabschieden. Der Drache entschuldigte sich wohl ein Dutzend Mal, weil er seine Freunde nun im Stich ließe, und Yonathan erwiderte mindestens ebenso oft, dass das Leben seines Verbündeten ihm wichtiger sei als ein schnelles Vorwärtskommen. In einer Hinsicht musste er den schuppigen Freund aber noch necken.

»Als wir vor vier Tagen in deiner Höhle aufeinander trafen, hast du behauptet, du könntest die nächsten tausend Jahre dort sitzen bleiben und beobachten, was ich tue. Ist es bei Drachen üblich von ›tausend Jahren‹ zu sprechen, wenn sie ›eine Woche‹ meinen?«

»Das war ein geringfügiges Flunkern«, gab der Drache zu. »Eine Notlüge.«

»Für den Belogenen gibt es keine Notlügen«, erwiderte Yonathan scheinbar streng. »Für ihn sind alle Unwahrheiten gleich – sie töten das Vertrauen.« Dann musste er aber doch grinsen.

Garmok nahm die Ermahnung trotzdem ernst. »Damals stand ich unter dem Einfluss des Auges. Aber ich gebe dir mein Drachenehrenwort: Ein Lügen wird es für mich nie mehr geben!«

»Schon gut. Ich werde allen Menschen erzählen, dass Drachen die vertrauenswürdigsten Geschöpfe sind, die jemals ihren Schatten auf den Boden Neschans geworfen haben.«

»Du beschämst mich.« Garmok schlug die roten Augen nieder und murmelte: »Hoffentlich schenkt man dir Glauben.«

»Bestimmt. Aber ehe du abfliegst, hätte ich noch eine letzte Frage.«

»Stelle sie. Drachen wissen viele Antworten.«

»Du kennst das Gedicht von den sieben Wächtern des Verborgenen Landes?«

»Gewiss.«

»Wo befindet sich der Wächter im Westen?«

»Du meinst …?«

Yonathan nickte und wiederholte den alten Vers.

Und schließlich der Rachen, er füllt seinen Bauch,
Die Neugier bestraft er mit tödlicher Wut.

»Es gibt ein Loch in der Erde«, sagte Garmok. »Für Drachen sehr interessant!«

»Wie meinst du das?«

»Seine Wände sind ringsum mit kostbaren Gemmen besetzt.«

»Ich nehme an, dass es unklug wäre, seiner ›Neugier‹ in Bezug auf diese Juwelen nachzugeben«, schlussfolgerte Yonathan.

»Wenn selbst Drachen diesen Ort meiden, dann sollte es eine Warnung für jeden sein. Vielleicht …«

»Schon gut«, unterbrach Yonathan den Drachen. »Alles zu seiner Zeit.« Er glaubte verstanden zu haben, worum es bei dem Rachen-Wächter ging. Garmok erklärte ihm noch ausführlich, wo er das Westtor des Verborgenen Landes finden konnte. Das

Geheimnis der beiden Türme am Ausgang des Tals kannte jedoch selbst er nicht.

So war nun endgültig der Augenblick des Abschieds gekommen. Da die Größe des Schuppenwesens jeden Versuch einer Umarmung von vornherein unmöglich machte, blieben nur verlegene Worte. Yonathan saß ein dicker Kloß im Hals und er konnte kaum zum Ausdruck bringen, was ihm wirklich auf dem Herzen lag. Auch Yomi, der den Drachen ja erst kurz kannte, war bewegt, zerdrückte sogar ein, zwei Tränen in den Augenwinkeln. Gimbar fiel das Lebewohlsagen noch am leichtesten.

Aus der sicheren Deckung einiger Felsbrocken verfolgten die drei Freunde den Abflug Garmoks. Mit weiten Sätzen sprang das riesige Tier das Tal hinab, gewann an Geschwindigkeit und fing mit ausgebreiteten Flügeln den Wind ein, der es schnell den niedrigen Wolken entgegentrug. Mit einer letzten Schleife, vor dem Eintauchen in das bauschige Himmelsband, formte es den Buchstaben *Taw*, der das neschanische Alphabet beschließt.

»Er hat uns gerade noch einmal Lebewohl gesagt«, murmelte Yonathan, den Kopf weit im Nacken.

»Ein unheimlich beeindruckender Gefährte!«, entfuhr es Yomi. »Ich werde ihn so schnell nicht vergessen.«

»Ich auch nicht«, fügte Gimbar hinzu.

Yonathan hielt sein Versprechen – er ruhte sich aus und schlief die meiste Zeit. Gimbar dagegen konnte nicht ruhig sitzen bleiben. Schon bald nach Garmoks Abreise musste er seinen Beinen, wie er beteuerte, unbedingt Auslauf verschaffen. Er wollte ein wenig auf die von Yonathan erwähnten Türme zuwandern.

»Aber halt dich von ihnen fern!«, mahnte jener. »Versuche auf keinen Fall an ihnen vorbeizugehen.«

Gimbar verstand Yonathans Aufregung nicht. »Schon gut, schon gut. Findest du nicht, dass du übertreibst?«

»Nein.«

»Hör lieber auf Yonathan«, riet nun auch Yomi. »Das Verborgene Land hat seine eigenen Gesetze. Wer sie nicht kennt, kann ziemlich schnell abhanden kommen.«

»Abhanden?«

»Von Bäumen eingekleistert, von Untieren gefressen – etwas in der Art eben.«

Gimbar schluckte. Er erinnerte sich an die Erzählungen seiner beiden Gefährten. »Ich werde mich vorsehen. Ganz bestimmt!«, versprach er.

Während Yonathan seiner Erschöpfung nachgab, erlebte Yomi einen ereignislosen Nachmittag. Schließlich waren mehrere Stunden vergangen, seit Gimbar zu den Türmen aufgebrochen war. Allmählich begann Yomi sich ernsthaft zu sorgen.

Am liebsten hätte der hochgewachsene Seemann sich auf die Suche nach dem Freund gemacht, aber er wollte Yonathan nicht allein lassen. Mit zunehmender Ungeduld stapfte Yomi zwischen kargem Gras und den weißgrauen, überall aus der Erde ragenden Felsen herum, nie weiter als einen Steinwurf vom Lager entfernt, und suchte nach Lebenszeichen des vermissten Gefährten. Einmal rief er sogar Gimbars Namen. Ein zum Misserfolg verurteiltes Vorhaben, wie er bald merkte – ganz in der Nähe stürzte ein schmaler Wasserfall aus großer Höhe in das Tal hinab und erstickte mit seinem Getöse jeden anderen Laut.

Als der Abend nahte, konnte Yomi die Ungewissheit nicht mehr aushalten.

Yonathans sorgloser Schlummer wurde durch ein heftiges Schütteln gestört.

»Was ist?«, brummte er kaum verständlich und wollte sich wieder umdrehen.

»Yonathan!«, rief Yomi streng. »Du kannst jetzt nicht schlafen. Gimbar ist immer noch nicht zurück.«

Yonathan war schlagartig hellwach. »Wie spät ist es?«

»In höchstens zwei Stunden geht die Sonne unter.«

»Er ist die ganze Zeit fort gewesen?«

Yomi nickte.

»Nimm dir zwei Fackeln.« Yonathan griff zum Stab und sprang auf die Beine. »Wenn die Sonne erst einmal weg ist, wird es hier in den Bergen sehr schnell dunkel. Wir wollen Gimbar lieber entgegengehen.«

Yomi suchte Fackeln, Feuerstein, Stahl und Zunder zusammen und hastete Yonathan hinterher, der schon vorausgeeilt war.

Bereits nach einer Meile hatte sich das Tal zu einem schmalen Hohlweg zusammengezogen. Links und rechts ragten die grauen Felswände steil empor.

»Irgendwie unheimlich«, flüsterte Yomi, während er neben Yonathan herging. »Als hätte ein Riese seine Axt in den Berg getrieben.«

»Vielleicht liegst du da gar nicht so falsch«, erwiderte der Stabträger, ohne den Blick von dem unebenen Pfad zu nehmen.

»Wie meinst du das?«

»Das Verborgene Land wäre kein *verborgenes* Land, wenn man es von überall her bequem erreichen könnte. Yehwoh hat es verschlossen, damit kein Volk sich jemals wieder hier niederlassen kann und die scheußlichen Riten fortführt, denen der Richter Yenoach mit der Zerstörung des Baumes Zephon und der Verfluchung der Stadt Ha-Gibbor ein Ende setzte.«

»Dann hat also Yehwoh selbst diese Schlucht in den Berg geschlagen?«

»Eher umgekehrt: Er hat das Tal bis auf diesen schmalen Durchlass geschlossen.«

»Geschlossen? Soll das heißen, er hat die Berge einfach zusammengeschoben?«

»Wenn du so willst.«

»Warum hat er das Tal nicht ganz verschwinden lassen? Dann wäre das Verborgene Land von dieser Seite aus dicht.«

Zum ersten Mal seit zwei Meilen blickte Yonathan zu Yomi auf. »Vielleicht weil er wusste, dass *wir* eines Tages kommen und einen Eingang suchen würden.«

Yomi blieb stehen und sah Yonathan ungläubig an. »Wir? Du meinst dich und mich und Gimbar?«

Yonathan nickte. »Die wenigen Durchlässe, die es gibt, sind gut versteckt und noch besser bewacht. Hast du dich nie gefragt, wie es uns damals gelingen konnte drei dieser Tore scheinbar problemlos zu finden und zumindest zwei von ihnen auch unbeschadet zu passieren? Ich bin fest davon überzeugt, dass all das kein Zufall war. Wir sind Teil eines großen Plans, der seit Anbeginn der Zeit besteht.«

»Aber warum strengen wir uns überhaupt an, wenn ohnehin alles vorherbestimmt ist?«

»Das habe ich nicht gesagt, Yo. Sieh es einmal so: Yehwoh hat uns aufgegeben einen vorgezeichneten Weg zu beschreiten; schließlich wissen auch die Pilger, die jedes Frühjahr nach Ganor aufbrechen, welche Route sie einschlagen werden. Aber niemand kann ahnen, ob und wie er das Ziel erreicht. Er könnte es sich auf halbem Weg anders überlegen und einfach umdrehen, vielleicht krank werden oder unter die Räuber fallen.«

»Du verstehst es, einem Mut zu machen.«

»Solange wir selbst fest entschlossen sind weiterzugehen, gibt es keinen Grund zu verzagen, Yo. Denk doch nur daran, welche riesigen Hindernisse wir mit Yehwohs Hilfe schon überwunden haben. Eigentlich bleibt da nur eines, das wir niemals zulassen dürfen: Bar-Hazzat erlauben, dass er Furcht, Zweifel oder Hass in unser Herz pflanzt.«

Yomis Gesicht war anzusehen, dass er angestrengt über Yonathans Worte nachdachte. Schließlich nickte er, lächelte schief und sagte: »Du hast Recht. So schnell lassen wir uns nicht einschüchtern. Ein Problem haben wir aber noch.«

Yonathan runzelte die Stirn.

»Wenn wir Gimbar nicht ziemlich bald finden, müssen wir das Abendessen zu zweit verdrücken.«

Die Schlucht lag bereits vollständig im Dunkeln, als Yonathan und Yomi endlich auf ihren Gefährten trafen. Selbst im gelben Licht der Fackeln wirkte Gimbars Gesicht grau.

»Was ist geschehen?«, fragte Yonathan besorgt.

»Lasst uns erst ins Lager zurückkehren«, bat Gimbar. Er wirkte nervös, blickte sich häufig um und wollte so schnell wie möglich die Enge der Schlucht verlassen. Alles Fragen und gute Zureden nutzte nichts. Erst als die drei Gefährten im Lager um ein kleines Feuer herumsaßen und Yomis Bohneneintopf zu duften begann, lockerte sich Gimbars Zunge.

»Ich habe die Wächter gesehen, von denen du erzählt hast, Yonathan.«
»Du meinst die Türme?«
Gimbar nickte. »Du hast uns doch erzählt, dass du beim Anflug vom Drachen herab seltsame Felsnadeln aus dem Boden ragen sahst.«
»Was ist damit?«
»Es sind Menschen.« Gimbar wurde sichtlich nervös. »Jeder der Felsfinger – *war* ein Mensch«, verbesserte er sich. »Oder irgendein anderes Lebewesen. Wie in Abbadon, aber unheimlicher.«
»Versteinerte Menschen?«, mischte sich Yomi ein. Er klang alles andere als begeistert.
»Mir wird jetzt noch ganz schlecht, wenn ich daran denke«, murmelte Gimbar. »In Abbadon sah alles aus wie die kuriose Figurensammlung eines schrulligen Fürsten. Aber hier ist es anders, irgendwie grauenhaft.«
»Was kann hier so unheimlich viel anders sein?«
Gimbar unterdrückte ein Frösteln. »Man kann den Schrecken auf den Gesichtern sehen.«
»Hast du dich so weit vorgewagt?«, fragte Yonathan vorwurfsvoll.
»So nah musste ich gar nicht heran. Die Gesichter waren derart verzerrt, dass ich es schon von weitem erkennen konnte. Auch die Haltung der erstarrten Körper ... als würden Schlangen ihnen die Luft abschnüren und die Unglücklichen wollten sich noch verzweifelt aus deren Umklammerung befreien ...« Ein Schauder lief dem ehemaligen Piraten über den Rücken.
»Wahrscheinlich wurden sie nicht in einem Augenblick in Stein verwandelt, sondern langsam«, vermutete Yonathan. »Kein Wunder, dass sie entsetzt waren und sich zu wehren versuchten.«
Endlich sprach Gimbar aus, was ihn anscheinend schon die ganze Zeit bedrückt hatte. »Ich möchte keine Steinfigur werden, Yonathan.«
»Das wirst du nicht.« Yonathan spürte selbst, dass seine Antwort ein wenig zu rasch gekommen war, um wirklich überzeu-

gend zu klingen. Deshalb fuhr er im selben Atemzug fort: »Ist dir sonst noch irgendetwas aufgefallen?«

»Eine Tafel«, erwiderte Gimbar nach einer kurzen Pause.

»Eine Tafel? Etwa mit der Aufschrift ›Vorsicht, Versteinerungsgefahr!‹?«

Gimbar zuckte mit den Schultern. »Ich kann es nicht sagen. Es muss ein sehr alter Text sein, vermutlich in der Sprache der Schöpfung. Die Schriftzeichen sahen jedenfalls so aus wie die auf deinem Stab.«

»Sie ähneln den Namen auf Haschevet?«

Gimbar nickte.

Yonathans Finger wanderten zu seinem rechten Ohrläppchen und begannen daran herumzuspielen. »Lasst mich ein wenig darüber nachdenken«, sagte er, stand auf und schritt langsam in die Dunkelheit.

»Wie hast du es nur angestellt genau den richtigen Stein zu treffen?«

Yomis Frage zielte auf Yonathans letzten Kampf an den Wurzeln des Palastberges. Der Stabträger hatte beim Frühstück bewusst vermieden das Problem der steingewordenen Menschen am Osteingang des Verborgenen Landes anzusprechen. Seine Vermutungen zum Geheimnis der beiden Türme waren noch zu vage, um die Freunde unnötig zu beunruhigen.

»Ich erinnerte mich an etwas, das Goel mich einmal lehrte«, antwortete er, nachdem er ein Stück Brot hinuntergeschluckt hatte.

»Ein Zaubertrick?«

Yonathan musste lächeln. »Man merkt, dass du in den letzten drei Jahren wieder unter Seeleuten gelebt hast, Yo. Nein, mit Zauberei hat das nichts zu tun. Kein neschanischer Richter hat sich je der dunklen Mächte bedient. Goels Lektion war viel einfacher. Er nahm mich mit in den Vorratsraum, im Haus der Richter Neschans. Es war genau um die Mittagszeit. Dann öffnete er eine Deckenluke, so dass die Sonne genau auf ein Fass fiel, auf das er einen Tonkrug stellte. Er lächelte mir zu und sagte:

›Schau genau auf den Krug, Geschan. Präge dir seine Form gut ein.‹ Ich tat, was er verlangte, und starrte wie gebannt auf das Gefäß. Plötzlich gab es einen Knall: Goel hatte die Klappe zufallen lassen und damit das Sonnenlicht ausgesperrt. ›Was siehst du jetzt?‹, fragte er. ›Antworte ohne lange nachzudenken.‹ – ›Ich sehe den Krug noch immer‹, antwortete ich erstaunt. Es war aber stockfinster in dem Raum. Ich hörte Goels Kichern, während er die Klappe wieder einen Spaltbreit öffnete. Verwundert bemerkte ich, dass sich nichts mehr auf dem Fass befand. ›Wann hast du den Krug weggenommen?‹, fragte ich den Meister. Er musste mir meine Verwunderung wohl angesehen haben, denn er lächelte schelmisch und antwortete: ›Sofort nachdem die Klappe zugefallen war.‹ – ›Aber ich habe den Krug doch noch gesehen‹, beteuerte ich. ›Auge und Ohr sind sehr leichtgläubig‹, gab Goel mir zurück. ›Das, was du gesehen hast, war nur ein Trugbild. Es sollte dich lehren dich nicht von Äußerlichkeiten täuschen zu lassen. Das wahre Sein der Dinge erkennt man oft nur mit dem Herzen.‹ Genau das nun habe ich getan, als mir die Luft unter dem Palastberg knapp wurde und ich nicht wusste, gegen welches der Augen ich meinen letzten Schlag führen sollte«, erklärte Yonathan leichthin. »Ich erinnerte mich an Goels Rat und konzentrierte mich auf mein inneres Auge.«

»Du hast Haschevet gehabt«, warf Gimbar ein.

»Zugegeben. Meinst du, der Kampf war deshalb unfair?«

»Meinetwegen kannst du ein Dutzend Stäbe zu Hilfe nehmen, wenn es uns nur gelingt Bar-Hazzat eins auszuwischen.«

»Ich fürchte, ich werde mit *einem* auskommen müssen. Aber ich habe ja euch. Gemeinsam – und mit Yehwohs Segen – werden wir es schon schaffen. Bald haben wir ja wieder Gelegenheit dazu – wie hast du dich ausgedrückt? – ›Bar-Hazzat eins auszuwischen‹.«

Gimbars Nase zuckte nervös. »Wir sollten nichts überstürzen, Yonathan. Du hattest versprochen dich erst gründlich zu erholen.«

Yonathan lächelte grimmig. »Keine Angst. Ich fühle mich

heute schon viel besser. Und morgen werden wir den beiden
Wächtern einen Besuch abstatten.«

Die drei Wanderer waren in der ersten Dämmerung aufgebrochen. Beim Frühstück hatte keiner einen besonderen Appetit gezeigt. Zu sehr drückte ihnen die Anspannung auf den Magen. Schweigend gingen sie dem leicht abfallenden Pfad nach, der sich zwischen den hoch aufragenden Felswänden hindurchwand. Nach etwa zweieinhalb Stunden weitete sich die Schlucht erneut.

»Gleich kommen wir zu der Tafel«, sagte Gimbar. Seine Stimme hallte seltsam verfremdet von den Felswänden wider.

Gerade folgten die Gefährten einer Wegbiegung, als sie sich plötzlich einer glattpolierten Felswand gegenübersahen. Die Tafel war direkt aus dem Stein gehauen, ungefähr sieben mal sieben Ellen groß, ein vollkommenes Quadrat, von einem schmalen Rand umgeben.

»Da hat sich aber jemand unheimlich Mühe gegeben, damit man diesen Hinweis nicht übersieht«, meinte Yomi.

»Könnte durchaus sein«, entgegnete Yonathan, der dicht vor die Tafel getreten war und den Text Buchstabe für Buchstabe studierte.

»Kannst du entziffern, was da steht?«, fragte Gimbar.

Yonathan nickte. »Es ist anscheinend ein Rätsel. Hier.« Er folgte mit dem Finger den Zeilen von rechts nach links, während er die uralten Verse zitierte:

Willst du einen Helden besiegen,
brauchst du sieben Männer, die ein Schwert zu führen wissen.

Willst du einen Riesen besiegen,
brauchst du siebenundsiebzig, die Mut und Besonnenheit zu
bewahren vermögen.

Doch willst du einen Geist besiegen,
brauchst du nur einen, der Glauben, Liebe und Hoffnung
im Herzen trägt.

Yonathans Worte verklangen und Schweigen breitete sich aus. Endlich getraute sich Yomi die Frage zu stellen, die allen im Kopf herumging. »Und was soll das heißen?«

»Es ist ein Schlüssel«, murmelte Yonathan.

»Ein ... was?«

»Die Worte verraten uns, wie wir an den Türmen vorbeikommen, ohne zu Steinsäulen zu erstarren.«

Gimbar horchte auf. »Bedeutet das, dass ein Geist dort am Eingang des Verborgenen Landes lauert und nur darauf wartet, uns zu Stein zu verwandeln?«

»Es könnten auch zwei sein.«

»Wie ...?« Panik schlich sich in Gimbars Stimme.

»In dem alten Gedicht über die sieben Wächter des Verborgenen Landes heißt es: *Zwei Ohren, die lauschen in verlass'nem Gemäuer, verwandeln zu Stein, wessen Drängen sie stört.* Bei dem ›verlass'nen Gemäuer‹ dürfte es sich um die Türme handeln, aber wem die Ohren gehören ...«

»Mir jagen all diese Sprüche jedenfalls Angst ein.«

»Das sollen sie auch, Gimbar.«

»Na, herrlich! Dann stehen wir also hier und fürchten uns zu Tode.«

»Nein – zu *Stein*. Ich glaube, dass die Gefühle der Menschen, die das Verborgene Land zu betreten versuchten, etwas damit zu tun hatten, dass sie es letztlich nicht schafften.«

»Also wird jeder, der sich fürchtet, wenn er an den Türmen vorbeigeht, versteinern?«

»So ungefähr.«

»Hervorragend! Ich werde eine sehr ästhetische Statue abgeben.«

Yonathan lachte auf. »Keine Sorge, Gimbar. Ich glaube, ich kenne das Geheimnis des Schlüssels. Yomi«, er wandte sich dem blonden Seemann zu, »erinnerst du dich noch an das Gespräch mit Din-Mikkith, dem Behmisch, damals, als ich mich von den Folgen des Grünen Nebels erholte? Ich fragte Din, ob er die sieben Wächter des Verborgenen Landes kenne, und er erzählte uns, dass er vor langer Zeit die beiden Türme und die versteinerten

Gestalten am Ausgang dieser Schlucht hier unbeschadet passiert habe.«

»Stimmt. Jetzt, wo du es sagst, erinnere ich mich wieder.«

»Als ich Din fragte, warum ihm nichts geschehen sei, scherzte er, die Türme hätten wohl gerade ein Schläfchen gehalten. Aber dann hat er etwas Interessantes hinzugefügt. Er sagte: ›Yehwohs Fluch schläft nie. Ich kann wirklich nicht sagen, warum mich die Türme vorbeiließen – vielleicht, weil ich nichts Böses im Sinn hatte, und schon gar nichts, was das Wiedereinführen der alten Kulte betraf.‹ Ich schätze, Din-Mikkith lag mit seiner Vermutung richtig.«

»Du ›schätzt‹?« Gimbar klang entsetzt. »Und was ist, wenn du dich *ver*schätzt?«

»Ich werde als Erster gehen. Wenn ich mich in Stein verwandele, dann dreht ihr einfach um und geht nach Hause.«

Yomi und Gimbar wechselten einen Blick, der Bände sprach. Sie wussten, dass ihr Auftrag zu wichtig war, um Yonathans Vorschlag ernst zu nehmen. Sie wussten aber auch, dass sie sich selten so schlecht gefühlt hatten wie in diesem Augenblick.

Yonathan ließ seinen Gefährten keine Gelegenheit zu weiterem Nachdenken und Zweifeln. Er marschierte an der Tafel mit dem Unheil verkündenden Rätsel vorbei und folgte dem breiter werdenden Pfad. Nach einem lang gezogenen Rechtsbogen tauchten die Türme auf, zuerst der südliche, dann sein nördliches Gegenstück. Beide sahen völlig gleich aus: Eng an die Felswände geduckt, überwachten sie wie die trutzigen Wehranlagen einer Grenzfestung den Weg nach Westen, ins Verborgene Land hinein, und nach Osten, möglichen Eindringlingen entgegen.

Die drei Wanderer näherten sich ihnen vorsichtig. Selbst Yonathan spürte nun, trotz aller Zuversicht, eine seltsame Schwere in den Füßen. Unmittelbar vor ihnen standen die ersten Statuen, erstarrte Gestalten, mit verzerrten Gesichtern, genau so, wie Gimbar sie beschrieben hatte.

»Ich glaube, mir wird übel«, presste der Expirat zwischen den Zähnen hervor.

»Vergesst nicht: Wir sind Diener des Lichts«, versuchte Yonathan seine Freunde zu ermutigen. Er war stehen geblieben und seine Stimme klang jetzt eindringlich, beinahe beschwörend. »Als vor langer Zeit der Baum Zephon versuchte seinen unheilvollen Samen in die Welt hinauszutragen, *musste* ihm Yehwoh Einhalt gebieten. Er sandte seinen ersten Richter, Yenoach, damit er das Land verschließe für all jene Völker, die Melech-Arez dienen. Heute wird wieder einer seiner Richter das Verborgene Land betreten. Er kommt, um Melech-Arez' und Bar-Hazzats Brut auszutilgen. Wir müssen keine Angst haben, denn wir wollen uns weder bereichern noch verfolgen wir üble Absichten. Yomi! Gimbar! Behaltet diesen Gedanken fest im Sinn, wenn ihr zwischen den beiden Türmen hindurchgeht. Habt ihr verstanden, was ich damit sagen will?«

»Ziemlich genau«, antwortete Yomi.

Gimbar nickte nur mit bleichem Gesicht.

»Gut. Ich gehe jetzt vor, zwischen den Wächtern hindurch und erwarte euch auf der anderen Seite.« Er drückte noch einmal Yomis Schulter, klopfte Gimbar ermutigend auf den Rücken und machte sich auf den Weg.

Innerlich war Yonathan längst nicht so gelassen, wie er sich nach außen hin gab. Er hatte seine Freunde nicht noch zusätzlich beunruhigen wollen. Während er auf die erste Felsnadel zuging, versuchte er seinen Sinn zu reinigen, jegliche Furcht oder zweifelnde Gedanken daraus zu verbannen.

Doch willst du einen Geist besiegen,
brauchst du nur einen, der Glauben, Liebe und Hoffnung
im Herzen trägt.

Die Worte der Steintafel hallten in ihm nach. Er selbst besaß eine große Zuversicht. Ihm war einmal offenbart worden, dass er die vollkommene Liebe besäße. Aber wie verhielt es sich mit seinen Freunden? Würden auch Yomi und Gimbar unter dem strengen Blick der beiden Wächter bestehen können?

Er ging an der ersten versteinerten Gestalt vorbei. Ein Behmisch! Din-Mikkith musste beim Anblick eines Angehörigen seiner eigenen Art geschaudert haben. Yonathan zwang sich, geradeaus zu sehen. Er wanderte weiter, genau zwischen zwei Menschen hindurch, der eine ein Krieger in voller Rüstung, der andere wohl ein Abenteurer, er trug nur Schwert und Proviantbeutel bei sich. Aber beide schauten entsetzt auf ihre Füße. Der Glücksritter raufte sich die steinernen Haare; zu spät hatte er bemerkt, wie die Starre vom Boden heraufkroch.

Yonathan meinte plötzlich durch eiskaltes Wasser zu waten. Eine seltsame, unnatürliche Kälte kroch in seinen Füßen hoch. Er fasste den Stab in seiner rechten Hand noch fester und zwang Fuß vor Fuß. Aus den Augenwinkeln sah er die wuchtigen Türme; wie herrenlose Schiffe trieben sie an ihm vorbei. Jeder hatte ein rundes, oben spitz zulaufendes Kegeldach, das durch eine überstehende »Krempe« wie ein Sonnenhut wirkte. Darunter saßen in der Mauer ovale Fensteröffnungen, die gleich leeren Augenhöhlen teilnahmslos auf die kleine Gruppe der Steinsäulen herabblickten.

Am liebsten wäre Yonathan losgerannt, direkt auf das dichte Grün zu, das nur einen Bogenschuss weit vor ihm die Grenze des Verborgenen Landes markierte, so übermächtig war der Wunsch, sich dem Blick dieser Augen zu entziehen. Doch das wäre ein entscheidender Fehler gewesen. Er ignorierte die lähmende Kälte in seinen Beinen und ging weiter.

Der letzte gescheiterte Eindringling war schon längst zurückgeblieben, als Yonathan endlich wagte stehen zu bleiben. Der Waldrand schien nur noch einen Steinwurf entfernt zu sein. Erst jetzt bemerkte er die graugrünen Vögel, die dort spielten, so unbekümmert, als gäbe es das Grauen in ihrer Nachbarschaft überhaupt nicht. Er ließ den Blick nach oben wandern und atmete tief durch. Ein ewiges Wolkendach hing seit Jahrtausenden über dem Verborgenen Land. Feuchte Wärme sickerte aus dem Wald. Noch nie hatte Yonathan diese Schwüle als derart angenehm empfunden – langsam kehrte Leben in seine steifen Füße zurück.

Er drehte sich um und blickte den Weg zurück, den er gegangen war. Höchstens eine Achtelmeile, stellte er verwundert fest.

Es war ihm vorgekommen wie ein ganzer Tagesmarsch. Mit einer kreisenden Bewegung des Stabes signalisierte er den wartenden Freunden, dass nun der Nächste kommen könne. Er sah, wie Yomi und Gimbar einen Augenblick lebhaft miteinander gestikulierten, dann setzte sich der lange Seemann in Bewegung.

Yomis Gang wirkte noch hölzerner als sonst. Obwohl die Entfernung zu groß war, um in seinem Gesicht lesen zu können, war jeder seiner Bewegungen anzumerken, wie er sich fühlte. Yonathan streckte seine unsichtbaren Fühler aus, um Yomis Empfindungen zu erkunden. Er spürte Unsicherheit, aber er fühlte auch das Vertrauen, das noch stärker war. Wie ein kleines Kind, das einen schmalen Steg überquert, zwar zögernd, aber letztlich doch zielstrebig, um in die ausgebreiteten Hände seines Vaters zu laufen, schritt Yomi vorsichtig durch die Steingestalten. Er tat genau das Richtige: Er ließ den Blick nicht schweifen, sondern schaute nur auf Yonathan, der ihn durch aufmunternde Gesten immer weiter vorwärts lockte.

»Puh, das war ziemlich knapp!«, keuchte Yomi, als er es endlich geschafft hatte. Er ließ sich kraftlos auf den Boden sinken und erklärte: »Meine Knie sind unheimlich weich, jetzt, wo sie wieder auftauen. Ich habe wirklich gefürchtet, sie würden mir auf halbem Wege einfrieren.«

»Sind sie aber nicht«, sagte Yonathan. Er war erleichtert. »Jetzt müssen wir nur noch Gimbar dazu bringen, unserem Beispiel zu folgen.«

»Er hat unheimliche Angst. Ich mache mir ziemliche Sorgen um ihn.«

»Dann steh auf und hilf mir dabei, ihn herüberzulotsen. Wenn er sieht, dass es dir gut geht, gewinnt er vielleicht neuen Mut.«

»Klar.« Yomi war im Nu auf den Beinen. Selbst wenn er es selten offen aussprach, verband ihn doch mit dem ehemaligen Piraten ein enges Band der Freundschaft. Ihn als leblose Statue hier zurückzulassen war das Letzte, was er sich wünschte.

Endlich setzte sich Gimbar mit zaghaften Schritten in Bewegung. Sein Gang hatte nichts von der katzenhaften Geschmeidigkeit, die ihm sonst eigen war. Vielmehr stakste der Expirat unbeholfen dahin, als wären seine Beine bereits zu Stein erstarrt. Immer wieder blieb er stehen, atmete tief durch und nahm dann den nächsten Schritt in Angriff.

»Er hat die Hosen gestrichen voll«, kommentierte Yomi. »Aber ich kann ihn gut verstehen.«

Das *Koach* Haschevets verriet Yonathan, was sich in seinem Gefährten abspielte. »Neben seiner Furcht vor großen Höhen kennt er eigentlich nur die Platzangst. Die Vorstellung, im eigenen Körper eingesperrt zu sein, ist für ihn unerträglich.«

Yomi und Yonathan fuhren fort dem Freund zuzuwinken. Aufmunternde Rufe klangen ihm entgegen.

Gimbar schickte sich gerade an, die letzte Säule zu passieren, als er unvermittelt stehen blieb. Ein Schrei entrang sich seiner Kehle und er blickte entgeistert auf seine Füße.

»Was ist?«, rief Yomi besorgt.

»Seine Beine, sieh doch!«, erwiderte Yonathan bestürzt.

Gimbar schrie laut in Todesangst, von den Wänden der Schlucht hallte das Echo zurück.

»Seine Füße werden grau wie Stein«, bemerkte jetzt auch Yomi mit wachsendem Entsetzen.

»Nicht *wie* Stein. Sie verwandeln sich *in* Stein.«

»Aber dann tu doch etwas, Yonathan! Wir können doch nicht einfach nur ...«

Yonathan war schon unterwegs. Er dachte in diesem Moment nicht an das warnende Gedicht von den sieben Wächtern, nicht daran, dass man die »Ohren« auf keinen Fall drängen durfte – er stürzte nur vorwärts.

Gimbar wand sich wie jemand, der in einem Sumpf feststeckt und spürt, wie er langsam in die Tiefe gezogen wird. Er schrie aus Leibeskräften und bemerkte zuerst gar nicht, dass Yonathan bei ihm stand. Ohne zu zögern, packte der Stabträger die Rechte seines Freundes. Sogleich ließ er die Kraft der *Projektion* auf ihn überfließen. Ähnlich wie er den umnebelten Geist von Lilith, dem Ostmädchen, oder Leschem, dem Fährtensucher, geheilt hatte, legte er eine Wolke beruhigender, angenehmer Gefühle auf das aufgewühlte Bewusstsein seines Freundes. Geborgenheit, Vertrauen und Sicherheit zu schenken war allerdings keine leichte Aufgabe, wenn man selbst mit der Panik zu kämpfen hatte.

Es schauderte Yonathan, als er die Beine Gimbars betrachtete: Sie schienen grau und unbeweglich, schon bis an die Hüften hinauf. Er zwang das Gefühl ohnmächtiger Angst nieder und konzentrierte sich ganz auf den Gefährten. *Du brauchst dich nicht zu fürchten.* Die Botschaften waren einfach, die er in Gimbars Geist pflanzte. *Du kannst gehen. Nur Feinde Yehwohs werden bestraft – du bist sein Freund.*

Endlich beruhigte sich Gimbar, das Geschrei verstummte. Sein Atem ging keuchend. Zum ersten Mal schien er Yonathan richtig wahrzunehmen.

»Hab keine Angst«, sagte der junge Richter. Er lächelte seinem Gefährten zu. »Wir gehen das letzte Stück gemeinsam. Du wirst sehen: Es ist ganz einfach.«

Beide schauten nach unten: Das Grau verschwand von Gimbars Beinen wie Staub, den der Sommerregen fortwäscht. Zuletzt gewannen die schwarzen Stiefel ihre Farbe zurück. Gimbars Zehen bewegten sich unter dem dunklen Leder.

»Ich kann meine Zehen spüren!«

»Na, dann ist ja alles in Ordnung«, freute sich Yonathan. Die Erleichterung stand ihm ins Gesicht geschrieben. »Und jetzt lass uns gehen, bevor die Wächter es sich noch einmal anders überlegen.«

Sie hatten ihre Rast gleich am Waldrand eingelegt, noch in Sichtweite der beiden Türme. Yonathan und Yomi verschlangen ihr zweites Frühstück, als hätten sie eine Woche lang nichts mehr gegessen. Jetzt, da die Anspannung von ihnen abgefallen war, verlangte der Körper nach seinem Recht. Gimbar war noch nicht soweit. Ohne Appetit stocherte er in dem gebratenen Speck und dem gerösteten Brot auf seinem Teller herum.

»Du solltest dein Frühstück lieber genießen«, riet der lange Seemann seinem blassgesichtigen Freund. »Die Vorräte aus Cedanor werden nicht mehr lange reichen, dann gibt es nur noch Grünfutter.«

»Was?« Gimbars Begeisterung hielt sich sichtbar in Grenzen.
»Grünfutter. Wart's nur ab. Im Verborgenen Land ist so ziemlich alles grün: die Bäume, die Tiere, die Nahrung, sogar die Behmische. Ist es nicht so, Yonathan?«

»Doch, doch«, erwiderte dieser gedankenverloren kauend. »Selbst die Papageien, wenn sie im Schnee spielen.«

Yomi und Gimbar folgten seinem Blick und sahen eine Gruppe graugrüner Papageien, die in der Nähe damit beschäftigt waren, Stöckchen herumzuschleppen oder kleine Steine im Schnabel zu tragen.

»Diese Vögel da sind Keas«, erklärte Yomi. »Yonathan und ich haben sie schon einmal gesehen, damals, als wir mit Din-Mikkith in das ewige Eis hinaufkletterten, um das Tor im Süden zu finden. Unser Behmisch-Freund hat dann etwas unheimlich Merkwürdiges getan. Er hat ...«

Yomis Redefluss kam ins Stocken, weil Yonathan sich erhoben hatte und nun in geduckter Haltung auf die Vögel zuschlich, um dann genau jenes geheimnisvolle Verhalten zu wiederholen, mit dem der Behmisch knapp vier Jahre zuvor seine Zuschauer verblüfft hatte. Yonathan hielt plötzlich ein grünes, funkelndes Etwas in der Hand – den Keim Din-Mikkiths, wie Yomi und Gimbar inzwischen wussten – und suchte sich einen Kea aus, der in einiger Entfernung von den anderen Tieren in sein Spiel vertieft war. Er widmete sich gerade einem knapp ellenlangen Stock, den er mit seinem gebogenen Schnabel immer wieder zwischen zwei Steine klemmte, um dann daran hochzuklettern. Jedesmal, wenn der Aufstieg begann, kippte der Ast zur Seite weg und der Kea begann seine Übung von vorn.

Jetzt jedoch erblickte er ein großes flügelloses Wesen, das in einer seiner Vorderpfoten ein interessantes glitzerndes Ding hielt. Der Vogel watschelte vorsichtig näher. Er fühlte sich seltsam angezogen von diesem großen Tier. Es weckte in ihm ein tiefes Gefühl der Geborgenheit. Keas hatten sehr wohl Feinde, denen sie besser aus dem Weg flogen, aber als er sich jetzt von den weichen Pfoten des Lebewesens über das Gefieder streichen ließ, empfand er keine Furcht.

Seltsamerweise »zeigten« sich ihm noch einmal all die Dinge, die er in der letzten Zeit erlebt hatte. Der Kea gurrte zufrieden. Aber nun nahm er ein Bild wahr, das er nicht kannte. Und doch wusste er, dass er diesen Eindruck bewahren sollte. Er war sehr wichtig, genauso wichtig, wie den Umriss eines Milans am Himmel zu kennen. Kurz darauf spürte er das starke Bedürfnis aufzufliegen.

Der Kea hob sich in die Lüfte, ließ seine Artgenossen zurück und entschwand schnell nach Norden, einem Ort entgegen, an dem er nie gewesen war und den er trotzdem mit keinem anderen verwechseln würde.

»Und warum willst du uns nicht verraten, was du deinem grünen Freund zugeflüstert hast?«

Yonathan seufzte. »Nun lass es gut sein, Gimbar. Es war ja nur ein Versuch und vielleicht klappt er nicht. So wie Din-Mikkith werde ich nie mit den Lebenden Dingen sprechen können.«

»Angenommen, es funktioniert, erwartet uns dann eine Armee riesiger grüner Bestien – ungefähr so wie Garmok –, die uns helfen das vierte Auge Bar-Hazzats zu zerstören?«

Yonathan schmunzelte. »Keine Angst, Gimbar. Ich verspreche dir, dass die Ungeheuer weder übermäßig groß sein noch in Rudeln auftreten werden – wenn überhaupt.«

»Ich habe mir gerade abgewöhnt Angst zu haben – vorausgesetzt, du sperrst mich nirgendwo ein und verzichtest für die nächste Zeit aufs Fliegen.«

»Nach allem, was uns bisher widerfahren ist, werde ich mich hüten dir irgendwelche festen Zusagen zu machen. Aber ich verspreche dir, mein Bestes zu geben. Die Aussichten sind gar nicht so schlecht. Wir werden bestimmt zwei Wochen durch den Regenwald marschieren müssen, um den Ort zu finden, den ich suche.«

»Welchen denn?«

»Din-Mikkith nannte ihn einmal den Glühenden Berg.«

Ein Stöhnen kam aus Yomis Richtung.

Gimbar erinnerte sich an frühere Berichte über die Abenteuer der beiden Gefährten im Verborgenen Land. »Ist das nicht der Vulkan, der euch damals um die Ohren geflogen ist?«

»Genau«, bestätigte Yomi. »Erst gab es einen Blitz, dann einen unheimlich lauten Knall und am Schluss wurden wir wie trockenes Laub durch die Luft gewirbelt.«

»Dabei habe ich mir eine ansehnliche Beule am Kopf geholt«, fügte Yonathan hinzu.

Gimbar nickte und grinste plötzlich. »Jetzt wird mir einiges klar.«

»Was willst du damit sagen?«

»Och, nichts.« Gimbar hatte sich wieder vollständig erholt; seine Nasenspitze zuckte unternehmungslustig. »Höchstens, wie schön es ist, dass es mit euch beiden niemals langweilig wird.«

XV.
Der Glühende Berg

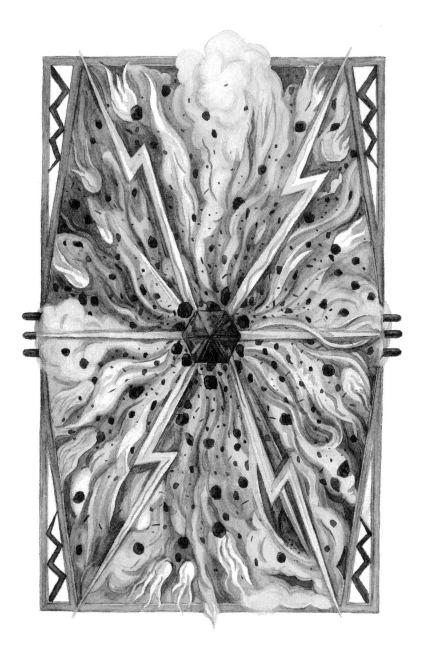

*Die Grenzsteine von eines Menschen Gedanken
sind seine großen Irrtümer.*
  Unbekannter cedanischer Dichter

er Marsch durch den Regenwald des Verborgenen Landes war mühsam. Jeder Tag glich dem vorangegangenen. Jeden Tag regnete es. Große, schwere Tropfen fielen senkrecht auf das dichte Dach des Waldes, rollten an den Blättern entlang und tropften von dort mit sanfter Unerbittlichkeit auf alles, was sich am Boden befand – die drei Gefährten eingeschlossen.

Die einschläfernde Monotonie dieser fremden Welt hatte sie schon umfangen, als sie in das Grün eingetaucht waren. Das beklemmende Gefühl, das Gimbar noch elf Tage zuvor im Großen Wald gepeinigt hatte, stellte sich hier nicht ein. Die riesigen Bäume standen weit auseinander und ragten von einigen Luftwurzeln und Buschnestern abgesehen kahl in die Höhe; erst hoch oben wuchs das Astwerk in die Breite. So entstand der Eindruck einer großzügigen, luftigen Säulenhalle, die zum Lustwandeln einlud.

Nur gelegentlich erschwerten Büsche oder kleinere Bäume das Vorwärtskommen. Gimbar, der für jede Lebenslage das passende Messer zu haben schien, ging dann voran und schlug eine Schneise. Meist jedoch fanden sich Wildwechsel und Yonathan ließ seinen Geist vorauseilen, um rechtzeitig vor anderen Benutzern der bequemen Waldwege gewarnt zu sein.

Einmal spürte er das Bewusstsein eines Wesens, das die Gefährten zu verfolgen schien. Es holte schnell auf. Yonathan konnte nicht mit Sicherheit sagen, ob es einem friedlichen oder hungrigen Wesen gehörte. Vorsichtshalber forderte er Gimbar und Yomi auf, sich zusammen mit ihm in die Büsche zu schlagen und eine bestimmte Taktik anzuwenden, die sich auch in der Tierwelt großer Beliebtheit erfreute: das Totstellen. Während die drei Freunde mit angehaltenem Atem, bewegungslos, durch die Zweige spähten, blieb ihnen fast das Herz stehen, als sie den Verfolger entdeckten. Zuerst war es nur ein seltsames Klopfen, dann bewegten sich die Äste der kleineren Bäume in der Nähe, vereinzelte Ausschnitte eines riesigen Panzers wurden sichtbar, so groß wie drei oder vier Elefanten zusammen. Bis auf das Trommeln gab das Wesen nicht den geringsten Laut von sich. Als es endlich in seiner ganzen Ausdehnung erkennbar wurde, trauten die Gefährten ihren Augen nicht: Ihr vermeintlicher Jäger war eine Schnecke.

Allerdings schien sie sich nicht auf der Jagd zu befinden. Ohne den drei Beobachtern viel Beachtung zu schenken, zog die Riesenschnecke vorbei und verminderte auch ihr Tempo nicht. Nur den Kopf neigte sie ein wenig zur Seite und richtete drei ihrer vier Augen, die auf langen, beweglichen Fühlern saßen, direkt auf das Versteck der Freunde, die sich dadurch ertappt fühlten.

Einen Augenblick später war das schweigsame Wesen vorbei. Sie hatten gerade noch erkennen können, dass die Schnecke nicht auf einer Schleimspur vorwärts glitt, sondern über Hunderte kleiner Fortsätze verfügte, die sie wie ein Tausendfüßler zur Fortbewegung einsetzte – sie verursachten das trommelnde Geräusch. Das ovale Schneckenhaus wirkte, trotz seiner imponierenden Größe, viel zu klein für den langen, massigen Körper. Im oberen Bereich befanden sich mehrere Löcher, die an offen stehende Fenster erinnerten. Für weitere Betrachtungen blieb keine Zeit mehr; das friedliche Wesen war wieder in das Grün des Regenwaldes eingetaucht, wie ein Schiff, das geräuschlos im Nebel verschwindet.

Bis auf diese sonderbare Begegnung, verlief die Wanderung der drei Freunde völlig ereignislos. Jeden Morgen brach man früh auf, tagsüber erklomm Yomi zwei-, dreimal hohe Bäume, um nach dem Südkammgebirge Ausschau zu halten und abends rollte man sich erschöpft in die feuchten Decken. Yonathan achtete darauf, dass der Abstand zum südlichen Grenzgebirge des

Verborgenen Landes nicht zu groß wurde, weil die weißen Gipfel den einzigen Orientierungspunkt in diesem grünen Meer darstellten. Unter der geschlossenen grauen Wolkendecke ließ sich nicht einmal der Stand der Sonne feststellen. Andererseits durften sie den Bergen aber auch nicht zu nahe kommen, da sie sonst die in Nord-Süd-Richtung verlaufenden Täler quer durchwandern müssten, was anstrengend gewesen wäre und eine unnötige Zeitverzögerung mit sich gebracht hätte.

Nach sechs Tagen begann sich sogar der Regen in ihren festen Tagesablauf einzupassen: Regelmäßig zwei Stunden vor Sonnenuntergang brach er stürmisch los, weichte die Wanderer etwa eine Stunde lang auf und setzte dann bis zum darauffolgenden Nachmittag aus. Nach neun Tagen endlich sprach Yonathan die erlösenden Worte.

»Heute werden wir uns südlicher halten.«

Gimbar reagierte sofort. »Warum diese plötzliche Richtungsänderung? Ich hatte mich schon so daran gewöhnt, immer stur geradeaus zu laufen.«

»Yomis letzte Beschreibung der Gebirgsformation im Süden lässt darauf schließen, dass wir uns unmittelbar vor unserem Ziel befinden.«

»Woher willst du das so genau wissen? Nur, weil Yo etwas von einigen Bergspitzen erzählte?«

»Der Stab Haschevet hat ein bisschen mitgeholfen«, gab Yonathan zu. »Dadurch habe ich immer eine sehr genaue Vorstellung von dem, was unser Eichhörnchen hier bei seinen Kletterausflügen sieht.« Er schenkte Yomi ein Lächeln und hob wie zur Entschuldigung die Schultern. »Außerdem kann ich das, was du von da oben erspähst, durch die Kraft der vollkommenen *Erinnerung* mit dem vergleichen, was wir damals mit Din-Mikkith erlebt haben.«

»Schon gut«, sagte der schlaksige Seemann. »Ich fühle mich nicht belauscht. Inzwischen weiß ich ja, dass du mir meine Gedanken lässt, wenn du mir mit deinem Stab den Kopf umrührst.«

»Werden wir morgen schon den Glühenden Berg erreichen?«, erkundigte sich Gimbar.

Yonathan schüttelte den Kopf. »Nein. Wir werden uns dem Vulkan nicht von Norden, sondern von Süden her nähern. Also müssen wir noch einen kleinen Umweg in Kauf nehmen. Dafür gibt es verschiedene Gründe. Unter anderem hoffe ich, dass, wer immer Bar-Hazzats Auge bewachen mag, uns am wenigsten aus dieser Richtung erwartet.«

»Was bringt dich auf den Gedanken?«

»Es ist ziemlich schwierig das Verborgene Land durch das Tor im Süden zu betreten.«

Gimbar nickte. »Ich verstehe. Am Tage würde man sich die Nasenspitze verbrennen ...«

»Was für dich eine unheimliche Behinderung wäre!«, mischte sich Yomi ein.

Gimbar erteilte ihm einen strafenden Blick, bevor er weitersprach: »... und bei Nacht ist der Eingang durch einen gefrorenen Wasserfall verschlossen. – Meinst du, deine Taktik wird ausreichen, um den Wächter zu überlisten?«

»Nach allen Schwierigkeiten, die uns die bisherigen Hüter von Bar-Hazzats Augen gemacht haben, glaube ich nicht, dass wir darauf setzen sollten. Nein, es gibt noch einen anderen Grund, warum ich den Karminstein von Süden her angehen will. Wir werden die Nacht vor dem Angriff in einer Höhle verbringen, die dem Berg ziemlich nahe ist, ohne dass wir dort gesehen werden können.«

»Du meinst die Höhle, in der ihr damals vor dem Vulkanausbruch Schutz gefunden habt?«

»Genau die.«

Gimbar gab sich mit der Erklärung zufrieden, was Yonathan beruhigte. Er hatte noch einen anderen Grund für seinen kleinen Umweg, doch den wollte er vorerst für sich behalten.

Ab Mittag begann der Weg leicht anzusteigen. Die drei Wanderer hatten ein Tal betreten, das zwischen grünen Bergrücken nach Süden führte. Im Laufe des Nachmittags wurde der Baumbestand niedriger, das Tal schmaler und die Berge zu beiden Seiten wiesen immer häufiger kahle Stellen auf.

»Ich glaube, dort drüben ist eine gute Stelle, um ins Nachbartal überzuwechseln«, erklärte Yonathan, als die Schatten bereits lang wurden. »Oben, zwischen den Felsen, finden wir bestimmt auch einen geschützten Platz, um unser Nachtlager aufzuschlagen.«

Obwohl der Aufstieg in den felsigen Pass nicht allzu schwierig war, bestand Yonathan doch darauf, dass man sich mit Seilen gegenseitig sicherte. Yomi übernahm die Führung, Gimbar bildete die Nachhut. Als die Seilschaft den höchsten Punkt des Passes erreichte, ging hinter den Wolken im Westen die Sonne unter.

Yomi war der Erste, der das Wunder sah. »Da, Yonathan, schau!« Er deutete ins Nachbartal hinab und brachte keinen Ton mehr hervor.

»Unglaublich!«, entfuhr es Yonathan. Er hatte sich nicht geirrt. Das Tal zu seinen Füßen war jenes, das er einst mit Yomi und Din-Mikkith durchwandert hatte, bevor er in das ewige Eis des Südkammes hinaufgestiegen war. Aber damals hatte es ganz anders ausgesehen.

»Kann mir vielleicht jemand verraten, was hier so bemerkenswert ist?«, zerschnitt Gimbars Stimme die plötzlich eingetretene Stille. Sein Blick wanderte zwischen Yomi und Yonathan hin und her, aber niemand schien von ihm richtig Notiz zu nehmen. »He! Was ist denn los mit euch?«

»Da ... da unten der See«, brachte Yomi schließlich hervor.

»Ja und? Was soll denn Besonderes an dem Weiher sein?« Gimbars Spott stellte nur einen Ausdruck seiner Ratlosigkeit dar. Er war sich sicher, dasselbe zu sehen wie die Gefährten; und doch fühlte er sich irgendwie ausgeschlossen.

»Und ringsum ist alles unheimlich grün«, fügte der blonde Seemann verzückt hinzu.

»Tatsächlich! Wieso auch nicht? Dieses ganze verregnete Land ist schließlich zugewachsen und überwuchert. Warum sollte es hier, noch dazu am Wasser, anders sein?«

»Ich glaube, wir sollten unseren Freund über den See aufklären.« Yonathan meldete sich nach längerer Zeit wieder zu Wort.

Gimbar schaute ihn erwartungsvoll an.

»Dort unten, wo du jetzt einen See siehst, dessen Ufer von Schilf umsäumt sind, wo Scharen von Vögeln im Wasser nach Nahrung suchen, da unten, wo sich heute ein Paradies voller Leben befindet, herrschte vor beinahe vier Jahren noch der *Weiße Tod*. Das Tal war von einem Salzsee ausgefüllt. Es war tot. Kein Baum, kein Strauch wuchs an seinen Ufern.«

Gimbars Augen weiteten sich. »Dann ist das Ha-Chérem, die Verfluchte, die Stadt, die einst Ha-Gibbor hieß und vom Richter Yenoach mit einem Bann belegt wurde.«

Yonathan nickte und seine Stimme klang sonderbar feierlich, als er verkündete: »So wurde aus ›der Starken‹ ›die Verfluchte‹. Doch heute wird der siebte Richter die Prophezeiung des ersten erfüllen und diesem Ort einen neuen Namen geben. Fortan sollst du den Namen *Ha-Mattithyoh,* ›die Gabe Yehwohs‹, tragen, weil seine Macht es war, die dich von deinem Aussatz heilte.«

Schweigen senkte sich über die Gruppe der Wanderer. Selbst Gimbar hatte es die Sprache verschlagen. Er durfte Zeuge der Erfüllung einer mehr als viertausend Jahre alten Weissagung sein. Und niemand anderes als sein Freund, Yonathan – nein: Geschan –, hatte diese übernatürliche Verwandlung besiegelt. Er hatte diesem Ort den neuen Namen verliehen, der alle künftigen Generationen an das Wunder erinnern würde.

Auch Yonathan selbst konnte sich der Wirkung dieses Augenblicks nicht entziehen. Als er vor fast vier Jahren am Tor des Südens gegen Sethur gekämpft und Haschevets Kraft die Eismassen geschmolzen hatte, auf denen der Heeroberste Bar-Hazzats stand, war eine ungeheure Flut zu Tal geschossen. Damals hätte er sich nicht vorstellen können, dass aus der Wucht der Zerstörung ein Akt der Schöpfung werden sollte. Er hatte angenommen, Sethur sei in den Wassermassen umgekommen, und den vermeintlichen Tod seines Gegners sogar bedauert. Doch später war der Heeroberste ihm wieder unversehrt entgegengetreten. Vielleicht, dachte Yonathan bei sich, lag der Schonung von Sethurs Leben ein verborgener Zweck zugrunde. Aber wenn er all die Schwierigkeiten in Betracht zog, die Bar-Hazzats gefährlichster Jäger ihm bereitet hatte, worin lag dann der tiefere

Sinn des Ganzen? Schließlich war Sethur am Ende im Grenznebel *Gan Mischpads* umgekommen. Oder konnte es sein, dass er – so wie hier, am Tor des Südens – vielleicht doch …?

»Ich schlage vor, wir bleiben heute Nacht hier auf dem Pass«, unterbrach Yomi Yonathans Gedankengang und brachte ihn wieder zu den nahe liegenden Problemen zurück.

Yonathan blinzelte wie jemand, der das trügerische Bild einer Fata Morgana abschüttelt. »Was hast du gesagt?«

»Da drüben ist ein Felsüberhang, vielleicht sogar eine Höhle. Eine ziemlich gute Stelle, um zu übernachten ohne sich die Füße abzufrieren, würde ich sagen.«

»Yomi hat Recht«, ließ sich nun auch Gimbar vernehmen. »Für den Abstieg ist es schon zu dunkel. Das Beste wird sein, wir schlagen unser Lager gleich hier auf.«

Yonathan hatte nichts dagegen einzuwenden. Was wie ein Spalt aussah, war tatsächlich der Eingang zu einer flachen, nicht sehr tiefen Höhle. Gimbar schlüpfte als Erster mit gezücktem Dolch hinein, und als sich innen niemand fand, der irgendwelche Ansprüche auf den Lagerplatz erhob, holte er auch die beiden Gefährten nach.

Die Nacht war kühl, aber das machte den müden Wanderern nichts aus. Im Gegenteil, das Fehlen der bedrückenden Schwüle des Regenwaldes bedeutete für sie eine große Erleichterung. Selbst der Regen schien auf der Passhöhe ein seltenerer Gast zu sein als drunten in der weiten Ebene des Verborgenen Landes.

Erfrischt und ausgeruht wie lange nicht mehr zogen sie im Morgengrauen los. Das Tal, in dem sich Ha-Mattithyoh befand, lag etwas höher als das, aus dem sie gekommen waren. Es wurde von einem Bach in zwei Hälften geteilt; das vor Übermut schäumende Gewässer war ebenso jung wie der See, den es durchquerte. Die Gefährten erreichten die Talsohle etwas unterhalb des Sees. Yonathan hätte dem Ort, der eine so wundersame Verwandlung erfahren hatte, gerne einen Besuch abgestattet, aber dafür blieb leider keine Zeit.

»Von Ha-Mattithyoh bis zum Glühenden Berg sind es ungefähr zehn Meilen«, erklärte er seinen Freunden. »Aber wir werden heute noch nicht so weit vorstoßen.«

Gimbar nickte und rückte sein Marschgepäck zurecht.

Yomi spähte in das Tal hinab und fragte: »Meinst du, du findest gleich die Höhle, in der wir damals untergekrochen sind? Es war schließlich Nacht und unheimlich dunkel, als wir unser Versteck wieder verließen.«

»Keine Sorge.« Yonathan lächelte und klopfte mit den Fingern der linken Hand auf Haschevets Goldknauf. »Du weißt doch: Ich vergesse so schnell nichts.«

Yomi grinste. »Natürlich! Es wäre unheimlich praktisch, wenn du mir ein wenig von dieser Fähigkeit abgeben könntest. Dann würde ich weniger oft überflüssige Fragen stellen.«

»Das macht gar nichts, Yo. Du weißt doch noch, was Goel dir damals bei unserer Ankunft in Gan Mischpad verhieß: Du würdest mir ein tüchtiger Ratgeber sein, der so manchen voreiligen Entschluss durch seine Bedächtigkeit zu bremsen weiß. Bremse ruhig, wann immer du möchtest. Und stelle so viele Fragen, wie du willst. Es ist besser, zehn bedeutungslose Fragen hundertmal zu beantworten, als eine einzige wichtige nicht gestellt zu bekommen.«

Yomi strahlte dankbar. Doch ehe er noch etwas sagen konnte, war Yonathan schon wieder in Bewegung. Jetzt führte er die Seilschaft an. Nur er kannte den Weg, der die kleine Gemeinschaft direkt unter das vierte Auge Bar-Hazzats bringen sollte.

Der Abstieg brachte keine Unannehmlichkeiten mit sich, dafür aber einige Überraschungen. Je näher die Gefährten der Höhle kamen, umso häufiger gab es Zeugnisse der Verwüstung, die vor annähernd vier Jahren hier über das Land gefegt war. Vor allem Gimbar, der alles zum ersten Mal sah, staunte über die mächtigen Bäume, die wie Strohhalme umgeknickt am Boden lagen; die Stämme zeigten zum unheilvollen Glühenden Berg, während die Kronen von ihm weg wiesen.

Yonathan und Yomi wunderten sich über das Grün, das zu beiden Seiten des jungen Wildbaches sprießte. Da, wo bei ihrem letzten Besuch nur graue Asche und verkohlte Bäume gewesen waren, wucherten jetzt Farne und auf den vermoderten Kadavern der alten Stämme strebten frische Schößlinge in die Höhe. Bald würde hier ein neuer Wald stehen, eine trotzige Antwort auf den früheren Angriff des nahen Vulkans.

»Der Regenwald ist stark«, hatte Din-Mikkith Yonathan einst getröstet. »Bald wird es hier wieder so grün sein wie meine Augen.« Yonathan sehnte sich danach, wieder in diese Augen zu blicken. Din-Mikkith war nicht nur ein weiser und treuer Freund, sondern auch ein äußerst verlässlicher Führer gewesen. Zwar hatte Yonathan in den letzten Tagen dankbar festgestellt, dass er wirklich viel von dem kleinen Behmisch gelernt hatte, aber er gab sich trotzdem nicht der Illusion hin, den erfahrenen Waldläufer ersetzen zu können. Große Gefahren standen ihnen bevor, selbst dann noch, wenn es ihnen gelingen sollte das Auge im Glühenden Berg zu zerstören. Vielleicht war nur Din-Mikkith dazu in der Lage, sie anschließend sicher an die Westgrenze des Verborgenen Landes zu führen.

»Dort links muss es sein.« Yonathan deutete den Hang hinauf.

»Ich sehe nur einen Haufen Geröll«, sagte Gimbar.

»Achte auf den schmalen Spalt dort drüben, direkt hinter dem großen Felsbrocken – das ist der Höhleneingang.«

Mit einem Gefühl von Genugtuung fand Yonathan seine Voraussage bestätigt. Zwar hatte die Landschaft sich in den vergangenen Monaten stark verändert, aber seine Sinne schienen schärfer denn je. Mit der Hilfe Haschevets waren sie beinahe unbestechlich geworden. Und doch konnte die Macht des Stabes nicht allen Unwägbarkeiten vorbeugen.

Eine Stunde später saß der Stabträger im Halbdunkel der Höhle und schaute Yomi beim Entfachen des Feuers zu. Es war Zeit für das Abendessen. In Wirklichkeit hätte er auch einen Baum beim Wachsen beobachten können – seine Gedanken befanden sich auf Wanderschaft. In den letzten Tagen hatte er sich immer öfter gefragt, ob seine Hoffnungen nur Selbstbetrug waren, ob sich seine Wünsche wirklich erfüllen ließen. Sicher, sie waren gut vorangekommen, vielleicht zu gut. Aber …

Das Geräusch von aufspritzendem Geröll riss ihn jäh in die Wirklichkeit zurück. Gimbar, der sich draußen noch umgeschaut hatte, kam atemlos in die Höhle gestürzt und begann scheinbar wirres Zeug zu stammeln.

»Yonathan! Draußen ... Da ist etwas ... Es kommt direkt auf die Höhle zu ... Es ist so ... so ... *grün*. Und hat überall Falten. Man könnte fast glauben, es sei dieser ...«

»Din!«, schrie Yonathan, sprang auf die Beine und stürzte zum Eingang. Gimbar blickte ihm völlig verdutzt nach und wurde Zeuge einer Umarmung zweier Schatten, einer regelrechten Verschmelzung, die sich da vor dem hellen Hintergrund der Höhlenöffnung abspielte. Der Expirat sah nur dunkle Schemen: Um den Schatten Yonathans wickelten sich die Gliedmaße eines kleinen, faltigen Umrisses. Oben, am Kopfende des ungewöhnlich elastischen Schattens, entstand eine Art zweiter Kopf, der plötzlich Flügel entfaltete und unaufhörlich »Yonathan, liebes Yonathan« krächzte. Für einen Moment sah Gimbar nur eine einzige, vielgliedrige Silhouette. Wenn die Laute, die dieses unübersichtliche Knäuel von sich gab, nicht so friedlich geklungen hätten, wäre Gimbar glatt mit gezückter Klinge drauflosgesprungen, um seinen Freund zu retten. So aber näherte er sich vorsichtig, eher zögernd, und seine Augen begannen allmählich, das Wirrwarr aus Licht und Schatten zu entknoten.

»Du bist gewachsen, Kleines«, hörte er gerade eine Stimme sagen, die raschelte wie der Wind in trockenem Laub.

»Komisch, ich dachte, du wärst kleiner geworden«, antwortete Yonathan glücklich. Gimbar entdeckte einige feuchte Spuren auf den Wangen seines Freundes.

Inzwischen war auch Yomi herbeigestürzt und steigerte noch das Gewirr aus Armen, Beinen, Flügeln und Köpfen.

»Gimbar!«, rief Yonathan den Freund heran, dessen Gesichtsausdruck verriet, dass er sich nicht sicher war, welche Rolle man ihm in diesem Umarmungsspektakel zugedacht hatte. »Komm schon, ich möchte dir zwei gute Freunde vorstellen.« Ein Arm, der allem Anschein nach Yonathan gehörte, bedeutete Gimbar näher zu kommen.

Der ging das Wagnis ein.

Der wuselnde Knoten begann sich zu entflechten und Yonathan stellte zunächst Din-Mikkith vor und dann Girith.

»Du kannst es auch Rotschopf nennen«, fügte der grüne Behmisch mit einem Zischen hinzu, das gleichwohl gutmütig klang. »Im Übrigen freue ich mich dich kennen zu lernen, Gimbar. Ich fühle, dass Yonathan dich sehr schätzt, und würde mich freuen, wenn auch wir Freunde würden.«

Gimbars Blick wanderte zwischen dem rotköpfigen Papagei auf Din-Mikkiths Schultern und dem Behmisch hin und her. Ihm kamen mit einem Mal wieder alle Berichte über diesen Letzten vom Volk der Behmische in den Sinn. Obwohl alles stimmte, was Yonathan über seinen Freund erzählt hatte – der grüne Körper war biegsam, faltig, unbehaart und nackt, die beiden Hände wiesen je sechs Finger, die Füße ebenso viele Zehen auf und offenbar zeichnete sich auch sein Wesen durch Gutmütigkeit, Humor und Weisheit aus –, fühlte er sich doch regelrecht überwältigt von dieser neuen Bekanntschaft.

»Ich freue mich ebenfalls«, erwiderte Gimbar, während er den Behmisch unentwegt anstarren musste. »Das mit der Freundschaft wird schon klappen – wenn ich mich erst einmal an dich gewöhnt habe.«

»Dein Freund scheint ein sehr zurückhaltendes junges Mann zu sein«, bemerkte Din-Mikkith zu Yonathan und Gimbar erinnerte sich, dass der geschlechtslose Behmisch zwischen männlichen und weiblichen Dingen nicht unterscheiden konnte und es ihm deshalb manchmal schwer fiel die richtigen Worte zu finden.

»Das täuscht«, erwiderte Yonathan grinsend. »Gimbars Mundwerk kann sehr beweglich sein. Dein Anblick hat ihn im Augenblick nur etwas verschreckt. Aber das gibt sich.«

»Hat er etwas gegen Wesen, die keine Menschen sind?«

»Im Gegenteil, ich habe erlebt, dass er sich sogar mit Squaks angefreundet hat.«

Din-Mikkith kicherte. »Ich habe von ihnen gehört.« Er drehte den Kopf beängstigend weit zu Gimbar herum. »Dann wirst du dich bestimmt gut mit Girith vertragen. Rotschopfs Gefieder dürfte jeden Squak vor Neid erblassen lassen.«

Gimbar erlaubte sich ein erstes zaghaftes Lächeln, während er Giriths Federkleid bewunderte, das, abgesehen vom roten Schopf, hauptsächlich in den Farben Hellblau und Grellgelb leuchtete. »Ein wirklich hübscher und putziger kleiner Kerl.«

Girith äugte zunächst vorsichtig zurück, plusterte dann stolz die Brustfedern und erklärte feierlich: »Din-Mikkith, liebes Din-Mikkith.«

»Es mag dich«, übersetzte der Behmisch.

Gimbar grinste. »Ich ihn auch. Er hat so eine erfrischende Art, große Gefühle in einfachen Worten auszudrücken.«

Din-Mikkith hatte einige Wurzeln ausgegraben, die Yonathan noch nicht kannte. Dazu gab es Pilze und das Mark einer pyramidenförmigen Frucht, das an den Geschmack von Lammfleisch erinnerte. Während Gimbar und Yomi an diesem Abend vor allem das Hungergefühl ihres Magens bekämpften, stillten Yonathan und Din-Mikkith ihren Durst nach Neuigkeiten.

Der Behmisch hatte vergleichsweise wenig zu erzählen. Er berichtete von einer glücklichen Heimreise am Ende des ersten gemeinsamen Abenteuers mit Yonathan und Yomi im Verborgenen Land. Eigentlich habe ihm damals nur die Durchquerung des Tals von Ha-Chérem Schwierigkeiten bereitet, da der Salzsee zu einem trüben Morast geworden war. Im Übrigen sei er nirgendwo auf eine Spur von Sethur gestoßen, den er ebenfalls für tot gehalten hatte.

Danach war sein Leben weitergegangen wie in den zweihundert Jahren vorher. Bis endlich vor acht Tagen ein Kea sein Baumhaus besuchte. Als Din-Mikkith mit dem grünen Papagei »sprach«, glaubte er zuerst verlernt zu haben sich mit den Lebenden Dingen zu verständigen. Zu verworren waren die Bilder. Wieder und wieder strich er mit den Händen über das Federkleid des Vogels – Girith verfolgte die ihm vertraute Prozedur mit der Geduld des Weisen und sprach dem Neuankömmling Mut zu –, aber das Resultat war doch immer dasselbe. Schließlich entschloss sich der Behmisch zum Aufbruch. Ein Bild hatte sich besonders stark in den Geist des gefiederten Boten eingegraben: die Höhle in der Nähe des Glühenden Berges.

So schnell wie möglich war Din-Mikkith nach Süden geeilt; manchmal ritt er auf dem Rücken von Galgonen, dann wieder bewegte er sich wie die Baumläufer fort, indem er sich von Ast zu Ast schwang; selten ging er zu Fuß, einige Jahre zuvor noch hatte er dies nur aus Rücksicht auf seine menschlichen Freunde getan. Und nun war er hier.

Yonathans Geschichte fiel dagegen umfangreicher aus. Er dankte Din-Mikkith noch einmal, dass er gekommen war, und gab zu, er selbst habe seiner Fähigkeit zum Gedankenaustausch mit den Lebenden Dingen kaum mehr Vertrauen geschenkt als der Behmisch bei der Ankunft des Kea. Als Yonathan von seiner Einsetzung in das neschanische Richteramt erzählte, musste Din-Mikkith lachen.

»Für mich stand vom ersten Tag an fest, dass du Geschan bist. Aber als du nicht darüber sprechen wolltest, war mir das auch recht. Vielleicht war ich für dich ja am Anfang auch nicht gerade das, was man sich unter einer vertrauenswürdigen Person vorstellt.«

Yonathan schielte zu Gimbar hinüber und antwortete lächelnd: »Wir Menschen benehmen uns oft ziemlich komisch, wenn uns jemand fremd erscheint. Ich habe inzwischen gelernt, wie dumm so etwas ist. Die besten Freundschaften entstehen oft da, wo sich zwei ergänzen, und nicht da, wo sich zwei mit ihren Gemeinsamkeiten bald langweilen.«

»Da hat er Recht! Nicht wahr, Gimbar?«, machte Yomi seinem Herzen Luft. »Ich hätte nie gedacht, dass ein Pirat so ziemlich mein bester Freund werden würde.«

»Ein *ehemaliger* Pirat«, betonte Gimbar.

Im weiteren Verlauf der Unterhaltung kamen die vier Gefährten auf den kommenden Tag zu sprechen. Din-Mikkith wusste leider ebenso wenig, wer oder was sie am Glühenden Berg erwartete wie die anderen drei. Yomi äußerte die Befürchtung, dass der Vulkan ein weiteres Mal ausbrechen könne, um den siebten Richter zu vernichten, aber der Behmisch schüttelte energisch den Kopf.

»Der Ausbruch vor vier Jahren war zu heftig. Es wird noch viele Jahre dauern, bis das Berg wieder genügend Kraft gesammelt hat. Außerdem kann es nicht ewig spucken. Und wohl auch nicht genau treffen.«

Was Din-Mikkith gesagt hatte, beruhigte Yonathan in einer Hinsicht. War er sich doch bewusst, dass die Macht, die Yehwoh ihm mit Haschevet gewährt hatte, nicht unerschöpflich war. Jedes Mal wenn er den Stab gebrauchte, kostete es ihn auch einen Teil seiner eigenen Kraft. Da mochte die Aufgabe, gegen einen ganzen Vulkan anzutreten, vielleicht doch eine Nummer zu groß für ihn sein.

Andererseits durfte er sich nicht darüber hinwegtäuschen, dass Bar-Hazzat *jedes* seiner Augen gut bewachen ließ, selbst hier an diesem unzugänglichen Ort. Bisher war ein Hüter gefährlicher gewesen als der andere. Dass er dazu noch von seinem Feind nicht mehr wusste, als dass es ihn gab, belastete ihn zusätzlich.

Yonathan verlangte natürlich den Berg allein zu besteigen. Sollte der Vulkan gegen alle Erwartungen ausbrechen, könne er unmöglich seine drei Gefährten schützen. Diese widersprachen energisch und forderten, ihn begleiten zu dürfen. Zur Untermauerung ihres Anspruchs brachten sie die verschiedensten Vernunftgründe vor. Wie schon am Drachenberg und im Sedin-Palast fand man schließlich einen Kompromiss. Din-Mikkith hatte berichtet, dass der Bach, der durch Ha-Mattithyoh floss, am Fuße des Glühenden Berges eine breite Furt bildete und dann nach Nordwesten abbog. Dort, jenseits des Flüsschens, würde man sich verschanzen, während Yonathan das seichte Wasser durchwaten und zum Berg hinaufgehen solle. Alles Weitere würde sich dann schon ergeben.

Die letzten Meilen zwischen der Höhle und dem Glühenden Berg legte die kleine Gruppe schweigend zurück. Din-Mikkith hatte Girith vorausgeschickt, um nach Verdächtigem Ausschau zu halten, aber als der rotschopfige Papagei zurückkehrte, ließ sich aus seinem Geist nichts anderes herauslesen, als dass der Berg rauchte. Aber das war mittlerweile auch mit bloßen Augen zu erkennen: Ein dünner, dunkler Strich kräuselte sich in die Höhe.

Yonathan dagegen nahm noch mehr wahr: Der schwarze Kegel wirkte auf eine bedrohliche Weise anziehend, fast hypnotisierend; dazu ging von ihm eine lähmende Furcht, ein Gefühl der Beklemmung aus. Doch im Gegensatz zu seinem ersten Besuch in dieser Gegend kannte Yonathan nun die Ursache für die Unruhe, die von ihm umso stärker Besitz ergriff, je näher er dem Berg kam.

»Schützt euren Geist«, warnte er seine Gefährten. »Denkt an etwas Positives, an den Sieg, den wir heute für Yehwoh erringen werden. Betet! Aber lasst eure Gedanken nicht von den Empfindungen gefangen nehmen, die das Auge aussendet.«

Wie von Din-Mikkith angekündigt traf das Wasser des Wildbaches direkt auf die unteren Hänge des Glühenden Berges, schien für kurze Zeit unschlüssig, in welche Richtung es fließen sollte, bis es dann nach Nordosten abschwenkte. Große Felsbrocken lagen überall am Ufer und im seichten Wasser herum, vermutlich letzte Überreste der Lawine, die Yonathan vier Jahre zuvor ausgelöst hatte.

»Wir verstecken uns dort drüben, zwischen den drei großen Steinen«, erklärte Din-Mikkith nach einem prüfenden Blick über das Terrain. Er wies auf eine Stelle, die unmittelbar an dem vom Vulkan abgewandten Ufer lag.

Yonathan nickte entschlossen. »Gut, dann werde ich aufbrechen. Haltet euch bitte an die Abmachungen. Ich möchte nicht, dass euch etwas passiert.«

»Das trifft auf dich genauso zu«, warf Gimbar ein.

Yonathan zog fragend die Augenbrauen zusammen.

»Wenn's zu brenzlig wird, dann drehst du um. Hast du verstanden?«

»Ja doch. Ich bin nicht lebensmüde.«

»Nach deinen letzten Einsätzen hätte ich da fast Zweifel bekommen!«

Einen Moment lang blickte Yonathan seinen Freund ärgerlich

an. Dann lächelte er und legte die Hand auf Gimbars Unterarm. »Ich pass auf mich auf. Versprochen!«

Als sich Yonathan in der Mitte des Bachbettes noch einmal umdrehte, sah er in drei besorgte Gesichter. Er hob den Stab Haschevet zu einem letzten Gruß und watete weiter.

An der tiefsten Stelle der Furt ging ihm das kalte Wasser nur bis zur Hüfte. Er konnte Fische dabei beobachten, wie sie – nur mit einigen wenigen Flossenschlägen gegen die sanfte Strömung arbeitend – auf der Stelle schwammen und auf Beute lauerten. Sie ignorierten ihn; offenbar passte er nicht in ihren Speiseplan. Schnell hatte er den Bach durchquert und begann mit dem Aufstieg.

An den Hängen des Berges wuchsen kaum Pflanzen, nur hier und da waren einige Moospolster in Mulden und Furchen vorgedrungen. Der Vulkanausbruch hatte alles Leben im näheren Umkreis ausgelöscht. Wahrscheinlich wussten selbst Farne und Büsche, dass man diesem Ort besser fernblieb.

Immer noch konnte man erkennen, wo einst die Hauptströme des flüssigen Gesteins geflossen waren. An einigen Stellen war die erstarrte Lava erstaunlich glatt, andernorts dagegen porös und von Rissen zerfurcht. Yonathan musste an frisches Brot denken, wie es der Bäcker in Kitvar immer aus dem Steinofen geholt hatte. Genauso schrundig und manchmal auch verkohlt hatte das Äußere der wohlschmeckenden Laibe ausgesehen. Ein Lächeln umspielte kurz seine Lippen: An diesem Steinbrot allerdings würde er sich die Zähne ausbeißen – vielleicht aber auch an der Aufgabe, die ihn hierher gebracht hatte.

Der Aufstieg kostete Kraft. Yonathans Beine wurden allmählich schwach. Sein Atem ging schnell, das Herz schien direkt hinter seinen Ohren zu pochen. Er konnte nicht genau sagen, wie lange er sich schon zwischen Spalten und Ritzen emporgearbeitet hatte, aber er spürte, dass er sich dem Auge näherte. Und er wusste, dass das Auge ihn erwartete. Doch wo blieb der Hüter? Zwei Drittel des Weges mussten bestimmt schon hinter ihm liegen und noch immer fehlte jede Spur von einem Verteidiger. Auch das Versteck des Auges hatte er noch nicht ausmachen können.

Yonathan bewegte sich nun sehr vorsichtig über den erkalteten, dunklen Lavastrom. Einzelne Windböen spielten mit seinem Haar. Weit unten sah er den silbernen Streifen des Wildbaches und die beiden benachbarten Täler, die zum weiß gekrönten Südkamm hinaufführten. Die Farbe Schwarz prägte die nähere Umgebung. Der Hang war hier sehr steil und unübersichtlich. Abgebrochene Gesteinsbrocken lagen überall im Weg. Tiefe Einschnitte ließen dem nach Halt suchenden Fuß kaum noch eine Wahl. Oben und unten, das waren die Richtungen, die noch verblieben.

Yonathan entschied sich für oben. Das Auge konnte nicht mehr weit sein. Irgendwo zwischen den schwarzen Lavawülsten musste es lauern, vielleicht in einer Höhle oder im Krater des Vulkans selbst. Vor sich sah er nun einen Riss, in dem er hinaufklettern konnte. Rechts und links davon ragten die schroffen Bruchkanten des Einschnitts zwanzig oder dreißig Fuß in die Höhe. Vielleicht hundertfünfzig Fuß weiter oben machte die Furche eine Biegung nach rechts. Er hätte gerne gewusst, was sich dahinter befand, aber er war so mit dem Weg beschäftigt, dass er ganz vergessen hatte seinen *Wandernden Sinn* vorauszuschicken. Als Yonathan mitten in der Spalte steckte, spürte er das vertraute Ziehen im Hinterkopf.

Sofort ließ er den blau gleißenden Schild Haschevets aufflammen. »Eine prächtige Falle, in die du dich hast locken lassen ...« Der Angriff unterbrach seine geflüsterten Selbstvorwürfe.

Wie aus dem Nichts war eine flammende Gestalt am oberen Ende der Kluft erschienen. Sie fauchte. Oder war es die Luft, die in ihrer Umgebung durch die Hitze aufbrauste? Ein feuriger Hüter, schoss es Yonathan durch den Kopf. Wie passend für diesen Ort! Im nächsten Moment flog ihm ein glühender Morgenstern aus Lava entgegen. Es fiel ihm nicht schwer das brennende Geschoss abzuwehren – der karminrote Feuerball zerplatzte in einem Funkenregen. Yonathan war gewarnt, er durfte den Wächter des Auges nicht unterschätzen.

Der Hüter begann sich in Bewegung zu setzen, direkt auf Yonathan zu. Er war etwa so groß wie Yomi, aber wesentlich breiter gebaut. Vom äußeren Umriss her menschenähnlich, mit Armen, Beinen, Kopf und Oberkörper, bestand er aber allem Anschein nach ausschließlich aus flüssiger Lava. Überall tropfte das Magma herab, ohne dass der Körper dabei an Masse verlor. Dort, wo sich ein glühender Fuß zum Schritt hob, blieben kleine brennende Pfützen zurück, die sich schnell mit einer schwarzen Schicht überzogen.

Yonathan schaute sich um. Wohin konnte er ausweichen? Er benötigte Platz, um sich diesem feurigen Widersacher zu stellen. Nur der Rückzug konnte ihm diesen Freiraum verschaffen. Doch zuvor wollte er dem schnell nachrückenden Lavawesen noch eine passende Antwort zukommen lassen. Von der Spitze Haschevets löste sich ein blauer Feuerball und sauste auf den Angreifer zu.

Yonathan nahm nur den Widerschein des Aufpralls wahr. Blitzschnell war er herumgewirbelt und losgelaufen, auf den Ausgang der Spalte zu. Als er sich, dort angekommen, wieder umwandte, setzte sein Herz einen Moment lang aus: Sein Verfolger war gewachsen, er war jetzt mindestens sieben Fuß groß!

Noch einmal schleuderte Yonathan einen feurigen Kugelblitz gegen den Hüter. Diesmal konnte er beobachten, wie sein Widersacher den Angriff aufnahm. Das karminrote Glühen mischte sich für die Dauer eines Lidschlages mit dem blauen Leuchten aus Haschevets Spitze; eine helle, violettfarbene Stichflamme strahlte empor. Als die Umrisse des Verfolgers wieder sichtbar wurden, war er erneut angewachsen, jetzt schon auf acht Fuß Höhe, und auch in der Breite hatte er zugenommen. Die flammende Gestalt setzte ihm nach. Yonathan flüchtete.

Weitere Lavakugeln trafen seine blaue Aura. Er begann die Treffer stärker zu spüren. Während der Stabträger talwärts stolperte, suchte er verzweifelt nach einer passenden Strategie. Wie konnte er diesem Verfolger die Stirn bieten? Jeder Blitz gegen den Angreifer würde diesen nur weiter stärken. Ähnlich war es ihm an den Wurzeln des Palastberges ergangen, als die Wasserwesen nach jeder Gegenwehr an Zahl zugenommen hatten.

Der Hüter kam näher. Ein weiterer Feuerball zerplatzte an

Yonathans leuchtendem Schirm. Er spürte die Hitze und atmete keuchend. Nein, diesen Verteidiger konnte er nicht ignorieren wie jene quallenartigen Geschöpfe unter dem Sedin-Palast. Dieser Wächter des Auges kämpfte mit anderen Waffen. Plötzlich drehte sich alles um Yonathan, Himmel und Erde verkehrten sich.

Er war auf einem losen Stein ausgerutscht. Wenn die blaue Aura nicht gewesen wäre, hätte er sich vermutlich sämtliche Knochen gebrochen. So aber schoss er auf seinem schützenden Schild ein gutes Stück den Hang hinab. Unfreiwillig hatte er dadurch neuen Raum zwischen sich und dem schon gefährlich nahen Hüter gewinnen können. Zwei oder drei Feuerbälle folgten seiner Bahn, aber sie verfehlten ihn.

Als Yonathan endlich unsanft in einer Mulde landete, konnte er aufatmen. Sein glühender Feind war offenbar nicht sehr gut zu Fuß. Er folgte ihm nur langsam, dafür aber beständig.

Wie weit würde er sich noch von dem Auge entfernen? Womöglich würde Yonathan seine Freunde gefährden, wenn er sich ihrem Versteck noch weiter näherte. Aber das war unwahrscheinlich, machte er sich klar. Irgendwann würde der Vorteil des Verfolgers sich ins Gegenteil verkehren, spätestens dann, wenn Yonathan die Gelegenheit bekäme ihn zu umgehen, um dann das Auge direkt und ohne Behinderung anzugreifen. Im Augenblick jedenfalls war der Hüter noch Feuer und Flamme, er rückte nach und verschoss dabei unaufhörlich Flammenbälle.

Yonathan beschloss aus der Not eine Tugend zu machen. Für einen Moment suchten seine Augen den Hang ab. Dann hatte er die passende Rinne gefunden. Auf dem schützenden Schild Haschevets rutschte er wie auf einem Schlitten talwärts. Das feurige Fauchen in seinem Rücken schwoll zu einem ärgerlichen Brausen an, aber das Geräusch blieb schnell zurück. Einige Feuerbälle markierten Yonathans Weg ins Tal, richteten jedoch keinen Schaden an. Geschickt schlug er immer wieder Haken. Der irdische Jonathan hatte im ersten Winter nach dem Tod seines Vaters in den schottischen Highlands rund um *Jabbok House* einen alten Schlitten ausprobiert; nun kamen ihm diese Kenntnisse zugute. Nur setzte Yonathan jetzt nicht die Füße zum Lenken ein, sondern die Kraft der *Bewegung*, um damit Hindernissen auszuweichen.

Endlich erreichte er die Furt. Wie ein flach geworfener Kiesel sprang er ein-, zweimal über die Wasseroberfläche, Tausende von Tröpfchen stoben nach allen Seiten, dann hatte sich der Schwung erschöpft.

Zu seiner Linken sah er Yomis Kopf zwischen den drei Felsen hervorblicken. Unauffällig machte er ihm ein Zeichen, damit er sich schnell wieder hinter die Deckung zurückzog. Erst dann legte er die letzten Schritte bis zum gegenüberliegenden Ufer zurück.

Yonathan stockte der Atem, als er sich umdrehte und den schwarzen Hang nach dem Verfolger absuchte. Die karminrote Gestalt folgte ihm immer noch. Eine dünne Lavaspur zeichnete den Weg nach, als sie bedrohlich in ihrer flammenden Masse den Berg herunterkam.

»Bleibt, wo ihr seid!«, rief Yonathan den Gefährten zu, die den glühenden Hüter ebenfalls entdeckt hatten. »Wenn er nicht aufgibt, locke ich ihn in den Wald.«

»… der sofort in Flammen aufgehen wird«, raunte Gimbar zurück. »Du bist wohl verrückt geworden.«

Yonathan schluckte. Wie groß würde sein Verfolger wohl noch werden, wenn er erst in einem Meer brennender Bäume badete? »Ich locke ihn den Bach hinauf. Wasser wird er nicht in Brand stecken können«, rief er seinen Freunden zu und behielt den Rest seiner Befürchtungen lieber für sich. Er ließ sich kurz nieder, um zu verschnaufen. Dann verfolgte er den Abstieg des Magmawesens weiter.

Das Fauchen war wieder zu vernehmen, die Luft über dem Wächter flimmerte. Und er kam noch immer näher. Yonathan erhob sich, bereit, jeden Moment loszulaufen. Dann tauchten die Füße des Flammenwesens ins Wasser. Weiße Dampfwolken verhüllten die glühende Gestalt. Ein lautes Zischen setzte ein, in das sich bald wütendes Fauchen mischte. Rote Feuerkugeln flogen über die Furt. Aber es fehlte ihnen an Treffsicherheit, nur eine zerschellte an Yonathans Schutzschild. Wie unter Schmerzen taumelte nun der Wächter zurück. Er schien geschrumpft zu sein. Drohend hob er die Arme und schickte einen letzten glühenden Ball in Yonathans Richtung. Das Geschoss verging zischend im Wasser.

Der Wächter drehte um und zog sich auf den Vulkan zurück. Alles in allem konnte er zufrieden sein: Der Eindringling war vertrieben, das Auge unberührt und er selbst wusste nun mit wem er es zu tun hatte.

»Es gefällt mir gar nicht, dass ich gezwungen war deinem Rat zu folgen, Gimbar. Ich bin umgekehrt, als es gefährlich wurde, und fühle mich jetzt, als wäre ich nur davongelaufen.«

»Unsinn, Yonathan. Es war absolut richtig, dass du vor diesem Gesellen geflüchtet bist. Ich habe noch nie jemand mit einem so erhitzten Gemüt gesehen, dass er gleich Flammen schlägt. Besser, wir warten ab, bis er sich wieder abgekühlt hat.«

»Ich fürchte, das kann bei dem Wächter des Auges lange dauern.« Yonathan klang verdrießlich. Er befand sich in keiner besonders guten Verfassung. Einerseits spürte er die Anstrengung der Verfolgungsjagd noch in den Knochen, andererseits war er aber kein Stück weitergekommen. Zum ersten Mal hatte er im Kampf mit einem der Wächter eine Niederlage hinnehmen müssen.

Er atmete tief durch, schloss für einen Moment die Augen, sammelte sich innerlich. »Also gut«, begann er, wobei er in die Runde seiner Freunde blickte. »Betrachten wir den Vorfall eben als einen taktischen Rückzug. Vielleicht können wir daraus sogar Nutzen ziehen.«

»Es fragt sich nur, wie«, meinte Yomi.

Yonathan fasste zunächst seine Erlebnisse am Vulkan für die anderen noch einmal zusammen. »Hat irgendjemand eine Idee, wie wir den Hüter des Auges überwinden können?«, fragte er am Ende seines Berichts.

»Das Glühende Berg war mir noch nie geheuer«, brummte Din-Mikkith.

»Eine unheimlich verzwickte Situation«, meinte Yomi. »Ein Feind, der immer stärker wird, je öfter man auf ihn einschlägt: Das ist ein ziemlich dicker Brocken, würde ich sagen.«

Gimbar saß einfach nur da und strich sich nachdenklich über den Nasenrücken. Er schien ganz in seine eigene Gedankenwelt versunken zu sein.

Für eine geraume Zeit schwiegen die Augenjäger. Allein das Rauschen des Wildbaches war zu hören.

»Was hast du vorhin gesagt?« Gimbars Stimme ließ die anderen hochschrecken.

»Ich weiß nicht, was du meinst«, erwiderte Yonathan.

»Dass uns deine Erfahrungen vielleicht nützlich sein könnten?«

»So in etwa habe ich mich ausgedrückt.«

Gimbar schien seine Aufregung schwer im Zaum halten zu können, als er nun weitersprach. »Überlegen wir einmal: Deine Kugelblitze waren wie Nahrung für den Wächter – sie haben ihn regelrecht gemästet. Andererseits konnten wir alle sehen, wie er vor dem Wasser der Furt zurückschreckte und sogar schrumpfte.«

»Unheimlich fein beobachtet«, spöttelte Yomi.

Gimbar ließ sich nicht aus dem Konzept bringen. »Habt ihr schon einmal daran gedacht, was in ungefähr zwei Stunden geschehen wird?«

Yonathans Augen leuchteten auf, doch nur kurz. »Du meinst, der tägliche Regen wird einsetzen? Ich kann mir allerdings nicht vorstellen, dass Bar-Hazzat es uns so einfach macht. Wahrscheinlich sind die Tropfen für den Wächter nur Nadelstiche – unangenehm zwar, aber nicht wirklich gefährlich. Er kann mir trotzdem Widerstand leisten und sobald ich gegen ihn vorgehe, wird er so viel neue Kraft gewinnen, dass danach der größte Wolkenbruch nichts mehr helfen würde.«

»Aber vielleicht ein richtiger Zyklon?«

Yonathan, Yomi und Din-Mikkith starrten Gimbar sprachlos an. Sein Einwurf hatte eher beiläufig geklungen, aber der erwartungsvolle Blick, den er in die Runde schweifen ließ, und das verdächtige Zucken seiner Nasenspitze verrieten, dass mehr dahinter steckte.

»Solange ich im Verborgenen Land lebe, hat es noch nie einen Wirbelsturm gegeben«, sagte Din-Mikkith nachdenklich.

»Ich kenne mich hier natürlich nicht aus«, griff der ehemalige Pirat den Einwand auf. »Aber ich bin einige Jahre zur See gefahren. Und wenn dort ein richtiger Sturm losbricht, dann kann es gerade noch schwülwarm und gleich darauf eisig kalt sein. Ist es nicht so, Yo?«

Der blonde Seemann nickte.

In Yonathans Geist begann sich ein Bild zu formen, aber Gimbars Gedanken waren noch zu verschleiert, um etwas Genaues erkennen können. »Worauf willst du hinaus?«

Noch einmal wischten Gimbars Finger über seinen Nasenrücken. »Ein ordentliches Unwetter bricht da los, wo kalte und warme Luftmassen aufeinander stoßen.«

»Richtig. Aber wo gibt es im Verborgenen Land kalte Luft?«

Gimbar grinste und zeigte mit dem Zeigefinger steil nach oben.

Unwillkürlich schauten alle zum Himmel.

»Etwa über den Wolken?«, fragte Yomi.

Gimbars zufriedenes Grinsen gab ihm die Antwort.

Das Bild in Yonathans Kopf begann Konturen anzunehmen. »Gimbar hat Recht. Wir haben uns in letzter Zeit wenig um den Kalender gekümmert, aber morgen beginnt das neue Jahr. Das heißt, der Herbst hält Einzug. In Kitvar fällt vielleicht schon der erste Schnee.«

»Schön und gut«, rauschte Din-Mikkiths Stimme dazwischen, »ich weiß, dass das Verborgene Land und das Drachengebirge die milde Zentralregion von der kalten Nordregion trennen. Aber wie hast du dir das vorgestellt, Gimbar? Soll Yonathan etwa die gesamte Wolkendecke über dem Regenwald wegziehen?«

»Warum die ganze, wenn ein kleines Loch schon genügen würde?«

Jetzt wurde sich Yonathan langsam der Tragweite von Gimbars Plan bewusst. »Nein, Gimbar. Ich kann das unmöglich fertig bringen. Schließlich verfüge ich nicht über die Macht Yehwohs.«

Gimbar erwiderte ihm ungewohnt heftig: »Aber ich denke, er

ist mit dir, Yonathan? Hat dir die kleine Schlacht, die du eben verloren hast, etwa schon allen Mut, alle Zuversicht, allen Glauben genommen? Ich denke, du bist der Richter. Hat Goel nicht seinerzeit in seinem Kampf gegen Grantor einen Wirbelsturm herbeigerufen – und das in der kalten Nordregion? Waren nicht Yomi und ich selbst Zeugen, wie ein solcher Sturm uns am Eingang zu *Gan Mischpad* vor Sethurs Zugriff rettete? Hast du das alles schon vergessen?«

Gimbars Stimme war zuletzt immer lauter geworden, beinahe anklagend. Yonathan schlug beschämt die Augen nieder. Er ersparte sich darauf hinzuweisen, dass er nichts von alledem vergessen hatte – nichts vergessen *konnte*. Aber Gimbar hatte Recht. Solange er, Yonathan, wusste, was zu tun war, hatte er sich sicher gefühlt, konnte immer alle Klippen umschiffen, die Bar-Hazzat ihm unter den Kiel setzte. Und jetzt hätte er beinahe verzagt, nur weil ihm die Lösung für ein Rätsel nicht einfallen wollte.

»Goel war wirklich ein weiser Mann ...«

Gimbar und die anderen Freunde sahen Yonathan erstaunt an.

»... dass er mir Gefährten wie euch an die Seite gestellt hat«, fügte Yonathan mit einem matten Lächeln hinzu. »Ich danke dir, Gimbar, für deine offenen Worte.«

Yonathans Bemerkung schien Gimbar verlegen zu machen. Er benötigte eine gewisse Zeit, bevor er wieder zum eigentlichen Thema zurückfand. »Ein Wirbelsturm ist wie ein Schilfrohr in diesem Bach dort – drum herum mag es noch so tosen, mitten drin steht die Luft ruhig und beinahe unbeweglich.«

»Ich ahne, was dir durch den Sinn geht«, sagte Yonathan. »Wenn es mir gelingt ein Loch durch die Wolkendecke zu stoßen, kann von oben kalte Luft hereinströmen. Mit Yehwohs Macht könnte daraus ein Wirbelsturm entstehen, in dessen Zentrum wir sicher sind, während der Wächter so viel Regen und vielleicht sogar Hagel abbekommt, dass sich sein Feuer schnell abkühlen wird.«

Gimbar nickte. »So ungefähr habe ich mir das vorgestellt.«

Din-Mikkith hatte lange geschwiegen. Seine grünen Augen lagen auf Yonathan und jetzt lächelte er. »Ich weiß, dass du es schaffen kannst, Kleines. Solange du auf Yehwoh vertraust, ist deine Macht sehr viel größer, als du es dir je ausmalen könntest.«

Auch Yomi stimmte zu: »Es wird zwar unheimlich schwer werden, aber wenn wir zusammenhalten, dann muss sich der Wächter da oben ziemlich warm anziehen.«

»Also gut!« Aus Yonathan sprach neue Zuversicht. »Dann lasst uns den Schlachtplan genau besprechen. Es darf uns kein Fehler dabei unterlaufen und ... wir haben wenig Zeit.«

Beim zweiten Aufstieg schien Yonathan schon fast jede Spalte und Rinne so vertraut zu sein, wie es einstmals die Flure des Knabeninternats von Loanhead gewesen waren. Er erinnerte sich an Samuel Falter. Der alte Heimdiener hatte sich immer um alles gekümmert, seit Jonathan an den Rollstuhl gefesselt war, damals auf der Erde, einer anderen Welt, zu einer anderen Zeit. Samuel strahlte eine Art von mütterlicher Beharrlichkeit aus: Er war liebevoll und fest zugleich. Auch was den wöchentlichen Badetag betraf, kannte er keine Gnade. Es wurde eingeseift und geschrubbt. Oft brannten Jonathan die Augen. Und alles nur zu seinem Besten. Das Gurgeln des Badewassers im Abfluss war da oft ein ebenso erlösendes Geräusch gewesen wie der Klang der Pausenglocke am Ende von Pastor Garsons langweiligem Religionsunterricht.

Yomi, Gimbar, Din-Mikkith und Girith waren etwa auf der halben Höhe des Vulkans zurückgeblieben. Die erstarrte Lava bildete breite Ströme, die an verschiedenen Stellen zu Wellenbögen aufgeworfen waren, immer dort, wo felsige Klippen der talwärts fließenden Glut im Wege gestanden hatten. Sie gaben gute Verstecke ab. Dies war der verabredete Ort. Hier sollte Yonathan das Auge des Zyklons halten, während er selbst vor dem Wächter flüchtete.

Scheinbar flüchtete. Das war die Taktik: den flammenden Hüter aus seinem Versteck zu locken und ihn dann an der ungeschützten Flanke des Vulkans mit einem eisigen Schauer zu überraschen.

Erneut erreichte Yonathan den oberen Einschnitt. Er blieb stehen. Das Ziehen in seinem Hinterkopf nahm er kaum noch wahr.

Jede Faser seines Körpers war angespannt. Wie sollte er nur den Sturm erschaffen? Er durfte nicht den gleichen Fehler begehen wie einst Goel, der sich selbst den Sieg über Grantor zugesprochen hatte – und wegen dieser Anmaßung bis zu seinem Lebensende in den Garten der Weisheit verbannt wurde.

Yonathan sandte ein letztes Gebet an den, der ihn hierher begleitet hatte. Dann hob er den Stab und rief: »Komm heraus, Hüter des Auges.«

Seine Stimme verhallte scheinbar ungehört in dem engen Spalt. Er würde sich kein zweites Mal in diese Falle locken lassen.

»Was soll dieses Versteckspiel?«, rief Yonathan noch einmal. »Ich will das Auge und du möchtest das verhindern. Tragen wir's also aus.«

Schweigen. Nur das Säuseln des Windes, der an seinen Haaren zupfte.

Yonathan zog einen winzigen Teil seiner Kraft zusammen, ließ sie durch den Stab strömen, der erzitterte und einen feurigen blauen Ball die Kluft hinaufschickte. Der Kugelblitz verwandelte einen Teil der gegenüberliegenden Gesteinswand in herabrieselndes Geröll.

Als der Staub sich senkte, trat ein karminrotes Glühen hervor. Ein bedrohliches Fauchen ließ einen Schauder über Yonathans Rücken laufen. Der Wächter war größer als jemals zuvor, mindestens zehn Fuß hoch, und obwohl die Lavamasse kein Gesicht besaß, um Gefühlsregungen zum Ausdruck zu bringen, strahlte von ihr eine unheimliche Feindseligkeit und Bösartigkeit aus, die Yonathan in diesem Ausmaß bisher nicht begegnet war.

Der Stabträger wusste, dass es das Auge selbst war, das dem Wächter diese neue Kraft verlieh. Es wohnte in ihm, bildete sein Herz, den Quell seiner Macht. Noch einmal kamen Yonathan Zweifel. War der schnelle Rückzug des Wächters nur eine List gewesen? Hatte er sich nur verletzlich gegeben, um seinen Widersacher zur Unvorsichtigkeit verleiten, ihn ein für allemal vernichten zu können?

Yonathan kämpfte die quälenden Bedenken nieder, denn er spürte, dass das Auge selbst ihm diese Schwäche einpflanzte. Er musste sich fest auf sein Ziel konzentrieren und durfte an nichts anderes mehr denken.

»Lass uns einen Platz suchen, wo nicht Feigheit, sondern wahre Stärke den Sieger bestimmt«, rief er dem Wächter zu, machte kehrt und lief den Hang hinab. Ein ärgerliches Zischen in seinem Rücken verriet ihm, dass er die richtige Strategie gewählt hatte.

Eine riesige Magmablase zerplatzte auf Yonathans gleißendem Schild. Obwohl er vorbereitet war, stolperte er. Er schleuderte herum und erwiderte den Angriff mit einem blauen Kugelblitz. Diesmal zielte er jedoch vor die Füße des Verfolgers. Schwarzer Staub spritzte in die Höhe. Die flammende Gestalt fauchte verärgert auf und beschleunigte ihr Tempo.

Yonathan lief weiter. Die ersten Regentropfen fielen – genau zum richtigen Zeitpunkt. Der unebene Untergrund wurde jetzt schlüpfrig. Yonathan konnte kaum das Gleichgewicht halten, während der Verfolger immer näher kam. Der Regen schien ihn nicht zu beeindrucken, eher schon zu reizen: Neue Glutbälle flogen heran, einige schossen an Yonathan vorbei, andere trafen den Schutzschirm und entzogen ihm Energie. Er musste mit seinen Kräften haushalten. Dies war erst der Anfang.

Als ein glühender Lavaklumpen seine Beine traf, täuschte Yonathan ein Straucheln vor. Er ließ sich vornüber fallen und rutschte auf seinem leuchtenden Schild talwärts, genau auf das Versteck seiner Freunde zu. Das Ganze ging so schnell, dass ihn der Verfolger kurzzeitig aus dem Blick verlor.

»Jetzt haltet euch dicht bei mir!«, rief er seinen Gefährten zu, die sich an die schwarze Felswand gepresst hatten. Die Regentropfen reihten sich inzwischen zu dicht gespannten Schnüren aneinander.

Er schloss die Augen. Bar-Hazzats Bannstein würde ihn bald entdecken, selbst wenn der Wächter ihn hier nicht sehen konnte. Aber auch er selbst würde spüren, welchen Weg der flammende Hüter nahm. Wieder hatte er das Bild aus einer längst vergangenen Zeit vor sich, den Strudel, wenn das Wasser der Wanne in Loanhead abfloss. Linksherum musste er sich drehen. Immer schneller. Genauso wie die schwülfeuchte Luft des Verborgenen Landes wirbeln musste – um einen Mittelpunkt der Ruhe.

Obgleich Yonathans Gefährten wussten, dass nur ein übernatürliches Ereignis sie retten konnte, erschraken sie doch, als plötzlich ein grellblauer Blitz von Haschevets Knauf in den Himmel stieß. Der siebte Richter hatte seine Kraft gesammelt, geformt – und jetzt ließ er sie frei.

Sofort setzte ein Luftstrom ein, der an Haschevets Lichtspur entlang zu Boden fuhr. Zwei Bilder überlagerten sich in Yonathans Geist, Wasser- und Wetterstrudel wurden eins. Der Wind frischte spürbar auf. Yonathan lenkte die niederstürzenden Luftmassen in Richtung des Angreifers. Noch war dieser weit genug entfernt. Der Stabträger musste die Bedingungen für den Zyklon geschaffen haben, bevor das Magmawesen das entstehende Auge des Sturms erreichen konnte.

Hoch über den Köpfen der Menschen geriet die graue Wolkenmasse in Bewegung. Seit beinahe fünftausend Jahren hatte diese feuchte Decke auf dem Verborgenen Land gelegen und ein Klima wie in einem cedanischen Badehaus entstehen lassen. Doch jetzt hatte Haschevets Feuer ein Loch in das beständige Wolkendach gebrannt. Die kühlen Luftmassen, die aus der Nordregion gegen das Verborgene Land anrannten, fanden endlich eine Bresche, ein kleines Leck nur. Aber das genügte ihnen.

Mit Macht strömte die kalte Luft am Flammenspeer entlang, fiel wie ein Belagerungsheer in die so lange gehaltene Festung. Gleichzeitig suchten die wärmeren, leichteren Luftmassen sich ihren Weg nach oben.

Ein Wirbelsturm wurde geboren.

Und doch hätten diese Naturgewalten allein nicht genügt, um dem Zyklon binnen kurzem seine zerstörerische Macht zu verleihen. Das *Koach* Haschevets musste die Entwicklung beschleunigen. Der nahende Wächter spürte die Gefahr. Die Regentropfen fielen nicht mehr senkrecht, sondern peitschten schräg hernieder, stachen gegen seinen flammenden Körper. Weiße Dampfwolken stoben auf und wurden sofort vom Sturm weggerissen. Der Hüter des Auges pumpte die flammende Hitze aus seinem karminroten Herzen und schritt unbeirrt voran. Er hatte nur das eine Ziel vor sich: den siebten Richter zu vernichten.

Yonathan erwies sich als ein weiser Verwalter des *Koach*. Geschickt wandte er alles auf, was er hatte, um den Sturm zu schaffen und zu unterhalten: das Wissen zweier Welten, Mut, Entschlossenheit und Glauben. Er versetzte die Luftmassen zur richtigen Zeit in Drehung, noch bevor sie selbst es aus eigener Kraft vermochten. Er lenkte sie und umfing sie mit unsichtbaren Händen, ehe sie wild davonwirbeln konnten. Und er benutzte sie als Schild und als mächtige Waffe, bevor sie selbst ihr blindes Zerstörungswerk antraten.

Das Auge des Sturms befand sich unmittelbar über dem Stab. Nur eine frische Brise bewegte die Regenumhänge der drei Gefährten, die Hautfalten Din-Mikkiths und das Gefieder seines eingeschüchterten Papageis. Der Himmel über ihnen war blau. Chaos dagegen tobte im Umkreis von nur wenigen hundert Fuß. Eisige Hagelschauer schlugen auf den Glühenden Berg und seinen Wächter. Die feurige Gestalt war das einzige Licht in dem nachtschwarzen Zyklon und das Leuchten wurde schwächer.

Yonathan bemerkte, dass der Wächter langsamer vorrückte. Bald fielen die vorher zornig stampfenden Schritte schwerfällig und tappend aus. Schließlich blieb der Hüter stehen. Er war klein geworden, kleiner noch als Din-Mikkith.

Keuchend zügelte Yonathan den Strom der Kraft, die er quälend lange in den Stab hatte fließen lassen. Er verschloss das Loch in den Wolken und ließ den Wirbelsturm frei. Ohne die Zufuhr frischer Kaltluft verlor er schnell an Wildheit und löste sich nach einer kurzen Phase des Wütens westlich des Glühenden Berges auf.

Es regnete noch immer, aber mit der für diese Tageszeit angemessenen Stärke. Yonathan war auf die Knie niedergesunken. Erst jetzt spürte er, wie viel Kraft ihn der Sturm wirklich gekostet hatte. Vor seinen Augen tanzten leuchtende Punkte. Sein Atem ging schwer.

»Was ist mit dem Wächter«, brachte er schließlich hervor. »Ist er ...?«

»Nichts weiter, nur eine Bimssteinpuppe«, rief ihm Yomi aus einiger Entfernung zu.

Yonathan warf den Kopf hoch und erkannte die schwarze Figur in Yomis Armen. Es sah wirklich aus, als trüge der Seemann ein Spielzeug, nicht größer als ein vierjähriges Kind.

»Yo!«, schrie er aus voller Kehle. »Was machst du da? Lass sofort die Finger davon!«

»Yonathan«, erwiderte Yomi in einem leicht beleidigten Tonfall. Er stand vielleicht hundertfünfzig Fuß von den Gefährten entfernt, aber seine Stimme trug am Berghang erstaunlich weit. »Ich bin doch kein kleiner Junge, dem man ein Spielzeug verbieten muss. Das Ding hier ist unheimlich harmlos, glaub mir.«

Noch während Yomi die Ungefährlichkeit des erstarrten Hüters pries, begann sich ein roter Fleck über dem Herzen der »Puppe« zu bilden.

»Sofort weg damit, Yomi! Und dann komm her!«, rief Yonathan. Er quälte sich auf die Beine.

Der Seemann beeilte sich nun der Aufforderung nachzukommen. Mit einem Ruck setzte er die schwarze Figur ab, sodass sie umstürzte. Ihr linker Arm brach dabei ab.

»Sie ist auf einmal unheimlich heiß geworden«, entschuldigte er seine Ungeschicklichkeit.

»Schon gut. Geh endlich zurück, schnell«, drängte Yonathan, während er selbst auf sie zueilte. Ein karminroter, zäher Strom ergoss sich aus ihrem Armstumpf. Als Yonathan seinen Freund erreichte, schob er ihn in Richtung auf das Versteck der Gefährten und rief: »Bleibt alle hinter den Felsen. Der Kampf ist noch nicht vorbei.«

Der Stabträger ließ wieder die blaue Aura aufleuchten. Der eisige Wirbelsturm hatte den Wächter zwar erkalten lassen, aber das Auge lebte noch immer. Es würde ihn innerhalb kürzester Zeit wiedererwecken. Yonathan musste schnell handeln.

Mit erhobenem Stab taumelte er auf die Figur zu, die erneut zu glühen begonnen hatte, aber ruhig dalag. Noch einmal brauche ich Kraft, flehte er; aber er stolperte und fiel hin. Während Yonathan sich aufraffte, sah er, wie die glühende Figur sich bewegte.

Der abgebrochene Arm war nachgewachsen, oder besser: nachgeflossen. Sie erhob sich – schwerfällig; die Glut strahlte Hitze ab und die Luft waberte um sie herum.

Alles, was er an Energie besaß, sammelte Yonathan für den letzten Kraftakt. Kein Feuerball diesmal, beschwor er sich selbst. Nur jetzt kannst du ihm nahe genug kommen. Endlich stand er schwankend vor der kleinen Gestalt. Sie schien zu ihm aufzublicken, wirkte nun fast wie ein schutzloses Kind. Ein stummer Hilferuf drang zu Yonathan, ein Gefühl des Mitleids hemmte seine Entschlossenheit. Er zögerte, machte sich klar, dass auch dies nur eine List des Auges war.

Dann blähte sich die blaue Aura um den Richter und der Stab sauste nieder.

Yonathan nahm nichts mehr wahr. Sein Geist stürzte in ein schwarzes Loch, während sein Körper schlaff in sich zusammensank. Zum zweiten Mal an diesem Tag wurden die Wolken gespalten – ein grellroter Blitz zuckte himmelwärts.

XVI.
Der Gemmenschlund

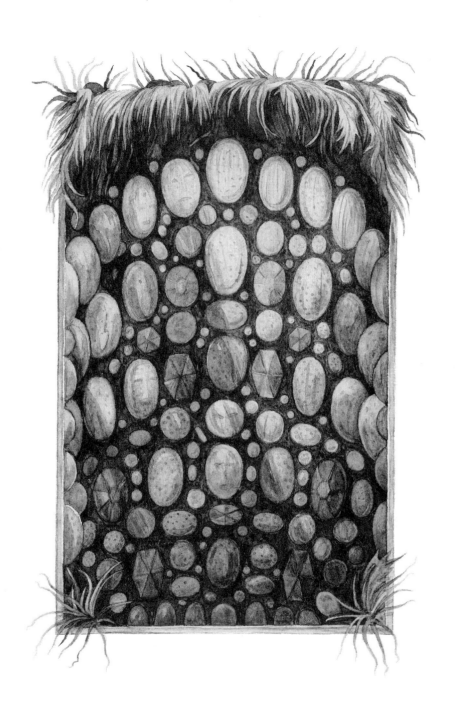

Yonathan wurde den Eindruck nicht los, sein Lager würde sich bewegen. Aber das war natürlich Unsinn, wahrscheinlich eine Folge seiner Bewusstlosigkeit. Der Kampf mit dem letzten Bannstein war bisher der schwerste gewesen. Er fühlte sich dem Tode näher als dem Leben. Selbst das Öffnen der Augen wollte ihm kaum gelingen.

»Ich glaube, er wird wach! Seine Lider haben gezittert«, bohrte sich eine Stimme in sein Ohr, ein unangenehm widerhallendes Echo in einem riesigen Raum.

Er versuchte seine Gesichtsmuskeln zu verziehen – eine Reaktion auf die Schmerzen, welche der Schall in seinem Schädel hervorrief.

»Tatsächlich! Ich hatte schon unheimliche Angst, er würde nie mehr zu sich kommen.«

Eine zweite Stimme, stellte Yonathan fest. Die Schwingungen hatten nachgelassen, die Laute wirkten weniger grell. Klingt fast wie Yomi, folgerte er. Er rang sich zu einem neuerlichen Versuch durch und stemmte die Augenlider hoch.

Ein Schreck fuhr ihm in die Glieder: Er sah Blätter, Äste, Baumkronen. Aber: »Alles dreht sich.« Selbst der Klang der eigenen Stimme schmerzte!

»Krächzen kann unser Kleines auch noch«, zischte ein grünes Gesicht, das vor Yonathans Augen schwamm. »Zwei, drei Tage und es ist wieder wie neu.«

»Meinst du wirklich, es geht so schnell?«, fragte Gimbar besorgt.

»Glaub mir. Ich kenne ihn. Ich habe ihn schon ein paarmal wieder zusammengeflickt.«

»Ihr sprecht von mir, als wäre ich ein durchgelaufener Stiefel«, beklagte sich Yonathan; den Versuch sich aufzurichten brach er vorzeitig ab. »Warum bewegt sich nur alles um mich herum?«

»Das liegt an unserem Transportmittel«, klärte ihn Yomi auf.

»Wie?«

Gimbar drückte sich deutlicher aus. »Du wirst es nicht für möglich halten, aber Din-Mikkith hat eine der Riesenschnecken überredet uns mitzunehmen. Du erinnerst dich doch noch?«

»An alles ...«, keuchte Yonathan, schloss die Augen und entschied sich, erneut die Besinnung zu verlieren.

Als Yonathan zum zweiten Mal erwachte, ging es ihm schon bedeutend besser.

»Wie lange habe ich geschlafen?«

»Alles zusammengerechnet?«, fragte Gimbar und rieb sich die Nase.

»Nun sag schon.«

»Drei Tage.«

»*Drei* Tage? Warum habt ihr mich nicht geweckt?«

»Wir waren uns einig, dass wir dich ganz gerne noch eine Weile als Freund und Richter behalten wollen.«

»Der Kampf mit dem Auge hat mich wohl ziemlich angestrengt?«

»Du bist ein Meister im Untertreiben, Yonathan.«

Bei der letzten Bemerkung Gimbars hatte sich Yonathan aufgerichtet, um die nähere Umgebung in Augenschein zu nehmen. In seinem Kopf pochte zwar immer noch ein heftiger Schmerz, aber das, was er sah, half ihm darüber hinwegzukommen.

»Dann stimmt es also, dass wir in einer Schnecke reisen.«

»Natürlich. Meinst du, ich würde dich belügen?«

Yonathan fand sich in einer geräumigen Koje untergebracht, die sich nach eingehender Betrachtung als eine Kammer im Gehäuse einer riesigen Schnecke erwies. Sanft schien das Tageslicht direkt durch die abgerundeten Wände zu dringen. Manche

Bereiche glänzten in einem hellen Weiß, während andere durch zarte rosa Perlmuttöne dem Inneren einer schimmernden Seemuschel glichen. Das Schneckenhaus besaß noch weitere Öffnungen, die sich allesamt als Eingänge zu anderen Mulden und Höhlungen erwiesen. Ein wanderndes Gästehaus.

Als er sich ins Freie schob, sah er Din-Mikkith und Yomi einige Ellen unter sich. Sie saßen wie zwei Reiter hinter dem Schneckenkopf. Gimbar trat neben ihn.

»Es ist genau so eine, wie wir sie letzte Woche getroffen haben«, erläuterte der Expirat fachkundig.

Yonathan nickte – und hielt sich stöhnend den Kopf. »Offensichtlich geht es mir noch nicht so gut ... Wie hat Din-Mikkith die Schnecke eigentlich dazu gebracht uns mitzunehmen? Als ich zum letzten Mal eine von ihnen sah, schien es mir, als seien sie nicht sonderlich an uns Winzlingen interessiert.«

Gimbar fuhr mit seiner Hand beiläufig durch die Luft und antwortete: »Na, du weißt schon, die Geschichte mit den Lebenden Dingen. Sie kam zufällig vorbei, als wir dich vom Vulkanhang schleppten. Plötzlich kletterte Din-Mikkith an ihr hoch, setzte sich in ihren Nacken und ... massierte sie, oder ... ich weiß es nicht. Jedenfalls sind wir dann nebenhergerannt, haben dich hochgezerrrt und in diese Mulde gelegt.«

»Und alles, ohne dass sie stehen blieb?«

»Din-Mikkith sagt, die jungen Schneckeriche pilgern jeden Herbst in den Südwesten des Verborgenen Landes, um sich eine Braut zu suchen. Dabei kann nichts und niemand sie aufhalten.«

»Es kommt mir nicht so vor, als ob dieser hier in Eile wäre.«

»Das täuscht. Sie sind nicht unbedingt schnell, aber dafür sehr ausdauernd. Zu dieser Jahreszeit sind sie praktisch ständig in Bewegung. Selbst wenn ein Teil ihres Gehirns ausruht, kann der andere weiter nach Bräuten jagen. Dadurch schaffen wir ungefähr vier Meilen in der Stunde; das sind sechsundneunzig am Tag. Dein kleiner grüner Freund meint, dass wir für die gut achthundert Meilen zur Westgrenze des Verborgenen Landes nicht mehr als neun Tage brauchen werden.«

»Auch aus Kieselsteinen lässt sich ein Turm errichten!« Yonathan staunte.

In diesem Augenblick drehte sich Din-Mikkith um und entdeckte den wiedererwachten Gefährten. Zusammen mit Yomi kam er den Schneckenrücken entlanggelaufen. Alle vier setzten sich in die größte der insgesamt acht von außen zugänglichen Kammern und feierten Yonathans Rückkehr zu den Lebenden.

Einige Tage später thronte Yonathan gemeinsam mit Din-Mikkith auf dem Nacken der Riesenschnecke. Eine Weile hatten sie nur den vorüberziehenden Regenwald auf sich wirken lassen. Yonathan staunte immer wieder über die schier grenzenlose Vielfalt von Pflanzen und Tieren, die man hier zu Gesicht bekam.

Die Schnecke hatte sich bis jetzt als ein überaus friedliches Reittier erwiesen. Gimbar fand es daher passend ihr den Namen »Baldrian« zu geben. Sie trug die Reisenden mit der Geduld eines dahintreibenden Floßes. Nur einmal, als ein wildschweinähnliches Untier von der Größe eines Bullen mit langen, scharfgebogenen Hauern nicht den Weg räumen wollte, sondern sich vor der Schnecke mit scharrenden Hufen und gesenktem Haupt aufbaute, verlor sie ihre Zurückhaltung. Die Schnecke hob verblüffend schnell den vorderen Teil ihres Körpers und spritzte einen grünlichen Schleim direkt auf den Angreifer. Getroffen stürzte jener zur Seite, blieb bewegungsunfähig am Boden kleben und musste miterleben, wie Baldrian mit seinen unzähligen Füßen über ihn hinwegtrampelte. Als der Körper hinter der Schnecke wieder zum Vorschein kam, waren von ihm nur noch blanke Knochen übrig – Baldrian hatte das Tier sozusagen im Vorübergehen verdaut.

Die meisten Waldbewohner wussten um diese Fähigkeit der Riesenschnecken. Deshalb räumten sie lieber das Feld, wenn sich einer der stillen Kolosse näherte. Yonathan und seine Gefährten hatten also einige Tage zuvor – und er fragte sich noch lange Zeit später, ob es Zufall oder Eingebung gewesen war – genau richtig reagiert.

Bullengroße Wildschweine waren eine absolute Ausnahme auf dem Speisezettel Baldrians. Der friedliche Riese ernährte sich ansonsten ausschließlich von Blättern, die sein Maul im Dahingleiten von den Ästen streifte. Seine vier Reiter duldete er nicht nur, er schien sich sogar an ihrer Gesellschaft zu erfreuen. Immer wieder untersuchten die vier Schneckenaugen die Mitreisenden, als gäbe es täglich etwas Neues an ihnen zu entdecken. Die auf langen, beweglichen Fühlern sitzenden Sehorgane konnten sich unabhängig voneinander bewegen – einmal umschlängelten sie neugierig einen der Reiter, dann wieder blickten sie von oben auf ihn herab, während ein anderer, augenloser Fühler die Haare des Studienobjekts zerwühlte oder an der Kleidung herumzupfte.

»In der Behmisch-Sprache nennen wir diese Schnecken übrigens *Rakk-Danbalath*.«

Yonathan hätte Din-Mikkiths Erläuterung beinahe überhört. Die leise Stimme des Behmischs hob sich kaum von dem Rauschen der Blätter hoch oben im Dach des Waldes ab.

»Lass mich raten«, erwiderte er. »Das bedeutet ›Pfad durch den Wald‹, stimmt's?«

Din-Mikkith kicherte. »Ich dachte mir schon, dass du den wahren Namen selbst herausfinden würdest. Die Lebenden Dinge sind dir zugetan; noch mehr, seit ich dir meinen Keim geschenkt habe.«

Yonathan räusperte sich. Es fiel ihm schwer, die richtigen Worte zu finden. »Da gibt es etwas, das ich mit dir besprechen wollte, Din. Deshalb bin ich zu dir nach vorne gekommen.«

Din-Mikkiths Gesicht zeigte ein Lächeln, das nur Eingeweihte wirklich entschlüsseln konnten. »Das habe ich mir schon gedacht, Kleines. Was gibt es denn so Wichtiges, dass deine Freunde es nicht hören dürfen?«

»Yomi und Gimbar werden alles erfahren, wenn die Zeit dafür reif ist – und wenn zuerst *du* mir deine Entscheidung mitgeteilt hast.«

»Das hört sich bedeutungsvoll an.«

»Es geht um das Versteck des fünften Auges.«

Din-Mikkith lächelte wieder und Yonathan wusste, dass der Behmisch auch diesen Punkt schon erraten hatte.

»Ich habe da eine ganz bestimmte Vermutung«, fuhr er fort,

»im Augenblick ist es nicht mehr als ein Verdacht. Deshalb konnte ich übrigens sofort herausfinden, was der Name *Rakk-Danbalath* bedeutet.«

»Du machst mich neugierig.«

»Vor vier Jahren, in deinem Baumhaus, erzähltest du mir von *Rakk-Semilath*, dem ›Pfad über das Meer‹, wie du ihn nanntest. Ich habe dir ja berichtet, dass Yomi, Gimbar und ich später genau auf dieses Traumfeld stießen. Es selbst nannte sich Galal.«

»Ein erstaunlicher Zufall.«

»Vielleicht war es gar nicht so zufällig, Din. Galal sagte mehr oder weniger deutlich, es sei von deinem Keim angezogen worden. Anfangs hielt es mich sogar für einen Behmisch. Ich las damals die Erinnerungen deines Keims und befand mich plötzlich in der Haut eines jungen Behmischs, so jedenfalls kam es mir vor. Ich sah, wie deine Vorfahren von einer Insel flüchteten. Sie hatten panische Angst. Etwas Bedrohliches ging von dem Berg aus, der die Insel überragte. Nur weil Galal – oder *Rakk-Semilath*, wenn du so willst – zufällig vor der Insel auftauchte, konnte der Untergang der Behmische verhindert werden.«

»Nur verschoben. Du vergisst, dass ich der Letzte der Behmische bin, Kleines. Mein Volk ist letzten Endes doch untergegangen.«

Jetzt lächelte Yonathan geheimnisvoll. »Ich vermute, dass die Heimat deiner Vorfahren und das Versteck von Bar-Hazzats fünftem Auge ein und derselbe Ort sind. Mehr noch: Ich nehme an, dass das Auge für die Vertreibung deiner Ahnen verantwortlich ist. Und«, Yonathan holte tief Luft, »deshalb wollte ich dich bitten uns auf unserer weiteren Reise zu begleiten.«

Jetzt ist es raus, dachte er erleichtert. Eigentlich hatte er auf eine spontane Antwort Din-Mikkiths gehofft, ein begeistertes Ja oder auch ein harsches Nein, aber der Behmisch tat ihm nicht den Gefallen. Er saß regungslos schräg vor Yonathan, hatte völlig die Farbe von Baldrians Rücken angenommen – und offenbar auch dessen Schweigsamkeit.

Nach scheinbar endlosem Warten konnte Yonathan nicht mehr länger an sich halten.

»Was ist? Du musst doch irgendeine Meinung zu meinem Vorschlag haben.«

Din-Mikkiths Erwiderung war nicht mehr als ein sanftes, kaum hörbares Rauschen. »Ich habe dir meine Antwort schon vor vier Jahren gegeben, Kleines. Die Welt hat sich gewandelt, seit wir Behmische von ihr verschwunden sind. Man würde mich nicht verstehen, mich vielleicht sogar bekämpfen, wie Ungeziefer. Ich bin zu alt, um noch abwarten zu können, bis die Menschen umdenken. Bis sie endlich lernen werden andere, fremdartig wirkende Mitbewohner unserer gemeinsamen Welt zu respektieren, werden diese längst nicht mehr existieren.«

»Ich glaube, da irrst du dich«, widersprach Yonathan. Er musste seinen aufkeimenden Ärger unterdrücken. »Es ist nie zu spät, selbst etwas Gutes zu tun. Und darum habe ich dich gebeten – mir zu helfen, Yomi und Gimbar zu helfen, *Neschan* zu helfen!«

»Neschan braucht meine Hilfe nicht.«

Nie hatte Yonathan den Schmerz, den Din-Mikkith in sich trug, so intensiv wahrgenommen. Es war Zeit, die letzte Vermutung preiszugeben.

»Ich halte es für möglich, Din, dass noch immer Behmische auf der Insel deiner Ahnen leben.«

Din-Mikkith erwachte aus seiner Starre. Grellgrüne Flecken erschienen auf seinem Körper. »Wie kommst du darauf?«

»Als ich die Erinnerungen deines Keims las, hatte ich das Gefühl, einige deiner Vorfahren seien unentschlossen gewesen. Mir kam es so vor, als wollten sie lieber auf der Insel bleiben. Vielleicht haben sie es irgendwie geschafft und dort überlebt?«

»Ein sehr dünnes Seil, auf dem du balancierst, Kleines.«

»Aber ich glaube, es trägt, Din.« Yonathan sprach jetzt eindringlich, mit seiner ganzen Überzeugungskraft. »Überlege doch. Was riskierst du schon? Die Weltentaufe steht ohnehin kurz bevor. Die Menschen werden keine Gelegenheit mehr haben dich anzufeinden – wir suchen eine vergessene Insel und anschließend reisen wir in die Südregion. Danach wird Neschan entweder untergehen oder als eine völlig neue Welt auferstehen.

Geht sie zugrunde – was spielt es da für eine Rolle, ob du hier im Verborgenen Land in deinem Baumhaus sitzt oder in Gedor? Wenn wir sie aber gemeinsam retten können, dann wirst du nicht nur im Lied der Befreiung Neschans eine ewige Strophe erhalten.«

Din-Mikkith nahm sich wieder viel Zeit, um über Yonathans Worte nachzudenken, und der Richter befürchtete schon, diese Antwort könnte genauso abweisend ausfallen wie vorher. Als der Behmisch dann seine zischelnde Stimme erhob, klang sie ruhig und milde.

»Deine Weisheit hat sehr zugenommen, seit wir uns zuletzt gesehen haben, Kleines.«

»Es liegt wohl daran, dass ich einen sehr weisen Lehrer hatte.«

Din-Mikkith lächelte. »Ich habe schon einmal dem Richter Neschans aus der Patsche geholfen. Wenn diese Männer wirklich nicht ohne mich auskommen, dann werde ich ihnen eben wieder helfen.«

»Du bist ein Goldstück!«, jubelte Yonathan. »Jetzt weiß ich, dass wir die Insel finden können.« Dann stieß er einen Freudenschrei aus, der selbst Baldrians Aufmerksamkeit erweckte.

»Eher ein Grundstück«, wiegelte Din-Mikkith kichernd ab. »Natürlich solltest du dich bei alledem nicht zu ernst nehmen, Kleines. Ich tue es in erster Linie für Yehwoh, dann für mein Volk. Und an letzter Stelle erst für dich.«

»Natürlich«, gab Yonathan im Scherz zurück. »So wie ich dich zuallererst als Schneckenbändiger, danach als Reiseführer und am Schluss als Ratgeber haben wollte.«

Sogar Gimbar begrüßte die gute Nachricht. Er hatte Din-Mikkiths Wesen in all seiner Verschrobenheit inzwischen genauso lieb gewonnen wie schon Yonathan und Yomi lange vorher. »Vier Verschwörer gegen den dunklen Herrscher – das ist eine gute Zahl«, hatte er verkündet. »Sie erinnert mich an Goels Viereck und das, wofür es steht – Yehwohs Eigenschaften: Liebe, Weisheit, Macht und Gerechtigkeit.«

»Lasst uns lieber nicht bestimmen, wer von uns vieren auf welcher Seite des Quadrats steht«, hatte Yonathan lächelnd erwidert. Er lag in einer Mulde des Schneckenpanzers, hatte einen dünnen Zweig im Mund und ließ die Baumkronen wie Wolken über sich hinwegziehen. Endlich konnte er sich erholen: Das Auge im Glühenden Berg war zerstört, Din-Mikkith für das gemeinsame Unternehmen gewonnen und die dringende Botschaft verschickt.

Der Behmisch hatte zwar die Meinung vertreten, Yonathan sei inzwischen sehr gut allein in der Lage Galal eine Nachricht zukommen zu lassen, aber Yonathan beharrte auf seinem Standpunkt, dass ein bisschen zu viel besser sei als auch nur ein Hauch zu wenig. So hatte er denn Din-Mikkiths altes Geschenk, den grün funkelnden Keim, aus dem Beutel gefischt, ihn mit seinen Händen umschlossen, auf die sich die sechsfingrigen des Behmischs legten, und einen lautlosen Ruf ausgesandt. Er hoffte nur, dass Galals altes Versprechen noch galt. »Du musst mich nur rufen«, hatte das inselgroße Traumfeld damals gesagt. »Dann werde ich dich hören.«

Er erinnerte sich noch so, als wäre es erst gestern gewesen. Galals grün schimmernder Körper hatte eine gewaltige Hand geformt, ihn weit in die Höhe gehoben und hinzugefügt: »Schau, Yonathan, das ist dein Freund, Galal, *Rakk-Semilath*, der Pfad über das Meer. Behalte sein Bild im Sinn, so wie die Bilder seiner Gedanken. Wenn du ihn brauchst, wird er für dich da sein.«

Yonathan hatte versprochen seinen großen Freund nicht zu vergessen und jetzt hatte er, gemeinsam mit Din-Mikkith, Galals Bild in die Weite Neschans ausgesandt – und hoffte inständig, auch gehört worden zu sein.

Wenn alles glückte, würde das Traumfeld die *Weltwind* an der Westküste des Verborgenen Landes ins Schlepptau nehmen und mit ihr zum vereinbarten Treffpunkt kommen. Kaldek hatte in Cedanor dem Plan bis zuletzt skeptisch gegenübergestanden, und da Yonathan wusste, dass auch Galal die Schiffe der Menschen nicht unbedingt liebte, hatte er bei der ganzen Angelegenheit ein mulmiges Gefühl.

Abgesehen von diesen Bedenken ließ er es sich während des

neuntägigen Rittes auf dem Rücken der Riesenschnecke wohl sein. Endlich war er einmal gezwungen nichts zu tun. Und das tat er sehr gründlich.

Yomi maulte bisweilen, weil Baldrian es nicht mochte, wenn man auf seinem Rücken Feuer entfachte. Daraus ergaben sich einschneidende Folgen für den Speisezettel der vier Schneckenreiter. Man ernährte sich ausschließlich von »kaltem Grünzeug«, wie der Seemann sich auszudrücken pflegte: Wurzeln, Früchte, Nüsse und Pflanzen, die Din-Mikkith entweder im Vorübergleiten von den Bäumen zupfte oder anderweitig beschaffte, wenn er für kurze Zeit den Schneckerich verließ. Sobald Yomi sich wieder einmal beschwerte, erinnerten ihn Yonathan und Din-Mikkith nur an das alptraumhafte Wesen, das Jahre zuvor beinahe über die drei hergefallen wäre, nur weil der Seemann damals unbedingt Fisch hatte essen wollen. Yomis Magen beruhigte sich daraufhin immer sehr schnell.

Als der Höhenzug im Westen eines Morgens leuchtend orange in der Morgensonne aufflammte, klopfte Din-Mikkith auf Baldrians Schneckenhaus und verkündete: »Heute werden wir uns von unserem guten Freund trennen müssen. Er wird in diesem Waldstück sein Weibchen suchen, und wenn beide einander liebevoll umschlingen, ist es besser, nicht zu nahe bei ihnen zu sein.«

»Verstehe«, sagte Gimbar mit einem Augenzwinkern. »Diskretion.«

»Falsch«, antwortete Din-Mikkith. »Schleim.«

Gimbars Kinnlade fiel herunter. »Sie beschmieren sich mit diesem ätzenden Zeug?«

»Die Riesenschneckenweibchen jedenfalls finden es anregend. Sie fahren dabei schier aus dem Häuschen.«

Der Expirat bedachte den Behmisch mit einem langen, zweifelnden Blick.

Yonathan beschäftigten mehr geographische als biologische Fragen. »Eigentlich dürfte es nicht mehr weit sein bis zu dem Ort, von dem Garmok uns erzählt hat. Was meinst du, Din?«

»Das glaube ich auch, Kleines. Girith kam vor etwa einer Stunde von einem Erkundungsflug zurück. Ich habe seinen Erinnerungen ein Bild entnommen, das mit der Beschreibung eures Drachen übereinstimmen könnte: eine große Lücke im westlichen Grenzgebirge.«

»Ein Tal, ähnlich dem im Osten, das die beiden Türme bewachen?«

Din-Mikkiths Kopf wogte in einer fließenden Bewegung – ein Nein in der Behmisch-Mimik. »Was Girith aufgefallen ist, sieht eher wie ein riesiges Loch aus. Als wäre ein ungeheurer Bohrer auf den Gipfelgletschern angesetzt und bis tief an die Grundfesten der Berge getrieben worden.«

Die drei Zuhörer des Behmischs warfen sich beunruhigte Blicke zu. Yonathan sprach wie zu sich selbst, tonlos und leise:

Und schließlich der Rachen, er füllt seinen Bauch,
Die Neugier bestraft er mit tödlicher Wut.

»Giriths Eindrücke passen wirklich sehr gut zu dem Bild des ›Rachens‹«, bestätigte Din-Mikkith.

»Hat Rotschopf irgendein Funkeln in der Öffnung gesehen?«

»Du denkst an die Edelsteine, von denen Garmok euch berichtet hat? Nein. Aber das muss nichts heißen. Girith interessiert sich nicht besonders für solche Dinge.«

»Was haltet ihr davon?«, fragte Yonathan in die Runde seiner Freunde.

Yomi zuckte die Achseln. »Ist mir unheimlich egal, wo wir anfangen.«

Gimbar nickte. »Schauen wir uns die Grube doch einfach an. Das Schlimmste, was uns passieren kann, ist ein großer Reinfall.«

Vier winzige Gestalten blickten ergriffen in das größte Loch Neschans. Ungefähr sechs Stunden waren vergangen, seit sie sich von Baldrian verabschiedet hatten. Die Sonne stand jetzt hoch am Himmel, ihre Strahlen brachen durch den Rand der Wolkendecke, die hier an der Grenze des Verborgenen Landes schon stark aufgelockert war. Tief unten in dem Schlund funkelte es, ein geheimnisvolles Glitzern, verlockend und Furcht einflößend zugleich.

»Als sähe man in dunkler Nacht zum Sternenhimmel empor«, flüsterte Yonathan; es war ihm schwer gefallen, das andächtige Schweigen zu brechen.

»Ich wüsste unheimlich gerne, was das Geheimnis dieses Wächters ist«, sagte Yomi.

Gimbar ließ seine Nasenspitze los und meinte: »Wahrscheinlich wohnt da unten ein Monstrum, das nur darauf wartet, dass ein Neugieriger seine Nase zu weit in dieses Loch steckt – so würde ich jedenfalls die Strophe aus dem Gedicht über die sieben Wächter deuten.«

»Wenn ich das Lage richtig beurteile«, meldete sich Din-Mikkith, »stehen uns zwei Wege zur Auswahl. Schaut, dort!« Seine biegsamen Arme beschrieben zwei Bögen. »Die beiden Pfade führen um den Abgrund herum. Sie sind sich sehr ähnlich. Keiner scheint dem anderen gegenüber einen Vorzug zu bieten. Welches Weg sollen wir wählen?«

Die Frage war vor allem an Yonathan gerichtet, der noch einmal seine Augen über das ganze Szenarium schweifen ließ. Rings um das Loch ragten Felswände zwei Meilen hoch, in einer nahezu vollkommenen, glatten Rundung. Wie zwei schmale Absätze oder Simse waren die beiden Pfade aus dem Gestein geschlagen. Ein Vorplatz bildete den einzigen Zugang zu dem Abgrund und den ebenerdig ansetzenden Wegen. Von hier aus konnte man einen Blick in den Schlund werfen und an seinen Innenseiten hässliche graue Pusteln erkennen. Weshalb unterschied sich die Beschaffenheit der Steilwände über und unter dem Niveau des Betrachters derart voneinander? Yonathan wusste es nicht. Ebensowenig konnte er sich erklären, warum dieses Tor des Verborgenen Landes so leicht zu erreichen gewesen war. Der Pfad führte einfach auf das Loch zu. Kein Klettern, kein Suchen. Nichts.

Der Durchmesser des Schlundes betrug etwa eine Meile und übertraf damit die gesamte Breite des Gebirges, allerdings nur wenig. Im Osten wie im Westen ergab sich daher ein schmaler, nur etwa vierhundert Fuß messender Spalt, durch den man den Schauplatz betreten und wieder verlassen konnte – vorausgesetzt, es gelang einen der schmalen Pfade unbeschadet hinter sich zu bringen.

Darin bestand wohl das eigentliche Problem, vermutete Yonathan. Jeder der beiden Wege war zwar nur etwa drei Ellen breit, an manchen Stellen auch sanft an- oder absteigend, aber ansonsten verliefen sie eben und schienen völlig ungefährlich zu sein. Viel zu ungefährlich!

»Wir nehmen den rechten«, entschied Yonathan.

»Wieso gerade den?«, wollte Yomi wissen.

Yonathan hob die Schultern. »Ich hätte ebenso gut den linken wählen können; es ist völlig egal.«

»Wäre es nicht besser uns zu trennen? Wenn einer der beiden Pfade eine Falle ist, dann kommen wenigstens zwei von uns durch.«

»Nach deinem Vorschlag, Yo, wären zwei von uns schon tot, ehe wir uns überhaupt richtig in Bewegung gesetzt hätten. Glaubst du, ich würde einem solchen Plan zustimmen? Außerdem sagt die Tränenland-Prophezeiung, dass nur der siebte Verwalter – also der Richter – dem bösen Fürsten das Handwerk legen kann. Es würde uns also wenig nützen, wenn ausgerechnet ich zu der Gruppe gehörte, die nicht die andere Seite dieses Abgrunds erreicht.«

»Trotzdem finde ich die ganze Sache ziemlich verdächtig: nur loslaufen, links oder rechts – ich werde das Gefühl nicht los, dass wir in eine unheimliche Falle tappen.«

»Yomi hat Recht«, schaltete sich jetzt Gimbar wieder ein. »Wir sollten zunächst versuchen hinter das Geheimnis dieses Wächters zu kommen.«

Yonathan seufzte. »Meint ihr, ich würde euer Leben einfach aufs Spiel setzen? Habt ihr so wenig Vertrauen zu mir?«

Yomi und Gimbar waren verlegen geworden.

Din-Mikkith dagegen zischte wie ein siedender Wasserkessel. Ihn schien Yonathans Reaktion zu amüsieren.

»Hältst du mich etwa auch für leichtsinnig?«

»Das trifft es nicht ganz«, antwortete der Behmisch schmunzelnd, »ungeduldig würde besser passen.«

»Was willst du damit sagen?«

»Vermutlich wolltest du, nachdem wir uns für einen der beiden Pfade entschieden haben, Haschevet zu Hilfe nehmen, um unseren Weg genauer zu erkunden.«

»Genau das hatte ich vor.«

»Warum schickst du dann nicht *einen* von uns allein ein Stück vor? Oder gehst selbst? So blieben die anderen außer Gefahr.«

Yonathan starrte den Behmisch entgeistert an. Dann lockerten sich seine Gesichtszüge. »Mir scheint, bei irgendeinem dieser Augenkämpfe habe ich meinen Verstand verloren, ohne es zu merken. Du hast natürlich Recht, Din.«

»Wir helfen dir ihn wiederzufinden«, tröstete ihn der Behmisch. »Wer geht also vor?«

»Selbstverständlich ich«, sagte Yonathan. »Ihr bleibt hier und behaltet mich im Auge.« Der Griff um Haschevets Schaft wurde fester.

»Es würde mich unheimlich beruhigen, wenn du dir vorher ein Seil umbinden würdest«, bat Yomi.

»Eine gute Idee, Yo.«

Yonathan schlang sich die Leine um den Leib und ging langsam auf den rechten Pfad hinaus. Vorsichtig setzte er Fuß vor Fuß, den Oberkörper leicht vorgebeugt, um den schmalen Weg besser im Blick zu haben. Gleichzeitig benutzte er die Kraft der *Bewegung*, um die nähere Umgebung zu ertasten. Auf diese Weise arbeitete er sich etwa eine Viertelmeile weit vor, aber er konnte nichts finden, das auch nur im Entferntesten verdächtig schien. Schließlich wandte er sich um, weil er Entwarnung geben wollte. Kaum hatte er seinen Arm zu einer entsprechenden Geste gehoben, erstarrte er.

Die Freunde am Ostende des Loches erschraken. Gimbar glaubte schon, Yonathan wäre zu Stein erstarrt, aber dann kam wieder Leben in den Stabträger.

»Edelsteine!«, schrie Yonathan und deutete in das Loch hinab; seine Stimme hallte unerwartet laut in der gewaltigen Rotunde.

Die Freunde schauten sich verwundert an.

»Verstehst du, was er meint?«, wandte sich Yomi an Gimbar.

»Das Glitzern unten in dem Loch haben wir doch schon vorhin gesehen.«

»Oder er hat etwas entdeckt, das unserer Aufmerksamkeit bisher entgangen war«, merkte Din-Mikkith an.

Yonathan lief zurück. Der gähnende Schlund schien ihn überhaupt nicht zu stören, mit weiten Schritten kam er heran.

»Die Wände des Abgrunds!«, rief er atemlos, noch ehe er seine Freunde ganz erreicht hatte. »Sie sind überall mit Juwelen bedeckt, mit Kristallen und Edelsteinen, manche so groß wie Menschenköpfe. Man sieht sie nur, wenn man von Westen her auf die grauen Steinbuckel an den Innenseiten blickt. Kein Wunder, dieser Wächter soll ja *Ein-* und keine *Aus*dringlinge abhalten.«

»Das kommt mir alles unheimlich bekannt vor«, sagte Yomi mit einem langsamen Kopfnicken.

Yonathan hatte die Wartenden erreicht. »Jetzt verstehe ich auch Garmoks Äußerung«, fügte er schwer atmend hinzu. »Als er von den für Drachen so verlockenden Gemmen sprach, meinte er nicht das Funkeln am Fuße des Schlundes, sondern die glitzernden Steine, die an den Wänden kleben.«

Din-Mikkith kicherte. »Eine starke Versuchung für alle, die von Habgier getrieben werden.«

»Das könnte passen.« Gimbar tippte sich mit dem Zeigefinger auf die Nasenspitze und nickte zufrieden. »Die beiden Türme an der Ostgrenze registrierten ebenfalls die Gefühle jedes Lebewesens. So auch hier: Machtbesessenheit und die Gier nach Reichtum sind eng miteinander verwandt; jeden, der mit unguten Beweggründen in das Verborgene Land vordringen will, bestraft dieser Schlund mit seiner tödlichen Wut. Man muss nur seine Hand ausstrecken und nach einem dieser funkelnden Kristalle ...«

»Nein!« Yonathans Aufschrei ließ alle zusammenfahren. Der Expirat hatte sich nämlich – zur Unterstreichung seiner Worte – auf ein Knie niedergelassen und den Arm über den Rand des Loches gestreckt.

»Keine Sorge, sollte nur ein Scherz sein«, beruhigte Gimbar den zornig funkelnden Freund. »Ich bin nicht auf Reichtum versessen.«

»Kein Spaß lohnt das Entsetzen«, sprach Din-Mikkith aus, was Yonathan dachte.

Nun machten sich die vier Gefährten gemeinsam auf den Weg. Din-Mikkith ging voran, dann folgte Yonathan, hinter ihm Gimbar und Yomi bildete den Abschluss. Yonathan hatte Yomis Vorschlag in die Tat umgesetzt und dafür gesorgt, dass sie sicher angeseilt waren. Girith flatterte unbeschwert über ihnen, als gäbe es keinen Wächter des Verborgenen Landes.

Nach wenigen Schritten sahen die anderen, was Yonathan bereits vor ihnen entdeckt hatte: An den Innenwänden des Abgrunds funkelten zahllose Edelsteine in allen Farben des Regenbogens und übten auf den Betrachter eine starke, geheimnisvolle Anziehungskraft aus.

»Seht am besten nicht hin«, riet Yonathan seinen Freunden eindringlich.

Die Seilschaft folgte Yonathans Rat. Niemand wollte die Rache des Gemmenschlundes heraufbeschwören – wie auch immer sie sich äußern mochte.

Als die vier Wanderer die Strecke von Yonathans erstem Erkundungsgang hinter sich gebracht hatten, hörten sie ein Flügelschlagen, direkt über ihren Köpfen. Girith saß gerade auf Din-Mikkiths Kopf und blickte ebenso überrascht nach oben wie die anderen.

»Da! Eine Elster.« Yomi zeigte nach oben.

»Ist bestimmt von den funkelnden Steinen angelockt worden«, meinte Gimbar.

Die vier blieben stehen und beobachteten den Vogel. Die Elster zog über dem Loch einige Schleifen, als suche sie noch nach einer geeigneten Beute, dann stieß sie nieder. Kurz vor der juwelenübersäten Wand breitete sie die Flügel aus und schloss die Krallen über einem grünen Glitzerstein. Plötzlich zerriss ein Todesschrei die Stille; die Gefährten wurden Zeugen eines unheimlichen Geschehens: Die Elster strahlte rot auf, noch einen Moment lang konnte man ihre Umrisse in dem blendenden Licht erkennen – sie wand sich, versuchte aufzufliegen, doch sie vermochte es nicht –, dann schwoll das Leuchten für einen Augenblick an, wurde zu einem gleißenden Ball und fiel schließlich in sich zusammen. Der Vogel war verschwunden. Nur ein kleiner roter Kristall funkelte, wo eben noch das Tier gesessen hatte, direkt neben dem grünen Juwel.

»Die Elster hat sich in einen Rubin verwandelt!«, keuchte Gimbar. Alle Farbe war schlagartig aus seinem Gesicht gewichen. Er konnte sich noch gut an seinen jüngsten Scherz erinnern.

Auch die anderen drei Gefährten hatte der Vorfall erschreckt. Sie konnten ihren Blick nicht von dem roten Juwel lösen, waren unfähig sich zu rühren.

»Das Kristall ist ungefähr so groß wie das Vogelkopf«, sagte Din-Mikkith nach einer Weile.

Alle starrten den Behmisch an.

»Du willst damit doch nicht etwa sagen ...?« Gimbar schluckte.

»Leider ja«, erwiderte Yonathan anstelle Din-Mikkiths. »Jeder der Steine, die ihr dort seht, steht für ein Wesen, das sich von dem Funkeln des Schlundes verführen ließ – die kleinen waren Tiere und die großen vermutlich Menschen, Behmische ...«

»Was haltet ihr davon, wenn wir weitergehen?«, schlug Yomi leise vor, aber laut genug, um Gehör zu finden. Schweigend, mit gesenkten Augen, die nur auf den nächsten Schritt achteten, bewegte die Gruppe sich weiter am Rande des Gemmenschlundes entlang.

Während Yomi, Gimbar und selbst Din-Mikkith trotz aller Bestürzung eine gewisse Erleichterung verspürten, weil sie glaubten, endlich hinter das Geheimnis dieses Wächters gekommen zu sein, blieb Yonathan misstrauisch. Ihm erschien die Verführung durch die funkelnden Juwelen als zu offensichtlich. Wenn jemand ernsthaft in das Verborgene Land eindringen wollte, dann würde er sich wohl beherrschen und den Blick von den Steinen abwenden. Es musste noch eine andere Gefahr geben, eine gut getarnte Falle – mit Sorgfalt eingerichtet, listig angelegt, bereit, jeden Moment zuzuschnappen. Gerade wollte Yonathan wieder seine unsichtbaren Fühler ausstrecken, um rechtzeitig gewarnt zu sein, als Girith erschrocken von Din-Mikkiths Kopf aufflog.

Der Behmisch blieb sofort stehen. »Was ist, Kleines?«, fragte er den Vogel, aber Rotschopf wollte sich nicht beruhigen. Aufgeregt flatterte er hin und her, auf und ab und rief immer wieder: »Din-Mikkith, liebes Din-Mikkith.«

»Irgendwas stimmt nicht«, übersetzte der Behmisch.

»Wartet!« Yonathan hielt die anderen zurück. Jetzt bemerkte auch er es. Beinahe hätte er seinen tastenden Geist zu spät vorausgeschickt, doch nun begriff er, worin die eigentliche Tücke dieses Ortes bestand. »Wir dürfen diesem Pfad nicht weiter folgen«, erklärte er beschwörend.

»Du meinst, wir müssen umkehren?«, erkundigte sich Din-Mikkith vorsichtig.

»Also hätten wir doch den anderen Weg gehen müssen«, meinte Yomi, nicht ohne eine gewisse Genugtuung.

Yonathan hob die Hand. »Pscht!« Seine Augen waren auf einen bestimmten Punkt gerichtet, etwa drei Ellen jenseits des Weges, mitten in der Luft. »Der Pfad bewegt sich«, sagte er schließlich.

Die Gefährten blickten sich um. Gimbar wagte als Erster zu sprechen. »Was willst du damit sagen? Ich kann nicht erkennen, dass der Weg sich auf irgendeine Weise verändert hätte.«

»Genau darin besteht der Trick. ›Auge und Ohr sind sehr leichtgläubig.‹ Goel sagte dies einmal zu mir. Wir müssen hier entlang.«

Zum Entsetzen seiner Gefährten machte Yonathan einen Schritt direkt über die Kante des Loches hinweg.

Und blieb über dem Nichts stehen.

Die drei Freunde waren nicht in der Lage ihrem Schrecken Ausdruck zu verleihen. Die Überraschungsschreie blieben ihnen im Halse stecken.

»Das gibt es doch nicht!«, flüsterte Gimbar endlich. Er schüttelte unaufhörlich den Kopf und starrte auf Yonathans Füße.

»Es ist wie eine Fata Morgana«, erklärte Yonathan geduldig, »eine Luftspiegelung: Etwas erscheint an einem Ort, befindet sich in Wirklichkeit aber ganz woanders. Kommt jetzt, schnell!

Der Pfad windet sich ständig. Es fällt mir nicht leicht seinen Verlauf im Auge zu behalten.«

»Wem sagst du das!«, keuchte Gimbar entsetzt. »Ich sehe überhaupt nichts – nur dieses Loch! Du hattest mir doch versprochen, für die nächste Zeit aufs Fliegen zu verzichten, und jetzt soll ich durch die Luft gehen?«

»Ich habe dir gar nichts versprochen. Außerdem brauchst du dich nicht aufzuregen: Es sieht ja nur so aus, als würdest du durch die Luft gehen; in Wirklichkeit läufst du weiter auf massivem Fels.«

»Na herrlich! Vielen Dank. Ich wusste ja schon immer, dass du kein Mitleid mir mir hast.«

Unter Schieben und Ziehen gelang es den übrigen dreien, Gimbar auf den unsichtbaren Pfad zu bugsieren. Zwar war es auch Yomi und Din-Mikkith ganz und gar nicht wohl bei dieser ungewöhnlichen Übung, aber da sie beide leidenschaftliche Kletterer waren, störte sie der Anblick der bodenlosen Tiefe weniger als den höhenscheuen Gimbar.

Yonathan gab sich die größte Mühe einen Fehltritt zu vermeiden. Er fühlte jedem einzelnen Schritt vor, nahm sich Zeit, vergewisserte sich sorgfältig; manchmal veränderte der Pfad seinen Verlauf, als wolle er dem Fuß ausweichen, der im Begriff war, ihn zu betreten. Schweißtropfen standen dem Stabträger auf der Stirn. Er hatte die Augen geschlossen, verließ sich ganz auf die Kraft der *Bewegung*. Niemand wagte, seine Konzentration zu stören. Nur der Wind pfiff ab und zu den vier Luftwandlern um die Ohren, während sie über den Abgrund liefen, als handele es sich um einen zugefrorenen See mit kristallklarer Oberfläche. Jeder Beobachter hätte sich mit kaltem Grausen abgewandt. Aber die Gefährten gingen weiter.

Kurz vor dem westlichen Rand des Loches blieb Gimbar stehen. Seine steifen Beine versagten ihm den Dienst, sie zitterten. Er brachte den rechten Fuß nicht mehr richtig vor den linken; plötzlich rutschte er weg und sackte mit einem lauten Schrei nach unten.

Das Seil ruckte heftig, aber es hielt. Helfende Hände griffen zu und zogen Gimbar wieder auf den unsichtbaren Weg zurück. Für die restliche Strecke musste der völlig verängstigte Gimbar gestützt und geführt werden. Erst als er in ausreichendem Abstand von der Kante des Schlundes abgesetzt worden war, löste sich allmählich seine Verkrampfung. Worte fand er allerdings noch nicht, seine vermeintliche Schwäche war ihm sichtlich peinlich. Yonathan und die anderen mussten ihre ganzen Überredungskünste aufwenden, um ihm langsam wieder Selbstvertrauen einzuflößen.

Es dauerte eine Weile, bis er wieder den Blick heben und sprechen konnte. »Ich bin dir nur ein Klotz am Bein, Yonathan. Lass mich hier sitzen und vernichte die restlichen beiden Augen allein. Glaub mir, du wirst es wesentlich einfacher ohne mich haben.«

»Unsinn! Jeder von uns trägt seinen Teil am Erfolg dieses Unternehmens.«

»Aber nicht ich.«

»Jetzt hör endlich auf, dich selbst zu bemitleiden, Gimbar. Wer war es denn, der mich einst vor Asons Pfeil gerettet hat? Durch wen haben wir die Unterstützung der Ostleute gewonnen – durch mich oder dich, den Träger des Mals? Deine Schliche haben uns schon oft geholfen, Gimbar. Denk nur an den Glühenden Berg. Die Idee mit dem Wirbelsturm stammte schließlich von dir. Und wenn du mir nicht den Kopf gewaschen hättest, nachdem der Wächter mich den Vulkan hinuntergejagt hatte, wäre vielleicht sogar mir der Mut gesunken. Wir brauchen dich, Gimbar!«

»Bisher haben wir zusammen doch so ziemlich jede Gefahr gemeistert«, fügte Yomi aufmunternd hinzu. »Gemeinsam schaffen wir auch noch den Rest – vorausgesetzt, du machst mit, Gimbar.«

»Du darfst ihnen ruhig glauben«, sagte Din-Mikkith mit seinem merkwürdigen Lächeln. »Sie sind deine Freunde. Und ich halte ebenfalls zu dir. Komm jetzt, wir wollen die *Weltwind* suchen gehen.«

»Din-Mikkith, liebes Din-Mikkith«, vervollständigte Girith die ausgesprochenen Ermunterungen. Gimbar kam endlich auf die Beine.

»Was bin ich froh, wenn ich erst wieder die Planken eines Schiffes unter mir habe!«, murmelte Gimbar in einem fort, während er im Gefolge seiner Gefährten die letzten Meilen zur Küste zurücklegte.

Vor dem westlichen Zugang zum Abgrund ragte ein großer Berg auf, den es noch zu umgehen galt. Diesem natürlichen Sichtschutz war es zu verdanken, dass nur wenige im Laufe der Jahrtausende das Eintrittstor in das Verborgene Land vom Meer her entdeckt hatten. Diejenigen, denen dies gelungen war, schmückten jetzt die Innenwände des Gemmenschlundes – als menschenkopfgroße Juwelen.

Die Sonne war schon versunken, als die vier Wanderer den Berg an seiner Nordflanke umrundet hatten. Der Wind trug den salzigen Geruch des Meeres herüber. Möwen schrien in der Ferne. Gimbar lebte sichtlich auf.

Nahe bei den Klippen fanden sie einen geeigneten Platz, um die Nacht zu verbringen. Die Dunkelheit hatte sich schon fast völlig über das Meer gesenkt, als Din-Mikkith von seinem Beobachtungsposten herbeieilte.

»Ein Glühen!«, rief er aufgeregter, als man es von ihm gewohnt war. »Es ist grün. Draußen auf dem Meer. Und es kommt direkt auf uns zu.«

»*Rakk-Semilath!*«, sagte Yonathan. Seine Stimme war leise, tiefe Zufriedenheit schwang in ihr mit. »Schade, dass ich diesen Freund nicht in die Arme nehmen kann.«

XVII.
Der Jäger des Turms

ie *Bath-Narga* lief noch am gleichen Tag aus dem Hafen von Gedor aus. Bar-Hazzat hatte ausreichend Gelegenheit gehabt alle Vorbereitungen zu treffen, weil, wie er sagte, Geschan sich zu einem Fehler hatte hinreißen lassen. Ungefähr sechs Wochen zuvor hatte der junge Richter den Stab Haschevet benutzt und dadurch Bar-Hazzat seinen Aufenthaltsort verraten. Auf irgendeine Weise war es Geschan dann doch gelungen eines der sechs Augen des dunklen Herrschers zu vernichten. Kein Wunder, dass Bar-Hazzat unruhig wurde. Die Zeit war äußerst knapp. Geschan, der letzte Richter von Neschan, musste zur Strecke gebracht werden.

Wenigstens hatte diese Sorge des Herrschers von Témánah auch ihr Gutes: Sethur war wieder frei. Dreieinhalb Jahre war er lebendig begraben gewesen, ein Jäger im Turm, dessen Zeit glanzvoller Siege längst vergessen schien. Doch Bar-Hazzat hatte sich seiner erinnert. In der Stunde der Not hatte er ihn wieder geholt, so wie man sich beim ersten Anzeichen der Gefahr seines alten Schwertes erinnert. Er sollte seinem Gebieter dankbar sein. Endlich konnte er die eine Aufgabe erfüllen. Nur die Hoffnung, sich bewähren zu können, hatte ihn so lange am Leben erhalten.

Die »Tochter der Narga« war ein schlanker Fünfmaster, wie man sie nur in Témánah baute: pechschwarz vom Kiel über die Segel bis zum Groß-Flaggentopp, filigran wie eine Gottesanbeterin und mindestens ebenso tödlich. Sie ähnelte von Bau und Größe her ihrer Vorgängerin, der *Narga,* die einst vor dem Südkamm vom Weißen Fluch verschlungen worden war.

Schiffe wie die *Bath-Narga* waren so konstruiert, dass sie große Strecken in kürzester Zeit zurücklegen konnten. Ihre Ladung bestand aus Waffen und Kriegern. An Bord von Sethurs Schiff befanden sich zweihundertvierzig Männer, die meisten von ihnen erfahrene Kämpfer, eine schlagkräftige Truppe.

Kirzath, der Kapitän des schwarzen Seglers, hatte mit Geschan noch eine Rechnung zu begleichen. Vor dreieinhalb Jahren hatte er das Kommando auf der *Narga* innegehabt. Für ihn gab es nur einen einzigen Schuldigen an der Katastrophe vor dem Südkamm, der sein geliebtes Schiff zum Opfer gefallen war: Geschan, den siebten Richter, der sich damals noch Yonathan nannte. Mit der Ehre Sethurs war nun auch die des Kapitäns wiederhergestellt. Bar-Hazzat kannte Kirzaths tief verwurzelten Hass, er schätzte diese Eigenschaft bei seinen Dienern.

Geschan war knapp fünf Monate vom Garten der Weisheit bis nach *Har-Liwjathan* unterwegs gewesen. Das hieß, er würde beinahe ebenso lange benötigen, um das Auge in Abbadon zu erreichen – Zeit genug für die *Bath-Narga* den Lurgon hinaufzusegeln, über verborgene Täler und Pässe in die südliche Mara einzudringen und bis zur verfluchten Stadt vorzustoßen. Dort konnte Sethur dann in aller Ruhe abwarten, bis Geschan erschien.

So lautete der Plan.

Aber bereits am Morgen des dritten Tages nach dem Auslaufen erschütterte ein unnatürlicher Schmerzensschrei das Gefüge Neschans, bei dem sich für einen Augenblick der Himmel über Témánah zu verfinstern schien. Sethur wusste, was geschehen war: Geschan hatte das zweite Auge zerstört. So schnell!

Ein grimmiges Lächeln huschte über seine Lippen. Dieser Richter, der fast noch ein Knabe war, hatte noch nie das getan, was man von ihm erwartete. Ihn zum Feind zu haben war eine schwere Bürde.

An diesem Morgen blickte Sethur früher als gewöhnlich in seine *Schale der Offenbarungen*. Dieses unscheinbare kleine Messinggefäß mit den beiden Henkeln diente dem Jäger dazu, mit seinem Gebieter in Kontakt zu treten. Ein wenig Wasser in das Becken, dazu ein paar beschwörende Worte und schon begann sich die dunkle Oberfläche der Flüssigkeit zu kräuseln. Das Spiegelbild dessen, der hineinblickte, verschwand, bald darauf nahmen Dinge Form an, die jedem Sterblichen besser auf immer verborgen geblieben wären. Sethur benutzte die Schale nur widerwillig. Doch Bar-Hazzat bestand darauf, dass sein Jäger ihm regelmäßig Bericht erstattete.

Ein unangenehmes Kribbeln lief über Sethurs Rücken, als das Wasser glatt und glänzend wie eine polierte Kupferscheibe wurde; nichts konnte es jetzt noch in Wallung bringen. In seiner geräumigen Kajüte breitete sich ein fahles Licht aus, ein kränklicher roter Schimmer, der die Konturen der Gegenstände im Raum fast aufzulösen schien.

»Du weißt, was sich zugetragen hat!« Eine körperlose Stimme erfüllte den Jäger, während ihn drei rot glühende Kohlen aus der Schale anblickten.

»Das zweite Auge ...«

»Er hat es zerstört!«, zischte Bar-Hazzat. Hass und unbändiger Zorn schlugen Sethur entgegen. »Geschan muss Garmok, den Drachen, für sich gewonnen haben. Aber das wird ihm nichts nützen!«

Sethur hatte nicht das Gefühl, dass sich Bar-Hazzat in diesem Punkt wirklich sicher war. »Wie lautet Euer Befehl, mein Gebieter?«

»Du machst sofort kehrt. Geschan weiß, wo sich meine Augen befinden – bestimmt war es Benel, der Bote Yehwohs, der ihn damals auf dem Weg nach *Gan Mischpad* an drei von ihnen vorbeiführte. Selbst die Bannsteine in Cedanor und im Verborgenen Land werden wahrscheinlich nicht zu bewahren sein. Zu schnell und zu beweglich ist der Richter durch die Hilfe des Drachen geworden, als dass wir ihm hier zuvorkommen könnten. Deshalb bleibt uns nur ein Plan.«

Eine unangenehme Pause entstand. Die drei glühenden Punkte des schattenhaften Gesichts, das Sethur aus der Schale ansah, schienen heißer zu brennen. Sethur hätte nur allzu gern seine Augen abgewandt, aber weder konnte noch durfte er es.

Endlich sprach Bar-Hazzat weiter.

»Ich werde Geschan eine Flotte entgegensenden, um ihn aufzuhalten. Du jedoch segelst sofort zur Insel des Lebensbaumes. Dort wartest du auf ihn. Aber sei vorsichtig! Geschans Macht ist groß geworden. Er könnte deine Anwesenheit spüren. Nähere dich ihm nicht, bevor er gegen den Hüter meines Auge angeht. Sollte er den Kampf gewinnen, dann musst du, mein Jäger, ihn zur Strecke bringen. Versuche nicht mehr Geschan umzustimmen – es ist zwecklos. Bereite ihm einen schönen Hinterhalt und töte ihn, ehe er überhaupt gewahr wird, dass sein größter Widersacher noch lebt.«

Sethur hatte die Tage gezählt. Jeden Einzelnen. Seit jenem Morgen, als Geschan das Auge von Abbadon vernichtete, war die Sonne vierundvierzigmal aufgegangen. Die *Bath-Narga* hatte sofort kehrtgemacht, war den Lurgon hinabgesegelt, ohne Halt an Gedor vorbei und durch die weite Bucht, an der die témanahische Hauptstadt lag, direkt aufs offene Meer hinaus. Lange noch hatte er die Spitze des Schwarzen Turmes gesehen, hatte gespürt, dass Bar-Hazzats glühende Augen ihn verfolgten.

Mit Kurs Nordwest war die *Bath-Narga* Tag und Nacht am Wind gesegelt und hatte ihr Ziel schließlich nach drei Wochen erreicht. Während dieser Zeit ließ sich Sethur nur selten an Deck blicken, alle seine Gedanken waren auf die Begegnung mit Geschan gerichtet.

Kirzath sorgte dafür, dass es weder der Besatzung noch den Soldaten langweilig wurde. Er vergab Arbeiten, ließ Gefechtsübungen ansetzen und versprühte seinen Hass gleichmäßig über das ganze Schiff. Eines schien klar zu sein: Bar-Hazzats kleine Streitmacht würde Geschan und jedem seiner Begleiter den Tod bringen, sollten sie ihrer nur habhaft werden.

Zunächst jedoch galt es zu warten. Die Sonne strahlte heiß vom Firmament, Tage verwandelten sich in Wochen, die Deckswachen gingen ihrem ewig gleichen, eintönigen Geschäft nach, drehten ihre Runden und widerstanden dem Schlaf. Während der ganzen Zeit lag die *Bath-Narga* wie ein Flusskrokodil bewegungslos auf der Lauer. Man hatte eine versteckte Bucht gewählt, die vom Meer aus nicht eingesehen werden konnte. Auf eine Anhöhe setzte Sethur einen Beobachtungsposten. Normalerweise hätte auf der Insel kein Menschenherz mehr als dreimal schlagen können, aber schließlich stammte der Zauber, der über diesem vergessenen Flecken Land lag, von Bar-Hazzat, und Sethur war mit der nötigen Macht ausgestattet, den Bann wenigstens in einem kleinen Gebiet und für eine begrenzte Zeit aufzuheben.

Was dem einstigen Heerobersten Témánahs wirkliches Kopfzerbrechen bereitete, war Kirzaths unbändiger Hass. Die glühende Sonne am Himmel schien seinen Durst nach Rache ebenso zu fördern wie den nach kühlendem Wasser. Sethur wusste, wie gefährlich unterdrückte Gefühle sein konnten. Wenn der siebte Richter kam, durfte er die Falle auf keinen Fall zu früh bemerken. Alles hing vom richtigen Augenblick ab. Alles!

XVIII.
Das Rätsel des fünften Steins

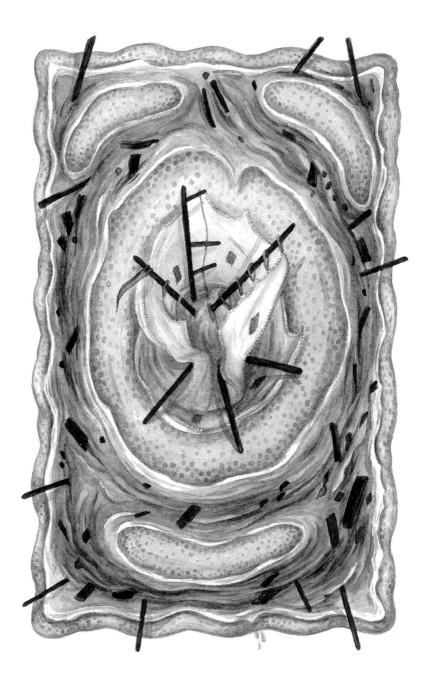

as grüne Glühen des Traumfeldes hatte einen winzigen Makel. In der Mitte gab es einen Fleck, eine dunkle Stelle, ähnlich der nächtlichen Silhouette eines Vogels vor der silbernen Scheibe des Mondes.

»Beim letzten Mal ist mir diese Stelle gar nicht aufgefallen«, sagte Yomi. »Sind das Altersflecken?«

Yonathan konnte sich nur schwer von dem faszinierenden Anblick der langsam dahingleitenden Lichtinsel lösen. »Entschuldige bitte, was hast du gesagt? – Ach ja.« Yonathan musste schmunzeln. »Der Schatten, den du da siehst, ist die *Weltwind*.«

»Die ...?«

»Ist dir eigentlich schon mal aufgefallen, Yonathan, dass alle deine Freunde ziemlich schleimig sind?«, setzte Gimbar die Unterhaltung da fort, wo es Yomi die Sprache verschlagen hatte.

Yonathan runzelte die Stirn. »Was soll denn das nun schon wieder heißen?«

»Na ja: Riesenschnecken, wabernde Traumfelder ...«

»Ja? Und was noch?«

»Du weißt schon, was ich meine.«

»Du meinst kletterwütige Seeleute, neschanische Richter, biegsame Behmische, Feuer spuckende Drachen *und* ehemalige Piraten?«

»Vergiss, was ich gesagt habe.«

»Jedenfalls werden wir uns unheimlich nasse Füße holen, um an Bord der *Weltwind* zu kommen«, meldete sich Yomi wieder.

»So schlimm wird es nicht werden, Kleines«, sagte Din-Mikkith und wandte sich an Yonathan: »Könntest du den Keim hervorholen?«

»Du willst mit *Rakk-Semilath* reden?«

»Wir *zusammen* werden es tun. Schließlich hast *du* das Traumfeld gerufen; ich war dir dabei nur behilflich.«

Yonathan und Din-Mikkith standen sich gegenüber und umfassten den grün schimmernden Keim mit ihren ungleichen Händen. Das Gespräch, das sie nun führten, war für Yomi und Gimbar nicht zu hören.

»Galal, bist du da?«

»Natürlich bin ich da.«

Yonathan atmete auf. Die Verständigung zwischen ihm und dem Traumfeld basierte nicht auf dem Austausch von Lauten, also der Sprache. Sie bediente sich einer tieferen Ebene des Verstehens, eines Stroms von Eindrücken, Bildern, Farben und anderem mehr. Er hatte nicht verlernt sie zu gebrauchen.

»Ich freue mich dich zu sehen.«

»Wie sehe ich denn aus?«

»Gut. Sehr gut! Und ziemlich grün.«

»Was ist grün?«

»Ich habe dir jemanden mitgebracht, Galal. Du erinnerst dich doch? Als wir uns das erste Mal trafen, fragtest du mich, ob wir ihn besuchen würden, und ich sagte, dass es nicht möglich sei, weil wir zunächst nach Cedanor reisen müssten.«

»Natürlich weiß ich das noch. Du bist wirklich lieb, Yonathan. Die ganze Zeit habe ich mich schon auf ihn gefreut. Er ist bei dir, nicht? Ich spüre ihn.«

»Ich bin hier, *Rakk-Semilath*. Auch für mich ist es eine große Freude.« Din-Mikkiths Gedanken waren wie in weiche Farben getaucht, wie Töne voll von Zuneigung und Ehrfurcht.

»Fast hatte ich befürchtet nie mehr einen von euch über das Meer tragen zu können. Die Schiffsmenschen auf meinem Rücken sind nicht so nett wie die Behmische.«

»Ich hoffe, es geht der Besatzung gut?«, fragte Yonathan besorgt.

»Sie mögen mich nicht. Aber ich habe sie trotzdem noch nicht ersäuft. Weil du mich darum gebeten hattest.«

»Das ist wirklich sehr anständig von dir, Galal.«
»Schon gut.«
»Galal?«
»Ja?«
»Kannst du ganz dicht ans Ufer heranschwimmen, damit wir zu dir übersetzen können?«
»Na klar. Wenn ich nicht hängen bleibe.«
Galal schaffte es. Das inselgroße Geschöpf – von dem Yonathan nie erfahren sollte, ob es nun ein einziges Lebewesen war oder aber aus einer Zweckgemeinschaft von vielen bestand, die mit einer »Stimme« sprachen – trieb langsam auf den felsigen Strand zu. In Gedanken gab Yonathan Gimbar Recht, denn das sich nähernde Traumfeld sah wirklich »schleimig« aus. Eine gallertartige, zähe Masse, die ihre Form beliebig ändern konnte, erstreckte sich über eine ausgedehnte Meeresfläche und vollzog jede Hebung und Senkung des Wellengangs mit. Sie leuchtete in einem phosphoreszierenden grünlichen Licht, einem riesigen Schwarm von Glühwürmchen gleichend, die sich auf die See herabgesenkt hatten.

Als die äußeren Körperpartien Galals an den Strand flossen, verdeckten sie die schroffen Felsbrocken, die das Bild der Küstenlinie bestimmten. Yonathan und seine Gefährten konnten wie auf einem weichen Teppich auf das Meer hinausgehen, direkt auf die *Weltwind* zu. Kaum waren sie dem großen Dreimaster nahe genug, ertönte auch schon eine knarrige Stimme von der Reling her.

»Yomi? Bist du das?«
»Wieso? Hast du noch eine Verabredung mit einem anderen, Vater?«

Kaldeks Antwort wurde von einem gewaltigen Jubelschwall ertränkt. Über Wochen hinweg hatten Ungewissheit und unterschiedlichste Befürchtungen die Männer der *Weltwind* in Anspannung gehalten. Doch jetzt fiel all das in einem einzigen Augenblick von ihnen ab.

»Gott sei Dank!«, brachte der Kapitän endlich hervor. »Wir hatten schon befürchtet, euch sei etwas zugestoßen. Und jetzt, als wir plötzlich vier statt der erwarteten drei Personen kommen sahen, dachten wir schon, Bar-Hazzat schicke uns ein paar seiner schwarzen Gespenster vorbei.«

»Keine Angst, Kaldek«, antwortete Yonathan an Yomis Stelle. »Vorerst bleibt Euch eine solche Begegnung erspart. Aber wie wär's, wenn Ihr uns erst einmal an Bord bittet? Hier auf dem Rücken unseres leuchtenden Freundes ist es nämlich ziemlich feucht.«

»Kommt nur, kommt. Was dieses Traumfeld betrifft, habe ich sowieso noch ein Hühnchen mit Euch zu rupfen.«

Die Lagebesprechung in der Kapitänskajüte fiel eher wie eine zwanglose Feier alter Freunde aus. Gimbar hatte sich in den einzigen Sessel fallen lassen – eine der wenigen Neuerungen seit der letzten Generalüberholung der *Weltwind*. Kaldek und Yomi saßen am Tisch in der Mitte des Raumes, Din-Mikkith hatte sich mit abenteuerlich ineinander verschränkten Beinen auf der Truhe neben dem Bett niedergelassen und Yonathan lief rastlos zwischen allen Anwesenden hin und her.

»Nun setz dich endlich zu uns«, sagte Yomi nicht zum ersten Mal. »Dadurch, dass du hier herumläufst wie ein aufgescheuchter Pinguin, bringst du uns nicht weiter.«

Yonathans Schritte verharrten am Tisch. Seine Finger ließen vom rechten Ohrläppchen ab und er hob die Hände in einer hilflosen Geste. »Aber es ist doch wirklich zum Verzweifeln! Ich dachte, Galal wüsste genau, wohin es uns zu bringen hat, und nun sind wir doch nur auf Vermutungen angewiesen.«

»Ich habe diesem grünen Leuchtklumpen nie so richtig getraut«, brummte Kaldek.

Die *Weltwind* erzitterte jäh. Ein beunruhigendes Knarren drang durchs ganze Schiff. Kaldek erbleichte.

»Ich wäre an Eurer Stelle vorsichtig mit solchen Äußerungen«, sagte Yonathan, nachdem sein Geist das Traumfeld wieder beruhigt hatte. »Galal ist sehr empfindsam.«

»Wollt Ihr damit etwa sagen, dieses ... na, Ihr wisst schon, was ich meine, hört jedes Wort mit, das wir hier sprechen?«

Yonathan schmunzelte. »Hören trifft es vielleicht nicht ganz, Kapitän, aber im Prinzip habt Ihr Recht. Galal ist beinahe wie ein kleines Kind: zwar von schlichtem Gemüt, manchmal auch ein wenig bockig, wenn man es ärgert, aber im Grunde lammfromm.«

»Davon habe ich bisher noch nichts bemerkt. Als uns dieses Ding aufgabelte, dachte ich, die *Weltwind* würde mitten entzweibrechen, und seitdem scheint es mit uns zu spielen wie ein Schwertwal mit einer Seerobbe.«

»Nur mit dem Unterschied, dass der Wal die Robbe am Schluss frisst. Galal wird etwas Derartiges bestimmt nicht tun. Das Traumfeld ist im Grunde herzensgut.«

»Das wird sich noch zeigen.«

»Darf ich Euch daran erinnern, Kaldek, dass wir all das an Felins Tafel in Cedanor besprochen haben und Ihr dem Plan zustimmtet? Ich bin Euch für Eure Bereitwilligkeit uns zu unterstützen zu großem Dank verpflichtet, aber was Eure jetzige ablehnende Haltung gegenüber unserem großen Freund angeht, glaube ich, dass sie wohl kaum mit seiner angeblichen Gefährlichkeit zusammenhängt.«

»Was soll das heißen? Jeder Seemann wird Euch sagen können, dass man sich vor diesen Biestern in Acht nehmen muss.«

Wieder ging ein Beben durchs Schiff.

Es dauerte einen Moment, bis Yonathan das Traumfeld erneut besänftigt hatte. Als er sich endlich wieder dem Kapitän zuwandte, sah er sehr ernst aus. »Kann es sein, dass Ihr Euch in der Berufsehre getroffen seht, weil Ihr nicht mehr selbst den Kurs Eures Schiffes bestimmt, Kaldek, und dass Ihr darüber vergessen habt, worum es wirklich geht?«

Yonathan blickte den Kapitän fest an. Er war nicht mehr der Halbwüchsige, den Kaldek vor vier Jahren an Bord genommen hatte. Trotz seines Alters schien er erwachsen geworden zu sein, wusste, was er wollte. Er war der siebte Richter Neschans und darüber hinaus in der Lage Gedanken zu lesen.

Der Kapitän drehte sich halb zur Seite und sagte: »Ihr habt vielleicht Recht. Aber ich bin Kapitän dieses Schiffes … Zweifelt

Ihr an meinem Eifer für die gemeinsame Sache, Richter Geschan?«

»Das wollte ich damit nicht ausdrücken, Kaldek. Ich bitte Euch einfach dem Traumfeld noch ein wenig Zeit zu geben. Ihr werdet sehen: Es wird Euch nicht enttäuschen. Und im Übrigen bin und bleibe ich Yonathan für Euch; dieser Richter-Titel verkompliziert alles nur unnötig. Ich brauche Euch, Kaldek! Werdet Ihr uns weiterhin unterstützen?«

Der Kapitän schaute ihn wieder direkt an. Sein Gesicht wirkte starr, nur die Augen funkelten. Er schien nachzudenken. Doch dann lockerten sich seine Züge und er sagte: »Natürlich helfe ich Euch. Ich stehe zu meinem Wort. Ihr seid Yomis engster Freund, Yonathan, und Ihr habt ihn mir heil zurückgebracht. Manchmal mag ich ein sturer alter Seebär sein, und wenn einem das nicht ab und zu gesagt wird, merkt man es nicht einmal.«

»Dann ist Galal also in unsere Gemeinschaft aufgenommen?«, fragte Yonathan.

Kaldek lachte, doch diesmal klang es befreit. »Ja doch! Galal und natürlich auch dieser kleine verschrumpelte Behmisch, der sich nicht entscheiden kann, welche Farbe er annehmen soll.«

Din-Mikkith kicherte. »Wartet nur ab, Kapitän. Noch ein paar Jahre und ihr werdet genauso klein und schrumpelig sein wie ich.«

Jetzt breitete sich ausgelassenes Lachen in der ganzen Kajüte aus und Yonathan fühlte, dass der Panzer der Vorbehalte Kaldeks endlich durchbrochen war. Jetzt galt es eine andere Frage zu klären.

»Lasst uns auf das eigentliche Problem zurückkommen. Weder Din-Mikkith noch Galal können sich erinnern, wo die ehemalige Heimatinsel der Behmische liegt. Ich schlage vor, wir nennen sie deshalb einfach die Vergessene Insel.«

»Vermutlich hat es Bar-Hazzat auf irgendeine Weise geschafft unsere Erinnerungen auszulöschen«, warf der Behmisch nachdenklich ein.

Yonathan nickte. »Das glaube ich auch. Trotzdem gibt es Anhaltspunkte, über die ich Euch bitte nachzudenken. Ich habe Vermutungen, aber ich möchte gerne Eure Meinung dazu hören. – Zunächst wären da die Erinnerungen aus Din-Mikkiths Keim. Ich habe sie in der Nacht gelesen, als wir zum ersten Mal Galal trafen. Die Insel der Behmische war einst ein warmes, grünes Paradies. Sie wurde überragt von einem Berg, der eines Tages begann Lava zu spucken – einen auffällig gefärbten Strom.«

»Das kommt mir alles sehr bekannt vor«, merkte Gimbar an. »Ich schätze, dass der Vulkan aussah wie unser Glühender Berg und dass die Farbe der Lava Karminrot war.«

»Sehr schlau, Gimbar. Halten wir also fest: Ein Berg an einem verlassenen Ort, karminrotes Licht – das alles sind Merkmale, die für die Verstecke von Bar-Hazzats Augen typisch sind. Der Drachenberg, der Schwarze Tempel auf der Anhöhe im Herzen von Abbadon ...«

»Aber nicht das Auge in Cedanor«, unterbrach Yomi die Aufzählung. »Von der Hauptstadt des Reiches kann man nicht gerade sagen, dass sie ein unheimlich verlassener Ort wäre.«

»In gewisser Weise doch, Yo.« Yonathan lächelte wissend. »Das Auge befand sich auch hier in einem Berg – dem Palastberg –, aber diesmal an dessen Wurzeln, so tief in der Erde versteckt, dass nur ganz wenige überhaupt von dem unterirdischen Flusslauf wussten.«

»Also doch ein verlassenes Ort«, sagte Din-Mikkith.

Yonathan nickte. »Genau. Der Glühende Berg passt sehr gut zu dieser Aufzählung. Die vergessene Heimat der Behmische könnte also durchaus Bar-Hazzats Vorliebe für einsame Höhen entsprechen. Was meint ihr?«

»Das klingt vernünftig«, sagte Kaldek. Die anderen nickten.

»Fragt sich nur, wie wir eine Insel mit einem Berg, irgendwo im weiten Meer, finden sollen. Selbst wenn wir ihre ungefähre Position wüssten, könnten wir dicht daran vorbeisegeln, ohne sie zu sichten.«

»Vielleicht kann man sie schon aus großer Entfernung sehen«, widersprach Yonathan. Die anderen bemerkten den zuversichtlichen Klang in seiner Stimme und blickten ihn erwartungsvoll an.

»Nun spann uns nicht länger auf die Folter, Yonathan«, forderte ihn Gimbar ungeduldig auf. »Du weißt doch etwas, oder?«
»Sagen wir, ich habe eine Vermutung. – Yomi.« Er wandte sich dem Seemann zu. »Erinnerst du dich an die Weltwind-Legende, auf den ersten Seiten eures Logbuchs?«
Yomi runzelte die Stirn. »So ziemlich.«
»Es kommt auf jede Einzelheit an«, meinte Yonathan.
»Hol einfach das Buch her«, sagte Kaldek, »und lies uns allen die Geschichte vor. Dann können wir vielleicht gemeinsam herausfinden, worauf Yonathan hinauswill.«
Yomi nahm das Schiffslogbuch aus der Truhe, die Din-Mikkith als Sitzgelegenheit diente, und schlug es am Tisch auf. Seine Augen überflogen die ersten Zeilen. Für einen Moment war nur das leise Knarzen der Schiffsplanken zu hören, dann räusperte er sich und begann die alte Seemannslegende vom Weltwind mit übertriebener Betonung vorzutragen.

Als die Zeit noch nicht geboren war und nur wenige Dinge einen Namen hatten, sprach Oßéh, der Vater aller Götter, zu seinen Söhnen: »Webt mir ein Tuch aus dem Lichte der Sterne und deckt es über den Tartaros, auf dass er nicht mehr länger mein Antlitz betrübe mit seiner dunklen Pein.«

Da gingen die Götter daran und schufen ein Gewebe, so fein wie das Licht der Sterne und so fest wie das Wort ihres Vaters. Und sie deckten es über den Tartaros, den Dunklen Ort der Strafe, den der karminrote Strom des ewigen Feuers bewacht.

Und Oßéh hob wiederum an und sprach: »Ihr habt wohl getan. Der Dunkle Ort ist nun unseren Augen verborgen. Doch seht, die brennende Hitze des Flusses, der ihn umgibt, strahlt noch immer herauf zu mir und lässt mich nicht vergessen die üble Stätte. Geht hin und errichtet einen Ring aus Bergen. Ihre Wurzeln sollen reichen bis an den Grund des Tuches aus Licht, und ihre Gipfel sollen uns dienen als Schemel für unsere Füße. Auch füllt Wasser in das steinerne Rund, damit es uns diene als Schutz vor dem tobenden Feuer des Stroms.«

Wiederum taten Oßéhs Söhne, wie ihnen geheißen. Als die Götter ihr Werk beendet hatten, kehrten sie zu ihrem Vater zurück und sprachen:

»*Siehe, was du uns auftrugst, schufen wir: das Gespinst aus dem Lichte der Sterne, den Ring aus Bergen und das Meer im steinernen Rund. Nun wird dein Herz nicht länger trauern über die abtrünnigen Söhne, die da schmachten am verfluchten Platze.*«

Doch Oßéh sprach: »*Wie könnte ich ihn vergessen, diesen Dunklen Ort? Meinen Augen ist er zwar entzogen, auch seine Hitze spüre ich nicht mehr. Doch der felsige Ring und das Meer gemahnen mich immerzu an ihn. Mein Herz ist schwer ob all der Söhne, die verloren sind. So wendet euren Eifer dem ehernen Reif zu und ein jeder schaffe dort, was mein Herz erfreuen mag und mich vergessen lässt des Tartaros' Pein.*«

Und die Söhne Oßéhs gingen von ihrem Vater, ein jeder für sich, um mit den Händen zu erschaffen, was schöner noch wäre als die Werke der Brüder. Ein Gott legte Land in die Mitte des Meeres, einer brachte Bäume und Gräser hervor, ein weiterer füllte die Wasser mit Fischen und anderem Getier. Ein Sohn setzte Vögel in die Lüfte und ein anderer rief die Tiere zum Leben, die da bevölkern sollten das noch junge Land. Als ein jeder sein Werk vollendet hatte, kehrten sie zurück, um zu zeigen dem Vater ihrer Arbeit Frucht.

Einer nach dem anderen traten sie vor Oßéh und brachten ihm ihre Schöpfungen dar. Als der Vater das Land, die Pflanzen und die Tiere gewahrte, begann sein Herz zu frohlocken und er sprach: »*Dies wird mich endlich vergessen lassen den Ungehorsam meiner Söhne, die an dem Dunklen Orte ihre Strafe verbüßen.*«

Noch waren die Worte nicht verhallt, trat Sevel herzu. Vor Oßéh stellte er sich und hob an, großtuerisch zu sprechen: »*Siehe, mein Vater, all die Taten meiner Brüder sind prächtig und werden dir zur Freude gereichen. Doch das, was ich geschaffen, ist wohlgestalteter als alle jene Dinge: Es sind unsere Ebenbilder. In Fleisch und Blut wandeln sie auf dem Lande, das da erwuchs inmitten des Meeres.*«

Und Oßéhs Augen ruhten auf dem ganzen Werk, das seine Söhne ihm gegeben, und er erkannte die Wesen. Und siehe, sie erwiesen sich äußerlich als schön, doch innerlich waren sie böse und schlecht. Neid, Habgier und Hass herrschten unter ihnen. Auch töteten sie einander und handelten verderblich in jeder nur erdenklichen Weise.

Es zeigte sich dann, nach einer kurzen Zeit, dass deren Kinder die wirkliche Gestalt ihres verderbten Geistes offenbarten. All ihre bösen Taten spiegelten sich wider in ihren Leibern, die der göttlichen Vollkommenheit Hohn sprachen. Ihr Anblick war Schrecken und die Nachkommen handelten schlimmer als je die Väter und Mütter in all ihrer Schlechtigkeit.

Und Oßéh geriet in Zorn über diesen Frevel, den Sevel, sein Sohn, an ihm begangen. Er schalt ihn mit Worten: »Wer bist du, Sevel, dass du die Augen deines Vaters beleidigst mit diesen beklagenswerten Geschöpfen, die du uns, den Göttern, gleichstellst? Ich bin Oßéh, der Erschaffer, dies ist mein Name. Wie kann etwas mir gleich sein, das zerstört und tötet? Nicht länger mehr sollst du im Kreise deiner Brüder weilen, auf dass du nicht vergiftest ihre Herzen, so wie das deine vergiftet ist – denn wie könnte ein reines Herz solchen Unrat hervorbringen? So soll denn dein Name sein, von nun an bis auf unabsehbare Zeit: Unrat, Mist, Kot. Das sind die Dinge, an die denken soll, wer deinen Namen, Sevel, je hören wird unter den Göttern und ihren Geschöpfen.«

Da ergriff Oßéh seinen Sohn und schleuderte ihn hinab in den Tartaros, durch das Meer, durch das Gespinst, gewoben aus Sternenlicht, direkt in den Dunklen Ort der ewigen Strafe.

Und die übrigen Söhne Oßéhs waren betrübt über die schändliche Tat, die ihres Vaters Zorn heraufbeschworen, und über die Arglist des Bruders. Sie hoben an und sprachen zu Oßéh wie aus einem Munde: »Sollen wir die Wesen, die unser verfluchter Bruder geschaffen hat, mit Feuer vertilgen von dem Lande, damit es wieder rein werde?«

Doch Oßéh antwortete ihnen: »Ein Gott hat diese Wesen hervorgebracht und wie ein Gott ewig währt, so sollen auch seine Werke sein.« Und Oßéh weinte über den Verlust seines Sohnes, über dessen böses Tun und über dessen verfluchte Geschöpfe. So kam es, dass einige von Oßéhs Tränen auf die Welt fielen, das Werk der Hände seiner treuen Söhne. Und sie netzten die entarteten Wesen Sevels, worauf viele von ihnen geheilt wurden von irrendem Geist und hässlichen Körpern. Dort, wo die Tränen des Göttervaters den Erdboden berührten, erwuchsen die schönsten Blumen; auch geschahen andere wundersame Dinge, welche bis auf den heutigen Tag nicht gefasst werden können vom Geist der lebenden Wesen.

Als Oßéh nun die Welt betrachtete, die einst als Balsam dienen sollte für sein Herz und zuletzt Anlass geworden war für noch größere Trauer, rief er seine Söhne, erhob seine Stimme und sprach: »Diese Welt soll ›Neschan‹, die Tränenwelt, genannt werden, denn meine Tränen habe ich vergossen um sie, die meinem Herzen Freude bringen sollte. Die Geschöpfe Sevels jedoch, die gereinigt wurden durch meiner Tränen Nass, nenne man ›Menschen‹. Mögen sie die Wunden heilen, die Sevel geschlagen hat, und mögen sie herrschen über Neschan, auf dass nie mehr die verderbten Kinder Sevels die Oberhand gewinnen und Neschan erneut in die Dunkelheit des Bösen werfen.«

Fortan schwieg Oßéh, nachdem er gelobt hatte erst wieder zu sprechen, wenn Friede auf der ganzen Tränenwelt eingekehrt sei.

Dort jedoch, wo Sevel in den Tartaros versank, blieb ein Loch im Meer zurück und im Gewebe aus Sternenlicht. Seitdem fallen die Wasser in fortwährendem Sturze hinab in den Abgrund und treffen auf den rot glühenden Strom, der da wacht über den Tartaros und seine verfluchte Schar. Sobald sich Wasser und Feuer jedoch vereinen, verwandeln sie sich und entsteigen als karminrote Wolkensäule aus dem Schlunde in die Himmel der Welt, die nach Oßéhs Tränen benannt ist. Dort vermischen sich Säule und Luft und fließen als ewiger Weltwind über Neschans Meere und Land. Schließlich fallen sie hernieder als Regen, der die Flüsse speist, welche sich ergießen in das Meer an seinem Gestade. Die Wasser des Meeres aber suchen von neuem das Weltenloch und stürzen hinab. Die Kraft jedoch, welche da ausgeht von der emporgeschleuderten Wolkensäule, drängt das Meer fort vom Weltenloch, so lange, bis sie ihm entstiegen ist, die dampfende Gischt. Doch sogleich kehren die Wasser der See wieder zurück, damit entstehe der immerwährende Wechsel von Ebbe und Flut.

So zeigt selbst der Fluch Oßéhs und die Verdammnis Sevels noch einen Segen für Neschan: den Weltwind und die Gezeiten, auf dass sich immer bewahrheite das Wort, welches von Anbeginn der Zeit an lautet:

> *Wandle gemäß Oßéhs Taten,*
> *denn seine Taten sind Gesetz,*
> *und sein Gesetz ist gut,*
> *weil er allezeit nur das vollbringt,*
> *was vortrefflich ist.*

Yomi blickte erwartungsvoll auf. »Und *das* soll uns weiterhelfen?«

»Du hast diese Geschichte einmal sehr ernst genommen«, erinnerte Yonathan seinen Freund. »Damals – wir hatten uns hier, auf der *Weltwind*, gerade erst kennen gelernt – sagte ich zu dir, dass allen Legenden ein wahrer Kern innewohnt.«

»Ich weiß. Du hattest mir erklärt, dass der Gott Oßéh für Yehwoh steht und Sevel für Melech-Arez. Yehwoh hat die entarteten Geschöpfe Neschans geheilt, damit sie bis zur Weltentaufe ihre Entscheidung frei treffen können, welchem Gott sie dienen wollen. Aber ich verstehe immer noch nicht, wie uns die Legende bei der Suche nach der Vergessenen Insel weiterhelfen soll.«

»Das ist gar nicht so schwer. Ich bin auf diesen Gedanken gekommen, weil die Legende besagt, es gebe einen ›karminroten Strom des ewigen Feuers‹, der den Dunklen Ort der Verdammnis begrenzt. Fällt euch dabei nichts auf?«

»Das passt sehr gut zur Farbe von Bar-Hazzats Augen«, sagte Gimbar.

»Mich erinnert es außerdem an die Lava des Glühenden Berges«, erkannte jetzt auch Yomi.

»Und an das rote Glühen, das meine Vorfahren von der Vergessenen Insel vertrieb«, wisperte Din-Mikkiths zischelnde Stimme.

Yonathan nickte. »Genau daran habe ich auch gedacht. Die Weltwind-Legende scheint mir erstaunlich gut unsere wirkliche Welt zu beschreiben. Es würde mich nicht wundern, wenn der Dunkle Ort der Schwarze Turm in Gedor wäre. Um dorthin zu gelangen, muss man erst den glühenden Strom überqueren. Ein treffender Vergleich, was die karminroten Augen Bar-Hazzats betrifft: Erst wenn sie überwunden sind, können wir ins Zentrum seiner Macht vordringen.«

Kaldek brummte etwas Unverständliches, bevor er sagte: »Nachdem Ihr jetzt mein Weltbild durcheinander gebracht habt, Yonathan, solltet Ihr uns wenigstens verraten, wie wir die Vergessene Insel aus großer Entfernung erkennen können. Darum ging es doch schließlich, oder?«

»Ganz einfach«, erwiderte Yonathan lächelnd. »Der Weltwind wird uns helfen.«

Alle blickten ihn verdutzt an.

»Der *Weltwind*?«, fragte Kaldek. »Für so glaubwürdig halte ich die alten Legenden nun doch nicht.«

»Warum nicht, Kapitän. Sie schmücken vieles aus, dichten einiges hinzu. Aber man kann durchaus von ihnen lernen.«

»Und was, wenn ich fragen dürfte?«

»Die Dampfwolke, von der die Weltwind-Legende spricht. Ich bin mir fast sicher, dass es sie wirklich gibt.« Yonathan bemerkte die fragenden Blicke der Gefährten und fügte hinzu: »Die Insel wird offenbar von einem Vulkan überschattet, und dort, wo es Vulkane gibt, steigt oft Wasserdampf zum Himmel empor. Bei mir zu Hause, nur ein wenig nördlich von Kitvar, ereignet sich das tagtäglich.«

Die Mienen der anderen hellten sich auf.

»Das wäre ein gutes Erklärung«, meinte Din-Mikkith.

»Wie man es nimmt.« Kaldek war noch immer nicht zufrieden. »Wir müssten trotzdem wenigstens in die Nähe der Insel gelangen. Selbst wenn die Dampfwolke in hundert Meilen Entfernung gesichtet werden kann, ist das Meer trotzdem zu groß, um es einfach im Zickzackkurs abzusuchen.«

»Ein guter Einwand!«, sagte Yonathan.

Kaldek zeigte ein mürrisches Gesicht.

»Nein, nein. Ich meine es ernst, Kapitän. Besitzt Ihr noch die Neschan-Karte, die ich einmal bei Euch gesehen habe?«

Din-Mikkith musste sich ein zweites Mal von der Truhe erheben. Schließlich beugten sich alle gespannt über den Tisch, auf dem Yomi die Landkarte ausbreitete, ein altes, bräunliches Pergament, das schon an mehreren Stellen eingerissen war.

Yonathan nahm einige Trinkgefäße und fixierte damit die Ecken der Rolle. Dann bat er den Kapitän um einen Messstab und begann seine Erläuterungen.

»Warum hat Bar-Hazzat die sechs Bannsteine, seine Augen, in die Welt gesetzt? Nun, wir haben ja schon darüber gesprochen: um seine Macht zu festigen. Sinnvollerweise hat er die Augen so platziert, dass sie ihren verheerenden Einfluss möglichst auf alle Gegenden der Länder des Lichts ausüben können. Aber das ist sicher nur die halbe Wahrheit. Das Herz dieser Regionen, nach denen er seine Klauen ausgestreckt hat, ist Cedanor ...«

»Deshalb auch das Auge unter dem Palastberg«, merkte Gimbar an.

»Richtig. Die anderen Bannsteine gruppieren sich um die Stadt herum: Nördlich von ihr liegt der Glühende Berg, im Osten der Drachenberg, südlich der Schwarze Tempel von Abbadon ...«

»Und im Westen die Vergessene Insel«, unterbrach ihn diesmal Kaldek.

»Ihr seid ein Fuchs, Kapitän«, meinte Yonathan lächelnd.

»Immerhin schlau genug, um zu bemerken, dass Ihr Euch über mich lustig macht. Sagt lieber endlich, *wo* im Westen wir mit der Suche beginnen sollen.«

Yonathan blickte in die Runde seiner Gefährten. »Hier«, sagte er dann und stach mit seinem Zeigefinger mitten ins Meer.

»Und warum gerade da?«, wollte Kaldek wissen.

Yonathan legte den Messstab so auf die Karte, dass dessen gerade Kante schräg von rechts oben nach links unten verlief. »Hier«, er deutete in die obere Ecke, »befindet sich *Har-Liwjathan*, der Drachenberg. Und hier«, der Finger wanderte zur Mitte des Stabes, »liegt Cedanor. Wenn wir nun die gleiche Entfernung weiter nach Südwesten wandern, dann kommen wir hierher.« Der Finger hatte die Stelle im Meer wiedergefunden.

Kaldek sah zuerst seinen Adoptivsohn an und dann reihum die anderen Anwesenden. Er nickte. »Das klingt vernünftig – vernünftiger jedenfalls als alles, was mir zu diesem verrückten Thema eingefallen wäre. Wahrscheinlich hat sich noch nie ein Schiff so weit aufs Meer hinausgewagt, aber irgendwann muss ja immer jemand den Anfang machen.«

»Eure Antwort gefällt mir«, erwiderte Yonathan. »So spricht ein Mann, der das Herz am rechten Fleck hat.«

Kaldek runzelte die Stirn. »Ich kann mir nicht helfen, aber ich werde den Eindruck nicht los, Ihr treibt Euren Scherz mit mir.«

Das Gefühl, endlich der Lösung des Rätsels um das fünfte Auge auf die Spur gekommen zu sein, versetzte Yonathan in eine Art Hochstimmung. Vielleicht hatte er in seiner Euphorie wirklich nicht ganz den richtigen Ton gegenüber dem Kapitän getroffen. Er entschuldigte sich später dafür, denn er war dem erfahrenen Seemann wirklich dankbar für dessen Unterstützung. Darüber hinaus wäre eine solch weite Seereise auf dem Rücken Galals ohne den Schutz einer Kajüte, in die man sich zurückziehen konnte, so gut wie unmöglich gewesen.

In den nächsten fünfzehn Tagen genoss er den Komfort der *Weltwind*. Gemeinsam mit Gimbar zog er zu Yomi in dessen Kajüte. Sie war zwar klein, aber dafür trocken. Din-Mikkith und Girith erhielten die winzige Kammer, die Yonathan bei seiner ersten Fahrt auf der *Weltwind* bewohnt hatte. Die beengten Verhältnisse an Bord störten jedoch niemanden wirklich. Zu Beginn der Reise hatten Stürme das Meer gepeitscht, sodass die Gefährten die meiste Zeit in der Kapitänskajüte verbrachten. In den letzten fünf Tagen aber hatte sich das Wetter zusehends gebessert. Eine frische Brise trieb nur noch einzelne Wolkenhäufchen wie versprengte Schafe über den Himmel. Die Augenjäger konnten die Stunden des Tages an Deck verbringen, sich den frischen Wind um die Nase wehen lassen und die Seeleute bei ihrer Arbeit beobachten.

So war es auch an diesem Morgen, als plötzlich eine Stimme vom Ausguck herab ertönte. »Schiffe voraus!«

Yonathan und seine Gefährten standen gerade beim Kapitän, auf dem Achterdeck. Kaldek schien sich über die Nachricht wenig zu freuen. Er fragte den Mann im Mastkorb, ob es sich nicht um einen Irrtum handeln könne, vielleicht eine Insel, deren Berge aus dem Meer aufragten. Aber der Späher verneinte, er könne jetzt ganz deutlich eine Vielzahl von Segeln unterscheiden, von mindestens zwei Dutzend Schiffen.

Kaldek sah nun ziemlich mürrisch aus. »Eine Flotte zu dieser Zeit und in diesen Gewässern, das gefällt mir überhaupt nicht.«

»Vielleicht sollten wir uns nach der Farbe der Segel erkundigen«, schlug Yomi vor.

Die Antwort aus dem Krähennest lähmte die Mannschaft für einen Augenblick.

»Schwarz!«, rief der Späher. »Sie sind schwarz wie die Nacht.«

»Das habe ich befürchtet«, brummte Kaldek. »Ein témánahischer Flottenverband.«

»Vielleicht Schiffe, die Garmoks Feuer entkommen konnten«, vermutete Gimbar.

Yonathan gefiel dieser Erklärungsversuch nicht. »Möglicherweise kreuzen sie auch in diesen Gewässern, weil sie *uns* suchen; das hieße, wir befinden uns auf dem richtigen Kurs.«

»Da! Da kommen noch mehr!«, rief der Mann vom Ausguck aufgeregt und deutete nach achtern.

Auch von Deck aus konnten die Freunde jetzt schon die Segel von mindestens sechs Schiffen erkennen, die sich im Norden über den Horizont schoben.

»Das sieht mir verdächtig nach einem Hinterhalt aus«, knirschte Kaldek. »Ihr habt recht, Yonathan. Sie müssen gewusst haben, dass wir hier vorbeifahren werden. Wir sind vielleicht auf dem rechten Kurs, doch das nützt uns wenig. Die témánahischen Kriegsschiffe werden nicht hier sein, um uns Geleitschutz zu geben.«

Bald schon tauchten im Westen und im Osten schwarze Segel auf. Die Manöver der Schiffe zeigten deutlich, dass sie der *Weltwind* nachjagten.

»Kann Galal uns nicht helfen?«, schlug Yomi vor.

»Galal?«, rief Yonathan im Geist. »Hast du Yomis Frage verstanden?«

»Natürlich. Ich bin doch nicht taub.«

»Und?«

»Was: und?«

»Du hast uns doch schon einmal geholfen Verfolgern zu entkommen.«

Galal schien diese Bemerkung zu amüsieren. Es versprühte bunte, explodierende Gedankenbilder. »Euer Menschenschiff damals war klein. Mit dem jetzigen geht dies nicht. Ich kann es nicht zudecken und untertauchen, ohne es kaputtzumachen.«

»Und wenn du ... ich meine ... die anderen Schiffe ein wenig durchschaukelst?«

»Das mach ich nicht.«

Yonathans Zuversicht schmolz allmählich dahin. »Warum denn nicht, Galal? Es ist wirklich wichtig für uns.«

»Ich kenne die schwarzen Schiffe. Sie piken mich.«

»Aber du bist doch groß, so schlimm wird es nicht sein!«

»Doch.«

»Galal!«

»Zu viele schwarze Menschenschiffe kommen. Ein paar würden mir nichts ausmachen. Aber wenn alle mich piken, dann tut es wirklich weh. Ich könnte sterben.« Es trat eine kurze Pause ein. »Galals sterben nicht gerne, Yonathan.«

»Das verstehe ich«, erwiderte jener sanft. Doch seine Unruhe wandelte sich in Verzweiflung.

Kapitän Kaldek protestierte energisch, als Yonathan ihm den Vorschlag unterbreitete, er solle auf die Masten verzichten. Die *Weltwind* müsse manövrierfähig bleiben, auch ohne das Traumfeld.

»Niemals!«, wetterte Kaldek zum wiederholten Mal. »Wegen diesem Sethur mussten wir das Schiff schon einmal zerlegen. Kann Galal uns nicht zwischen den Angreifern hindurchschleppen?«

»Nicht über Wasser, Kapitän. Seht doch selbst.« Yonathan zeigte in die Runde. Während an Bord beratschlagt worden war, wie man fliehen könnte, hatte sich ein Kreis von schwarzen Schiffen gebildet, der für Galals inselgroßen Körper kein Schlupfloch ließ. »Wir würden nicht nur unseren Freund, sondern auch die *Weltwind* gefährden, wenn wir versuchten durchzubrechen. Es gibt nur einen Weg: Galal muss die Takelage abbrechen, um wenigstens den Rumpf des Schiffes zu retten.«

»Niemals!«

Der Ring zog sich weiter zusammen. Auf den gegnerischen Decks waren bereits Einzelheiten zu erkennen. Der schwarze Flottenverband bestand aus vielen Dreimastern, sieben oder acht Galeeren, einigen kleineren Begleitschiffen und einem großen Fünfmaster.

»Wir müssen eine Entscheidung treffen, Kapitän!«, drängte Yonathan. »Es wird nicht mehr lange dauern und wir sind in Reichweite ihrer Katapulte.«

»Kann das Traumfeld nicht wenigstens einen Durchbruch *versuchen*? Wenn es schnell genug ist, dann greifen uns höchstens zwei oder drei Schiffe gleichzeitig an. Vielleicht rechnen sie nicht damit und uns gelingt die Flucht nach vorn.«

Yonathan verhandelte erneut mit Galal und schließlich fand man einen Kompromiss.

»Unser Freund wird es *einmal* probieren. Nicht öfter! Nur ein einziges Mal.«

Kaldek atmete erleichtert auf. Sofort rief er der Besatzung knappe und präzise Kommandos zu. Jeder hatte seinen Posten. Man war auf das Schlimmste gefasst.

Galal wählte die vermutlich schwächste Stelle des Rings: Ein Kutter lief hier zwischen zwei Fregatten – vergleichsweise kleine Schiffe also. Doch sobald die Absicht der lebenden Insel erkennbar wurde, stürzten sich die nächstgelegenen Schiffe wie Haie auf die flüchtende Beute. Die Situation wurde kritisch. Die schwarzen Segler waren sehr wendig, flogen geradezu heran. Schon konnte man die Besatzungen der Schiffe deutlich erkennen: bronzehäutige Männer mit gezückten Waffen und versteinerten Gesichtern. Dann sirrten die ersten Pfeile der Standarmbrüste durch die Luft.

Die témánahischen Waffen galten als die wirkungsvollsten und zerstörerischsten auf ganz Neschan. Einige der pfahldicken und mindestens zehn Ellen langen Geschosse trafen die *Weltwind*, zwei durchschlugen glatt das Schanzkleid. Und trotzdem schien die Trefferquote bei der Vielzahl der Pfeile relativ gering zu sein. Dem Ganzen lag jedoch eiskalte Berechnung zugrunde, denn Ziel war nicht in erster Linie das Schiff von Kapitän Kaldek gewesen.

Galal erzitterte. Einige Lanzen hatten sich tief in seinen Körper gebohrt. Wasser spritzte auf. Die Sparren und Planken der *Weltwind* ächzten unter dem Beben des Traumfeldes.

»Es hat keinen Zweck«, rief Yonathan verzweifelt. »Galal hat große Schmerzen. Wenn es jetzt vor Schreck abtaucht, dann würde das die *Weltwind* nicht überleben.«

Kaldeks Gesicht war weiß wie eine Kalkwand. Endlich gab er seine Zustimmung – Galal sollte die Masten der *Weltwind* kappen und dann untertauchen, Schiff und Besatzung in einer riesigen Luftblase, umschlossen von seinem gewaltigen Körper.

Der südliche Rand der Insel begann sich zuerst zu heben. Wasser tropfte in Strömen von dem aufsteigenden Körper. Das Traumfeld wollte eine Kante formen, über der es die Masten abknicken konnte. Aber dann sirrten weitere Geschosse durch die Luft und Galals Bewegung kam zum Stillstand. Das ganze Traumfeld erzitterte unter Schmerzen.

»Da!«, rief plötzlich einer der Seeleute, die dicht bei Kaldek standen. »Seht, Kapitän.«

Nicht nur Kaldeks Augen folgten dem ausgestreckten Arm. Gegenüber von Galals aufragendem Körperwulst waren die témánahischen Schiffe in Unordnung geraten. Ihr Angriff wirkte nicht mehr zielstrebig, sondern schien buchstäblich aus dem Ruder gelaufen zu sein. Einige der Segler krängten so gefährlich, dass sie zu kentern drohten. Andere waren auf einen Kurs eingeschwenkt, der sie immerzu im Kreis führte.

»Sind die alle verrückt geworden?«, rief Yomi.

»Galal?«, sandte Yonathan seine Gedanken aus. »Hast du etwas damit zu tun?«

»Nein, ich nicht.«

»Bedeutet das, du weißt, warum diese Schiffe so merkwürdig manövrieren?«

»Natürlich.«

»Nun spann mich nicht auf die Folter. Was ist der Grund dafür?«

»Meine Freunde.«

»Andere Galals?«

»Nein, andere Bolemiden.«

Ehe Yonathan diese Nachricht richtig verarbeiten konnte, spritzte plötzlich Wasser über die Schiffsbrüstung, als wäre eine kleine Welle gegen sie angebrandet. Im nächsten Moment hingen drei fremdartige Geschöpfe über der Reling: Sie besaßen die Größe von Menschen, glichen aber weichhäutigen, grüngelben Ameisen. Anstelle von Beinen verfügten sie über zahlreiche Tentakel mit Saugnäpfen und im oberen Bereich einer kopfähnlichen Verdickung befanden sich jeweils vier große Augen, die, getrennt voneinander, gleichzeitig in verschiedene Richtungen blicken konnten.

»Aller Friede Neschans sei mit Euch, Geschan«, sagte die mittlere der drei Gestalten. Die Worte des seltsamen Wesens wurden von zahlreichen Schmatzlauten begleitet, waren aber dennoch gut zu verstehen.

»Aller Friede sei auch mit Euch«, erwiderte Yonathan. »Ihr seid wirklich im letzten Moment gekommen, mein Freund. Wie heißt Ihr? Und was hat Euer Volk mit der témánahischen Flotte angestellt?«

Das von Yonathan angesprochene Wesen spritzte aus einer schmalen Hautfalte unterhalb der Augen einen Schwall Wasser hervor – vermutlich die bolemidische Form eines Lachens. »Ich bin Schachusch, Sohn der Königin Schsch, und was die schwarzen Schiffe betrifft: Wir haben ihnen die Ruder abgerissen.«

Yonathan schaute den Bolemiden-Prinzen mit offenem Mund an und musste schließlich lachen. »Natürlich! Deshalb diese unsinnigen Manöver!« Aus den Augenwinkeln nahm er dabei wahr, wie ein témánahischer Dreimaster mit wehenden Flaggen in die Tiefe rauschte. Yonathans Heiterkeit verflog genauso schnell, wie sie gekommen war. Er blickte aufs Meer hinaus. Immer mehr Schiffe nahmen Wasser auf und bekamen Schlagseite. »Wie mir scheint, habt Ihr Euch nicht auf die Ruder beschränkt, Prinz Schachusch.«

»Meine Kämpfer verstehen sich nicht besonders auf den pfleglichen Umgang mit Menschenschiffen. Beim Entfernen der Ruder müssen sie unter der Wasserlinie wohl das ein oder andere Loch gerissen haben.«

»Aber die Südländer werden ertrinken, Prinz!«

»Das ist ihr Problem. Sie hätten frühzeitig lernen sollen besser zu schwimmen. Témánah ist unser Feind, seit Yehwohs Tränen die Welt geheilt haben. Wir haben uns sogar mit den anderen Menschen verbündet, um sie im Kampf gegen den dunklen Herrscher zu unterstützen. Ihr dürft kein Mitleid für die Sklaven des Melech-Arez von mir erwarten. Sie haben ihre Strafe verdient.«

Yonathan wusste, dass Prinz Schachusch die Wahrheit sagte. Aber die Schreie der témánahischen Schiffsleute wurden immer lauter und er fühlte die eisige Kälte, mit der das Grauen sein Herz umfangen hielt. Ehe er etwas erwidern konnte, wurde das Schiff von einem neuen Zittern geschüttelt. Die drei Bolemiden sprangen von der Reling.

»Was ist jetzt wieder los?«, rief er ihnen nach. Er hatte das Gefühl, die Dinge entglitten nun völlig seiner Kontrolle.

»Galal ist getaucht«, antwortete Gimbar, der zu der Stelle gelaufen war, an der die drei Wesen eben noch mit ihren Saugnäpfen geklebt hatten, »und die Bolemiden auch.«

Jetzt, wo die *Weltwind* nicht mehr von dem Traumfeld getragen wurde, dümpelte sie in der leicht bewegten See. Ringsum bot sich ein Bild der Verwüstung. Die Bolemiden hatten ausnahmslos alle Schiffe der témánahischen Flotte unschädlich gemacht, einige waren bereits untergegangen, andere kenterten und wieder andere standen in Flammen. Das Wasser war angefüllt mit Männern, die in schweren Waffenröcken gegen das Ertrinken ankämpften. Sie schrien. Der Tod lag wie ein alles verschlingender Nebel über dem Schauplatz.

Dann konnte man plötzlich ein merkwürdiges Rauschen vernehmen, schwach wie das Brausen des Blutes in den Ohren. Kurz darauf schien sich die Meeresoberfläche unter den Schiffbrüchigen leicht abzusenken und begann dabei zu brodeln. Die Schreckensrufe wurden lauter. Und dann sahen Yonathan und die ganze *Weltwind*-Besatzung das Unfassbare: Ein graugrüner Kraterring hob sich aus dem Wasser, in seiner Mitte befanden sich zwanzig oder mehr der Ertrinkenden gefangen, der Rand zog sich über den Eingeschlossenen zusammen und die Erscheinung tauchte unter.

Das Ganze hatte nur wenige Augenblicke gedauert und kurze

Zeit später war die See an der betreffenden Stelle leer, es gab nur noch das stetige Heben und Senken der Wellen.

»Es hat sie verschluckt!«, keuchte Kaldek. Yomi und Gimbar waren zu keiner Äußerung fähig. Din-Mikkith nickte.

»Ich habe versucht es davon abzuhalten«, sagte Yonathan mit glasigem Blick. »Aber es antwortete, dass sie es ›totpiken‹ wollten und das ließe es sich nicht gefallen.«

»Ich glaube, ich werde mit diesen Traumfeldern nie richtig warm werden«, murmelte der Kapitän.

Das grausige Schauspiel wiederholte sich noch ein paarmal. Galal war zu sehr gereizt worden, als dass es sich nun davon abhalten ließ seine Rache völlig auszukosten.

Noch während Menschen und Behmisch das grausige Schauspiel verfolgten, schnellten wieder die Körper der drei Bolemiden aus dem Wasser, Saugnäpfe hefteten sich an die Bordwand und Tentakel umschlangen die Reling.

»Entschuldigt«, setzte der Prinz das Gespräch fort, als sei in der Zwischenzeit nichts geschehen, »wir können uns nicht lange außerhalb des Wassers aufhalten. Wie es scheint, hat Euer Freund die meisten der Témánaher vor dem Ertrinken bewahrt.«

Yonathan stutzte. »Wie meint Ihr das?«

»Sie sind jetzt Bestandteil seines Körpers. Vermutlich verdaut er sie gerade.«

Aus Gimbars Richtung ertönte ein lautes Stöhnen.

Es dauerte eine Weile, bis Yonathan sein inneres Gleichgewicht zurückgewonnen hatte. »Ich werde später mit Galal darüber sprechen. Doch zuvor lasst mich Euch für Eure Hilfe danken, Prinz Schachusch. Ich wage nicht mir auszumalen, was ohne Euren Beistand mit uns geschehen wäre.«

»Dies hier ist unser Königreich. Niemand wird sich Freiheiten herausnehmen, die ihm nicht zukommen. Entweder der Fremde ist unser Feind, dann passiert mit ihm das, wovon Ihr heute Zeuge wart, oder er ist als Verbündeter akzeptiert, dann darf er seinen Zoll bezahlen und weiterreisen.«

»O ja!«, seufzte Kaldek.

»Ihr könnt nicht behaupten, dass wir Euch gegenüber jemals

unverschämt gewesen wären, Kapitän. Ein oder zwei Fässer Wein haben noch keinen Handelsfahrer arm gemacht.«

Der Kapitän verzog keine Miene. »Ich hoffe, Ihr gestattet, wenn ich in diesem Punkt eine andere Meinung vertrete, Prinz.«

Schachusch setzte einen Schwall Wasser frei. »Natürlich, Kapitän. Solange Ihr Euren Zoll entrichtet, dürft Ihr denken, was Ihr wollt.«

»Trotzdem haben wir allen Grund Euch zu danken«, ergriff wieder Yonathan das Wort.

»Bedankt Euch bei Galal. Es hat uns gerufen. Zwar patrouillierten wir schon seit einiger Zeit in dieser Gegend, weil wir die témánahische Flotte beobachteten, aber ohne Galal wären wir vielleicht trotzdem zu spät gekommen.«

»Ich werde es weitergeben«, versprach Yonathan.

»Dann wollen wir uns verabschieden; wir müssen wieder in unser Element zurück.«

»Einen Moment noch!«

»Ja?«

»Erlaubt mir eine Frage, Prinz.«

»Stellt sie, aber schnell.«

»Ihr kennt wahrscheinlich Galals Kurs. Werden wir dort auf eine Insel stoßen, vermutlich nicht besonders groß, mit einem karminrot glühenden Vulkan darauf und wahrscheinlich mit einer Dampfwolke, die aus dem Berg aufsteigt?«

»*Schalnasch-Chuss!*«, antwortete der Bolemiden-Prinz sofort. »Das bedeutet in unserer Sprache: ›kalte Insel‹. Ich kenne sie und Ihr seid auf dem richtigen Kurs. Ich wünsche Euch Yehwohs Segen bei Eurem schweren Vorhaben, Geschan. Ihr werdet ihn brauchen können.«

»Wie weit ist es noch bis zu der …?«

Bevor Yonathan seine zweite Frage vollenden konnte, hatte Schachusch einige fremdartige Schnalzlaute ausgestoßen und war mit seinen stummen Begleitern wieder ins Meer getropft.

»Soviel zum Thema schleimige Freunde«, sagte Gimbar, ohne Yonathan dabei anzublicken.

»Unheimlich kurz angebunden, dieser Bolemiden-Prinz«, fügte Yomi hinzu.
»Zumindest wissen wir jetzt, dass wir auf dem richtigen Kurs sind«, tröstete sich Yonathan. »Wir ...«
Die *Weltwind* schwankte. Einige Male neigte sie sich von backbord nach steuerbord, schaukelte wieder zurück und verharrte schließlich in einer stabilen Lage.
»Das Traumfeld hat uns wieder«, meinte Kaldek ohne jede Begeisterung.
Gimbar verzog das Gesicht. »Hoffentlich ist es inzwischen satt.«

»Galal?«
»Ja, Yonathan.«
»Du hast dich heute sehr schlecht benommen, Galal.«
»Stimmt ja gar nicht.«
»Ich hatte dich gebeten den Männern im Wasser nichts zu tun.«
»Es hat ihnen ja nicht weh getan.«
»Trotzdem.«
»Sie waren viel schlechter. Sie haben *mir* weh getan.«
»Wenn jeder Gleiches mit Gleichem vergilt, wird nie Frieden in der Schöpfung herrschen. Du hättest sie besser am Leben gelassen.«
»Das verstehe ich nicht.«
»Was ist daran so schwer zu begreifen, Galal?«
»Warum hätte ich das tun sollen? Damit sie in Ruhe ertrinken können?«
»Du hättest sie auf deinen Rücken nehmen können.«
»Die Menschen nennen mich *Traumfeld*. Aber ich bin kein *Schlacht*feld. Wenn die Menschen aus den kaputten Schiffen auf mich gestiegen wären, dann hätten sie dort mit euch gekämpft. Weißt du noch? Es waren sehr, sehr viele Menschen!«
Yonathan seufzte. »Ich wollte nur, dass du weißt, wie ich über all das denke, was heute geschehen ist. Vielleicht gelingt es dir ja Ähnliches in Zukunft zu vermeiden.«

Die Antwort des Traumfeldes ließ auf sich warten.
»Bist du noch da, Galal?«
»Na schön. Ich weiß jetzt, wie du denkst, Yonathan. Wenn wieder böse Menschen kommen, dann werde ich sie eben nicht in mich aufnehmen.«
»Das ist wirklich sehr vernünftig von dir, Galal.«
»Ja. Dann lasse ich sie eben ertrinken.«

XIX.
Die Vergessene Insel

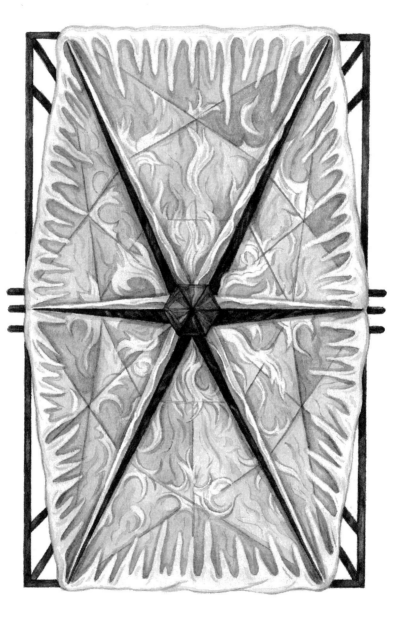

ie *Weltwind* drang mit jedem Tag weiter in unbekannte Gewässer vor. Die Seekarten boten längst keine Anhaltspunkte mehr, phantasievoll gezeichnete Seeungeheuer füllten die leeren Flächen. Für abergläubische Naturen war das Meer hier, weit draußen, ein Ort voller Schrecken, für die Besonneneren dagegen nur eine weitere Wüste – kein Platz zum Leben, sondern bestenfalls zum Sterben.

»Glaubst du, das alles hat einen Sinn?« Gimbar lehnte neben Yonathan an der Reling. Seine Augen waren auf den unendlichen Horizont gerichtet.

Yonathan wandte sich dem Gefährten zu. »Meinst du unsere Aufgabe? Den Kampf gegen Bar-Hazzats Augen?«

Gimbar nickte. »Was ich sagen wollte, ist, dass wir doch nur schwache, unvollkommene Menschen sind. Bar-Hazzat dagegen ist ebenso wenig menschlich wie Melech-Arez. Manchmal komme ich mir vor wie eine Figur im Spiel der Götter: Man weiß nie, auf welches Feld sie einen im nächsten Moment ziehen.«

Yonathan lächelte. »Die lange Reise auf diesem endlosen Meer scheint aus dir einen Denker gemacht zu haben. Aber sorge dich nicht, was dieses ›Spiel der Götter‹ betrifft. Einen ähnlichen Gedanken äußerte übrigens auch schon Yomi, als wir dich in der Schlucht am Eingang zum Verborgenen Land suchten; er fragte sich, ob alles vorherbestimmt sei, ob es sich überhaupt lohne, sich anzustrengen. Auf dem Spielfeld dieser Welt mögen wir zwar nur winzige Figuren sein, aber Yehwoh hat uns erlaubt die Züge selbst zu bestimmen.«

»Du klingst erstaunlich zuversichtlich, Yonathan.«
»Schließlich ist es mir doch gelungen die ersten vier Augen Bar-Hazzats zu zerstören, oder?«
»Allerdings mussten wir dir dabei ein paarmal das Leben retten.«
»Jetzt klingst du fast wie Yomi, Gimbar.«
»Ich mache mir nur Sorgen um dich.«
»Das brauchst du nicht. Wenn wir erst einmal das Auge auf der Vergessenen Insel vernichtet haben, kann uns nichts mehr aufhalten. Dann ist der Weg zum Schwarzen Turm von Gedor frei.«
Gimbar riss sich vom Anblick des Meeres los. Seine Miene war ernst, als er zu Yonathan sagte: »Es wäre gut, wenn du nicht vergisst, wer dich dort in diesem Turm erwartet.«

»Land in Sicht!«
Die Meldung vom Krähennest wurde von der Besatzung der *Weltwind* mit Begeisterung aufgenommen. Nicht dass sie überraschend kam – bereits seit vier Stunden verfolgte man das Anwachsen der grauweißen Wolkensäule, die das Meer mit dem Himmel verband.
Acht Tage waren vergangen, seit die Bolemiden den témánahischen Flottenverband versenkt hatten; acht Tage der Ungewissheit und des Wartens. Auf dem Rücken Galals kam die *Weltwind* zwar gut voran, aber die erzwungene Tatenlosigkeit stellte die Geduld aller auf eine harte Probe. Vor allem diejenige Kaldeks. »Wie wenn man ein Schiff ins Trockendock legt und der Besatzung den Landgang verwehrt!«, schimpfte der Kapitän ein ums andere Mal. Das half ihm seine Stimme in Schuss zu halten, die seit langen Wochen nicht mehr trainiert worden war, da es ja keine Segelmanöver gab, zu denen sich passende Befehle brüllen ließen. Anfangs hatte er ununterbrochen die Decks schrubben lassen, aber auch daran verlor er bald die Freude. Während seine Männer erleichtert aufatmeten, wurde er immer missmutiger. Was war schon die Anordnung, zu Wasser und Wurzelbürste zu greifen, gegen die vielfältigen Kommandos, die gegeben werden mussten, um die *Weltwind* mit Steuerbordhalsen am Wind zu

segeln? Bei diesem stetigen Westwind hätte jede Hand zupacken müssen, um den großen Dreimaster auf seinem Südwestkurs zu halten, aber so ...

Jeder füllte die Zeit des Wartens auf seine Weise. Manche saßen nur tatenlos herum oder beschäftigten sich mit Brettspielen. Yonathan verbrachte viele Stunden im Gespräch mit seinen Freunden. Meist waren es ruhige Unterhaltungen über das, was vor ihnen lag. Selten hörte man ein lautes Lachen an Bord. Wenn die Stille an Deck einmal allzu bedrückend wurde, griff Yonathan zu seiner Flöte und schuf ein zartes Gespinst aus Tönen, das die *Weltwind* einhüllte und die Herzen der Seeleute umfing. Bisweilen saß aber auch er einfach nur faul in der Sonne und grübelte – über seinen Auftrag, seine Rolle in diesem Kampf übernatürlicher Gewalten, und wenn er nicht mehr weiterwusste, dachte er an Bithya. Was tat sie wohl gerade in diesem Moment, dieses energische Mädchen, das ihn nicht hatte gehen lassen wollen? Dachte sie an ihn, der jeden Tag ihr Bild vor seinem geistigen Auge hatte? So gewaltig, so wichtig Yonathans Aufgabe auch war, er freute sich schon sehr auf den Tag, da er wieder Bithyas Hände in den seinen spüren würde.

Als am Morgen der Ausguck die Wolkensäule gemeldet hatte, war der Jubel eher verhalten gewesen. Die über Tage hinweg aufgestaute Spannung wollte sich nicht lösen. Vielleicht lag es daran, dass niemand recht wusste, wie man mit einer Legende umgehen sollte, die plötzlich Wirklichkeit geworden war. Was würde Schiff und Besatzung erwarten, dort, wo der Weltwind entsprang?

»Es ist wie eine Heimkehr: Die *Weltwind* kommt zu ihrem Ursprung zurück.« Kaldeks knarrige Stimme klang erstaunlich weich.

»Ich glaube kaum, dass es auf der Vergessenen Insel eine Schiffswerft gibt, Kapitän«, zweifelte Gimbar.

Kaldek bedachte den Expiraten mit einem tadelnden Blick. »So hatte ich es auch nicht gemeint.« Dann wandte er sich Yonathan zu. »Was meint Ihr, sollen wir erst einmal Kurs um die Insel herum nehmen?«

Yonathan schüttelte den Kopf. »Ich möchte mich nicht länger

dort aufhalten als unbedingt nötig. Lasst uns eine geeignete Stelle zum Anlegen suchen, die dem Vulkan möglichst nahe liegt. Sobald ich die zwei Dinge erledigt habe, die dort auf mich warten, lichten wir wieder die Anker und nehmen Kurs auf Gedor.«

»Mir scheint, Ihr seid Euch ziemlich sicher, was Euch dort erwarten wird?«

Yonathan zuckte mit den Achseln »Es ist so eine Art Gefühl ... Ich kann es schwer beschreiben. Jedenfalls hat es mich in letzter Zeit selten im Stich gelassen.«

»Sagtest du nicht eben, dass du *zwei* Dinge auf der Insel erledigen musst?«, mischte sich Yomi ein.

»Genau: Erstens muss ich das fünfte Auge zerstören und zweitens ... es ist noch zu früh, um darüber zu sprechen.«

»Kann es sein, dass es etwas mit mir zu tun hat, Kleines?«, hakte Din-Mikkith nach. Er hockte auf den Decksplanken, mit dem Rücken an den Kreuzmast gelehnt, und hatte die Beine auf verwirrende Weise ineinander verschlungen.

Yonathan lächelte geheimnisvoll. »Du hast Recht. Wir haben uns bereits über diesen Punkt unterhalten. Aber ich möchte es trotzdem vorerst dabei bewenden lassen.«

Mit jeder Meile, die sich das Schiff der Vergessenen Insel näherte, zeichneten sich ihre Konturen deutlicher vor dem Horizont ab. Und mit jeder Welle, die Galal durchschnitt, wuchs das Unbehagen der Besatzung.

Der Kegel des Vulkans war unübersehbar; nicht nur wegen seiner Größe – er überragte die ganze Insel –, sondern vor allem wegen der Wolkensäule, die ihm entsprang. Je näher der Berg heranrückte, umso stärker wurde das rötliche Glühen, das den wabernden Nebel dicht über der abgeflachten Kuppe erhellte, ein krankes, karminrotes Leuchten.

Das Auge weiß, dass ich komme, dachte Yonathan. Es hat allen Grund ängstlich zu leuchten. Seine Stunden sind gezählt.

Beinahe noch bedrückender als das Aussehen des gewaltigen Vulkans war jedoch etwas anderes: Die ganze Insel strahlte schneeweiß. In nördlichen Gewässern hätte dieser Anblick niemanden erschreckt – aber hier, so weit im Süden? Zweitausend

Meilen weiter östlich, auf derselben Breite, lag die Wüste Mara, ein Glutofen. Und hier gab es eine Insel aus Eis!

Yomi murmelte neben Yonathan: »Irgendwie unheimlich.«

»Kein Wunder, dass die Behmische es damals so eilig hatten von der Insel zu fliehen«, sagte Gimbar.

»Das ist nah genug!«, sandte Yonathan seine Gedanken aus.

»Ich kann aber noch näher«, antwortete Galal.

»Ich möchte die *Weltwind* keiner unnötigen Gefahr aussetzen. Ich traue dieser Insel nicht.«

Das Traumfeld kam so schnell zum Stillstand, dass der Dreimaster gefährlich ächzte. Kaldek warf Yonathan einen beunruhigten Blick zu. Gleich darauf tauchte Galal unter dem Schiff ab, das ein weiteres Mal durchgeschüttelt wurde. Das Gesicht des Kapitäns nahm die Farbe der Vergessenen Insel an.

»Danke, Galal.«

»Gern geschehen, Yonathan.«

»Könntet Ihr Eurem großen Freund nicht etwas sanftere Umgangsformen beibringen?«, presste Kaldek hervor.

Yonathan musste lachen. »Für erzieherische Maßnahmen dürfte es in diesem Fall zu spät sein, Kapitän. Galal ist fast so alt wie diese Welt.« Dann wurde er wieder ernst. »Jedenfalls seid Ihr bei ihm gut aufgehoben, solange ich auf der Insel bin.«

»Darüber kann man geteilter Meinung sein.«

»Was heißt hier, solange *du* auf der Insel bist?«, mischte sich Gimbar ein. »Wir kommen natürlich mit.«

Yomi nickte eher zögernd.

»Das kommt nicht in Frage«, widersprach Yonathan.

»Aber du brauchst uns!«

Das Nicken Yomis fiel jetzt stärker aus.

Yonathan zwang sich zur Ruhe. »Es ist immer wieder das Gleiche mit euch beiden. Hast du dir die Insel nicht angesehen, Gimbar? Die Bäume und die anderen Pflanzen, sie sehen aus, als lebten sie noch. Aber sie sind zu Eis erstarrt! Sie sind nicht langsam erfroren, sondern in einem einzigen Augenblick vereist. Dir und Yomi würde es genauso ergehen, sobald ihr die Insel betretet. Ich glaube nicht, dass ihr mir dann noch eine große Hilfe wäret.«

»Sei nicht ungerecht zu ihnen«, mahnte Din-Mikkiths raschelnde Stimme. »Sie wollen dir nur helfen.«

»Ich weiß. Und ich möchte nur, dass ihnen nichts zustößt.«

»Was Yonathan sagt, ist leider wahr«, wandte sich der Behmisch an Gimbar und Yomi. »Das Insel ist gefährlicher als ein verletztes Raubtier. Ich selbst wäre der Letzte, der hier auf dem Schiff bleiben würde. Schließlich liegt vor uns die Heimat meiner Vorfahren. Aber ich fühle, dass wir ohne den Schutz Haschevets dort nicht leben könnten – besser gesagt, ich fühle es *nicht*.« Din-Mikkith bemerkte die ratlosen Mienen seiner Gefährten und kicherte. »Ich vergesse immer, dass ihr nicht wissen könnt, in welcher Verbindung ich zu den Lebenden Dingen stehe. Wenn ich nur in die Nähe eines Waldes komme, spüre ich seine Aura.« Er streckte den Arm zur Vergessenen Insel hin aus und fügte hinzu: »Aber dort drüben fehlt sie völlig. Ich fühle nur ein großes, leeres Nichts.«

Auch Yonathan hatte dieses Nichts gespürt, von dem Din-Mikkith sprach. Aber für ihn stellte es keine vollkommene Leere dar wie für seinen grünen Freund. Yonathans Sinne waren angespannt, getragen von Haschevets Macht durchforschten sie die ganze Insel. Und was sie dort fanden, verwirrte ihn. Nicht die Bedrohung durch das Auge beunruhigte ihn, dieses beklemmende, nur allzu bekannte Angstgefühl. Nein, er glaubte, noch etwas anderes wahrzunehmen, nur sehr schwach, sehr undeutlich. War dies nur ein neuer Trick von Bar-Hazzats karminroten Dienern, eine Finte, um ihn zu verunsichern? Oder konnte es wirklich sein …?

Ein Ruck ging durch das Beiboot der *Weltwind* und riss Yonathan aus seinen Gedanken. Yomi und Gimbar hatten darauf bestanden, ihn bis an den Strand zu begleiten.

»Bleibt ja im Boot!«, warnte Yonathan noch ein letztes Mal. »Ich stoße euch wieder ins Meer zurück.«

»Und du meinst wirklich, dass du uns nicht alle drei mit dem *Koach* beschützen kannst?«, fragte Gimbar.

»Es würde mich so viel Kraft kosten, dass ich womöglich dem

Angriff des Auges nicht mehr gewachsen wäre«, entgegnete Yonathan. »Aber lasst uns das alles nicht noch einmal durchkauen. Es ist Zeit uns voneinander zu verabschieden.«

»Du musst uns versprechen unheimlich gut auf dich aufzupassen«, verlangte Yomi mit brüchiger Stimme.

»Ich verspreche es.«

»Wenn es zu brenzlig wird, kehrst du um!«, fügte Gimbar energisch hinzu. »Dann überlegen wir uns etwas anderes.«

»Ja doch!« Yonathan holte tief Luft. In seinem Hals steckte ein Kloß. »Ihr beide seid wirklich schlimm ... und außerdem die besten Freunde, die man sich nur wünschen kann. Ich werde bestimmt auf mich Acht geben, damit das auch noch eine Weile so bleibt.«

Er umarmte zuerst Yomi und anschließend Gimbar. Dann formte er den blauen Schirm zum Schutz gegen die eisige Kälte und sprang, ohne zu zögern, an den Strand der Vergessenen Insel.

Als die nächste größere Welle das Beiboot anhob, stieß er es ins tiefere Wasser zurück. Seinen Freunden war anzusehen, wie ungern sie ihn allein ließen.

Er winkte den Davonrudernden noch eine Weile nach, dann wandte er sich um und begann seinen Marsch zum Vulkan.

Der Sandstrand war überall steinhart. Yonathan hatte Mühe, auf dem leicht welligen, spiegelglatten Untergrund das Gleichgewicht zu halten. Schließlich erreichte er aber doch den Waldrand ohne gestürzt zu sein.

Seine Füße traten auf gefrorenes Gras. Die starren Halme zerbrachen knisternd unter dem Gewicht seines Körpers, er hatte fast das Gefühl, über ein Stoppelfeld zu laufen. Wenigstens kam Yonathan hier besser voran. Während er sorgfältig darauf achtete, den schützenden Mantel aus blauem Licht geschlossen zu halten, staunte er über die einzigartige Landschaft, die ihn umgab.

Alles war weiß. Wie schon vom Schiff aus zu erkennen gewesen war, wirkten die Pflanzen auf eine seltsame Weise lebendig, als habe der Herbstnebel bei einem plötzlichen Kälteeinbruch die

Natur mit einer dünnen Reifschicht überzogen und als seien nur ein paar wärmende Sonnenstrahlen notwendig, um sie von einem Augenblick zum anderen aus ihrem Schlummer zu wecken. Die Bäume und Sträucher waren nicht kahl wie ein verschneiter Laubwald im Winter, sondern trugen noch alle Blätter. Palmen hingen voll mit weißen Kokosnüssen, Johannisbrotbäume mit langen weißen Schoten und Affenbrotbäume mit gurkenförmigen weißen Früchten und ... Yonathans Schritt stockte.

Im Astwerk des Stammes, an dem er gerade hinaufblickte, hingen Fledermäuse. *Weiße* Fledermäuse! Sie waren genauso erstarrt wie alles andere auf dieser verfluchten Insel. Yonathan zwang sich seinen Weg fortzusetzen und kontrollierte zum hundertsten Mal seinen schützenden Schild.

Eigentlich ganz normal, dass nicht nur die Pflanzen, sondern auch die Tiere eingefroren waren, versuchte er sich zu beruhigen. Und trotzdem war er entsetzt, als er immer mehr erstarrte Bewohner dieser Insel entdeckte. Zwischen weißen Blättern hockten bleiche Papageien, hingen farblose Affen oder spannten sich die gläsernen Netze von Spinnen. Bald auch stieß er auf Tiere, die am Boden von der Kälte überrascht worden waren: ein zum Sprung bereiter Jaguar, der sich einen Ameisenbären als Beute erwählt hatte, seit Jahrtausenden zögerte er nun schon seinen Angriff hinaus; eine Riesenschlange, die – eine dicke Schwellung an ihrem weißen Leib zeigte es deutlich – bei der Jagd erfolgreicher gewesen war, sich nun aber mit der Verdauung sehr viel Zeit ließ; und eine Entenmutter, die, hinter sich die Reihe ihrer Küken, zu einem Weiher strebte, den sie nie erreichen würde.

Ein kalter Schauer lief über Yonathans Rücken. Was wie das Werk eines begnadeten Zuckerbäckers anmutete, war in Wirklichkeit das Produkt eines boshaften Geistes. Lange bevor Bar-Hazzat zum Fürsten über Témánah eingesetzt worden war, hatte Melech-Arez das Volk der Behmische vertrieben und ihre Insel mit Eis überzogen.

Überhaupt, wurde sich Yonathan bewusst, mussten die unheilvollen Augen eigentlich älter sein als Bar-Hazzats Regentschaft, die ja kaum mehr als zweihundert Jahre währte. Schon vor Äonen hatte Melech-Arez diese Bannsteine in das Fleisch seiner Welt gepflanzt, um für die Zeit der Weltentaufe gewappnet zu sein. Sie sollten seinem ersten Diener, Bar-Hazzat, Augen und Ohren zugleich sein, sie sollten ihm helfen die Herzen der vernunftbegabten Geschöpfe zu verhärten, sollten sie unempfänglich machen für jedes Gefühl der Selbstlosigkeit und Liebe.

»Aber diese Rechnung wird dank Yehwoh nicht aufgehen«, sagte Yonathan laut und erschrak dabei über seine eigene Stimme, einem Fremdkörper in dieser leb- und lautlosen Welt.

Er hatte inzwischen das erste Drittel des Aufstiegs zum Vulkan gemeistert. Nur noch wenige erstarrte Bäume säumten seinen Weg. Über sich sah er die gewaltige Wolkensäule in den Himmel steigen. Welch eine Ironie! dachte er. Der Weltwind war nichts weiter als der zu Dampf gewordene Klageruf Neschans. Selbst seine eigene Welt verschonte Melech-Arez nicht, sondern quälte sie unablässig, bohrte mit eisigen Krallen in ihrem Fleisch.

Yonathan rechnete jeden Augenblick mit dem Angriff. Selbst der blau flimmernde Schutz aus Licht konnte das Drängen des Auges nicht ganz abwehren. Es musste ganz nah sein. Doch so sehr er sich auch mühte, er konnte keinen Gegner entdecken.

Auf halber Höhe zum Gipfel setzte ein starker Wind ein. Glitzernde Eiskristalle wehten in Schleiern den Berg hinauf. Die Sicht wurde immer schlechter. Bei jedem Schritt bohrte Yonathan die Spitze Haschevets tief in das Eis, das in einer dicken Schicht den Vulkan als Panzer umgab, und jedes Mal gab es zischend ein wenig nach. Schließlich – zwei Drittel der Strecke lagen bereits hinter ihm – blieb er stehen.

Es konnte so nicht weitergehen. Die letzte halbe Meile hatte er sich nur noch im Schneckentempo den steilen Hang hinaufkämpfen können. Aus dem Wind war inzwischen ein Schneesturm geworden, der Yonathan zwang sich des *Koach* zu bedienen, um nicht vollkommen die Orientierung in dieser unwirklichen weißen Welt zu verlieren.

Er musste einen Moment nachdenken, versuchte das Brüllen des Sturmes zu ignorieren. Yonathan ahnte, nein, er wusste, dass er in einer schlechten Position war. Sollte er umkehren, wie Gimbar es ihm geraten hatte? Seit einiger Zeit spürte er einen bedrohlichen Unterton in den Gefühlen des Auges: Neben der ständigen Aufforderung zur Umkehr gab es auf einmal eine starke Siegesgewissheit. Kein Wunder, er war so gut wie blind, auch mit der Macht des Stabes konnte er kaum etwas ausmachen. Wenn der Wächter des Auges in diesem Moment auf ihn losging ...

Ohne den Schutz Haschevets hätte ihn wahrscheinlich schon der erste Angriff zerschmettert; die Attacke kam so plötzlich, dass jede Reaktion unmöglich war: Ein jähes Fauchen des Sturms und schon riss ihn ein gewaltiger Schlag von den Füßen. Yonathan rutschte den Hang hinab, wurde immer schneller, und es dauerte eine halbe Ewigkeit, bis er seine halsbrecherische Talfahrt endlich mit der Hilfe des *Koach* bremsen konnte.

Er kämpfte gegen ein Schwindelgefühl an und zwang sich wieder auf die Beine. Wenn der nächste Angriff kam, musste er besser gewappnet sein. Seine Glieder fühlten sich steif an. Er wusste noch immer nicht, was ihn umgeworfen hatte. Eines aber schien klar: Dieses Etwas war kalt gewesen, so kalt, dass er es selbst durch den Schild gespürt hatte.

Endlich gelang es ihm, sich zu orientieren. Er war in eine Senke gerutscht, die vom Sturm weniger heftig heimgesucht wurde. Mit Haschevets Kraft der *Bewegung* suchte er die Umgebung ab. Von dem Wächter fehlte jede Spur. Plötzlich hörte Yonathan wieder das Fauchen.

Diesmal war er vorbereitet. Er rollte sich blitzschnell zur Seite und sandte gleichzeitig einen gleißend blauen Blitz in die Richtung, aus der das Geräusch gekommen war.

Nur einen Wimpernschlag später und die eisige Faust hätte ihn wieder getroffen. Im Licht Haschevets sah Yonathan zum ersten Mal seinen Widersacher. Nur einen winzigen Augenblick lang konnte er die Gestalt aus Eiskristallen erkennen: Sie war riesig groß, ihr Körper glitzerte wie ein Meteoritenschauer im Sternenlicht, doch dort, wo beim Menschen der Kopf ansetzte, strahlte sie karminrot. Bis der Blitz Haschevets sie traf.

Wieder hüllte der Sturm den Ort des Geschehens mit seinem

wirbelnden Weiß ein. Yonathan machte sich keine Hoffnungen den Angreifer mit einem einzigen Schlag bezwungen zu haben. Er fühlte den feindseligen Geist, auch wenn das Licht des Stabes ihn scheinbar in zwei Teile gespalten hatte. Dieser Gegner war entweder sehr schnell oder das Feuer Haschevets konnte ihm nichts anhaben ...

Die nächste Attacke hatte Yonathan vorausgeahnt. Er wirbelte herum, noch bevor er das Zischen hörte, riss die Arme hoch und schleuderte einen Lichtspeer. Wieder sah er die mit einem karminroten Strahlen gekrönte Gestalt aus Eis: Ihr Rumpf war mindestens zwanzig Fuß groß und glich einer glitzernden Säule, die schwerelos im Sturm schwebte. Beine fehlten dem Wächter völlig, dafür hatte er unzählige Arme, durchsichtige Stacheln, die nach allen Seiten strebten.

Yonathans Blitz traf den Wächter mitten in die »Brust«, den oberen Teil des Torsos. Aber da schien es kein Herz zu geben, das sich verletzen ließ. Die flüchtige Gestalt ließ das Licht einfach durch sich hindurchschießen, so als würde man mit Pfeil und Bogen einen Bienenschwarm angreifen.

Eine beängstigend kalte und zynische Stimme ließ Yonathan zusammenfahren. Eine Stimme, die im Toben des Sturmes schwang, ein Teil von ihm zu sein schien. »Willst du mich etwa *damit* einschüchtern? Dein Feuer kann mir nichts anhaben, Geschan.«

Also doch! ging es Yonathan durch den Kopf. Aber konnte das sein? Yehwohs Macht war größer als jede andere im Universum. Warum konnte dieses Wesen dann den Blitzen Haschevets widerstehen?

»Du fragst dich sicher, warum dein Stab gegen mich nutzlos ist?«

Endlich hatte sich Yonathan wieder in der Gewalt. Er musste Zeit gewinnen, durfte sich nicht auf die Verunsicherungstaktik seines Gegners einlassen. »Du *behauptest* nur, dass er nichts gegen dich ausrichten kann«, schrie er gegen den Schneesturm an. »In Wirklichkeit fürchtest du Haschevet sehr wohl.«

Ein eisklirrendes Lachen ließ Yonathan erstarren. »Ich werde dir zeigen, wie sehr ich mich ängstige.« Das karminrote Strahlen auf Kopfhöhe des Wächters verwandelte sich in eine schreckliche Fratze und einer der unzähligen Stachelarme wurde wie ein Pfeil vom stämmigen Rumpf weggeschleudert.

Dem Stabträger blieb nur der Mantel aus Licht. Das Geschoss riss ihn, nachdem es auf den Schild geprallt und vergangen war, allein durch seine Wucht von den Beinen, eisige Kälte durchströmte seinen Körper, erneut rutschte er einige hundert Fuß den Hang hinab, bis eine lange Eisrille ihn auffing.

Noch ehe er auf die Beine kam, war der Wächter über ihm. Ein Dutzend seiner seltsamen Arme wanden sich wie Tentakel nach Yonathan. Ein triumphierendes Lachen erklang. Er wurde ergriffen, umschlungen und emporgehoben. Er wehrte sich verzweifelt, sandte Feuerbälle aus, versuchte seinen Schutzschirm aufzublähen – Feuer gegen Eis, es *musste* klappen! Doch die verzweifelte Gegenwehr hatte keinen Erfolg, nur seine Kräfte schwanden rasch dahin.

Dann schleuderten ihn die Stachelarme zu Boden, pressten ihm die Luft aus den Lungen. Ein dunkler Schleier legte sich über seine Augen. Ohne Haschevets Schirm wäre er ohne Zweifel zerquetscht worden. Aber auch so war er am Ende seiner Kräfte, nahezu wehrlos dem Wächter ausgesetzt. Der Schutz des Stabes begann schwächer zu werden, Yonathan lag einfach nur da, rang vergeblich nach Luft. Sein Körper erstarrte, verwandelte sich bereits zu Eis, als der Druck der Tentakeln nachließ.

Es konnte nicht mehr lange dauern. Sein Feind würde gleich zum letzten, zum vernichtenden Schlag ausholen. Langsam klärte sich Yonathans Blick und er konnte wieder sehen, was um ihn herum vorging. Der Hüter hatte sich ein paar hundert Fuß zurückgezogen. Gerade setzte er sich wieder in Bewegung und raste auf Yonathan zu. Mitten im Flug verwandelte sich das Eiswesen in einen Kometen, eine karminrot glühende Kugel, die einen Schweif aus glitzernden Eiskristallen hinter sich herzog.

Nur noch wenige Augenblicke und es würde vorbei sein. Yonathan erkannte seinen Fehler. Er hatte die eigene Kraft überschätzt, hatte sich zu sicher gefühlt und die Zerstörung des fünften Auges fast als selbstverständlich vorausgesetzt. War es nicht auch diese Spielart des Hochmuts gewesen, die Goel einst verleitet hatte sich selbst zu wichtig zu nehmen, als er Grantor gegenüberstand?

Yonathan stählte sich in Erwartung des tödlichen Hiebs, erhob mit letzter Kraft die Hand, die Haschevet umklammert hielt, und schrie: »Yehwoh verfluche dich!«

Da gab das Eis krachend unter ihm nach.

Ein karminroter Morgenstern sauste über seinen Kopf hinweg – er hatte ihn nur um Haaresbreite verfehlt. Yonathan schoss in einer fast senkrecht abfallenden Spalte in die Tiefe. Das Eis musste Risse bekommen haben, als der Wächter sein Opfer mit voller Wucht zu Boden geschleudert hatte. Schnell verschwand der helle, grauweiße Strich über ihm, die einzige Verbindung zur Oberfläche. Bald umschloss ihn die Dunkelheit.

Yonathan spürte, wie die Wand des Spaltes, an der er mit halsbrecherischer Geschwindigkeit hinunterrutschte, abflachte, zu einer nahezu waagrechten Bahn wurde. Doch noch immer flog er dahin und konnte seine rasende Fahrt nicht abbremsen. Und wenn er nun gegen eine Eiswand prallte?

Nur einen Herzschlag später nahm Yonathans Rutschpartie ein jähes Ende. Das Eis war verschwunden und er war mit einem heftigen Ruck auf irgendwelchen Erdklumpen wie auf einem Kissen gelandet.

Noch ganz benommen von dem Kampf und der anschließenden Schussfahrt tasteten seine Hände die nähere Umgebung ab. Er konnte zwar nichts sehen, aber er hatte lange genug in der Nordregion gelebt, um schnell herauszufinden, dass es Torfballen waren, die ihn gerettet hatten. Große, sogar trockene Brocken aus Torf. Der Geruch war unverkennbar. Noch ehe er sich fragen konnte, auf welchem Weg der Torf wohl hierher gelangt sei, bemerkte er den Verlust.

»Haschevet!«, rief er entsetzt. Er musste ihn verloren haben, als der Boden unter ihm nachgegeben hatte. Yonathan begann, der Panik nahe, im Torf herumzusuchen. Das durfte nicht sein! Nicht nach all dem, was er durchgestanden hatte. Plötzlich hielt er verwundert inne.

In nicht allzu großer Entfernung entdeckte er – ein wenig erhöht – eine helle Öffnung. Warmes, goldenes Licht strömte von dort oben herein. Und vor ihr zeichnete sich die dunkle Silhouette einer kleinen, schrumpeligen Gestalt ab. Wahrscheinlich hatte sie Yonathan ebenfalls bemerkt, denn sie winkte ihm mit einem biegsamen Arm zu. Keine Frage: Es war eine Einladung näher zu treten.

Yonathan traute seinen Augen nicht. Er wollte aufstehen – aber alles drehte sich – und sank gleich wieder zurück. Der Schatten an der anderen Seite der Höhle wiederholte seine Geste, sie fiel nun eindringlicher aus als beim ersten Mal.

»Din?«, rief Yonathan verunsichert. »Bist du das, Din-Mikkith?«

Ehe der Angesprochene ihm antworten konnte, drang wütendes Fauchen den schrägen Eisschlund herab. Der Wächter! Yonathan hatte ihn für einen Moment ganz vergessen. Er versuchte mit den Augen die Dunkelheit zu durchdringen, aber ohne das *Koach* konnte er nicht das Geringste erkennen. Der Spalt, durch den er heruntergekommen war, lag jetzt völlig im Dunkeln. Erneut vernahm Yonathan den beängstigenden Laut. Mit Entsetzen stellte er fest, dass dieser jetzt näher klang.

Endlich gelang es Yonathan sich aufzurichten. Anstatt sofort loszulaufen schaute er unsicher zu dem kleinen faltigen Schatten hin, der jetzt heftig winkte. Wenn auch das eine Falle war ...

Ein kurzer Blick zurück setzte seiner Unentschlossenheit ein Ende. Er sah den roten Kometen auf sich zurasen. Und rannte los.

So schnell er konnte, lief Yonathan auf das gelbe Licht zu. Der Schattenriss war offenbar zufrieden mit seiner Reaktion, denn er gab ihm noch ein letztes Mal ein Zeichen, machte dann kehrt und tauchte in den Sonnenschein.

Yonathan rannte weiter, kämpfte sich keuchend den ansteigenden Höhlengang hinauf. Hinter sich hörte er siegesgewisses Lachen und schauerliches Fauchen, als hätte der Wahnsinn Gestalt angenommen. Das Eiswesen war sich seiner Beute sicher, denn wohin konnte Yonathan schon fliehen?

Zum Licht. Hauptsache, du erreichst das Licht. Er hatte keine Ahnung, warum ihn dieser Gedanke vorwärts trieb, aber seine Füße schienen es wenigstens zu wissen.

In das helle Strahlen mischten sich grüne Farben und ... Nein, das war unmöglich, bestimmt nur ein Trugbild, wegen seiner Erschöpfung. Denn wie konnte das Wirklichkeit sein, was er da vor sich sah?

Sein Fluchtweg verlief nun zu ebener Erde, der Durchlass vor ihm war höher und breiter geworden! Zwischen steinernen Pfeilern hindurch fiel sein Blick auf eine üppige, sonnenbeschienene Pflanzenwelt. Im Hintergrund konnte man hohe Bäume erkennen, davor breitete sich eine saftige grüne Wiese aus. Und dicht hinter dem Eingang befanden sich zwei regungslose Gestalten! Sie schwebten höchstens eine Handbreit über dem Boden und flankierten dabei das Tor von der Innenseite her. Ihr Abstand zueinander betrug wenig mehr als zwei Schritte; die Luft zwischen ihnen flirrte. Und in der Mitte stand winkend der Behmisch.

Das Fauchen im Rücken trieb Yonathan weiter. Die beiden schwebenden Gestalten allerdings waren ihm nicht geheuer. Sie glichen sich wie ein Ei dem anderen: Jede von ihnen maß mindestens sieben Fuß und die Körper schienen menschlich zu sein, wenn man einmal davon absah, dass sie je zwei Paar Flügel besaßen. Das eine Schwingenpaar war halb ausgebreitet, mit dem anderen bedeckten die Wesen ihre strahlenden Leiber. Und dann begann Yonathan an seinem Verstand zu zweifeln: Jede der beiden Gestalten hatte einen Kopf mit vier Gesichtern: dem eines Menschen, eines Adlers und eines Stiers. Das vierte Antlitz war ihm abgewandt, aber er konnte sich auch so vorstellen, wie es aussah.

Ihn beschlich eine sonderbare Ahnung, die zu phantastisch schien, um wahr zu sein. Er rannte weiter, lief direkt auf die Lücke zwischen den beiden leuchtenden Gestalten zu, dorthin, wo die Luft flimmerte und rauschte – und wo eben noch der Behmisch gestanden hatte.

Die Menschengesichter der beiden Hüter zeigten keine Regung, wirkten weder aufmunternd noch ablehnend, gerade so, als wollten sie Yonathan sagen: Es ist an dir, die richtige Entscheidung zu treffen.

Ein triumphierendes Aufkreischen hinter ihm bestärkte Yonathan in seinem Entschluss, ein Blick über die Schulter gab ihm letzte Gewissheit: Der Verfolger würde ihn jeden Moment einholen. Also warf er sich in den flirrenden Kreis zwischen den Flügelwesen.

Augenblicklich wurde Yonathan hochgerissen wie von einer gewaltigen Sturmbö. Ein lautes Knattern dröhnte in seinen Ohren. Kurzzeitig verlor er jede Orientierung. Doch dann fand er sich hingestreckt im weichen Gras wieder. Er schaute benommen auf die Rücken der beiden Hüter, in ihre – wie konnte es anders sein? – Löwengesichter und entdeckte sich plötzlich selbst auf der anderen Seite des verschwommenen Luftkreises, nur knapp vor dem karminroten Wächter.

Der Anblick der eigenen Person versetzte ihm einen solchen Schrecken, dass er die Augen zusammenkniff und den Kopf schüttelte. Als er wieder aufsah, befand sich auf der anderen Seite des Tores nur noch der Verfolger.

Der Wächter geriet wegen des Verlustes seiner Beute in blinde Raserei. Tausende von Jahren hatte er sich niemals an diesen Ort vorgewagt. Nun beging er den entscheidenden Fehler: Er versuchte sich auf den wehrlos im Gras liegenden Menschen zu stürzen, wollte ihn endgültig zerschmettern. Dabei gelangte er in den flimmernden Kreis.

Im Nachhinein mutete die ganze Situation für Yonathan fast komisch an. Wenn er bedachte, wie oft er nur mit knapper Not dem Tod entronnen war, als er eines der roten Augen Bar-Hazzats zerstörte – und nun dies: Als der Wächter in den flirrenden Kreis stieß, war nur ein heller Klang zu vernehmen, ein einziger, unspektakulärer Ton.

Für die Dauer eines Wimpernschlags konnte Yonathan erkennen, was da zwischen den gleißenden Hütern dieses Gartens schwebte und in ständiger Bewegung war. Es handelte sich um die weiße Klinge eines großen Schwertes. Dann überstrahlte ein karminroter Blitz die Szene – kein Laut war zu hören – und nahm

Yonathan die Sicht. Der Wächter des fünften Auges hatte seine neschanische Existenz aufgegeben. Und das Schwert zwischen den Flügelwesen drehte sich weiter.

Kaum hatten sich seine Augen von der blendenden Helligkeit erholt, sah Yonathan etwas auf sich zurollen. Als es, kaum zwei Ellen entfernt, im Gras liegen blieb, hielt er den Atem an: ein Kristall, groß wie eine Männerfaust, seine sechseckigen roten Facetten glitzerten. Yonathan wagte nicht sich zu rühren. Er starrte nur fassungslos in das Auge Bar-Hazzats und glaubte darin ein rötliches Pulsieren zu entdecken. Vorsichtig erhob er sich und taumelte drei oder vier Schritte zurück.

»Du hast es dir sicher leichter vorgestellt, nicht wahr, mein Bruder?«

Yonathan fuhr herum.

»Benel!«, schrie er verzückt. »Träume ich, oder seid Ihr es wirklich?«

Der Bote Yehwohs lächelte nachsichtig. »Wie mir scheint, bist du ein wenig durcheinander. Liegt das vielleicht daran, dass du *das* hier vermisst?« Er hob seinen weiß glänzenden Arm und hielt Yonathan den Stab Haschevet entgegen.

»Was, *Ihr* habt ihn?« Yonathan war viel zu aufgeregt, um ruhig sprechen zu können. »Und ich dachte schon, er wäre für immer verloren.« Dann wurde er mit einem Mal ernst und blickte verlegen zu Boden. »Ich glaube, ich habe mich ziemlich töricht benommen!«

»Sagen wir, man merkt, wer dein Lehrmeister war.«

Yonathans Kopf sank noch ein wenig tiefer. »Es tut mir aufrichtig Leid. Werde ich jetzt wie Goel bis ans Ende meiner Tage nach *Gan Mischpad* verbannt?«

Benel schüttelte den Kopf. »Als Goel Grantor gegenüberstand, war er noch ein wenig dreister als du. Trotzdem, nimm den Rat eines guten Freundes an: Setze dein Vertrauen nicht auf deinen eigenen Arm, denn das ist es, was Melech-Arez erreichen will. Er ist nicht von dieser Welt und du könntest niemals gegen ihn bestehen. Yehwoh möchte zwar, dass du deinen freien Willen und die dir verliehenen Gaben gebrauchst, aber vergiss nicht, dass du nur so weit gekommen bist, weil du dir seine Weisheit angeeignet hast. Sie ließ dich das *Koach* lenken, nicht deine eigenen Fähigkeiten waren dafür verantwortlich.«

»Ich werde es mir merken«, erwiderte Yonathan zerknirscht. Benel lächelte aufmunternd. »Und nun fasse neuen Mut. Deine Arbeit ist noch nicht beendet.«

Yonathan blickte auf. »Ihr meint den Schwarzen Turm von Gedor, Herr?«

»Ich meine *das* da.« Benel deutete auf den roten Stein im Gras.

»Den habe ich beinahe vergessen.« Yonathan nahm den Stab aus Benels Hand und wandte sich dem karminroten Kristall zu. »Fast hättest du mich bezwungen, aber schließlich warst du nicht mehr als ein mesagenisches Rätsel: Ich werde dich knacken und weiser als zuvor aus der Prüfung hervorgehen.«

Yonathan holte weit aus und schmetterte den Knauf Haschevets gegen den rot glitzernden Stein. Ein gleißender blauer Strahl erhellte kurz die Wiese. Dann war es geschehen, keine Explosion, kein Donnern, kein karminrotes Aufblitzen. Der Wächter war längst besiegt und der Bannstein ohne diesen Beistand zu einem einfachen Mineral geworden, genauso machtlos wie all die Götzenbilder in den témánahischen Tempeln.

Von Bar-Hazzats fünftem Auge blieb nichts zurück. Selbst der feine rote Staub wurde schnell vom Wind davongetragen.

Als Yonathan sich erneut Benel zuwandte, war auch der Behmisch da. Er stand dicht bei Yehwohs Boten und wirkte dabei völlig unbefangen. Möglich, dass der Umgang mit übernatürlichen Gästen für ihn nichts Außergewöhnliches darstellte, gab es doch diese zwei Flügelwesen an seiner Gartenpforte. Benel nahm sich im Vergleich zu ihnen noch nahezu menschlich aus.

Andererseits war für einen Behmisch alles Unbehmische wohl gleichermaßen fremd. »Gibt es hier weitere Angehörige seines Volkes?«, fragte Yonathan.

»Er ist der Letzte auf der Vergessenen Insel«, antwortete Benel.

Yonathan nickte ernst. »Ich hatte gehofft, einige von Din-Mikkiths Volk könnten an diesem Ort überlebt haben. Als wir die

Insel anliefen, fühlte ich, dass der Wächter des Auges nicht das einzige vernunftbegabte Wesen auf ihr sein konnte, aber die Gefühle von Bar-Hazzats Diener waren zu stark, um mehr zu erkennen.«

»Früher gab es tatsächlich einmal einen kleinen Überrest von Behmischen, die den Einzug des karminroten Auges und seines kalten Wächters überlebt hatten. Sie verbargen sich in diesem Garten, denn selbst die Macht des Melech-Arez kann seine Grenzen nicht überschreiten.«

Yonathan ließ ehrfürchtig den Blick über die Bäume schweifen. Er spürte, dass dieser Ort älter war als selbst die Welt Neschan. »Wo befinden wir uns hier?«, fragte er leise.

Benel lächelte. »Du weißt es bereits, Yonathan.«

»Aber wie ...?«

»Die Menschen wurden einst aus *Gan Eden* vertrieben, weil sie selbst entscheiden wollten, was gut und was böse ist. Zugegeben, Melech-Arez hat mit seinen Lügen gehörig nachgeholfen, aber es war ihr eigener freier Wille, der sie Yehwoh entfremdete. In ihrer Rebellion wären sie schließlich nicht einmal davor zurückgeschreckt, vom Baum des Lebens zu essen, um Unsterblichkeit zu erlangen. Deshalb stellte Yehwoh die *Keruvím* am Osteingang des Gartens auf, deren sich immerfort drehendes Schwert jedem, der nicht reinen Herzens war, den Zutritt verwehrte.«

»*Gan Eden!*«, hauchte Yonathan den uralten Namen aus der Sprache der Schöpfung. »Der Garten der Wonne!« Benels Erklärung verwirrte ihn mehr, als dass sie ihm weiterhalf. Wie kam der Garten hierher? Der Grenznebel von *Gan Mischpad* kam ihm in den Sinn. Hatte er nicht schon immer vermutet, dass auch der Garten der Weisheit nicht von dieser Welt war? Endlich brachte er trotz seiner Aufregung einen zusammenhängenden Satz zustande. »Sind Neschan und die Erde in Wirklichkeit nur zwei Spiegelbilder ein und derselben Welt?«

Benel lächelte anerkennend. »Deine Frage kommt der Wahrheit sehr nahe.«

Das war nicht die Antwort, die Yonathan erwartet hatte. Der Bote Yehwohs brachte ihn mehr und mehr durcheinander mit seinen vieldeutigen Bemerkungen. »Könntet Ihr es bitte etwas klarer ausdrücken, Herr?«, wagte er einzuwenden.

»Neschan und die Erde haben tatsächlich sehr viel gemein«, gab Benel nach. »Aber so, wie eine Spiegelung nur ein Abbild der Wirklichkeit ist, stellt Neschan nur eine unvollkommene Kopie der Welt dar, die Yehwoh einst erschaffen hat.«

»Eine Kopie, die Melech-Arez anfertigte?«

»Genau so ist es. Vor langer Zeit stahl er einen Teil der Erde und formte daraus seine eigene Welt.«

»Aber warum hat Yehwoh dann den Garten der Wonne gerade hierher verpflanzt? War Neschan nicht zu ... unrein dafür?«

»Um die Tränenwelt stand es tatsächlich schlecht, als die Geschöpfe des Melech-Arez einander durch Bosheit und Niedertracht hinschlachteten. Aber wie du dich erinnern wirst, hat Yehwoh sie durch seine Tränen geheilt. Wenn man so will, bestand unter anderem seine Behandlung darin, *Gan Mischpad* in diese Welt zu setzen.«

»Jetzt verstehe ich gar nichts mehr. Was hat der Garten der Weisheit mit diesem Ort hier zu tun?«

»Das ist in Wirklichkeit ganz einfach: Yehwoh spaltete *Gan Eden* in drei Teile. Den größten, in dem der Baum der Erkenntnis steht, setzte er zusammen mit dem ersten Richter, Yenoach, in diese Welt. Yenoach nannte ihn den Garten der Weisheit. Später, als die Wasser der großen Flut die Erde überschwemmten, nahm er auch die beiden übrigen Teile *Gan Edens* und pflanzte sie in die Welt Neschan. Jenen Garten, in dem der Baum des Lebens steht, verlegte er auf diese Insel, fernab von jeglicher menschlichen Gier. Aus dem dritten Teil aber ... Na, kannst du es dir jetzt denken?«

»Machte er den Garten *Rás*, der auf alle Zeit über Neschan wandert und den in Not geratenen Dienern Yehwohs beisteht.«

»Goel hat dich gut unterwiesen.«

Yonathan musste lachen. »In diesem Fall musste er es gar nicht. Ich werde nie vergessen, wie die Oase *Rás* uns in der Mara vor dem Verdursten gerettet hat.«

»Der wandernde Garten ist nur ein Werkzeug Yehwohs,

ebenso wie die anderen beiden Gärten oder der Stab Haschevet. Allein die Macht des Höchsten hat dich und deine Gefährten bis jetzt bewahrt.«

Yonathan wurde wieder ernst. »Ich weiß. Etwas würde mich aber trotzdem noch interessieren.«

Benel runzelte die Stirn. »Deine Zeit ist knapp bemessen, Yonathan. Du solltest sie nicht mit unnötigen Fragen vergeuden.«

»Verzeiht, aber ich glaube, dass sie wichtig sind.«

Benel nickte zum Einverständnis.

Yonathan holte tief Luft. »Woher stammt der Stab Haschevet?« Er ahnte, wie die Antwort lauten würde, aber er wollte Gewissheit haben.

»Dies ist eine lange Geschichte«, antwortete Benel, »zu lang, um sie jetzt zu erzählen. Nur so viel: Yehwoh beauftragte einst Olam, einen Mann mit lauterem Herzen, an den *Keruvím* vorbeizugehen und Haschevet aus einem Zweig des Lebensbaumes herauszuschneiden. Olam gab dem Stab seine heutige Form und er war es auch, der ihn Henoch überbrachte, der später Yenoach, der erste neschanische Richter, wurde.«

Yonathan erinnerte sich an seine Auseinandersetzung mit dem Baum Zephon im Verborgenen Land. Das boshafte Gewächs hatte gesagt, der Stab stamme von seinem Erzfeind. Yonathan hatte den ersten Richter für diesen Feind gehalten, doch nun wusste er, dass Zephon damals den Baum des Lebens gemeint hatte, einen von seiner Art. Doch wer war Olam? Yonathan wiederholte leise den von Benel genannten Namen. »Ich habe nie von diesem Mann gehört.«

»Das ist nicht verwunderlich. Obwohl du ihn kennst. Er hat dir einmal geholfen ein altes Manuskript zu entziffern.«

»Etwa das Pergament mit der Zeichnung von Felin und mir, in der Thronhalle von Cedanor?« Yonathan geriet erneut in Aufregung. »Aber wie kann Mister Marshall, mein früherer Privatlehrer in Schottland, die gleiche Person sein wie der Olam, der Jahrtausende zuvor den Stab Haschevet schuf?«

»Olam geht seinen eigenen Weg, wie du deinen gehst. Yehwoh hat ihn bestimmt, durch die Äonen hindurch denjenigen beizustehen, die zu Richtern für Neschan berufen sind. Habe ich damit alle deine Fragen beantwortet?«

Ganz im Gegenteil, dachte Yonathan. Er hatte plötzlich mehr Fragen als jemals zuvor. Aber er ahnte, dass er aus Benel nichts herausbekommen würde, was dieser ihm nicht freiwillig anvertrauen wollte. Eines interessierte ihn aber doch noch: Warum hatten die Behmische das Vorrecht erhalten, sich in diesem Teil *Gan Edens* niederzulassen, wo doch seit Urzeiten kein Mensch mehr die beiden *Keruvím* passieren durfte?

Benels Erklärung war knapp und doch erschöpfend. Nachdem Yehwoh die entarteten Geschöpfe des Melech-Arez geheilt hatte, erwiesen sich die Behmische als das friedlichste aller Völker Neschans. Vor allem aber war keines so eng mit den Lebenden Dingen verbunden wie die grünen Vorfahren Din-Mikkiths. Deshalb wurden sie beauftragt jenen Teil *Gan Edens*, in dem der Baum des Lebens stand, so lange zu hegen, bis die ganze Schöpfung wieder mit ihrem Erschaffer in Harmonie vereint sein würde.

»Dann wird *Gan Eden* an seinen ursprünglichen Platz zurückkehren«, schloss Benel seinen Bericht. »Bis dahin aber pflegten – und pflegen, im Falle Baru-Sirikkiths – die Behmische den Garten der Wonne.«

»Ich hatte es gehofft und für Din-Mikkith gewünscht. Es wäre schön gewesen, mehr als nur einen Behmisch zu finden, aber selbst über diesen einen freue ich mich mehr als über einen ganzen Berg von Gold. Sein Name lautet Baru-Sirikkith, sagtet Ihr?«

»Ja, in der Behmisch-Sprache bedeutet er ›Spross des Lebensbaumes‹«, bestätigte Benel.

Baru-Sirikkith war nicht entgangen, dass die Unterhaltung sich nun um ihn drehte. Insbesondere aber die mehrfache Erwähnung von Din-Mikkiths Namen hatte ihn hellhörig werden lassen. Seine Neugier ließ sich gut an der ins Hellgrüne wechselnden Hautfarbe ablesen. Der Behmisch gab ein paar zischelnde Laute von sich, durch sein isoliertes Leben in *Gan Eden* war ihm das Neschanische nicht geläufig. Benel übersetzte für Yonathan.

»Unser Freund fragt, wer das ›Kind der Hoffnung‹ sei, von dem wir ständig sprechen.«

Yonathan warf dem Boten Yehwohs einen verständnislosen Blick zu.

»Er meint Din-Mikkith«, erklärte Benel.

»Seltsamerweise habe ich mich nie gefragt, welche Bedeutung Dins Name wirklich hat. Sagt ihm bitte, dass ich gekommen bin, um Baru-Sirikkith eine Gabe von dem ›Kind der Hoffnung‹ zu überbringen.«

Für einen Moment wirkte jetzt sogar Benel verunsichert. Doch dann legte sich eine tiefe innere Freude auf die Züge des Boten. Schnell teilte er Baru-Sirikkith Yonathans Worte mit.

Das Gesicht des Behmischs veränderte sich, die grünen Augen begannen erwartungsvoll zu leuchten.

Yonathan nestelte an Goels Beutel herum, den er an seinem Gürtel trug. Er war so aufgeregt, dass es seinen Fingern schwer fiel den Verschluss zu öffnen. Endlich gelang es ihm und er förderte ein grün funkelndes Juwel zutage. Vorsichtig, als befände sich darin ein sehr kostbarer, sehr zerbrechlicher Gegenstand, hob er die Hand und hielt Baru-Sirikkith den Keim Din-Mikkiths entgegen. Dann sprach er feierlich und Benel übersetzte seine Worte:

»Heute, Baru-Sirikkith, wird deine mühevolle Arbeit sowie die Pflege, die all deine Vorfahren diesem Garten Yehwohs angedeihen ließen, belohnt werden. Ihr habt euch als zuverlässige Verwalter erwiesen, als treue Diener des Höchsten und als mutige Streiter des Lichts. Hier, ›Spross des Lebensbaumes‹, überreiche ich dir den Keim des ›Kindes der Hoffnung‹, auf dass beide eins werden und ein neues Volk der Behmische entstehe.«

Die Reaktion Baru-Sirikkiths auf dieses Geschenk war sehr heftig. Bereits als Yonathan den Keim Din-Mikkiths zum Vorschein gebracht hatte, waren mehrere Wellen unterschiedlicher Grüntöne über die Haut des Behmischs gezogen. Nun weiteten sich die Augen Baru-Sirikkiths, und er zitterte am ganzen Leib, als ihm der Stabträger das Samenkorn des Artgenossen entgegenstreckte. Aufgeregt redete das Wesen ununterbrochen vor sich hin – ein Konzert von Zischlauten.

»Baru-Sirikkith ist außer sich vor Freude«, meinte Benel.

»Hier, nimm ihn«, ermutigte Yonathan den Behmisch und hielt den Keim noch etwas höher.

Baru-Sirikkith wirkte mit einem Mal sehr unsicher. Eine sechsfingrige Hand tastete sich vorsichtig vor, schnellte aber sofort wieder zurück, sobald sie nur den fremden Keim berührt hatte.

»Hab keine Angst«, sagte Yonathan sanft zu ihm. Er hatte den Eindruck, der Behmisch sei etwas kleiner und vielleicht nicht ganz so faltig wie Din-Mikkith.

Endlich ließ Baru-Sirikkith sich beruhigen. Er nahm die Farbe des Grases an, auf dem er stand. Nur ab und zu zeigte sich noch ein anderes Grün auf seinem Körper. Behutsam streckte er beide Hände nach dem Keim aus und nahm ihn zaghaft entgegen.

Yonathan zog seine Hand zurück: Baru-Sirikkith sollte merken, dass dieses Angebot ernst gemeint war. Für einen winzigen Augenblick erinnerte Yonathan sich an all die Erlebnisse, die er mit dem Keim gehabt hatte, wie er zum ersten Mal mit Galal Kontakt aufgenommen, wie er sein unberechenbares Lemak, Kumi, für sich gewonnen oder die Pferde herbeigerufen hatte, die er dann der Obhut des Nomadenmädchens Lilith unterstellte. Den Keim herzugeben kam ihm in diesem Moment nicht als Verlust vor, schon eher spürte er die Wehmut, die man beim Abschied von einem alten Freund empfindet. Er freute sich für Baru-Sirikkith, für Din-Mikkith und für das ganze, noch ungeborene Volk der Behmische.

Als Yonathan zusammen mit Baru-Sirikkith die flimmernde Sphäre zwischen den beiden *Keruvím* passierte, tat er es mit großem Unbehagen. Vielleicht lag dies daran, dass er nun die zerstörerische Macht des Schwertes der beiden Wächter kennen gelernt hatte.

Natürlich hatte er zuvor mehrmals versucht einfach außen an den beiden Flügelwesen vorbeizugehen, aber es war ihm nicht gelungen. Er kannte Bilder von Menschengesichtern, raffinierte Täuschungen aus Farbe und Pinselstrich, an denen man entlanggehen konnte und ständig glaubte, die gemalten Augen würden einem folgen. Hier sah er sich offenbar dem lebenden Modell dieser Kunstwerke gegenüber. Ganz gleich, an welcher Seite er die *Keruvím* zu umgehen versuchte, ihr Mittelpunkt, das Schwert, war ihm ständig zugewandt; irgendwie schien sich das Gefüge des Raums selbst zu verschieben, denn die Wächter schwebten einfach regungslos auf der Stelle, und trotzdem waren sie immer genau dort, wo Yonathan an ihnen vorbeischlüpfen wollte.

Nun lag die Pforte hinter ihm. Yonathan drehte sich noch einmal um und sah für einen Augenblick sich selbst und dahinter den Behmisch in den flimmernden Kreis treten; im Hintergrund stand Benel. Dann verschwamm das Bild, und Baru-Sirikkith kam allein zwischen den Hütern hervor. Von Benel aber fehlte jede Spur.

Yonathan würde sich nie an das plötzliche Auftauchen und Verschwinden von Yehwohs Boten gewöhnen können. Aber er fühlte sich durch die Gegenwart Benels immer erstaunlich erfrischt. Als Yonathan, in der Hand den Stab Haschevet, und der Behmisch Baru-Sirikkith im Garten aufbruchbereit gewesen waren, hatte der Bote Yehwohs ihn noch einmal ermuntert, auch den letzten Abschnitt seines Weges ohne Zögern zu beschreiten. Die Zeit sei sehr knapp, hatte Benel gemahnt, und Bar-Hazzats Wut gewaltig, jetzt da auch sein fünftes Auge zerstört war.

»Ich bin sicher, du hast aus dem heutigen Tag einiges gelernt«, sagte der Bote. »Wenn du dem dunklen Herrscher gegenüberstehst, benutze die Waffen des Lichts. Er wird versuchen dich auf seine Seite zu ziehen, auf die Seite der Finsternis und des Hasses. Aber wenn du dich daran erinnerst, weshalb Yehwoh dich für diese schwere Aufgabe auserwählte, dann wird es dir gelingen, ihm zu widerstehen.«

Yonathan hätte sich gern noch nach der Beschaffenheit dieser »Waffen des Lichts« erkundigt und einen ausführlicheren Ratschlag gewünscht, wie er sein letztes und wohl auch gefährlichstes Gefecht bestehen könnte. Aber Benel meinte nur, wenn die Zeit gekommen sei, werde er schon wissen, was er tun müsse.

»Werden wir uns wiedersehen?«, fragte Yonathan zum Abschied.

»Nicht in dieser Welt«, antwortete Benel.

Yonathan nickte stumm. Er hätte seinen übernatürlichen Helfer gerne umarmt, aber er wusste nicht recht, ob dies bei einem Boten Yehwohs angebracht war ... Er beschränkte sich dann schließlich darauf, Benel für alles zu danken, und wandte sich darauf dem kreisenden Schwert zu.

Jetzt, auf der anderen Seite der flirrenden Pforte, fragte er sich, was Benel wohl damit gemeint hatte, als er zum Abschied sagte, zwischen hier und dem Schwarzen Turm von Gedor gäbe es noch eine andere Prüfung, die er zu bestehen habe. »Erinnere dich an Goels Worte: ›Auge und Ohr sind sehr leichtgläubig, Geschan. Schau in dich hinein. Höre auf dein Gefühl – das, was du von mir gelernt hast.‹ Wenn es dir gelingt, das Licht in der Finsternis zu sehen, wirst du einen wertvollen Helfer finden.«

An Baru-Sirikkiths Seite betrat Yonathan nachdenklich den Höhlengang, durch den er erst vor kurzem gekommen war.

Yonathans Augen gewöhnten sich schnell an die Dunkelheit. Oder lag es daran, dass es in der Höhle jetzt etwas heller war? Als er mit Baru-Sirikkith das Torflager erreichte, fand er die Lösung des Rätsels. Das Eis in der Spalte, die vom gefrorenen Panzer des Vulkans bis zur Grenze *Gan Edens* herabreichte, war verschwunden, die Eismassen des Berges hatten sich aufgelöst. Seltsamerweise entdeckte Yonathan in der Höhle keine Spur von Schmelzwasser.

Baru-Sirikkith deutete auf die in mattem Dämmerlicht schimmernde Öffnung hoch oben und zischelte etwas.

»Du meinst, wir sollen da hinaufklettern?«, fragte Yonathan.

Der Behmisch machte eine Handbewegung, die wohl als Bestätigung zu verstehen war.

»Dann lass uns losgehen.«

Einmal mehr musste Yonathan feststellen, dass der biegsame Körper der Behmische sie für Klettertouren geradezu prädestinierte, während menschliche Wesen im Vergleich zu ihnen immer etwas steif und unbeholfen wirkten. Der Spalt erwies sich größtenteils als hoch genug, um den Anstieg in aufrechter Haltung bewältigen zu können. An einigen Stellen jedoch kam die Felsendecke so nahe, dass Yonathan auf allen Vieren kriechen musste und sich dabei fragte, wie er bei seiner Rutschpartie überhaupt unversehrt das Ende der Bahn hatte erreichen können.

Das letzte Stück des Einschnitts war noch einmal ziemlich steil. Grelles Sonnenlicht flutete durch die nun eisfreie und dadurch breitere Öffnung. Als sich Yonathan über die Kante der Spalte schob, traute er zunächst seinen Augen nicht.

Die Vergessene Insel hatte sich in ein grünes Paradies verwandelt, ebenso üppig bewachsen wie der Garten, der hinter ihnen lag. Von fern ertönte der Schrei eines Greifvogels. In der Nähe flatterte ein Schmetterling vorbei. Selbst die Wolkensäule über dem Vulkankegel war verschwunden – der Weltwind hatte aufgehört zu existieren.

Dafür konnte man jetzt, da kein Schneesturm mehr die Sicht behinderte, die *Weltwind* tief unten in der Bucht vor Anker liegen sehen, ein winziges Schiffchen auf glitzernden Wellen.

»Dort wartet Din-Mikkith auf dich«, sagte Yonathan und deutete den Berg hinab.

Baru-Sirikkith musste ihn wohl verstanden haben, denn die grüne Hautfarbe wurde um einen Ton dunkler und seine Stimme raschelte eine längere Antwort.

Der Abstieg von der Flanke des Vulkans war unerwartet schwierig. Der Eispanzer hatte vorher viele Schründe verschlossen und Klippen überdeckt. Nun zeigte sich der Hang in seiner ursprünglichen Form, und Yonathan und sein Begleiter mussten einige Umwege in Kauf nehmen.

Das aus jahrhundertelangem Schlaf erwachte Leben machte diese Mühen aber bei weitem wett. Selbst hier, am Hang, schmiegten sich saftige, blumenbunte Wiesenmatten in jede Mulde, die den Wurzeln genügend Halt gab. Ein würziger Duft stieg in Yonathans Nase, der ihn an die Weiden der schottischen Highlands erinnerte, an *Jabbok House,* an seinen Großvater ...

Weiter unten stießen die beiden Wanderer auf Büsche und einige niedrige Kiefern. Bald würden sie den dichten Urwald erreichen, der den größten Teil der Insel bedeckte. Yonathan verfolgte mit den Augen gerade einen flüchtenden Hasen, als Baru-

Sirikkith ihn plötzlich am Arm festhielt und nach vorne deutete.

Kaum vier Schritte entfernt kreuzte wieder eine Spalte ihren Weg. Sie war zu breit, um einfach darüber hinwegzuspringen, und Yonathan konnte auch nicht absehen, wo sie endete. Da er wenig Lust verspürte, sie zu umgehen, bedeutete er Baru-Sirikkith, einfach in den Spalt hinabzusteigen. Der Einschnitt erwies sich als nicht sehr tief und seine Wände waren so zerklüftet, dass es kein großes Problem darstellen sollte herab- und auf der anderen Seite wieder emporzuklettern.

Der Behmisch ging voraus. Mit sicheren Tritten und Griffen bewegte er sich den Fels hinab. Yonathan tat sich da schon etwas schwerer, aber auch er erreichte wohlbehalten den Grund der Kluft. Er stemmte die Hände in die Seiten und blickte nach oben. Der Spalt mochte sechzig, höchstens siebzig Fuß tief und hier unten etwa zwanzig Fuß breit sein; nach oben hin weitete er sich. Der Fels war völlig kahl, es gab kein Moos, keinen Grashalm, nur Steine. Als wäre der Erdboden gerade erst aufgerissen, dachte Yonathan, wie eine klaffende Wunde.

Es war besser, schnell hier herauszukommen. Die Sonne stand schon tief. Bald würde die Insel in Dunkelheit versinken. Vielleicht waren mit den Hasen, Greifvögeln und Fledermäusen auch weniger freundliche Inselbewohner aufgetaut. Gerade wollte er sich Baru-Sirikkith zuwenden, um ihm ein Zeichen zu geben, als er aus den Augenwinkeln eine Bewegung wahrnahm. Instinktiv fuhr er herum und hob den Stab Haschevet zur Abwehr. Als Yonathan erkannte, wer da hinter einem Felsen hervortrat, gefror ihm fast das Blut in den Adern.

»Sethur!«

Das Gesicht des Témánahers hatte sich verändert. Es war hager geworden, wirkte stark gealtert, seit sie das letzte Mal aufeinander getroffen waren. Als Sethur seine Stimme erhob, klang sie ruhig, aber Yonathan spürte die Anspannung des Mannes.

»Ihr habt mich nicht vergessen, Geschan. Das ehrt mich.«

»Wie könnte ich«, antwortete Yonathan schroff.

Ein Lächeln gleich dem Schatten einer Sturmwolke flog über

das Gesicht des hochgewachsenen Mannes. »Natürlich. Der Stab.«

Yonathan verfolgte jede seiner Bewegungen, bereit, sofort das Feuer Haschevets loszulassen. Auch Baru-Sirikkith bemerkte, dass dies kein Treffen zweier alter Freunde war und verhielt sich völlig ruhig.

»Seid Ihr wieder einmal gekommen, um mich aufzuhalten? Wollt Ihr einen weiteren vergeblichen Versuch unternehmen?«, rief Yonathan herausfordernd. Er musste seinem Widersacher gegenüber unerschrocken erscheinen. »Sprecht schnell, denn Ihr werdet nicht mehr lange reden können.«

»Ich bin gekommen, um es zu Ende zu bringen. Zu lange schon haben die Dinge einen falschen Verlauf genommen.«

Yonathans Gedanken arbeiteten fieberhaft. Mit den Augen suchte er nach einer Fluchtmöglichkeit, aber es gab keine. Sethur hatte den Ort dieser letzten Begegnung sorgfältig gewählt, der Stabträger saß in der Falle. Hatte der Heeroberste Bar-Hazzats nicht damals prophezeit, als sein Schiff, die *Narga*, im Weißen Fluch versunken war: »Und ich werde dich *doch* bekommen, Yonathan!«? Nun war es also soweit. Er war gekommen, »um es zu Ende zu bringen«. Das konnte nur bedeuten, dass er eine neue, womöglich übernatürliche Waffe besaß, eine Waffe, von der er glaubte, dass sie den siebten Richter besiegen würde. Yonathan musste sich schnell etwas einfallen lassen, bevor es zu spät war.

»Zieht in Frieden Eures Weges, Sethur, denn Ihr könnt mir nichts anhaben«, sprach er mit fester Stimme. Er hoffte überzeugend zu klingen. Sosehr er auch nachdachte, er fand nur einen Ausweg aus der bedrohlichen Lage, in die er geraten war: Er musste Sethur mit dem Feuer Haschevets vernichten.

In Yonathan sträubte sich alles gegen diese Lösung. Irgendetwas stimmte nicht. Warum war Sethur hier? Warum hatte ihn der Grenznebel von *Gan Mischpad* damals nicht verschlungen? Yonathan erinnerte sich seiner eigenen Worte, die er einmal bedauernd zu Felin gesprochen hatte. »Er hätte gewonnen werden können.« Für ihn war Sethur fehlgeleitet. Immer wieder hatte er ihn tot geglaubt, doch nie war er wirklich froh darüber gewesen. Und nun sollte er den Schmerz über ein unnütz zerstörtes Leben ein weiteres Mal ertragen? »Gerechtigkeit ist manchmal sehr hart«, hatte Großvater einst gesagt, »nicht nur für den Bestraften, auch für den Richter.«

Sethur bewegte sich. Kein Zweifel, er wollte gegen den Stabträger vorgehen. Zielsicher und gnadenlos. Sethurs Gesicht erschien dabei seltsam ruhig. Die Wut stieg in Yonathan hoch: Wenn es denn sein musste und er ihm wirklich keine andere Wahl ließ, dann wollte auch er es beenden. Hier und jetzt!

Yonathan sammelte all seine Kraft und vereinte sie mit der todbringenden Macht des *Koach*. Dann reckte er den Stab Haschevet wie ein Schwert in die Höhe und schrie verzweifelt, mit überschlagender Stimme: »Geh deinem Herrn voraus und schmecke das Licht Yehwohs, bevor die Finsternis dich auf ewig umfängt!«

Gerade wollte er das Feuer Haschevets auf ihn herabrufen, als Sethur abwehrend eine Hand hochhob und mit fester, ruhiger Stimme sprach: »Willst du wirklich das Licht Yehwohs beflecken? Öffne doch deine Augen, Geschan. Wenn es dir gelingt, das Licht in der Finsternis zu sehen, wirst du einen wertvollen Helfer finden.«

Verblüfft hielt Yonathan inne. Was hatte sein Gegenüber da eben gesagt? Waren das nicht genau dieselben Worte, die Benel ihm erst vor kurzem zum Abschied mitgegeben hatte?

Wie konnte Sethur davon wissen? Oder war *er* der Helfer ...? Noch ehe Yonathan zu einer Erwiderung ansetzen konnte, hörte er erneut Sethurs Stimme. Sie klang furchtlos, aber doch auch beschwörend.

»Ich bin Euer Freund, Geschan. Ich bin gekommen, um Euch zu helfen. Viel zu lange habe ich auf der Seite der Finsternis gestanden, aber Ihr habt mein wahres Wesen erkannt. Wisst Ihr nicht mehr? Damals, in der Wüste Mara? Als wir uns vor dem Grenznebel von *Gan Mischpad* trafen, habt Ihr meine Schwerthand berührt und zu mir gesagt, Ihr wolltet meinen bösen Taten nicht noch weiteres Unrecht hinzufügen. Und dann fuhrt Ihr fort: ›Ich will dir verzeihen, für alles, was du glaubst tun zu müssen.‹ – Ich hatte Jahre Zeit darüber nachzudenken. Im Schwarzen Turm zu Gedor wurde mir erst bewusst, dass ich irregeleitet war; dass, sollte Melech-Arez letztlich siegen, eine viel schlimmere Dunkelheit als die, die mich im Turm von Gedor gefangen hielt, die ganze Welt Neschan verschlingen würde. Nur die vollkommene Liebe, die Ihr mir erwiesen habt, scheint der richtige Weg ...«

»Es ist genug!«, unterbrach Yonathan ihn, fast zu heftig. Doch er war aufgewühlt, musste sich ein wenig Zeit verschaffen, um seine Gedanken zu ordnen. Er ließ die Hand, die Haschevet umfasst hielt, sinken, setzte den Stab zwischen sich und Sethur auf den Boden und spürte, was der andere empfand. Der einstige Heeroberste Bar-Hazzats sprach die Wahrheit, seine Gefühle offenbarten es. Er konnte die Erkenntnis kaum fassen: Sethur sein Freund? Und doch war es so. Nachdem jener den ersten Schritt getan hatte, lag es nun an ihm, Yonathan, dem neuen Verbündeten die Hand zu reichen und Sethur den letzten Zweifel zu nehmen.

Der Stabträger sagte deshalb in sanftem Ton: »Ich habe mich blenden lassen, Sethur. Zweimal an diesem Tag war ich sicher, das Richtige zu tun. Und zweimal habe ich mich getäuscht. Jetzt verstehe ich, was Benel meinte, als er sagte, zwischen hier und dem Schwarzen Turm von Gedor stünde mir noch eine andere Prüfung bevor. Er sprach von Euch, Sethur. Wie konntet Ihr nur wissen, was Benel zu mir sagte? Hättet Ihr nicht seine Mahnung Wort für Wort wiederholt, so hätte ich vielleicht nie bemerkt, welchem großen Irrtum ich unterlag. Könnt Ihr mir verzeihen, Sethur?«

Nun war Sethur völlig verblüfft. Der Richter hatte zu ihm wie zu seinesgleichen gesprochen, ihn akzeptiert. »Verzeihen? Ich Euch? *Ich* bin auf *Eure* Gnade angewiesen. Schließlich habe ich lange genug versucht Euch zu vernichten.«

»Lasst uns nicht mehr darüber reden«, sagte Yonathan und ging auf Sethur zu. »Ich neige manchmal dazu, über die Beweggründe anderer zu wenig nachzudenken. Das war schon bei Lemor, dem Hirten, so.«

»Bei wem?«

»Ach, das ist lange her – eine Lektion, deren wahren Wert ich eben erst erkannt habe.« Yonathan stand jetzt vor Sethur und streckte ihm die Hand entgegen. »Der Stab zeigt mir, dass Ihr es ehrlich meint. Irgendwie habe ich immer gespürt, dass eigentlich die Aufrichtigkeit Euer Handeln bestimmt, aber leider war sie lange Zeit verschüttet unter dem üblen Einfluss Bar-Hazzats.«

»Dies ist nun alles vorbei. Der Schwarze Turm war eine heilsame Erfahrung für mich. Bar-Hazzat hat mich zwar als Jäger vom Turm ausgesandt, damit ich Euch endgültig niederstrecke, Geschan, aber nun bin ich hier, um Euch zu helfen. Und Ihr werdet der Bezwinger des Turms werden.«

XX.
Weltentaufe

aru-Sirikkith kannte die Lebenden Dinge wie kaum ein anderes Wesen auf Neschan. Deshalb fiel es ihm nicht schwer festzustellen, dass in dem Verhältnis zwischen seinem jungen Gefährten und dem anderen Menschen eine große Veränderung vor sich gegangen war – waren sie früher erbitterte Gegner, herrschte nun Eintracht zwischen ihnen.

Der Behmisch konnte sich diese Entwicklung zwar nicht erklären, aber sie gefiel ihm. Das grüne Volk hatte jahrtausendelang die Harmonie gesucht, hatte *Gan Eden* gehegt und den Frieden zwischen den Geschöpfen darin gefördert. Umso mehr widerstrebte ihm das, was er mit ansehen musste, als er in Begleitung der beiden Menschen aus dem Spalt herausgeklettert war. Am Fuße des Vulkans schien sich ein Drama anzubahnen.

»Dieser Narr!«, entfuhr es Sethur und Yonathan zuckte unwillkürlich zusammen, weil er in der Stimme die alte Bedrohlichkeit spürte.

»Ist das Euer Schiff?«, fragte er, während er gebannt den großen schwarzen Fünfmaster verfolgte, der gerade in die Bucht einbog, in der die *Weltwind* vor Anker lag.

Sethur nickte. »Es ist die *Bath-Narga,* noch schneller und gefährlicher als die *Narga,* nach der sie benannt wurde. Wir haben neuartige Feuerspeere an Bord. Ich fürchte, Kirzath wird sie gegen Euer Schiff einsetzen.«

»Jener Kirzath, der uns auf der *Narga* unter Deck sperren ließ?«

»Ich wünschte, es wäre ein anderer. Der Kapitän glaubt eine

persönliche Fehde mit dem siebten Richter austragen zu müssen. Er hat Euch nicht verziehen, dass sein Schiff damals vom Weißen Fluch in Schaum verwandelt wurde.«

Yonathan zuckte mit den Schultern. »Zorn und Hass sind langlebige Brüder.« Dann deutete er mit dem Kopf zur Bucht hinab. »Aber diese Rachsucht wird Kirzath nicht stillen können, sondern sie wird sein Verderben sein. Schaut selbst.«

Sethur folgte dem Blick Yonathans. Die *Bath-Narga* steuerte direkten Kurs auf die *Weltwind*. Aus der Entfernung war nicht zu erkennen, was an Bord der beiden Schiffe vor sich ging, aber er wusste es ohnehin: Kirzath würde die letzten Befehle zum Abschuss der Feuerspeere erteilen und an Bord der *Weltwind* musste jetzt ein heilloses Durcheinander herrschen. Dann entdeckte Sethur den Schatten.

»Was ist das?«, hauchte er. Er sah einen unförmigen dunklen Fleck, groß wie ein Kornfeld, der sich unter Wasser mit enormer Geschwindigkeit der *Bath-Narga* näherte.

Yonathan seufzte. Er wirkte nicht beunruhigt, nur sehr ernst. »Das ist Galal, ein Traumfeld. Es gehört zum Kreis meiner Gefährten. Eigentlich ist es ein friedliches Geschöpf.«

»Wirklich?«

»Nur gelegentlich verschluckt es Schiffe. Ich habe versucht ihm das auszureden, aber ich fürchte ohne großen Erfolg.«

Sethur blickte Yonathan zweifelnd an. Er verstand nicht ganz, was der junge Richter meinte. Schließlich konzentrierte er sich wieder auf die Ereignisse in der Bucht.

Der dunkle Schatten unter der Wasseroberfläche war jetzt gefährlich nahe an die *Bath-Narga* herangerückt. An Bord des schwarzen Seglers schien ihn niemand bemerkt zu haben. Yonathan erwartete, dass Galal unter den Fünfmaster tauchen würde, um ihn dann in die Tiefe zu reißen. Aber es kam anders.

Die Konturen des Schattens zeichneten sich unter dem blauen Glitzern der See immer deutlicher ab. Dann riss das Meer auf. Der riesige Körper des Traumfeldes schnellte mit Urgewalt aus dem Wasser. Spätestens jetzt musste die Besatzung der *Bath-Narga* die drohende Gefahr erkennen. Aber es war schon zu spät. Galals

Körper stieg empor, schob sich wie ein gigantisches Wurfnetz über den Fünfmaster. Schäumende Gischt hing einen Herzschlag lang in der Luft, während die *Bath-Narga* verdeckt war, verborgen unter einer triefenden Wolke. Dann ging Galals Körper nieder.

Aus der Entfernung wirkte die Szene seltsam unwirklich. Kein Laut war zu hören, als das Traumfeld die *Bath-Narga* in einem einzigen Augenblick zerschmetterte. Erst um einiges später erreichte das dumpfe Krachen die Zuschauer am Vulkanhang.

»Du hast gewollt, dass ich keine Menschen mehr verschlucke. Von Fallenlassen hast du nichts gesagt.«

»Aber das ist doch Haarspalterei, Galal!«

»Ich habe keine Haare.«

»Du hast viele Menschen getötet.«

»Sie waren böse.«

Yonathan schluckte. Galal hatte ja Recht. Auf dem Weg hinunter zur Bucht hatte Sethur ausführlich von der Stimmung und der Kampfmoral an Bord der *Bath-Narga* berichtet. Die Témánaher hätten die *Weltwind* ohne Zögern versenkt.

»Es wäre trotzdem schön, wenn du beim nächsten Mal etwas schonender mit unseren Feinden umgehen könntest.«

»Noch schonender?«

»Vergiss, was ich gesagt habe.«

Yonathan öffnete die Augen und seufzte. Sethur hatte sich lautlos genähert und ihn mit Interesse beobachtet.

»Habt Ihr gerade mit dem Traumfeld gesprochen?«

Yonathan nickte. »Es hat ein einfaches Gemüt. Ich habe versucht ihm zu erklären, dass man nicht gleich jeden Feind verschlucken oder sich auf ihn werfen darf, aber Galal scheint da anderer Meinung zu sein.«

»Es ist ein uraltes Wesen. Vielleicht besitzt es einen natürlichen Sinn für das wirklich Gute und Böse.«

»Vielleicht.« Yonathan seufzte noch einmal. »Wenn es so ist, dann könnten wir Menschen noch einiges von den Traumfeldern lernen. Wie auch immer, Galals Eingreifen hat die *Weltwind* gerettet. Ich darf also nicht zu streng zu ihm sein.«

Sethur nickte.

Schweigend begaben sie sich wieder zu den anderen Gefährten, die sich auf dem Großdeck um Din-Mikkith und Baru-Sirikkith versammelt hatten.

Das Treffen der beiden Behmische war für die ganze Besatzung der *Weltwind* ein großes Ereignis. Gimbar und Yomi hatten ihren Freund bereits am Strand erwartet und waren mehr als überrascht gewesen über die neuen Begleiter des Stabträgers. Es dauerte eine geraume Zeit, bis Yonathan die Gefährten davon überzeugen konnte, dass Sethur wirklich zu ihnen übergegangen war. Das plötzliche Auftauchen eines zweiten Behmisch dagegen versetzte selbst den ansonsten beherrschten Gimbar in freudige Aufregung.

Die gleichen Gefühlsreaktionen, sowohl Begeisterung wie anfängliche Ablehnung, hatte es dann auch an Bord der *Weltwind* gegeben. Kaldek hätte den ehemaligen Heerobersten Bar-Hazzats am liebsten in Stücke gehackt. Er erinnerte sich noch sehr gut an die übernatürliche Stimme, mit der Sethur ihn vor dem Ewigen Wehr in Angst und Schrecken versetzt hatte. Die *Weltwind* hatte damals schwere Schäden hinnehmen müssen. Kaldek konnte kaum der Versuchung widerstehen, seinen Rachegelüsten nachzugeben. Aber schließlich kam Yomis Adoptivvater doch noch zur Vernunft. Yonathan hatte es verstanden Kaldek zu besänftigen, indem er ihm das Schicksal Kirzaths vor Augen hielt, den sein Hass das Leben gekostet hatte. Zu guter Letzt erkannte der Kapitän sogar die Vorteile, die sich durch den neuen Verbündeten für die gemeinsame Mission ergaben.

So konnte endlich gefeiert werden, dass das Behmisch-Volk vor dem Aussterben bewahrt war. Zu einem richtigen Fest fehlte natürlich die Zeit – Yonathan drängte zu einem baldigen Aufbruch –, aber schon die Begegnung der beiden grünen Wesen brachte nach all den Wochen der Ungewissheit und den jüngsten Schrecken erstmals wieder so etwas wie Zuversicht und Freude in die Herzen der Männer.

Als Baru-Sirikkith seinen Artgenossen sah, überliefen ihn mehrere Wellen unterschiedlichster Grüntöne. Din-Mikkith zeigte sich nur geringfügig gelassener – tatsächlich hatte Yonathan bei seinem alten Freund noch nie derart schnelle Farbwechsel beobachten können. Nach einem kurzen Zögern stürzten die beiden Behmische aufeinander zu, bildeten für eine geraume Weile ein unentwirrbares Knäuel und stießen fortwährend Freudenrufe aus, die sich den Zuschauern als undefinierbare Schnauf-, Zisch- und Raschelgeräusche darstellten.

Yonathan trat gerade in den Kreis seiner Freunde, als sich die Behmische wieder trennten. Din-Mikkith wandte sich dem Stabträger zu.

»Baru-Sirikkith lässt sagen, dass er dir über alle Maßen dankbar ist für das, was du unserem Volk geschenkt hast.«

»Ich habe ihm nur zurückgegeben, was den Behmischen seit jeher gehörte.«

»Das Keim war dein Eigen, Yonathan. Du konntest damit machen, was du wolltest.«

»Kein Mensch kann ein Volk besitzen, nicht einmal der Richter von Neschan. *Ich* habe euch beiden zu danken, weil ich den Keim tragen durfte. Er war mir sehr hilfreich. Bis zum heutigen Tage: Schließlich haben mich die Erinnerungen der Behmische hierher geführt – ihr Name wird auf ewig mit dem Lied der Befreiung Neschans verwoben sein. Wahrscheinlich hat der grüne Sockel in den *Bochim,* der meinen Namen trägt, sogar deshalb die Farbe des Keims.«

Die letzten Worte hatte Yonathan nachdenklich gesprochen, mehr zu sich selbst als zu Din-Mikkith.

»Du warst in der Grabstätte der Richter Neschans?«, fragte der Behmisch erstaunt.

Yonathan nickte. »Benel, den dein Bruder so genau zu kennen scheint, hatte mich hingeführt, bevor Bar-Hazzat mich in der Mara unter einem Berg von Sand ersticken konnte.«

»Baru erwähnte, dass der Bote Yehwohs dir geholfen hat.«

»Ohne ihn hätte mir meine Überzeugung, den Hüter von Bar-Hazzats Auge leicht besiegen zu können, den Tod gebracht. Ich habe heute eine Menge lernen müssen, Din. Und sicher wird dies nicht die letzte Lektion in meinem Leben gewesen sein. Doch nun zu euch beiden, Din-Mikkith und Baru-Sirikkith: Ich werde euch nicht mit nach Gedor nehmen!«

Die umstehenden Gefährten blickten Yonathan fragend an.

»Natürlich werde ich mitkommen«, sagte Din-Mikkith energisch.

»Nein, mein Freund«, erwiderte Yonathan sanft. »Deine Aufgabe ist erfüllt. Bei dem, was noch vor mir liegt, kannst du mir nicht helfen. Ein Stück werden mich noch meine anderen Freunde hier begleiten, aber den letzten Rest des Weges muss ich allein gehen.«

Obwohl Yonathan diese Worte ruhig ausgesprochen hatte, haftete ihnen doch eine Endgültigkeit an, die eine Diskussion des Für und Wider von vornherein ausschloss. Alle wussten, dass der siebte Richter Recht hatte, dass nur er dem Auftrag gewachsen war.

Din-Mikkith nickte, ein Tribut an die menschliche Mimik. »Du sprichst die Wahrheit, Kleines. Ich werde dich sehr vermissen!«

»Nicht so sehr wie ich dich, Din.«

»Und was ist mit uns?«, mischte sich Gimbar ein. »Uns fragt wohl keiner, ob wir diesen schrumpeligen kleinen Grünling entbehren können.«

»Ja, ich weiß jetzt schon, dass ich unheimliche Sehnsucht nach seinen seltsamen Witzen haben werde«, fügte Yomi hinzu.

»Und nach meinen Grünwurzelsuppen«, zischelte Din-Mikkith und kicherte.

Den Rest der Nacht feierten alle fröhlich den Abschied von den beiden Behmischen; sogar Yonathan hatte eingesehen, dass es auf ein paar Stunden mehr oder weniger nicht ankam. Doch als der Morgen graute, wurde er unruhig.

»Die Zeit ist gekommen«, sagte er ernst.

»Bar-Hazzat?«, fragte Din-Mikkith.

Yonathans Augen gaben dem Behmisch die Antwort.

»Dann lass uns Lebewohl sagen. Baru und ich werden dich in unsere Gebete einschließen.«

»Ich kann es gebrauchen.« Yonathan musste schlucken. Seine Stimme versagte und er konnte seinen grünen Freund nur noch umarmen. Einen langen Augenblick waren sie so für sich allein, fühlten noch einmal jeder das Leben des anderen. Dann lösten sie sich voneinander und Yonathan nickte stumm.

Die Umarmung mit Baru-Sirikkith fiel etwas kürzer, aber kaum weniger herzlich aus. Nachdem die Gefährten ebenfalls umschlungen und die Hände der übrigen Männer geschüttelt worden waren, sprangen die beiden Behmische einfach ins Wasser. Sie waren gute Schwimmer und würden ohne Probleme die Insel erreichen. Unter den Abschiedsrufen der gesamten Besatzung entschwanden sie den Blicken.

Nur Yonathan vernahm den gewaltigen Jubel einer anderen Stimme. Galal gab seiner Freude über das gerettete Volk der Behmische in einer Flut von Bildern Ausdruck und sagte seinen beiden Freunden damit auf seine ganz eigene Weise Lebewohl.

Auf dem Rücken des Traumfeldes glitt die *Weltwind* schneller dahin als jedes témánahische Kriegsschiff. Die Strecke, für welche die *Bath-Narga* drei Wochen benötigt hatte, wurde nun in zwei zurückgelegt. Unter Segeln hätte der große Dreimaster Kaldeks die Reise selbst in der doppelten Zeit nicht bewältigen können, denn von dem Tage an, als Yonathan das fünfte Auge Bar-Hazzats zerstört hatte, herrschte absolute Flaute. Es war, als hätte der dunkle Herrscher den Wind eingeschläfert, um seinen Herausforderer so lange wie möglich aufzuhalten.

Mit jedem Tag wurde die Luft drückender und an Bord der *Weltwind* kehrte wieder das altbekannte Gefühl des Unbehagens ein. Yonathan spielte nur noch selten seine Flöte. Dafür versuchte Gimbar die Stimmung der Mannschaft aufzubessern, aber selbst ihm fehlte – angesichts der bevorstehenden Aufgabe – die frühere Unbekümmertheit.

Während die *Weltwind* nach Südosten getragen wurde, verbrachte Yonathan viele Stunden allein. Er dachte an Bithya und an das, was hinter, vor allem aber, was vor ihm lag. Benels Worte kamen ihm immer wieder in den Sinn. »Wenn du dem dunklen Herrscher gegenüberstehst, benutze die Waffen des Lichts. Er wird versuchen, dich auf seine Seite zu ziehen, auf die Seite der

Finsternis und des Hasses. Aber wenn du dich daran erinnerst, weshalb Yehwoh dich für diese schwere Aufgabe auswählte, dann wird es dir gelingen ihm zu widerstehen.«

Yonathan konnte sich nicht vorstellen, jemals in die Versuchung zu geraten sich Bar-Hazzat zu unterwerfen. Aber er wusste auch, dass die Warnung des Boten Yehwohs ernst zu nehmen war. Was würde der dunkle Herrscher unternehmen, um die Oberhand zu gewinnen? List anwenden oder sogar rohe Gewalt? Um die Weltentaufe für Melech-Arez zu entscheiden, musste Bar-Hazzat Yonathan zerbrechen. Dazu war ihm bestimmt jedes Mittel recht.

Yehwoh hatte einst ihn, Jonathan, einen gelähmten Knaben, wegen seiner Gabe der vollkommenen Liebe erwählt. Nun fragte er sich immer öfter, wie er gerade mit dieser »Waffe« Bar-Hazzat, die Verkörperung des Hasses, besiegen konnte.

Yonathan war klug genug sich nicht ganz seinen Grübeleien hinzugeben. Er erinnerte sich der Worte des *Sepher*, die Goel ihn gelehrt hatte: »Pläne scheitern, wo es kein vertrauliches Gespräch gibt, aber bei der Menge der Ratgeber kommt etwas zustande.« Neben Yomi, Gimbar und Kaldek hatte nun auch Sethur einen festen Platz im Kreis seiner Gefährten eingenommen.

Der ehemalige Heeroberste Bar-Hazzats lieferte wertvolle Informationen über das Land des Südens und dessen Hauptstadt, Gedor. Er war ein sehr ernster Mann. Sethur gestand ein, dass er lange schon mit seinem Gewissen gerungen hatte: Seit jener Nacht, als er den jungen Stabträger im Verborgenen Land zum ersten Mal gefangen nahm, hatten ihn immer wieder Zweifel beschlichen, ob es richtig war, was Bar-Hazzat von ihm verlangte. Aber ein falsch verstandenes Pflichtgefühl hatte ihn gezwungen Dinge zu tun, zu denen er dann letztlich nicht mehr stehen konnte.

Yonathan hatte durch das *Koach* wohl schon früh dieses langsame Umdenken gespürt, diese Zuneigung erkannt, die Sethur ihm in seinem tiefsten Innern entgegenbrachte, aber auch er hatte sich täuschen lassen. Sethur war die rechte Hand seines mächtigsten Gegners – wie konnte er gleichzeitig ein Freund sein?

Das Böse zu hassen heißt nicht, den Bösen zu verdammen. Das

hatte Yonathan gelernt, als er damals während der Reise nach *Gan Mischpad* der Frage nachhing, wie sich seine oftmals heftigen Gefühle, Zorn und Hass, mit der vollkommenen Liebe vereinbaren ließen. Dadurch – und wohl auch mit der Hilfe Benels – hatte er Sethurs wahres Wesen entdeckt.

Als die Küste Témánahs nun in greifbare Nähe rückte, begann Phase eins des letzten, großen Plans. Gemeinsam hatte man jeden einzelnen Punkt der Aktion besprochen.

»Wir warten, bis die Dunkelheit hereinbricht«, wiederholte Sethur, was mindestens ein Dutzend Mal erörtert worden war.

»Ja, und dann verschluckt uns unser großer glibberiger Freund«, fügte Gimbar hinzu. Er hatte seine Worte mit Bedacht gewählt, aber es war ihm trotzdem anzumerken, wie wenig ihm dieser Teil des Schlachtplans behagte.

Yonathan zeigte sich ungerührt. »Erstens wird uns Galal nicht verschlucken, sondern nur in einem durch seinen Körper gebildeten Hohlraum transportieren, und zweitens steht es dir offen hier an Bord zu bleiben.«

»Dich allein lassen? Ausgeschlossen.«

»Er kann ein unheimlicher Dickkopf sein«, stellte Yomi fest.

Yonathan nickte nur. »Gut, dann wäre ja alles besprochen.«

Für ein Wesen, in dessen Leben Zeit nur eine sehr unwesentliche Rolle spielte, beeilte sich Galal wirklich sehr. Das riesige, sanfte Traumfeld hatte Gimbar wegen seiner früheren, oft nicht sehr freundlichen Äußerungen längst vergeben und bemühte sich nun nach Kräften die Qualen des kleinen Mannes in Grenzen zu halten.

Gimbar sagte während der gesamten Tauchfahrt kein Sterbenswörtchen. Allerdings war die stockfinstere, nach Fisch und Tang riechende Luftblase, die Galal um seine Freunde gebildet hatte, auch wirklich kein Ort, an dem sich befreit aufatmen oder gar unbeschwert plaudern ließ. Selbst Yonathan, Yomi und Sethur sprachen nur selten.

Mit Ausnahme von Sethur hätten Yonathans andere Gefährten auch auf der *Weltwind* bleiben können, aber sie hatten – starrköpfig, wie sie nun einmal waren – darauf bestanden mitzukommen. Yonathan fühlte sich ihnen verpflichtet. Sie hatten so viel für ihn getan! Sie verdienten es einfach, in dieser letzten großen Inszenierung, deren Bühne die Stadt Gedor abgeben sollte, eine Rolle zu spielen – auch, wenn es nur eine kleine war.

Galal tauchte kurz vor dem Morgengrauen auf. Die Luft in seiner Körperhöhlung war inzwischen abgestanden und stickig; jeder sehnte sich nach einer frischen Brise. Doch die Hoffnungen der Gefährten wurden enttäuscht. Allein Sethur hatte gewusst, was sie erwartete.

Selbst zu dieser nächtlichen Stunde schlug den vier Traumfeldfahrern ein schwülwarmer Dunst entgegen – und mit ihm kam eine Heerschar von Mücken.

»Ein schönes Zuhause habt Ihr!«, raunte Gimbar und schlug sich mit der Hand in den Nacken.

»Ruhe«, zischte Sethur. »Ihr könnt Euch beschweren, wenn wir in meinem Haus sind.«

Das Anwesen von Bar-Hazzats bedeutendstem Menschenjäger lag unmittelbar an der Innenseite der Stadtmauer Gedors. Es stand auf einem Felsrücken, der sich bis zum Schwarzen Turm hin erstreckte. In diesem Bezirk der Stadt wohnten die hohen Beamten und Militärs des dunklen Herrschers. Den weitaus größten Teil Gedors überzog jedoch ein verwirrendes Netz von Kanälen, und die meisten Behausungen ruhten auf Pfählen, die tief in den Schlamm getrieben waren.

Die Hauptstadt Témánahs lag an einem weiten Gewässer mit brackigem Süßwasser, ein schmaler Kanal verband es mit dem Großen Ozean. Außerhalb des Südreiches kannte niemand den Namen dieser vom Meer abgetrennten Bucht, genauso wenig wie irgendjemand sagen konnte, wie die Flüsse und Berge des Landes hießen. Ganz Témánah war ein feuchtheißes grünes Geheimnis, bevölkert mit allerlei giftigen, beißenden und stechenden Geschöpfen.

Gimbar musste seiner Anspannung Luft machen, nachdem er gerade erst der Platzangst im Inneren des Traumfeldes entronnen war.

»Wenn es in Eurem Haus einen Topf mit kühlender Salbe gegen diese Mückenstiche gibt, dann bin ich der Erste, der hineinsteigt – egal, wie groß er ist.«

Im Licht des abnehmenden Vollmondes bemerkte Yonathan Sethurs zornigen Blick. »Jetzt seid endlich still«, zischte er zu Gimbar. Der Falkengesichtige schwieg nun tatsächlich, leicht beleidigt.

Ein weiter schwarzer Bogen aus hartem Vulkangestein umschloss Gedor. Sethur zeigte stumm zur Zinne der hochragenden Mauer empor. Man konnte gegen die Scheibe des Mondes deutlich zwei Speere erkennen, die sich bewegten. Vermutlich hatte Bar-Hazzat ganz Gedor in Alarmbereitschaft versetzt.

Dann schlich Sethur voran und bedeutete den anderen ihm zu folgen. Galal hatte seinen Leib eng an die Felsen gedrückt, die an dieser Stelle steil ins tiefe Wasser abfielen; so konnten sie trockenen Fußes zu der verborgenen Pforte gelangen, die in das unterirdische Reich von Sethurs Anwesen führte.

Die Tür befand sich gut versteckt in einer Spalte am Fels, die man vom Wasser her leicht übersehen konnte. Sethur förderte einen Schlüssel zutage und machte sich an dem Schloss zu schaffen. In der Zwischenzeit sandte Yonathan seinem inselgroßen Freund noch einen letzten Gruß.

»Lebe wohl, Galal.«

»Werden wir uns wieder treffen, Yonathan?«

»Wenn Yehwoh will und ich Bar-Hazzat besiegen kann – nach der Weltentaufe.«

»Dann wird alles gut.«

»Ich danke dir für dein Vertrauen, Galal.«

»Schon gut, Yonathan. Ich bleibe hier und warte auf dich.«

Yonathan wollte in Gedanken noch etwas erwidern, doch er wusste nicht mehr weiter. Wann fand man schon einmal einen Freund, dessen Anhänglichkeit selbst über das Ende der Welt hinausreichte?

»Kommt, Geschan.«

Sethurs Stimme holte Yonathan in die Wirklichkeit zurück. Der Témánaher zog an einem Eisenring, worauf sich eine schwere

Tür lautlos öffnete. Vier Schatten schlüpften unbemerkt in die Stadt des Schwarzen Turms.

»Ihr scheint diesen netten Hinterausgang des Öfteren zu benützen«, meinte Gimbar.

»Irgendwie ist und bleibt er ein Pirat«, drang Yomis Stimme durch die Finsternis. »Na, wenigstens scheint es ihm wieder gut zu gehen.«

Man hörte das Schlagen eines Feuersteins und wenig später flammte in Sethurs Hand eine Fackel auf. »Mein Haus wurde vor langer Zeit von einem General gebaut, dessen oberstes Gebot die Vorsicht war – eine sehr vernünftige Lebensmaxime in diesem Land. Ich dachte mir, dass sich seine Vorausschau vielleicht auch eines Tages für mich auszahlen könnte und habe daher diese Türscharniere immer sorgfältig fetten lassen.«

Yonathan erinnerte sich der Bedeutung von Sethurs Namen, dem jener bisher alle Ehre gemacht hatte: der im Verborgenen Wirkende. Er hätte nie gedacht, dass diese Eigenschaft seines ehemaligen Widersachers ihm einmal von Nutzen sein würde.

»Doch nun lasst uns nach oben gehen«, forderte Sethur seine Begleiter auf. »Dort wartet eine Dienerschar nur darauf, uns jeden Wunsch von den Augen abzulesen.«

Während die vier eine nicht enden wollende Wendeltreppe emporstiegen, erinnerte Yonathan sich an das, was Sethur von dem Leben in Témánah erzählt hatte. Hier besaß fast jeder Haushalt seine Sklaven, bedauernswerte Geschöpfe, die regelmäßig auf Streifzügen durch die Grenzgebiete eingefangen wurden. Dank Bomas' wachsamen Truppen in der Südregion des Cedanischen Reiches hatte Témánah in letzter Zeit unter einem gewissen Mangel an Dienstpersonal gelitten.

Sethur selbst berührte das wenig. Als Heeroberster hätte er jeden Sklaven haben können, der ihm gefiel. Aber sein Haus hatte schon seit rund einem Dutzend Jahre keine neuen Gesichter mehr gesehen. Sethur selbst stammte von Vorfahren ab, die vor langer Zeit nach Témánah verschleppt worden waren – nur wenige wussten davon. Vielleicht war dies auch der Grund, weshalb er seine Sklaven immer gut behandelte. Sie waren zwar

Diener, aber er respektierte sie als Menschen, sorgte für ihre Bedürfnisse und schützte sie vor der Willkür der témánahischen Beamten. Er galt als strenger, aber gerechter Herr. Und deshalb genoss er auch die Achtung und das Vertrauen seiner Sklaven, selbst noch nach den drei Jahren, in denen er geächtet und namenlos war.

Am oberen Ende der Treppe stießen sie wieder auf eine Tür. Sethur benutzte erneut seinen Schlüssel, schob einen Riegel zurück und ließ seine Gäste auf einen prachtvoll ausgeschmückten Gang hinaustreten.

Gimbar drängte sich hinter Yonathan auf den Flur und pfiff anerkennend. »Das nenne ich die gehobene témánahische Lebensart.«

»Ihr seid vermutlich die ersten freien Ausländer, die so ein Haus zu sehen bekommen«, bemerkte Sethur. Er ging zielstrebig auf eine andere, breite Tür zu, die sich schräg gegenüber befand, und öffnete deren beide Flügel. »Kommt bitte hier herein«, forderte er seine Gäste auf. »Ich sage inzwischen der Dienerschaft Bescheid.«

Yonathan, Gimbar und Yomi schauten ihrem Gastgeber hinterher, der den breiten, mit Teppichen, Gemälden, Statuen und Waffen verschwenderisch ausgestatteten Flur hinabeilte.

»Ob der aus Gold ist?«, fragte Gimbar seinen langen Freund mit Blick auf einen prächtigen, funkelnden Schild, der ganz in der Nähe an der Wand hing.

Yomi verdrehte die Augen.

»Lasst uns in den Raum gehen und warten, bis er zurückkommt«, sagte Yonathan.

Sie betraten ein quadratisches, holzgetäfeltes Gemach, in dem ein großer, runder Tisch stand. Regale mit unzähligen Büchern bedeckten die Wände; sie mussten ein Vermögen wert sein. Fenster waren keine zu sehen. Dafür wölbte sich eine mit runden Glasscheiben durchbrochene Decke über dem Zimmer.

»Ich hätte nie gedacht, dass Témánaher auch lesen«, sagte Yomi, während er die Buchreihen abschritt und versuchte die Titel zu entziffern.

»Ein guter Stratege darf kein Dummkopf sein«, meinte Gimbar. Er hatte sich in den einzigen Sessel geworfen, der in dem Raum stand.

Yonathan nickte. »Man sollte nicht nur seine Freunde gut kennen, sondern auch seine Feinde.«

In diesem Moment betrat eine Frau die Bibliothek. Sie mochte an die fünfzig Jahre zählen und trug ein Tablett mit einem Krug und vier Kelchen darauf. Ihr Blick war gesenkt, als sie die Gäste begrüßte.

»Seid willkommen, Fremde. Aller Friede sei mit Euch. Mein Herr schickt mich, Euch diese Erfrischung zu bringen. Wir bereiten auch ein Bad für jeden und einige Speisen. Er bittet Euch, ihn noch einen Moment zu entschuldigen. Gleich wird er wieder bei Euch sein.«

Yonathan war sofort Yomis sonderbare Reaktion aufgefallen, als die Sklavin zu sprechen begonnen hatte. Der Seemann zuckte zunächst zusammen, blickte von den Büchern auf – erst verstohlen, dann wie gebannt – und ging schließlich langsam auf die Frau zu. Auch Gimbar bemerkte jetzt das merkwürdige Verhalten seines Freundes.

Yomi wirkte wie ein Schlafwandler. Er stieß gegen Stühle, die sich um den Tisch reihten, aber nahm es überhaupt nicht wahr. Seine ganze Aufmerksamkeit galt der Sklavin.

Das eigenartige Betragen des Fremden war natürlich auch der älteren Frau nicht entgangen. Ein paarmal hatte sie verschämt zu dem schlaksigen jungen Mann aufgeblickt, der sich ihr da so zielstrebig näherte. Aber je mehr ihr bewusst wurde, dass er geradewegs auf sie zusteuerte, umso unsicherer wurde sie. Yomi nahm der Sklavin das Tablett aus den Händen, und während er den Oberkörper beugte, um es auf den Tisch zu stellen, versuchte er einen Blick auf das Gesicht der scheuen Dienerin zu werfen.

Yonathan sah kurz zu Gimbar hinüber, der ratlos an seiner Nase zupfte; auch er konnte sich keinen Reim auf das Geschehen machen.

Yomi hob nun sanft das Kinn der Frau an, um endlich ihr Gesicht richtig sehen zu können. Sie ließ ihn gewähren, und je länger sie Yomis Blick standhielt, umso mehr veränderte sich der Ausdruck in ihren eigenen Augen.

Haschevet gestattete Yonathan eine tiefere Sicht in die Gefühle der beiden Menschen, die sich da gegenüberstanden, und deshalb erkannte er, was in ihnen vorging, noch bevor Yomis Mund das eine Wort aussprach – sehr behutsam, sehr leise, als fürchte er einen Vogel zu verscheuchen.

»Mutter?«

Die Antwort der Sklavin kam beinahe ebenso zaghaft.

»Yomi?«

Das waren die letzten Worte, die für eine längere Zeit in Sethurs Bibliothek zu hören waren. Yomi nickte. Ein einziges Mal. Zu viel mehr war er nicht imstande.

Seine Mutter und er fielen sich in die Arme und Yomi begann zu schluchzen wie ein kleiner Junge.

Auch Yomis Mutter weinte, und als Yonathan wieder zu Gimbar hinüberschaute, strahlte das Gesicht seines Freundes.

Während Yonathan sich mit dem Ärmel die feuchten Augen trocknete, dachte er an Felins Worte, die dieser einst in den Tiefen des Palastberges von Cedanor zu ihm gesprochen hatte. »Die Hoffnung ist wie eine Tamariske: Sie ist selbstgenügsam und gedeiht sogar in einer dürren, kargen Wüstengegend, und sie hat schon manchem mutlosen und erschöpften Wanderer Kraft gespendet, indem sie ihm Schatten gab.«

Und nun war auch Yomis stilles Hoffen wider alle Erwartung und Vernunft in Erfüllung gegangen. Er hatte seine Mutter wieder gefunden. Als Yonathan vor Jahren mit dem schlaksigen, oft etwas unbeholfen wirkenden Seemann auf der *Weltwind* gefahren war, hatte Yomi bewegt erzählt, wie ihn seine Mutter beim Überfall der témánahischen Horden auf Darom-Maos in einem Erdloch im Stall versteckte. Als die plündernde und mordende Schar endlich vorübergezogen war, hatte Yomi keine Eltern mehr. Obgleich er ihre Leichen nicht fand, musste er natürlich annehmen, sie seien umgebracht worden wie so viele andere auch.

Der dunkelste Punkt in Yomis Leben erhellte sich mit dem

Aufgehen der Sonne über Gedor. Nicht nur seine Mutter befand sich im Hause Sethurs, sondern auch sein Vater diente dort als Verwalter. Beide hatten über das Anwesen Sethurs gewacht, während dieser im Schwarzen Turm schmachtete. Beide besaßen Sethurs Vertrauen. Beide hatten nie die Hoffnung aufgegeben, weil sie wussten, dass ihr Sohn in Freiheit war.

Die Nacht war bereits verstrichen und noch hatte niemand nach der überraschenden Familienzusammenführung Ruhe gefunden. Das Frühstück schließlich dehnte sich bis zum Mittag aus. Man hatte sich viel zu sagen. Yomi berichtete von Kapitän Kaldek und von seinem »unheimlich guten Freund Yonathan«, der nebenbei auch noch der siebte Richter von Neschan war. Die Eltern erzählten, wie es ihnen ergangen war, nachdem man sie aus Darom-Maos verschleppt hatte. Und Sethur füllte die Lücken zwischen den einzelnen Geschichten.

»Jetzt erst verstehe ich Euren Zorn, Yomi, als wir Euch am Südkamm gefangen nahmen und auf die *Narga* brachten. Ihr habt mich damals angeklagt, ich würde ganze Familien austilgen. Ich weiß noch genau, wie Ihr mir vorwarft: ›War es nicht die *Narga*, die vor zehn Jahren Darom-Maos dem Erdboden gleichmachte?‹« Sethur hatte Yomis trotzige Worte täuschend echt nachgeahmt und heute, nachdem sich die Umstände so dramatisch verändert hatten, konnten sie alle darüber schmunzeln. »Ich sagte Euch damals, dass ich keine Verantwortung trüge für die Schleifung von Darom-Maos, da ich zu jener Zeit zu jung gewesen sei für eine solche Militäraktion. Das war die Wahrheit. Und es gab keinen Anlass Euch mehr zu berichten. Ich konnte ja nicht ahnen, dass unsere beiden Lebensläufe längst indirekt durch die Geschehnisse in Darom-Maos miteinander verbunden waren: Ihr müsst wissen, seit jeher verabscheue ich die schlechte Behandlung von Sklaven. Eines Tages nun, ich war noch ein Jüngling, befand ich mich zufällig auf dem Sklavenmarkt, gerade als die ›frische Ware‹ aus Darom-Maos eintraf. Ich bekam mit, dass ein Ehepaar – das waren Eure Eltern – zum Verkauf auseinander gerissen werden sollte. Ich schritt dagegen ein und erwarb den

Mann und die Frau selbst – ich war der Schützling Bar-Hazzats, niemand durfte mir einen Wunsch abschlagen.«

»Seit dieser Zeit dienen wir Sethur«, fügte Yomis Vater hinzu. »Wir achten ihn, weil er uns Gutes getan hat. Natürlich blieb er in unseren Augen immer ein Témánaher. Alle Leute fürchteten ihn, schon als er so alt war wie Yonathan jetzt.«

»In meinem Eifer für Bar-Hazzat war ich oft unnachgiebig und hart. Ich habe einiges zu verantworten, was ich nie mehr werde ungeschehen machen können«, sagte Sethur schuldbewusst.

»Ihr habt Eure Fehler eingesehen«, tröstete Yonathan ihn. »Und bald werdet Ihr Gelegenheit haben Euren Sinneswandel auch unter Beweis zu stellen. Ich bin sicher, Yehwoh wird die Echtheit Eurer Reue anerkennen.«

Sethur blickte in Yonathans Gesicht, nichts verriet mehr den einst so unerbittlichen Krieger. »Meint Ihr wirklich, ich kann Vergebung finden?«

»Ich kann zwar Eure Schuld nicht ermessen, mein Freund, aber ich weiß, dass Yehwoh jedem ins Herz sehen kann. Er weiß, ob die Reue und Umkehr eines Menschen echt sind.«

Sethur senkte den Kopf und verharrte nachdenklich. Dann nickte er entschlossen und sagte: »So sei es. Ich will beweisen, dass ich bereut habe. Morgen früh ziehen wir beide gegen den Schwarzen Turm und wehe dem, der sich uns in den Weg stellt.«

Das Land Témánah war ein einziger schwül-heißer Dschungel und es erforderte wenig Phantasie sich vorzustellen, dass hier jede erdenkliche Boshaftigkeit ausgebrütet werden konnte. Im Herzen dieses Landes ragte der Schwarze Turm von Gedor auf, eine finstere Herausforderung für jeden Verteidiger des Lichts. Yonathan hatte den Kampf angenommen. Er war gekommen, um die letzte Strophe im Lied der Befreiung Neschans zu schreiben. Vielleicht konnte er Bar-Hazzat, den Herrn dieses monströsen Bauwerks, bezwingen, gerade weil diese Aufgabe für einen sterblichen Menschen so aussichtslos schien.

Gemeinsam mit Sethur schlich er durch die dunklen Straßen

Gedors. Jetzt, kurz vor Sonnenaufgang, wirkte die Stadt kaum lebendiger als Abbadon.

Yonathan hatte in der vergangenen Nacht wenig geschlafen. Zu viel war ihm durch den Kopf gegangen: Die letzten vierundzwanzig Stunden hatten viel Aufregendes mit sich gebracht – Yomi fand seine Eltern wieder und Sethurs deutlicher Sinneswandel ließ ihn zu einem akzeptierten Mitglied ihrer kleinen, verschworenen Gemeinschaft werden. Und dann wusste Yonathan noch um das, was vor ihm lag – wenigstens ungefähr. All dies genügte, um ihm den Schlaf zu rauben.

Zu gerne hätte er noch mehr Wissen über die Schliche Bar-Hazzats gesammelt. Noch immer war ihm nicht völlig klar, wie er den dunklen Herrscher besiegen konnte. Benels Mahnung hatte seine Gedanken immerhin auf den richtigen Kurs gebracht, das spürte er.

Bodennebel kroch über den nackten Fels, der Sethurs Anwesen mit dem Schwarzen Turm verband. Der Weg stieg leicht an. Yonathan musste sich zu jedem Schritt zwingen. Ob Bar-Hazzat ihn wohl erwartete? Ob er ihn sehen konnte, wie er sich hier im vermeintlichen Schutz der Dunkelheit anpirschte?

Die Kleidung, mit der Sethur seinen jungen Gast ausstaffiert hatte, war ihm ungewohnt. Es handelte sich um eine téménahische Rüstung aus Sethurs Jugendtagen: ein plattenbesetztes Lederwams, eine schwarze, wollene Hose, weiche Stiefel aus der Haut der Sumpfechse und ein breiter Gürtel. Yonathan hatte sich aber geweigert die Beinschienen und das Schwert anzulegen. Dafür vervollständigte er seine Gewandung aus eigenen Mitteln. Um die Schultern hatte er sich Din-Mikkiths grünen Umhang geworfen. Sethur schüttelte den Kopf und hoffte das auffällige Kleidungsstück würde als Kriegstrophäe durchgehen. Unter dem grünen Cape war genug Platz, um den Stab Haschevet und zwei weitere Gegenstände zu verstecken, die Yonathan nun schon durch die halbe Welt mit sich getragen hatte.

Der Schwarze Turm, ein dunkler Schatten über den Dächern, konnte von jeder Stelle in der Stadt aus eingesehen werden.

Sethur hatte erzählt, dass Bar-Hazzats Warte so alt war wie die Welt. Alle témánahischen Herrscher hatten von dort aus regiert – die menschlichen und die weniger menschlichen. Im Laufe der Jahrtausende war die sechshundertsechsundsechzig Ellen hohe Befestigung durch zahlreiche Anbauten erweitert worden: Türmchen, Erker, scheinbar funktionslose Vorsprünge, die wie Schwalbennester überall an den schwarzen Mauern klebten und die ursprüngliche sechseckige Form des Bauwerks überdeckten. Bar-Hazzats Heim glich eher dem knorrigen Stamm eines uralten Baumes als der planvollen Konstruktion eines Baumeisters.

Als Yonathan mit Sethur auf den weiten Platz hinaustrat, in dessen Mitte der Turm stand, fühlte er die Beklemmung in seiner Brust. Er holte einmal tief Atem.

»Bar-Hazzat wird überrascht sein«, raunte Sethur, der wohl Yonathans Besorgnis spürte.

»Wie meinst du das?«

»Seit die *Bath-Narga* gesunken ist, konnte ich die Schale der Offenbarungen nicht mehr gebrauchen, um mit ihm in Kontakt zu treten. Er wird vermuten, dass du das Schiff, mich eingeschlossen, auf den Grund des Meeres geschickt hast. Wenn er mich jetzt sieht, dann wird er zumindest erstaunt sein.«

»Was heißt, wenn er dich sieht? Ich lasse nicht zu, dass du bis zu Bar-Hazzats Turmzimmer hinaufgehst.«

»Das wird sich zeigen, Yonathan. Still jetzt, die Wachen könnten uns hören.«

Die beiden näherten sich einem großen sechseckigen Tor, vor dem zwei Soldaten standen und die beiden Besucher argwöhnisch musterten.

»Sethur, der Erste Jäger, kommt, um Ihm Bericht zu erstatten«, sagte der Témánaher knapp. Seine Stimme hatte nun jede Sanftheit verloren. Sie klang unerbittlich, ungeduldig.

Jetzt, im Licht der Fackeln, die beiderseits des Haupteinlasses brannten, erkannten die Wachsoldaten sofort, wen sie vor sich hatten. »Und wer ist Euer Begleiter?«, wagte der eine noch zu fragen.

»Wer bist du, dass du Seiner rechten Hand solche Fragen

stellst?«, zischte Sethur den Posten an, der daraufhin ein ganzes Stück kleiner wurde.

»Es ist Sein Befehl, niemanden in den Turm zu lassen, es sei denn, er besitzt die Erlaubnis dazu«, sprang der zweite Wachmann für seinen Kameraden in die Bresche.

Sethur funkelte den anderen für einen Moment an. Dann schien er sich etwas zu beruhigen und sagte, wesentlich umgänglicher: »Ihr tut nur Eure Pflicht. Der junge Mann hier ist ein Bote, der Ihm eine wichtige Nachricht zu überbringen hat. Ich selbst verbürge mich für ihn. Es geht um den siebten Richter. Mehr darf ich Euch nicht verraten.«

Die beiden Wachen schauten sich kurz an. Einer der beiden nickte schließlich und öffnete eine kleine, sechseckige Tür, die in dem großen Tor eingelassen war. Yonathan und Sethur schlüpften in den Schwarzen Turm.

Es zeigte sich schnell, dass das Gebäude innen ähnlich verwirrend konstruiert war wie außen. Nachdem Sethur seinen Begleiter in die Eingangshalle des Schwarzen Turmes geführt hatte, lenkte er seinen Schritt nach links. Yonathan war bemüht, sich seine Verblüffung nicht anmerken zu lassen. Er lief durch einen Raum, der einer großen Höhle mit gewölbter Decke glich. Die Wände waren tiefschwarz. Fackeln, die versteckt angebracht waren, warfen ein indirektes Licht, das längst nicht ausreichte, um alle Schatten aufzuhellen. Überall an den Innenwänden befanden sich Öffnungen, nicht nur solche auf Bodenhöhe, die offenbar Zugänge darstellten, sondern auch andere, die wie zufällig über die Fläche verstreut schienen. Natürlich waren diese Öffnungen sechseckig – ohne Ausnahme.

»Wir nennen das hier die äußere Wabe«, flüsterte Sethur, während er Yonathan auf ein etwas größeres Loch zuführte. »Der Turm ist von unten nach oben in drei ›Waben‹ unterteilt: die äußere, die mittlere und die innere Wabe.«

»Dann sitzt Bar-Hazzat in der inneren.«

Sethur nickte und schritt durch das Sechseck.

Wie vermutet, erwies sich die Öffnung als Eingang zu einem langen Flur, oder besser einem Schlauch, denn auch hier wölbten sich Wände und Decke, sahen wie aus dem Fels gefressen aus. Yonathan verdrängte die Vorstellung von einem riesigen Wurm, der sich durch massives Gestein graben konnte, ebenso wie die Erinnerung an den Erdfresser. Er konzentrierte sich auf seine Aufgabe – so gut es ging.

Ab und zu drangen gedämpfte Stimmen aus Türen, die in endloser Zahl den Flur begleiteten.

»Die Unterkünfte der Wachen«, sagte Sethur knapp.

Der Gang, dem sie folgten, unterwarf sich keiner geometrischen Form, die Yonathan bekannt war. Er verbreiterte sich, wurde dann schmäler, durchstieß gelegentlich größere Räume, um schließlich wieder in einen engen, schwarzen, nur von Fackeln beleuchteten Tunnel zu münden. Yonathan konnte nur feststellen, dass der Flur sich in einem großen Bogen nach rechts krümmte und langsam anstieg; er schraubte sich offenbar nach oben. Bisher waren sie noch auf keine einzige Treppe gestoßen.

Nach geraumer Zeit führte Sethur seinen Begleiter in eine weitere Halle.

»Hier endet die äußere Wabe.«

»Gehört die nächste auch den Soldaten?«

Sethur musste lächeln. »Sie ›gehört‹ den Beamten.«

»Sind die hier auch so knickrig wie in der übrigen Welt?«

»Sie haben die Knickrigkeit erfunden.«

Jetzt huschte auch über Yonathans Lippen ein Lächeln. Er hätte nie gedacht, dass Sethur auch so etwas wie Humor besitzen könnte.

Am Ende der zweiten Halle standen neue Wachen. Auch sie schienen Sethur gut zu kennen, denn sie gewährten ihm und seinem Begleiter schon nach einem kurzen Wortwechsel Einlass zur mittleren Wabe.

Der dunkle Flur schien hier etwas breiter sein, ansonsten bot er genauso wenig Abwechslung wie der, durch den sie gekommen waren. Beim Durchschreiten dieses bedrückenden Labyrinths kamen Yonathan ständig neue Bilder: Einmal wurde er an den Schlund eines Drachen erinnert, dann wieder dachte er an ein Geflecht aus Arterien und Venen, das einen gewaltigen schwarzen Organismus durchzog. Anstelle des Blutes bewegten sich hier nur einige wenige Menschen oder andere Geschöpfe, die irgendeiner unbekannten und geheimnisvollen Tätigkeit nachgingen.

Zweimal passierten sie ein Fenster und Yonathan konnte den grauen Schleier des Morgens erkennen, der von Osten her aufzog. Dann erreichten sie die dritte Halle.

Kurz zuvor hatte Sethur ihm noch einmal genaue Verhaltensmaßregeln gegeben. »Wenn wir gleich die innere Wabe betreten, darfst du nichts mehr sagen. Vor allem erwähne den Namen des Höchsten nicht! Bar-Hazzat reagiert sehr empfindlich darauf. Wir können ihn nur überraschen, wenn wir in völligem Schweigen zu dem Turmzimmer vordringen. Selbst deine Gedanken solltest du im Zaum halten.«

»Ich glaubte, Bar-Hazzat kann sie nicht lesen?«

»Das ist richtig, aber er besitzt andere übernatürliche Kräfte. Er kann deinen Herzschlag hören, das Rauschen deines Blutes; er weiß sehr genau, ob jemand gelassen ist oder aufgeregt. Ich konnte ihn nur täuschen, weil ich ihn so lange kenne.«

Yonathan griff nach Sethurs Arm und blieb stehen. »Du sagtest, *wir* würden gemeinsam zum Turmzimmer vorstoßen, Sethur. Wenn wir oben nicht mehr reden sollen, dann möchte ich vorher noch zwei Dinge klären. Erstens ist dies ganz allein meine Aufgabe; du zeigst mir den Weg, aber dann kehrst du so schnell wie möglich um. Ich weiß nicht, ob dieser Turm noch stehen wird, wenn die Unterhaltung mit Bar-Hazzat beendet ist.«

Sethur wollte etwas einwenden, schien es sich dann aber anders überlegt zu haben. Stattdessen fragte er nur: »Und was wolltest du noch ansprechen?«

»Denkst du etwa, ich bin so undankbar und lasse dich gehen, ohne mich vorher verabschiedet zu haben?« Yonathan versuchte sich in einem zuversichtlichen Lächeln und ergriff Sethurs Hand. »Du hast heute bewiesen, dass dir deine Reue ernst ist. Egal was geschehen wird, ich zweifle nicht daran, dass der Höchste deine früheren Taten vergeben hat.«

»Dann bin ich endlich frei von Schuld?«

»Das habe ich nicht gesagt. Nur der Tod kann alle Verfehlungen sühnen. Aber ich bin mir sicher, dass wir uns nach der Weltentaufe wiedersehen werden – sofern ich Bar-Hazzat bezwinge.«

Sethur nickte. »Mehr darf ich nicht erwarten.« Er drückte Yonathans Hand, dass es fast schmerzte, und sagte: »Lebt wohl, Geschan. Möget Ihr Erfolg haben. Und: Lebe wohl, Yonathan. Du hast mich gelehrt, welche Macht die Liebe besitzt. Ich bin froh, einen Freund wie dich gehabt zu haben.«

Yonathan gefiel die Endgültigkeit in Sethurs Worten überhaupt nicht, aber Bar-Hazzat wartete, und mit jedem Augenblick, der verstrich, wurde die Gefahr entdeckt zu werden größer. So nickte er nur, legte seine ganze Kraft in die Erwiderung des Händedrucks und deutete mit dem Kopf den Gang hinauf.

Die Wache am Ende der dritten Halle erwies sich als besonders starrköpfig. Es war nur ein einziger Mann, aber er hatte das Gewicht von dreien. Yonathan schätzte die Größe des Soldaten auf neun Fuß.

»Nein«, sagte der Hüne zum wiederholten Mal. Sethur hatte bereits die ganze Litanei abgespult, die bei den anderen Wachen so wunderbar funktioniert hatte.

»Ich verstehe ja Euren Befehl«, versuchte Bar-Hazzats oberster Jäger es jetzt auf die einfühlsame Art, »aber es nützt nichts, wenn ich allein zu Ihm hinaufgehe. Mein Begleiter hier hat wichtige Informationen über den siebten Richter. Er kennt ihn so genau wie kein Zweiter. Nur er kann Ihm das geben, was Er benötigt.«

»Ich habe keinen Befehl«, antwortete der Riese stur.

»Kann er lesen?«, flüsterte Yonathan Sethur ins Ohr, ohne den Blick von dem waffenstarrenden Riesen zu nehmen.

Sethur drehte sich irritiert zu Yonathan um. »Kann ich mir nicht vorstellen. Aber wieso ...«

»Ich habe hier den Befehl, den Ihr braucht«, sagte Yonathan zu dem unerbittlichen Wachmann. Er zog unter seinem grünen Umhang ein zusammengerolltes Stück Pergament hervor und streckte es ihm entgegen.

Dieser jedoch starrte geraume Zeit auf das Schriftstück, ohne sich recht entscheiden zu können, ob er es berühren sollte oder lieber nicht.

»Nehmt es ruhig und schaut es Euch an«, ermunterte Yonathan den Riesen.

Zögernd hob dieser die Hand, griff nach dem Pergament und entrollte es mit ungeschickten Fingern.

Yonathan war sich sicher, dass der Mann wirklich nicht lesen konnte, aber bei diesem Schriftstück spielte das auch keine Rolle. Goel hatte es ihm beim Abschied aus *Gan Mischpad* überreicht und seitdem hatte er sich immer wieder gefragt, wozu es ihm wohl einmal nützen könnte. Jetzt wusste er es. Äußerlich unbeteiligt beobachtete Yonathan die Wirkung des wundersamen Schreibens.

Der Wächter stand da wie angewurzelt. Nur seine Augen bewegten sich, verfolgten die Zeilen langsam und gründlich. Nach einer Weile wendete er das Blatt und wiederholte die Prozedur auf der Rückseite. Wenig später drehte er das Pergament erneut herum und setzte sein Studium fort. Diese Beschäftigung nahm ihn so sehr in Anspruch, dass er alles um sich herum vergaß – er ließ seinen Blick über die Seite wandern, drehte das Blatt – und so weiter und so weiter.

Sethur schaute Yonathan ungläubig an, aber der zwinkerte nur mit dem rechten Auge und wies mit dem Kopf in den Gang hinein. Ungehindert schlüpften sie an dem Wachmann vorbei, der gerade auf Seite dreiundvierzig des Passierscheins angelangt war.

Nun wurde der Gang steiler, die Windung enger. Es gab Abzweigungen, in die Sethur hin und wieder einbog. Bald hatte Yonathan jede Orientierung verloren. Diesen Weg konnten sich wohl nur wenige merken – vermutlich durften und wollten ihn auch nur wenige gehen.

Gerade öffnete Sethur wieder eine verborgene Tür, die sich mittels eines geheimnisvollen Mechanismus zur Seite schieben ließ. Dies war nicht der erste Durchgang dieser Art, aber Yonathan hoffte inständig, dass es der letzte sein würde. Seine Beine schmerzten von dem langen Anstieg, die lastende Atmosphäre im Schwarzen Turm bedrückte ihn. Er wollte endlich die Auseinandersetzung mit Bar-Hazzat. Auch wenn er immer noch nicht genau wusste, wie er den dunklen Herrscher besiegen konnte, hatte er das Warten doch gründlich satt.

Mit einem Mal endete der Gang. Sethur blieb stehen und zeigte schweigend auf die schwarze Wand, in die eine sechseckige Tür eingelassen war. Dahinter befindet sich das Turmzimmer, sollte diese Geste wohl heißen. Und dann nickte er auffordernd: Bist du bereit, Yonathan?

Yonathan antwortete ihm stumm in der gleichen Weise: Ich bin bereit.

Der Flur vor dem höchsten Raum Neschans wurde von einem blassen, rötlichen Schimmer beleuchtet, dessen Quelle nicht auszumachen war. Das schwache Licht spielte auf der großen sechseckigen Platte aus glattem schwarzem Lavagestein, die sich deutlich von der rauhen Wand abzeichnete.

Sethur stellte sich genau davor und bedeutete Yonathan, was zu tun war: Wenn die Tür aufschwingt, dann tauschen wir die Plätze.

Yonathan nickte abermals. Sie hatten alles durchgesprochen. Bis zu dieser Tür wusste er, was zu tun war. Und dahinter …?

Sethur stand unbeweglich vor dem großen Sechseck. Seine Gestalt spiegelte sich darin. Yonathan wurde schon ungeduldig, aber endlich hörte er ein leises Knirschen, die Platte kam aus der Wand hervor und schwang lautlos nach links. Sethur folgte ihrer Bewegung und presste sich an die Wand, während Yonathan schnell dessen Platz einnahm.

Als der Stabträger seine Aufmerksamkeit auf das Innere des Sechsecks lenkte, flammte die blaue Aura Haschevets auf. Langsam trat er ein in den Raum, von dem aus man die ganze Welt beobachten konnte.

Bar-Hazzats Turmzimmer ließ alles vermissen, was Menschen an ihren Wohnstätten schätzen. Die schwarzen, nur grob bearbeiteten Wände schienen aus Fels gehauen zu sein und waren völlig schmucklos. Außer einem schwarzen Steintisch gab es keine

Möbel. Auch der Raum selbst war sechseckig. Ringsum an den Wänden befanden sich Fenster. Als Yonathan im Vorübergehen einen schnellen Blick auf sie warf, musste er zu seiner Verblüffung feststellen, dass einige auf eine nächtliche, andere auf eine sonnenbeschienene Landschaft hinauszeigten; er konnte Cedanor erkennen, sogar das ferne Kandamar. Offenbar ließ sich tatsächlich ganz Neschan von hier oben aus übersehen.

Doch Yonathan hatte keine Muße sich mit diesem Phänomen näher zu beschäftigen, seine ganze Aufmerksamkeit wurde auf etwas anderes gelenkt: Hinter dem einzigen Möbelstück des Turmgemachs, einem sechseckigen Tisch im Zentrum des Raumes, stand eine Gestalt, nur fünf Schritte von ihm entfernt.

Er fühlte ein unangenehmes Prickeln, das von seinem Nacken aus den Rücken hinunterlief. Das Wesen wandte ihm den Rücken zu. Es war in weite schwarze Gewänder gehüllt, über den Kopf hatte es einen Schleier gezogen. Yonathan musste an die Nonnen denken, die Pastor Garson früher gelegentlich in den Unterricht mitgebracht hatte, damals im schottischen Knabeninternat von Loanhead.

Plötzlich begann die Gestalt zu sprechen, mit einer weiblichen Stimme, sanft und einschmeichelnd ...

»Ich hatte dich nicht so früh erwartet, mein Sohn.«

Obwohl die Stimme freundlich wie kaum eine andere klang, jagte sie Yonathan einen weiteren Schauer über den Rücken. Was für ein Spiel trieb Bar-Hazzat hier mit ihm? Oder glaubte er noch immer, Sethur wäre zurückgekehrt, früher als erwartet?

Als sich die schwarze Erscheinung langsam umdrehte, blieb ihm fast das Herz stehen. Unter dem halblangen Schleier erschien ein feines, bleiches Gesicht, das Yonathan freundlich anlächelte, ein Antlitz, das ihm so vertraut, so tief in ihm eingegraben war, dass er nie geglaubt hätte, es einmal mit Entsetzen anzublicken.

»Mutter!«, keuchte er. Mit allem hatte er gerechnet, aber nicht damit, hier an diesem Ort. Er kannte sie aus zahllosen Erzählungen seines Vaters und seiner Großeltern von der Erde. Und er kannte sie von dem Foto, das sein Vater immer bei sich getragen hatte.

»Du bist gewachsen, seit ich dich das letzte Mal gesehen habe.«

»Damals war ich schließlich noch ein Säugling.« Was tat er? Warum ließ er sich auf diese unsinnige Unterhaltung mit einem Trugbild ein?

Das weiche Gesicht lächelte mitfühlend, der Blick senkte sich, als hinge die Gestalt einer zarten Erinnerung nach. »Natürlich. Das ist lange her. Du hast seitdem viel erlitten.«

»Ich habe es nie so gesehen, Mutter.« Schon wieder! Dies konnte nicht seine Mutter sein. Nicht erst seit dem Streit mit Pastor Garson wusste er, dass die Toten den Lebenden keine Besuche abstatteten.

»Du bist immer allein gewesen, Jonathan.«

»Das stimmt nicht ...«

»Du glaubst doch nicht etwa, die wenigen, die sich mit dir abgaben, meinten es ehrlich? Du belügst dich selbst, mein Sohn. Es geschah aus Eigennutz, manchmal steckte vielleicht auch Mitleid dahinter. Aber sicher kein anderer Grund. Denk einmal an deinen Vater. Er sorgte nur für dich, weil er in deinem Bild eigentlich mich sah. Aber wie viel Zeit hat er wirklich mit dir verbracht? Meistens war er auf See, um Fische zu fangen, wie er behauptete.«

»Wir mussten schließlich etwas essen ...«

»Und dann stahl sich dein Vater schließlich auch noch davon – starb.«

»Ich hatte noch meine Großeltern. Sie haben ...«

»Dein Großvater hat dich abgeschoben, in ein Knabeninternat. Du warst wieder auf dich allein gestellt.«

Yonathan wusste langsam nicht mehr, was er sagen sollte. Natürlich hatte er sich oft allein gefühlt. Warum musste diese Erscheinung in Gestalt seiner Mutter diese alten Wunden aufreißen? Schon folgte der nächste Stich.

»Und dann zuletzt noch diese schlimme Krankheit. Nun warst du selbst für deine Klassenkameraden zu einem Ausgestoßenen geworden. Man hat dich in eine entfernte Kammer des Internats abgeschoben.«

»Was willst du?« Endlich war es heraus! »Ich habe immer Menschen gehabt, die mich liebten. Du selbst brachtest mich in Liebe zur Welt, Vater zog mich mit viel Liebe auf, später auch die Großeltern. Und Samuel tat so viel für mich, dass ich es niemals wieder gutmachen kann ...«

»Jonathan ... Warum widersprichst du deiner Mutter?«

Er hielt erschrocken den Atem an.

»Du betrügst dich selbst, mein Sohn«, sagte die Gestalt, die vorgab seine Mutter zu sein. »Sogar nachdem du dein jämmerliches Dasein auf der Erde nicht mehr ertragen konntest und du dich auf diese Welt hier flüchtetest, bist du weiter allein gewesen. Denke doch nur an die letzten Jahre. Warst du nicht eingesperrt mit Goel, diesem kauzigen Alten?«

So hatte Yonathan sein Leben nie gesehen. Er spürte die ätzende Wirkung dieser Worte, die an seinen guten Erinnerungen nagten.

»Ich bin gekommen, um deinem Herumirren ein Ende zu bereiten«, fuhr die dunkle Gestalt fort.

»Deshalb bin ich auch hier.«

»Ich bin gekommen, um dir endlich ein Zuhause zu geben«, fuhr das Trugbild fort. »Bleib bei mir. Hier wirst du nie mehr allein sein.«

In Yonathans Kopf drehte sich alles. Er musste sich zusammennehmen, durfte den Einflüsterungen nicht nachgeben und zulassen, dass sie die Wirklichkeit dessen, was er erlebt hatte, vergifteten. Seine Finger krallten sich um Haschevets Schaft, er atmete tief durch und erwiderte fest: »Lügen! Alles nur Lügen! Ich weiß, dass du nicht meine Mutter bist. Macht endlich Schluss, Bar-Hazzat.«

»Ich wollte dir nur klarmachen, dass zwischen uns noch eine Rechnung offen steht, mein Sohn.«

»Nennt mich nicht Euren Sohn«, fauchte Yonathan die Gestalt an, war aber zugleich verunsichert. Auf was spielte sie an?

»Du weißt genau, was ich meine«, setzte die Erscheinung nach. Ihre Stimme hatte sich verhärtet, in ihr schwang bitterer Vorwurf. »Du hast mich getötet, Jonathan. Um dein Leben zu empfangen, hast du das meine genommen. *Das* ist die Schuld, die du mir gegenüber hast.«

Yonathan versagte der Atem. Woher wusste dieses boshafte Wesen von seinen geheimsten Gefühlen? Natürlich hatte er sich als kleiner Junge oft selbst vorgehalten am Tode seiner Mutter schuld zu sein – schließlich war sie bei seiner Geburt gestorben.

»Du hast es freiwillig getan!«, keuchte er. Er durfte jetzt nicht schwach werden. »Es war ein Beweis deiner großen Liebe. Zu Vater und auch zu mir. Ich weiß, dass meine wirkliche Mutter mir nie etwas Derartiges vorwerfen würde. Legt endlich die Maske ab, Bar-Hazzat!«

Das ebenmäßige Gesicht begann sich zu verändern. Zuerst zeigte es nur ein spöttisches Lächeln, aber dann sah Yonathan mit Schrecken, wie es sich immer mehr verformte. Aus dem Lächeln wurde ein hässliches Kichern, und während die Farbe aus den Wangen wich, gruben sich Falten in die makellose Haut, die braunen Augen verwandelten sich in ein rotes Glühen, und schließlich lachte ihn eine Furcht erregende Fratze an.

Yonathan starrte voller Entsetzen in das grauenhafte Gesicht. Da zog Bar-Hazzat hastig den Schleier über sein entstelltes Antlitz und wandte sich ab. Und auch das Gefühl des Grauens verebbte.

Der Stab in Yonathans Hand schien zu pulsieren, als wolle er seinen Träger beruhigen. Oder war es eine Aufforderung, Bar-Hazzat in den Rücken zu fallen? Ihn mit Haschevets Macht niederzuschlagen? Yonathan tat einen Schritt auf den Tisch zu, aber blieb sofort wieder stehen. Nein, darauf wollte Bar-Hazzat ja hinaus: Hass und blinden Zorn in ihm entfachen – auf diesem Terrain kannte sich der dunkle Fürst aus. Gerade hatte sich Yonathan wieder in die Gewalt bekommen, als die dunkle Gestalt sich erneut umdrehte.

Diesmal blickte ihm sein Vater entgegen. Ungläubig wischte Yonathan sich über die Augen ... und befand sich in der Fischerkate in Portuairk, seiner schottischen Heimat. Die Gestalt vor ihm hatte sich nicht bewegt, aber die Umgebung um sie herum war verwandelt. Er erkannte die Hütte von Großvater Morton und

Großmutter Hazel. Hier hatte er die ersten sechs Jahre seines Lebens verbracht.

Yonathans Vater stand an einem groben Holztisch, unter einem Fenster, das eine atemberaubende Aussicht auf das Meer bot. Yonathan blickte in das Gesicht eines vom Tode gezeichneten Mannes, in ebenjenes Gesicht, von dem er einst für immer Abschied genommen hatte.

»Warum bist du ungehorsam gewesen, mein Sohn?«

Schon wieder ein Vorwurf! Yonathan war nicht fähig zu antworten.

»Erinnerst du dich nicht mehr der letzten Worte, die ich dir mitgegeben habe?«

Yonathan nickte: natürlich. Aber sagen konnte er noch immer nichts.

»›Achte stets alles Leben.‹ Mehr verlangte ich nicht von dir.« Sein Vater sah unendlich enttäuscht aus. »Und nun bist du hierher gekommen, um Leben zu vernichten.«

»Das stimmt nicht ...«

»Jonathan! Hast du etwa geglaubt, du könntest Bar-Hazzat töten und gleichzeitig das Leben aller seiner Untertanen bewahren? Wenn er in der Weltentaufe untergeht, werden auch viele seiner Diener umkommen. Aber es ist noch nicht zu spät für dich umzukehren. Lass die anderen das Töten übernehmen und finde deinen Frieden in *Gan Mischpad*.«

Daran hatte Yonathan schon oft gedacht. Es schmerzte ihn, dass es vernunftbegabte Geschöpfe gab, die sich auf Gedeih und Verderb der Finsternis verschrieben hatten.

»Aber sie besitzen einen freien Willen, seit Yehwohs Tränen Neschan heilten. Wenn sie sich aus eigenem Antrieb vom Licht abgewandt haben, müssen sie auch die Verantwortung dafür tragen.«

»Du machst es dir sehr einfach, mein Sohn. Weil du dein Gewissen beruhigen möchtest.«

In Yonathans Kopf begann sich alles zu drehen, Vergangenheit und Gegenwart, Wahrheit und Täuschung überlagerten sich. Auf was für ein Spiel hatte er sich da eingelassen?

»Lügen!«, schleuderte er dem sterbenskranken Mann entgegen.»Immer wieder Lügen! Ihr versucht Euch selbst zu schützen, Bar-Hazzat, wollt mich mit trügerischen Worten verunsichern. Aber das wird Euch nicht gelingen.«

»Du bist mir etwas schuldig, Jonathan.«

Schon wieder dieses Wort! Es bohrte sich in sein Herz. »Es gibt keine Schuld, die ich nicht bezahlen könnte.« Er atmete schwer.

»Du hast mir das Wertvollste genommen, das ich je besessen habe!«

Yonathan starrte in das vorwurfsvolle Gesicht. Er ahnte, was nun kommen würde.

»Durch dich habe ich Jennifer verloren. Wir wollten *gemeinsam* ein Kind. Aber du hast deine Mutter getötet. Du hast sie mir genommen.«

Yonathans Blick strich ziellos über den Boden. Wie konnte dieses grausame Wesen nur all das wissen? Für die Antwort musste er seine ganze Kraft aufwenden. »Ich wünschte, es wäre nicht geschehen«, sagte er. »Aber eine Schuld, wie du sie mir aufbürden willst, kann nur den betreffen, der auch wirklich verantwortlich ist. Ihr beide, Mutter und du, wolltet euer Leben in euer Kind legen – und eure Liebe. Und dieses Ziel habt ihr erreicht. Zeit und Umstände ließen es nicht zu, dass wir eine Familie werden konnten, aber trotzdem habt ihr mir alles gegeben. Freiwillig. Und aus Liebe.«

Yonathans trotzige Worte schienen zwischen ihm und der Gestalt seines Vaters in der Luft zu hängen. Lange Zeit blickten sie sich schweigend an. Das graue, kränkliche Gesicht hatte sich verhärtet. Erneut setzte die Verwandlung ein. Leichenblässe breitete sich auf dem Antlitz aus, die hohlen Wangen fielen noch weiter ein, die Haut spannte sich über dem Schädel. Zuletzt erschien dieser hässliche Punkt. Mitten auf der Stirn. Ein Muttermal zuerst, dann ein schwelender Fleck. Weißer Rauch stieg auf, die Haut an der betreffenden Stelle färbte sich schwarz, und schließlich brach daraus ein glühender karminroter Stein hervor.

Yonathan fuhr erschrocken zurück. Instinktiv hob er den Richterstab und verstärkte den blauen Lichtschild. Keinen Moment zu spät, denn schon löste sich ein knochiger Arm aus dem schwarzen Umhang, den die Gestalt nun wieder trug, und schleuderte einen Blitz auf den Stabträger.

Die Flammen umzüngelten Yonathan, ließen ihn völlig versinken in einem Meer aus violettfarbenem Feuer. Er stemmte sich der Attacke entgegen und keuchte vor Anstrengung, gleichzeitig bestürmten Zweifel sein Bewusstsein. Wie lange konnte er diese Kraft abwehren? Hatte sich das Feuer Haschevets nicht als ein sehr wankelmütiger Helfer erwiesen, als er die Hüter der Augen bekämpfte? Und nun stand er dem Herrn dieser finsteren Mächte gegenüber!

Das karminrote Feuer lastete schwer auf Yonathan und je mehr Raum die Gedanken des Zweifels beanspruchten, umso mehr fühlte er seinen Widerstand schwinden. Er spürte, wie das Feuer an seiner Lebenskraft zehrte. Nicht mehr fähig dem ungeheuren Druck standzuhalten, sank er auf die Knie, geblendet vom Licht, konnte er kaum noch der flammenden Flut etwas entgegensetzen. Er hörte Bar-Hazzats Lachen – unheimlich, triumphierend. Und plötzlich brach der Angriff ab.

Der Stabträger kauerte am Boden und versuchte zu begreifen, was geschehen war. Er hob die Augen und sah Bar-Hazzats Fratze, das Grinsen des Siegers, bevor er zum Todesstoß ansetzte.

Warum war alles so schnell gegangen? Nicht mehr lange und der dunkle Herrscher würde ihm seine gesamte Macht entgegenwerfen, und Yonathan würde vergehen wie eine Schneeflocke im Feuer.

Er hätte nicht zweifeln dürfen. Mit einem Mal wurde es ihm klar! Zu überraschend, zu heftig war Bar-Hazzats Schlag gekommen. Für einen winzigen Augenblick hatte Yonathan vergessen, welches die Waffen waren, mit denen *er* kämpfen musste.

Sein Blick wanderte zu der Hand, die den Stab Haschevet hielt. Er spürte plötzlich ein warmes Kribbeln darin. Ein blaues Leuchten breitete sich über seinen Arm aus und hatte wenig später Yonathans ganzen Leib eingehüllt. Und mit dem Aufflammen des Schildes strömte auch neue Energie in seinen Körper zurück.

Gerade rechtzeitig, denn auch Bar-Hazzat – noch immer das grässlich entstellte Trugbild seines Vaters vor dem Hintergrund der Fischerhütte – hatte die Veränderung bemerkt. Wieder flammte das karminrote Feuer auf, ein Kugelblitz traf Yonathans gleißenden Mantel mit voller Wucht.

Aber diesmal hielt die Aura des Richters stand. Yonathan stand wieder auf. Er fühlte das *Koach* in seinen Adern wallen und wusste, dass dieser Angriff Bar-Hazzats der heftigste war. Und doch konnte jener den siebten Richter nicht in die Knie zwingen. Schnell verebbten die roten Flammen und es trat eine seltsame Stille ein.

Als Yonathans geblendete Augen wieder die Umgebung erkennen konnten, befand er sich erneut im Turmzimmer von Gedor. Bar-Hazzat hatte sich abgewandt. Einen Augenblick lang sah es fast so aus, als würde er schwanken. Wieder fühlte Yonathan die Versuchung in sich, Haschevets Macht gegen den Feind anzuwenden. Schon ging er zwei Schritte vor, war Bar-Hazzat so nah wie nie zuvor, aber dann hielt er inne. Plötzlich wurde ihm alles klar. Endlich erschloss sich ihm, was Benel auf der Vergessenen Insel gemeint hatte.

»So kann dieser Kampf nicht entschieden werden«, sagte er dann mit ruhiger, gefasster Stimme.

Bar-Hazzat drehte sich langsam um. Yonathan blickte in ein fahles, sehr blasses Gesicht mit scharfen Zügen: Der Graue Besucher aus dem Sandsturm! Er erinnerte sich an eine lange zurückliegende Begegnung in der Wüste Mara.

»Du hast Recht. Du kannst mich nicht besiegen.«

»Das habe ich nicht gesagt.«

»Aber du weißt es. Brachtest du nicht deine Bibel mit, als du damals der Erde den Rücken kehrtest? Du kennst dich doch so gut darin aus. Dann müsste dir eigentlich die Geschichte Jakobs aus der *Genesis* ein Begriff sein. Er rang eine ganze Nacht mit einem Engel und konnte ihn nicht bezwingen. Tritt lieber an meine Seite, Yonathan, und höre auf, mich zu bekämpfen.«

»Ihr sagt immer nur die halbe Wahrheit, Bar-Hazzat. Der Engel hat zwar Jakobs Hüftgelenkpfanne mit einer einzigen Berührung ausgerenkt, aber er gab doch zu, dass ein schwacher Mensch mit Gott und mit Menschen gestritten habe und zuletzt die Oberhand gewonnen hätte. Nicht die Verletzung entschied letztlich über

Sieg und Niederlage, sondern der Geist. Jakob kämpfte beharrlich um den Segen des Höchsten und diesen erhielt er zuletzt auch.«

»Aber hier und jetzt, Yonathan, geht es darum, wer von uns beiden am Ende übrig bleibt. Vielleicht denkst du, Benel könnte dir zu Hilfe eilen, aber selbst das würde dir nichts nützen. Du kennst doch die Begebenheit, die im Buche *Daniel* beschrieben ist. Damals versuchte Benel meinen Bruder, den Fürsten des königlichen Reiches Persien, zu bezwingen. Sie rangen drei Wochen miteinander, aber schließlich versagte Benel. Ich bin nicht nur der Fürst eines Königreiches, ich herrsche über eine ganze Welt. Meine Macht ist groß, und kein Mensch, auch du nicht, kann gegen mich bestehen.«

»Damals kam Michael und bezwang Euren Bruder.«

»Michael!«, rief Bar-Hazzat verächtlich aus. »Sein Reich ist die Erde, nicht Neschan. Er wird dir nicht beispringen.«

»Ich bin nicht hierhergekommen, um den Kampf aus der Hand zu geben.« Yonathans Stimme klang jetzt fest, machtvoll. Nun war er wieder Geschan, der siebte Richter, der einen sehr alten Urteilsspruch vollstrecken würde. »Doch da Ihr es nun einmal gewagt habt das Wort Gottes anzuführen, erinnert Euch, dass geschrieben steht, wie Euch und Eurem Herren, Melech-Arez, beizukommen ist. Es gibt eine Waffenrüstung, der selbst Ihr nicht trotzen könnt. Aber sie besteht nicht aus Riemen und Stahl. ›Denn unser Ringen geht nicht gegen Blut und Fleisch, sondern gegen die Regierungen, gegen die Gewalten, gegen die Weltbeherrscher dieser Finsternis, gegen die bösen Geistermächte in den himmlischen Örtern‹, sagt Paulus. Ich brauche den Stab nicht, um Euch zu besiegen. Er ist nur ein Mittel, um das Gleichgewicht zwischen Euch und mir zu erhalten, damit das wirklich Wahre den Ausschlag gibt.«

Zum ersten Mal schien das gefühllose Antlitz verunsichert zu sein. Aber die wahren Empfindungen des dunklen Herrschers blieben dem Stabträger selbst unter Zuhilfenahme Haschevets verborgen. Bar-Hazzat war ein Meister der Täuschung. »Ich könnte dir ein Angebot machen«, sagte er leise.

»Ich dachte, darüber wären wir hinaus?«

Eine knochige weiße Hand schob sich aus Bar-Hazzats Gewandfalten und schwebte langsam zum Gesicht empor. Die dürren Finger griffen nach dem roten Auge auf der Stirn. Sie lösten den glimmenden Stein aus seiner Fassung und legten ihn vorsichtig auf die glänzende Platte des sechseckigen Tisches.

Yonathan hatte den Vorgang mit wachsendem Unbehagen verfolgt. An der Stelle, wo sich der Bannstein Bar-Hazzats befunden hatte, klaffte jetzt ein schwarzes Loch, in dem kleine rote Sterne umeinander wirbelten.

»Du bist ausgezogen, um meine sechs Augen zu finden«, sagte Bar-Hazzat ruhig. »Dieses eine hier fehlt dir noch. Nimm es. Wenn du willst, zerstöre es. Dann hast du dein Ziel erreicht und du kannst deiner Wege gehen.«

Yonathan schaute abwechselnd auf den funkelnden Stein und in das fahle, emotionslose Gesicht.

Bar-Hazzat schritt langsam um den Tisch herum und entfernte sich einige Schritte. »Nimm es«, lud er Yonathan abermals ein. »Es gehört dir.«

Du könntest es jetzt vernichten, hallte es durch Yonathans Geist. Seine Hände umklammerten den Stab, die Fingerknöchel traten weiß hervor. Er war nahe daran auszuholen und den entscheidenden Hieb zu führen, da ertönte plötzlich Sethurs Stimme in seinem Rücken.

»Nicht, Yonathan! Am Tisch befindet sich eine Falltür!«

Erschrocken fuhr der Gewarnte herum und die Ereignisse überstürzten sich: Unter Yonathan tat sich plötzlich der Boden auf. Einen kurzen Moment lang blickte er in einen gähnenden Schlund hinab. Doch er hatte schon mit einem Hinterhalt gerechnet und setzte sofort die Kraft der *Bewegung* ein, um sich über dem Abgrund zu halten.

Während Sethur noch mit aufgerissenen Augen den über dem Nichts schwebenden Gefährten anstarrte, traf ihn mit voller Wucht der Angriff Bar-Hazzats. Eine karminrote Flamme schoss aus der Linken der dunklen Gestalt, durchschnitt den Raum und bohrte sich in die Brust des Jägers.

»Verräter!«, zischte der Herr des Schwarzen Turmes. »Ich hätte wissen müssen, dass ihr Menschen zu schwach seid. Er hat dich mit seiner Liebe vergiftet. So spüre diese Medizin und danke dem siebten Richter für deinen Tod.«

Yonathan blickte fassungslos auf den zu Boden gestürzten Mann. Kurz darauf kniete er bei Sethur und half ihm den Oberkörper aufzurichten.

»Warum bist du nicht umgekehrt, wie wir es besprochen hatten?«

»Ich hatte etwas Entscheidendes vergessen … die Falle … Und man kann Bar-Hazzat in keiner Weise trauen. Ich musste dich warnen.«

Tränen liefen Yonathan über die Wangen. »Es wird alles gut werden«, sagte er mit bebender Stimme.

Sethur nickte noch einmal. »Das weiß ich, Yonathan. Nun liegt es in deiner Hand es auch so zu Ende zu bringen.« Sein Kopf sank zur Seite, sein Körper erschlaffte. Der Jäger vom Turm war gestorben.

Yonathan fühlte unbändigen Zorn in sich aufwallen. Langsam stand er auf und drehte sich um. Er durfte diesem Gefühl keinen Raum geben. Auch der Schlag gegen Sethur war nur ein neuer Winkelzug Bar-Hazzats gewesen, um ihn niederzuwerfen.

Seltsamerweise hatte sich Bar-Hazzat während der ganzen Zeit, als Yonathan Sethur im Arm hielt, abseits gehalten und die Szene mit einem spöttischen Lächeln verfolgt; er hatte wohl gehofft, den Widerstand seines Feindes gebrochen zu haben. Aber gerade der schritt nun unbeirrt auf ihn zu und blieb erst in kurzer Entfernung vor dem dunklen Herrscher stehen.

»Ihr habt verspielt, Bar-Hazzat.« Jeder Zweifel war aus seinem Sinn verschwunden.

»Du verkennst deine Lage, Menschengezücht.«

Endlich zeigt er sein wahres Gesicht, dachte Yonathan. »Ihr hättet gewonnen, wenn Eure Macht meinen Willen gebrochen hätte. Ihr wolltet mich mit Eurem Hass anstecken. Aber ich werde mich nicht dazu hinreißen lassen den Arm gegen Euch zu erheben. ›Mein ist die Rache, spricht Yehwoh.‹ Behaltet den Bannstein. – Aber nun ist die Reihe an mir Euch etwas zu geben. Hier«, Yonathan stach die Spitze Haschevets in den massiven Fels zu Bar-Hazzats Füßen, »nehmt den Stab. Ich benötige ihn nicht, um Euch zu besiegen.«

Bar-Hazzat sah Yonathan ungläubig an. Unruhig flackerte sein Blick zwischen dem goldenen Knauf und dem Gesicht des jungen Richters hin und her. Angst spiegelte sich darin.

Ein leises Knirschen erregte schließlich Yonathans Aufmerksamkeit. Auf dem Boden zeigten sich zahlreiche Sprünge, die von dem Schaft des Stabes ausgingen. Die Risse wuchsen nach allen Seiten und wurden breiter. Dann sackte Haschevet plötzlich nach unten und verschwand in einem sternförmigen Loch.

»Sehe ich Überraschung in deinem Gesicht?«, fragte Bar-Hazzat spöttisch.

»Ihr mögt Recht haben: vielleicht ein wenig«, gestand Yonathan mit einem leichten Lächeln. Aber eigentlich war es nun unerheblich, was mit dem Stab geschah.

Er griff mit beiden Händen unter seinen weiten Umhang, löste eine verborgene Schlaufe und brachte eine schneeweiße Rose zum Vorschein.

Das Grinsen auf Bar-Hazzats Gesicht gefror.

»Da Ihr schon meinen Stab habt, will ich Euch auch das hier nicht vorenthalten«, sagte Yonathan, und ehe sein Gegenüber reagieren konnte, hatte er ihm die Rose schon zugeworfen.

»Was ist das?«, rief Bar-Hazzat entsetzt. Die weißen Stacheln der Blume hatten sich in den Falten seines Gewandes verfangen und er schlug nun wie wild um sich, um sie wieder loszuwerden.

»Dies ist die Rose Ascherels, wie Ihr sehr wohl wisst. Sie ist ein Symbol der Liebe und des Lichts. Selbst wenn Ihr mich jetzt tötet, wird sie Euch immer daran erinnern, dass Ihr meine Liebe nicht auslöschen konntet. Die Finsternis wird so lange nicht über das Licht siegen, wie es einen Einzigen gibt, der sich ihr verweigert. Deshalb übergebe ich als Hüter von Ascherels Rosenstock Euch diese Blüte. Von nun an ist sie Euer, bis Yehwoh sein Gericht an Euch vollstreckt.«

Bar-Hazzat war zu keiner Erwiderung fähig. Er versuchte verzweifelt, die Rose, die an seinem Gewand festhakte, abzuschütteln. Als es ihm endlich gelungen war, schleuderte er einen gewaltigen rot gleißenden Blitz gegen die weiße Blüte. Aber der Donner verhallte, Licht und Staub verschwanden und zurück blieb ein großes Loch im Boden. Die Rose lag unberührt daneben.

Bar-Hazzat schien zu begreifen, dass Yonathan Recht hatte. Er war besiegt – durch die Hand Geschans, des siebten Richters.

Ein tiefes Grollen drang aus der gezackten Öffnung herauf, die der Stab Haschevet gerissen hatte. Sowohl Yonathan wie Bar-Hazzat blickten nach unten. Der Stabträger lächelte. Die Gestalt des dunklen Herrschers hingegen verlor ganz allmählich an Substanz, wurde durchsichtig, fadenscheinig – Nebel, den die Sonnenstrahlen des neuen Tages langsam auflösen. Dann begann der Schwarze Turm zu beben. Yonathan taumelte zurück, gerade rechtzeitig, um von den auseinander reißenden Spalten im Boden nicht verschlungen zu werden.

Bar-Hazzats Gesicht war zu einer angstverzerrten Grimasse geworden. Steine lösten sich aus der Decke. Der schwarze Tisch wurde umgeworfen und das letzte von Bar-Hazzats karminroten Augen rollte auf das nächste Loch im Boden zu und fiel in den Abgrund. Neue Risse taten sich in den Wänden auf und dann erschütterte ein übernatürlicher Donnerschlag das ganze schwarze Bauwerk.

Das Letzte, was Yonathan vernahm, war Bar-Hazzats gequälter Aufschrei: »Nein!« Nur dieses eine Wort. Ein lang gezogenes, hallendes, schnell schwächer werdendes Nein.

Nun wusste Yonathan, dass er gesiegt hatte. Mit dieser Gewissheit sah er, wie die schwarze Gestalt Bar-Hazzats zerriss: So wie ein schwarzer Farbfleck, der in einen Strudel gerät, verzerrten sich die Konturen des dunklen Herrschers, begannen sich immer schneller zu drehen, bis sie sich schließlich völlig auflösten. Zuletzt stürzte der Schwarze Turm wie ein Kartenhaus in sich zusammen. Auch Yonathan fiel. Doch ehe er über das Ende seines Falls nachdenken konnte, hatte sich schon Schwärze über seinen Geist gelegt.

Im Osten erhob sich die Sonne. Die Luft war frisch. Yonathan setzte sich auf und fühlte das vom Morgentau benetzte Gras an seinen Fingern. Er schaute sich um und stellte fest, dass er unter einem Baum lag, offenbar dem einzigen in einem weiten Umkreis. Er war auf einem Hügel, man konnte weit in die Gegend blicken: Im Westen erstreckte sich eine große Wasserfläche, im Osten erkannte er den Saum eines fernen Waldes, aber in der näheren Umgebung schien es nur langes, wallendes Gras zu geben. Wo befand er sich? Was war mit dem Schwarzen Turm geschehen? Was mit Bar-Hazzat?

Yonathan wusste nicht, wie lange er so dagesessen und über diese Fragen nachgedacht hatte. Immer wieder blickte er um sich, sah im Osten das junge Licht des Tages und im Westen das letzte Funkeln der Sterne. Für einen Moment glaubte er eine seltsame Veränderung am Himmel wahrzunehmen, als würden die ihm seit jeher bekannten Sternbilder sich plötzlich verschieben und die glimmenden Punkte wie von unsichtbaren Fäden gezogen über den Himmel wandern. Aber dann war diese offensichtliche Sinnestäuschung auch schon vorüber und ein sanftes Blau deckte alles zu.

Als Yonathan sich endlich erhob, war die Sonne bereits ein gutes Stück ihrer Bahn weitergewandert. Er betrachtete nun eingehender den Baum, der ihn während seines Schlafes beschirmt hatte, und machte eine erstaunliche Entdeckung: Genau an der Stelle, wo sich der Stamm in verschiedene Astgabelungen verzweigte, befand sich ein goldener Gegenstand. Yonathan trat etwas näher heran: Es war der Knauf Haschevets, der da aus dem Baum ragte. Doch nicht nur das Kopfstück hatte er vor Augen, sondern den ganzen Stab selbst! Haschevet hatte sich wieder in das verwandelt, was er einmal gewesen war: ein Ableger des Lebensbaums. Er hatte gesprosst und war herangewachsen.

Wie lange aber stand er schon hier? Der Größe des Baumes nach zu urteilen, musste Yonathan viele Jahre geschlafen haben. Er ging langsam um den knorrigen Stamm herum und bemerkte einen Ring von kurzen bunten Blümchen, die den Baum in einem weiten Kreis umschlossen. Der Durchmesser dieses Runds entsprach genau dem des Schwarzen Turms von Gedor. Dann gab es die nächste Überraschung für Yonathan. An der ihm abgewandten Seite des Baumes wuchs ein schneeweißer Rosenstock. Er schmiegte sich eng an den Stamm, schien geradezu mit diesem verbunden zu sein.

»Sie haben jetzt ihre Aufgabe erfüllt«, sagte eine volltönende Männerstimme hinter ihm.

Yonathan fuhr erschrocken herum und sah eine gleißende Gestalt. »Benel?«, fragte er, während er mit dem Handrücken die Augen beschirmte.

»Er hat gerade eine andere Botschaft zu überbringen. Deshalb bin ich gekommen.«

Yonathan fühlte, dass sein Besucher eine noch höhere Stellung innehaben musste als Benel, der ihm so oft geholfen hatte. Er beugte sein Knie und senkte den Blick zu Boden. »Wer seid Ihr, Herr?«

»Ich bin Michael und komme im Auftrag meines Vaters, um dir Dank zu sagen für deine Treue.«

War es nicht Michael, von dem Bar-Hazzat zuletzt gesprochen hatte? Ein seltsames Zusammentreffen. »Habt Ihr den Turm zerstört?«, fragte Yonathan nach einer Weile zaghaft.

»Vielleicht habe ich ein wenig dazu beigetragen, aber im Grunde war es dein Werk, deines und dasjenige Bar-Hazzats.«

»Bar-Hazzats?«

»Als er versuchte, mit aller Kraft die weiße Rose zu vernichten, hat er das, was der Stab begonnen hatte, vollendet.«

»Ist er jetzt tot?«

»Dir ist doch bekannt, was die Tränenland-Prophezeiung von dem bösen Fürsten sagt: ›Der böse Fürst aber blieb bis zu seinem Tode gefangen und kehrte nie mehr in das Land des Trostes zurück.‹«

Yonathan wagte zum ersten Mal wieder die Augen zu erheben. »Dann wartet er jetzt auf das Gericht seines Vaters.«

»Er und auch Melech-Arez«, bestätigte Michael. »Bar-Hazzat hatte Recht, als er zu dir sagte, dass das Geschick Neschans nicht in meiner Hand läge, Yonathan. Es befand sich in deiner. Mein

Vater wollte beweisen, dass selbst das Schwache gegen die Übermacht des Bösen gewinnen kann, und du hast wirklich bewiesen, dass dies möglich ist, Yonathan. Weil du unbeugsam warst bis zum Schluss, hat Bar-Hazzat jede Macht verloren. Das Böse braucht einen Nährboden, auf dem es gedeihen kann. Wenn es keine willigen Herzen mehr findet, geht es ein wie eine verdorrte Pflanze.«

»Könnte es sein, dass Bar-Hazzat enger mit seinem Turm verwachsen war, als viele glaubten?«, brachte Yonathan eine Vermutung vor.

»Auch das stimmt. Goel hat dir viel beigebracht.«

»Danke, Benel sagte einmal Ähnliches zu mir. Eigentlich hätte ich schon darauf kommen müssen, als ich sah, wie die meisten der fünf Hüter an ihren Steinen klebten und wie machtlos sie nach deren Verlust waren.«

»Leider haben meine verlorenen Brüder bisweilen einen sehr unnatürlichen Hang sich an stoffliche Dinge zu binden, seien es Menschen, Tiere, Pflanzen oder sogar Steine.« Ein Lächeln erschien auf Michaels Gesicht und er fügte hinzu: »Ich werde dich nun verlassen.«

»Darf ich noch eine letzte Frage stellen?«, warf Yonathan schnell ein.

Michael nickte.

»Wie lautet der neue Name dieser Welt?«

»Du kennst ihn bereits, Yonathan.«

»Welt des Trostes?«

»So ist es. *Meschelem* sei ihr Name auf ewig. Und nun lebe wohl, Yonathan.«

»Lebe wohl, Michael.«

Die leuchtende Gestalt verblasste, und ehe Yonathan einfiel, dass er noch nach seinen Gefährten und vielem mehr fragen wollte, war sie auch schon verschwunden.

Ein halbe Meile unterhalb des Baumes entdeckte Yonathan eine schlanke Gestalt, die im Gras saß und offensichtlich in Gedanken versunken war. Er beschleunigte seinen Schritt und ging direkt auf den Mann zu. Wenigstens bin ich nicht der Einzige, der diesen ersten Tag Meschelems erlebt, dachte er bei sich.

Als er das Gesicht des anderen erkannte, tat sein Herz einen Sprung. Das letzte Stück des Weges rannte er.

»Sethur, du lebst!«

Der einstige Vertraute Bar-Hazzats sprang auf. Auch er strahlte vor Freude.

»Ja, irgendwie«, sagte er lachend. »Ich habe schon auf dich gewartet, Yonathan.«

»Sind die anderen ebenfalls da? Gimbar, Yomi, seine Eltern ...?«

»Ich habe ihr Lager unten am Wasser gesehen, an der Stelle, wo früher mein Haus stand. Aber dann dachte ich, es sei besser auf dich zu warten.«

»Wie lange sitzt du bereits hier?«

»Ich weiß nicht. Zwei, drei Tage.«

Die Antwort kam Yonathan seltsam vor. Aber wer konnte schon wissen, welchen Gesetzen die Zeit in dieser neuen Welt gehorchte? Neschan existierte nicht mehr und Meschelem war eine neue Schöpfung mit – wenn er das überraschende Auftauchen Sethurs betrachtete – vielen neuen Aspekten. Der Tod in seiner früheren Form existierte nicht mehr. Aber er befürchtete nicht, ein endloses Dasein in Gleichförmigkeit und Langeweile zubringen zu müssen. Das Universum war zu groß, die Schöpfung zu vielfältig, das Leben zu schön, um nicht immer wieder neue Dinge zu entdecken oder sich an bekannten, lieb gewonnenen stets aufs Neue zu erfreuen.

Yonathan lachte; es war ein befreites, von tiefer Freude getragenes Lachen. Dann hieb er Sethur mit aller Kraft auf die Schulter und sagte: »Ich glaube, wir sollten unsere Freunde nicht länger warten lassen.«

Epilog

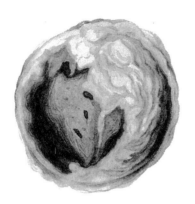

lückliche Augenblicke gab es viele während Yonathans Reise zurück nach Cedanor. Am Ufer des Gewässers, an dem einst Témánahs Hauptstadt Gedor gelegen hatte, traf er seine Freunde wieder. Aber nicht nur sie: Viele Menschen, deren Herzen sich nicht dem bösen Geist Bar-Hazzats gebeugt hatten, lagerten hier und schmiedeten Pläne für die Zukunft.

Die fröhliche Atmosphäre schlug nur für eine kurze Zeit in Aufregung um, als Galal auftauchte. Das Traumfeld trug die Gefährten auf das offene Meer hinaus, wo noch immer die *Weltwind* wartete. Kaldek und die übrige Besatzung waren froh, dass sie die Weltentaufe überstanden hatten. Auch sie wussten nicht mehr, wann sie wieder erwacht waren, erinnerten sich nur an den gigantischen Wirbel, der den Himmel und alles Licht erfasst und sie in einen dunklen Schlund hinabgerissen hatte. Nun konnte jeder den Frieden spüren, der die neue Welt Meschelem bedeckte wie ein feines weißes Vlies.

Einige Wochen später erreichten sie endlich die Perle Baschans. Cedanor leuchtete in der Sonne wie eh und je. Aber die Stadt erschien nun leer. Viele Menschen waren zurückgekehrt auf das Land, zu den Wohnstätten ihrer Vorfahren.

Trotzdem säumte noch eine große Menge den Weg der Gruppe von Reitern, die sich dem Sedin-Palast näherte. In Windeseile hatte sich die Nachricht von der Rückkehr des siebten Richters herumgesprochen und der Jubel eilte den Gefährten voraus. Während Yonathan den Palastberg hinaufritt, konnte er seine

Ungeduld kaum noch zügeln. Als er dann schließlich in das tunnelartige äußere Tor der dicken Festungsmauer eintauchte, sah er am anderen Ende des Durchgangs eine einzelne kleine Gestalt stehen. Sie war zart und anmutig, weites, lockiges Haar floss über die zierlichen Schultern.

Nichts hielt Yonathan mehr auf seinem Pferd. Er sprang herab und rannte der Wartenden entgegen.

Yonathan und Bithya fielen sich in die Arme und vergaßen für eine geraume Zeit den Rest der neuen Welt Meschelem. Sie schluchzte, lachte, rief immer wieder seinen Namen. Yonathan hingegen brachte kein Wort heraus, sondern presste nur seine kleine Stachelwortspuckerin selig an sich. Er fühlte ihren warmen, weichen Körper und konnte sich beim besten Willen nicht vorstellen jemals wieder auf die Nähe dieses pochenden Herzens zu verzichten.

Eine Woche später fand im Sedin-Palast die prächtigste Hochzeit statt, die diese Mauern je gesehen hatten. Kaiser Felin nahm Yamina, das Ostmädchen, zur Frau und Yonathan heiratete Bithya. Die Feierlichkeiten dauerten sieben Tage an und waren ein außergewöhnliches Ereignis – nicht weil sie besonders prunkvoll begangen wurden, sondern weil die Anteilnahme der Menschen von nah und fern, ihre Freude über das Glück der Neuvermählten, sie dazu werden ließen.

Die doppelte Trauung wurde im großen Thronsaal des würfelförmigen Palastes abgehalten. Mit großer Ungeduld stand Yonathan neben Felins Thron. Die beiden Bräutigame erwarteten ihre Auserwählten. Der ganze Saal war mit festlich gekleideten Gästen angefüllt und viele der Anwesenden vertrieben sich die Zeit mit leise geführten Gesprächen über die Brautpaare. Plötzlich überkam Yonathan das Gefühl, als habe er die Szene, die sich vor ihm abspielte, schon einmal gesehen.

Ja, genau ... Das Bild, das sich vor seinen Augen ausbreitete, glich der Zeichnung auf dem Pergament in dem alten Hauptbuch von *Jabbok House*: Er, der junge dunkelhaarige Mann, stand neben dem blonden Regenten auf dem Thron. Dasselbe hatte auch sein Großvater in einem Traum erlebt. Zusammen mit dem Hauslehrer, Mister Marshall – oder Olam, wie Benel ihn genannt hatte –, entschlüsselte Yonathan damals den Text, der sich auf dem Blatt befand. Und nun wusste er, dass es noch etwas zu tun gab, um auch die letzte Prophezeiung zu erfüllen.

In diesem Moment erhob sich Felin. Er klatschte in die Hände und verschaffte sich dadurch Gehör bei den Umstehenden.

»Volk Meschelems, Bewohner der Länder des Lichts, Brüder«, begann er seine Ansprache. In knappen, klaren Worten schilderte er noch einmal die Geschichte der Welt Neschans, erwähnte die Tränenland-Prophezeiung, die unrechtmäßige Machtergreifung der cedanischen Kaiser und das unermüdliche Bestreben der neschanischen Richter dem Vordringen der Finsternis Einhalt zu gebieten. Gegen Ende der Rede kam er auf Yonathans Taten zu sprechen, erwähnte die mutige Bezwingung der Augen Bar-Hazzats und letztlich des dunklen Herrschers selbst.

Schließlich sprach er: »So rufe ich Frieden aus über Cedanor und über alle Völker Meschelems. Nicht mehr länger sollen Kaiser über euch herrschen, meine Brüder; sie haben euch nur Kriege gebracht. An diesem Tage gebe ich mein Reich an den rechtmäßigen Besitzer zurück, auf dass niemand mehr einen Unterschied zwischen den Bewohnern unserer Welt kenne. Wir alle sind Brüder und deshalb wollen wir gemeinsam, Seite an Seite, Yehwoh dienen. Sein Gesetz soll uns führen und leiten.«

Das Volk jubelte. Und Yonathan erinnerte sich an Goel, der alles bereits vorausgesagt hatte. Nun hob er die Arme, um sich Ruhe zu verschaffen.

»Den Worten Felins ist nicht viel hinzuzufügen«, sagte er. »Nur eines noch: Hin und wieder werdet ihr Ratgeber brauchen, Freunde, die euch helfen die Gesetze Yehwohs zu verstehen und sie richtig anzuwenden. An solchen Tagen erinnert euch bitte Felins, er hat sich als überaus weise erwiesen und er hat nie an einen Missbrauch seiner Macht gedacht ...«

Wieder brandete gewaltiger Jubel auf. Es dauerte lange, bis Felin seine Gäste so weit besänftigt hatte, dass er das Wort noch einmal ergreifen konnte.

»Geschans Demut ist groß: Er selbst erwähnt sich mit keinem

Wort. Aber ihr werdet die Hilfe vieler treuer und weiser Menschen benötigen. Unter ihnen soll der siebte Richter der Erste sein und wird doch immer euer Diener bleiben.«

Während der erneuten Beifallsrufe traten fünf Personen, die Yonathan längst schon herbeigesehnt hatte, durch die zweiflüglige Tür am anderen Ende der Halle: Bithya erschien an der Seite Navran Yaschmons, seines weisen alten Ziehvaters; Yamina hatte ihren Arm Goel anvertraut, der die eigentliche Trauung leiten sollte, und dann war da noch Ascherel, die fünfte Richterin und Yonathans Ahnin.

Ja, die *Bochim* hatten sich geöffnet und die Richter von Neschan freigegeben. So vieles war neu auf dieser Welt des Trostes, dass seine Bewohner Jahrhunderte brauchen würden, um wenigstens einen Teil davon zu erfassen.

Am Abend desselben Tages standen Yonathan und Bithya ineinander versunken im Rosengarten des Palastes. Die Spuren von Garmoks Landung waren längst zugewachsen. Auch die Natur atmete ein neues Leben. Über ihren Köpfen sahen die beiden Jungvermählten den Sternenhimmel. Die Weltentaufe hatte selbst ihn verändert, aber das schien bisher nur Yonathan aufgefallen zu sein. Zugegeben, die Unterschiede waren gering, nachdem die Welt Meschelem zu ihrer Schwester gerückt war. Nicht mehr länger waren sie einander entfremdet. Es gab kein schwarzes Schaf mehr in der funkelnden und glitzernden Himmelsherde. Die Weltentaufe hatte Neschan zurückgeholt und an die Seite ihrer Schwester gerückt. Yonathan hatte es beobachtet, nachdem er unter dem Sprössling des Lebensbaumes erwacht war, aber zunächst glaubte er, sich zu täuschen.

»Ist es nicht wunderbar, dass wir nun jede Nacht beisammen sein können, um diesen Himmel zu bewundern?«, hauchte Bithya gerade ihrem Gemahl ins Ohr.

Yonathan spürte ein angenehmes Prickeln auf der Haut. »Ich glaube, dazu werde ich nicht immer Lust haben«, bemerkte er trocken.

Bithya schob ihn ein wenig von sich weg – nicht allzu weit

allerdings. »Was willst du damit sagen? Dass du schon bald meiner überdrüssig sein wirst?«

Yonathan musste lachen. Seine kleine Stachelwortspuckerin! Er zog sie zu sich heran und flüsterte ihr ins Ohr: »Das heißt doch nur, dass es andere Dinge gibt, die ich noch sehr viel lieber anschaue als die Sterne da oben.«

Bithyas strenger Blick wurde weich. »In deinen Augen bin ich also schöner als alle diese strahlenden Himmelskörper?«

»Ja, Liebes. Aber vielleicht gibt es jemanden, der es mit dir aufnehmen könnte.«

Wieder verschaffte sich Bithya Raum. »Welche Schönheit kennst du denn noch?«

»Keine, die du fürchten müsstest«, lachte Yonathan heraus und drückte sie an sich. »Schau, dort.« Er deutete mit dem Finger auf ein besonders helles und großes Licht, das blau am Himmel funkelte. »Siehst du den Stern?«

»Den blauen, meinst du?«

»Genau den. Das ist die Erde.«

Diesmal löste Bithya nur ihre Wange von der Yonathans. »Die Erde?«

»Von da komme ich her, wie übrigens alle Richter. Es gab Zeiten, zu denen die beiden Welten nur durch Träume verbunden waren, aber heute kann sich jeder mit einem einzigen Blick zum Himmel davon überzeugen, dass sie wieder vereint sind.«

»Dann gibt es dort auch Menschen?«

»Bin ich etwa keiner?«

»Ich glaube schon – allerdings ein ganz besonderes Exemplar.«

»Danke.«

»Leben die Menschen auf der Erde auch wieder in Frieden zusammen wie wir hier?«

Yonathan dachte lange darüber nach, wie viel Zeit wohl nötig gewesen war, damit aus Haschevet ein neuer Lebensbaum erwachsen konnte. Schließlich antwortete er: »Doch, Liebes. Ich bin mir sogar sicher, dass nun auch dort Frieden herrscht.«

Am nächsten Tag wurden die Feierlichkeiten fortgesetzt. Jeder wollte den beiden jungen Paaren gratulieren, sie berühren, mit Geschenken überhäufen, ihnen den Segen Yehwohs wünschen, wertvolle Ratschläge für das Eheleben geben ...

Erst als der Abend nahte, kam die fröhliche Hektik unter den geladenen und ungeladenen Gästen im Palast etwas zur Ruhe. Ein ganz besonderer Anlass ließ die im Garten versammelten Menschen nun verstummen und gespannt lauschen: Das Lied der Befreiung Neschans sollte zum ersten Mal vorgetragen werden. Diese ehrenvolle Aufgabe war Ascherel zuteil geworden und die Weisheit dieser Entscheidung zeigte sich bald.

Mit warmer, weicher Stimme sang sie das Große Lied. Aus zahlreichen Strophen erschuf sie einen wunderschönen Bilderteppich. Noch einmal vernahmen die Anwesenden die Geschichte der Richter Neschans, hörten von Yenoach und der Tränenland-Prophezeiung bis hin zu Geschan. Aber auch andere fanden den ihnen gebührenden Platz: Navran Yaschmon, der weise Ziehvater Yonathans; Yomi, der Treue; Din-Mikkith, der Freund aller Lebenden Dinge; Gimbar, der Zweimalgeborene; Galal, das gewaltige Traumfeld; Baltan, der listige Kaufmann; Goel, der Lehrmeister Yonathans; Bomas, der Dreitagekaiser; Bithya, Yamina, Garmok, Yublesch-Khansib und viele, viele mehr – auch Sethur war nicht vergessen, der, wie einst Gimbar, für Yonathan sein Leben gegeben hatte.

Das Lied der Befreiung Neschans ist lang, und es könnte noch viel aus ihm erzählt werden. Doch es soll uns genügen, vom glücklichen Ausgang der Geschichte Yonathans berichtet zu haben. Vielleicht finden sich eine andere Zeit und ein anderer Ort, um eine neuen Strophe dieses Liedes zu singen.

Anmerkungen des Autors

er ein Buch schreiben will, muss vorher mindestens sieben gelesen haben.« Rein rechnerisch gesehen, hätte ich also wenigstens einundzwanzig Bücher durcharbeiten müssen, bevor ich mich an die Neschan-Trilogie wagen durfte. Nun, so streng habe ich es nicht genommen, aber letzten Endes mag jedes Buch, das man liest, ein wenig das eigene Denken beeinflussen. Daher sind es wahrscheinlich nun siebenundsiebzig Bücher, die in die Geschichte von Jonathan Jabbok und seinem Traum-Ich, Yonathan, eingeflossen sind.

Alle Bände der Trilogie zusammengenommen, entstand dabei ein Manuskript von knapp zweitausend Seiten. Daraus die Bücher zu machen, über die ich selbst heute immer wieder staune, bedeutete viel Mühe – so viel, dass dem letzten Punkt zumindest noch einige Anmerkungen über die Entstehung der Trilogie vorausgehen sollten.

Zunächst muss ich all jenen Dank sagen, die mich bei meiner Arbeit direkt oder indirekt unterstützten. Allen voran natürlich meiner Frau Karin, die es geduldig ertrug, wenn ich wieder einmal spurlos hinter meinem PC verschwand. Auch meiner Tochter, Mirjam, der ich die Geschichte schenken wollte, noch bevor sie dreizehn wäre – sie musste warten, bis sie sechzehn war (nicht nur auf das Buch, sondern oft auch auf ihren Papa).

Dank gebührt auch einem großen Kollegen: Michael Ende. Er gab eines meiner Manuskripte an seinen Verlag, für ihn wahrscheinlich nur ein kleiner Dienst, aber für mich …! Er selbst schrieb mir später dazu: »Wie man sieht, gelingt es doch manchmal, jemand die Steigbügel zu halten.« Wie schade, dass er mich nun nicht mehr reiten sehen kann.

Angesichts des beängstigend dicken Manuskriptes der Neschan-Trilogie gilt mein Dank auch Hansjörg Weitbrecht, der den Mut fand, ein solches Riesenprojekt mit einem unbekannten Autor anzugehen. Roman Hocke redete ihm das nach einer ersten eingehenden Prüfung zum Glück nicht sogleich wieder aus.

Den Lektoren Jeanette Randerath, Michael Jokisch und Guido Michl gilt meine Hochachtung, weil sie eine gewaltige Arbeit bewältigt haben, ohne daran zu verzweifeln. Claudia Seeger verdient ein dickes Lob, weil sie dieselbe Liebe, die ich in den Text gesteckt habe, auch in ihre Umschläge und Illustrationen hat einfließen lassen. Daniela Huter danke ich für ihre Hilfe beim Korrekturlesen und den vielen anderen im Verlag für ihr Engagement, ohne das die Neschan-Trilogie niemals zu dem Erfolg geworden wäre, der sie bereits heute schon ist. *Last, but not least* seien natürlich Sie, liebe Leser, erwähnt, weil Sie mir vielfach bestätigten, dass ich mit meiner Vorstellung von einem guten, spannenden und dennoch nicht oberflächlichen Buch nicht völlig verkehrt gelegen habe.

All jenen, die glauben, in einem phantastischen Roman könne man sich alles erlauben, sei versichert, dass das nicht stimmt. Es hat einige Mühe gekostet, das altertümliche Leben der Welt Neschan realistisch zu schildern. Viele eher beiläufig erwähnte Aspekte sind von mir so authentisch wie möglich beschrieben worden: Das fängt an beim Eismachen ohne Kühlschrank, setzt sich fort beim Befeuern eines eben erst erfundenen Heißluftballons und umfasst die altertümliche Waffentechnik ebenso wie das Segeln bei schwerem Wetter oder das Kochen ohne Elektroherd.

Die zeitgeschichtlichen Bezüge auf das England, Schottland und Deutschland der frühen zwanziger Jahre sind authentisch. Selbst den schweren, schneereichen Winter 1924 hat es auf den Britischen Inseln wirklich gegeben. Die verwendeten Zitate von

Dichtern, Denkern und aus (mehr oder weniger) gelehrten Werken sind ebenfalls echt. Die von mir beschriebenen Symptome, die schließlich in der Lähmung Jonathans endeten, kann man tatsächlich in Verbindung mit Kinderlähmung *(Poliomyelitis)* beobachten. Auch auf einige reale Aspekte des Gedächtnisverlustes *(Amnesie)* bin ich eingegangen, als Dr. Dick sich mit Jonathans merkwürdigen Erinnerungslücken beschäftigte.

Die Erde, unsere eigene Welt, hält genügend Wunder parat, um sie entweder direkt oder in veränderter Form in eine phantastische Handlung einzubauen. Das habe ich getan. Die von Theodor Galloway erwähnte blinde Schafmutter, die ihr Lämmchen besser versorgt als die sehenden Zibben, gab es in Neuseeland wirklich. Die Prachtbiene, die Din-Mikkith Yonathan zeigte, sammelt ihr Parfüm wirklich im brasilianischen Regenwald. Auch viele andere Beobachtungen, die Yonathan im Verborgenen Land macht, finden ihr reales Gegenstück in den Regenwäldern unserer Erde. Selbst das Traumfeld, Galal, hat ein lebendes Vorbild: Im Wasatch Range, einem Gebirge in Utah (USA), existiert ein Netzwerk von Zitterpappeln *(Populus tremula)*, das ein Gebiet von 43 Hektar bedeckt. Es wird behauptet, dass dieser Wald ein *einziger* Organismus sei, weil seine 47.000 einzelnen Baumstämme genetisch völlig identisch seien; die Blätter wechseln im Herbst genau zum selben Zeitpunkt die Farbe und werden anschließend auch gleichzeitig abgeworfen – ein Lebewesen, das schätzungsweise 6.000 Tonnen wiegt!

Die Neschan-Trilogie ist trotzdem nicht als Sachbuch zu verstehen. Ich habe mir hier und da einige künstlerische Freiheiten herausgenommen und bitte all jene um Entschuldigung, die sich daran stören mögen. So findet man auf Neschan verschiedene technische Einrichtungen, die auf der Erde nicht zur gleichen Zeit existierten. Ich habe das dem Wirken der Träumer zugeschoben, die – so würde man sich heute ausdrücken – auf Neschan ab und an einen Innovationsschub auslösten. Für die Sprache der Schöpfung habe ich einige Anleihen beim Hebräischen gemacht, weil es die Sprache gewesen sein muss, die der erste neschanische Richter Yenoach alias Henoch sprach. Sollten einigen Lesern, die der hebräischen Zunge mächtig sind, an manchen Stellen die Haare zu Berge stehen, leiste ich hiermit Abbitte.

Ich könnte noch viel über die Entstehung der Neschan-Trilogie schreiben, aber das, was mir auf dem Herzen lag, ist nun gesagt. Und damit kann ich endlich wirklich das machen, worauf meine ärgsten Kritiker schon lange warten: den (vorläufig) letzten •

Verzeichnis der Namen und Orte

Im Interesse der Übersichtlichkeit wurden nur solche Begriffe in das Verzeichnis aufgenommen, die im vorliegenden Buch an verschiedenen Stellen genannt werden oder bereits in den vorangegangenen Bänden der Neschan-Trilogie eingeführt wurden. Begriffe, die unter ihrem eigenen Namen umfassender erläutert werden, sind kursiv gedruckt.

Abbadon: (neschanisch: »Ort der Vernichtung«) eine Stadt in der Wüste *Mara*, deren ursprünglicher Name ausgetilgt wurde, in deren Eingeweiden aber noch immer das Unheil schwelt.

Aïscha: Tochter *Gimbars* und *Schelimas*.

Ascherel: (neschanisch: »Glück Gottes« oder »Freude Gottes«) neschanischer Name von *Tarika*, die auf Neschan das Amt des fünften Richters innehatte und der Yonathan so ziemlich alles verdankt.

Balina: die gute Fee im Haus der Richter Neschans, die dort zusammen mit ihrem Mann *Sorgan* alles erledigt, was *Goel* und Yonathan von ihren Pflichten abhalten könnte, und die der sechste Richter vor allem wegen ihrer Kochkunst schätzt.

Baltan: Mitglied der *Charosim*, *Gimbars* Schwiegervater, für Yonathan ein wertvoller Verbündeter – und nebenbei der reichste Mann *Neschans*.

Barasadan: erster Wissenschaftler, Künstler und Waffenschmied des cedanischen Kaisers; kurz: das Hofgenie.

Bar-Hazzat: (neschanisch: »Sohn des Widersachers«) übermenschlicher Herrscher des neschanischen Landes *Témánah*, der mehr Augen besitzt, als Yonathan lieb sein kann.

Bar-Schevet: (neschanisch: »Sohn des Stabes«) das Schwert *Felins*, dessen Größe nicht nur von seinen äußeren Abmessungen bestimmt wird.

Baru-Sirikkith: (Behmisch-Sprache: »Spross des Lebensbaumes«) ein *Behmisch*, der allein durch seine Existenz beweist, dass man die Hoffnung niemals aufgeben darf.

Bath-Narga: ein témánahisches Kriegsschiff mit fünf Masten und einer unheilvollen Bestimmung.

Behmische: intelligente, auf *Neschan* anzutreffende Lebewesen, die Yonathan schätzen lernte, als er im *Verborgenen Land Din-Mikkith* kennen lernte.

Belvin: ein hutzeliger, kleiner Mann, der einmal ein großer Glasmacher war und dem Yonathan half, das Wörtchen »ich« neu zu lernen.

Benel: (neschanisch: »Sohn Gottes«) ein Bote *Yehwohs*, der Yonathan immer dann erscheint, wenn er am wenigsten damit rechnet.

Bezél: siehe *Yehsir*.

Bithya: eine Vollwaise, Urenkelin *Goels* und eine »Stachelwortspuckerin« wie Yonathan meint – allerdings eine, deren offene Meinungsäußerungen er nicht mehr missen will.

Bochim: Grabstätte der Richter *Neschans*, ein legendenumwitterter Ort, den Yonathan als einziger Lebender zu sehen bekam, weil dort ein wertvolles Geheimnis auf ihn wartete.

Bolemiden: Meeresbewohner des Königreiches Bolem, deren Tentakel vieles greifen, was die seefahrenden Kaufleute lieber für sich behalten würden.

Bomas: ältester Sohn von Kaiser *Zirgis* und Schwarm all jener, die sich für Helden begeistern können.

Byrz-El: (sprich »Bürzel«) Fluss, der im *Großen Wall*, im Königreich der *Squaks*, entspringt, sich später mit dem

Grynd-El vereint und dadurch zu dem mächtigen Strom *Quon* wird.

Cedan: größter Strom *Neschans*.

Cedanisches Kaiserreich: Herrschaftsgebiet des Kaisers *Zirgis*, das den größten Teil der bekannten Länder *Neschans* umfasst; gelegentlich auch »Länder des Lichts« genannt, weil sie über Jahrhunderte ein Bollwerk gegen *Témánah*, das Reich des dunklen Herrschers *Bar-Hazzat*, waren.

Cedanor: Hauptstadt des *Cedanischen Kaiserreiches* und Ort der Entscheidung in einer weltbewegenden Auseinandersetzung.

Charosim: (neschanisch: »die Vierzig«) Gruppe der richterlichen Boten. Sie wurden ursprünglich von *Goel* eingesetzt, nachdem dieser selbst nicht mehr *Gan Mischpad*, den Garten der Weisheit, verlassen durfte.

Darom-Maos: (neschanisch: »Südfeste«) Hafenstadt im Süden des *Cedanischen Kaiserreiches*, dicht an der Grenze nach *Témánah* gelegen; Heimatort von Yonathans Gefährten *Yomi*.

Din-Mikkith: (Behmisch-Sprache: »Kind der Hoffnung«) ein *Behmisch* und einer der sonderbarsten Gefährten Yonathans, nicht nur, weil er so grün ist.

Drachengebirge: Gebirgszug, der so aussieht, wie er heißt, und die neschanische Nord- von der Zentralregion trennt.

Erdfresser: unter der Erde lebende Raubtierart *Neschans*, mit der Yonathan lebhafte Erinnerungen verbindet.

Even: auf *Neschan* gültige Münzwährung. Drei Kupfereven entsprechen etwa dem Tagelohn eines Landarbeiters.

Ewiges Wehr: ein großes Bergmassiv auf *Neschan*, das den nördlichen Grenzwall zum *Verborgenen Land* bildet und Yonathan fast einmal zum Verhängnis geworden wäre.

Felin: Gefährte Yonathans, jüngerer Sohn von Kaiser *Zirgis* und gemäß der »Prophezeiung vom Brunnen« selbst Anwärter auf den cedanischen Thron, was ihn seltsamerweise mit Traurigkeit erfüllt.

Ffarthor: Botschafter *Témánahs* am Hofe von Kaiser *Zirgis* – ein eher blasser Typ, allerdings mit ziemlich düsteren Absichten.

Fim: ein einäugiger Kerkermeister, der im Schwarzen Turm von *Gedor* selbst wie ein Gefangener lebt und dabei auch noch glücklich zu sein scheint.

Galal: (neschanisch: »brausend«, »groß«) Name eines netten *Traumfeldes*, das gelegentlich Schiffe verschluckt.

Gan Eden: (neschanisch: »Garten der Wonne«) Garten aus der Heimat der neschanischen Richter, in dem sich einst Dinge zutrugen, denen *Neschan* seine Existenz verdankt. Als Gan Eden in Yonathans Welt versetzt wurde, spaltete *Yehwoh* ihn in drei Gärten auf, von denen jeder eine besondere Aufgabe erfüllt (vergleiche *Gan Mischpad* und *Rás)*. In jenem Teil, der noch immer den Namen Gan Eden trägt, erwarten Yonathan und seine Freunde eine Reihe außergewöhnlicher Überraschungen.

Gan Mischpad: (neschanisch: »Garten der Weisheit«) Ort, an dem die Richter *Neschans* wohnen und der ein Geheimnis birgt, das nicht von dieser Welt stammt. Gan Mischpad ist von einer übernatürlichen Nebelwand umgeben, die nur denjenigen Zutritt gewährt, die dazu berechtigt sind.

Ganor: (neschanisch: die »Gartenstadt«) befindet sich unmittelbar an der Ostgrenze zu *Gan Mischpad*.

Garmok: seines Zeichens Drache und Hüter eines unheilvollen Schatzes; bekannt für seine Neugier und berüchtigt durch seine Starts und Landungen.

Garten der Weisheit: siehe *Gan Mischpad*.

Gedor: Hauptstadt *Temánáhs* und außerdem ein so schwüler Ort, dass dort wohl jede Boshaftigkeit ausgebrütet werden kann.

Geschan: (neschanisch: »fest«, »entschlossen«, »stark«) der lang verheißene siebte Richter von *Neschan*, niemand anderer als der Held unserer Geschichte.

Gimbar: auch der Zweimalgeborene genannt, weil er für

Yonathan sein Leben gab und trotzdem nicht tot ist; ein ehemaliger Pirat und Schwiegersohn *Baltans,* des reichsten Mannes *Neschans;* Ehemann *Schelimas* und Vater zweier äußerst lebendiger Kinder mit Namen *Aïscha* und *Schelibar.*

Girith: Vogel *Din-Mikkiths,* der wie ein Papagei aussieht, aber noch viel mitteilsamer ist. Wegen seines roten Federschopfes hört Girith auch auf den Spitznamen »Rotschopf«.

Goel: (neschanisch: »Befreier Gottes« oder »Rächer Gottes«) der sechste Richter *Neschans* und Yonathans weiser Lehrmeister.

Goldeven: siehe *Even.*

Golf von Cedan: erhielt seinen Namen vom Strom *Cedan,* der in den Golf mündet.

Glühender Berg: ein Vulkan im *Verborgenen Land,* dessen rotes Glühen nicht nur von flüssigem Gestein herrührt.

Grantor: eine üble Person in der Geschichte *Neschans,* nicht nur, weil er der erbittertste Feind *Goels* war, sondern auch, weil er *Bar-Hazzat* den Weg ebnete.

Großer Wall: Grenzgebirge, das *Neschans* Zentral- und Ostregion voneinander trennt, und Heimat der *Squaks,* eines Volkes ziemlich schriller Vögel.

Grynd-El: (sprich »Gründel«) Fluss, der im *Großen Wall,* im Königreich der *Squaks,* entspringt und sich mit dem *Byrz-El* (sprich »Bürzel«) vereinigt, um zum Strom *Quon* zu werden.

Gurgi: Name einer winzigen *Masch-Masch*-Dame mit großem Appetit.

Ha-Chérem: (neschanisch: »die Verfluchte«) Name einer einst toten Stadt im *Verborgenen Land,* deren Totenschleier aus Salz gewoben war; siehe auch *Ha-Gibbor* und *Ha-Mattithyoh.*

Ha-Gibbor: (neschanisch: »die Starke«) Name einer Stadt im *Verborgenen Land,* die vom ersten Richter *Yenoach* verflucht wurde.

Ha-Mattithyoh: (neschanisch: »die Gabe Yehwohs«) vorläufig wohl letzter Name *Ha-Gibbors,* die auch *Ha-Chérem* hieß.

Har-Liwjathan: (neschanisch: »Berg des Leviatans« oder »Drachenberg«) Berg in der Ostregion Neschans und Versteck des ersten Auges *Bar-Hazzats*; zugleich Wohnstätte des Drachen *Garmok.*

Haschevet: ein wichtiger Bestandteil dieser Geschichte, auch wenn er nur ein Stab ist. Haschevet ist das Zeichen der Amtsbefugnis der Richter *Neschans,* aber nicht nur das: Durch ihn wirkt das *Koach,* die Macht *Yehwohs,* und verleiht seinem Träger übernatürliche Kräfte.

Jabbok House: einstiges Zuhause Yonathans auf der Erde.

Jonathan: Yonathans Name, als er noch auf der Erde lebte.

Kaldek: Kapitän der *Weltwind,* Adoptivvater von *Yomi* und manchmal ein ziemlich bärbeißiger Geselle.

Kartan: ein Piratennest, aus dem einst *Gimbar* schlüpfte.

Kehmar: Wirt des Gasthauses »Paradiesvogel«, in dem Yonathan und seine Gefährten eine unangenehme Begegnung machen.

Keim: Samenkapsel der *Behmische,* die unter Lichteinfall ein lebendiges grünes Funkeln aussendet und mehr enthält als jedes andere Samenkorn.

Khan: siehe *Khansib* und *Yublesch-Khansib.*

Khansib: (neschanisch: »ehrenwerter Khan«) Titel, mit dem die *Ostleute* ihr Stammesoberhaupt, den *Khan,* bezeichnen.

Kirrikch: König der *Squaks,* der sich als Hüter der Farben versteht.

Kitvar: Heimatort Yonathans auf *Neschan.*

Koach: (neschanisch: »Macht«) eine übernatürliche, von *Yehwoh* stammende Macht, die dem Stab *Haschevet* innewohnt und von der Yonathan erfährt, dass sie viel mit Gleichgewicht zu tun hat.

Kumi: Yonathans eigensinniges Reittier, das selbst für ein *Lemak* äußerst ungewöhnlich aussieht.

Länder des Lichts: siehe *Cedanisches Kaiserreich*.

Leas: Bediensteter im Gasthaus »Paradiesvogel«, der im wahrsten Sinne des Wortes äußerst standhaft ist; sein Name geht auf eine neschanische Wortwurzel zurück, die »Kuh« oder »Wildkuh« bedeutet.

Lebende Dinge: Bezeichnung der *Behmische* für sämtliche Lebewesen *Neschans*.

Lemak: neschanische Tierart, deren genügsames Wesen vor allem die Steppenbewohner sehr schätzen, weswegen sie auch den Beinamen »Wüstenschiff« trägt.

Lilith: ein Mädchen aus der Ostregion *Neschans*, das seinen Bräutigam davonschickt und dafür einen hohen Preis zahlen muß.

Mara: (neschanisch: »bitter«) *Neschans* größte Wüste, die ihren Zustand einem furchtbaren Fluch verdankt und mit der Yonathan ungute Erinnerungen verbindet.

Marshall William: letzter Privatlehrer Yonathans, als dieser noch als Jonathan auf der Erde lebte. Damals fühlte er sich zu dem Mann mit dem zeitlosen Gesicht hingezogen, der ihm half, ein geheimnisvolles Pergament zu entschlüsseln. Er sollte erst viel später erfahren, welch gewaltiges Wissen ihm damals zur Seite stand (siehe auch unter *Olam*).

Masch-Masch: eine kleine, pelzige Säugetierart auf *Neschan*, die immer verspielt, immer neugierig und ständig hungrig ist (siehe *Gurgi*).

Melech-Arez: (neschanisch: »König des Landes«) für Yonathan der Inbegriff alles Bösen; für die Welt *Neschan* der Schöpfer (wenn es auch in einem Akt der Rebellion gegen *Yehwoh* geschah); und für die Bewohner *Temánahs* Gott.

Narga: Name des ehemaligen Segelschiffes von *Sethur*.

Navran Yaschmon: neschanischer Pflegevater Yonathans und Mitglied der *Charosim*.

Neschan: (neschanisch: »Tränenwelt«) der Name der Welt,

die sich *Jonathan* einst erwählte, um zu Yonathan und *Geschan* zu werden.

Nock-Nock: Name eines Hauptmannes der Leibgarde des *Squak*-Königs *Kirrikch*.

Olam: (von einem neschanischen Wort stammend, das »unabsehbare Zeiten« und in einer verwandten Wortverbindung »ewiges Leben« bedeutet) der wahre Name eines Mannes, der viele Namen besitzt. Unter einem anderen erwies er Yonathan auf der Erde einst einen wertvollen Dienst. Mit seinem richtigen Namen scheint er so alt zu sein wie die Menschheit selbst (siehe auch unter *Marschall, William*).

Oßéh: Name des Vaters aller Götter in einer neschanischen Sage.

Ostleute: Volksgruppe, die in *Neschans* Ostregion beheimatet ist und vor allem nomadisierende Reiterstämme umfaßt.

Qorbán: ein berühmter neschanischer Schwertmeister, dem *Felin* seine Geschicklichkeit im Umgang mit *Bar-Schevet* verdankt.

Quirith: Hauptstadt des Königreiches der *Squaks*.

Quon: Strom, der vor allem aus den Wassern des *Byrz-El* und des *Grynd-El* gespeist wird.

Rás: (neschanisch: »Geheimnis«) Name einer legendenbehafteten Oase, die über die Welt *Neschan* wandert, um in Not geratenen Helden beizustehen.

Sahavel: (neschanisch: »Gold Gottes«) Lehrmeister und Erzieher *Felins*.

Sandai: siehe *Yublesch-Khansib* und *Khansib*.

Schachusch: ein Prinz der *Bolemiden*, der beweist, wie trügerisch Vorurteile sein können.

Scheli: Ehefrau *Baltans*, die für eine Großmutter bemerkenswert viel Anmut besitzt.

Schelibar: (neschanisch: »Schelis Sohn«) ein sehr junger und noch sehr kleiner Mensch mit sehr großen Augen und sehr kräftiger Stimme; er trägt seinen Namen zu Ehren der Großmutter, schlägt aber ansonsten ganz nach dem Vater, *Gimbar*.

Schelima: Tochter von *Baltan* und *Scheli,* die ihrem Ehemann, *Gimbar,* immer wieder beweist, daß sie ganz gewiß nicht unentschlossen ist.

Schophetim: (neschanisch: »die Richter«) Gruppe von sieben Menschen, die von *Yehwoh* auserwählt wurden, auf *Neschan* den Kampf des Lichts (des Göttlichen, Guten) gegen die Finsternis (das Böse) zu führen.

Schsch: vielarmige Königin der *Bolemiden* und Mutter von *Schachusch.*

Schützender Schatten: siehe *Yehsir.*

Sedin: Gesteinsart, die mit ihrer blauen Maserung die Baumeister *Neschans* zu immer neuen Palästen inspiriert.

Sepher Rasim: (neschanisch: »Buch der Geheimnisse«) ein Buch, bestehend aus sieben Teilen, welches das Geheimnis der Herkunft der neschanischen Richter birgt und dessen Inhalt den Bewohnern *Neschans* so lange verborgen bleiben wird, bis daß die Weltentaufe hereingebrochen ist.

Sepher Schophetim: heiliges Buch, das das Leben, die Aussprüche und Prophezeiungen der Richter *Neschans* und eine für Yonathan sehr wichtige Weissagung enthält.

Sethur: (neschanisch: »der im verborgenen Wirkende«) einst Heeroberster und rechte Hand von *Bar-Hazzat,* der noch eine letzte Gelegenheit erhält, begangene Fehler wiedergutzumachen.

Sevel: Name eines Gottes aus einer neschanischen Sage, die für Yonathan plötzlich große Bedeutung gewinnt; Sohn des Gottes *Oßéh.*

Sinjan: ein Ostmann und nach Yonathans Verständnis ein Rabenvater, weil er seine Tochter *Yamina* im Spiel verscharcherte, was sich freilich für Yonathan noch als sehr nützlich erweisen sollte.

Sirbar: *Yehsirs* Sohn.

Sorgan: eine treue Seele und zugleich Verwalter, Diener und enger Freund der neschanischen Richter. Er und seine Frau *Balina* wohnen im *Garten der Weisheit.*

Sprache der Schöpfung: Umschreibung für die Sprache, die den intelligenten Wesen *Neschans* bei ihrer Schöpfung verliehen wurde.

Squaks: ein Volk von vernunftbegabten Vogelwesen mit einem auffälligen Hang zu schrillen Farben.

Südkamm: das südliche Grenzgebirge des *Verborgenen Landes*, das bei den ehrlicheren Bewohnern *Neschans* in keinem guten Ruf steht.

Targisch: Stammvater einer Familie der *Ostleute*, die – im Gegensatz zu der Mehrzahl der Angehörigen dieser Volksgruppe – den Frauen einen hohen Rang in der Stammesordnung einräumt.

Targischiter: Nachkommen *Targischs*.

Tarika: irdische Vorfahrin *Jonathans*, die ihm ein verwirrendes Vermächtnis hinterließ; siehe auch *Ascherel*.

Témánah: (neschanisch: »die Südgegend«) in der Südregion *Neschans* gelegenes Königreich, von *Bar-Hazzat* und vor ihm von *Grantor* beherrscht, in dem immer eine bedrückende Atmosphäre herrscht – nicht nur, was das Klima betrifft.

Tränenland-Prophezeiung: eine alte neschanische Prophezeiung, der Yonathan eine Menge Unannehmlichkeiten verdankt.

Tränenwelt: siehe *Neschan*.

Traumfelder: inselgroße Meeresbewohner *Neschans*, die bei den Seefahrern einen schlechteren Ruf genießen, als sie in Wirklichkeit verdienen (siehe auch *Galal*).

Verborgenes Land: eine große Halbinsel auf *Neschan*, die aufgrund eines Fluches von *Yehwoh* für unzugänglich gilt, worum sich der siebte Richter allerdings wenig zu kümmern scheint.

Vergessene Insel: ein Eiland, von dessen Existenz Yonathan durch den *Keim Din-Mikkiths* erfährt und das nur noch zwei Bewohner hat – allerdings sehr unterschiedliche.

Weltwind: 1. Name des Schiffes von Kapitän *Kaldek*, mit dem

Yonathan immer dann zu tun hat, wenn sein Leben gehörig in Unordnung gerät. 2. Urvater aller Winde nach einer neschanischen Legende und für Yonathan die Quelle eines kalten Geheimnisses.

Yamina: (neschanisch: »rechte Hand«) schöne und überaus kluge Nichte des Khan *Sandai Yublesch-Khansib*.

Yehpas: (neschanisch: »Yehwohs geläutertes Gold«) Name des vierten Richters von *Neschan*, der den *Ostleuten* prophezeite, daß sie ihrer Welt einmal einen unschätzbaren Dienst erweisen würden.

Yehsir: Karawanenführer *Baltans*, Angehöriger einer der Nomadenstämme östlich des *Gartens der Weisheit*; sein Beiname ist *Bezél* (neschanisch: *Schützender Schatten*).

Yehwoh: (neschanisch: »Er läßt werden«) auf *Neschan* gebräuchlicher Name für den allmächtigen und höchsten Gott des Universums, der einst *Jonathan* erwählte, die schwerste Aufgabe zu lösen, die je ein Mensch auf *Neschan* zu bewältigen hatte.

Yenoach: (neschanisch: »Yehwohs Trost«) Name des ersten Richters von *Neschan*, der die Welt vor einem vorzeitigen Ende bewahrte.

Yomi: Adoptivsohn von Kapitän *Kaldek* und neschanischer Gefährte Yonathans, für den alles entweder »ziemlich«, »unheimlich« oder »ungeheuer« ist und der im übrigen kaum eine Gelegenheit ausläßt, Haare in irgendwelchen Suppen zu finden.

Yublesch-Khansib: mit vollem Namen Khan Sandai Yublesch-Khansib (siehe auch *Khansib),* Oberhaupt eines Stammes der *Ostleute,* deren Vorfahren einst *Goel* beim Kampf gegen den dunklen Herrscher *Grantor* unterstützten; außerdem der Onkel von Yonathans Begleiterin *Yamina*.

Zirgis: Kaiser des *Cedanischen Reiches*, Vater von *Felin* und *Bomas* und ein Mensch, der dazu neigt, seine Urteilskraft zu überschätzen.

Zwitsch: persönlicher Sekretär von *Kirrikch,* dem König der *Squaks*.

Von Ralf Isau bei Thienemann bereits erschienen:

Der Drache Gertrud
Die Träume des Jonathan Jabbok
Das Geheimnis des siebten Richters
Das Museum der gestohlenen Erinnerungen
Das Echo der Flüsterer
Das Netz der Schattenspiele
Der Kreis der Dämmerung I–IV
Pala und die seltsame Verflüchtigung der Worte

Isau, Ralf:
Das Lied der Befreiung Neschans
ISBN 3 522 16945 X

Gesamtausstattung: Claudia Seeger
Schrift: Palatino normal
Satz: KCS GmbH in Buchholz/Hamburg
Reproduktionen: Die Repro in Tamm
Druck und Bindung: Friedrich Pustet in Regensburg
© 1996 by Thienemann Verlag
(Thienemann Verlag GmbH), Stuttgart/Wien
Printed in Germany. Alle Rechte vorbehalten.
6 5 4 3* 03 04 05 06

Thienemann im Internet: www.thienemann.de

Ein Roman wider das Vergessen

Ralf Isau
Das Museum der gestohlenen Erinnerungen
672 Seiten, ISBN 3 522 17120 9

Seltsame Dinge gehen in Berlin vor. Als die Zwillinge Jessica und Oliver aus den Ferien zurückkehren, haben sie ihren Vater vergessen. Nur ein beunruhigendes Gefühl der Leere ist zurückgeblieben. Aus den Tagebuchaufzeichnungen des Vaters erfahren sie von Quassinja, dem Reich der verlorenen Erinnerungen und von Xexano, dem Gott dieser geheimnisvollen Welt. Um ihren Vater wiederzufinden, beschließen die Geschwister einen kühnen Plan.

Ralf Isaus Jahrhundert-Roman
DER KREIS
DER DÄMMERUNG
Teil I–IV

672 S., ISBN 3 522 17306 6   736 S., ISBN 3 522 17335 X

448 S., ISBN 3 522 17401 1   448 S., ISBN 3 522 17474 7

Eingebunden in eine atemberaubende Handlung zeichnet Ralf Isau mit dem KREIS DER DÄMMERUNG ein opulentes Porträt des 20. Jahrhunderts. Sein außergewöhnlicher Romanheld David Camden lässt den Leser mitleiden und mitfiebern – und lässt ihn die Grenzen zwischen Wirklichkeit und Fiktion vergessen.